Charlotte Link

AM ENDE DES SCHWEIGENS

Kriminalroman

Eder & Bach

MIX
Papier aus verantwortungsvollen Quellen
FSC www.fsc.org FSC® C083411

Lizenzausgabe des Verlags Eder & Bach GmbH, Grünwald
2. Auflage, Juni 2021
Genehmigte Lizenzausgabe für Eder & Bach GmbH,
Nördliche Münchner Str. 20c, 82031 Grünwald

Umschlaggestaltung: Stefan Hilden, www.hildendesign.de
Umschlagabbildung: © HildenDesign unter Verwendung
mehrerer Motive von Shutterstock.com
Satz: Satzkasten, Stuttgart
Druck und Verarbeitung: CPI – Ebner & Spiegel, Ulm
ISBN: 978-3-945386-85-9

Erster Teil

Eine eigenartige Stille lag über Stanbury.

Eine große und umfassende Stille, so als habe die Welt aufgehört zu atmen.

Wahrscheinlich, dachte sie, sind alle weggegangen. Zum Einkaufen vielleicht.

Obwohl das seltsam war, denn niemand hatte am Morgen etwas davon gesagt, und für gewöhnlich wurden derlei Vorhaben besprochen. So wie einfach alles zwischen ihnen immer besprochen wurde. Außer den Dingen, die das Gerüst zum Einsturz bringen könnten. Aber dazu zählte nicht, wenn jemand einkaufen ging.

Doch diese Stille reichte tiefer.

Sie überlegte, was so anders war, aber sie kam nicht darauf. Vielleicht lag das auch daran, daß sie so müde war. Die Ereignisse der letzten Tage, die Schwangerschaftsübelkeit, die sie immer wieder befiel, die ungewöhnliche Wärme. Sie konnte sich nicht erinnern, daß je ein April so anhaltend warm gewesen war. Gerade hatte es so ausgesehen, als werde es ein wenig kühler, aber nun kehrte die drückende Schwüle schon wieder zurück.

Sie war weiter gelaufen, als sie es vorgehabt hatte, fast um das ganze Anwesen herum, durch das kleine Waldstück im Westen und über die Hügel im Süden. Erst jetzt merkte sie, wie stark sie schwitzte, daß ihr Gesicht naß war und ihre Haare im Nacken klebten, daß ihr Atem keuchend ging. Barney, ihr junger Hund, schoß wie ein Gummiball vor ihr her und war so munter, als sei er noch keine fünf Minuten an diesem Tag gelaufen. Normalerweise hatte auch sie eine gute Kondition, aber sie hatte schlecht geschlafen in der Nacht, und in den vergangenen Wochen hatte sie sich häufig übergeben. Jetzt, gegen Ende des dritten Monats, schien es besser zu werden, aber sie fühlte sich sehr geschwächt.

Sie war auch einfach zu warm angezogen. Ihre Jacke hatte sie sich schon um die Hüften gebunden, vorhin, als sie über die hoch gelegenen Wiesen gestapft war. Sie hatte sich einige Male dabei ertappt, wie sie sich vorsichtig umschaute. Sie hatte ihn mehrfach getroffen während ihrer langen, einsamen Spaziergänge. Als habe er auf sie gewartet, weil er sicher sein konnte, daß sie käme. Er hatte in ihr eine Verbündete gewittert, und vielleicht lag er damit gar nicht so falsch. Was natürlich bedeutete, daß sie gegen das oberste Gebot der Gruppe verstieß, aber seit einigen Tagen fragte sie sich ohnehin, ob es die Gruppe für sie noch gab, oder besser: ob sie noch dazugehören wollte.

Sie passierte das hohe, schmiedeeiserne Tor, das zur Auffahrt des Anwesens führte. Wie so häufig stand es offen; da die Mauer, die den Besitz umschloß, über weite Stre-

cken zerbröckelt oder gar nicht mehr vorhanden war, machte es ohnehin keinen Sinn, hier pingelig zu sein.

Sie sah sich hoffnungsvoll um: Falls sie alle weggefahren waren, kam vielleicht jetzt jemand zurück und konnte sie die Auffahrt entlang bis zum Haus mitnehmen. Der Weg schlängelte sich über fast einen Kilometer und stieg stetig ganz leicht an. Noch bis vor einem Jahr hatten rechts und links viele Bäume gestanden und Schatten gespendet, aber einige waren von einer Krankheit befallen worden, und man hatte sie fällen lassen müssen. Der Weg hatte dadurch viel von seinem Charme verloren, die Baumstümpfe sahen sehr traurig aus, und die Wildnis dahinter, die stets eine romantische Stimmung vermittelt hatte, wirkte auf einmal verwahrlost.

Es gibt schon eine Menge Zerfall hier, dachte sie.

Weit und breit ließ niemand sich blicken, und nachdem sie noch einmal kurz innegehalten und tief durchgeatmet hatte, machte sie sich daran, die letzte Etappe zu bewältigen. Der Baumwollpullover, den sie trug, klebte an ihrem Rücken, und ihre heißen Füße in den knöchelhohen Turnschuhen fühlten sich dick geschwollen an. Der Gedanke an eine Dusche und an ein Glas eiskalten Orangensaft bekam fast obsessiven Charakter.

Und dann würde sie für den Rest des Tages die Beine hochlegen und sich nicht mehr aus ihrem Liegestuhl fortbewegen.

Obwohl der Spaziergang schön gewesen war, wirklich schön. England im Frühling ließ einem das Herz aufgehen. Sie hatte den kleinen, zerrupften Wölkchen nachgeblickt, die über den lichtblauen Himmel trieben, und sie hatte den milden, verheißungsvollen Wind gerochen, in dem Blütenduft schwang, sie hatte ein paar Schafe gestreichelt, die frei über die Hochmoore liefen und sich ihr zutraulich näherten. Wilde Narzissen blühten in den Tälern und an den Hängen und gossen leuchtendes Gelb über die karge Landschaft. Die Vögel sangen, jubilierten, trällerten in allen Tönen …

Die Vögel!

Sie blieb stehen. Auf einmal wußte sie es. Wußte, woher diese unwirkliche Stille über Stanbury rührte.

Die Vögel waren verstummt. Nicht ein einziger erhob seine Stimme.

Sie konnte sich nicht erinnern, je ein so vollkommenes Schweigen erlebt zu haben.

Von einem Moment zum anderen erkaltete der Schweiß auf ihrer Haut, und sie zog fröstelnd die Schultern hoch. Was brachte Vögel zum Schweigen an einem so schönen, so sonnigen Tag? Etwas mußte ihren Frieden gestört haben, so heftig und so nachhaltig, daß es keine Freude mehr gab, die sie heraussingen konnten. Eine Katze vielleicht, eine räuberische, mordlustige Katze, die einen von ihnen gefangen und getötet hatte, und seine Todesschreie waren in diese lastende, atemlose Stille gemündet.

Obwohl ihre Erschöpfung um nichts nachgelassen hatte, beschleunigte sie ihre Schritte.

Sie verspürte ein erstes Seitenstechen, wäre gern gerannt wie Barney und hatte doch nicht die Kraft. Noch ein paar Monate, und sie würde unförmig angeschwollen sein und wahrscheinlich watscheln wie eine Ente. Ob sie danach wieder so schlank wäre wie früher? Unsinnigerweise ging ihr dieser Gedanke auf den letzten Metern zum Haus immer wieder durch den Kopf, obwohl sie eigentlich wußte, daß die Frage nach ihrer Figur sie im Augenblick gar nicht interessierte. Eher war es so, daß sie sie in den Vordergrund drängte, um nicht über etwas anderes nachdenken zu müssen. Darüber, weshalb sie fror, obwohl ihr heiß war, und warum sie ein Kribbeln auf der Kopfhaut spürte, und warum sie auf einmal meinte, sich so beeilen zu müssen.

Darüber, warum der helle Frühlingstag plötzlich nicht mehr richtig hell war.

Sie konnte den Giebel des Hauses sehen, einen Teil der schönen Fassade im Tudorstil, die Reflexe des Sonnenlichts in den Bleiglasscheiben. In alter Gewohnheit zählte sie die Fenster unter dem Dach durch – das tat sie immer, wenn sie den Weg hinaufkam; das vierte von links gehörte zu ihrem Zimmer –, und undeutlich konnte sie dahinter den Strauß von Narzissen erkennen, den sie gestern abend noch gepflückt und in einer Vase dorthin gestellt hatte.

Sie blieb stehen und lächelte.

Der Anblick der Blumen hatte ihr ihren Frieden zurückgebracht.

Dann sah sie Patricia, die vor dem Holztrog kniete, der mitten in dem gepflasterten Hof stand. Ein Trog, aus dem früher Schafe oder Kühe getrunken hatten und den jemand vor Jahren auf dem Gelände von Stanbury gefunden und angeschleppt hatte. Seitdem pflanzten sie Blumen hinein, Frühlingsblumen, Sommerblumen, Herbstblumen, und im Winter steckten Tannenzweige darin, um die sich eine Lichterkette schlang.

»Hallo«, sagte sie, »ist das nicht plötzlich unfaßbar warm geworden?«

Patricia hatte sie offenbar nicht gehört, denn sie antwortete nicht und bewegte auch nicht den schmalen, sehr kindlich wirkenden Körper, der in ausgebeulten Jeans, einem blauweiß karierten Hemd und Gummistiefeln steckte.

Barney knurrte leise und rührte sich auf einmal nicht mehr von der Stelle.

Sie trat ein paar Schritte näher.

Patricia kniete nicht vor dem hölzernen Trog, wie es zuerst den Anschein gehabt hatte, sondern hing über dem Rand, mit dem Gesicht nach unten in der frischen, feuchten Erde. Ihr linker Arm fiel seitlich herab und wirkte dabei auf eigenartige Weise verdreht. Der andere Arm lag neben ihrem Kopf, und die Finger ihrer Hand krallten sich in die Erde, als gebe es dort einen Halt oder irgend etwas, das festzuhalten sich lohnte.

Unter ihr, auf den Pflastersteinen, hatte sich eine Blutlache gebildet, was im Widerspruch zu der ersten unwillkürlichen Vermutung stand, Patricia könnte von einer plötzlichen Kreislaufschwäche oder Übelkeit überwältigt worden sein.

Etwas viel Schrecklicheres war geschehen. Etwas, das zu schrecklich war, es überhaupt zu Ende zu denken.

Sie wußte, daß sie sich ansehen mußte, was man Patricia angetan hatte, und zog deren Körper vorsichtig von dem Trog weg, was nicht weiter schwierig war, da Patricia kaum größer war und wenig mehr wog als ein Teenager. Der Kopf kippte zur Seite, als hinge er nur noch an einem seidenen Faden. Alles war blutbesudelt, das Hemd, die langen Haare, der Trog; und was die Erde darin so sichtlich naß und schwer machte, war vermutlich ebenfalls Blut.

Jemand hatte Patricia die Kehle durchgeschnitten und sie dann achtlos dort liegengelassen, wo sie gerade gearbeitet hatte, wo sie die Tannenzweige von Weihnachten entfernt und neue Erde aufgefüllt hatte, wo sie dabeigewesen war, frische Blumen zu pflanzen. Sie war erstickt, verblutet, hatte im Todeskampf die Finger in die Erde gegraben.

Die Luft roch nach Blut.

Vor Entsetzen hatten die Vögel aufgehört zu singen.

Nie wieder, dachte sie, würde die Stille dieses Moments Stanbury verlassen. Nie wieder würde ein lautes Wort angebracht sein, oder gar ein Lachen oder das fröhliche Geschrei von Kindern …

Bei diesem Gedanken strich sie unwillkürlich über ihren Bauch und fragte sich, welchen Schaden es bei dem Baby anrichten würde, daß seine Mutter einen Schock erlitten hatte – denn sicher hatte sie das: Ein Schock war das mindeste, was man erlitt, wenn man eine Freundin mit durchgeschnittener Kehle in einer ehemaligen Schaftränke fand –, und ob sie es nun womöglich verlor.

Erst dann überlegte sie, ob der, der das hier getan hatte, wohl verschwunden war oder ob er sich noch irgendwo in der Nähe aufhielt. Und bei diesem Gedanken konnte sie plötzlich die Beine nicht mehr bewegen. Sie stand wie gelähmt, und alles, was sie in dieser tödlichen Stille hörte, war ihr eigener angsterfüllter, keuchender Atem.

Samstag, 12. April – Donnerstag, 24. April

1

PHILLIP BOWEN SAH SICH voll Erstaunen mit der Erkenntnis konfrontiert, daß er noch nie in seinem Leben wirklich gehaßt hatte. Auch wenn er natürlich früher schon einige Male geglaubt hatte, Haß zu empfinden – auf Sheila zum Beispiel, wenn er sie trotz all ihrer Versprechungen und Beteuerungen wieder und wieder mit der Nadel im Arm erwischt hatte –, so begriff er nun, daß diese Emotionen etwas mit Wut, Schmerz, Zorn und Trauer zu tun gehabt haben mußten, nicht aber mit Haß.

Denn den fühlte er jetzt, als er vor dem Haus stand, an dem ihm nicht ein einziger Ziegelstein gehörte, und es war ein so starkes, machtvolles Gefühl, daß er es als vollkommen neu und erstmalig in seinem Leben erkannte.

Das Haus war von einfacher Bauweise, schlicht und schnörkellos, mit geraden, klaren Linien und genau so, wie er sich sein Traumhaus immer vorgestellt hätte, wäre er irgendwann einmal in der Situation gewesen, darüber nachzudenken. Es gab ein Stockwerk und ein Dachgeschoß mit kleinen Gauben und Bleiglasfenstern. Neben der schweren Haustür aus Eichenholz kletterte Efeu empor und verlor sich dann irgendwo im schmiedeeisernen Gitter eines kleinen Balkons im ersten Stock.

Ging man um das Haus herum, so gelangte man zu der eindrucksvollen Terrasse. Sie erstreckte sich über die gesamte Breite und war von einer Sandsteinbalustrade eingefaßt, die sich nach vorn hin öffnete und einer großzügigen Treppe Raum bot. Vier langgestreckte Stufen führten in den Garten hinunter, der eigentlich ein Park war: weitläufig, Wiesen und Wälder umschließend, eingefaßt von einer sehr alten steinernen Mauer, die jedoch an so vielen Stellen zerbröckelt oder sogar ganz verschwunden war, daß sich die eigentliche Grundstücksgrenze über weite Strecken hin nicht feststellen ließ. Phillip hatte sich alles angesehen. Er hatte das ganze Areal umrundet, den ganzen Besitz, und er war fast vier Stunden unterwegs gewesen. Nun stieg er die Stufen zur Terrasse hinauf und versuchte sich vorzustellen, wie es sein mußte, sie tagtäglich lässig hinauf- und hinunterzuspringen und zu wissen, daß, so weit das Auge reichte, einem das alles selber gehörte.

In einer schattigen Ecke der Veranda entdeckte er große Terrakottatöpfe, in denen verdorrte Blumen steckten, ein Hinweis darauf, daß das Anwesen als Feriensitz genutzt und zwischendurch nur in großen Abständen von einem Gärtner und einer Putzfrau gewartet wurde. Auch der Rasen unten im unmittelbar anschließenden Teil des Parks stand ziemlich hoch. Im Dorf hatte man Phillip Auskunft erteilt. Er hatte mit der Besitzerin des Gemischtwarenladens gesprochen, und diese hatte nur zu gern ihr Wissen weitergegeben.

»Meine Schwester putzt dort, und sie sieht alle drei Wochen nach dem Rechten. Und bevor die Herrschaften anreisen, lüftet sie gründlich und wischt Staub, und manchmal stellt sie auch frische Blumen in die Räume. Und dann gibt es noch Steve, den Gärtner. Also, eigentlich ist er kein Gärtner, er arbeitet in Leeds bei irgendeiner Firma ... aber natürlich reicht das Geld nie, und so ist er immer dankbar, wenn er irgendwo etwas dazuverdienen kann. Na ja, und da mäht er eben den Rasen und kümmert sich ums Grundstück ...« Phillip hatte rasch eingehakt, denn die Geschichte von Steve dem Gärtner interessierte ihn nicht besonders.

»Es sind doch Deutsche, denen das Anwesen gehört?«

»Ja, aber sie sind sehr nett.« Die Gemischtwarenhändlerin war, wie Phillip schätzte, etwa fünfundsechzig Jahre alt, mußte den Krieg als Kind noch erlebt haben und mochte gewisse Vorbehalte gegenüber den Deutschen haben, wie aus ihrer Formulierung deutlich wurde. »Eigentlich kriegt man hier gar nicht so viel von ihnen mit. Sie kommen natürlich zum Einkaufen zu mir, aber sie suchen nicht gerade das Gespräch. Vielleicht liegt das auch an der Sprache. Es ist etwas anderes, ob man um Butter und Brot bittet, oder ob man eine richtige *Unterhaltung* führt, nicht wahr? Nur die eine Frau hat manchmal mit mir geredet ... Ich glaube, die wollte auch mal mit anderen Menschen sprechen, nicht immer nur mit den eigenen Leuten. War eine nette Person. Spanierin. Schwarzhaarig, sehr attraktiv. Aber die ist schon lange nicht mehr da ... Steve hat mir irgendwann erzählt, daß ihr Mann sich von ihr hat scheiden lassen. Seit dem letzten Jahr ist er neu verheiratet. Mit einer sympathischen Frau, das muß man sagen.«

»Es sind drei Ehepaare, die hierherkommen?«

»Genau. Immer, in allen Ferien, und auch immer alle zusammen. Drei Mädchen sind noch dabei, aber zu wem die gehören ... Die eine ist schon älter, ein großes, schönes Mädchen, vielleicht fünfzehn Jahre alt ... schon ziemlich ... na ja ...« Sie hatte mit beiden Händen einen üppigen Busen beschrieben; Phillip schloß daraus, daß dieses Mädchen schon recht gut entwickelt war.

»Einmal«, hatte die Frau mit gesenkter Stimme hinzugefügt, »ist sie zum Dorffest im Sommer gekommen, im letzten Jahr war das, glaube ich. Spät in der Nacht hat Rob – mein Sohn, müssen Sie wissen – sie mit dem jungen Keith Mallory in seiner Scheune erwischt, also in der Scheune, die zu Robs Hof gehört, und er war ganz schön wütend. Ob etwas passiert ist, konnte er natürlich nicht wissen. Dem Vater von Keith Mallory hat er jedenfalls Bescheid gesagt, und dann wollte er auch zu dem Vater von dem Mädchen gehen, aber ich habe gemeint, das solle er besser nicht tun. Schließlich geht es uns nichts an, und man weiß ja nicht … es sind Ausländer, keine Ahnung, welchen Ärger sie dem armen Keith machen könnten! Keith hatte sich vorher auf dem Festplatz ganz schön an das Mädchen rangeschmissen, das haben jedenfalls einige gesagt, die die beiden gesehen haben. Und offensichtlich ist die Geschichte ja auch ohne Folgen geblieben, sonst hätten wir das bestimmt gehört.«

Phillip interessierte sich wenig für derlei Geschehnisse, aber es war klar, daß sein Gegenüber genau solche Pikanterien genoß.

»Kennen Sie eine der Frauen näher? Sie heißt Patricia Roth.« Er sprach den Namen deutsch aus, denn das tat *sie* vermutlich auch. »Sie ist die Eigentümerin des Anwesens.«

»Ja, so sagt man. Eine etwas verworrene Erbschaftsgeschichte war das. Der alte Kevin McGowan wollte das Anwesen ja seinem Sohn vererben, der in Deutschland lebt, aber der war nicht interessiert, und so ging alles direkt an die Enkelin … Das ist dann wohl die Frau, die Sie meinen. Patricia Roth«, sie überlegte, »ich glaube, ich weiß, welche das ist. So eine ganz Kleine, Zierliche. Meiner Ansicht nach ist sie die Mutter von den beiden anderen Mädchen. Die sind, schätze ich, zehn und zwölf Jahre alt. Niedliche Dinger. Sie begleitet sie manchmal zu Sullivans hinüber, das ist der Hof gleich am Dorfrand. Dort reiten sie auf den Ponys.«

Er dachte an dieses Gespräch, während er auf der Terrasse stand, an der Wand hochblickte und die Fenster zählte, ohne zu wissen, weshalb er das tat. Noch immer hatte er kein Bild von Patricia – daß sie sehr klein und zierlich sein sollte, brachte ihn vielleicht ein Stück weiter, verlieh ihr aber kein Gesicht, keine Stimme. Die Frau, von deren Existenz er bis vor fast zwei Jahren nichts gewußt hatte. Bis zu jenem Sommer, in dem seine Mutter plötzlich begonnen hatte zu erzählen …

In zwei Tagen, so hatte ihm seine Informantin im Gemischtwarenladen verraten, würden sie alle wieder eintreffen, für zwei volle Wochen Osterurlaub. Sie wußte das von ihrer Schwester, denn die war zum Putzen bestellt worden.

Sicher, überlegte er, während er sich umdrehte und in den Garten blickte, ist auch Steve der Gärtner angerufen worden.

Das Gras wucherte tatsächlich ziemlich hoch, es mußte dringend gemäht werden. Der März und auch die ersten zwei Aprilwochen hatten viel Sonne und Regen in raschem Wechsel gebracht. Die Natur explodierte.

West-Yorkshire. Brontë-Land. Er grinste. Unglaublich, daß es ihn hierher verschlagen hatte. Daß er vor einem Haus stand und es haben wollte. Er, der Londoner war mit Leib und Seele. Der sich nie hatte vorstellen können, irgendwo anders zu leben als dort, höchstens in einer anderen Metropole: New York oder Paris oder Madrid. In diesen drei Städten war er in bestimmten Lebensphasen zu Hause gewesen, hatte sich wohl gefühlt und sich dennoch nach London gesehnt, ein bißchen wenigstens, tief in seinem Herzen.

Und jetzt, mit einundvierzig Jahren, stand er in Stanbury, dem Dorf, das auf kaum einer Karte der Welt verzeichnet war, und verliebte sich in ein Haus und in die Vorstellung eines Lebensgefühls, von dem er nie gewußt hatte, daß es als Möglichkeit in ihm überhaupt existierte.

Er versuchte, durch eines der Fenster in das Innere des Hauses zu spähen, aber er konnte nichts erkennen; die schweren Vorhänge innen waren zugezogen. Tatsächlich spielte er bereits mit dem Gedanken, sich auf irgendeine Weise Zutritt zu verschaffen – vielleicht schloß eines der Kellerfenster nicht richtig, oder es gab eine Seitentür, deren Schloß leicht aufzubrechen war –, aber da hörte er, wie sich ein Auto über die Auffahrt näherte und auf der anderen Seite vor dem Hauptportal bremste. Rasch ging er um das Haus herum und sah eine ältliche Frau, die aus einem ziemlich klapprigen, kleinen Auto stieg. Sie trug eine geblümte Kittelschürze und hatte einen Korb mit undefinierbaren Utensilien in der Hand, und er vermutete, daß es sich um die Putzfrau handelte.

Er ging auf sie zu, sie erschrak sichtlich, musterte ihn dann mißtrauisch.

»Ja?« fragte sie, so als habe er etwas gesagt.

Phillip lächelte. Er wußte, daß er charmant und vertrauenerweckend wirken konnte.

»Wie gut, daß Sie kommen«, sagte er. »Sie machen hier sauber, nicht wahr? Ich habe schon mit Ihrer Schwester gesprochen …«

Ihre Züge entspannten sich. Der Umstand, daß er mit ihrer Schwester bekannt war, ließ ihn offenbar sofort unbedenklicher erscheinen.

»Ich bin Phillip Bowen«, stellte er sich vor und streckte ihr die Hand hin, »ein Verwandter von Patricia Roth.«

»Ach? Ich wußte gar nicht, daß Mrs. Roth Verwandte in England hat.« Sie ergriff seine Hand. »Ich bin Mrs. Collins. Ich wollte jetzt das Haus putzen.« Sie wies auf den Korb, in dem sich, wie Phillip jetzt erkannte, alle möglichen Reinigungsmittel befanden. »Die Herrschaften kommen ja übermorgen.«

»Ich bin wirklich froh, daß ich Sie hier gerade treffe. Patricia hat mich schon vor Wochen gebeten, nach der Heizung zu sehen … Irgend etwas hat da wohl nicht gestimmt während des letzten Urlaubs, und im April kann es ja durchaus sein, daß man sie noch mal braucht …« Er lächelte wieder, jungenhaft und ein wenig schuldbewußt. Zu der langen Reihe von Versuchen, sich eine berufliche Existenz aufzubauen, gehörte auch der Besuch einer Schauspielschule, und obwohl er es natürlich auch dort nicht bis zu einem Abschluß geschafft hatte, war ihm von den Lehrern doch stets Talent bescheinigt worden – besonders was die Wandlungsfähigkeit seines Gesichtsausdrucks anging. »Aber, wie das so ist, ich habe es wieder einmal bis zum letzten Moment hinausgeschoben …«

Jetzt erwiderte sie sein Lächeln. »Ich kenne das. Man denkt immer, man hat noch so viel Zeit, und dann muß man sich plötzlich ganz furchtbar abhetzen. Sie sind Heizungsmechaniker?«

»Nein, nein. Aber ich verstehe ein bißchen was davon. Jedenfalls glaubt Patricia das!« Er wußte, daß er genau die schlichte Gesprächsebene getroffen hatte, die eine Frau wie Mrs. Collins mochte. »Das Problem ist nun …, ich finde den Schlüssel nicht! Ich habe meine Taschen umgestülpt, ich habe mein Auto durchsucht – nichts!«

Mrs. Collins zog sich fast unmerklich wieder ein kleines Stück zurück. »Besitzen Sie denn einen Schlüssel?«

»Ja. Aber ich habe ihn noch nie benutzt. Ich dachte, er ist in meinem Wagen. Verflixt!« Er kratzte sich am Kopf. »Patricia wird ziemlich sauer auf mich sein! Wenn es plötzlich kalt wird, und die Heizung funktioniert nicht …«

»Sie möchten, daß ich Sie jetzt mit hineinnehme?« folgerte Mrs. Collins, und er hätte fast *bravo!* gesagt.

»Das wäre wirklich nett von Ihnen.«

»Ja … ich weiß nicht …«

»Sie sind doch die ganze Zeit im Haus. Ich glaube kaum, daß es mir gelingt, Wertgegenstände an Ihnen vorbei hinauszutragen. Ich will wirklich nur schnell nach der Heizung sehen.«

Er sah ihrem Gesicht an, daß Bilder, die sie gesehen, und Geschichten, die sie gehört hatte, durch ihren Kopf zogen: von Männern, die sich das Vertrauen älterer Frauen erschlichen, ihnen dann einen Hammer auf den Kopf schlugen und sich mit allem aus dem Staub machten, was nicht niet- und nagelfest war. Er konnte es ihr nicht einmal verübeln. Die Zeitungen waren voll von Berichten dieser Art.

»Na ja«, sagte er, »ich will Sie nicht bedrängen. Sie kennen mich nicht, und sicher haben Sie recht, vorsichtig zu sein. Ich werde sehen …« Er ließ den Satz unvollendet und wandte sich zum Gehen.

Sie gab sich einen Ruck.

»Halt. Warten Sie! Man sollte nicht jedem Menschen mißtrauen, oder?« Sie kramte ihren Schlüssel aus der Schürzentasche hervor. »Kommen Sie. Wir gehen hinein.«

Er war zuerst in den Keller gegangen und hatte sich laut klappernd im Heizungsraum zu schaffen gemacht, und nach einer Weile war er hinaufgekommen und hatte zu Mrs. Collins, die gerade im Eßzimmer Staub wischte, gesagt: »Ich muß in allen Räumen die Heizkörper aufdrehen. Ist das in Ordnung?«

Sie schien inzwischen keinerlei Vorbehalte mehr gegen ihn zu haben. »Ja, machen Sie nur«, sagte sie.

Er stellte fest, daß man hier im Haus keineswegs in Luxus schwelgte. Es gab ein paar schöne, alte Möbel, die der alte Kevin McGowan vermutlich noch gekauft und mit dem ganzen Besitz seinen Erben vermacht hatte, aber hauptsächlich hatte man das Haus mit eher einfachen Dingen eingerichtet: mit gemütlichen, aber ganz sicher nicht teuren Sesseln und Sofas, vielen Kissen und Leselampen und roh gezimmerten Regalen, die voller Bücher standen. Er konnte sich vorstellen, wie sie alle an kalten Wintertagen oder nassen, stürmischen Frühlingsabenden um den Kamin im Wohnzimmer saßen, lasen, sich leise unterhielten, ein paar Weingläser um sich herum stehen hatten. Vielleicht spielten die Kinder zu ihren Füßen, und ...

Halt! Er verzog das Gesicht zu einem zynischen Lächeln, als ihm aufging, wie sehr ihn der Kuschelnest-Charakter dieses alten Landhauses bereits verführt hatte, in Gedanken das Bild einer völlig idiotischen Idylle zu malen. Vielleicht sah die Wirklichkeit bei weitem nicht so perfekt aus. Immerhin wußte er schon, daß eines der Mädchen nachts in fremden Scheunen herumknutschte, anstatt das Familienleben vor dem Kamin zu pflegen. Und möglicherweise waren auch die drei befreundeten Ehepaare gar nicht immer so glücklich miteinander. Das Haus war geräumig, aber dennoch saß man wochenlang aufeinander, und wenn es regnete, mußte es noch schlimmer sein. Es gab nur eine Küche, ein Eßzimmer, ein Wohnzimmer. Was bedeutete, daß die sechs Erwachsenen und die drei Kinder die Tagesabläufe im wesentlichen gemeinsam gestalten mußten.

»Ich gehe nach oben«, sagte er zu Mrs. Collins, und diese nickte, während sie den Eßtisch mit Politur bearbeitete.

Die Treppe führte von der großzügigen Eingangshalle nach oben. Es gab eine Galerie, von der mehrere Türen wegführten, und eine Art schmaler Hühnerleiter, über die man wohl in das Dachgeschoß gelangte.

Phillip öffnete aufs Geratewohl die Tür, die der Treppe am nächsten lag, und stand in einem äußerst romantisch eingerichteten Schlafzimmer mit Himmelbett, einer Menge Kerzen auf einem alten, sehr schön restaurierten Waschtisch und schweren Brokatvorhängen an den Fenstern. Im Schrank hingen einige exklusive Kostüme, die, wie er vermutete, eine schöne Stange Geld gekostet haben mußten. Kurz überlegte er, ob sie wohl Patricia gehörten, stellte aber rasch fest, daß dies nicht sein konnte. Patricia war ihm als besonders klein und zierlich beschrieben worden. Die Kostüme jedoch paßten einer sehr üppigen, dicken Frau.

Ein kurzer Blick aus dem Fenster zeigte ihm, daß man von hier über den geschlängelten Weg schaute, der vom Haus weg in Richtung Dorf führte, zunächst an einer Wiese entlang, dann in einem verwilderten Wäldchen verschwindend, dessen wenige Bäume ein zartes Frühlingsgrün trugen.

Verdammt hübsches Schlafzimmer, dachte er, während er das Bad inspizierte, das durch eine diskrete Tapetentür erreichbar und äußerst modern und komfortabel war. Muß ein gutes Gefühl sein, hier am Morgen aufzuwachen, dem Vogelgezwitscher aus dem Park zu lauschen und dann nebenan eine schöne, warme Dusche zu nehmen.

Er sah sein eigenes Schlafzimmer vor sich, das diese Bezeichnung allerdings gar nicht verdiente, denn seine Wohnung in einer der schäbigsten Ecken Londons bestand nur aus einem einzigen Zimmer mit Kochnische, und wenn er schlafen wollte, mußte er das Sofa aufklappen und die Bettwäsche aus einem Schrank hervorkramen. Ein richtiges Bad hatte er überhaupt nicht, nur einen abgetrennten Verschlag unter der Dachschräge mit einer Dusche darin. Es gab eine Toilette im Treppenhaus, die er sich mit fünf anderen Parteien teilte. Ein Scheißleben, und nicht die kleinste Aussicht auf eine Verbesserung.

Doch. Eine ganz kleine. Jetzt schon.

Im nächsten Schlafzimmer, das gleich nebenan lag, stolperte er geradezu über Patricia, denn sie strahlte ihn von mindestens zwei Dutzend Fotos an den Wänden und auf Tischen und Regalen an. Nie alleine, stets war sie mit der kompletten Familie abgebildet: eine auffallend kleine, zarte Frau, sehr blond und sehr attraktiv, meist in die Arme eines großen, gutaussehenden Mannes geschmiegt, und daneben zwei kleine Mädchen, so hübsch und so blond wie die Mutter, die fast immer auf Ponys saßen oder mit tapsigen Hundewelpen kuschelten. Phillip betrachtete jedes Bild eindringlich. Nach seinem Gefühl handelte es sich nicht um Schnappschüsse, sondern um sorgfältig arrangierte Szenen, die das Bild der perfekten, glücklichen Familie in einer Intensität transportierten, die unglaubwürdig wirkte.

Sie will etwas darstellen, dachte er, um jeden Preis. Seht her, wie glücklich wir sind! In welch heiler Welt wir leben! Der perfekte Mann. Die perfekte Frau. Die perfekten Kinder.

Wann stellt man etwas derart demonstrativ zur Schau? überlegte er. Meist dann, wenn irgend etwas daran nicht stimmt.

Er studierte noch einmal die Züge der Frau. Sie mußte Anfang dreißig sein und hatte sicher kein Facelifting hinter sich, aber ihr Lächeln zeigte die Starre, die operierten Gesichtern häufig zueigen ist. Da war kein Strahlen in ihren Augen. Nur eiserner Wille. Harte Disziplin.

Sie würde keine leichte Gegnerin sein.

Er besichtigte das dritte Schlafzimmer, das ihm jedoch kaum Aufschluß gab über seine Bewohner. Keine Fotos, keine Kleider im Schrank. Ein einsamer weißer Morgenmantel hing an einem Garderobenständer. Irgendwie wirkte das Zimmer kahl und nüchtern – bis auf die roten Vorhänge an den Fenstern, die dem Raum ein wenig Farbe verliehen. Als habe jemand alles entfernt, was es vielleicht einmal wohnlich gemacht hatte, und es bislang versäumt, neue Gegenstände der Behaglichkeit herbeizuschaffen. Er mußte an den Mann denken, der geschieden und noch nicht allzulange wieder neu verheiratet war. Er hätte gewettet, daß es dieses Paar war, das in dem Zimmer wohnte.

Er schickte sich gerade an, die Hühnerleiter hinaufzuklettern, um auch noch einen Blick in die Unterkünfte der Kinder zu werfen, da klingelte unten in der Halle das Telefon.

Verdammt, dachte er.

Mrs. Collins begab sich eiligen Schrittes zu dem Apparat. Er konnte ihre Schuhe auf den Fliesen klappern hören.

»Ja, hallo?« hörte er sie sagen, dann gleich darauf: »Oh, Mrs. Roth ..., wie geht es Ihnen? ... Ja ... ja ...«

Sie lauschte eine ganze Weile in den Telefonhörer, sagte nur gelegentlich »ja« oder »in Ordnung«. Die perfekte Patricia ratterte vermutlich eine ganze Salve von Anweisungen herunter, wie das Haus in Ordnung zu bringen war und wie sie alles vorzufinden wünschte. Dennoch würde Mrs. Collins irgendwann die Information loswerden, daß der hilfsbereite Cousin oder Onkel oder Neffe oder Was-auch-immer gerade dabei war, die Heizung zu reparieren. Und zu diesem Zeitpunkt sollte er möglichst schon das Weite gesucht haben.

Außerdem, fiel ihm ein, wartete Geraldine auf ihn. Seit über einer halben Stunde schon. Sie war zwar das Warten gewöhnt, aber er mußte ihre Geduld nicht überstrapazieren.

So gleichmütig wie möglich ging er die Treppe hinunter. Mrs. Collins sah ein wenig wie ein Opferlamm aus. Phillip konnte nicht verstehen, was Patricia sagte, aber er konnte ihre Stimme aus dem Telefon hören. Sie sprach laut und klar und schnell.

Ich bin fertig, bedeutete er Mrs. Collins lautlos, *ich gehe jetzt!*

Natürlich konnte es die Schlampe nicht lassen. Vielleicht war sie auch einfach froh, eine Gelegenheit zu finden, Patricias Redeschwall zu unterbrechen.

»Mrs. Roth«, sagte sie hastig, »äh ... Mrs. Roth, Ihr Verwandter ist übrigens gerade da. Wegen der Heizung. Ich habe ihn hereingelassen. Er hat schon alles repariert.«

Offenbar war Patricia sprachlos, denn für einen Moment blieb am anderen Ende der Leitung alles still.

Dann sagte sie irgend etwas, und Mrs. Collins starrte entsetzt zu Phillip hinüber. »Wie?« fragte sie. »Sie haben keinen Verwandten in England?«

Phillip fand, daß das Gequake aus dem Hörer jetzt etwas hysterisch klang.

»Die Heizung ist gar nicht kaputt?« wiederholte Mrs. Collins. In ihre Augen war ein nervöses Flackern getreten. Offenbar erwartete sie, niedergeschlagen, erstochen oder vergewaltigt zu werden. Dabei, dachte Phillip, der schon fast die Haustür erreicht hatte, müßte sie eigentlich merken, daß ich nur weg will.

Sie ließ den Hörer sinken, aus dem noch immer Patricias Stimme drang. »Wer sind Sie?« fragte sie.

Er hatte seine Hand auf dem Türgriff und lächelte Mrs. Collins freundlich an. »Ich *bin* verwandt mit Mrs. Roth«, antwortete er. »Sie weiß das bloß noch nicht.«

Er ließ sie mit ihrem Staunen allein und trat hinaus in den warmen Frühlingstag.

Er hatte sich ein erstes Bild gemacht.

2

Ricardas Tagebuch

13. April. Morgen, am Montag, fahre ich zu Papa und reise dann mit ihm nach Stanbury. Niemand weiß, wie schrecklich ich ihn vermisse. Auch Mama nicht, denn sie würde es sicher ganz unglücklich machen, weil sie dann denken müßte, ich bin nicht gerne mit ihr zusammen. Als sie damals wegging von Papa, hat sie mich gefragt, bei wem ich lieber wohnen möchte, und sie hat so traurig und einsam ausgesehen, daß ich gesagt habe: Bei dir, Mama. Aber das hat nicht gestimmt. Innerlich habe ich die ganze Zeit über gerufen: Bei Papa, bei Papa, bei Papa! Aber das hat Mama natürlich nicht gehört, und ich habe ein so schlechtes Gewissen gehabt, daß ich sie umarmt und mich an sie geklammert habe. Und später hat sie mich dann nicht noch mal gefragt.

Es ist schon okay, mit Mama zu leben, aber Papa ist einfach etwas ganz Besonderes, und niemand auf der Welt kann ihn ersetzen. Ich würde alles dafür geben, wenn ich immer mit ihm zusammensein könnte. Aber nur, wenn er nicht diese gräßliche Frau geheiratet hätte.

Ich hasse sie, ich hasse sie, ich hasse sie!

Sie ist echt so ätzend, das gibt es gar nicht! Jünger als Mama, aber ich finde sie nicht halb so hübsch! Beim Autofahren trägt sie eine Brille, und dann sieht sie aus wie eine Lehrerin. Sie ist Tierärztin! Papa hat damals versucht, mich damit einzuwickeln.

»Sie ist Tierärztin, Ricarda, stell dir das nur vor! Tierärztin wolltest du doch auch immer werden später! Jessica kann dir ganz viel darüber erzählen. Und sicher nimmt sie dich mal mit in ihre Praxis!«

Danke, verzichte! Papa merkt auch einfach nie, daß ich ein bißchen älter geworden bin! Mit neun oder zehn wollte ich Tierärztin werden. Alle kleinen Mädchen wollen das, auch Sophie und Diane jetzt. Typisch. Ich weiß gar nicht, was ich werden will. Am besten nichts. Einfach leben. Mich kennenlernen, die Welt kennenlernen. Und alles vergessen. Die ganze Scheiße mit meinen Eltern. Können es sich Leute nicht vorher überlegen, ob sie zusammenbleiben wollen oder nicht? Also, bevor sie unschuldige Kinder in die Welt setzen? Es müßte ein Gesetz geben, das es Menschen verbietet, sich scheiden zu lassen, wenn sie Kinder haben. Erst wenn die Kinder fertig sind mit der Schule, dann dürfen die Eltern sich trennen. Und vielleicht würden sich viele bis dahin sowieso wieder vertragen haben.

Als Mama mir sagte, daß Papa heiratet, habe ich gesagt, ich fahre nie wieder mit ihm nach Stanbury. Und ich will ihn überhaupt nie wiedersehen.

Mama hat mich nicht ernst genommen, was sie sowieso nie tut, aber ich habe es dann auch nicht geschafft. Papa nie mehr wiederzusehen, das würde so weh tun, das könnte ich nicht aushalten. Das Schlimme ist nur, daß J. immer dabei ist. Sie tut so scheißfreundlich und verständnisvoll, und wahrscheinlich hätte sie es gern, wenn ich ihr meine Probleme anvertrauen würde oder so, aber da kann sie ewig warten. Da würde ich noch eher Evelin was erzählen, oder Patricia. Na ja, Patricia vielleicht nicht. Die ist kalt wie ein toter Fisch und lächelt immer wie eine Zahnpastareklame. Aber Evelin ist echt nett. Ein bißchen doof, aber sie hat es auch sauschwer.

Am liebsten würde ich einfach mit Papa mal ganz allein Ferien machen. Ohne die anderen alle. Nur er und ich. Ich würde gerne mit ihm in einem Wohnmobil durch Kanada fahren. Das wäre mein Traum. Abends würden wir Lagerfeuer machen und Marshmallows rösten und die Sterne anschauen. Und am Tag würden wir vielleicht einen Grizzly sehen. Und Elche.

Ich werde das von jetzt an auf jeden Wunschzettel schreiben. An Weihnachten, an Ostern und an meinem Geburtstag. Ich werde nichts anderes darauf schreiben als: *Ferien in Kanada mit Papa ganz alleine.*

Irgendwann erfüllt er mir dann meinen Wunsch.

In diesen Osterferien werde ich jedenfalls wieder in Stanbury sein. Ich hasse es.

Ich hasse J.

Ich hasse mein Leben.

3

Am ersten Abend auf Stanbury aßen sie immer Spaghetti. Das war Tradition seit vielen Jahren, und an Traditionen wurde eisern festgehalten. Es war üblich, daß die drei Frauen gemeinsam die Nudeln kochten und daß dann nachher alle zusammen im Eßzimmer aßen und zwei Flaschen Champagner dazu tranken. Am zweiten Abend kochten die Männer, dann wieder die Frauen, und immer so fort. Nur gelegentlich besuchten sie zwischendurch ein Pub.

Jessica war erstaunt, daß sie niemanden in der Küche antraf, als sie hinunterkam. Nach der Ankunft hatte sich jeder in sein Zimmer verzogen, um die Koffer auszupacken, aber sie hatten vereinbart, um sieben Uhr mit dem Kochen zu beginnen. Nun war es Viertel nach sieben.

Egal, dachte Jessica, dann fange ich eben alleine an.

Sie vergewisserte sich, daß der Champagner kalt gestellt war, und ließ dann Wasser in einen großen Topf laufen. Durch das Fenster konnte sie in den Park hinaussehen, auf den eine sanfte, goldfarbene Abendsonne schien. Gleich nach der Landung auf dem *Leeds Bradford International Airport* am Mittag hatten sie festgestellt, daß es ungewöhnlich warm war für April. Sie hatten ihre beiden Leihautos in Empfang genommen, und auf der Fahrt von Yeadon nach Stanbury hatten sich alle aus ihren Jacken und Mänteln geschält. Überall blühten wilde Narzissen, und einige Bäume trugen bereits helles, frisches Grün.

Jessica sah Leon und Tim nebeneinander über den Rasen gehen; sie schienen in ein sehr ernstes Gespräch vertieft zu sein, denn beide runzelten die Stirn und blickten alles andere als glücklich drein.

Leon war Patricias Mann, und seine Freunde taten meist so, als sei er der Besitzer von Stanbury, obwohl es Patricia war, die das Anwesen geerbt hatte. Leon hatte im Grunde nicht das geringste zu sagen, und wenn man mit ihm etwas, das das Haus betraf, besprach, wußte man, daß er anschließend zu Patricia ging und ihre Anweisungen einholte.

Jessica schüttete Salz in das Wasser, stellte den Topf auf den Herd und zündete die Gasflamme an. Es waren ihre zweiten Osterferien in Stanbury, ihr sechster Aufenthalt insgesamt, denn sie waren dazwischen an Pfingsten, im Sommer, im Herbst und an Weihnachten hier gewesen. Die Handgriffe in der Küche waren ihr mittlerweile vertraut, und überhaupt hatte sie zweifellos Zuneigung zu dem Haus und zu der Landschaft gefaßt. Dennoch dachte sie manchmal, daß es schön sein könnte, mit Alexander, ihrem Mann, anderswo hinzufahren. Mit ihm allein.

Was ironischerweise ein Wunsch war, den sie mit Alexanders fünfzehnjähriger Tochter teilte, und es war mit Sicherheit die einzige Gemeinsamkeit, die sie hatten. Jessica wußte, daß Ricarda sie abgrundtief haßte. Vorhin, im Schlafzimmer, als sie und Alexander ihre Koffer auspackten, hatte Alexander einen Zettel aus seiner Hosentasche gezogen und ihn Jessica gereicht.

»Hier. Lies mal. Ricardas Wunschzettel. Für Ostern.«

Es war ein gelochtes Blatt, lieblos aus einem Ringbuch herausgerissen. Ricarda hatte sich zudem keineswegs Mühe gegeben, einigermaßen schön und deutlich zu schreiben.

Mein Wunschzettel stand ganz oben gekritzelt, und darunter in riesigen, tief eingedrückten Buchstaben: *Ferienreise mit Papa nach Kanada alleine.* Das Wort *alleine* war dreimal dick unterstrichen.

»Und wenn du wirklich einmal mit ihr alleine verreist?« hatte Jessica gefragt und ihm den Zettel zurückgegeben. »Vielleicht würde es euch guttun. Sie verkraftet doch ganz offensichtlich deine Scheidung von Elena nicht. Und schon überhaupt nicht den Umstand, daß du erneut geheiratet hast. Vielleicht solltest du ihr das Gefühl geben, daß ein Teil deines Herzens immer noch ihr, und nur ihr alleine, gehört.«

Alexander schüttelte den Kopf. »Ich will nicht wochenlang ohne dich sein.«

»Ich würde es verstehen. Und vielleicht würde es uns alle weiterbringen.«

»Da müßte sie sich erst anders benehmen. So wie sie sich dir gegenüber verhält, verdient sie einfach keine Belohnung. Wenn ich ihr jetzt diesen Wunsch erfülle, glaubt sie, sie kann sich alles erlauben. Ich kenne meine Tochter.«

Da Ricarda überdies bereits im Auto verkündet hatte, sie werde am gemeinsamen Abendessen keinesfalls teilnehmen, war Alexander nun auf den Dachboden hinaufgestiegen, um mit ihr zu reden. Jessica war gespannt, ob er etwas ausrichten würde.

Die Tür flog auf, und eine atemlose Evelin stürzte in die Küche. Sie hatte sich für das Abendessen umgezogen, wie immer etwas zu aufwendig. Das himmelblaue Seidenkleid, das figurumspielend lässig geschnitten war, hätte Jessica äußerstenfalls im Theater angezogen. Hier auf Stanbury trug sie fast ausschließlich Jeans und Sweatshirts.

»Ich bin ziemlich spät dran«, sagte Evelin und wirkte dabei nicht wie eine erwachsene Frau, sondern wie ein Schulmädchen, das sich für ein Versäumnis schämt, »es tut mir leid. Ich habe die Zeit vergessen …« Sie hatte hektische rote Flecken im Gesicht. »Wo ist Patricia?«

»Die hat bestimmt auch die Zeit vergessen«, meinte Jessica gleichmütig. »Keine Sorge. Es dauert sowieso eine Weile, bis das Wasser kocht.«

»Ich weiß überhaupt nicht, wo Tim steckt.«

Jessica deutete zum Fenster hinaus. »Er ist draußen mit Leon. Die beiden scheinen äußerst tiefschürfende Gespräche zu führen.«

Evelin setzte sich auf einen Stuhl. »Soll ich Tomaten schneiden?«

»In diesem Kleid solltest du das besser nicht tun. Außerdem … deine Hand!«

Evelins linke Hand war bandagiert, ein Unfall beim Tennis, wie sie den anderen morgens beim Aufbruch berichtet hatte. Evelin spielte regelmäßig Tennis und ging täglich ins Fitneßstudio, sie joggte und machte bei einem Aerobic-Kurs mit, aber sie war völlig unsportlich und ungeschickt und zog sich häufig Verletzungen zu. Kein Wunder, dachte Jessica oft, bei ihrer Figur!

Evelin war nicht einfach üppig, sie war fett, und sie schien ständig zuzunehmen. Ihre sportlichen Aktivitäten vermochten nicht den Umstand auszugleichen, daß sie sich praktisch von morgens bis abends Kalorien in Form von Torte, Schokolade und allzu vielen Gläsern Prosecco zuführte. Sie wirkte nicht glücklich, trotz des schönen Hauses, in dem sie wohnte, und der intakten Ehe, die sie führte. Sie übte keinen Beruf aus und hatte keine Kinder, und Tim, ihr Mann, war den ganzen Tag über in seiner psychotherapeutischen Praxis tätig, die sehr erfolgreich lief und ihm eine Menge Geld einbrachte. Evelin war viel allein. Sie strahlte Einsamkeit und Niedergeschlagenheit aus.

»Vor sechs Jahren«, hatte Patricia erzählt, »hat sie bei einer Fehlgeburt im sechsten Monat ihr Baby verloren, und seitdem scheint es mit einer erneuten Schwangerschaft nicht zu klappen. Ich glaube, das macht ihr schwer zu schaffen.«

»Was wirst du tun in diesen Ferien?« fragte Evelin nun. »Wieder soviel laufen?«

Jessica hatte die Freunde von Anfang an mit ihrer Leidenschaft für endlos lange, einsame Spaziergänge verblüfft. Stets war sie mindestens zwei oder drei Stunden unterwegs, gleichgültig, ob es regnete oder die Sonne schien. Manchmal sahen die anderen sie den ganzen Tag nicht. Jessica wußte, daß Patricia deswegen schon genörgelt hatte; sie fand, Jessica grenze sich zu sehr ab und gehe zu oft ihrer eigenen Wege. Alexander hatte es ihr erzählt.

»Vielleicht solltest du sie oder Evelin einmal bitten, dich zu begleiten«, hatte er gemeint, »oder dich ihnen anschließen. Sie könnten sonst das Gefühl bekommen, du magst sie nicht besonders.«

»Ich kann Menschen mögen und muß trotzdem nicht rund um die Uhr mit ihnen zusammensein. Patricia und Evelin stehen ständig am Rand einer Wiese und schauen Patricias Töchtern beim Reiten zu. Das ist einfach nichts für mich.«

»Ich denke ja auch nur, daß du es *zwischendurch mal* machen könntest. Um ein bißchen Gemeinsamkeit herzustellen.«

Jessica hatte ein paarmal versucht, seinem Wunsch zu entsprechen, aber sie hatte sich dabei fast zu Tode gelangweilt. Diane und Sophie waren auf ihren Ponys im Kreis herumgeritten, und Patricia hatte jede Bewegung ihrer Töchter kommentiert und jede Menge Anekdoten aus ihrer beider Leben erzählt. Was sie ohnehin meistens tat. Patricia kannte kein anderes Thema als ihre Familie. Ihre Kinder, ihr Mann. Ihr Mann, ihre Kinder. Gelegentlich ging es noch um Freunde ihrer Kinder oder Lehrer ihrer Kinder, und dann und wann um Prozesse ihres Mannes, der Anwalt war, und zwar – wenn man Patricia Glauben schenken wollte – einer der erfolgreichsten und bedeutendsten in ganz München. Patricias Welt war so heil, daß es ein normaler Mensch nicht aushalten konnte. Jessica mißtraute diesem Ausmaß an Perfektion zutiefst, außerdem fand sie Patricias ständiges Geprahle mit ihren Kindern taktlos Evelin gegenüber, angesichts des Traumas, das diese erlitten hatte. Jessica hatte zunächst nicht verstanden, weshalb sich Evelin trotzdem so eng an Patricia anschloß, vermutete aber inzwischen, daß sie sich in Momenten des Zusammenseins mit der Freundin zu identifizieren suchte. Patricia schien für sie ein Vorbild, ein Ideal zu sein. Daher versuchte sie sich auch in all den Sportarten, die Patricia ausübte. Nur daß Patricia darin glänzte, während sich Evelin wie ein Tolpatsch benahm. Jessica betrachtete sie, wie sie da in ihrem figurumspielenden Sackkleid auf dem Küchenstuhl saß, so dick und so schwerfällig, und sie dachte: Sie ist die Unglücklichste von allen hier. Sie hat so traurige Augen, und niemand scheint jemals wirklich mit ihr zu sprechen.

Einem spontanen Gefühl folgend, wollte sie zu ihr gehen, sich neben sie setzen, ihr den Arm um die Schultern legen und sie fragen, was sie so sehr bedrückte, aber gerade in diesem Moment wurde die Küchentür aufgerissen, und Patricia kam herein. Und wie immer, wenn sie sich in einem Raum befand, schien sie ihn sofort zu besetzen und völlig auszufüllen – trotz ihrer Größe von knapp einem Meter sechzig und ihrer zerbrechlichen, kindlichen Figur. Ganz gleich, was sie tat, sie war stets ungemein intensiv, und es gab viele Menschen, die sie als ungeheuer erschöpfend empfanden.

»Ich bin zu spät«, sagte sie, »tut mir leid.« Ihre langen, blonden Haare leuchteten im Licht der einfallenden Abendsonne. Sie trug einen eng anliegenden, flaschengrünen Hausanzug, der sich perfekt eignete, darin zu kochen, der aber zugleich elegant genug war, um sie später beim Essen ebenfalls eine gute Figur abgeben zu lassen. Es handelte sich um eines jener Kleidungsstücke, bei denen sich Jessica oft fragte, wie es manchen Frauen gelang, sie aufzutreiben.

Patricia schwang sich auf den Küchentisch. Es war typisch für sie; nie würde sie sich, wie Evelin, einfach auf einen Stuhl plumpsen lassen. Immer lag eine besondere Energie, eine besondere Beweglichkeit in allem, was sie tat.

»Ich habe eben noch mit Mrs. Collins telefoniert. Sie ist wirklich die unfähigste Person, die ich je kennengelernt habe. Ich meine, wie kann sie einen wildfremden Mann hier im Haus umherstreifen lassen, nur weil er behauptet, er sei mit mir verwandt und müsse die Heizung reparieren? Sie hätte mich doch wenigstens anrufen und fragen müssen!«

Jessica seufzte leise. Patricia lamentierte seit Tagen über dieses Thema. Unmittelbar nach dem Ereignis, nachdem sie also mit Mrs. Collins gesprochen und von dem fremden Mann erfahren hatte, hatte sie bei den Freunden angerufen und ihnen alles erzählt. Auch auf dem Flug von München nach Leeds hatte sie ständig davon gesprochen. Sie regte sich entsetzlich auf, insbesondere auch darüber, daß ihr Mann die ganze Sache ziemlich gelassen nahm.

»Ich verstehe nicht, wie Leon so ruhig sein kann!« hatte sie im Flugzeug ständig wiederholt. »Dieser Typ kann doch gefährlich sein. Ein Krimineller, ein Triebtäter … was weiß ich? Wir haben zwei kleine Töchter … o Gott, ich werde während dieser Ferien keine ruhige Minute haben!«

Auch jetzt konnte sie sich noch nicht beruhigen.

»Mrs. Collins sagt, er habe vertrauenerweckend ausgesehen. Ich weiß wirklich nicht, wie blöd ein Mensch sein kann. Als ob man danach gehen könnte, wie jemand aussieht! Was glaubt die Alte? Daß Verbrecher eine schwarze Augenklappe tragen und einen Dreitagebart? Wenn ich nur wüßte, was der Typ hier wollte!«

»Jedenfalls hat er ja offenbar nichts geklaut«, sagte Evelin. Diese Feststellung traf sie heute zum fünften oder sechsten Mal; allerdings, dachte Jessica, wäre es wohl ein Fehler, daraus auf mangelnde Intelligenz zu schließen. In dem Thema um den geheimnisvollen Fremden wiederholten sich alle ständig, denn sämtliche Mutmaßungen waren inzwischen ausgeschöpft, und es machte längst keinen Sinn mehr, noch länger über all das zu reden. Es war jedoch klar, daß Patricia nicht so bald aufgeben würde.

»Er hat spioniert«, sagte sie, »das steht für mich fest. Vielleicht hat er versucht, einen Weg zu finden, wie er nachts in das Haus einsteigen kann. Oder er hat sich im Keller ein Fenster geöffnet, um später hineinkommen zu können.«

»Das ließe sich ja überprüfen«, meinte Jessica. »Was glaubst du wohl, was ich gleich nach unserer Ankunft getan habe? Ich bin in jedes verdammte Loch gekrochen und habe an jedem Fenster gerüttelt, habe die Verriegelung der Tür geprüft.« Patricia schüttelte sich. »Gott, ist das ein Staub da unten! Und ein Gerümpel. Da ist seit Generationen nicht ausgemistet worden.«

»Ich halte diese Idee für unlogisch«, sagte Jessica. »Das Haus steht seit Weihnachten leer. Es liegt vollkommen einsam. Und wenn jemand unter allen Umständen in ein Haus hineinwill, dann kommt er auch hinein. Also, warum sollte er warten, bis wir alle da sind? Das wäre doch dumm. Warum sollte er sich der Putzfrau zeigen und ihr seinen Namen nennen? Nachdem er drei Monate Zeit hatte, hier alles in Seelenruhe auszuräumen, falls er das gewollt hätte. Ganz abgesehen davon, daß es hier nicht viel zu holen gibt.«

»Das weiß er aber nicht. Die Vorhänge sind immer zu, wenn wir weg sind. Er kann nichts sehen von draußen.«

»Dann weiß er es spätestens jetzt. Offenbar hat er sich ja gründlich umgeschaut. Hier gibt es nichts, was das Risiko eines Einbruchs lohnt.«

»Vielleicht will er gar nichts stehlen«, beharrte Patricia, »vielleicht ist er ein Triebtäter. Irgendein perverser Typ, der hier eines Nachts ein Blutbad anrichten will!«

Evelin war blaß geworden. »Sag doch nicht etwas so Schreckliches!« rief sie. »Ich werde sonst kein Auge mehr zutun!«

Patricia musterte sie kühl. »Indem du die Möglichkeit negierst, wird deine Situation aber auch nicht sicherer.«

»Und indem du alles schwarzmalst ...«

Jessica fürchtete, daß jeden Moment ein Streit ausbrechen würde, und mischte sich ein.

»Und wenn er wirklich ein Verwandter von dir ist?« fragte sie ruhig.

Patricia starrte sie an. »Ich habe in England keine Verwandten.«

»Das weißt du doch nicht. Es kann ja auch ein Cousin dritten oder vierten Grades sein … oder ein Angeheirateter … was weiß ich! Dein Großvater war Engländer. Es muß also einen Familienzweig hier geben.«

»Mein Großvater hat seine Familie in Deutschland gegründet. Von seiner englischen Familie lebte niemand mehr, das hat mir mein Vater oft genug erzählt. Als er nach England zurückging, blieb er allein. Es kann also niemanden geben.«

»Vielleicht aber doch. Eben diesen Mann. Und er will womöglich nichts anderes als Kontakt mit dir aufnehmen.«

»Das ist aber eine merkwürdige Art, Kontakt aufzunehmen. Warum kommt er nicht her, stellt sich vor, wir trinken einen Tee zusammen, und das war es dann?«

»Vielleicht wollte er genau das. Er kam her, und wir waren noch nicht da. Zufällig kreuzte gerade Mrs. Collins auf. Er nutzte die Gelegenheit, einen Blick in dein Leben zu werfen. Womöglich platzt er fast vor Neugier auf seine deutsche … ja, vielleicht Cousine oder etwas Ähnliches!«

»Aber …«

»Es ist nicht die feine Art. Natürlich kann man so etwas nicht machen. Aber es ist eine Theorie, die weit entfernt ist von deiner Triebtäter-Variante.«

Patricia wirkte keineswegs überzeugt. »Na ja …«, meinte sie vage.

Jessica ging zum Kühlschrank, öffnete ihn und zog eine Flasche Prosecco heraus. »Kommt«, sagte sie, »wir trinken jetzt ein Glas zusammen. Ohne die Männer. Auf unseren Urlaub und darauf, daß Patricias Triebtäter in Wahrheit ein netter Mann ist, mit dem wir uns gut verstehen werden!«

Draußen verdämmerte der Tag. Eine friedliche Stille senkte sich über die Küche. Das Nudelwasser sprudelte. Jessica blickte hinaus. Leon und Tim kamen durch den Garten zurück.

Tims Mund war nur ein dünner Strich, so fest hatte er die Lippen zusammengepreßt. Leon redete und gestikulierte.

Irgend etwas stimmt mit den beiden nicht, dachte Jessica. Sie war verwundert und beunruhigt: Zwischen den Freunden war sonst immer alles in Ordnung! Das war das Besondere an ihnen.

Eine Abweichung war undenkbar.

Ricarda erschien tatsächlich nicht zum gemeinsamen Abendessen. Allerdings hatte Alexander ohnehin nicht mit ihr sprechen können, da er sie nicht in ihrem Zimmer angetroffen und auch im ganzen übrigen Haus nicht gefunden hatte.

Er saß mit Grabesmiene am Tisch, während Patricia in ihrer erschöpfend intensiven Art auf ihn einredete.

»Das kannst du nicht durchgehen lassen! Ich meine, das Mädchen ist fünfzehn! Das ist ein äußerst gefährliches Alter. Vielleicht trifft sie sich mit irgendeinem Mann! Willst du, daß sie dich demnächst zum Großvater macht?«

»Ich bitte dich!« sagte Alexander müde und strich sich mit der Hand über das Gesicht. »So weit ist sie nun wirklich noch nicht!«

»Woher willst du das wissen? Du weißt ja nicht einmal, wo sie sich herumtreibt. Und Einfluß hast du schon überhaupt nicht auf sie – wie auch, als geschiedener Vater. Von Elenas Erziehungsmethoden habe ich nie etwas gehalten, das weißt du. Sie hat Ricarda immer viel zuviel Freiheit gelassen, in erster Linie deshalb, damit sie selbst möglichst keine Arbeit mit dem Kind hat. Wenn ich mir überlege, wie ich mich für Diane und Sophie engagiere – das wäre für Madame natürlich nichts gewesen!«

Jessica wunderte sich oft, mit welcher Härte und Verachtung im Freundeskreis über Alexanders geschiedene Frau gesprochen wurde. Schließlich hatte sie jahrelang dazugehört, die Ferien in Stanbury geteilt, mit ihnen allen gelebt, geredet, gelacht oder vielleicht auch einmal ihr Herz ausgeschüttet. In dem Moment der Scheidung war sie offenbar zur Verfemten geworden. Jessica mischte sich ein, weil sie den Eindruck hatte, daß Alexander unter dem Maschinengewehrfeuer von Patricias Ausführungen wehrlos geworden war.

»Ich glaube, wir sollten nicht den Teufel an die Wand malen«, sagte sie. »Es ist ganz normal, daß sich ein Mädchen in Ricardas Alter von der Familie absetzt und eigene Wege geht. Bei mir war das genauso.«

»Bei meinen Töchtern wird das nicht so sein«, erklärte Patricia mit Bestimmtheit, und die Mädchen, denen, wie Jessica fand, schon heute ein außergewöhnliches Maß an Selbstgerechtigkeit anhaftete, lächelten zustimmend.

Leon brachte einen Trinkspruch auf die bevorstehenden Ferien aus, und alle prosteten einander zu. Es war zweifellos so, daß eine sehr warme Strömung von Freundschaft, Zusammengehörigkeit und Vertrauen durch den alten, holzgetäfelten Raum zu wehen schien. Jessica konnte verstehen, daß Menschen an einer fast familiären Struktur hingen, die über so viele Jahre gewachsen war. Sie betrachtete die drei Männer, die einander seit ihrer Kindheit verbunden waren. Alexander, Leon und Tim.

»Uns konntest du immer nur zusammen antreffen«, hatte Alexander ihr einmal erzählt, »eigentlich taten wir alles gemeinsam. Und wir sind froh, daß wir diese Freundschaft erhalten konnten, obwohl jeder von uns zwangsläufig in der Universität eigene Wege gehen mußte.«

Jessica hatte Leon kurz vor dem Abendessen auf seine Auseinandersetzung mit Tim angesprochen.

»Hattet ihr Streit? Ich sah euch durch den Garten kommen, und …«

Leon hatte sie mit einem kurzen Lachen unterbrochen. »Um Gottes willen! Da hast du etwas mißverstanden. Wir haben nicht gestritten. Tim hat mir erzählt, woran er gerade arbeitet, und ich habe sehr interessiert zugehört. Vielleicht hast du unsere Konzentration als Verstimmung gedeutet, aber das war wirklich nicht der Fall.«

Jessica hatte nicht den Eindruck, sich getäuscht zu haben, aber aus den wenigen Erfahrungen, die sie mit den Freunden gewonnen hatte, wußte sie bereits, daß es keinen Sinn gehabt hätte, nachzuhaken.

So wandte sie sich nun bei Tisch an Tim. »Tim, ich habe gehört, du arbeitest an einer interessanten Sache. Kannst du darüber schon sprechen?«

»Nun«, sagte Tim, »ich arbeite nicht an einem bestimmten Fall, wenn du das meinst. Ich habe nur begonnen, meine Promotion vorzubereiten.«

»Warum willst du plötzlich promovieren?« fragte Patricia. »Deine psychotherapeutische Praxis läuft glänzend, deine Seminare für Selbstbehauptungstraining ebenso. Glaubst du, es spielt eine Rolle, ob du einen *Doktor* vor dem Namen trägst?«

»Meine liebe Patricia«, erwiderte Tim, »ich finde, ein großer Reiz des Lebens besteht in den Herausforderungen, die wir an uns richten und denen wir uns dann mit all unserem Einsatz widmen. Es geht schließlich nicht nur um das, was wir unbedingt brauchen. Es geht um das Vorankommen, darum, die eigene Meßlatte immer wieder ein Stück höher zu legen.«

»Welches ist das Thema deiner Doktorarbeit?« fragte Jessica.

Es gefiel Tim, mit seinem Projekt im Mittelpunkt der allgemeinen Aufmerksamkeit zu stehen, das konnte man ihm ansehen.

»Abhängigkeit«, antwortete er.

»Abhängigkeit, die sich zwischen Menschen entwickelt?«

»Ja, und auch bestimmte Täter-Opfer-Konstellationen, die daraus entstehen. Was bei einem Abhängigkeitsverhältniss zwischen zwei Menschen fast immer der Fall ist. Wer ergreift warum welche Rolle? Welchen Nutzen zieht jeder von beiden daraus?«

»Das klingt interessant«, gab Jessica zu.

»Das *ist* interessant«, entgegnete Tim mit selbstgefälliger Miene, »aber auch sehr vielschichtig und arbeitsintensiv. Ich werde einiges daran zu tun haben in diesen Ferien.«

»Du bist noch ganz am Anfang?« erkundigte sich Patricia.

Tim nickte. »Im Grunde noch bei den Vorarbeiten. Ich bin dabei, ein paar Persönlichkeitsprofile zu entwickeln, anhand derer ich dann meine Theorien darlegen möchte.«

Patricia lachte ein wenig hektisch. »Dann ist es ja gar nicht ungefährlich, sich in deiner Nähe aufzuhalten. Am Ende findet man sich als Fallbeispiel in deiner Arbeit wieder.«

»Kann passieren«, bestätigte Tim.

Sie starrte ihn an. »Na ja, mich kann das kaum betreffen. Ich denke, beim besten Willen könnte mir niemand irgendeine Form der Abhängigkeit andichten.«

»Bist du da so sicher?« fragte Tim.

Patricia bekam funkelnde Augen. »Also, ich möchte wirklich wissen, wo du da bei mir etwas finden könntest!«

»Oh, ich denke, das springt einem geradezu ins Auge. Du bist unendlich abhängig von dem Bild, das du in der Öffentlichkeit abgibst. Die perfekte Patricia. Die perfekte Gattin. Die perfekte Mutter. Mit ihren perfekten Kindern und ihrem perfekten Mann in einem perfekten Haus. Einfach das perfekte Leben. Und damit wiederum katapultierst du dich in eine ungeheure Abhängigkeit von Leon. Da du allein dieses Bild nicht aufrechterhalten könntest, bist du auf seine Kooperation angewiesen, und entsprechend mußt du auch ihm so manches ... Entgegenkommen erweisen.«

Patricia hatte hochrote Wangen und saß so aufrecht und gespannt auf ihrem Platz wie eine Stahlfeder. »Könntest du deutlicher werden?« fragte sie schrill.

Tim widmete sich wieder seinem Essen. »Ich denke, wir verstehen uns«, antwortete er kauend und ohne das geringste Anzeichen einer Emotion.

Ein paar Minuten lang herrschte ein etwas gedrücktes Schweigen am Tisch, dann hörte man draußen die Haustür klappen.

»Das ist bestimmt Ricarda!« sagte Patricia sofort, offenbar bestrebt, von sich als Gesprächsgegenstand abzulenken. »Alexander, du solltest jetzt gleich zu ihr gehen und ihr deine Meinung ...«

Alexander machte bereits Anstalten, aufzustehen, doch Jessica legte ihm rasch die Hand auf den Arm. »Nicht. Du machst alles nur schlimmer. Laß sie jetzt erst einmal in Ruhe.«

»Ich wollte gar nicht zu Ricarda gehen«, erklärte Alexander, »ich wollte eigentlich etwas verkünden.« Er lächelte. »Ich ...«

Diesmal krallte sie ihm die Fingernägel in den Arm. »Nein! Nein, bitte nicht!«

Alle starrten sie überrascht an.

»Was ist denn los?« fragte Evelin.

Alexander setzte sich wieder. »Ich verstehe dich nicht«, sagte er.

Jessica erhob sich rasch. »Ich sehe mal nach Ricarda«, murmelte sie.

Sie wußte, daß sie sich eine Abfuhr einhandeln würde. Dennoch verließ sie mit schnellen Schritten den Raum und stieg die Treppe hinauf.

4

JESSICA ERWACHTE mitten in der Nacht, und sie wußte nicht gleich, was sie geweckt hatte. Es mußte etwas gewesen sein, das sie bis in ihre Träume hinein beunruhigt hatte, denn ihr Herz schlug heftig, und sie empfand ein Gefühl der Bedrohung, ohne eine Ahnung zu haben, welcher Art diese Bedrohung sein sollte. Obwohl sie schon einige Male in Stanbury Ferien gemacht hatte, war es doch für dieses Mal die erste Nacht in einem fremden Bett, und vielleicht hatte sie dieser Umstand durcheinandergebracht. Doch dann bemerkte sie den Lichtschein, der durch die Ritze unter der Tür zum anliegenden Badezimmer hindurchschimmerte, und im selben Moment registrierte sie auch, daß das Bett neben ihr leer war. Nebenan hörte sie Wasser in das Waschbecken rauschen.

Sie wußte, wovon sie aufgewacht war, und seufzte leise.

Wochenlang war nichts geschehen. Fast zwangsläufig hatte nun wieder eine solche Nacht kommen müssen.

Sie knipste ihre Nachttischlampe an, schwang die Füße aus dem Bett und warf dabei einen Blick auf den Radiowecker, der auf dem Boden stand. Kurz vor vier. Die übliche Zeit.

Sie klopfte leise an die Badezimmertür.

»Alexander?«

Er antwortete nicht, und sie trat ein.

Er stand vor dem Waschbecken, ließ kaltes Wasser in seine geöffneten Hände laufen und spritzte es sich dann ins Gesicht. Er war totenbleich, und er schien am ganzen Körper zu zittern.

»Alexander!« Sie trat an ihn heran, legte ihm eine Hand auf die Schulter. »Du hast wieder geträumt?«

Er nickte. Er drehte den Wasserhahn zu, griff nach einem Handtuch, trocknete Gesicht und Hände ab. Selbst das eiskalte Wasser hatte nicht einen Hauch von Farbe auf seine Wangen gebracht.

»Tut mir leid, wenn ich dich geweckt habe«, sagte er. »Ich fürchte, ich habe wieder geschrien oder geredet.«

»Ich weiß es nicht. Ich bin eben erst aufgewacht. Es spielt auch keine Rolle.« Sie setzte sich auf den Rand der Badewanne und zog ihn sanft neben sich.

»Willst du mir nicht doch mal erzählen, wovon du träumst? Was es ist, was dich so sehr belastet?«

Er schüttelte den Kopf. »Es würde nichts ändern. Es ist alles so lange her.«

»Es ändert schon etwas, wenn man über die Dinge redet. Vielleicht hast du diese Probleme ja genau deshalb, weil du alles viel zu sehr in dir verschließt.«

Er schüttelte erneut den Kopf, rieb sich die Augen, die von Müdigkeit gerötet waren. »Nein. Es gibt Dinge ..., an die rührt man besser nie wieder. Man läßt sie ruhen, wo sie sind – in der Vergangenheit.«

Jessica seufzte. »Aber sie ruhen nicht. Das ist doch die Schwierigkeit. Sie toben in dir herum. Sie quälen dich. Sie lassen sich nicht verdrängen.«

Er schüttelte nur wieder den Kopf und vergrub dann das Gesicht in den Händen, und sie wußte, daß dieses Gespräch so ergebnislos verlaufen würde wie alle anderen, die sie zuvor geführt hatten. Es hatte etliche Nächte wie diese gegeben, in denen sie daheim im Bad gesessen hatten, manchmal auch in der Küche oder aufrecht nebeneinander im Bett. Alexander war schreiend aus einem Traum erwacht und hatte lange gebraucht, sich wieder zu erholen, das Zittern in seinem Körper zu bezwingen. Beim erstenmal – das war wenige Wochen vor ihrer Hochzeit gewesen – hatte Jessica an einen Alptraum gedacht, wie ihn viele Menschen von Zeit zu Zeit erleben. Allerdings war sie schon damals erschrocken gewesen über die Heftigkeit und über den Umstand, daß Alexander so lange brauchte, sich wieder zu erholen. Sie hatte ihn natürlich gefragt, was ihn so verfolgt habe, doch er hatte behauptet, sich nicht genau zu erinnern.

»Ich weiß nicht. Irgend etwas verfolgte mich ... es ist verschwommen.«

Doch dann war es wieder und wieder passiert, und irgendwann war ihr klargeworden, daß es tiefere Gründe geben mußte. Doch sosehr sie sich mühte, sie konnte ihm nicht die kleinste Andeutung, nicht den leisesten Hinweis entlocken. Oft sagte er, er wisse es selber nicht genau. Dann wieder meinte er, er wolle einfach nicht daran rühren.

»Wenn du mit mir nicht darüber sprechen willst«, hatte sie einmal gesagt, »dann solltest du dich jemand anderem anvertrauen. Was ist mit deinen Freunden? Leon und Tim?«

Er war fast ärgerlich geworden. »Unsinn. Das sind nicht die Dinge, über die Männer miteinander sprechen! Ich erzähle dir meine Alpträume, du erzählst mir deine ... nein. Auf keinen Fall.«

»Und wenn du mal mit einem Psychologen redest?«

Er hatte ihr einen Blick zugeworfen, der ihr sagte, daß sie ihre Zeit verschwendete, wenn sie diesen Gedanken auch nur einen Moment weiterverfolgte.

Jetzt hob er den Kopf, sah sie an. Wenigstens in seine Lippen kehrte ein wenig Farbe zurück. »Geh ins Bett«, sagte er, »ich brauche noch einen Moment, dann komme ich auch.«

»Aber …«

»Bitte. Du weißt …«

Sie wußte. Sie wußte, daß er in diesen Momenten allein sein wollte, daß er ihre Fürsorge als lästig empfand. Gerade er, der sonst ihre Nähe suchte, der immer wieder betonte, wie sehr er sie brauchte, wie wichtig sie für ihn und sein Leben war, der immer eine Berührung mit ihr wollte – er klammerte sie aus diesem Teil seines Lebens beharrlich aus.

Sie stand auf, strich ihm über die wirren Haare, die feucht von Schweiß waren, und ging ins Schlafzimmer zurück. Durch das Fenster drang die noch sehr kühle Nachtluft herein, und fröstelnd kroch sie tief unter ihre Decke. Sie lauschte zum Bad hinüber, vernahm jedoch keinen Laut. Er saß jetzt dort und wartete darauf, daß sich etwas in ihm beruhigte, das nur er kannte. Dann würde er ins Bett kommen und sich bis zum Morgen hin und her wälzen, und den ganzen nächsten Tag wäre er grau im Gesicht und müde, aber von Stunde zu Stunde erleichterter – jemand, der wußte, daß er etwas hinter sich gebracht hatte, was sich nun für eine Weile wieder aus seinem Leben heraushalten würde.

Jessica drehte sich auf die Seite. Obwohl sie geglaubt hatte, hellwach zu sein, schlief sie ein, noch ehe Alexander wieder zu ihr zurückgekehrt war.

5

Sie hiess Geraldine Roselaugh, ein Name, den sie selbst als dramatisch empfand; doch sie schaffte es, ihn mit ihrem Aussehen auszufüllen. Es gab kaum einen Menschen, der sie nicht fasziniert anstarrte, wenn er ihr begegnete. Sie hatte pechschwarze Haare, die ihr bis auf die Hüften fielen, und leuchtend grüne Augen, die zudem ein wenig schräg standen. Die sehr hohen Wangenknochen machten ihr blasses Gesicht zart, die vollen Lippen machten es sinnlich. Sie hatte eine perfekte Figur und als Fotomodell einen ausgebuchten Auftragskalender. Sie war fünfundzwanzig und wußte, daß sie jeden Abend mit einem anderen wohlhabenden, interessanten Mann hätte ausgehen, Champagner trinken und sich beschenken lassen können.

Sie fragte sich, weshalb sie an Phillip Bowen geraten war und ihn nicht loslassen konnte.

Zumal er kaum etwas tat, um sich ihre Zuneigung zu erhalten.

Nur seinetwegen saß sie an diesem Apriltag, kurz vor Ostern, im Schankraum des *The Fox and The Lamb,* eines kleinen Hotels in West-Yorkshire, und wartete auf ihn. Wobei letzteres keineswegs unüblich war: Im Gegenteil, manchmal hatte sie das Gefühl, ihr Leben bestehe – außerhalb ihres streßreichen Berufs – nur darin, auf Phillip Bowen zu warten.

Sie hatte vorher in ihrem Leben nie etwas von dem Ort Stanbury gehört, und überhaupt war sie noch nie in Yorkshire gewesen. Ihre Arbeit führte sie in die verschiedenen europäischen Metropolen, und gelegentlich auch nach New York, und ihre Urlaube verbrachte sie stets im Süden, irgendwo, wo es weiße Strände und Palmen und blauen Himmel gab. Einmal war sie in Schottland gewesen, das ihr in seiner Großartigkeit gefallen hatte, und sie hatte dort viele Orte von wilder, romantischer Einsamkeit gefunden. Aber Yorkshire …

Stanbury, das winzige Dorf, lag nur einen Steinwurf entfernt von Haworth, dem Dorf, das durch die Brontës berühmt geworden war. Das Pfarrhaus der Schwestern stand für Besichtigungen offen, und man konnte, wie der Reiseführer empfahl, einem Wanderweg über das Hochmoor folgend, zu der Ruine des Landhauses Top Withins gelangen, das Vorlage gewesen sein sollte für Emily Brontës berühmtes *Wuthering Heights*. Geraldine hatte sich vorgenommen, am Nachmittag ebendieses zu tun, und Phillip hatte versprochen, sie zu begleiten. Vor einer halben Stunde waren sie verabredet gewesen. Er hatte noch einmal hinausfahren wollen nach Stanbury House, aber natürlich kam er nicht pünktlich zurück.

Sie hatte es oben im Zimmer nicht mehr ausgehalten und sich deshalb hinunter in den Schankraum begeben, einer Art Pub, in dem mittags ein Buffet angeboten wurde. Eine Familie hatte sich um einen Ecktisch gruppiert, vier lärmende Kinder und die gestreßten Eltern, und seit Geraldine da war, debattierten sie, was sie essen wollten, ohne zu einem Ergebnis zu gelangen. Die blasse, erschöpfte Mutter sah so aus, als wünsche sie sich nichts mehr, als noch einmal jene Lebensphase geschenkt zu bekommen, in der sie und ihr Mann noch allein und nicht mit einer Schar tobender Nachkömmlinge gesegnet gewesen waren. Und Geraldine dachte, wie gern sie mit ihr getauscht hätte.

Es war immer klar gewesen für sie, daß sie eine Familie haben wollte. Im Grunde hatte sie stets ein besonders bürgerliches Leben angestrebt. Sie war als Sechzehnjährige in einer Diskothek als Model entdeckt worden, aber sie verfügte über einen gesunden Realitätssinn und wußte, daß dies keine Aufgabe für alle Zeiten sein konnte. Mit dreißig wollte sie verheiratet und Mutter zweier Kinder sein. Und nun sah es so aus, als werde alles ganz anders kommen.

Sie trank von dem Mineralwasser, das sie sich bestellt hatte, und schaute häufig zur Tür, doch Phillip ließ sich noch immer nicht blicken. Vom Buffet her duftete es verlockend, doch sie versagte sich jeden Gedanken an Essen. Ihre Figur war ihr Kapital, und wenn sie den Tag über standhaft blieb, konnte sie heute abend irgendwo mit Phillip gemütlich essen gehen, vielleicht sogar ein Glas Wein trinken und ein bißchen über die Zukunft reden. Und im übrigen wollte sie ihm noch einmal sagen, daß sie wegen dieser Yorkshire-Reise einen äußerst lukrativen Auftrag in Rom abgesagt und sich mit ihrer Agentin zerstritten hatte, und …

Sie unterbrach sich selbst in ihren Gedankengängen und lächelte müde. Denn natürlich könnte Phillip darauf sofort entgegnen, daß er sie keineswegs darum gebeten hatte, ihn zu begleiten, und das stimmte. Sie hatte es wieder einmal nicht aushalten können, ihn alleine gehen zu lassen. Lucy, ihre Agentin und Freundin, war diesmal wirklich wütend gewesen.

»Du kannst dir das nicht leisten!« hatte sie gesagt und mit der flachen Hand auf ihren Schreibtisch geschlagen. »Du bist kein Star, das muß ich dir offenbar einmal ganz unmißverständlich klarmachen! Du bist ein ziemlich gut bezahltes Fotomodell, aber das ist auch alles. Und du bist fünfundzwanzig! Weißt du, wie viele Siebzehn-, Achtzehnjährige bereits nachdrängen? Den Höhepunkt deiner Karriere hast du überschritten, meine Liebe. Du solltest jetzt mitnehmen, was nur geht, damit du in zwei oder drei Jahren, wenn der Ofen für dich aus ist, wenigstens über ein gut gefülltes Bankkonto verfügst. Aber das ist bei dir ohnehin fraglich, da du diesen Herrn ja mehr oder weniger aushältst!«

So hatte Lucy noch nie mit ihr geredet, aber es war nicht so, daß sie Geraldine etwas Neues eröffnet hätte. Geraldine wußte selbst genau, wie die Dinge standen; sie hatte sich nie etwas vorgemacht.

»Ich kann nicht anders, Lucy«, hatte sie leise gesagt, »ich brauche seine Nähe. Ich brauche *ihn*. Er ist wirklich wichtig für mich.«

»Aber seit du ihn kennst, enttäuscht er dich nur!«

»Irgendwann …«

»… wird er sich ändern? Geraldine, das glaubst du doch selber nicht! Er ist Anfang vierzig! Er ist kein blutjunger Kerl, von dem man sagen könnte, er tobt sich ein bißchen aus und wird am Ende vernünftig. Der hat einen Schatten, meine Liebe. Und der bleibt ihm!«

Natürlich war sie trotzdem mit nach Yorkshire gefahren. Natürlich wußte sie, daß das falsch war. Natürlich war ihr klar, daß Phillip allem entgegenstand, was sie für ihre Zukunft erhoffte und was sie gespiegelt fand an dem Ecktisch mit den vier schreienden Kindern.

Ich sollte aufstehen, dachte sie, hinaufgehen, meine Sachen packen und nach London zurückfahren. Mein eigenes Leben leben und diesen Mann vergessen.

Die Tür zum Schankraum ging auf, und Phillip kam herein.

Seine dunklen Haare waren zerzaust vom Wind, und er brachte einen Geruch von Sonne und Erde mit sich, der viel besser zu ihm paßte als der von Zigarettenrauch, der ihm üblicherweise anhaftete. Er trug Jeans und einen dunkelblauen Rollkragenpullover, und Geraldine kam sich in ihrem schicken Wildlederanzug plötzlich völlig deplaziert vor.

Er sah sich um, entdeckte sie, kam an ihren Tisch. »Ich bin zu spät. Tut mir leid.« Er setzte sich, deutete auf ihr Glas mit Mineralwasser. »Ist das mal wieder dein ganzes Mittagessen?«

»Das ist Mittagessen und Frühstück in einem.«

»Dann paß nur auf, daß du nicht zunimmst!« Er schaute zu dem Buffet hinüber. »Würde es dich stören, wenn ich ein paar Bissen esse?«

»Ich hatte gehofft, wir gehen heute abend essen.«

»Dem steht nichts im Wege. Ich würde mich nur gern zwischendurch ein wenig stärken.« Er stand auf und verschwand in Richtung Buffet. Sie sah ihm nach und fragte sich, woran es lag.

An irgend etwas mußte es liegen. Es konnte nicht allein sein gutes Aussehen sein, denn gutaussehende Männer lernte sie ständig kennen. Die berühmten inneren Werte mochten in ihm vorhanden sein, jedoch profitierte sie selbst sicher am wenigsten davon. Er war meist nett zu ihr, aber auf eine seltsam gleichgültige Art, unverbindlich, ohne Anteilnahme. Sie wußte, daß er Schweres durchgemacht hatte, und sie hatte sich immer wieder gesagt, daß dies der Grund sei für seine Scheu vor einer engeren Bindung, für seine Unfähigkeit, eine echte Nähe zu ihr herzustellen, aber natürlich quälten sie ständig Zweifel. Vielleicht war es einfach so, daß er zwar *ihre* große Liebe war, sie jedoch nicht *seine*. Daß er die Zeit mit ihr angenehm fand, weil sie attraktiv war und intelligent und bereit, eine Menge für ihn zu tun. Aber er liebte sie nicht.

Am Ende liebte er sie ganz einfach nicht.

»Vielleicht liebst du ihn auch nicht«, hatte Lucy einmal zu ihr gesagt, »vielleicht bist du nur sexuell abhängig von ihm.«

Sie hatte heftig widersprochen, hatte diese Unterstellung weit von sich gewiesen. »Quatsch. Ich doch nicht. Du kennst mich doch. Kannst du dir vorstellen, daß ich in irgend jemandes Bett ausflippe?«

»Ausflippen mußt du nicht. Du kannst trotzdem abhängig sein.«

Und im tiefsten Inneren wußte Geraldine, daß es stimmte. Es war ein Wissen, das sie nie Macht über sich gewinnen lassen wollte und das sie zurückdrängte, wann immer es sich in ihr meldete. Ihre Beziehung zu Phillip definierte sich vor allem über ihre Sexualität. Sie war süchtig danach, mit ihm ins Bett zu gehen. Süchtig sogar nach der gleichgültigen Art, mit der er sie liebte. Er war nicht rücksichtslos, aber er ging auch nicht auf ihre Bedürfnisse ein. Er war im Liebesakt so weit von ihr entfernt wie in jeder anderen Minute des Alltags, und manchmal, in den kurzen Phasen, in denen sie sich dies eingestand, fragte sie sich verzweifelt, wie sie sich so sehr nach etwas sehnen konnte, das nicht schön, nicht beglückend, nicht einmal aufregend war, sondern ihr im Grunde nur das Gefühl gab, benutzt zu werden.

Ich will das nicht, ich will das nicht, ich will das nicht!

Er kehrte zu ihrem Tisch zurück, in der einen Hand ein Glas Bier, in der anderen einen Teller mit einem Currygericht, soweit Geraldine das erkennen konnte.

»Ich habe dir eine Gabel mitgebracht«, sagte er, »falls du doch ein wenig mitessen möchtest.«

Für seine Verhältnisse war dies so fürsorglich, daß Geraldine sogleich mißtrauisch wurde. Vermutlich würde er ihr gleich etwas Unangenehmes mitteilen.

»Was ist?« fragte sie, ohne die mitgebrachte Gabel anzurühren.

Phillip seufzte, begann dessenungeachtet jedoch mit gutem Appetit zu essen. »Ich kann dich nicht auf dieser Wanderung heute begleiten«, erklärte er. »Ich möchte Patricia Roth aufsuchen.«

»Das wolltest du doch morgen früh tun!«

»Ich habe es mir anders überlegt. Ich bin zu unruhig, um zu warten. Außerdem drängt die Zeit. Wenn Patricia Roth, wie ich vermute, nicht mit sich reden läßt, muß ich umfassende Schritte einleiten. Ich will die Zeit nicht verschwenden.«

Sie war empfindlich geworden in den letzten Jahren, und bei seinen Worten merkte sie, wie es schon wieder eng wurde in ihrem Hals. »Verschwenden«, wiederholte sie, »es ist für dich *verschwendete Zeit*, wenn du mit mir eine Wanderung machst?«

Er wollte ihr eine Gabel voll Curryreis in den Mund schieben, aber sie wehrte ab. »Nein. Ich habe keinen Hunger. Wirklich nicht.«

»Ich bin wegen dieser Angelegenheit hierhergekommen«, sagte er. »In gewisser Weise ist alles verschwendete Zeit, was nichts mit meinem Vorhaben zu tun hat. Das hängt nicht mit dir zusammen.«

»Du hattest es mir versprochen.«

»Du hast gebettelt und gedrängt, und irgendwann habe ich *ja* gesagt, damit du Ruhe gibst. Aber ich möchte nicht. Du kannst doch auch einmal alleine wandern.«

Die Tränen saßen ihr als dicker Kloß in der Kehle. Sie hoffte, daß es ihr gelingen würde, nicht zu weinen. »Ich bin wegen dir hier! Nicht um alleine zu wandern!«

»Ich habe dich aber nicht gebeten, mitzukommen. O Gott«, er schob seinen noch halb vollen Teller zurück, ärgerlich, weil sie ihn um den Genuß des Essens gebracht hatte, »jetzt fang bloß nicht an zu heulen! Ich habe dir genau erklärt, weshalb ich nach Yorkshire fahre, und ich habe nie verlangt, daß du mich begleitest. Du wolltest unbedingt mit. Du kannst jetzt nicht verlangen, daß ich meine Tagesabläufe nach dir richte.«

»Aber ich dachte ...«

Er kramte eine ziemlich zerknickte Zigarette aus seiner Hosentasche. »Ja? Was dachtest du?«

Was hatte sie eigentlich gedacht? Hatte sie ernsthaft geglaubt, sie würden so etwas wie Gemeinsamkeit hier erleben? Wanderungen, Spaziergänge, lange Abende in gemütlichen Pubs mit knisternden Kaminfeuern und Ausflugsfahrten durch das Land mit Picknicks am Rande plätschernder Bäche? Liebe im weichen Gras? Schafherden und blauer Himmel, kleine Wolken und der Geruch der Sonne auf regennassen Wiesen? Einfach ein englischer Frühling, angefüllt mit Gefühlen und Zärtlichkeit? Die Einfachheit des Landlebens ... Ja, wenn sie ehrlich war, so hatte sie das wirklich gehofft: daß er hier ein anderer wäre, weit weg von London, weit weg von der Unruhe der Großstadt, von den Autos und Bussen und drängelnden Menschen, dem Benzingestank und dem Lärm. Weg von seiner schrecklichen, billigen Mansarde und den verräucherten Kneipen, in denen er halbe Nächte zu verbringen pflegte.

In irgendeinem naiven Winkel ihres Gehirns hatte sie sich wohl eine Art heilende Wirkung der Natur versprochen. In Yorkshire würde Phillip die wahren Werte des Lebens erkennen, er würde begreifen, daß ihm das Dasein, wie er es führte, auf die Dauer kein Glück bringen konnte. Aber natürlich war alles wie immer, und die Kulisse der Hochmoore und der Einsamkeit änderte nicht das geringste. Phillip war Phillip, und Geraldine war Geraldine. Und alles lief zwischen ihnen genauso ab wie stets.

Sie erhob sich, weil sie plötzlich Angst hatte, doch noch zu weinen. »Du erlaubst dann, daß ich gehe?« fragte sie mit einer Stimme, die gepreßt und für sie selbst fremd klang. »Da du mich ohnehin nicht begleitest, ist es ja überflüssig, daß ich hier sitze und warte, bis du fertig bist. Ich kann den Wagen haben?« Letztere Frage war rein rhetorisch, denn das Auto gehörte ihr. Phillip besaß keines; hätte sie ihn nicht begleitet, hätte er mit dem Zug nach Yorkshire fahren müssen. Und er hätte wesentlich bescheidener wohnen müssen, denn es war Geraldine, die die recht komfortable Unterkunft bezahlte.

Das Schlimme war, daß sie genau wußte: Es wäre ihm völlig gleichgültig gewesen.

6

Die Übelkeit verging so schnell, wie sie gekommen war. Auf einmal drehte sich das Zimmer nicht länger, und auch der Brechreiz war verflogen. Jessica blieb noch einen Moment ungläubig auf dem Badewannenrand sitzen, den sie aufgesucht hatte, um im Bedarfsfall in der Nähe der Toilette zu sein, aber sie hatte sich nicht getäuscht: Die Attacke war vorüber.

Sie stand auf und ging ins Schlafzimmer hinüber, wo Alexander besorgt auf und ab ging.

»Besser?« fragte er, als er sie sah.

Sie nickte.

»Ich dachte immer, übel sei einem immer nur morgens«, sagte sie, »aber mich überfällt es wahllos zu jeder Tageszeit.«

»Deshalb verstehe ich ja auch nicht, weshalb wir ein solches Geheimnis um deine Schwangerschaft machen«, entgegnete Alexander. »Über kurz oder lang wird es sowieso auffallen, daß du dich mehrmals am Tag übergibst. Abgesehen davon, nimmst du dann auch zu.«

»Das dauert. Ich bin erst in der elften Woche.«

»Trotzdem. Warum hast du mich gestern abend daran gehindert, die freudige Nachricht zu verkünden?«

»Zum einen finde ich es gegenüber Evelin nicht schön. Seit sie damals ihr Kind verloren hat ...«

»Das ist Jahre her! Das hat sie längst verwunden!«

Jessica stellte wieder einmal verwundert fest, daß selbst ein Mann wie Alexander, den sie als überdurchschnittlich sensibel und intelligent einschätzte, von einer unglaublichen Ahnungslosigkeit sein konnte, wenn es um die Psyche einer Frau ging, die er seit Jahren kannte und mit der er engsten Kontakt pflegte.

»Evelin hat es nicht im geringsten verwunden. Das würde ihr vielleicht nur gelingen, wenn sie endlich wieder schwanger würde, aber ob man damit noch rechnen kann nach so vielen Jahren ... Ihre Kinderlosigkeit ist ein sehr schweres Problem für sie.«

Alexander wirkte ehrlich überrascht. »Das hätte ich nicht vermutet. Sie ist recht introvertiert, aber doch insgesamt ganz ... ganz ausgeglichen!«

»Evelin ist kein ausgeglichener Mensch. Ganz und gar nicht. Möglicherweise kommen da noch mehr Gründe zusammen, das weiß ich nicht. Auf jeden Fall finde ich ein offizielles Verkünden meiner Schwangerschaft taktlos.«

»Du wirst es aber nicht geheimhalten können.«

»Nein. Aber vielleicht spreche ich erst einmal unter vier Augen mit ihr.«

»Oder sprich mit Tim. Er ist Psychologe. Vielleicht kann er ihr die Nachricht schonend übermitteln.«

»Ja, vielleicht. Aber sowieso«, Jessica setzte sich auf das Bett und zog ihre Turnschuhe an, »sowieso finde ich, daß Ricarda es wissen sollte, bevor die anderen es erfahren.«

»Aber du hast doch gesagt, daß Ricarda vermutlich sehr ablehnend reagieren wird.«

»Dennoch sollte sie es wissen. Sie ist Teil der Familie. Die anderen sind Freunde.« Sie stand auf und griff nach ihrer Regenjacke. »Ich mache einen Spaziergang. Zum Abendessen bin ich zurück.«

»Lauf nicht zu weit. Und streng dich nicht zu sehr an.«

»Ich paß schon auf.« Sie küßten einander zum Abschied, auf die zärtliche und sehr sanfte Art, wie sie stets miteinander umgingen. Es gab Momente, und dieser gehörte dazu, in denen sie einander ungeheuer nah waren. Es drängte Jessica, ihn noch einmal zu fragen, was es mit seinen Alpträumen auf sich hatte, aber sie ahnte, daß er ihr nicht antworten würde und daß die Magie des Moments zerstört wäre.

Im Treppenhaus begegnete sie Patricia, Evelin und Patricias Töchtern. Die Mädchen trugen ihre Reitkleidung, und man war offensichtlich im Aufbruch zu dem Ponyhof am Rande Stanburys. Evelin hatte ihre mollige Figur in etwas zu enge Hosen gezwängt; dazu trug sie einen wollenen Rollkragenpullover, in dem sie bei dem warmen Wetter entsetzlich schwitzen würde. Immerhin hing er weit über ihre Hüften, und Jessica vermutete, daß sie deswegen auf ihm beharrte, obwohl Patricia ihr gerade vor Augen hielt, daß er völlig ungeeignet war.

»Viel zu heiß! Geh doch noch mal hoch und zieh dich um!« Sie erblickte Jessica. »Hallo, Jessica. Ich hatte dich schon gesucht. Möchtest du nicht mitkommen? Wir begleiten Diane und Sophie zum Reiten!«

Die beiden Mädchen kicherten albern. Sie waren zwölf und zehn Jahre alt, und eigentlich kicherten sie ständig. Ihre perfekte Mutter hatte sie selbstverständlich perfekt ausstaffiert: Die beigefarbenen Reithosen saßen wie eine zweite Haut, die schwarzen Stiefel glänzten, die Blusen waren von blütenweißer Reinheit. Diane, die Ältere, hatte sich einen lässig zusammengeknoteten Pullover um die Schultern gehängt und ihre Haare aufgesteckt. Wie ihre jüngere Schwester strahlte auch sie die satte Selbstverständlichkeit eines verwöhnten und in besten finanziellen Verhältnissen aufwachsenden Kindes aus.

»Ich gehe lieber spazieren«, sagte Jessica, schuldbewußt, weil Alexander sie am Vortag um etwas mehr Gemeinschaftsgefühl gebeten hatte. Aber sie wußte, daß es sie zutiefst frustriert hätte, zwei Stunden am Rande einer Wiese zu stehen und diesen ewig gackernden Mädchen zuzusehen.

Patricia musterte sie kühl. »Wie du willst. Also, Evelin, was ist nun: Ziehst du dich noch um?«

»Ich bleibe so«, sagte Evelin. Ihre Wangen hatten sich tief gerötet.

Nun nimm doch Rücksicht, hätte Jessica am liebsten zu Patricia gesagt, zu Hosen kann sie nun mal kein kurzes, enges T-Shirt tragen, so wie du!

Zusammen verließen sie das Haus. Auf dem Platz vor dem Portal stand Tim und betrachtete angelegentlich die vielen wilden Narzissen, die das Rasenrondell in der Auffahrt förmlich überschwemmten. Als er die anderen kommen hörte, wandte er sich um. In seinen sanften Augen lag ein Leuchten.

»Ist es nicht herrlich?« fragte er. »Ich meine, der Frühling, ist er nicht herrlich?«

»Tim kann stundenlang Blumen betrachten«, erklärte Evelin.

Tim nickte. »Besonders im Frühling. Nach dem langen Winter ... Nun«, er trat näher an die kleine Gruppe heran, »ich sehe, es geht zum Reiten?«

»Jessica kommt natürlich nicht mit«, sagte Patricia spitz, »es zieht sie in die Einsamkeit.«

Tim musterte Jessica mit seinem Therapeutenblick, den sie vom Moment ihrer ersten Begegnung an als unangenehm und allzu eindringlich empfunden hatte. Es war ein bestimmter Ausdruck, den er beliebig aufsetzen konnte, wann immer es ihm angemessen schien, und er vermochte von einem Moment zum anderen jegliche Distanz zwischen ihm und seinem Gegenüber auszulöschen. Jessica konnte sich vorstellen, daß es Frauen gab, die ihm auf diesen Blick hin bereitwillig ihr intimstes Innenleben anvertrauten, zumindest deutete sein beruflicher Erfolg darauf hin. Bei ihr selbst trat die umgekehrte Wirkung ein: Sie verspürte jedesmal das Bedürfnis, ein paar Schritte zurückzuweichen.

Evelin, Patricia und die Kinder stiegen in einen der beiden Leihwagen, die in der Einfahrt parkten. Evelin war noch immer hochrot im Gesicht.

Tim sah ihnen nach, als sie davonfuhren. »Warum wolltest du nicht mit?« fragte er unvermittelt.

»Wie?«

»Na ja … du willst nie mit, nicht? Mir ist das schon ein paarmal aufgefallen in den letzten und vorletzten Ferien. Deine endlosen, einsamen Spaziergänge … Was soll das?«

Diesmal machte sie tatsächlich zwei Schritte zurück. Sein Röntgenblick schien sie zu durchbohren. »Ich weiß nicht, was das soll«, sagte sie patzig, »und will es auch gar nicht wissen.«

Als hätte er ihr nicht zugehört, fuhr er fort: »Elena war auch so. Hast du sie je kennengelernt? Alexanders erste Frau?«

»Sie hat ein paarmal Ricarda zu uns gebracht und wieder abgeholt.«

»Eine sehr schöne Frau«, sagte Tim, »wirklich eine auffallend schöne Frau. Spanierin. Schwarzhaarig. Wunderbare goldbraune Augen. Sehr stolz. Kompromißlos.«

Es war das erste Mal, daß jemand positiv über Elena sprach. Jessica registrierte es verwundert.

»Sie hielt sich immer abseits«, fuhr Tim fort, »ging eigene Wege. Sie machte nicht so viele Spaziergänge wie du, aber sie zog sich oft in die Tiefen des Parks zurück, saß dort irgendwo unter Bäumen oder auf Felssteinen in der Sonne, las oder träumte einfach vor sich hin. Patricia regte sich immer schrecklich auf, weil man sie praktisch nie für eine gemeinsame Unternehmung gewinnen konnte.«

»Individualismus wird hier nicht gern gesehen, oder?«

Wieder hatte es den Anschein, als habe er ihr nicht zugehört. »Was mich vor allem interessiert: Warum sind es immer solche Frauen, für die sich Alexander erwärmt? Es ist ja kein Zufall, wen wir uns als Partner aussuchen. Und selbst wenn es uns Probleme bereitet … Ich weiß, daß Alexander unter Elenas Verhalten gelitten hat. Dennoch …« Er sah sie an, und sie wußte, was er hatte sagen wollen.

»Du meinst, ich bin wie Elena. Und er wird unter mir auch wieder leiden?«

»Ich frage mich, ob eure Ehe funktionieren wird«, antwortete Tim freundlich, und als Jessica hörbar nach Luft schnappte, fragte er sachlich: »Was hast du eben empfunden bei meinen Worten?«

Es gelang ihr, sich rasch zu fassen. »Wir sind hier nicht in einer Therapiestunde, Tim«, sagte sie kalt, »und ich bin nicht deine Patientin. Ich möchte mit dir nicht über meine Ehe sprechen. Weder jetzt noch irgendwann später.«

Das Leuchten in seinen Augen, das so seltsam sanft und eindringlich zugleich war, erlosch. Sein Blick wurde kühl.

»Begriffen«, sagte er. »Aber komm nachher nicht zu mir, wenn es Probleme gibt. Ich werde dann nämlich auch keine Lust mehr haben, mit dir darüber zu reden.«

Sie merkte erst nach einer Weile, daß sie viel schneller lief als sonst. Sie hatte sich so sehr über Tim aufgeregt, daß sie losgestürmt war, als könne sie dadurch den Beklemmungen entfliehen, die sie verspürte. Irgendwann ging ihr Atem keuchend, sie hatte Seitenstechen, und ihr fiel ein, daß es für das kleine Wesen, das in ihrem Bauch wuchs, nicht gut sein konnte, wenn sie sich derart verausgabte. Ihr war heiß; ihr Pullover klebte am Rücken, und ihre Haare waren im Nacken naß von Schweiß. Sie zog ihre Jacke aus und band sie um ihre Hüften. Erstmals, seitdem sie losgelaufen war, schaute sie sich um.

Für gewöhnlich umrundete sie den großen Park, der zu Stanbury gehörte, in einem weitläufigen Bogen. Es gab verschiedene Wege, die zum größten Teil über baumlose Hochebenen führten, auf denen Heidekraut wuchs und Schafe weideten. Sie kannte sie alle inzwischen, war sie viele Male gegangen. Heute mußte sie an irgendeiner Stelle abgekommen sein, denn den Platz, an dem sie sich nun befand, hatte sie vorher nie gesehen. Sie befand sich auf einer kleinen Anhöhe, und vor ihr breiteten sich, sanft abfallend, grüne Weiden aus, durchzogen von niedrigen steinernen Mauern. Im Schatten der Bäume grasten Kühe. Ein Bach plätscherte durch das idyllische Tal. Irgendwo in der Ferne konnte sie das leise Tuckern eines Traktors hören. Der Himmel war blau, durchzogen von ein paar weißen, gerupften Wölkchen. Die Sonne schien fast sommerlich heiß – oder kam ihr das nur so vor, weil sie so wild gehastet war?

Sie atmete ein paarmal tief durch, um sich zu beruhigen, setzte sich dann ins hohe Gras. Schloß für einen Moment die Augen. Ein leiser, tröstlicher Wind umfächelte ihre Stirn.

Es ist alles in Ordnung. Es gibt keinen Grund, sich aufzuregen.

Tim hatte es geschafft, sie zu verstören, und sie fragte sich, wie ihm das hatte gelingen können. Er war so gewesen wie immer: Tim, der Therapeut, der stets zu intensiv war, zu engagiert. Grenzüberschreitend in seiner Absicht, jedem Gutes zu tun, ob der es nun wollte oder nicht. Tim mit seinen sanften Augen, den etwas zu langen Haaren, dem Vollbart, den Gesundheitsschuhen.

Tim, den sie nie hatte leiden können.

Sie hatte es sich zuvor nie erlaubt, diesen Gedanken zu denken, aber nun war es einfach geschehen, und sie empfand es als befreiend, sich nicht länger etwas vormachen zu müssen.

Ich kann Tim nicht leiden. Ganz einfach!

Alexander hatte kaum je über seine Ehe mit Elena gesprochen, aber einige Male hatte er erwähnt, ein Problem habe darin bestanden, daß Elena seinen engen Freunden Leon und Tim so kritisch gegenüberstand. »Über Leon lästerte sie oft. Und Tim mochte sie, glaube ich, gar nicht.«

Es war offensichtlich gewesen, daß Alexander darunter gelitten hatte, und fast zwangsläufig hatte Jessica sofort beschlossen, Leon und Tim und deren Frauen zu mögen und gut mit ihnen zurechtzukommen. Sie hatte alles verdrängt, was sich an störenden Stimmen in ihr Unterbewußtsein geschlichen hatte, weil sie um keinen Preis ein Problem kreieren wollte. Sie hatte den gemeinsamen Ferien zugestimmt und den vielen gemeinsamen Aktivitäten, die sie daheim unternahmen, sie war fröhlich und unkompliziert gewesen und hatte immer wieder betont, wie schön sie es fand, nicht nur einen Mann, sondern gleich einen ganzen Freundeskreis geheiratet zu haben.

Doch wenn sie ehrlich war, mochte sie nicht nur Tim nicht, sondern genausowenig Patricia. Und die kichernden Teenager Diane und Sophie auch nicht. Eigentlich ließ sie nur Leon und Evelin gelten.

Schöner Mist, dachte sie, öffnete die Augen und blinzelte in die strahlende Sonne.

Sie verdankte es Tim und Evelin, daß sie Alexander kennengelernt hatte. Daheim in München hatte sie nicht weit von dem Ehepaar entfernt gewohnt, ohne daß man je Kontakt gehabt hätte. Manchmal hatte sie Evelin gesehen, wenn diese gerade zum Einkaufsbummel aufbrach, in ihren eleganten Kleidern und meist mit einer schicken Sonnenbrille im Gesicht, und sie hatte sie für eine völlig uninteressante Frau gehalten, die sich mit dem Geld ihres Mannes ein gutes Leben machte. Manchmal hatte sie auch Patienten von Tim gesehen, die ihn in seiner Praxis im Souterrain des Hauses aufsuchten. Nichts an Tim und Evelin hätte sie jedoch gereizt, mit den beiden in irgendeine Art von Verbindung zu treten.

Evelin hatte einen sehr schönen, schließlich sehr alten Schäferhund besessen, mit dem sie jedoch nie in Jessicas Praxis gewesen war. Wie sich später herausstellte, suchte sie stets einen Nobeltierarzt auf, der jedoch in der Nacht, in der es mit dem Hund zu Ende ging, nicht erreichbar war. Evelin entsann sich, daß einige Häuser von ihr entfernt eine junge Tierärztin wohnte, und rief bei Jessica an. Es war zwei Uhr morgens, als diese kam und den alten Hund mit einer Spritze erlöste. Evelin war zutiefst dankbar und lud Jessica eine Woche später zum

Abendessen ein. Ebenfalls anwesend war Alexander, den Evelin als »einen engen Freund der Familie« vorstellte. Alexander lebte gerade in Scheidung, wirkte tief melancholisch und sprach den ganzen Abend über fast kein Wort. Jessica hätte nie im Leben vermutet, daß er sich für sie interessierte, aber ein paar Tage danach rief er sie an und verabredete sich mit ihr in einem Restaurant. Sie erfuhr, daß er Professor für Geschichte war und eine Tochter hatte, die aber nun bei der Mutter lebte, draußen am Starnberger See, also durchaus in der Nähe, aber ihm kam es vor, als sei das am anderen Ende Deutschlands.

Sie trafen einander wieder und wieder, und irgendwann heirateten sie, ohne großen Aufwand und ohne viel Aufhebens, in einer Art stiller, selbstverständlicher Übereinstimmung. Ihre ganze Liebesgeschichte war sehr ruhig verlaufen, ohne Kämpfe, ohne Streitereien, ohne das berühmte Zusammenraufen, das die meisten Paare, die Jessica kannte, zu irgendeinem Zeitpunkt hatten durchstehen müssen.

Vielleicht fehlte ihnen ein Stück Leidenschaft, doch Jessica war weit davon entfernt, diese zu vermissen. Sie hatte andere Beziehungen gehabt, in denen es bewegter zuging, und diese hatten immer ein äußerst schmerzhaftes Ende gefunden. Sie war dreiunddreißig Jahre alt und hatte die Phase, in der sie ihr Leben in erster Linie als spannend und aufregend empfinden wollte, hinter sich. An Alexanders Seite genoß sie ein ruhiges und sicheres Glück. Es war genau das, was sie für ihr Leben haben wollte.

Einige seiner Freunde mochten lästig sein, aber sie hatte nicht den Eindruck, daß daraus ein ernsthaftes Problem für sie beide erwachsen würde.

Erneut ließ sie ihren Blick über das Tal zu ihren Füßen schweifen. In einiger Entfernung erspähte sie einen einsamen Wanderer, der an blühenden Apfelbäumen entlangging. Bienen und Hummeln brummten durch die seidige Luft. Sie verspürte plötzlich Lust, ihre Schuhe auszuziehen und ihre Füße im klaren Wasser des Bachs zu kühlen. Langsam stieg sie den steilen Hang hinab, als etwas in dem sprudelnden Wasser plötzlich ihre Aufmerksamkeit erregte. Sie blieb stehen und schaute genauer hin. Um ein paar Felsbrocken herum bildeten sich schäumende Wirbel, und dazwischen schien etwas festzuhängen, irgend etwas Dunkles … Es wurde vom Wasser hin und her geworfen … oder aber … Es bewegte sich selbst, zappelte, kämpfte …

Jessica rannte nun den Hang hinunter, wäre einmal beinahe gestolpert, fing sich aber gerade noch. Sie erreichte das Ufer und erkannte zu ihrem Entsetzen einen kleinen, schwarzen Hund, der sich verzweifelt mühte, den Kopf über Wasser zu halten und einen der Felsen zu erklimmen. Offensichtlich hatten sich seine Hinterbeine in irgend etwas verfangen, und seine Kräfte schienen ihn bereits zu verlassen.

Jessica verzichtete darauf, ihre Schuhe auszuziehen und watete, wie sie war, in den Bach hinein. Das Wasser reichte ihr über die Knöchel und war viel kälter, als sie erwartet hatte. Zudem erwiesen sich die Steine auf dem Grund als besonders glatt und schlüpfrig, weil sie von Algenschichten überzogen waren. Sie kam nur sehr langsam voran. Den Hund konnte sie jetzt deutlich erkennen. Er war noch ein Welpe und schien bereits zu Tode erschöpft. Immer wieder geriet sein Kopf unter Wasser; prustend und wimmernd tauchte er dann wieder auf. Er war in Panik und verbrauchte seine letzten Kräfte mit sinnlosem Strampeln und Kämpfen.

Sie redete beruhigend auf ihn ein, während sie sich ihm näherte. »Halt ganz still! Ich bin gleich bei dir. Keine Angst, dir kann nichts mehr passieren!«

Sie kam nervenaufreibend langsam voran, aber endlich hatte sie die Stelle erreicht. Sie nahm ihre Regenjacke, die sie noch immer um die Hüften gebunden trug, wickelte sie um beide Hände und griff damit dem Hund unter den Bauch. Er wehrte sich wie verrückt, aber mit einem kräftigen Ruck zog sie ihn in die Höhe. Er jaulte kurz, als die Wasserpflanzen, die sich um seine Hinterbeine geschlungen hatten, tief in seine Haut einschnitten, ehe sie rissen und ihn freigaben. Nun wand er sich wie ein Gummitier, das keinen Knochen im Leib zu haben schien. Durch ihren Beruf war es Jessica zwar vertraut, Tiere festzuhalten, die sich gegen sie wehrten, nur hatte sie dabei für gewöhnlich festen Boden unter den Füßen. Sie hatte keine Ahnung, was es für das Baby in ihrem Körper bedeuten konnte, wenn sie der Länge nach in den eiskalten Bach fiel, und sie mochte auch lieber nicht darüber nachdenken. Sie versuchte krampfhaft, das Gleichgewicht zu wahren, und hatte keine Ahnung, wie es ihr gelingen sollte, zum Ufer zurückzukehren, da fühlte sie plötzlich den kräftigen Druck einer Hand an ihrem Arm, und jemand sagte: »Ich habe Sie! Keine Angst. Halten Sie einfach dieses zappelnde Bündel fest, und kehren Sie um. Ich begleite Sie.«

Sie drehte sich um und sah den Mann, der direkt hinter ihr stand. Wie sie hatte auch er seine Schuhe nicht ausgezogen. Im lauten Rauschen des Baches hatte sie sein Kommen nicht bemerkt. Später überlegte sie, daß es sich bei ihm vermutlich um den einsamen Wanderer handelte, den sie zuvor in einiger Entfernung gesehen hatte.

Schritt um Schritt näherten sie sich dem Ufer. Gestützt von dem Fremden, gelang es Jessica, den kleinen Hund fest im Griff zu behalten. Zudem gab er von einem Moment zum anderen jede Gegenwehr auf, fiel plötzlich in völlige Apathie und hing wie ein regloser Sack in ihren Armen.

Mit Hilfe des Fremden erklomm Jessica die Uferböschung und merkte oben angekommen erst, wie sehr sie dieses Abenteuer erschöpft hatte. Sie legte den Hund ins Gras, wo er sofort einschlief, und ließ sich daneben zu Boden sinken.

»Lieber Gott«, sagte sie müde, »das war knapp. Er wäre mir aus den Händen gerutscht, wenn Sie nicht gekommen wären.«

Der Fremde setzte sich neben sie und machte sich daran, seine tropfnassen Schuhe auszuziehen.

»Ich glaube, die kann ich wegwerfen«, meinte er trübsinnig. »Wildleder ... sie sehen ziemlich mitgenommen aus, was?«

»Zum Wandern taugen sie vielleicht noch«, sagte Jessica. Sie schälte sich aus ihren Schuhen, streifte die Strümpfe ab, wrang sie aus. »Ich hätte nie gedacht, daß das Wasser so kalt ist.«

»Strecken Sie Ihre Füße in die Sonne. Sonst erkälten Sie sich am Ende noch. Was macht denn der kleine Hund?«

Jessica blickte neben sich auf das tief schlafende, nasse Bündel. »Ich glaube, der ist nur völlig k.o. Aber ich schaue ihn mir nachher genauer an. Vielleicht ist er ja doch irgendwo verletzt.«

»Sie scheinen etwas von Tieren zu verstehen. Sie haben sehr beherzt zugegriffen.«

Jessica lachte. »Alles andere wäre auch ein Armutszeugnis. Ich bin Tierärztin.«

»Sie sind keine Engländerin«, stellte er fest, »Sie sprechen sehr gut englisch, aber da ist ein Akzent ...«

»Ich bin Deutsche. Ich bin nur in den Ferien hier.«

Sie hatte den Eindruck, daß er sie plötzlich mit gesteigertem Interesse anblickte. Sein Rücken spannte sich fast unmerklich, und seine Augen wurden für einen Moment schmal. »Deutsche? Gehören Sie zu den Leuten, die in Stanbury House wohnen?«

»Ja. Warum?« »Hat mich nur interessiert. Mein Name ist übrigens Phillip Bowen. Ich mache auch nur Ferien hier. Ich lebe in London.«

Sie sah ihn an. Er gefiel ihr. Auf eine attraktive Art sah er ein wenig schlampig aus – seine dunklen Haare waren zu lang, seine Wangen nicht wirklich glatt rasiert. Sein dunkelblauer Rollkragenpullover war verfilzt und mußte uralt sein. Jessica hatte jedoch nicht den Eindruck, daß es sich um einen Mann handelte, der normalerweise adrett herumlief und sich nur im Urlaub ein wenig lockerer gab. Irgend etwas verlieh ihm die Ausstrahlung von Armut und von einer beginnenden Verwahrlosung, die ihn auch im Inneren schon ergriffen hatte. Vielleicht war es der Ausdruck seines Gesichts, seiner Augen. Dieser Mann lebte schon lange ein gutes Stück jenseits des normalen, bürgerlichen Lebens.

»Ich heiße Jessica Wahlberg«, sagte sie, »und ich lebe in München.«

»Sie verbringen seit Jahren jeden Urlaub hier, nicht?«

Sie war überrascht. »Woher wissen Sie das?«

»Man erzählte es im Dorf.«

»Wir sind eine Gruppe von Freunden. Die anderen sind seit Jahren hier. Ich nicht. Ich gehöre erst seit einem Jahr dazu.«

Der kleine Hund hob den Kopf, stellte sich dann mühsam auf seine noch wackligen Beine und schüttelte sich kräftig. Die Wassertropfen stoben nur so aus seinem Fell und trafen Jessica und Phillip an all den Stellen, die bislang noch trocken geblieben waren.

»Ich glaube«, sagte Jessica, »ich sollte jetzt schnell nach Hause gehen. Ich werde sonst wirklich noch krank.« Sie sah den kleinen Hund an, der sich, vertrauensvoll dicht an sie gedrängt, wieder ins Gras legte. »Ich frage mich, wie der kleine Kerl ins Wasser fallen konnte!«

»Vielleicht ist er gar nicht gefallen«, meinte Phillip, »vielleicht hat ihn jemand hineingeworfen. Ich nehme an, hier ist es so, wie überall auf dem Land: Die Bauern entledigen sich des unerwünschten Nachwuchses auf eine sehr brutale Art.«

»Man sollte das mit ihnen auch so machen«, sagte Jessica wütend, »damit sie wissen, wie sich Ertrinken anfühlt! Zum Glück scheint er's ja ganz gut überstanden zu haben.«

»Was machen wir jetzt mit ihm?«

Sie zuckte mit den Schultern. »Wollen Sie ihn haben?«

Phillip hob abwehrend beide Hände. »O Gott, nein! Sie müßten das Loch sehen, in dem ich in London hause. Ich fürchte, ich dürfte da gar keinen Hund halten!«

»Also nehme ich ihn mit. Wir können ihn ja nicht einfach hier sitzen lassen.«

»Nein. Aber man könnte ihn in ein Tierheim bringen.«

Als wüßte der Hund, daß es um sein Schicksal ging, hob er wieder den Kopf. Er sah Jessica und Phillip aus sehr ernsten, großen Augen an und wedelte zaghaft mit dem Schwanz.

»Nein«, entschied Jessica, »Tierheim kommt nicht in Frage. Er bleibt bei mir. Es ist schließlich kein Zufall, daß wir einander begegnet sind.«

»Nein?«

»Nein. Ich glaube nicht an Zufälle.«

Er lächelte amüsiert. »Ein interessanter Gedanke. Dann ist unsere Begegnung aber auch kein Zufall.«

Jessica erhob sich, klopfte Gras und Erde von ihrer Hose und nahm dann den kleinen Hund auf den Arm. Er schien inzwischen sicher, daß ihm nichts geschehen würde, denn er wehrte sich nicht, sondern kuschelte sich zurecht und seufzte zufrieden.

»Wir machen uns jetzt auf den Heimweg«, sagte Jessica, ohne auf Phillips letzte Bemerkung einzugehen. Mit angewidertem Gesichtsausdruck schlüpfte sie in ihre Schuhe, die dabei vor Nässe leise quietschten. »Ich danke Ihnen für Ihre Hilfe, Mr. Bowen. Kommen Sie doch mal bei uns vorbei und besuchen Sie den Kleinen.«

»Das werde ich sicher tun«, versprach Phillip. Er war ebenfalls aufgestanden.

Der Wind wehte ihm die Haare ins Gesicht. »Ja«, wiederholte er, »ganz sicher.«

Jessica hatte den Eindruck, daß in seinen letzten Worten ein Unterton mitgeschwungen hatte.

Auf dem Heimweg vergaß sie jedoch, darüber nachzudenken.

7

Ricardas Tagebuch

15. April. Es ist etwas Wundervolles geschehen!

Ich habe Keith getroffen! Heute abend im Dorf. Ich bin wieder nicht zum Abendessen gegangen, weil es mir wirklich total stinkt, mit dieser falschen Truppe zusammenzusitzen. Immer machen sie auf gute Laune und auf Was-mögen-wir-uns-doch-alle-so-sehr, und nichts davon stimmt. Rein gar nichts!

(Papa macht Ärger. Wenn ich morgen nicht zum Abendessen da bin, wird er ungemütlich, hat er gesagt! Aber mit Drohungen kriegt er mich schon gar nicht klein!)

Ich bin zu Fuß ins Dorf gegangen. Da läuft man gut eine halbe Stunde. Evelin, die Arme, Dicke, jammert immer über den weiten Weg, aber mir macht er nichts aus. Ich bin gut trainiert. Inzwischen finde ich es super, daß Mama nie lockergelassen hat mit meinem Sportprogramm. Vor allem Basketball macht mir richtig Spaß. Und ich hab eine echt tolle Kondition!

Ich hab mich im Dorf auf so einen Blumenkübel vor dem Gemischtwarenladen gesetzt, denn da treffen sich oft die Jugendlichen. War aber erst niemand da. So kurz vor Ostern haben sicher die meisten Ferien und fahren auch unter der Woche abends nach Leeds rüber oder so. War aber nicht schlimm, ich fand's schön, mal für mich zu sein. Was mich am meisten nervt, sind ja immer Diane und Sophie. Die sind so zum Kotzen, das kann ich gar nicht ausdrücken. Die sind heute mindestens schon so gräßlich wie ihre Mutter, und das heißt, wenn sie älter werden, überholen sie Patricia glatt noch. Schöne Scheiße!

Und dann kam er!!!

Ich habe ihn zuerst gar nicht bemerkt. Hatte die Augen zu, den Kopf zurückgelehnt, und habe so vor mich hingeträumt. Auf einmal hält ein Auto neben mir, und ich höre die Stimme von Keith.

»He, Kleines«, hat er gesagt. So ein Witz, ich bin echt nicht klein. Schon eins fünfundsiebzig groß, mit fünfzehn Jahren! Aber Keith ist bestimmt eins neunzig, für den ist wohl jeder klein. (Obwohl ich ganz, ganz doll hoffe, daß er keine andere »Kleines« nennt!)

Er sah so was von gut aus! Ziemlich braun gebrannt, und eine sehr schicke Sonnenbrille hatte er auf. Er trug ein Jeanshemd mit aufgekrempelten Ärmeln und eine tolle Uhr am Handgelenk. Er hat unheimlich kräftige Handgelenke, und die sind auch ganz braun. Ich mag seine dunklen, lockigen Haare und seine grünen Augen.

Mir war ganz schwindelig, und ich glaube, ich bin ziemlich rot geworden. »Hallo, Keith«, habe ich gesagt, »wie geht's dir?«

»Gut. Und dir?«

»Auch. Danke.«

»Steig doch ein«, sagte er, »wir fahren irgendwohin und quatschen ein bißchen.«

Ich hatte wacklige Beine, als ich einstieg. Und ein ganz komisches Gefühl im Bauch. Keith fuhr los. Ich weiß gar nicht mehr genau, worüber wir alles geredet haben beim Fahren. Ich glaube, ich habe ihm vom Basketball erzählt und davon, wie mich Patricia, Diane und Sophie nerven. Keith hat gelacht, als ich Diane in ihrer affigen Art nachgemacht habe. Und dann hat er gesagt, daß mein Englisch schon wieder viel besser geworden ist, gar nicht mehr soviel Akzent, und daß ich mich toll ausdrücken kann. Mir ist schon wieder ganz schwindelig geworden. Wenn er wüßte, daß ich wie verrückt Englisch lerne zu Hause! Mein Englischlehrer ist ja auch schon ganz perplex, weil ich mir auf einmal soviel Mühe gebe und so gut geworden bin.

Jedenfalls sind wir aus dem Dorf rausgefahren, ein Stück landeinwärts, bis zu einem verlassenen Gehöft draußen im Hochmoor. Ich war dort vorher noch nie gewesen, aber Keith sagte, das sei ein Platz, an den sei er oft gekommen, als er noch jünger war und zur Schule ging.

»Hier habe ich meine erste Zigarette geraucht«, erzählte er, »und hier kam ich her, wenn ich Krach mit meinen Eltern hatte oder Liebeskummer, oder einfach nur so, um alleine zu sein.«

»Wolltest du auch heute abend hierher?« fragte ich.

»Nein. Ich wollte nach Leeds. Mal sehen, wo was los ist. Aber mit dir ...«, er schaute mich ganz merkwürdig an, »... mit dir wollte ich lieber alleine sein.«

Der Hof ist eine ehemalige Schaffarm, aber der letzte Besitzer ist schon lange tot, und seitdem verfällt alles. Das Haus ist mit Brettern vernagelt, da kann man gar nicht rein, aber es gibt eine Scheune, die ist noch ziemlich in Ordnung. Man konnte sehen, daß Keith öfter herkommt, denn in einer Ecke hat er einen ausrangierten Sessel und ein Sofa stehen, und es stehen ganz viele leere Flaschen da, in deren Hälse er Kerzen gesteckt hat. Ich mußte an die Scheune denken, in der wir im letzten Sommer waren, auf dem Hof von einem Freund, wo uns dann der Vater des Freundes überrascht hat. Der hat ja damals einen Riesenaufstand gemacht, dabei war gar nichts passiert. Wir haben nebeneinander im Heu gelegen, und Keith hat meine Hand gehalten und mir Geschichten erzählt, aber ich weiß, daß es nachher im Dorf hieß, wir hätten »uns im Heu gewälzt«. Zum Glück ist nichts davon an meinen Vater gekommen. Natürlich würde Keith nicht immer nur meine Hand halten und mir Geschichten erzählen wollen, und deshalb war ich ziemlich nervös. Ich bin noch nie von einem Jungen geküßt worden, und das andere habe ich schon gar nicht gemacht. Keith ist neunzehn und bestimmt unheimlich erfahren.

Wir saßen dann eine Weile nebeneinander auf dem Sofa. Keith hat die Kerzen angezündet, und es war eine ganz romantische Stimmung. Aber es wurde ziemlich kalt, und als er das merkte, legte er den Arm um mich und zog mich ganz eng an sich.

»Du bist anders als andere Mädchen«, sagte er, »ich bin gern mit dir zusammen.«

Und dann hat er mich geküßt!

Es war ganz toll, es war überhaupt nicht schlimm, wie ich immer gedacht hatte. Seine Lippen waren ganz zart auf meinen, und seine Haut roch so gut, und seine Arme hielten mich ganz fest. Er schmeckte ein bißchen nach Zigarette, und es war der wundervollste, der absolut wundervollste Moment in meinem ganzen bisherigen Leben!!!

»Du zitterst ja«, sagte er, und ich darauf: »Es ist nur ... du bist der erste Junge, der mich küßt.«

Da lachte er und sagte: »Du Baby!« Seine Stimme klang so zärtlich, und ich dachte: Lieber Gott, laß es nie vorbei sein! Laß diesen Moment nie vorbei sein!

O Gott, was habe ich Herzklopfen gehabt!

Dann hatte es Keith auf einmal etwas eilig. »Es wird jetzt zu kalt«, sagte er, »ich fahre dich nach Hause. Es ist sowieso schon nach zehn Uhr.«

Mir war gar nicht mehr kalt, vor lauter Aufregung wahrscheinlich, und das sagte ich ihm, aber er meinte trotzdem, wir sollten gehen.

»Ich möchte nicht«, sagte er, »daß wir irgend etwas tun, wozu du eigentlich noch nicht bereit bist. Und deshalb ist es besser, wenn ich dich nach Hause fahre. Verstehst du?«

Ich stolperte hinter ihm her auf den Hof hinaus. Ich hatte total Angst, daß er mich langweilig oder zu kindlich findet, und ich fürchtete außerdem, er würde mich heimbringen und dann noch nach Leeds fahren, wo es sicher Mädchen gab, die aufregender waren als ich und nicht zitterten, wenn sie geküßt wurden. Draußen war eine unglaublich schöne Nacht, ein ganz, ganz hoher Himmel ohne Wolken und mit Tausenden von Sternen. Es war kalt, aber es roch so wunderbar nach Frühling, nach Erde und Wiese und Blüten. Ich wußte, daß er mich wieder für ein Baby halten würde, aber ich konnte nicht anders, ich mußte ihn fragen, ob er jetzt noch nach Leeds fahren wollte.

Er lachte und küßte mich auf die Stirn. »Nein. Natürlich nicht. Ich fahre nach Hause, lege mich ins Bett und denke an dich.«

Ich war total glücklich und erleichtert. Ich liebe ihn so sehr! Wenn ich nur irgend jemandem von ihm erzählen könnte!

Im Auto hörten wir Kassetten, ganz romantische Musik von Shania Twain. Keith lenkte nur mit einer Hand, in der anderen hielt er die ganze Zeit über meine. Als wir unten an der Auffahrt zu Stanbury House ankamen, sagte ich, er solle mich hier rauslassen.

»Ich werde sonst nur wieder ausgefragt«, sagte ich. »Besser, ich laufe das letzte Stück.«

»Soll ich mitkommen?«

»Nein. Die sehen uns sonst noch vom Fenster aus.«

Ich wollte gerne mit jemandem über Keith reden, ja, aber ich mochte nicht von meinem Vater verhört oder von Diane und Sophie ausgelacht werden. Ich wollte nicht, daß Patricia spöttische Bemerkungen machte. Und am allerwenigsten hatte ich Bock auf J.s mütterliche Tour, nach dem Motto: Ich bin doch deine beste Freundin!

»Können wir uns morgen wieder treffen?« fragte Keith.

»Klar«, sagte ich, »wann?«

»Mittags? Ich könnte dich um zwölf Uhr abholen.«

Das bedeutete natürlich, daß ich auch morgen nicht zum Mittagessen dasein werde. Ich kann mir jetzt echt jede Menge Ärger ausrechnen, aber es war klar, daß ich Keith deshalb nicht absagen würde. Mein Vater soll sich bloß nicht aufregen! Er will ja doch am liebsten nur mit J. zusammensein, an mir liegt ihm doch gar nichts mehr. Er versucht nur, mir Streß zu machen, damit es so aussieht, als wäre er besorgt um mich.

»Ich komme hierher«, sagte ich, »morgen um zwölf.«

Er küßte mich wieder zum Abschied, auf den Mund, aber nicht so wie in der Scheune, sondern irgendwie eher freundschaftlich. Ich glaube, er will nicht, daß ich mich bedrängt fühle. Ich stieg aus und lief den Weg hinauf, mir war ganz leicht zumute. Mein Leben ist schön! Die Nacht war immer noch so klar und roch so gut, und alles war voller Narzissen, die silbern glänzten, wenn zwischen den Bäumen ein Streifen Mondlicht auf sie fiel. Ich war so glücklich, ich hätte viele Stunden laufen können, ich war hellwach, und alles um mich herum war wunderbar und etwas ganz Besonderes!

Es war kurz nach halb elf, als ich am Haus ankam. Das Schlafzimmerfenster von meinem Vater und J. war noch erleuchtet. Sonst war alles dunkel, jedenfalls nach vorne zum Hof hin. Ich schloß die Tür auf und trat in die Eingangshalle, und genau in diesem Moment kam Evelin aus der Küche. Sie hatte eines ihrer komischen Hauskleider an, irgend so ein fließendes Seidengewand. Ich glaube, sie hofft, daß sie damit kaschieren kann, wie fett sie inzwischen ist, aber natürlich gelingt das nicht. Obwohl, eigentlich mag ich Evelin. Sie ist nett, und sie tut mir verdammt leid. Sie ist verzweifelt, und von ihren sogenannten Freunden merkt das keiner. (Oder es will keiner merken.) Sie drehte sofort um, als sie mich sah, und verschwand wieder in der Küche, und wahrscheinlich hoffte sie, ich hätte sie nicht gesehen. Ich hörte sie schniefen und wußte, sie hat sich mal wieder heulend an den Kühlschrank geflüchtet. Sie tut mir wirklich leid, gerade jetzt, weil ich so glücklich bin, und eigentlich möchte ich im Moment auch, daß alle anderen glücklich sind! (Außer Patricia und J.)

Ich bin die Treppe hinaufgeschlichen, und offenbar hat Papa mich nicht gehört, jedenfalls schoß er nicht auf den Gang heraus. Ich war heilfroh, als ich in meinem Zimmer war. Ich sitze jetzt hier, in meine Bettdecke gewickelt, während ich schreibe, und das Fenster habe ich ganz weit geöffnet, weil diese Nacht so herrlich riecht. Noch nie habe ich den Frühling so sehr gefühlt, so sehr empfunden.

Ich liebe Keith. Ich freue mich so sehr auf morgen!

8

Der kleine Hund wurde Barney genannt und war am nächsten Tag der Star des Hauses. Jessica hatte ihn am Vortag gleich mit hinauf in ihr Zimmer genommen, ihn dort abgetrocknet und gefüttert und ihn zunächst niemandem gezeigt. Alexander war nicht dagewesen, als sie zurückkam, und sie hatte zuerst mit ihm wegen des neuen Familienmitglieds sprechen wollen, ehe die anderen etwas davon bemerken sollten. Zum Frühstück präsentierte Jessica ihren Findling und erntete – je nach Einstellung der Anwesenden – die verschiedensten Reaktionen.

Diane und Sophie waren begeistert. Patricia erkundigte sich indigniert, ob der junge Hund stubenrein sei. Evelin sagte sofort, sie hätte auch gerne wieder einen Hund, aber das ärgerliche Kopfschütteln, das sie dafür von Tim erntete, ließ sie verstummen. Leon streichelte Barney mit abwesender Miene; er schien in eigene Gedanken oder sogar Sorgen verstrickt zu sein und nahm wohl nicht wirklich wahr, was um ihn herum passierte. Ricarda, die mit fast schlafwandlerischer Miene zu spät zum Frühstück erschien, wirkte im ersten Moment entzückt, knipste jedoch ihr Lächeln sofort aus, als ihr klarwurde, daß es Jessica war, die den Hund mitgebracht hatte.

»Wir unterhalten uns nach dem Frühstück«, sagte Alexander, »und zwar sehr eingehend. Ich möchte nicht, daß du noch einmal zu einer Mahlzeit nicht erscheinst und die halbe Nacht fortbleibst.«

Ricarda sank in sich zusammen, kauerte sich an ihren Platz, sprach kein Wort mehr und rührte keinen Bissen an.

»Vielleicht«, wandte sich Alexander an Jessica, »solltest du bei der Unterredung dabeisein.«

Jessica sah den Haß aus Ricardas Augen blitzen und schüttelte unbehaglich den Kopf. »Das ist eine Sache zwischen euch beiden. Ich mache in der Zwischenzeit lieber einen Spaziergang mit Barney.«

Der Ferientag plätscherte dahin. Jessica litt unter Übelkeit, die sich allerdings nach einem dreistündigen Lauf mit Barney beruhigt hatte. Patricia fuhr mit ihren Töchtern zum Reiten, diesmal ohne Evelin, die sich mit Kopfschmerzen entschuldigte und in ihr Zimmer zurückzog. Leon und Tim saßen im Garten; Jessica sah sie, als sie zurückkehrte. Leon redete und redete, und Tims Miene war finster, und genau wie am Tag der Ankunft dachte sie: Da stimmt etwas nicht. Irgend etwas ist zwischen den beiden nicht in Ordnung.

Zum Mittagessen tauchte Ricarda nicht auf. Alexander ging hinauf in ihr Zimmer, doch das war leer. Als er zurückkehrte, sah er müde aus und älter, als er war.

»Sie ist nicht da«, sagte er.

»Und das läßt du dir bieten?« schoß Patricia ihn sofort an. »Ich denke, du hast heute früh mit ihr geredet!«

»*Mit* ihr reden kann man das eigentlich nicht nennen«, erklärte Alexander. »Ich habe geredet, und sie hat geschwiegen. Sie wollte nicht sagen, wo sie gestern abend war, sie wollte nicht sagen, weshalb sie sich so zurückzieht. Sie mochte nicht über ihre Probleme sprechen – nichts. Ich hätte genausogut eine Wand vor mir haben können.«

»Dann schließ sie in ihr Zimmer ein, bis sie den Mund aufmacht«, sagte Patricia.

Jessica, die vor ihrem unberührten Teller saß und schon wieder mit Übelkeit kämpfte, mischte sich ein. »Mit Druck erreicht man da doch gar nichts. Sie ist fünfzehn, sie geht ihre eigenen Wege, und das ist normal.«

»Ich habe euch das schon mal gesagt: Sie treibt sich am Ende mit einem Kerl herum!« beharrte Patricia.

»Nicht jeder, der hier nicht ständig in der Gemeinschaft herumgluckt, muß sich *herumtreiben*«, erwiderte Jessica mit einer für sie ungewöhnlichen Schärfe.

Patricia ließ ihre Gabel sinken. »Was willst du damit sagen?«

»Ich will damit sagen, daß ich es durchaus verstehen kann, wenn ein fünfzehnjähriges Mädchen keine Lust verspürt, das zwanghafte Gemeinschaftsleben, wie es hier betrieben wird, zu teilen.«

»*Zwanghaftes Gemeinschaftsleben?*« fragte Patricia ungläubig.

»Jessica!« rief Alexander entsetzt.

Jessica dachte: O Gott, was habe ich da gesagt! Ich hätte das nicht tun dürfen!

Die Übelkeit, die schon die ganze Zeit wieder gelauert hatte, wurde unerträglich. Jessica wußte, sie würde sich auf den Tisch übergeben, wenn sie eine Sekunde länger sitzen blieb.

»Entschuldigung«, murmelte sie, stieß ihren Stuhl zurück und rannte, gefolgt von Barney, aus dem Zimmer.

Sie schaffte es bis zur Gästetoilette neben der Eingangshalle und erbrach ihr Frühstück. Als sie sich aufrichtete und in den Spiegel blickte, sah sie ein kalkweißes Gesicht mit geröteten Augen und grauen Lippen.

»Was ist nur in dich gefahren?« sagte sie zu dem Gesicht. »Du meinst doch gar nicht, was du da gerade gesagt hast!«

Oder war es am Ende genau das, was sie meinte?

Halb hatte sie damit gerechnet, daß Alexander ihr folgen würde, aber er erschien nicht. Sie spülte sich den Mund aus und tupfte ihn mit einem Kleenex ab, benetzte ihre Stirn und ihre Wangen mit ein wenig kaltem Wasser. Als sie in die Halle zurückkehrte, vernahm sie gedämpftes Stimmengemurmel aus dem Eßzimmer.

»Sie erinnert mich immer mehr an Elena«, sagte Patricia gerade.

»Du solltest dich einmal fragen, was dich so anzieht an dieser Art Frauen, Alexander!« Das war natürlich Tim, der offenbar noch immer seiner Lieblingstheorie nachhing.

»Jetzt fallt doch nicht über sie her, nur weil sie gerade nicht da ist«, ließ sich Leon vernehmen.

»Sie sieht schlecht aus in der letzten Zeit«, sagte Evelin, »und irgendwie ist sie anders als sonst.«

»Ich finde nicht, daß sie einen allzu guten Einfluß auf Ricarda hat!« Ricarda schien derzeit Patricias Lieblingsthema zu sein. »Sie verhindert, daß du endlich einmal hart durchgreifst bei dem Mädchen. Ich beobachte das mit Besorgnis.«

Draußen in der Halle stand Jessica und grub ihre Fingernägel in die Innenseiten ihrer Handflächen.

Alexander, sag doch etwas! Sag ihnen, sie sollen den Mund halten! Sag ihnen, daß sie kein Recht haben, über mich zu reden. Daß es sie nichts angeht, wie wir leben, oder weshalb du dich in mich verliebt hast, oder ich mich in dich. Daß du mich nicht als Gegenstand ihrer Analysen sehen willst.

Aber sie hörte ihn nicht. Er sagte kein Wort.

Als sie ins Eßzimmer zurückkehrte, verstummten alle. Jeder war plötzlich über seinen Teller gebeugt und angelegentlich mit der Mahlzeit darauf beschäftigt. Jessica wich Alexanders Blick aus, als sie sich setzte. Sie fror auf einmal, und eine unbestimmte Angst war in ihr erwacht. Vielleicht hing es mit Elena zusammen. Zweimal war sie in den letzten Tagen mit ihr verglichen worden, von verschiedenen Personen. Mit der Frau, von der Alexander sich hatte scheiden lassen. Mit der er nicht länger hatte leben können. Er hatte darunter gelitten, daß sie mit seinen Freunden nicht zurechtkam. Als er ihr davon erzählte, hatte Jessica gedacht: Dies ist natürlich nicht der wahre Grund. Der liegt tiefer, aber dies ist sozusagen die Spitze des Eisbergs.

Jetzt auf einmal schoß ihr der Gedanke durch den Kopf: Und wenn das wirklich der Grund war? Wenn alles in Ordnung war bis auf *das*?

Konnte das ausgereicht haben, daß sich Alexander von seiner Frau hatte scheiden lassen?

Bis zum Abend war Ricarda noch immer nicht aufgetaucht. Der Nachmittag war in einer gedrückten Atmosphäre verstrichen. Jessica wurde so sehr von Übelkeit geplagt, daß sie sich für einige Stunden ins Bett legte. Alexander saß mit den beiden anderen Männern im Garten zusammen; sie tranken Kaffee und schwiegen die meiste Zeit. Später begab sich Tim an seinen Laptop und widmete sich seiner Doktorarbeit. Patricia spielte mit ihren Töchtern Federball, ohne daß dabei jedoch die rechte Stimmung aufkam. Evelin hatte sich tief in den Park zurückgezogen, saß auf einem Steinmäuerchen und starrte in den Himmel. Es war eigenartig windstill, und die Vögel stießen aufgeregte Laute aus.

Wie vor einem Gewitter, dachte Jessica, als sie gegen sechs Uhr das Bett verließ, um sich für den Abend zurechtzumachen. Es würde die aufgewärmten Reste des Mittagessens geben, niemand brauchte zu arbeiten. Um halb sieben wollten sie sich wie üblich im Wohnzimmer treffen und einen Aperitif trinken, eine Sitte, die Jessica immer gemocht hatte. Heute reichte der Gedanke daran aus, sie zu lähmen. Sie wünschte sich weit weg, zusammen mit Alexander, irgendwohin, wo sie beide ganz allein waren. Im Innersten wußte sie, daß dieser Wunsch nie mehr vergehen würde, daß sie nicht mehr in der Lage wäre, ihn zu unterdrücken. Das Schlimme war, daß sie beim Mittagessen keineswegs aus einer Laune heraus geredet, irgendwelchen Unsinn gesagt hatte. Sie hatte ausgesprochen, was schon lange in ihr schwelte, was sie sich nur bislang selbst nie eingestanden hatte. Sie empfand die Gemeinschaft der Freunde als zwanghaft, und damit stand fest, daß der Tag kommen mußte, an dem sie aufbegehren würde – wie Elena.

Im Wohnzimmer waren bereits alle versammelt, und Patricia attackierte gerade Alexander in der gewohnt scharfen Form, weil er sich bei Ricarda nicht durchzusetzen verstand. Sie unterbrach ihren Redestrom, als Jessica eintrat.

Evelin nahm ein Sektglas vom Kaminsims und trat auf Jessica zu. »Für dich«, sagte sie. »Geht es dir besser?«

»Ja, alles in Ordnung«, murmelte Jessica. Tatsächlich war ihr nicht mehr übel, aber zu viele Gedanken bedrängten und bedrückten sie.

»Ricarda ist bisher nicht erschienen«, sagte Alexander. Er war sehr blaß. »Geht es dir wirklich besser?« fragte er besorgt. »Du siehst immer noch ziemlich schlecht aus.«

»Du auch«, erwiderte Jessica, »wir haben offenbar beide einen schlechten Tag.«

Patricia lachte. Es klang schrill und unecht. »Die einzige von eurer Familie, der es sicher blendend geht, ist Ricarda. Während ihr euch Sorgen macht, läßt sie es sich irgendwo gutgehen!«

»Ich mache mir keine Sorgen um Ricarda«, sagte Jessica. »Ich glaube, ich habe das heute mittag schon klargestellt.«

»Jessica, bitte!« mahnte Alexander leise.

Die Stimmung war plötzlich wieder so angespannt wie am Mittag. Sie standen alle mit ihren Gläsern in den Händen herum, und niemand sagte ein Wort. Patricia sah aus wie eine kampfbereite kleine Katze.

O Gott, dachte Jessica, und die Ferien haben gerade erst angefangen!

»Ich denke …«, begann Patricia, aber ehe sie den Satz zu Ende führen konnte, klingelte es an der Haustür.

Jessica, froh der Situation zu entkommen, stellte ihr Glas ab. »Ich gehe schon«, sagte sie und verließ das Zimmer.

Vor der Haustür stand Phillip Bowen.

»Oh«, sagte Jessica.

»Hallo«, sagte Phillip.

Sie sah ihn unschlüssig an. Barney, der ihr gefolgt war, drängte zwischen ihren Beinen hindurch und begann Phillip voll ausgelassener Freude zu umtanzen. Dieser beugte sich zu ihm hinunter.

»Hey«, rief er, »trocken siehst du richtig hübsch aus!«

»Er heißt Barney«, erklärte Jessica, »und er wird bei uns bleiben.«

»Wie schön.« Phillip richtete sich wieder auf. Er hatte denselben abgetragenen Pullover an wie bei ihrer ersten Begegnung, dieselben vollkommen ausgebleichten Jeans. Er war noch genauso schlecht rasiert und hatte auch seine Haare nicht gekämmt. Er sah nicht aus wie jemand, der einen offiziellen Besuch machen möchte.

»Ja?« fragte Jessica jetzt.

»Ich möchte zu Patricia Roth«, sagte er. Der deutsche Name hörte sich aus seinem Mund eigenartig an.

»Zu Patricia? Woher kennen Sie sie denn?«

»Ich möchte sie kennenlernen«, sagte Phillip, und in genau diesem Augenblick fiel es Jessica wie Schuppen von den Augen: Phillip Bowen! Warum war ihr das bloß nicht gleich aufgefallen? Es war der Name, den Patricia genannt hatte – der Name des Mannes, der sich als ihr Verwandter ausgegeben hatte und im Haus umherspaziert war.

»Wer sind Sie?« fragte sie mit scharfer Stimme.

»Wer ist denn da?« rief Patricia aus dem Wohnzimmer.

»Sie entschuldigen«, sagte Phillip, schob Jessica zur Seite, durchquerte die Halle und betrat das Wohnzimmer. Sie folgte ihm, ebenso verärgert wie irritiert.

Sie standen immer noch alle mit ihren Gläsern in der Hand herum, nur Evelin hatte sich in einen Sessel gesetzt und rieb sich das Kreuz, als habe ihr das lange Stehen Schmerzen verursacht. Konsterniert blickten sie auf den fremden, verwahrlosten Mann, der auf einmal vor ihnen auftauchte.

»Wer sind Sie?« fragte Leon im gleichen Tonfall wie Jessica eine Minute zuvor.

»Phillip Bowen«, antwortete Phillip.

Patricia begriff als erste, und ihre Augen weiteten sich.

»Phillip Bowen?« stieß sie hervor. »Sie sind der Mann, der …«

»Ich wollte Sie eigentlich schon am gestrigen Nachmittag aufsuchen. Es fiel mir jedoch nicht ganz leicht, und so … sehen wir uns erst heute. Ich mußte mir einen ziemlichen Ruck geben, denn ich vermute, was ich Ihnen zu sagen habe, wird Sie zumindest sehr … überraschen.« Er lächelte verbindlich, aber angespannt. »Ich bin ein naher Verwandter von Ihnen, Mrs. Roth«, sagte er, »oder darf ich Sie *Patricia* nennen?«

Leon machte einen Schritt nach vorn. »Wie kommen Sie dazu, eine solche Behauptung aufzustellen?« fragte er, noch ehe sich Patricia von ihrer Verblüffung erholt hatte. »Ich muß Sie sehr bitten, entweder deutlicher zu werden oder auf der Stelle dieses Haus zu verlassen.«

»Sie sind der Mann, der hier spioniert hat!« ließ sich Evelin jetzt vernehmen, die blauen Augen weit aufgerissen.

»Ich werde gerne deutlicher«, sagte Phillip, ohne auf Evelins Zwischenruf einzugehen. »In kurzen Worten: Patricias Großvater ist mein Vater. Oder anders ausgedrückt: Patricias Vater und ich sind Halbbrüder. In welchem Verwandtschaftsverhältnis stehe ich damit zu Patricia?«

Er sah sich um wie ein Lehrer, der seiner Klasse eine schwierige Frage gestellt hat und nun hofft, daß irgend jemand sie beantworten kann.

Jessica, die noch immer hinter ihm gestanden hatte, kam hervor und gesellte sich demonstrativ zu den anderen. »Onkel«, sagte sie, »in diesem Fall wären Sie Patricias Onkel.«

»Das ist ja der größte Blödsinn, den ich je gehört habe!« rief Patricia. Ihre Stimme war schrill geworden. Der Sekt in ihrem Glas schwappte gefährlich.

»Onkel Phillip«, sagte Phillip. Er grinste. »Klingt nicht gerade attraktiv, aber da kann man wohl nichts ändern. Ich bin Ihr Onkel, Mrs. Roth. Dank der Umtriebigkeit Ihres Großvaters haben Sie einen Onkel, der nur etwa zehn Jahre älter ist als Sie!«

Leon und Patricia begannen gleichzeitig zu reden, doch Tim, der bislang nichts gesagt hatte, brachte sie mit einer Handbewegung zum Schweigen. »Sie werden verstehen, Mr. Bowen«, sagte er höflich, »daß uns dies als eine sehr kühne Behauptung vorkommen muß. Im Grunde genommen könnte jeder wildfremde Mensch hier auftauchen und uns das gleiche erzählen. Haben Sie denn irgendwelche Beweise, die Ihre Theorie untermauern?«

Phillip schüttelte den Kopf. »Da ich ein illegitimer Sohn des alten Kevin McGowan bin und da meine Mutter in ihrer Verletztheit immer darauf verzichtet hatte, daß McGowan seine Vaterschaft anerkennt, gibt es weder Urkunden noch sonst etwas, womit ich meine Herkunft belegen könnte.«

»Also, dann ist es ja wohl eine unglaubliche Unverschämtheit ...«, schnaubte Patricia, aber Tim bedeutete ihr erneut, still zu sein. »Laß ihn doch ausreden, Patricia.«

Leon sprang seiner Frau zur Seite. »Ich finde, es ist eine Zumutung, daß wir uns diese haltlosen Geschichten anhören müssen! Ich denke, daß Mr. Bowen jetzt gehen sollte.«

Phillip ließ sich nicht aus der Ruhe bringen. Nur Jessica, die ihn sehr genau beobachtete, sah, daß er seine linke Hand so fest zur Faust ballte, daß die Knöchel weiß hervortraten. Überdies war ein ganz leises Zucken im Unterlid seines linken Auges.

»Ich kann Ihnen sehr viel über Kevin McGowan erzählen«, sagte er, »eine Menge Einzelheiten, bei denen Sie würden einräumen müssen, daß ein Wildfremder sie nicht wissen kann. Wenn Sie aber dennoch beschließen, mir keinen Glauben zu schenken ...« Er machte eine Pause.

»Ich bin nicht bereit, mir das noch länger anzuhören!« fauchte Patricia.

»Wenn Sie mir keinen Glauben schenken«, fuhr Phillip fort, und er sah nun Patricia direkt in die Augen, »dann werde ich gerichtlich eine Exhumierung Ihres Großvaters, also meines Vaters, erwirken. Über eine genetische Analyse dürften dann letzte Zweifel ausgeräumt werden können.«

Mit seinen Worten erntete er zunächst ungläubiges Schweigen. Dann lachte Patricia auf, hoch und fast kreischend. »Das ist ja das Letzte!« rief sie. »Etwas so Unsägliches habe ich noch nie gehört! Mr. Bowen, mein Großvater ist seit zehn Jahren tot. Abgesehen davon, daß ich niemals zulassen würde, daß er in seiner letzten Ruhestätte gestört wird, möchte ich wirklich wissen, was Sie sich davon versprechen. Soviel ich weiß, ist nach so langer Zeit eine Genanalyse nicht mehr möglich!«

»Da irren Sie sich«, sagte Phillip. »Die Wissenschaft macht ständig Fortschritte. Es gibt inzwischen eine Methode, auch über die DNA lang Verstorbener Aufschluß zu gewinnen.«

Patricias Blick war nun voller Haß. »Ich möchte Sie jetzt wirklich bitten, mein Haus zu verlassen! Niemand hier legt Wert darauf, noch länger von Ihren Spinnereien belästigt zu werden.«

»Ich kann meiner Frau da nur recht geben«, fügte Leon in kaltem Ton hinzu. »Gehen Sie jetzt bitte, Mr. Bowen.«

»Was mich nur interessiert«, sagte Tim und kniff seine Augen zu engen Schlitzen zusammen, was ihn, wie Jessica fand, außerordentlich heimtückisch aussehen ließ, »ist die Frage, weshalb Sie einen solchen Aufwand betreiben wollen, Ihre

Verwandtschaft mit Patricia Roth zu beweisen. Sind Familiengefühle in Ihnen erwacht, oder hat das einen anderen Grund?«

»Kommt Ihnen da eine Idee?« fragte Phillip.

Tim nickte. »O doch. Ich habe durchaus einen Verdacht.«

Phillip nickte. »Wahrscheinlich liegen Sie richtig« Er ließ seinen Blick durch den Raum schweifen, über den Kamin, die holzgetäfelten Wände, die hohe Decke. Dann schaute er wieder zu Patricia.

»Das Haus«, sagte er, »das Anwesen. Stanbury. Sie haben es von Ihrem Großvater geerbt. Wenn aber Ihr Großvater einen zweiten Sohn hat, nämlich mich …« Er schwieg einen kurzen Moment.

»Ich möchte, daß Sie teilen, Mrs. Roth«, sagte er dann. »Ich erhebe Anspruch auf die Hälfte von Stanbury House.«

9

Er ging die Treppe hinunter und fühlte sich müde. Mehr noch: tief erschöpft und deprimiert. Er hatte kaum geschlafen in der Nacht, hatte bis halb sieben Uhr nur deshalb im Bett ausgeharrt, um Jessica nicht zu stören. Dann jedoch war sie aufgewacht, hatte sofort über heftige Übelkeit geklagt und war im Bad verschwunden; als sie wieder erschien, sah sie totenblaß aus, und ihr Gesicht war von einem Film aus kaltem Schweiß bedeckt.

»Ich lege mich noch mal hin«, hatte sie leise gemurmelt und war tief unter die Decke gekrochen.

Er duschte, zog sich an und ging nun leise nach unten. Das ganze Haus schien noch zu schlafen. Er war froh, daß ihm dies Gelegenheit gab, noch ein wenig allein zu sein.

Es gab manches zu überlegen.

Am Vorabend war Ricarda, die seit den frühen Mittagsstunden verschwunden gewesen war, gegen elf Uhr wieder aufgetaucht. Alle hatten noch im Wohnzimmer gesessen und über Phillip Bowen gesprochen, jenen ungebetenen Gast, der so plötzlich vor ihnen gestanden und seine Forderung vorgebracht hatte – verbunden mit der unglaublichen Behauptung, illegitimer Sohn von Patricias Großvater zu sein. Patricia hatte sich entsetzlich aufgeregt und ziemlich viel getrunken, und zum Glück war sie diesmal so abgelenkt gewesen, daß sie, als draußen leise die Haustür ging, Schritte zum Dachboden erklangen und jeder wußte, daß dies nur Ricarda sein konnte, nicht wie sonst über Alexander herfiel und ihn mit ihren

Vorstellungen von Kindererziehung bearbeitete, sondern nur kurz zerstreut nach draußen lauschte und dann zum wiederholten Mal murmelte: »Der hat sich getäuscht! Der hat sich verrechnet. Der wird an nichts herankommen, was mir gehört!«

Erst in diesem Moment hatte er wirklich realisiert, wie er ihr Hetzen und Drängen inzwischen fürchtete, wie sehr er sich in die Enge getrieben fühlte, wieviel Druck sie auf ihn auszuüben in der Lage war. Ihm war eingefallen, was Elena oft über Patricia gesagt hatte: »Sie muß immer recht haben. Und sie kann es nicht ertragen, wenn ein Mensch einen anderen Weg geht als den, den sie ihm genannt hat. Wer nicht tut, was sie will, wird nie mit ihr auskommen können.«

Er war an dem Abend nicht mehr zu Ricarda hinaufgegangen, weil Jessica ihm geraten hatte, sie erst einmal in Ruhe zu lassen. Aber er hatte sich Gedanken über Gedanken gemacht, und das einzig Gute an der daraus erwachsenden Schlaflosigkeit war gewesen, daß er von seinem immer wiederkehrenden Alptraum verschont geblieben war.

Immerhin. Wenn man eine Situation lange genug drehte und wendete, fand man doch immer etwas Gutes daran.

Er hatte sich gefragt, ob er als Vater versagt hatte.

Sicher eine durchaus natürliche Frage, die sich ein Mann – oder eine Frau – stellen mußte, wenn eine Ehe scheiterte, aus der ein Kind hervorgegangen war. Das Kind litt, weil ein Gefüge auseinanderbrach, das bis dahin seine Welt dargestellt und auf das es sich verlassen hatte, und die Eltern litten, weil es ihnen nicht gelungen war, dem kleinen Menschen, den sie in die Welt gesetzt hatten, ohne ihn zu fragen, ob er das überhaupt wollte, eine glückliche, intakte und geborgene Kindheit zu bereiten. Es mochte ein sehr menschliches Versagen sein, aber es blieb ein Versagen.

Und besonders schmerzhaft wurde dieses Gefühl dann, wenn Probleme auftraten, von denen man sich vorstellen konnte, sie seien ohne Scheidung vielleicht nicht aufgetreten.

Ricarda lehnte Jessica aus ganzer Seele ab. Damit hatte Alexander natürlich gerechnet, aber er war überzeugt gewesen, daß sich dies rasch legen würde. Jessica war jung, spontan und natürlich, und sie war Tierärztin und übte damit den Beruf aus, von dem Ricarda schon als kleines Mädchen geträumt hatte. Er hatte sich überlegt, daß Ricarda ein paar Wochen lang bocken würde, daß sie sich dann jedoch dem Charme und der Herzlichkeit Jessicas nicht länger würde entziehen können. Und glücklicherweise hatte schließlich Jessica nicht das geringste mit Alexanders und Elenas Trennung zu tun. Sie war in Alexanders Leben getreten, als Elena sich mit ihrer Tochter bereits eine eigene Bleibe gesucht und die Scheidung eingereicht hatte.

Doch nun sah es so aus, als wolle Ricarda den Zustand eisiger Distanz unbedingt beibehalten. Es hatte vor der zweiten Hochzeit ihres Vaters ein paar Wochenenden gegeben, die sie mit dem frisch verliebten Paar verbracht hatte, nach der Hochzeit dann folgten die Osterferien in Stanbury, die Sommer- und die Herbstferien, Weihnachten und nun wieder Ostern. Dazwischen weitere zahlreiche Wochenenden, an denen Jessica sich jede erdenkliche Mühe gegeben hatte. Auf Alexanders Bitte hin hatte sie Ricarda sogar angeboten, ihr an ein oder zwei Nachmittagen in der Woche in der Praxis zu helfen. Alexander wußte, daß dies ein Herzenswunsch seiner Tochter war, aber natürlich hatte sie höflich und kalt abgelehnt. Und mehr als unwillige Höflichkeit hatte sie der neuen Frau ihres Vaters sowieso nie entgegengebracht.

Und jetzt fing sie auch noch an, sich von ihm, Alexander, zu entfernen. Bislang hatte er wenigstens das Gefühl haben können, daß ihrer beider Vertrauensbeziehung erhalten geblieben war. Doch auf einmal, und ohne daß es einen Anlaß gegeben hatte – zumindest hatte *er* keinen Anlaß bemerkt –, war es, als sei das Band zwischen ihnen zerschnitten. Als sie ihm vor der Abreise ihren Wunschzettel für Ostern gegeben hatte, waren Ferien mit ihm allein noch ihr einziger und offenbar großer Wunsch gewesen. Dann war irgend etwas geschehen. Sie trieb sich herum, verschwand ganze Tage und Abende, sprach nicht über die Dinge, die sie tat, ignorierte seine Anordnungen und Verbote mit einer Gleichgültigkeit, als höre sie gar nicht, was er sagte. Sie war in eine eigene Welt abgeglitten.

Er machte sich entsetzliche Sorgen.

Er öffnete die Tür zur Küche, und da saß sie. Seine Tochter. Auf einem der alten Hocker, beide Ellbogen auf die Tischplatte vor sich gestützt. Sie trug ihren hellgrauen Jogginganzug, und es sah nicht so aus, als habe sie bereits geduscht oder sich die Haare gekämmt. Sie war sehr blaß. Ihre Hände umschlossen einen dicken Keramikbecher. Die Küche duftete nach frischem Kaffee.

Sie erschrak, als ihr Vater plötzlich im Raum stand, und einen Moment lang hatte es fast den Anschein, als schaue sie sich nach einem Fluchtweg um. Dann faßte sie sich und setzte die arrogante Miene auf, die ihn seit einigen Tagen zur Verzweiflung trieb.

»Warum bist du denn schon so früh wach?« fragte sie. »Es ist gerade sieben Uhr!«

»Ich konnte nicht schlafen.« Unschlüssig blieb er mitten im Raum stehen. Er mochte die Küche. Sie war groß und altmodisch und gemütlich, und man hatte den herrlichen Blick auf den Park. Draußen dämmerte wieder ein zauberhafter

Frühlingstag heran, man konnte die ersten Sonnenstrahlen auf dem taufeuchten Gras glitzern sehen.

Eigentlich frühstückten sie stets alle zusammen im Eßzimmer, aber Alexander erinnerte sich plötzlich, daß er in den letzten anderthalb Jahren vor der Trennung von Elena immer allein hier in der Küche gefrühstückt hatte. Er hatte damals kaum eine Nacht geschlafen, war oft schon um sechs Uhr hinuntergegangen, hatte Kaffee getrunken und gegrübelt. Komisch, er hatte daran gar nicht mehr gedacht. Erst in diesem Moment fiel es ihm wieder ein.

Das einzige moderne Gerät in der Küche war die Kaffeemaschine. Er deutete darauf. »Kann ich mir Kaffee nehmen?«

»Klar!« Sie nickte. Er holte sich einen Becher aus dem Schrank, schenkte sich Kaffee ein, setzte sich zu ihr an den Tisch. Wie seine Tochter auch, verzichtete er auf Milch und Zucker. Eigentlich fand er, daß sie mit ihren fünfzehn Jahren zu jung war, den Tag mit schwarzem Kaffee zu beginnen. Noch bis zur Trennung vor nunmehr etwas über zwei Jahren hatte er ihr morgens Kakao gekocht. Dann war sie mit Elena fortgegangen, und irgendwann im letzten Jahr hatte sie ihn während einer ihrer Wochenendbesuche mit dem Wunsch überrascht, sie wolle Kaffee zum Frühstück.

»Das halte ich nicht für gut«, hatte er erwidert, aber sie hatte ihm erklärt, daß sie ihn bei ihrer Mutter jetzt auch bekäme und daß es daher sinnlos sei, wenn er ein Verbot ausspreche. Also hatte er sich gefügt – *vielleicht hatte er sich in zu vieles gefügt, was Ricarda anging* –, und inzwischen trank sie auch in den Ferien in Stanbury Kaffee wie die Erwachsenen. Was Patricia natürlich nicht müde wurde zu rügen.

»Du bist auch ziemlich früh auf den Beinen«, sagte er nun, und als sie nicht darauf antwortete, fügte er hinzu: »Vor allem, wenn man bedenkt, daß es neuerdings abends immer recht spät wird bei dir.«

Sie zuckte mit den Schultern. Ihr Gesicht war vollkommen verschlossen.

»Ich hatte dich gebeten, gestern zum Mittagessen dazusein. Du hast dich nicht danach gerichtet und hast nicht einmal irgend etwas dazu gesagt. Gibt es dafür einen Grund?«

Sie antwortete immer noch nicht, nahm statt dessen einen tiefen Schluck aus ihrer Tasse. Alexander fragte sich verzweifelt, woher diese Blockade kam. So war sie noch nie gewesen.

Er nahm einen neuen Anlauf. »Niemand will dich in deiner Freiheit einschränken, Ricarda. Ich nicht und übrigens schon gar nicht Jessica. Du hast eine große Fürsprecherin in ihr, das solltest du bei dieser Gelegenheit ruhig wissen. Sie setzt sich sehr dafür ein, daß du hier ohne allzuviel Zwang und Kontrolle leben sollst.«

Wiederum zuckte Ricarda die Schultern. Alexander konnte keine Regung in ihrem Gesicht entdecken.

»Wo warst du gestern?« fragte er und versuchte, so viel Autorität wie möglich in seine Stimme zu legen. »Und vorgestern abend? Ich möchte es wissen.«

Sie sah ihn an. »Das ist meine Sache.«

»Nein, das ist es nicht. Du bist noch nicht volljährig, und bis dahin gehen deine Belange auch mich etwas an. Also bitte – wo warst du?«

Sie wandte ihr Gesicht ab, preßte die Lippen aufeinander. Er mußte plötzlich daran denken, wie sie sich als kleines Kind in seine Arme gekuschelt hatte, wenn er ihr Geschichten vorlas, und mit welchem Jubel sie auf ihn zugesprungen war, wenn er abends nach Hause kam. Schwer vorstellbar, daß die Person, die vor ihm saß, dasselbe kleine Mädchen war.

»Ich habe deinen Wunschzettel gelesen«, sagte er. »Du schreibst, daß du dir eine Reise mit mir nach Kanada wünschst. Ich finde das erstaunlich. Denn offenbar hast du nicht das geringste Vertrauen zu mir, und du hast auch überhaupt keine Lust, mir irgend etwas von dir mitzuteilen. Wie sollten wir es dann ein paar Wochen lang miteinander in der kanadischen Wildnis aushalten?«

Endlich kam Leben in sie. »Wieso fragst du mich das?« erwiderte sie heftig. »Du wirst sowieso nie mit mir fahren! Das weiß ich doch ganz genau!«

»Und woher meinst du das *genau* zu wissen?«

»Wegen *ihr*!«

»*Sie* hat einen Namen.«

»Wegen J. Seit sie da ist, bin ich doch gestorben für dich!«

»Das ist doch Unsinn.« Ein leiser Schmerz kroch seinen Nacken hinauf. Er hatte selten Kopfweh, aber in diesem Moment konnte er spüren, daß es ihn packen würde. »Ich liebe Jessica. Sie ist meine Frau. Aber das ändert doch nichts ...«

Aus ihren dunklen Augen schossen Blitze. »Du liebst sie *nicht*! Du liebst sie absolut nicht! Du redest dir das nur ein, weil du es sonst gar nicht aushalten könntest mit ihr! Du liebst Mami. Du wirst sie immer lieben. Aber die alle hier«, sie machte eine weit ausholende Handbewegung, die das ganze Stanbury House umschreiben sollte und um ein Haar beide Kaffeebecher vom Tisch gefegt hätte, »haben sie vertrieben! Diese ganze Bande hat sie nicht mehr aushalten können. Und du hast sie gehen lassen! Wie konntest du das nur tun?«

»Ricarda!« Er wollte beschwichtigend seine Hand auf ihre legen, doch sie zog sie zurück und sprang auf. Sie sah ihrer Mutter in diesem Moment sehr ähnlich. Sehr südländisch, sehr wild.

»Ich hasse deine Freunde!« rief sie. »Ich hasse sie so sehr, wie Mami sie gehaßt hat! Ich wünschte, jeder einzelne von ihnen wäre tot!«

Und ehe er darauf noch etwas erwidern konnte, war sie schon aus der Küche gestürmt und warf laut krachend die Tür hinter sich zu.

Geraldine wurde wach, weil ein Geräusch in ihren Schlaf gedrungen war. Sie war eine Langschläferin und hätte sich eigentlich auf die andere Seite gedreht und wäre wieder eingeschlummert, aber trotz der frühen Stunde kam ihr zu Bewußtsein, daß irgend etwas nicht stimmte – oder am Abend zuvor nicht gestimmt hatte ... daß sie schon mit einem unguten Gefühl zu Bett gegangen war ...

Sie setzte sich auf. Durch die Vorhänge fiel erstes Morgenlicht. Sie sah Phillip, der sich angezogen hatte und gerade das Zimmer verlassen wollte. Schlagartig fiel ihr ein, daß er nicht dagewesen war am Abend. Er mußte irgendwann in der Nacht gekommen sein, ohne daß sie etwas bemerkt hatte.

»Phillip!« rief sie.

Sie hörte ihn seufzen. »Schlaf weiter«, sagte er, »es ist erst sieben Uhr.«

»Wo willst du hin?«

»Raus. Laufen. Nachdenken.«

»Wann bist du gekommen? Ich habe mir Sorgen gemacht. Ich habe bestimmt bis halb eins wach gelegen!«

»Ich war etwas trinken. Um eins war ich da.«

Sie mußte sich hart zusammenreißen, ihm nicht heftige Vorwürfe zu machen. Aus Erfahrung wußte sie, daß dies nicht nur nichts brachte, sondern im Gegenteil bei ihm nur zu Gereiztheit und Verärgerung führte. Bei dem geringsten Gefühl, er werde von ihr eingeengt, wurde er nervös und aggressiv.

»Wir wollten zusammen essen.«

»Geraldine ...«

»Okay, okay!« Sie hob beschwichtigend beide Hände, wagte nicht, daran zu denken, was Lucy zu dieser Art Gespräch sagen würde. Natürlich hätte sie Krach machen müssen. Aber eigentlich müßte sie den ständig machen, weil er sich immer so verhielt, wie er es auch jetzt tat. Am Dienstag hatte er ihr kurzfristig die gemeinsame Wanderung abgesagt, um Patricia Roth aufzusuchen, aber abends hatte er ihr dann mitgeteilt, er sei doch nicht bei ihr gewesen. Er hatte keine Entschuldigung hinzugefügt, kein Wort des Bedauerns über den verpatzten Nachmittag, den sie hätten zusammen verbringen können.

»Ich gehe morgen zu ihr«, hatte er nur gesagt, und sie hatte darauf verzichtet, ihm Vorwürfe zu machen, weil sie Angst hatte, ihn noch weiter von ihrer Seite zu treiben.

»Wie ist es denn gelaufen gestern?« fragte sie nun. »Warst du jetzt endlich in Stanbury House?«

»Ja. War ich. Habe sie alle dort angetroffen, schön versammelt, als hätten sie auf mich gewartet. Mit Sektgläsern in der Hand. Wir hätten gleich anstoßen können auf unsere Begegnung.«

»Ich vermute, nach anstoßen war ihnen nicht zumute.«

»Nicht im mindesten. Habe selten so belämmerte Gesichter gesehen!« Sein Tonfall und seine Formulierungen waren locker, aber Geraldine, die ihn gut kannte, spürte seine Angespanntheit. Er machte sich Sorgen und war keineswegs guter Dinge.

»Und ...?« fragte sie vorsichtig.

Er ließ seine Hand auf der Türklinke liegen. Keine Sekunde lang ließ er darin nach, ihr den Eindruck zu vermitteln, unbedingt weg zu wollen.

»Sie glauben mir nicht.«

»Das war zu erwarten.«

»Ich werde es ihnen beweisen.«

»Du willst Details erzählen?«

»Zunächst – ja.«

»Glaubst du denn, daß sie dir überhaupt zuhören werden? Daß sie dich so ohne weiteres noch einmal in ihr Haus lassen?«

»Wir werden sehen.« »Phillip«, sie wußte, daß ihre Stimme einen beschwörenden Klang hatte und daß Phillip ihr dies bereits als einen Versuch auslegen würde, ihn zu manipulieren, »Phillip, worauf soll das hinauslaufen? Glaubst du, diese Patricia Sowieso hat nur darauf gewartet, daß ein Fremder aufkreuzt, sich als ein Verwandter ausgibt und ...«

»Ich gebe mich nicht als Verwandter aus. Ich *bin* mit ihr verwandt!«

»Du weißt das! Aber wie muß das denn für sie aussehen? Egal, was du ihr über ihren Großvater erzählst – er war ein prominenter Mann, und du könntest das alles auch aus Archiven zusammengetragen haben! Was du zu einem großen Teil ja übrigens auch getan hast! Du sitzt doch seit einem Jahr praktisch nur noch in Bibliotheken herum, sammelst alles, was du über McGowan finden kannst, und legst diese ... diese Ordner an, in denen du dann auch daheim ständig liest! Und nun glaubst du, Patricia ist scharf darauf, ihr Erbe mit dir zu teilen. Du wirst nicht durchkommen damit.«

Nur jener letzte Rest Höflichkeit, den er ihr gegenüber gelegentlich aufbrachte, hielt ihn davon ab, einfach das Zimmer zu verlassen. Er vibrierte vor Ungeduld. Sie ging ihm entsetzlich auf die Nerven.

»Den endgültigen Beweis wird notfalls die Exhumierung bringen«, sagte er, »einen DNA-Vergleich kann niemand mehr anzweifeln.«

»Aber bist du denn sicher, daß du das so einfach erreichst? Ich kenne mich da nicht aus, aber ich könnte mir vorstellen, daß man nicht einfach hingehen und jemanden exhumieren lassen kann. Das muß erst genehmigt werden, und dafür muß es bestimmt gute Gründe geben.«

»Meine Gründe sind ja wohl ausreichend. Ich wüßte nicht, wie jemand bessere Gründe haben sollte!«

»Du hast doch absolut nichts, was du vorweisen kannst! Du hast die Behauptung deiner verstorbenen Mutter, Kevin McGowan sei dein Vater gewesen. Aber weißt du denn ...« Sie sprach nicht weiter, biß sich auf die Lippen.

»Ja?« fragte Phillip. Seine Augen waren schmal geworden, argwöhnisch. »Ja?« wiederholte er noch einmal.

»Ich meine nur ...« Sie wünschte, sie hätte nicht damit angefangen, aber nun blieb ihr nichts übrig, als zu sagen, was sie hatte sagen wollen.

»Ich meine, du weißt doch nicht einmal, ob es wirklich stimmt, was deine Mutter dir erzählt hat«, sagte sie leise. »Sie war schon sehr krank und sehr schwach und manchmal ... gar nicht ganz bei sich. Vielleicht hat sie sich in Phantasien gesteigert, und ...«

Er sah sie so voller Wut und Verachtung an, daß sie sich zum ersten Mal vor ihm fürchtete.

»Vergiß es«, sagte sie hastig, »es war nur so ein Gedanke ... du kennst deine Mutter natürlich besser ...«

Sie hatte die krebskranke Mrs. Bowen eine ganze Zeitlang betreut, soweit ihr Beruf das zuließ. Genaugenommen hatte sie ihren Beruf wieder einmal vernachlässigt; zu Lucys Ärger, denn diese hatte immer behauptet, sie tue das nicht für die alte Frau, sondern einzig, um sich die Liebe und Anerkennung von Phillip zu erwerben, und dies sei ein ohnehin müßiges Unterfangen. Später war es ganz schlimm geworden, und Phillip hatte seine Mutter in ein Krankenhaus bringen müssen, wo sie dann qualvolle sechs Wochen lang starb. Aber Geraldine hatte zuvor durchaus mitbekommen, daß Mrs. Bowen verwirrte Phasen hatte, in denen sie völlig unglaubwürdige Geschichten aus ihrem Leben und ihrem Alltag zum besten gab. Warum sollte Kevin McGowan, der bekannte Fernsehkorrespondent, nicht auch eine ihrer Wunschvorstellungen gewesen sein, mit denen sie ihr Leben, das sie selber einmal als mißlungen bezeichnet hatte, anzureichern versuchte?

Aber unmöglich, mit Phillip darüber zu sprechen, nicht, nachdem er sich in die Geschichte seiner Mutter hineingesteigert hatte und Hoffnung für seine Zukunft daraus schöpfte.

»Warte nicht auf mich«, sagte er nun, »ich weiß nicht, wann ich wiederkomme.« Er zog die Tür hinter sich zu.

Sie war allein. Sie hatte Angst.

Leon beobachtete seine Frau. Sie war mit dem Klingeln des Weckers um Punkt acht Uhr aus dem Bett gesprungen und im Bad verschwunden, wo sie kalt duschte und ihren Körper dann mit einer harten Bürste abrubbelte, um die Durchblutung zu fördern und das Gewebe zu straffen. Nun kehrte sie ins Zimmer zurück, um sich anzuziehen. Nackt schlenderte sie zum Schrank, aber er wußte, daß sie ihn damit nicht provozieren wollte. Eher war es Ausdruck ihrer beider Entfremdung. Als Mann war er gar nicht mehr vorhanden für sie. Er mußte sich selbst jedoch eingestehen, daß er daran nicht unschuldig war.

Ihr Körper war perfekt. Sie war so klein, daß jedes überflüssige Gramm Fett ins Auge gesprungen wäre, aber da war an keiner Stelle etwas, was dort nicht hingehörte. Mit einunddreißig Jahren und nach der Geburt von zwei Kindern sah sie noch immer aus wie ein junges Mädchen. Nicht allerdings im Gesicht, wie er wieder einmal feststellte. Der Ausdruck ihres Gesichts verriet Härte, Selbstbewußtsein, eisernen Willen und eine ungeheure Disziplin.

Sie zog Unterwäsche an – weiße, saubere Baumwolle –, Jogginghosen und ein schwarzes T-Shirt, auf dem vorne in weißen Lettern der Schriftzug *It's me* prangte.

»Willst du nicht aufstehen?« fragte sie, während sie vor dem Spiegel über der Kommode ihre Lippen in einem tiefen Rot anmalte. »Es ist zwanzig nach acht.«

Leon gähnte. »Es sind Ferien. Das scheinst du immer wieder zu vergessen.«

»Um neun Uhr ist Frühstück. Das ist vereinbart.«

»Eben. Was soll ich da schon um zwanzig nach acht? Was machst du bis dahin?«

»Ich gehe joggen. Würde dir übrigens auch ganz guttun.«

Leon gähnte noch einmal. Er war schlank und gut aussehend, das wußte er, und daher nahm er die Bemerkung seiner Frau nicht ernst. Patricia nörgelte gern an anderen Menschen herum. Er hatte es sich angewöhnt, gar nicht mehr hinzuhören.

Sie setzte sich auf das Bett, um ihre Joggingschuhe zuzubinden.

»Nach dem Frühstück gehe ich mit Diane und Sophie zum Reiten«, verkündete sie.

Er setzte sich im Bett auf. »Du wirkst ja schon wieder recht gelassen. Gestern abend konntest du über nichts anderes reden als über diesen Phillip Bowen und seinen unglaublichen Auftritt, und heute früh hast du ihn überhaupt noch nicht erwähnt.«

»Ich werde ihn auch nicht mehr erwähnen. Ich habe nachgedacht heute nacht. Der Mann ist ein Spinner, und wenn er noch einmal seinen Fuß hier auf mein Grundstück setzt, werde ich die Polizei rufen. Ich werde es ablehnen, mit ihm zu sprechen. Dann wird sich die Angelegenheit schon totlaufen.« Sie hatte ihre Schuhe fertig zugebunden, stand auf und wippte in den Kniekehlen.

»Hoffentlich unterschätzt du ihn nicht«, meinte Leon, »der Typ wirkte nicht so, als würde er schnell aufgeben. Ganz leicht läßt der sich bestimmt nicht abwimmeln.«

»Wir werden ihm untersagen, den Boden von Stanbury House zu betreten. Und wenn er sich einem von uns sonst irgendwo nähert, im Dorf beim Einkaufen oder beim Reiten … nun«, sie sah ihn fast entrüstet an, so als könne sie kaum glauben, daß er überhaupt ein Problem sah, »du bist doch Anwalt, Leon! *Du* weißt doch, was man in solchen Fällen tut! Er kriegt eine einstweilige Verfügung, und damit sind wir ihn los!«

Leon nickte, langsam und nachdenklich. »Ich kenne mich im englischen Recht nicht aus. Ich weiß nicht, wie schwierig es hier ist, eine Exhumierung durchzusetzen.«

»Also – das ist bestimmt *sehr* schwierig! Da könnte doch jeder kommen und irgend jemanden ausbuddeln lassen, nur weil er meint, er sei dessen Sohn! Ich bitte dich! Ich habe ja wohl auch noch mitzureden bei der Frage, ob man meinen Großvater aus seinem Grab holen kann oder nicht!«

»Wenn er vor Gericht erfolgreich ist, kannst du nichts machen.«

»Ach was!« Sie begann ihre Muskeln zu wärmen, indem sie sich vorbeugte und abwechselnd mit der linken Hand den rechten Fuß und mit der rechten Hand den linken Fuß berührte. »Der Mann ist ein Hochstapler, und das wird auch jedes Gericht sofort erkennen!«

»Hast du dir schon mal überlegt«, fragte Leon, »daß seine Geschichte stimmen könnte?«

Patricia hörte auf mit ihrer Übung und starrte ihren Mann an. »Spinnst du? Das glaubst du doch nicht im Ernst!«

»Ich habe nicht gesagt, daß ich es glaube. Ich habe nur angeregt zu überlegen, daß es stimmen könnte.«

»Ich gehe jetzt zum Joggen«, sagte Patricia und näherte sich der Zimmertür.

»Du brauchst, glaube ich, erst mal einen Kaffee, damit du aufhörst, finstere Geschichten zu entwerfen. Kommst du zum Frühstück nachher?«

»Ja. Hör mal, Patricia ...« Ihm lag noch etwas auf dem Herzen, schon lange, aber er wußte nicht, wie er anfangen sollte. »Wegen der Reitstunden ...«

»Ja?« Sie stand an der Tür, Hand auf der Klinke, federte in den Kniekehlen auf und ab. »Was denn?«

Sein Mut verließ ihn schon wieder. »Nichts. Schon gut.« Irgendwie hoffte er, sie werde noch einmal nachhaken, aber sie tat es nicht.

Er ließ sich in sein Kissen zurücksinken.

Später. Später würde er mit ihr reden. Es wurde Zeit.

10

»MEINE MUTTER«, sagte Phillip Bowen, »hat bis zu ihrem Tod unsagbar unter dem Makel gelitten, ein uneheliches Kind zu haben. Ich glaube, es waren nicht moralische Gründe, die eine Rolle spielten, sondern es war das Gefühl, daß sie einem Mann so wenig wert gewesen war, daß er um keinen Preis eine Familie mit ihr hatte gründen wollen. Das hat sie tief in ihrem Stolz verletzt.«

Er und Jessica saßen im Gras auf demselben kleinen Hügel, an dessen Fuß sie sich zwei Tage zuvor getroffen hatten. Barney, der wie ein Verrückter durch die Wiese getobt war, hatte sich zwei Schritte von ihnen entfernt plötzlich fallen lassen und war eingeschlafen. Nur sein linkes Ohr zuckte hin und wieder, und sein Bauch hob und senkte sich in gleichmäßigen Atemzügen.

Jessica hatte sich von ihrer Übelkeit erholt und war gleich nach dem Frühstück zu ihrer üblichen Wanderung aufgebrochen. Sie nahm denselben Weg, auf den sie zwei Tage zuvor nur versehentlich geraten war, denn das Tal, in dem sie Barney aus dem Wasser gefischt hatte, hatte ihr gut gefallen, und sie wollte es gerne wiedersehen. Schon von weitem sah sie eine Gestalt auf dem Hügel sitzen, und ein Instinkt sagte ihr, daß es Phillip sein mußte. Sie wollte schon umkehren, aber er mußte ihre Nähe gespürt haben, denn er wandte sich plötzlich um und winkte ihr zu. Sie hatte den Eindruck, es bliebe ihr nichts übrig, als zu ihm zu gehen, aber sie hatte ein ungutes Gefühl dabei. Sich mit ihm zu unterhalten kam ihr wie ein Verrat an Patricia vor, die beim Frühstück verkündet hatte: »Wir werden einfach nicht mit ihm reden. Ich möchte euch alle bitten, euch daran zu halten. Er darf seine obskuren Geschichten gar nicht erst loswerden. Wenn er das Grundstück betritt, wird er sofort hinausgewiesen. Er muß schon juristisch gegen mich vorgehen, wenn er etwas erreichen will, und das ist ein langer Weg. Er sieht mir aus wie einer, dem dazu schon allein die finanziellen Mittel fehlen.«

Jessica wußte, sie hätte ihn ignorieren und einfach weitergehen müssen, aber sie fand das schwierig einem Mann gegenüber, der ihr noch vor kurzem als ein Retter in der Not erschienen war und ihr überdies nicht das geringste getan hatte. Er hatte Ärger mit Patricia – aber welchen Grund hatte sie letztlich, für Patricias Interessen zu kämpfen?

»Sie hätten mich ruhig vorwarnen können«, sagte sie, als sie sich neben ihn setzte, »nachdem Sie erfahren hatten, daß ich in Stanbury House wohne!«

»Dann hätten Sie wiederum Patricia vorgewarnt.«

»Na und? Was hätte sich für Sie geändert? So oder so beißen Sie bei ihr auf Granit. Oder haben Sie geglaubt, sie schließt Sie freudig in die Arme und jubelt, weil sie nun ihr Erbe mit Ihnen teilen darf?«

»Sie wird nachgeben müssen.«

»Sie wird Sie nicht einmal anhören.«

Er hatte sie angesehen und gegrinst, aber seine Augen waren von diesem Grinsen unberührt geblieben. »Sie ist ein harter Brocken, wie?«

»Sie weiß sich zu behaupten.«

Phillip begann ein paar Grashalme auszurupfen und miteinander zu verknoten. »Eine merkwürdige Atmosphäre war das gestern abend«, sagte er. »Ich kam in das Zimmer und sah mich diesen vielen Menschen gegenüber, von denen es im Dorf heißt, sie seien die besten und engsten Freunde, seit vielen Jahren schon, und ich hatte das Gefühl: Da stimmt etwas nicht. Das alles ist nicht echt. Da war so viel Spannung, so viel unterschwellige Aggression. So vieles, was … ja, was einfach irgendwie nicht zusammenpaßte, ohne daß ich im einzelnen hätte sagen können, was es ist. Aber ich kenne ja auch niemanden genauer.« Er sah wieder zu ihr hin. »Verstehen Sie, was ich meine?«

Sie hatte das ungute Gefühl, ihn durchaus zu verstehen.

»Nein«, sagte sie und sah ihm an, daß er ihr nicht glaubte.

»Diese dicke Frau«, sagte er, »Sie wissen schon, in so einem Hängekleid, das wahrscheinlich ein Vermögen gekostet hat – sie sieht entsetzlich traurig aus. Nein«, er schüttelte den Kopf, »mehr als traurig. Irgendwie … hoffnungslos. Ja, das ist es. Hoffnungslos. Als sei etwas abgestorben in ihr.«

»Evelin.« Sie wunderte sich über seine Beobachtungsgabe. Und über die treffende Formulierung, obwohl er selbst kaum wissen konnte, wie treffend sie tatsächlich war. *Als sei etwas abgestorben in ihr …*

»Sie hat vor einigen Jahren ihr Baby verloren«, sagte sie, »im fünften oder sechsten Monat ihrer Schwangerschaft. Sie war dann lange Zeit depressiv, und manchmal denke ich, sie ist es bis heute. Und offensichtlich klappt es einfach nicht mit einem neuen Baby.«

Er nickte. »Sie wirkt sehr einsam. Patricia übrigens auch.«

»Patricia? Die ist voller Unternehmungsgeist und ständig auf Achse und kennt Gott und die Welt ...«

»Das heißt nicht, daß sie nicht einsam ist. Sie macht eine ungeheure Show um sich und ihr phantastisch intaktes Familienleben. Ich habe ihr Schlafzimmer gesehen, als ich im Haus war. Noch nie hat mich so viel gerahmtes, strahlendes Familienleben auf einmal angesprungen. Ein wenig zu demonstrativ, zu aufgesetzt. Dieser Schönling, mit dem sie verheiratet ist, wirkt nicht gerade verliebt in sie.«

»Sie machen sich ja eine Menge Gedanken«, sagte Jessica unbehaglich, »und ich weiß nicht, ob Sie das alles gerade mit mir besprechen sollten. Wir kennen einander kaum.«

»Glauben Sie mir?«

»Was? Daß Sie einen Anspruch auf Stanbury House haben?«

»Ja.«

»Wie ich sagte: Wir kennen einander kaum. Woher soll ich das wissen?«

»Was wissen Sie über Kevin McGowan?«

»Patricias Großvater? Ich weiß nur, daß er ein angesehener Nachrichtenkorrespondent war, häufig im Fernsehen, und daß er hier in England wohl eine gewisse Prominenz genoß. In Deutschland habe ich nichts von ihm mitbekommen.«

»Obwohl er einige Zeit in Deutschland lebte und sich schon dort als Journalist einen Namen machte.«

Sie zuckte mit den Schultern. »Das war vor meiner Zeit.« »Er galt als besonderer Kenner der politischen Lage in Irland. Er hatte wohl recht gute IRA-Kontakte, und manche behaupten, diese Kontakte seien weiter gegangen, als es sich für einen Engländer gehört. Aber wer weiß das genau?«

»Was mich wundert«, sagte Jessica, »ist, weshalb Sie jetzt erst ankommen. Soviel ich weiß, ist Patricias Großvater – also der Mann, von dem Sie behaupten, er sei Ihr Vater – vor zehn Jahren gestorben. Damals erbte sie Stanbury House. Warum haben Sie sich da nicht gleich gemeldet?«

»Weil die Identität meines Vaters das große Geheimnis meiner Mutter war. Worunter ich sehr gelitten habe. Als kleiner Junge, aber besonders als Heranwachsender. Erst im vorletzten Sommer, als es mit ihr zu Ende ging, hat sie mir alles erzählt.«

»Warum so spät?«

Daraufhin hatte er von der Verletztheit seiner Mutter berichtet, von ihrem Gefühl, mit einem Makel behaftet zu sein, weil sich der Vater ihres Kindes nicht zu ihr bekannte.

»Sie strich ihn aus ihrem Leben. Sie bestand nicht einmal darauf, daß er die Vaterschaft anerkannte. Sie nahm kein Geld von ihm. Es gab ihn einfach nicht mehr. Ich glaube, selten hat jemand einen Menschen so radikal aus seinem Leben gelöscht, wie es meine Mutter mit meinem Vater tat.«

»Aber Sie fragten doch bestimmt nach ihm.«

»Natürlich. Alle Kinder in meiner Umgebung hatten einen Vater, nur ich nicht. Sie erzählte mir, er sei noch vor meiner Geburt gestorben, tödlich verunglückt mit dem Auto, kurz bevor sie hätten heiraten können. Eine Weile nahm ich das hin ...«

»Aber Sie wurden älter ...«

Er nickte. »Ich wurde älter, kritischer und wißbegieriger. Ich wollte Fotos sehen. Ich sagte, es müsse doch ein Grab geben, das man besuchen könnte. Mein Vater müsse doch Verwandte gehabt haben, Eltern, Geschwister ... Ich trieb sie immer mehr in die Enge. Irgendwann rückte sie mit der Wahrheit heraus. Jedenfalls so weit, wie sie mir reinen Wein einschenken *wollte*. Den Namen meines Vaters gab sie nicht preis.«

»Sie hat Sie ganz ohne finanzielle Unterstützung großgezogen?«

»So war sie. Kompromißlos. Wenn sie mit einem Menschen nichts zu tun haben wollte, dann wollte sie auch kein Geld von ihm nehmen. Sie war Lehrerin an einer Schule für behinderte Kinder. Sie verdiente nicht viel, aber wir kamen durch, und eigentlich ...«, er sah jetzt nachdenklich und ein wenig traurig aus, »eigentlich hat es mir wirklich nie an etwas gefehlt.«

»Nur an einem Vater«, sagte Jessica.

»Ja.« Er verknotete wieder Grashalme. »Nur an einem Vater.«

Barney hob den Kopf. Er meinte, er habe nun genug ausgeruht, und es sei Zeit, wieder ein wenig herumzutoben. Er hüpfte wie ein junges Fohlen durch das hohe Gras, verfolgte Fliegen, Bienen und Schmetterlinge und stolperte mehr als einmal über seine viel zu großen Pfoten. Er wirkte mit sich und seinem Dasein völlig einverstanden.

»Wann ist Ihre Mutter gestorben?« fragte Jessica.

»Im November vorvergangenen Jahres. Es fing vor drei Jahren mit Brustkrebs an und endete mit Metastasen in praktisch jedem Organ. So lange es ging, blieb sie zu Hause. Eine Nachbarin kümmerte sich um sie, ich schaute nach ihr, so oft ich konnte, und ich muß sagen, daß sich auch Geraldine rührend bemühte ...« Er bemerkte Jessicas fragenden Blick und fügte erklärend hinzu: »Meine Freundin. Wir sind seit etlichen Jahren zusammen.«

Es mußten Dutzende von Grashalmen sein, die er verknotet hatte, doch er hörte nicht damit auf.

»Na ja«, sagte er, »und gegen Ende ihres Lebens erzählte sie. Von meinem Vater und von seiner Geschichte. Ich war sehr überrascht, als ich hörte, daß es Kevin McGowan war. Seine Glanzzeit als politischer Kommentator im Fernsehen hatte er, als ich ein Teenager war und mich für Politik zu interessieren begann. In gewisser Weise ... bin ich mit ihm aufgewachsen. Er hat mich geprägt. Mir leuchteten die Dinge ein, die er sagte, und mir gefiel die Art, wie er sie sagte. Und dann höre ich plötzlich, er ist mein Vater, und er ist ein Scheißkerl, der meine Mutter verletzt und gekränkt hat. Mit diesem Bild kam ich zunächst überhaupt nicht klar.«

Er strich sich die wirren Haare zurück. Jessica musterte seinen Pullover, seine Hosen, dieselben abgetragenen Sachen, die er gestern und vorgestern angehabt hatte. Sein ganzes Äußeres verriet Armut. Ganz sicher konnte er das Erbe seines verstorbenen Vaters dringender brauchen als Patricia. Wenn ... ja, wenn Kevin McGowan tatsächlich sein Vater gewesen war.

»Und Sie sind ganz sicher«, fragte sie vorsichtig, »daß Ihre Mutter ... nun, daß sie trotz ihrer schweren Krankheit klar genug war, um ...«

Jetzt stahl sich ein Ausdruck der Verachtung in seine Miene. »Sie reden wie Geraldine. Mit der Leier kommt sie mir auch immer. Wissen Sie, meine Mutter hatte während ihrer Krankheit bessere und schlechtere Phasen, jedenfalls bis Oktober, als es nur noch bergab ging. Das ist so bei Krebs. In den schlechten Phasen schluckte sie starke Schmerzmittel, und da kam es durchaus vor, daß sie durcheinander war, Menschen und Zeitabläufe in ihrem Leben nicht auf die Reihe brachte. In den guten Phasen nahm sie keine Medikamente, denn gerade vor dieser Verwirrtheit hatte sie größere Angst als vor den Schmerzen. Und für mich als Zuhörer war absolut erkennbar, ob sie klar war im Kopf oder nicht. Insofern kann ich alles, was sie sagte, sehr genau einordnen.«

Jessica hatte den Eindruck, ihn verärgert zu haben, dennoch stellte sie ihm ihre nächste Frage. »Und Ihre Mutter war ganz sicher, daß Kevin McGowan Ihr Vater ist?«

Im ersten Moment begriff er nicht und sah sie stirnrunzelnd an, aber dann plötzlich ging ihm auf, was sie gesagt hatte, und von einem Moment zum nächsten wich alle Farbe aus seinem Gesicht. Er war jetzt bleich wie der Tod, und Jessica bereute ihr Vorpreschen. »Was ich sagen will ...«, begann sie, aber er unterbrach sie mit scharfer Stimme: »Ich habe durchaus verstanden, was Sie sagen wollten!

Sie meinen, es kann schließlich sein, daß meine Mutter ein wenig in der Gegend herumgevögelt hat und dann selbst nicht so genau wußte, wer der Vater ihres Bastards war!« Er stand auf und blickte zornig auf sie hinunter. »Und wenn man das nicht weiß, dann gibt man natürlich ganz gern einen prominenten Namen an, noch dazu, wenn der Betreffende tot ist und ein hübsches Erbe hinterlassen hat!«

Jessica stand ebenfalls auf. Sie wollte die Hand auf Phillips Arm legen, doch Phillip wich zurück, und sie griff ins Leere.

»Phillip«, bat sie, doch er warf ihr nur noch einen letzten wütenden Blick zu, drehte sich um und stapfte den Abhang hinunter, und an der Haltung seiner Schultern, an seinem Gang konnte sie erkennen, wie sehr sie ihn gekränkt hatte. Sie hatte das nicht beabsichtigt, und es tat ihr leid, aber ganz offensichtlich war im Augenblick nicht mit ihm zu reden.

Sie rief Barney, der eifrig herangaloppiert kam, und machte sich auf den Heimweg.

11

Ricardas Tagebuch

19. April. Früher war mein Vater mein bester Freund, aber jetzt ist alles anders. Ich spüre genau, daß er sich gar nicht mehr für mein Leben interessiert. Er fragt mich nur aus, weil er hofft, er erfährt etwas und kann dann seine Macht zeigen. Aber ich sage ihm nichts von Keith. Bestimmt würde er sofort behaupten, ich bin zu jung für so was!

Mama hat mal gesagt, daß er abhängig ist von seinen Freunden und daß sie das nicht mehr ausgehalten hat. Ich war total wütend, weil ich nicht wollte, daß sie schlecht über ihn redet. Aber jetzt glaube ich, daß sie recht hat. Es ist so komisch, in diesen Ferien steht alles ganz deutlich vor mir. Früher haben sie mich einfach alle genervt, aber irgendwie kannte ich es eben nicht anders, und ich habe gar nicht soviel nachgedacht. Aber jetzt bin ich kein Kind mehr. Ich merke, wie verlogen sie sind, und daß nichts stimmt, gar nichts! Von wegen: beste Freunde!

Patricia lästert über die dicke Evelin, kaum daß die den Raum verläßt, und Tim ist total zerstritten mit Leon. Ich habe sie gestern gehört. Leider wurde mir nicht klar, worum es geht, aber Tim war absolut unangenehm, und Leon war richtig eingeschüchtert. Und dann beim Abendessen tun sie so, als wäre alles in Ordnung. Ich finde das so lächerlich.

Ich sehe Keith jetzt jeden Tag. Oft sitzen wir in seiner Scheune und quatschen stundenlang, über alles, was uns so beschäftigt. Ich hab noch nie mit jemandem so toll reden können. Wenn ich Keith erzähle, wie ich mich fühle, so mit meinen Eltern und der Scheidung und mit J. und den anderen, dann hört er ganz aufmerksam zu, und dann sagt er etwas, woran ich ganz genau merke, er hat verstanden, was wichtig ist. Er ist der erste Mensch, der mich versteht. Manchmal liegen wir auf dem Sofa, das er dort stehen hat, ganz eng umschlungen. Ich fühle mich dann so geborgen, endlich wieder. Die Wolle von seinem Pullover kratzt ganz leicht in meinem Gesicht, und ich spüre, wie sein Herz schlägt. Er riecht so gut, und er fühlt sich so schön an.

Ich kann mir nicht denken, daß ich jemals wieder jemanden so lieben werde wie ihn!

Keith hat auch eine Menge Probleme. Er findet keine Lehrstelle, und er sagt, die ganze Gegend sei überhaupt schwierig mit Arbeit und so. Er möchte Stuckateur werden und dann am liebsten später mal in den schönen, reichen Häusern in London arbeiten. Er will unbedingt mit etwas Künstlerischem sein Geld verdienen, sagt er. Er malt sehr gern. Gestern, als er mich abgeholt hat, hat er Barney gesehen, und ich habe ihm gesagt, daß ich Barney so toll finde, es aber nie zeigen will, weil J. sonst glaubt, sie besitzt etwas, womit sie mich an die Angel kriegt. Heute hat er mir eine Zeichnung geschenkt, die er von Barney gemacht hat, einfach so, aus dem Gedächtnis. Und er hat ihn genau getroffen! Man erkennt sofort sein lustiges Gesicht und die komischen, viel zu großen Ohren. Keith hat ihn nur ganz kurz gesehen, aber ihm ist alles aufgefallen, was wesentlich ist, und er hat es sich gemerkt. Deshalb bin ich ganz sicher, daß er großes künstlerisches Talent hat, und ich sage ihm immer, er soll nicht aufgeben, irgendwann wird er in dem Beruf arbeiten, den er sich so wünscht.

Sein Vater macht ihm natürlich Schwierigkeiten deswegen. Keiths Eltern haben eine Farm, und Keith soll sie übernehmen. In den Augen des Vaters ist Stuckateur kein Beruf, sondern ein Schwachsinn, sagt Keith. Er hat noch eine ältere Schwester, die arbeitet auf der Farm, aber der Vater hat Angst, daß sie irgendwann heiratet und dann weggeht. Keith hat erzählt, daß sein Vater ihn morgens oft mit den Worten begrüßt: »Na, du Penner. Mit welcher Art von Nichtstun willst du heute den Tag verbringen?« Keith sagt, ihm tut das so weh. Und ganz bestimmt tut es mir noch mehr weh!!! Am liebsten würde ich zu seinem Vater gehen und ihm sagen, wie schlimm ich ihn finde, und daß er nie mehr wird gutmachen können, was er seinem Sohn antut. Aber Keith meint, das würde seinen Vater gar nicht interessieren, und außerdem würde ich für ihn selbst damit alles nur noch schwerer machen.

Aber ich hoffe, daß ich Keith Kraft geben kann.
Er gibt sie mir ja auch.

12

EVELIN LAUSCHTE ins Treppenhaus hinunter. Kein Laut war zu hören, obwohl es noch gar nicht so spät am Abend war. Kurz nach zehn Uhr, und nichts rührte sich.

Ostermontag. Am gestrigen Ostersonntag hatten sie eine große Schokoladeneiersuche im Garten veranstaltet, aber die meisten Eier hatte Barney, Jessicas Hund, gefunden und sofort samt Stanniolpapier verspeist. Später hatten sie auf der Terrasse zu Mittag gegessen, nachmittags gab es Kaffee und Kuchen, abends Champagner. Der Tag war schön gewesen, alle hatten sich Mühe gegeben, es hatte eine entspannte, friedliche Stimmung geherrscht. Die bis in diesen Montag hineingereicht hatte. Tim hatte fast den ganzen Tag am Laptop gearbeitet, und Patricia hatte für sich und die Kinder Pferde gemietet und war mit ihnen ausgeritten. Sie selbst, Evelin, hatte gelesen und zwischendurch ein paar Ostereier genascht.

Aber der Abend … nun, er kam ihr eigenartig vor. Es hatte damit begonnen, daß Leon und Patricia zum Essen weggefahren waren, alleine, was sonst praktisch nie vorkam. Nicht einmal die Kinder hatten sie mitgenommen, und das mußte wirklich als Sensation gewertet werden. Patricia hatte sich gesträubt, soviel hatten die anderen mitbekommen, aber Leon hatte auf seinem Vorschlag bestanden, und er hatte plötzlich einen für ihn so ungewöhnlich autoritären Ton angeschlagen, daß Patricia ihn nur noch erstaunt angestarrt und nicht mehr widersprochen hatte.

Zum Abendessen war Ricarda nicht erschienen, was allerdings nichts Neues war, und Alexander hatte mit Sorgenfalten dagesessen, düster in seinen Teller gestarrt und fast nichts angerührt. Es war sehr still am Tisch gewesen; ohne den Schutzwall ihrer Eltern hatten selbst Diane und Sophie zu kichern aufgehört. Tim war schlecht gelaunt gewesen, vielleicht überarbeitet, und Jessica schien in eigene Gedanken versunken. Wirklich wohl zu fühlen schien sich nur der kleine Barney. Er lag ausgestreckt mitten auf dem Teppich, schlief tief und fest und gab hin und wieder leise Schnarchlaute von sich.

Gegen halb zehn brachte Evelin die beiden Mädchen ins Bett, wie sie es Patricia versprochen hatte. Es war hübsch, den beiden zuzusehen, wie sie in ihren buntbedruckten Baumwollschlafanzügen herumturnten, ihre langen, blonden Haare bürsteten und miteinander plauderten und lachten. Evelin hatte auch noch einmal in Ricardas Zimmer gesehen, doch es war leer. Das Mädchen war von seinem geheimnisvollen Streifzug noch immer nicht zurückgekehrt. Evelin nahm die Angelegenheit bei weitem nicht so tragisch wie Patricia, aber langsam empfand auch sie Ricardas Verhalten als rücksichtslos. Daß Alexander sich größte Sorgen machte, war ihm anzusehen. Warum mußte sie ihm solche Schwierigkeiten bereiten?

Sie spazierte noch ein wenig durch den Garten und merkte, daß es ein schlimmer Abend werden würde. Ihre Depression – oder wie immer man es nennen sollte – kam selten aus heiterem Himmel, sondern bahnte sich langsam an. Es gab bestimmte Komponenten, die ihr Auftreten begünstigten: eine allgemeine Mißstimmung um sie herum, heraufziehendes schlechtes Wetter, Veränderungen im Ablauf der Dinge.

Ja, dachte sie, als sie durch den Garten lief, frierend, weil es plötzlich sehr kühl geworden war. Das vor allem. Eine Veränderung im Ablauf der Dinge. Das bringt das Gerüst ins Wanken, das mich stützt. Die Dinge verändern sich, und ich habe das Gefühl, mitten im Sturm zu stehen.

Dr. Wilbert, ihr Therapeut, hatte ihr immer geraten, sich in solchen Momenten ganz klarzumachen, was der Auslöser war.

»Das hilft Ihnen, die Angelegenheit zu rationalisieren. Das Schlimme ist, daß Ihre Gefühle, Ihr Schmerz vor allem, so gänzlich ungehindert über Sie hereinbrechen. Versuchen Sie, logisch und sachlich damit umzugehen. Das könnte wie ein Damm wirken, der das Schlimmste zurückhält.«

Sie bemühte sich, aber sie wußte trotzdem, daß sie heute wenig Erfolg haben würde. Schließlich war sie so verfroren, daß sie wußte, sie würde sich erkälten, wenn sie noch länger bliebe. Es war jetzt dunkel, aber zum erstenmal, seitdem sie hier waren, konnte man keine Sterne sehen. Der Himmel hatte sich zugezogen. Es roch nach Regen.

Drinnen ging sie die Treppe hinauf, hielt jedoch vor ihrer Zimmertür inne. Tim arbeitete sicher wieder und würde ihr außer einem gelegentlichen geistesabwesenden Brummen keine Antworten geben.

Dann lauschte sie nach den anderen, hörte aber nichts und vermutete, daß sich Jessica und Alexander in ihr Zimmer zurückgezogen hatten. Leon und Patricia waren wohl noch nicht zurück, und Ricarda wahrscheinlich ebensowenig. Sie huschte die Treppe hinunter; zumindest bemühte sie sich, leise und unauffällig zu sein, was für eine Frau von knapp neunzig Kilogramm nicht ganz einfach war. Schnell verschwand sie in der Küche, knipste das Licht an, schloß die Tür und lehnte sich aufatmend dagegen.

Die Küche war für sie wie ein Refugium. Ein Rückzugsort, an dem sie sich geborgen und sicher fühlte. Das hatte sicher mit ihrer Kindheit zu tun, in der sie in einem verwinkelten, altmodischen Haus mit einer riesigen, herrlichen Küche gelebt hatte – eine Küche mit Steinfliesen auf dem Boden und blau geränderten Porzellankacheln über Herd und Spüle und glänzenden, alten Kupferkrügen auf einem hölzernen Bord. Sie hatte ungeheuer viel Zeit in der Küche verbracht. Dr. Wilbert hatte diesem Umstand erstaunlich viel Beachtung geschenkt, wie ihr plötzlich einfiel.

»Weshalb hielten Sie sich so häufig in der Küche auf? Was war es, was die kleine Evelin dorthin zog?«

Sie hörte sich noch verlegen lachen. »Nicht, was Sie denken, Dr. Wilbert. Nicht das Essen. Auch wenn man es heute nicht mehr glaubt, aber ich war immer ein spindeldürres Ding. Meine Eltern hatten größte Mühe, mich zur Nahrungsaufnahme zu bewegen.«

Er hatte in ihr Lachen nicht eingestimmt. »Wenn es nicht ums Essen ging – was war es dann?«

Sie hatte überlegt. »Die Küche war einfach gemütlich. Groß und warm. Es roch gut. Es gab eine Tür, von der führten Stufen in den Garten hinunter. Der Garten war sehr verwildert, und die Stufen vor der Küche wurden überwuchert von Gras und Farn und lagen im Sommer ganz im Schatten von großen Jasminbüschen.«

Die Tür und die Stufen waren, wie sich nach unzähligen Sitzungen herausgestellt hatte, das Entscheidende gewesen, aber sie war durch ein Tal der Tränen gegangen, bis Dr. Wilbert die Zusammenhänge aus ihr herausgeholt hatte, und sie mochte jetzt nicht daran denken. Sie mochte eigentlich nie daran denken, auch wenn Dr. Wilbert immer wieder sagte, es sei wichtig für sie, diese Dinge nicht zu verdrängen.

Er hatte, wie sie fand, leicht reden.

Jedenfalls erinnerte sie die Küche auf Stanbury an die Küche von früher, auch wenn es keine Gartentür gab, aber sie war ebenso altertümlich und unpraktisch, und Evelin fühlte sich dort wohl. In München, in ihrem schicken Designerhaus, hatten sie natürlich eine Küche, die ins Wohnzimmer integriert war, mit einer Theke, an der man essen konnte, und alles war sehr funktional und elegant, aber sie mochte sie nicht. Sie konnte kein Nestgefühl darin entwickeln.

Sie begann, ziellos ein wenig hin und her zu gehen, da und dort etwas geradezurücken; sie fegte ein paar Brotkrümel vom Tisch, spülte einen liegengebliebenen Löffel ab, hängte die Geschirrtücher gerade hin und wußte dabei die ganze Zeit, daß es sich um Ablenkungsmanöver handelte. Es diente der Beruhigung ihres

Gewissens; sie hätte sich geschämt, sofort zum Kühlschrank zu stürzen, wollte das Öffnen der magischen Tür vor sich selbst wie eine zufällige Handlung aussehen lassen. Denn dies hatte sich entscheidend verändert im Vergleich zu früher: *Heute* ging es durchaus ums Essen.

Jessica hatte am Abend gekocht, sie hatte einen herrlichen Auflauf aus Broccoli in einer Käsesahnesoße gemacht, und da sie zu spät erfahren hatte, daß Patricia und Leon nicht mitessen würden, war die Portion zu groß gewesen, und es war einiges übriggeblieben. Evelin, die sich bei Tisch zurückgehalten hatte, war den ganzen Abend über beherrscht gewesen von dem Gedanken an die Reste, auch wenn sie gemeint hatte, an andere Dinge zu denken. Sie hatte gewußt, daß sie in der Küche landen und sich einen Nachschlag holen würde …

Sie öffnete die Kühlschranktür.

Da stand die Auflaufform, abgedeckt mit einem Teller, sie nahm sie heraus, holte sich einen Löffel, setzte sich an den Tisch und begann zu essen. Der Auflauf war eiskalt, doch das störte sie nicht. Sie wärmte sich die Mahlzeiten, die sie außer der Reihe aß, nie auf, ebensowenig wie sie sich die Zeit nahm, sich einen Teller zu holen oder etwas zu trinken. Häufig schnitt sie einfach Brotscheiben ab, kauerte sich in die geöffnete Kühlschranktür, pulte mit den Fingern Streichkäse aus der Packung und schob ihn sich abwechselnd mit dem Brot in den Mund. Angelte dazwischen eine Gewürzgurke aus dem Glas oder rollte eine Scheibe Schinken zusammen und schluckte sie gierig hinunter. Es ging nicht darum, es sich schön zu machen, es ging nicht um gepflegtes Genießen, so wie Tim es manchmal zelebrierte, wenn er einen ganzen Abend lang mit ein paar Käsehäppchen, Weintrauben und einem Glas Rotwein verbrachte und sich dabei ungeheuer wohl fühlte. Evelins Genuß war von anderer Art. Sie füllte sich auf, füllte und füllte und füllte, spürte, wie die Leere immer kleiner wurde und Wärme und Behagen sich in ihrem Bauch ausbreiteten und langsam ganz und gar Besitz von ihr ergriffen.

»Es ist das einzige Mittel, die Traurigkeit abzufangen, wenn sie kommt«, hatte sie zu Doktor Wilbert gesagt. »Es geht mir gut dabei. Es geht mir auch eine kleine Weile danach noch gut.«

Doktor Wilbert schob ihre Eßsucht auf den Verlust des Babys, und tatsächlich hatte es danach angefangen.

»Sie schaffen es nicht, diesen Verlust zu verwinden. Seitdem ist diese Leere in Ihrem Leben, von der Sie immer sagen, Sie könnten sie kaum ertragen. Indem Sie Ihren Bauch füllen, füllen Sie den Ort, an dem das Baby war – nicht exakt anatomisch natürlich, aber die Stellen liegen dicht beieinander.«

Sie hatte noch nie danach freiwilliges Erbrechen herbeigeführt, auch wenn sie sich schämte und unglücklich war über ihre Figur. Sie hätte die Nahrung, die sie sich zugeführt hatte, nicht von selbst wieder hergegeben.

Auch jetzt ging es ihr besser, nachdem sie das Gemisch aus Gemüse, Sahne und Käse in sich hineingeschaufelt hatte, und sie lehnte sich mit einem Seufzen in ihrem Stuhl zurück. Alles in ihr entspannte sich, obwohl der kalte Käse als schwerer Klumpen in ihrem Magen lag. Sie ging noch einmal zum Kühlschrank, aß ein Stück Salami und löffelte zum krönenden Abschluß ironischerweise zwei Becher Magerjoghurt von Patricia, mit deren Hilfe diese ihre blendende Figur bewahrte.

Es würde alles gut werden, alles in Ordnung kommen.

Sie setzte sich wieder an den Tisch und starrte aus dem Fenster, aber in der spiegelnden Scheibe sah sie nur sich selbst: eine einsame, dicke Frau, die an einem Tisch saß.

Es war fast halb elf.

13

ERST IN DEM DRITTEN INN, das sie anfuhren, war es ihnen gelungen, einen Tisch zu ergattern. Leon, der blaß aussah und sehr nervös wirkte, hatte sich immer wieder die Haare aus der Stirn gestrichen, so als wisse er einfach nicht recht, wohin mit seiner Hand.

»Woher bloß die vielen Menschen kommen«, murmelte er, und Patricia sagte: »Es ist Ostern. Da gehen eben viele aus.«

Schließlich waren sie in Haworth gelandet, in einem viktorianisch eingerichteten Inn unweit des Pfarrhauses, in dem die Brontës gelebt und gewirkt hatten. Es hieß *Jane Eyre*, und die Preise waren gesalzen. Leon sah noch blasser aus, nachdem er die Speisekarte studiert hatte. »Hier kostet ja schon das Luftholen Geld!« sagte er. »Vielleicht sollten wir …«

»Nein!« Patricia hatte energisch den Kopf geschüttelt. »Wir sind jetzt schon den halben Abend in der Gegend herumgefahren! Mir reicht es! Jetzt laß uns hierbleiben.«

Sie hatten bestellt und gegessen, und Leon war einsilbig und in sich gekehrt gewesen, was Patricia zunächst nicht bemerkte, da sie in gewohnt heftiger Form über Phillip Bowen sprach, über sein unmögliches Verhalten und darüber, wie aussichtslos es für ihn sein würde, seinen Finger auch nur an einen einzigen Ziegel von Stanbury House legen zu wollen. Erst nachdem sie den abschließenden

Kaffee getrunken und nach einem Blick auf die Uhr festgestellt hatte, daß es halb elf war, unterbrach sie ihre Tirade und sah Leon mißtrauisch an.

»Sag mal, wieso sind wir eigentlich heute abend hierhergefahren? Gibt es etwas zu feiern, was ich vergessen habe?« Sie überlegte. »Wir haben weder Hochzeitstag, noch ist es der Tag unseres Kennenlernens … Keiner hat Geburtstag … und außerdem machst du mir einen alles andere als festlich gestimmten Eindruck. Was ist los?«

Es fiel ihm sichtlich schwer, mit der Sprache herauszurücken.

»Patricia …«, begann er schließlich und unterbrach sich dann erneut, und Patricia fiel auf, daß sich Unruhe in ihr ausbreitete, eine Unruhe, die in enger Verwandtschaft zur Angst stand, und ihr ging auf, daß sie den ganzen Abend über schon ängstlich gewesen war, seitdem Leon gesagt hatte, er wolle mit ihr essen gehen. Da hatte sie bereits gewußt, daß er etwas mit ihr besprechen wollte und daß es unangenehm sein würde, und nun dachte sie plötzlich: Bitte wirf mir nicht unsere Ehe vor die Füße! Mach nicht unsere Familie kaputt. Spiel weiter mit, bitte!

»Was ist?« fragte sie, und ihre Hände schlossen sich fest um ihr Weinglas, ohne daß sie bemerkte, daß es in Gefahr stand zu zersplittern.

Er holte tief Luft. »Es ist etwas geschehen, womit ich nicht mehr allein umgehen kann. Du mußt Bescheid wissen, weil es manche Veränderung in unserem Leben geben wird.«

»Ja?«

»Die Zeiten haben sich geändert«, sagte er. »Wir hatten viele gute, sorglose Jahre. Aber nun …« Er holte noch einmal tief Luft. »Ich bin pleite, Patricia. Ich habe Schulden, und ich habe keine Ahnung, wie ich sie zurückzahlen soll.«

Ihr erstes Gefühl war Erleichterung. Sie hatte erwartet, daß er ihre Ehe eine Farce nennen und sie um die Trennung bitten würde. Nun sprach er von Geld. Wie so viele Menschen, die niemals finanzielle Not erlebt haben, war Patricia im tiefsten Inneren überzeugt, daß sich Probleme, die mit Geld zu tun hatten, immer beheben ließen.

»Mein Gott«, sagte sie, »und um mir das zu sagen, inszenierst du diesen ganzen Aufwand?«

Auch er wirkte erleichtert; er hatte endlich ausgesprochen, was ihn bedrückte, er hatte eine Hürde genommen, die sich vor ihm bereits zu einem unüberwindlich scheinenden Berg aufgetürmt hatte. Nun mußte Patricia nur noch den Ernst der Lage begreifen.

»Es handelt sich nicht um einen vorübergehenden Engpaß, Patricia«, berichtigte er vorsichtig, »das hatte ich anfangs gehofft und geglaubt, mich über Wasser halten zu können, bis die Zeiten besser werden. Aber sie werden nicht besser, jedenfalls nicht für mich, oder zumindest nicht schnell genug, als daß ich eine Chance hätte. Es wird richtig eng. Wir können unseren Lebensstandard so nicht aufrechterhalten.«

»Die meisten Familien müssen sparen«, sagte Patricia, »für fast jede Familie ist es schwieriger geworden. Wir werden das auch hinkriegen.« Ihre Hände hatten sich von dem Weinglas gelöst. Sie entspannte sich, war aber erstaunt, wie tief ihr Mann sie hatte erschrecken können. Sie begann zu ahnen, daß ihre unterschwellige Angst, ihre Ehe könnte plötzlich zu Ende sein, größer war, als sie es sich je eingestanden hatte.

»Bei uns geht es nicht nur ums Sparen.« Er wünschte, sie würde ein wenig schneller kapieren, was los war. »Wir werden unser Haus verkaufen müssen. Wir müssen eine Mietwohnung suchen, und ...«

»Was?« Sie starrte ihn an, plötzlich wieder wach und angespannt. »Bist du verrückt? Wir können doch nicht unser Haus verkaufen!«

Das Haus in München hatten sie vier Jahre nach ihrer Heirat gebaut. Sie hatten einen hohen Bankkredit aufnehmen müssen, aber Leon war damals in einer sehr angesehenen Kanzlei assoziiert gewesen und hatte ein sehr gutes Gehalt bekommen. Mit den Zinszahlungen, davon war Patricia überzeugt gewesen, würden sie keine Schwierigkeiten bekommen. Außerdem, so hatte sie argumentiert, sei es doch zu schade, wenn sie nun sparten und knauserten und sich Jahre später darüber ärgern würden, daß ihr Haus nicht in jeder Hinsicht perfekt und allen ihren Wünschen entsprechend gelungen sei. Es gab keinen Stein, keine Diele, keinen Dachziegel und keine Tür, die sie nicht mit dem Architekten geplant und besprochen hätte. Sie war über Monate ständig auf der Baustelle gewesen, um die korrekte Umsetzung all ihrer Vorstellungen zu beobachten und Architekten und Bauleiter mit ihren andauernden Änderungswünschen langsam um den Verstand zu bringen. Das Haus war ihr Kind. Sie hatte sich darin verwirklicht, und sie hatte es mit der jeden Zuschauer atemlos machenden Intensität getan, mit der sie jedes ihrer Projekte anging. Schon damals, so erinnerte sich Leon, hatte er in ihrer Gegenwart vorwiegend Erschöpfung gefühlt.

»Wir *können* nicht nur, wir *müssen* es verkaufen«, sagte er nun. »Ich kann schon sehr lange die Bankzinsen nicht mehr bezahlen. Genauer gesagt, ich mußte einen neuen Kredit aufnehmen, um meine Rückstände zu begleichen, und die nächsten Zinsen schnüren mir den Hals noch mehr zu. Mir gibt inzwischen keine Bank mehr etwas.« Er schüttelte langsam und nachdenklich den Kopf. »Ich muß Ballast abwerfen, Patricia. Wir beide müssen es. Und das Haus *ist* Ballast!«

Nachdem sie zunächst wie befreit gewesen war, merkte sie nun, wie ein Gewicht sich auf ihre Schultern senkte und ihr Magen sich zusammenkrampfte und zu schmerzen begann. Sie litt unter einer chronischen leichten Magenschleimhautentzündung, was sich bei Streß und Aufregung unangenehm bemerkbar machte. Natürlich hatte sie ihre Tabletten nicht dabei. Sie hatte ja nicht mit einer so bösen Überraschung gerechnet.

»Aber das Haus ... es ist ...« Sie wußte nicht, wie sie ausdrücken sollte, was sie empfand. »Das Haus ist so wichtig für uns«, sagte sie, aber es war eigentlich nicht das, was sie hatte sagen wollen.

Leon sah mit einem Mal sehr müde aus. »Ich weiß. Aber die Situation ist, wie sie ist. Ich habe sehr lange über einen anderen Weg nachgegrübelt, das kannst du mir glauben. Ich wollte es schaffen, daß ihr nichts merkt, du und die Kinder. Aber«, er strich sich mit einer Hand über das Gesicht, eine resignierte, ergebene Geste, »das ist mir nicht geglückt, und ich sehe keine Möglichkeit mehr, die ganze Misere vor euch geheimzuhalten.«

»Ich frage mich nur, wie es soweit kommen konnte«, sagte Patricia, während sie gleichzeitig im Kopf rasend schnell hundert Möglichkeiten prüfte, die es geben mochte, um das Schlimmste womöglich zu verhindern. »Ich meine, du hast doch immer viele Mandanten, und ...«

»Nein. Habe ich nicht. Es kommen nicht viele Leute zu mir. Vor allem nicht solche, die mir etwas einbringen. Kleine Mandate mit geringem Streitwert, an denen ich lange arbeite und wenig verdiene. Nachbarschaftszwistigkeiten über Gartenzwerge oder laute Musik oder ähnliches. Ich hätte früher nie geglaubt, daß der Beruf eines Anwalts so langweilig sein kann.«

»Aber es war doch mal anders! Früher, da hast du ...«

»Früher war ich noch nicht selbständig. Da war ich Teil einer Firma gewissermaßen, und dieser Firma ging es gut, sie war alteingesessen und hatte eine hochkarätige Klientel. Der Ärger begann mit der Selbständigkeit.« Er sah ihrem Gesicht an, daß sie gerade überlegte, wer schuld daran war, daß Leon eine eigene Kanzlei eröffnet hatte, und fast hätte sie ihm damit ein freudloses, bitteres Lächeln abgerungen. Es war typisch für Patricia. Typisch für ihrer beider Ehe: das Leben, den Alltag, jedes Geschehnis nach der Schuldfrage einzuordnen. Wer hatte was zu verantworten?

»Wir beide«, sagte er, ohne ihre Frage abzuwarten, »wir beide waren damals dafür, daß ich mich selbständig mache. Ich hatte darauf hingewiesen, daß es schwierig werden könnte, aber du meintest, ich schaffe das schon. Und ...« Er hob abwehrend die Hand, als er sah, wie sie den Mund zum Protest öffnete. »Bitte, keinen Streit! Ich will dir, weiß Gott, nicht die Verantwortung zuschieben. Ich wollte gerade hinzufügen: Und ich war froh, daß du mein Selbstvertrauen gestärkt hast. Denn ich wollte sehr gern mein eigener Herr sein.«

Es stimmte, was er sagte. Ausnahmsweise waren sie beide einmal einer Meinung gewesen. Er hatte sowieso immer von einer eigenen Kanzlei geträumt, und Patricia in ihrem unerschütterlichen Vertrauen in seine und ihre Fähigkeiten hatte gefunden, dies sei genau das, was ihm zustehe. Das Risiko hatte sie sicher nicht wirklich einschätzen können. Hätte er selbst vorsichtiger sein müssen?

»Du hast unser Haus bereits beliehen?« vermutete Patricia, und er nickte.

»Was ist mit Stanbury?« fragte sie.

»Stanbury kann ich nicht beleihen«, sagte Leon, »es gehört dir.«

»Und wenn ich …«

»Wenn du Stanbury verkaufst? Ach, Patricia …«

Über den Tisch hinweg sahen sie einander an, und es war einer jener in ihrer Ehe selten gewordenen Momente, in denen ein gemeinsames Gefühl sie plötzlich intensiv verband: die Liebe zu Stanbury, die Gewißheit, dort ein Refugium zu haben, eine eigene kleine Welt für sich, in die nichts dringen konnte von der Welt draußen.

»Stanbury ist mehr als nur ein Haus«, sagte Leon. »Stanbury zu verkaufen würde bedeuten, daß eine Ära zu Ende ginge. Und wie sollten wir das unseren Freunden erklären?«

»Ich kann das alles noch gar nicht begreifen«, murmelte Patricia, »es kommt so plötzlich.«

»Ich würde dich bitten, hier schon anzufangen, ein wenig zu sparen«, sagte Leon. »Diese täglichen Reitstunden für die Kinder … die sind einfach nicht mehr möglich.«

»Wie soll ich ihnen denn das erklären?«

Er zuckte mit den Schultern. »Sag ihnen, wie es ist. Sie werden ja sowieso spätestens dann alles merken, wenn wir daheim in München umziehen. Sie müssen nicht wissen, wie schlimm es steht, aber daß sich unser Leben verändert, läßt sich sicher nicht verhehlen.«

»Und daß du … ich meine, wenn du deine Freunde fragst? Tim und Alexander? Ihr seid so eng verbunden euer Leben lang, sie würden dir bestimmt helfen!«

»Langfristig nützt das aber nichts. Denn mein Büro wird weiterhin schleppend laufen, und über kurz oder lang wären wir wieder am selben Punkt. Dauerhaft schaffen wir es nur, wenn wir unseren Lebensstandard meinem Einkommen anpassen.«

Er sah, wie sie zusammenzuckte bei seinen Worten. Da er sie nur zu gut kannte, wußte er genau, welche in ihren Augen grauenhaften Begriffe sie mit ihnen verband: sozialer Abstieg – Verarmung – Anfang vom Ende – tief fällt, wer zu hoch hinauswill.

»Übrigens«, sagte er rasch, »*habe* ich mir im letzten Sommer Geld privat geliehen. Von Tim. Seine therapeutische Praxis läuft ja glänzend.« Nur wer sehr genau hinhörte, hätte den Neid in seiner Stimme vernommen. »Mit dem Geld habe ich es geschafft, den Winter zu überbrücken. Aber – es ist eben keine Lösung von Dauer!«

»Wieviel hat er dir gegeben?«

»Fünfzigtausend.«

Sie zuckte erneut zusammen. »Euro?«

»Ja.«

»Also«, sie gehörte zu den Menschen, die noch immer umrechneten, um sich die Größenverhältnisse klarzumachen, »hunderttausend Mark! Das ist eine Menge Geld! Kannst du das denn je zurückzahlen?«

»Ganz langsam. Euro für Euro. Aber wie du bereits sagtest: Tim ist neben Alexander mein bester Freund. Er macht mir keinen Druck. Ich habe Zeit.«

»Mir ist das vor Evelin ziemlich unangenehm«, murmelte Patricia.

Leon sah sie kühl an. »Eben hast du noch selber vorgeschlagen, ich soll meine Freunde …«

»Jaja.« Sie merkte, daß sie Kopfschmerzen bekam. »Trotzdem kann es mir doch wohl unangenehm sein, oder?« Sie griff nach ihrer Handtasche. »Kannst du zahlen? Ich würde jetzt gern nach Hause fahren.«

Während der Heimfahrt sprachen sie kein Wort. Jeder war in seine eigenen Gedanken versunken. Leon grübelte über die Probleme der näheren Zukunft nach, die ihm turmhoch erschienen und für die er noch weniger Lösungsmöglichkeiten sah, als er seiner Frau gegenüber hatte durchblicken lassen. Patricias Überlegungen kreisten vor allem um die Frage, wie sie künftige Sparmaßnahmen vor den Freunden verbergen sollte. Falls die nicht ohnehin bereits alles wußten. Tim hatte Evelin wahrscheinlich davon erzählt, und die hatte es sicher sofort Jessica anvertraut. Und vielleicht hatte Tim auch schon mit Alexander gesprochen. Sie hatte das bedrückende Gefühl, daß sie die letzte gewesen war, die etwas erfahren hatte.

Wie konnte ich nur so lange nichts bemerken? fragte sie sich verzweifelt. Im letzten Sommer hatte sich Leon eine riesige Summe von Tim geliehen. Was bedeutete, daß ihm das Wasser bereits bis zum Hals gestanden haben mußte. Und sie hatte nichts mitbekommen. Nicht das geringste.

Das alles ist wieder einmal ein leuchtendes Aushängeschild für unsere prächtig funktionierende Ehe, dachte sie zynisch.

Als sie in die Einfahrt zu Stanbury House einbogen, sahen sie einen großen Wagen, der seitlich des Weges parkte. Seine Scheinwerfer waren ausgeschaltet, und fast hätte Patricia ihn für ein abgestelltes Fahrzeug gehalten, wobei sie sich allerdings in jedem Fall mißtrauisch gefragt hätte, weshalb jemand sein Auto unmittelbar vor dem Tor von Stanbury House stehen ließ. Nun aber erkannte sie im Licht der eigenen Scheinwerfer, daß sich etwas in dem Auto bewegte, woraufhin sie sich sofort alarmiert aufrichtete.

»Halt mal an! Da ist jemand.«

»Wo?« fragte Leon und bremste.

»In dem Auto dort. Ich wette, das ist dieser Hochstapler … dieser … wie heißt er noch? Phillip Bowen!«

»Na und? Laß ihn doch. Er steht *vor* unserem Grundstück, nicht *darauf*. Da kann man nichts sagen.«

»Trotzdem. Ich will, daß er verschwindet. Bleib stehen. *Bleib stehen!*«

Leon, der schon wieder angefahren war, bremste erneut. Patricia öffnete die Wagentür.

»Bleib im Auto, Patricia! Du weißt nicht, ob der Typ gefährlich ist! Jetzt mach dich doch nicht verrückt!«

Aber sie war schon draußen, machte zwei Schritte auf das Auto zu. Ein altes, rostiges Ding, so viel konnte sie erkennen, ein riesiges Gefährt, in dem man vermutlich wie in einem Kahn herumschaukelte und durch dessen Bodenlöcher man die Straße unter sich sah. Sie hatte gleich gewußt, daß dieser Bowen ein Habenichts war, der auf skrupellose Art versuchte, fremden Besitz an sich zu reißen.

Sie stand jetzt unmittelbar vor dem Wagen. Die Scheinwerfer von Leons Auto gaben ihr ein wenig Licht.

Sie sah in zwei erschrockene Gesichter.

Das eine gehörte einem jungen Mann.

Das andere gehörte Ricarda Wahlberg.

14

»ICH MÖCHTE, daß *sie* aus dem Zimmer geht!« sagte Ricarda, und ihr Blick, der erneut voll unversöhnlichem Haß war, richtete sich auf Jessica. »Ich habe von Anfang an gesagt: Wenn du mit mir sprechen möchtest, dann nur ohne J.!«

»Sie heißt Jessica, und ich …«, begann Alexander.

Jessica, die es für wesentlich sinnvoller hielt, daß Vater und Tochter allein miteinander sprachen, machte einen Schritt zur Tür hin. »Wenn ihr mich braucht, bin ich da«, sagte sie, »aber vorerst …«

»Du bleibst hier!« Das kam so ungewöhnlich scharf, daß Jessica Alexander erstaunt ansah. »Bitte«, fügte er leise hinzu.

Sie seufzte. *Du kannst es doch nicht erzwingen, Alexander. Irgendwann wird sie mich akzeptieren, aber nicht auf diese Art.*

Dennoch verharrte sie. Seine Hilflosigkeit tat ihr leid.

Alexander wandte sich an seine Tochter. Die beiden standen mitten im Zimmer, denn Ricarda hatte sich geweigert, den ihr angebotenen Platz anzunehmen. Zum erstenmal fiel Jessica die Ähnlichkeit zwischen Vater und Tochter auf. Da Ricarda die dunklen Farben ihrer Mutter geerbt hatte, herrschte bei jedem Beobachter auf den ersten Blick stets der Eindruck vor, sie habe mit ihrem blauäugigen, blonden Vater nichts gemeinsam und sei ganz und gar ein Abbild Elenas. Tatsächlich hatte sie jedoch seine kräftige Statur, sein eckiges Kinn und seinen etwas schmallippigen Mund geerbt, und jetzt, da sie zornig war, zeichnete sich auch die gleiche steile Falte über ihrer Nase ab wie bei ihm. Jeder hätte ihnen in diesem Moment die Verwandtschaft angesehen.

»Ich will den Namen des jungen Mannes wissen«, forderte Alexander. Nach dem Namen hatte er nun schon dreimal gefragt, und Ricarda hatte ebensooft entgegnet, sie werde ihn nicht nennen. Sie lebe ihr Leben, hatte sie gesagt, und ihr Vater habe darin nichts mehr verloren.

Auch jetzt schüttelte sie nur den Kopf. »Der geht dich nichts an.«

»Der geht mich sehr wohl etwas an. Du bist fünfzehn und damit weit davon entfernt, allein und völlig auf eigene Faust dein Leben gestalten zu können. Ich habe die Verantwortung für dich, und ich werde es nicht zulassen, daß du nachts in Autos mit fremden Männern …«

Das richtige Wort für das, was seine Tochter getan hatte, schien ihm nicht einzufallen. Ricarda hob den Kopf noch ein wenig höher und sah ihn herausfordernd an.

»Ja? Was? Was mache ich nachts mit fremden Männern in Autos?«

»Patricia sagt, ihr seid halb entkleidet gewesen.«

Ricarda lachte, doch es war ein Lachen voller Wut. »Die Ärmste! Das muß ja ein gräßlicher Anblick für sie gewesen sein! Zwei halbnackte Menschen im Auto! Das muß sie natürlich sofort melden!«

»Ich bin froh, daß sie es mir gesagt hat«, erwiderte Alexander.

Sie hatte in aller Frühe an seine und Jessicas Schlafzimmertür geklopft und kaum das »Herein« der beiden abgewartet. Jessica war gerade frisch geduscht und in ein großes Handtuch gewickelt aus dem Bad gekommen. Alexander lag noch im Bett. Patricia trug ihre üblichen Joggingsachen, in denen sie stets den Tag begann. Sie sah nicht so aus, als habe sie in der Nacht geschlafen.

Sie hatte ein ungeheures Theater um ihre Entdeckung vom Vorabend gemacht. Jessica fand, daß sie viel zu dick auftrug. Ihr tat Alexander leid, der sich von ihrer Hysterie anstecken ließ, blaß wurde und plötzlich sehr hilflos und traurig wirkte.

»Du mußt endlich etwas unternehmen! Deine liberalen Prinzipien in allen Ehren, aber so kann es doch wirklich nicht weitergehen. Die beiden haben … also, wenn du mich fragst, ich würde sagen, sie hatten Geschlechtsverkehr! In einem asozialen Auto. Ein asozialer Kerl! Was machst du eigentlich, wenn sie schwanger wird? Oder wenn sonst etwas passiert? Sie ist *fünfzehn*, Alexander! In gewisser Weise ist sie noch ein Kind! Du kannst sie nicht machen lassen, was sie will, und dabei deinen Kopf in den Sand stecken und sagen: Interessiert mich nicht!«

»Ich glaube nicht«, hatte Jessica mit einiger Schärfe in der Stimme eingeworfen, »daß Alexander jemals im Zusammenhang mit Ricarda ›Interessiert mich nicht‹ gesagt hat!«

Patricia war in ihrem Redeschwall fortgefahren, als habe sie nichts gehört, und als sie endlich gegangen war, hatte Alexander wie betäubt ausgesehen und sich schließlich mühsam aus dem Bett gequält. »Ich glaube, ich verzichte heute auf das Frühstück«, hatte er gesagt, »ich will lieber gleich mit Ricarda sprechen. Würdest du mir den Gefallen tun und dabeisein?«

Schon da hatte sie gezögert. »Ich halte das nicht für gut. Wir beide wirken dann so … übermächtig.«

Für gewöhnlich war er solchen Argumenten gegenüber aufgeschlossen, aber diesmal blieb er bei seiner Bitte.

Und so waren sie nun in dem kleinen Schlafzimmer versammelt, Jessica und Alexander angezogen, Ricarda im Morgenmantel und mit wirren Haaren. Jessica hatte das Bett gemacht und fragte sich nun, wo ihre Morgenübelkeit blieb, die in der kommenden halben Stunde besonders ungelegen käme.

»Patricia platzt doch vor Neid«, sagte Ricarda nun verächtlich, »weil Leon sie nämlich nicht mehr anfaßt!«

»Ricarda!« Alexander war entsetzt. »Wie kannst du solche Dinge behaupten?«

»Ich behaupte das nicht! Ich weiß es! Ich habe gehört, wie Leon zu Tim sagte, daß er es nicht mehr über sich bringt, mit Patricia zu schlafen!«

»Das geht uns wirklich nichts an«, sagte Alexander, zutiefst unangenehm berührt, »und du solltest auch gar nicht versuchen, von deinen Schwierigkeiten abzulenken.«

»Ich habe keine Schwierigkeiten.«

»Schön. Und damit das so bleibt, wirst du diesen jungen Mann nicht wiedersehen.«

Ricarda wurde blaß. »Das kannst du mir nicht verbieten.«

»Da du mir weder seinen Namen nennen noch ihn uns ordentlich vorstellen willst, sehe ich keine andere Möglichkeit als die, dir den Umgang insgesamt zu verbieten. Ich kann es nicht zulassen, daß sich meine fünfzehnjährige Tochter nachts in Autos von Männern befummeln läßt, die ich nicht kenne und von deren Absichten ich nicht die geringste Ahnung habe.«

Jessica hielt den Atem an. Sie sah, daß sich Ricardas Augen mit Tränen füllten – Tränen der Wut, wie sie vermutete.

»Du bist ganz anders, als du mal warst«, stieß sie hervor. »Früher warst du mein bester Freund. Du hast mich immer verstanden. Du hast immer zu mir gehalten. Aber seit du mit J. zusammen bist …«

»Verdammt noch mal, Ricarda!« Alexander war bleich vor Zorn. »Du wirst sie bei ihrem richtigen Namen nennen. Du wirst sie *Jessica* nennen! Du wirst dich ihr gegenüber endlich anständig benehmen. Andernfalls …«

»Was ist andernfalls?«

»Andernfalls wirst du erleben, daß ich noch sehr viel unangenehmer sein kann, als du mich jetzt offensichtlich schon empfindest. Darauf solltest du es nicht ankommen lassen. Und was diese Affäre betrifft: Von jetzt an bleibst du auf dem Gelände von Stanbury House. Solltest du im Dorf einkaufen wollen, kannst du Jessica oder mich oder einen der anderen bitten, dich zu begleiten. Du erscheinst pünktlich zu allen Mahlzeiten. Hast du das begriffen?«

Sie sah ihn verächtlich an. »Du wirst mich zu nichts zwingen können«, warnte sie, »zu gar nichts.« Sie drehte sich um, verließ das Zimmer, schmetterte die Tür hinter sich zu.

»Ricarda!« rief Alexander, aber sie hörte ihn schon nicht mehr.

»Ich glaube, jetzt hast du einen Fehler gemacht«, sagte Jessica.

»Wohin gehst du?« fragte Geraldine. Sie kam gerade vom Joggen zurück, war eine Runde um das Dorf gelaufen und langte in dem Moment vor der Tür des Gasthauses an, als Phillip heraustrat, in Jeans und Jacke und ganz offenbar im Aufbruch begriffen. Er sah unausgeschlafen aus und hatte sich wie üblich die Haare nicht gekämmt.

»Ich muß raus«, sagte er, »laufen. Mich bewegen. Nachdenken.«

»Ich kann mitkommen.« Obwohl sie vierzig Minuten lang gerannt war, hatte sich ihre Atmung ganz schnell wieder beruhigt; sie konnte völlig normal sprechen und fühlte sich fit genug für eine Wanderung. Auf ihre Kondition war sie immer wieder stolz. Sie wußte zudem, daß sie sehr attraktiv aussah in ihren schwarzen Leggings, die ihre schönen Beine betonten, und in dem weißen Kapuzensweatshirt und den weißen Turnschuhen. Die langen, schwarzen Haare hatte sie zurückgebunden, aber ein paar Strähnen hatten sich gelöst und wehten ihr in die Stirn. Ihr waren, wie üblich, auf der morgendlichen Laufstrecke einige Leute begegnet, und alle, Männer wie Frauen, hatten fasziniert hinter ihr hergestarrt. Phillip jedoch schien überhaupt nicht zu bemerken, wie hübsch sie war.

Er merkt es eigentlich nie, dachte sie resigniert, er schaut sowieso durch mich hindurch.

»Ich kann mitkommen«, wiederholte sie, »ich bin gerade schön aufgewärmt.«

»Du gehst jetzt hinein und frühstückst.«

»Ich frühstücke nie, das weißt du doch.«

Er seufzte. »Ich möchte allein sein.«

Irgendwie hatte sie das gewußt, aber es verletzte sie dennoch, als er es sagte. »Dann tu doch auch nicht so fürsorglich«, sagte sie, »und schicke mich zum Frühstück. Dir ist es doch ganz egal, ob ich frühstücke oder nicht. Du willst nur deine Ruhe haben.«

»Ich bin hierhergekommen, um ein bestimmtes Projekt zu verfolgen. Nicht, um mit dir Urlaub zu machen.«

Sie wußte, daß es völlig falsch war, ihn in diesem Moment, am frühen Morgen, hier auf der Dorfstraße in ein Grundsatzgespräch verwickeln zu wollen; das konnte nur dazu führen, daß er wütend wurde, und dennoch konnte sie sich nicht zurückhalten.

»Willst du eigentlich überhaupt jemals irgend etwas *mit mir* machen? Ich meine, außer gelegentlich mit mir ins Bett zu gehen, gnadenvoll dann und wann meine Gegenwart zu erdulden und dich hin und wieder von meinem Geld zu bedienen?«

Das Geld hätte sie nicht erwähnen dürfen, das wußte sie, kaum daß sie den Satz ausgesprochen hatte. Sie sah es an seinen Augen. Er war wütend.

»Dein Geld? Dein verdammtes Geld?« Er sprach sehr leise und trat dicht an sie heran. »Du glaubst ernsthaft, daß mich dein Geld interessiert?«

Fast wäre sie zurückgewichen, zwang sich aber, stehenzubleiben.

»Nun, ich ...«, begann sie nervös. »Ich habe nie etwas von deinem Geld haben wollen. Ich habe dich nie um ein einziges Pfund gebeten. Wenn du mir Dinge gekauft hast, dann geschah das, weil du es wolltest. Nicht, weil ich danach verlangt hätte. Es ist wie mit dieser Reise hier.« Er sah sie verächtlich an. »Du hast dich mir aufgedrängt, und nun willst du meinen Dank dafür. Du gibst mir Geld, damit ich vor dir krieche. Du mischst dich in mein Leben ein und meinst, irgendwann könnte ich nicht mehr ohne dich sein. Aber das ist ein schrecklicher Irrtum, Geraldine. Ich kann ohne dich sein. Jetzt und später. Unsere Beziehung existiert nur, weil du nicht loslassen kannst. Ich hingegen«, er kam noch etwas näher, so, als wolle er seine Worte in sie hineinbohren, damit sie sie bloß nie vergaß, »ich hingegen habe überhaupt noch nie nach dir gegriffen.«

»Phillip ...«

Er ließ sie stehen und ging die Dorfstraße entlang, mit schnellen Schritten, als versuche er, sich von etwas zu befreien.

Als versuche er, sich von *ihr* zu befreien.

Sie krallte ihre Fingernägel in die Handfläche, als könne sie damit den Schmerz ableiten, der sie so heftig überfiel, daß sie meinte, nach Luft schnappen zu müssen. Er hatte ihr nichts Neues gesagt, aber neu war die Härte, mit der er es getan hatte. Er hatte ihr klargemacht, daß er sie nicht liebte. Daß er keine gemeinsame Zukunft wollte. Daß sie ihm im wesentlichen lästig war. Und in besseren Momenten nur gleichgültig.

Wie oft will ich mich noch treten lassen?

Sie schaffte es, ins Gasthaus hinein- und nach oben in ihr gemeinsames Zimmer zu gelangen, ehe die Tränen sie überschwemmten. Sie weinte heftig und wild und hoffnungslos.

Sie weinte eine Stunde lang, und erst als sie nicht mehr konnte, als die physische Erschöpfung alles überdeckte, versiegte ihr Schluchzen.

Ich werde meine Koffer packen und weg sein, bis er wiederkommt, dachte sie.

Es würde ihm völlig egal sein.

Sie begann zu begreifen, worin Elenas Schwierigkeiten bestanden hatten. In diesen Osterferien begriff sie es wirklich, und sie fragte sich, weshalb ihr das nicht vorher klargeworden war. Vielleicht war alles zu neu gewesen. Jetzt blickte sie tiefer, und ihr Unbehagen wuchs. Womöglich war es auch schon länger dagewesen, doch sie hatte es verdrängt. Nun mochte es sich nicht mehr beiseite schieben lassen.

Sie war zu einer ihrer üblichen Wanderungen aufgebrochen, ohne gefrühstückt zu haben. Sie empfand die Atmosphäre im Haus an diesem Morgen als unerträglich; noch nie hatte es sie so sehr nach draußen gedrängt. Außerdem war die Übelkeit ausgeblieben, und diesen angenehmen Umstand mochte sie nicht durch den Verzehr eines Rühreis oder auch nur eines Tellers Müsli gefährden.

Wie immer ging sie schnell, machte große Schritte. Barney tollte neben ihr her, lief vor und zurück, war wie immer begeistert davon, sich nach Herzenslust bewegen zu dürfen. Irgendwann spät in der Nacht mußte es geregnet haben, denn auf dem Weg standen Pfützen, das Gras rechts und links glänzte naß. Ein kühlerer Wind wehte, trieb die Wolken auseinander. Bis zum Nachmittag würde die Sonne wieder scheinen.

Jessica hatte mit Alexander nicht gestritten, aber sie hatte ihm gesagt, daß sie sein Verhalten gegenüber Ricarda nicht für richtig hielt, und er war verstimmt gewesen, hatte offenbar auch kein weiteres Gespräch mit ihr darüber gewünscht. Das war neu, denn für gewöhnlich orientierte er sich gerade in Fragen, die Ricarda betrafen, gern an ihr. Aber diesmal hatte er wohl Angst, zwischen Jessica und Patricia wie zwischen zwei Mühlsteinen zerrieben zu werden. Nach Jessicas Ansicht hatte Patricia weder das Recht noch die Veranlassung, sich in die Angelegenheit einzumischen, doch offenbar brachte es Alexander nicht fertig, sie in ihre Grenzen zu weisen.

Und da, dachte sie nun, liegt wohl auch ein Teil des Problems. Zwischen ihnen allen existierten keine echten Grenzen. Jeder hat Zugang zu jedem und zu allem. Niemand darf in die Schranken gewiesen werden, als könnte in so einem Moment ein Kunstwerk zusammenbrechen – das Kunstwerk dieser großen, tiefen, unendlichen Freundschaft.

Eine Freundschaft, der, nach Jessicas immer ausgeprägter werdendem Gefühl, eben sehr viel Künstlichkeit anhaftete, die im Kern nicht echt schien. Zwischen den drei Männern nicht, in denen sie doch ihren Ausgang nahm, und schon gar nicht zwischen den Ehefrauen. Was vermutlich die Ursache dafür war, daß Grenzen nicht gebildet oder, sollte es sie einmal gegeben haben, aufgehoben worden waren. Echte Freundschaft vertrug Individualität und eigene Lebensbereiche. Eine künstliche Freundschaft möglicherweise nicht.

Einer drang in die Angelegenheiten des anderen – aber nur da, wo es im Grunde unerheblich und ungefährlich war. Patricia machte einen gigantischen Aufstand um Ricarda, dabei tat Ricarda etwas, das völlig normal war: Sie hatte einen Freund. Sie knutschte mit ihm. Vielleicht schlief sie mit ihm. Ihre Mutter hatte sie sicher aufgeklärt. Es gab keinen Grund, sich derartig aufzuregen.

Auf der anderen Seite hüteten sie sich alle, die eindeutig depressive Evelin auf ihre Traurigkeit anzusprechen. Das hätte schlafende Hunde wecken können, und vor nichts schienen sie solche Angst zu haben wie vor *echten* Problemen, die dann auf sie zukommen könnten. In der Ehe von Leon und Patricia schien es zu kriseln, nach dem, was Ricarda gehört hatte, und Jessica zweifelte nicht an ihrer Aussage. Trotzdem wurde die heile Familie mit einer Beharrlichkeit demonstriert, die vermutlich sogar Patricia selbst gelegentlich glauben ließ, alles sei in Ordnung.

Irgendwie war Elena mit dieser Welt, die ihrem Mann soviel bedeutete, nicht mehr zurechtgekommen. Alexander sagte immer, Elena habe die Schwierigkeiten mit den Freunden nur vorgeschoben; in Wahrheit habe es einfach zwischen ihnen beiden nicht mehr gestimmt. Jessica hatte seine Aussage nie angezweifelt. Nun war sie nicht mehr sicher. Zwischen Elena und Alexander mochte es nicht mehr gestimmt haben, *weil* Elena an der Verlogenheit, die sie umgab, zu ersticken meinte.

Ich darf nicht an diesen Punkt kommen, sagte sie sich, aber das Schlimme war, daß sie das Problem nun sah, daß sie es spürte und es nie wieder würde verdrängen können. Sie konnte sich nicht mehr einreden, alles sei in Ordnung.

Ohne nachzudenken, schlug sie den Weg ein, der zu dem Bach führte, in dem sie Barney gefunden hatte, und irgendwann später fragte sie sich einmal, ob dies Zufall oder doch ein unbewußtes Wollen gewesen war.

Phillip saß diesmal nicht auf dem Hügel im Gras, dazu war es zu naß. Sie entdeckte ihn ein Stück weiter unten, nah am Ufer des Bachs. Hier lag ein umgestürzter Baumstamm; Phillip saß rittlings darauf wie auf einem Pferderücken und verknotete Grashalme. Er hatte schon eine beachtliche Kette zustande gebracht.

Halb und halb erwartete sie, er werde einfach aufstehen und gehen, wenn sie sich ihm näherte, aber sie hatte so sehr das Bedürfnis, sich noch einmal bei ihm zu entschuldigen, daß sie es dennoch riskierte.

»Phillip«, sagte sie, als sie dicht hinter ihm stand, und er schien kaum überrascht, als er sich umdrehte. Vielleicht hatte er sie kommen hören.

Er sagte nichts, ging aber auch nicht weg, und so setzte sie sich ihm gegenüber, ebenfalls rittlings, auf den Baumstamm und sah ihn an.

»Es tut mir wirklich leid«, sagte sie. »Meine Bemerkung neulich war völlig unmöglich. Mir ist ganz klar, daß Sie sehr gekränkt sein müssen. Ich hoffe, Sie verzeihen mir.«

Er reichte ihr die Kette aus Grashalmen. »Hier. Ich schenke sie Ihnen. Ich verschenke immer Ketten aus Grashalmen, wenn ich jemandem verzeihe.«

Sie war selber erstaunt, wie tief erleichtert sie sich fühlte. Sie hielt die Kette mit beiden Händen. »Danke. Ich bin … es hat mich sehr belastet. Jetzt geht es mir besser.«

Er streichelte Barney, der sich an seinem Bein aufgerichtet und ihn erwartungsvoll mit der Schnauze angestupst hatte. »Ich habe den Eindruck, er ist schon größer geworden in den wenigen Tagen.«

»Er frißt wie ein Verrückter«, sagte Jessica, »aber er muß ja auch irgendwie in seine Pfoten hineinwachsen.«

Barney drehte sich um und rannte hinter einer dicken, brummenden Hummel her. Phillip fuhr fort, Grashalme zu verknoten.

»Damit Sie sich nicht wieder überrumpelt fühlen«, sagte er. »Ich werde morgen früh nach Stanbury House kommen und Patricia um ein Gespräch bitten. Ich bin in den letzten Tagen viel in der Gegend herumgelaufen und habe nachgedacht. Ich bin zu dem sicheren Schluß gekommen, daß ich nicht aufgeben werde. Patricia wird mich nicht mehr loswerden.«

»Sie wird nicht mit Ihnen reden, Phillip. Und alle anderen sind ebenfalls angewiesen, es nicht zu tun.«

Er lächelte. »Dann sollten Sie vorsichtig sein, Jessica. Sie brechen gerade die Vorschrift. Man könnte Sie der Kollaboration mit dem Feind beschuldigen!«

Sie zuckte mit den Schultern. »Ich versuche eigentlich eher, mich aus einem Krieg herauszuhalten.«

»Sie meinen, es wird Krieg geben?«

»Patricia wird nichts von dem anerkennen, was Sie sagen. Sie wird Sie ignorieren. Das heißt, daß Sie härtere Geschütze werden auffahren müssen – und das könnte schon in einer Art Krieg enden.«

»Ich werde eine Exhumierung beantragen. Eine DNA-Analyse wird Klarheit bringen.«

»Das wird ein langer juristischer Weg, Phillip, fürchte ich. Patricia als die legitime Enkelin von Kevin McGowan wird alles tun, eine Exhumierung zu verhindern, und sie hat sicher bessere Karten als Sie. Ich weiß nicht, ob Sie …« Sie sprach den Satz nicht zu Ende, weil sie fürchtete, sich schon wieder in einer Taktlosigkeit zu verfangen, aber Phillip wußte, was sie hatte sagen wollen. »Sie bezweifeln, daß ich einen langen juristischen Kampf finanziell durchhalten kann. Und Sie haben recht: Das wird sehr schwierig. Doch ich bin ganz sicher, daß ich Wege finden werde.«

»Was machen Sie beruflich?«

Jetzt zuckte er mit den Schultern. »Mal dies, mal das. Ich habe eine ganze Reihe abgebrochener Ausbildungen vorzuweisen ... Irgendwie konnte ich nie etwas zu Ende führen. Nicht mal die Schule. Ich hab sie mit siebzehn geschmissen. Bin dann erst mal zwei Jahre durch die USA getrampt, habe gejobbt und von der Hand in den Mund gelebt. Dann war ich in New York an einer Schauspielschule, aber kurz vor dem Abschluß konnte ich nicht mehr weitermachen. Ich bin nach England zurückgekehrt, habe geheiratet und mich nach kaum drei Jahren wieder scheiden lassen. Danach ...«

»Wie war sie?«

»Wer?«

»Ihre Frau. Sie müssen Anfang zwanzig gewesen sein, und sie war wohl kaum älter.«

»Sie war achtzehn. Drogensüchtig. Wir haben zusammen versucht ...« Er machte eine wegwerfende Handbewegung. »Sie wurde immer wieder rückfällig. Immer wieder. Irgendwann hab ich es einfach nicht mehr ertragen.«

»Was wurde aus ihr?«

»Sie ist tot.«

Ehe Jessica etwas darauf erwidern konnte, fuhr er fort: »Ich wollte danach alles Mögliche machen. Fotograf werden. Journalist werden. Es noch mal als Schauspieler versuchen. Meinen Schulabschluß nachholen. Als Entwicklungshelfer nach Indien gehen. Und, und, und ... tausend Dinge. Alles angefangen, nichts beendet.« Er verknotete zwei Grashalme zum erstenmal so heftig, daß sie rissen. »Es ist der rote Faden in meinem Leben. Ein verdammter roter Faden, den ich nicht loswerde, obwohl ich darum gekämpft habe. Diese Sache jetzt werde ich aber durchziehen. Ich möchte die Anerkennung, daß Kevin McGowan mein Vater war, und ich möchte den mir zustehenden Anteil an seinem Erbe.«

»Das Erbe ist das Haus. Selbst wenn es Ihnen gelingt, Ihren Anteil zugesprochen zu bekommen, werden Sie womöglich noch kein Geld sehen. Denn ohne Patricias Einverständnis können Sie nicht verkaufen, und sie wird nie einwilligen. Sie wird sich nie von Stanbury House trennen, schon weil ihre Freunde das nicht zulassen.«

»Es geht mir nicht um Geld«, sagte Phillip.

Sie verstand ihn. »Es geht Ihnen um Ihren Vater.«

»Um das, was von ihm geblieben ist«, sagte Phillip.

»Kann ich dich einen Moment sprechen, Tim?« fragte Leon. Er hatte gehört, daß Tim die Treppe in die Eingangshalle herunterkam, und hatte das Eßzimmer verlassen, um ihn abzufangen. Obwohl das Wetter inzwischen wieder sehr schön geworden war und nach draußen lockte, hatte Leon kein Interesse daran, spazierenzugehen oder ein wenig im Garten zu arbeiten. Die Sorgen drückten ihn. Sie ließen keinen Raum für Entspannung und Ablenkung.

»Was gibt es?« fragte Tim. Auch er sah keineswegs fröhlich aus.

Wie auch, dachte Leon, mit diesem ewigen Trauerkloß Evelin an seiner Seite!

»Ich wollte dir nur sagen, daß ich mit Patricia gesprochen habe, Tim«, sagte er, »sie kennt jetzt meine ganze brisante Situation. Das gibt mir nun die Möglichkeit, den Lebensstil unserer Familie wirklich einschneidend zu verändern. Und in absehbarer Zeit werden die Sparmaßnahmen dann greifen, und ich werde ...«

»Gehört es zu der einschneidenden Veränderung des Lebensstils deiner Familie, daß Patricia vorhin wieder mit euren Töchtern zum Reiten aufgebrochen ist?« fragte Tim. Seine Stimme klang hart. »Soweit ich weiß, lassen sich die Bauern das Herumgehopse auf den Pferden ziemlich teuer bezahlen. Eine luxuriöse Urlaubsgestaltung für jemanden, der eigentlich pleite ist!«

»Das Reiten muß aufhören, und das weiß Patricia. Wir wollten nur nicht, daß den Mädchen so völlig abrupt etwas weggenommen wird, woran sie mit ganzem Herzen hängen. Patricia will ihnen heute auf dem Heimweg erklären, daß sie eine Pause machen müssen.«

»Soso«, brummte Tim.

Leon trat etwas dichter an ihn heran. »Du bekommst dein Geld, Tim. Das ist doch Ehrensache! Aber bitte gib mir noch etwas Zeit. Deine Praxis läuft blendend, du bist doch nicht darauf angewiesen, so schnell wie möglich ...«

»Jetzt hör mir mal zu«, setzte Tim an, doch in dem Moment ging oben auf der Galerie eine Tür, und Evelin kam langsam die Treppe herunter. Sie hinkte. Als sie die beiden Männer sah, blieb sie stehen.

»Was macht ihr denn hier?« fragte sie, und ohne eine Antwort abzuwarten, fuhr sie fort: »Ich habe mir irgend etwas am Knöchel gezerrt. Ich habe versucht zu joggen heute früh, aber ...«

Sie sprach nicht weiter.

Ihr Unglück ist, daß sie etwas sein will, was sie nicht ist, dachte Leon mitleidig, sie will so sportlich, so trainiert, so schlank und attraktiv sein wie Patricia – aber sie packt es einfach nicht. Sie versucht mit ihren neunzig Kilo das zu tun, was Patricia mit ihren fünfzig tut, und jedesmal erleidet sie Schiffbruch.

»Joggen soll gar nicht gesund sein«, sagte er.

»Jedenfalls nicht, wenn die Gelenke zuviel Gewicht tragen müssen«, fügte Tim hinzu.

Seiner Frau schossen die Tränen in die Augen. Sie machte auf dem Absatz kehrt und hinkte die Treppe wieder hinauf. Oben flog die Tür ins Schloß.

Vom Hof her waren Motorgeräusche zu hören, gleich darauf kamen Diane und Sophie herein. Wie stets beide im schicken Reitdreß, aber mit völlig verheulten Gesichtern, geröteten Wangen und schniefenden Nasen. Sie liefen wortlos an ihrem Vater und Tim vorbei, und kurz darauf knallte oben abermals eine Tür.

»Patricia hat mit ihnen gesprochen«, schloß Leon resigniert.

»Ich möchte Ihnen etwas über meinen Vater erzählen«, sagte Phillip. Sie hatten den umgestürzten Baumstamm verlassen, gingen nebeneinander langsam den Weg entlang. Phillip hatte beide Hände in den Hosentaschen. Es war ungewohnt für Jessica, ihn so zu sehen: mit untätigen Händen.

»Ich habe eine Menge Material über ihn zusammengetragen, nachdem ich ... es wußte. Vieles hat mir meine Mutter erzählt, aber da er in gewisser Weise eine Person des öffentlichen Lebens war, ist doch in einer Reihe von Zeitungsarchiven einiges über ihn zu finden gewesen. Er hatte ein steifes Bein. Es rührte von einem Autounfall her, in den er als Zwanzigjähriger verwickelt war. Sein Leben lang konnte er nicht richtig laufen. Er zog immer das Bein nach.«

Sie sah ihn überrascht an. Erstaunt, daß es diese Behinderung seines Vaters war, von der er zuerst sprach.

Er bemerkte ihren Blick. »Es war der Ausgangspunkt«, erklärte er, »die Weichenstellung. Dafür, daß es ihn nach Deutschland verschlug.«

Sie begann sich dunkel zu erinnern. Patricia sprach nicht viel über ihren Großvater, aber irgend etwas hatte sie einmal erzählt. »War er nicht bei der französischen *Résistance*?« fragte sie. »Ich meine, so etwas gehört zu haben.«

»England und Deutschland befanden sich im Krieg, und er durfte nicht teilnehmen. Wehruntauglich, klar, ein Mann, der sich nur humpelnd vorwärtsbewegen konnte und häufig unter starken Schmerzen litt ... Ihn muß die Situation fast um den Verstand gebracht haben. Er war ein ganz junger Mann, glühender Patriot damals, was sich übrigens später durchaus etwas änderte, aber zu jener Zeit ... Er verehrte Winston Churchill und die Unbedingtheit, mit der dieser den Krieg zu führen gedachte, und er wollte unter allen Umständen daran teilnehmen. Über die Kanalinseln, glaube ich, gelang es ihm, Kontakt mit dem französischen Widerstand aufzunehmen. Er ging dann hinüber aufs Festland, begann eine illegale Existenz in Frankreich mit falschen Papieren und unter erheblichen Risiken. Eine äußerst gefährliche und abenteuerliche Zeit. Es gibt viele Interviews, in denen er darüber spricht. Irgendwie hatte ich beim Lesen das Gefühl, daß er es trotz allem bis zum Schluß für die beste Zeit seines Lebens hielt.«

»Sicher war es die intensivste Zeit«, sagte Jessica.

»Und die Zeit einer großen Liebe«, fuhr Phillip fort, »er lernte eine Deutsche kennen, eine junge Frau, die als Funkerin mit den Truppen nach Frankreich gekommen war. Später betonte er immer wieder, sie sei nicht in der Partei gewesen und sowieso nicht im mindesten von der Naziideologie infiziert, aber … na ja, wer weiß! Vielleicht stimmte es. Vielleicht war es wirklich eine Frau, ein junges Mädchen fast noch, die einfach von daheim wegwollte, die Abenteuer erleben wollte und der in jenen Zeiten nichts Besseres einfiel, als mit der Wehrmacht nach Frankreich zu ziehen. Ohne groß darüber nachzudenken. So hat er es jedenfalls immer dargestellt.«

»Damals, so mittendrin«, meinte Jessica, »war es für die Menschen, besonders die jungen Menschen, vielleicht oft schwieriger, die Geschehnisse so zu überblicken, wie wir das heute können.«

»Ich denke, vieles wurde auch hinterher geschönt«, meinte Phillip, und Jessica überlegte, ob er Aggressionen empfand der Frau gegenüber, mit der seinen Vater eine große Liebe verbunden hatte – während seine Mutter nur ein kurzes Verhältnis hatte sein dürfen.

»Ich nehme an«, sagte Jessica, »diese Frau wurde Patricias Großmutter.«

Phillip nickte. »Sie hieß auch Patricia. Lange Zeit muß sie übrigens gedacht haben, es bei meinem Vater mit einem Franzosen zu tun zu haben, denn er lebte ja unter einem entsprechenden Namen und mit falschen Papieren. Das war für sie natürlich eine sehr gefährliche Situation, aber um wie vieles noch gefährlicher für ihn – davon hatte sie keine Ahnung. Anfangs hat er über sie noch Informationen erhalten, die wichtig für den Widerstand waren, und diese wohl auch benutzt, aber je intensiver die Beziehung wurde, desto weniger war er natürlich in der Lage, die Frau, die er liebte, auszuspionieren. Zu Beginn des Jahres 1944 offenbarte er sich ihr.«

»Vermutlich ein ziemlicher Schock für sie.«

»Das ist anzunehmen. Trotzdem blieben die beiden zusammen. In einer sehr gefahrvollen Zeit, jeder einem anderen Regime dienend, den Zusammenbruch bereits vor Augen … Ich habe oft darüber nachgedacht, wie eng sie dies aneinandergeschmiedet haben muß. Patricia weiß sicher mehr über das alles. Vielleicht kennt sie bestimmte Episoden, weiß etwas über Momente, in denen alles zu Ende schien, über durchwachte, atemlose Nächte, über Augenblicke, in denen nur das Glück die beiden rettete … Ich würde gern einmal mit ihr darüber sprechen. Aber da werde ich wahrscheinlich abblitzen, wie Sie ja andeuteten.«

»Ich fürchte, Sie haben wenig Chancen«, meinte Jessica unbehaglich. »Patricia empfindet Sie als jemanden, der ihr etwas wegnehmen will. Damit sind Sie in ihren Augen ein Feind.«

»Wir sind verwandt!«

»Das sagen *Sie*.«

Er seufzte. »Entschuldigen Sie, ich habe Sie gelangweilt«, sagte er unvermittelt. »Diese alte Geschichte kann für Sie kaum interessant sein. Es ist mir ein solches Bedürfnis, über meinen Vater zu sprechen, daß ich immer wieder vergesse, wie wenig anregend das für andere Menschen sein muß.«

»Das stimmt nicht. Ich habe Ihnen sehr gern zugehört. Vielleicht … vielleicht reden wir ein anderes Mal weiter.« Sie war auf einmal nervös. Wie viele Stunden war sie schon fort von daheim? Würde Alexander sich nicht Sorgen machen? Gerade heute, an einem Tag, der so unerfreulich begonnen hatte.

»Ich muß nach Hause«, sagte sie.

Er lächelte. »Schlechtes Gewissen?«

»Nein!« Sie ärgerte sich, weil sie wirklich so etwas wie ein schlechtes Gewissen verspürte. »Ich kann sprechen, mit wem ich will, oder? Aber wir haben zur Zeit ein paar Probleme, mein Mann und ich, und da …« Sie ärgerte sich schon wieder. Schließlich mußte sie Phillip Bowen gegenüber keineswegs ihren Wunsch rechtfertigen, jetzt den Heimweg anzutreten. »Auf jeden Fall wird es Zeit«, sagte sie. »Auf Wiedersehen, Phillip!«

»Auf Wiedersehen, Jessica.«

Sie ging davon, Barney im eifrigen Galopp vor ihr her, und sie drehte sich nicht mehr um.

Die ganze Zeit aber spürte sie Phillips Blick im Nacken.

15

Ein gedrückter, ein niedergeschlagener Tag. Nichts war in Ordnung, und in steigender Verzweiflung fragte sich Jessica, weshalb das außer ihr niemand zu bemerken schien.

Ricarda war verschwunden. Offenbar direkt nach dem Gespräch mit ihrem Vater. Sie hatte nicht gefrühstückt, was auch nicht zu erwarten gewesen war, aber als sie zum Mittagessen nicht erschien, ging Alexander hinauf in ihr Zimmer und kehrte grau im Gesicht zurück.

»Sie ist weg«, sagte er.

Jessica, die abgehetzt und verschwitzt im letzten Moment zurückgekehrt war und mit ungewaschenen Händen und zerzausten Haaren unter Patricias mißbilligenden Blicken auf ihren Stuhl am Eßtisch rutschte, versuchte die Situation zu retten: »Vielleicht ist sie im Garten. Oder macht einen Spaziergang.«

»Das glaubst du doch selbst nicht!« schnaubte Patricia.

»Ich hatte ihr ausdrücklich gesagt, daß sie zu den Mahlzeiten da sein soll«, sagte Alexander.

Jessica schaute ihn an.

Mach dich nicht so fertig, sagte ihr Blick, es geschieht nichts Schlimmes, wirklich nicht! Aber er wandte sich ab, und sie begriff, daß er sich von ihr verraten fühlte. Sie hätte nicht weggehen dürfen am Vormittag. Und vielleicht noch mehr als das: Er hatte erwartet, daß sie das Drama mit ihm teilte. Daß sie mit ihm redete, überlegte. Sich engagierte. In seinen Augen hatte sie ihn verlassen, sich für nicht zuständig erklärt, die Verantwortung abgelehnt. Sie hatte ihm deutlich gemacht, daß es sich um *seine*, nicht um *ihre* Tochter handelte.

Er war verletzt.

Diane und Sophie hatten verweinte Augen und mochten nichts essen. Vermutlich hatten sie gar nicht herunterkommen wollen, aber natürlich hatte Patricia darauf bestanden. Jessica fragte sich, was vorgefallen sein mochte. Vielleicht würde sie es herausfinden, vielleicht auch nicht. Vieles blieb hier im verborgenen.

Am Ende sollte es mich auch gar nicht interessieren, dachte sie.

Leon war in sich gekehrt, entschuldigte sich gleich nach dem Essen und verschwand auf sein Zimmer.

Patricia verkündete, mit den Kindern nach Haworth fahren und zu der Ruine von *Wuthering Heights* wandern zu wollen.

»Geht ihr nicht reiten?« fragte Jessica erstaunt.

»Wir waren heute früh«, erklärte Patricia kurz.

Diane brach in Tränen aus, was ihre Mutter geflissentlich ignorierte.

»Kommst du mit?« wandte sie sich an Evelin.

Evelin erklärte, wegen ihrer Zerrung am Fuß immer noch kaum laufen zu können. Patricia hielt ihr einen Vortrag über das langsame Herantasten an Sportarten, die ein Mensch nicht gewohnt war. Als sie endlich mit ihren Töchtern losfuhr, war es, als löse sich bei allen ein Stück Beklemmung.

Tim überredete Alexander zu einem Spaziergang.

Vermutlich wird er ihm psychologische Tips für den Umgang mit seiner widerspenstigen Tochter geben, dachte Jessica und wunderte sich selbst, weshalb dieser Gedanke so starke Aggressionen in ihr auslöste.

Sie trank am späten Nachmittag mit Evelin Kaffee vor dem Kamin. Draußen schien die Sonne, aber es war kühl und windig, und man konnte nicht auf der Terrasse sitzen. Von den anderen war noch keiner zurück, und Leon rührte sich nicht aus seinem Zimmer. Evelin wirkte entspannter als sonst. Nach dem Kaffee trank sie mehrere Schnäpse und berichtete Jessica von Leons finanziellen Problemen und den Schulden, die er bei Tim hatte.

»Deshalb sind die Reitstunden für Diane und Sophie gestrichen«, berichtete sie, »und wahrscheinlich müssen Patricia und Leon ihr Münchner Haus verkaufen.«

»Aber warum spricht niemand darüber?« fragte Jessica. »Warum tut Patricia ständig so, als sei alles in Ordnung? Ihr seid doch langjährige Freunde!«

Evelin zuckte mit den Schultern. »Sie will sich keine Blöße geben. Ich glaube, sie könnte im Sterben liegen, und sie würde noch immer jedem erzählen, daß es ihr glänzend geht!«

Zum Abendessen trafen sie alle wieder zusammen, aber es wurde wenig gesprochen.

Ricarda hatte sich nicht blicken lassen.

Leon aß kaum etwas und schrak zusammen, wenn er angesprochen wurde.

Patricia hatte auf der Wanderung viel Farbe bekommen. Mit ihrer gebräunten Haut, den hellblonden Haaren und dem leuchtend roten Baumwollpullover bekleidet, sah sie wieder einmal wie ein Fotomodell aus. Sie wirkte auf eine eigenartige Weise angriffslustig. Wie ein Mensch, der beschlossen hatte, einen Kampf aufzunehmen. Ganz anders jedenfalls als ihr Mann, der offensichtlich in Depressionen versank und zunehmend gelähmt schien.

Alexander sagte fast gar nichts.

Um elf Uhr war Ricarda immer noch nicht zurück.

Der trübe Tag ging so traurig zu Ende, wie er begonnen hatte.

16

Ricardas Tagebuch

23. April. Ich bin so aufgeregt, ich habe weiche Knie, und mein Herz rast. Meine Hände zittern ein bißchen beim Schreiben. Es ist fast halb drei Uhr nachts. Ich bin eben zurückgekommen. Als ich die Treppe hinaufschlich, ging die Tür zum Schlafzimmer von Papa und J. auf, und Papa fragte, ob ich es bin. Ich sagte »ja« und dachte, jetzt kommt eine lange Predigt, aber er sagte nur: »Wir sprechen uns morgen.«

Und machte die Tür wieder zu.

Aber es wäre mir auch egal gewesen, wenn er jetzt gleich mit mir hätte reden wollen. Ich hätte gar nicht richtig hingehört, glaube ich.

Ich habe es getan. Keith und ich haben es getan. Wir haben miteinander geschlafen. Und es war das Schönste, was ich je erlebt habe.

Wir waren den ganzen Tag zusammen. Morgens hatte Papa auf mich eingeredet und gesagt, ich darf Keith nicht mehr sehen, aber ich wußte sofort, daß ich mir das nicht verbieten lassen würde. Denn dann hätte ich auch gleich sterben können. Übrigens glaube ich, daß J. in dieser Sache zu mir hält. Vielleicht will sie sich anbiedern. Egal. Ich kann sie trotzdem nicht leiden.

Ich bin zur Scheune gelaufen; ich hab's mir gar nicht erst angetan, mit diesen Blödmännern zu frühstücken. Die kotzen mich an, die kotzen mich alle so maßlos an ... Wenn ich Keith nicht hätte, ich würde das keinen Tag länger aushalten.

Er war schon in der Scheune, als ich hinkam. Wir haben ein bißchen geschmust, und dann hat er gemeint, wir könnten mit dem Auto herumfahren. Wir sind durch ganz ulkige, kleine Dörfer gekommen mit Häusern, die wie Spielzeug aussahen, und wir sind durch weite Landschaften gefahren, die waren so verlassen, daß man dachte, da kommt nie wieder etwas, ein Mensch oder ein Haus oder eine Kuh. Manchmal haben wir angehalten und sind ein Stück gelaufen. Der Tag war so schön, sehr windig, und der Himmel ganz hoch und blau. Immer wieder waren da Mauern, über die wir klettern mußten, und am Anfang hatte ich vor den vielen Schafen dahinter etwas Angst, aber Keith sagte, alle öffentlichen Wanderwege in Yorkshire führen durch Schaf- oder Kuhweiden, und da ist noch nie etwas passiert. Natürlich bekamen wir irgendwann Hunger, vor allem ich, denn ich hatte ja nicht einmal gefrühstückt, und Keith meinte, wir könnten irgendwo etwas essen gehen. Also haben wir Kassensturz gemacht. War nicht gerade ergiebig. Wir kriegten nur ein paar klägliche Pfund zusammen. Im nächsten Dorf sind wir dann in einen Schnellimbiß gegangen, der sah ziemlich heruntergekommen aus, aber wir hofften, daß es dafür billig wäre. Na ja, es war eher normal. Wir teilten uns ein Bier und eine Portion Makrelen mit Pommes. Wir wurden beide nicht satt, aber eigentlich war das auch nicht wichtig.

Die ganze Zeit saß ich ihm gegenüber und sah ihn an und wußte: Heute passiert es. Heute wird es ganz bestimmt passieren.

Am Nachmittag waren wir wieder in der Scheune. Keith hat dort immer ein paar Flaschen Bier stehen, so konnten wir wenigstens etwas trinken. Es war kühl, wir kuschelten uns unter der Decke auf dem Sofa ganz eng aneinander, und dazu hörten wir Céline Dion, bißchen kitschig, aber irgendwie paßte es.

Mir war etwas schwindlig vom Bier. Ich trinke ja sonst nie Alkohol, und eigentlich schmeckt mir Bier auch gar nicht, aber diesmal hatte ich es hauptsächlich gegen den Hunger getrunken. Keith hatte irgendwo auch Zigaretten, nach denen ging er auf die Suche und fand sie dann auch. Zum Glück war das wenigstens nicht meine erste Zigarette, sonst hätte ich mich womöglich blamiert. Wir rauchten und schmusten und hörten Musik, und ich hatte ein wunderschönes, ganz friedliches Gefühl. Als es draußen dunkel war, meinte Keith, es wäre besser, wenn er mich nach Hause brächte.

»Du kriegst sowieso schon Ärger«, sagte er, »wir sollten es vielleicht nicht noch schlimmer machen.«

»Eben«, sagte ich, »ich kriege sowieso schon Ärger. Also kann ich auch hierbleiben.«

Ich hatte absolut keinen Bock, nach Hause zu gehen. Papa würde auf mich einlabern, und am Ende würde ich noch dem Teufel Patricia begegnen.

Dann, nach einer Weile, wurde Keith unruhig. Ich war gerade am Eindösen gewesen und wurde wieder wach, und Keith sagte, es wäre irgendwie ungemütlich, und ob es mich stören würde, wenn er sich auszieht. Da war ich dann gleich hellwach und plötzlich ganz nervös, aber ich tat natürlich absolut cool und sagte, okay, ich würde mich dann auch ausziehen. Wir zogen unsere Jeans aus, behielten aber unsere Pullis an und auch unsere Unterwäsche. Keith griff unter mein Oberteil und streichelte meinen Bauch, was sich total schön anfühlte. Er atmete schneller als sonst. Plötzlich wußte ich gar nicht mehr, ob ich es wollte, aber ich mochte auf keinen Fall als Baby dastehen, und ich nahm mir vor, es durchzuziehen. Er streifte ganz vorsichtig mein Höschen ab und küßte mich da unten, also zwischen den Beinen, und ich weiß nicht mehr genau, was ich sagte, irgend etwas wie, daß ich jetzt gern mit ihm schlafen würde. Er hatte auch keinen Slip mehr an, das hatte ich zuerst gar nicht bemerkt. Er fragte noch, ob ich es wirklich wollte, und ich sagte, klar, natürlich, und dann machte er es. Es klingt total blöd, so wie ich das jetzt schreibe, aber ich weiß nicht, wie ich es anders sagen sollte – er machte es einfach. Eigentlich merkte ich kaum etwas. Nur das Gefühl war so groß, das Gefühl von Liebe, die Gewißheit, daß ich immer zu ihm gehören werde, daß ich für ihn geschaffen bin und er für mich. Und ich glaube, für ihn war es ganz toll, denn er murmelte immerzu, wie schön es sei, wie herrlich … »It's great, baby, it's so great …« Und dann rutschte er neben mich und blieb mit geschlossenen Augen liegen und atmete schnell und dann immer langsamer. Ich kuschelte mich ganz dicht an ihn, sein Körper war warm und ein bißchen feucht von Schweiß, und ich dachte, ich ersticke vor lauter Liebe und vor lauter Glück, weil ich wußte, es ist etwas geschehen, was dafür sorgt, daß wir nie wieder ganz getrennt werden können.

Das erste, was Keith sagte, als er die Augen wieder aufschlug, war: »O Gott, das hätten wir nicht tun dürfen!«

»Ich wollte es«, sagte ich, aber meine Stimme zitterte ein bißchen, weil ich auf einmal furchtbare Angst hatte, er könnte alles bereuen und ein schlechtes Gefühl haben, denn dann hätten diese Minuten ihren Zauber verloren.

»Wir haben überhaupt nicht aufgepaßt«, sagte er. »Was, wenn du nun …«

Ich begriff, weshalb er sich Sorgen machte. »Nein, das kann nicht passieren. Ich müßte morgen oder übermorgen meine Periode kriegen, und so dicht davor wird man nicht schwanger!«

Keith sah ein bißchen erleichterter aus. Er fing wieder an, meinen Bauch zu streicheln.

»Für dich war's nicht so toll, oder?« fragte er.

»Es war das Schönste, was ich je erlebt habe«, sagte ich, und ich meinte es auch genau so.

»In Zukunft müssen wir besser aufpassen.«

»Klar.« Ich wußte zwar nicht, wie das gehen sollte, aber ich tat so, als hätte ich die Sache im Griff.

»Besser, du erzählst nichts davon zu Hause«, meinte Keith.

»Ich habe niemanden, dem ich was erzählen könnte«, sagte ich, und dann fing ich plötzlich an zu weinen, weil alles zuviel war: meine Liebe, die Schönheit dieser Nacht und die Traurigkeit, weil ich wirklich niemanden habe, dem ich etwas erzählen kann. Bis vor kurzem hätte ich immer gesagt, daß ich mit Papa über alles reden kann, aber irgend etwas ist passiert, daß das nicht mehr geht.

Das Schlimme ist, ich weiß gar nicht genau, *was* passiert ist, wann, warum und wie. Vielleicht hängt es mit J. zusammen. Oder mit den anderen. Aber die anderen waren schon immer da, nur J. ist neu. Trotzdem haben die anderen Mami vertrieben. Es war alles so verwirrend, und ich mußte noch mehr weinen. Keith hielt mich ganz fest im Arm und streichelte mich und murmelte etwas, das beruhigend klang, und irgendwann konnte ich aufhören zu weinen.

Ich glaube, wir sind dann beide eingeschlafen, und ich wurde wach, als Keith ziemlich laut »Oh, shit!!« rief. Er sprang vom Sofa und schlüpfte in seine Klamotten. Ich konnte ihn nur ganz schwach im Mondlicht erkennen, denn um uns herum war es dunkel, die Kerzen waren längst heruntergebrannt und erloschen.

Ich wollte wissen, was los ist, und er sagte: »Schau mal auf die Uhr!« Ich konnte aber nichts sehen, und er meinte, es sei zwei Uhr in der Nacht.

»Wir haben zu lange gepennt! Ich fahre dich jetzt gleich heim! O Gott, die werden dich ausquetschen! Du wirst alles erzählen müssen!«

Ich war etwas traurig, weil er mir so wenig vertraute.

Ich stand auf und begann mich anzuziehen. »Quatsch«, erwiderte ich, »ich sage kein Wort! Glaubst du, ich habe Lust, mich von denen für den Rest der Ferien einschließen zu lassen? Du hältst mich wirklich für ein kleines Kind!«

Er sagte, das stimme nicht, aber er war plötzlich so anders, so nervös und hektisch. Noch während wir zum Auto gingen – eigentlich fast rannten, so eilig hatte er es plötzlich –, zündete er sich eine Zigarette an und inhalierte so tief, als müsse er sich unbedingt mit allen Mitteln beruhigen.

Es wehte immer noch ein sehr kühler Wind, aber der hatte inzwischen alle Wolken verjagt, und man konnte den Mond und die Sterne sehen. Ich fing an, mich doch wieder gut zu fühlen, obwohl Keith so komisch war; mir war auf einmal ganz beschwingt zumute, ganz leicht und verzaubert. Als wir vor dem Tor zu Stanbury House hielten, hatte sich Keith beruhigt. Es war wieder Wärme in seinen Augen, als er mich umarmte.

»Soll ich dich nicht doch bis hinauf zur Haustür fahren?« fragte er, aber ich wollte es nicht, weil die anderen bestimmt den Motor gehört hätten, und dann wären sie alle aufgewacht, und ich hätte sie am Hals gehabt. Ich sagte, mir würde schon nichts passieren auf dem kleinen Stück Weg. Wir küßten uns wieder, und ich hätte es zur Ewigkeit ausdehnen mögen, aber Keith sagte, ich solle besser gehen.

»Wir müssen deinen Vater ja nicht übermäßig provozieren«, meinte er.

Ich fragte, ob wir uns morgen – eigentlich heute – sehen würden, und er zögerte. »Ich weiß nicht … Glaubst du, du darfst überhaupt weg?«

»Ich durfte schon heute nicht weg und bin doch gegangen«, sagte ich, »Ich kümmere mich nicht darum.«

»Wir sollten den Bogen nicht überspannen.«

»Keith!« Ich hätte es nicht ausgehalten, ihn nicht zu sehen. Nicht nach dieser Nacht.

»Ich bin in der Scheune«, sagte er schließlich, »und du kommst, wenn es geht.«

Ich lachte und sagte, ich würde mich notfalls an einem Seil aus dem Fenster runterlassen, und ich meinte das ganz ernst. Ich küßte ihn wieder, und erst als er noch einmal drängte, ich solle gehen, machte ich mich auf den Weg.

Ich vermute, er hat Angst, weil ich ja noch nicht volljährig bin. Ich kenne mich da mit den Gesetzen nicht aus, schon gar nicht in England, aber womöglich könnte er wirklich in Schwierigkeiten geraten. Als ob ich etwas sagen würde! Ich bin wirklich kein geschwätziges kleines Mädchen, so gut müßte er mich kennen.

Ich fühlte mich immer noch ganz leicht, als ich den Weg hinauflief, ganz frei und erwachsen. Ich denke, ich bin auch sehr erwachsen geworden in der letzten Zeit. Vielleicht nicht erst durch Keith. Auch dadurch, daß Mami und Papa sich haben scheiden lassen, und dadurch, daß ich als einzige klar sehe, wie krank Papas Freunde sind. Und dann natürlich durch Keith. Wenn ich mir Diane vorstelle! Sie ist nur drei Jahre jünger als ich, aber mir kommt es vor, als läge eine ganze Generation zwischen uns.

Übrigens fällt mir gerade noch etwas ein: Es war eigenartig, aber als ich den Weg entlangging, dachte ich einmal, da wäre jemand. Zwischen den Büschen am Rand. Ich fragte leise: »Keith?«, weil ich dachte, vielleicht ist er mir nachgelaufen und will mich überraschen, aber es rührte sich dann nichts mehr, und ich habe auch niemanden gesehen. Vielleicht schlich da ein Fuchs herum. Auf jeden Fall war mir nicht unheimlich zumute, ich hatte auch keine Angst. Ich glaube, ich werde nie wieder Angst haben. Ich fühle mich so stark. So, als ob mir einfach nichts zustoßen könnte.

Und jetzt sitze ich hier in meinem Zimmer, das Fenster ist offen, ich habe meinen flauschigen Bademantel angezogen, und ich fühle mich so wunderbar.

Papa wird megasauer sein.

ES IST MIR EGAL!!!

17

JESSICA WACHTE AUF und hatte den Eindruck, daß es eine seltsame innere Unruhe gewesen war, die ihren Schlaf unterbrochen hatte. Vor dem Fenster dämmerte der Tag heran, aber es mußte zweifellos noch sehr früh sein. Sie sah sich um und entdeckte, daß das Bett neben ihr leer war. Alexander war nicht da.

Er hatte einen Alptraum gehabt gegen vier Uhr früh und sie mit seinen Schreien geweckt. Wie üblich war er bleich und zitternd im Bad verschwunden und hatte sie nicht in seiner Nähe geduldet. Sie war dann wieder eingeschlafen, frustriert und ein wenig auch resigniert, traurig, weil er sie offenbar nach wie vor nicht ins Vertrauen ziehen wollte.

Doch die Frage war: Weshalb war er immer noch nicht wieder im Bett?

Sie stellte fest, daß es fünf Minuten nach sieben war. Sie stand auf, ging zum Bad, klopfte leise an die Tür. »Alexander?«

Niemand antwortete. Niemand war im Bad.

Sie seufzte leise. Bis vor kurzem hatte sie jedem, der sie fragte, gesagt, daß ihre Ehe mit Alexander einfach großartig war, besser, als sie selbst es von der Institution *Ehe* überhaupt erwartet hatte. »Natürlich krachen wir uns hin und wieder«, hatte sie zu ihren Freundinnen, zu ihren Eltern gesagt, »aber wir haben ein Fundament, das unverletzbar ist. Liebe und Vertrauen und Nähe … Ich glaube, daß wir alles aushalten werden, was vielleicht an Schwierigkeiten auf uns zukommt.«

In diesen Osterferien, hier in Stanbury, verschoben sich plötzlich die Perspektiven. Scheinbar Unerschütterliches wankte, Sicherheit wandelte sich in Angst, Vertrauen in Argwohn. Ehrlicherweise hätte Jessica, wäre sie jetzt nach ihrer Ehe gefragt worden, antworten müssen: »Ich glaube, es gibt eine Menge Dinge, die mein Mann vor mir geheimhält.«

Und plötzlich war sie voller Furcht vor der Zukunft.

Sie schlüpfte in ihren Bademantel und verließ barfuß das Zimmer. Hinter den Türen rechts und links rührte sich nichts. Aber als sie am oberen Ende der Treppe stand, vernahm sie Alexanders Stimme. Er sprach flüsternd, gedämpft. Sie wußte sofort, daß er sich unten in der Halle befand und telefonierte.

»Ich weiß mir einfach keinen Rat mehr«, sagte er soeben. Er klang verzweifelt. »Ich könnte genausogut mit einer Wand reden. Es ist, als hörte sie mir gar nicht zu. Es ist ihr gleichgültig, was ich sage.« Er schwieg einen Moment.

»Nein«, sagte er dann, »ich glaube, sie sieht das Problem nicht wirklich. Oder es ist ihr nicht wichtig. Ich kann ihr ja nicht mal einen Vorwurf daraus machen, schließlich ist Ricarda nicht ihre Tochter. … Ja. Ja, ich weiß. Aber Ricarda lehnt sie immer noch komplett ab. An ein Gespräch ist gar nicht zu denken.«

Jessica oben an der Treppe schluckte trocken und trat vorsichtig auf die oberste Stufe. Sie hatte keinen Zweifel daran, mit wem Alexander telefonierte: mit seiner Ex-Frau. Mit Elena.

Es war nicht so, daß die beiden sonst nie telefoniert hätten. Schon wegen Ricarda gab es immer wieder Dinge zu besprechen, und Jessica hatte nie ein Problem damit gehabt. Doch diesmal war es anders, völlig anders: Der konspirative Anstrich der Situation vermittelte auf einmal ein neues und dabei bedrohliches Bild. Die frühe Uhrzeit, Alexanders gedämpftes Flüstern allein hätten gereicht, Jessica zutiefst zu verunsichern. Aber dazu kamen noch der Klang seiner Stimme und das, was er sagte. Er wirkte hilfesuchend wie ein kleines Kind, schien sich an Elena geradezu festzuklammern. So hatte sie ihn noch nie gehört, so war er auch ihr gegenüber nie gewesen. Und noch nie hatte er mit Elena über *sie* gesprochen. Das tat er einfach nicht. Nicht über Jessica, nicht über ihrer beider Beziehung, und schon überhaupt nicht über mögliche Probleme.

Offenbar redete nun Elena längere Zeit, denn Alexander sagte nur hin und wieder »Ja« oder »Nein« und einmal: »Natürlich nicht!«

Schließlich flüsterte er: »Elena, du ahnst nicht, wie hilflos ich mich oft fühle. Früher, da war ich selbstsicher und davon überzeugt, Schwierigkeiten meistern zu können. Aber jetzt denke ich manchmal, ich verliere den Boden unter den Füßen, ich gehe unter, ich finde keinen Halt.«

Wieder schwieg er. »Nein«, sagte er dann, »nein, nicht wegen Ricarda. Nicht in erster Linie. So oft ist sie ja gar nicht bei mir. Es ist ... alles. Mein Leben. Du weißt ja ...«

Jessica schloß die Augen. Übelkeit und Schwindel stiegen in ihr auf, und diesmal hatten sie nichts mit ihrer Schwangerschaft zu tun.

Als das Rauschen in ihren Ohren nachließ, hörte sie Alexander gerade sagen: »Fast jede Nacht. Na ja, jede zweite. Es ist schlimmer geworden ... Nein, sie weiß nichts ... Bitte? Ich sage eben, daß ich schlecht träume ... Um Gottes willen, sie soll es auch gar nicht wissen. ... Meinst du? Du kennst sie doch gar nicht!«

Sie bohrte ihre Fingernägel in die Handflächen. Es tat weh. Es tat so schrecklich weh.

»Trotzdem, nein ... Ich kann mich auf dich verlassen? Zu niemandem ein Sterbenswörtchen. Es ist allein meine Sache ... *Allein*, sage ich, Elena, *ganz allein*! Es betrifft Tim und Leon einfach nicht so wie mich ... Ach«, er lachte plötzlich, aber es war ein klägliches, verzweifeltes Lachen, »du wirst mir das nicht ausreden können, Elena. Du wirst an all dem ohnehin nichts ändern können. Du hast es doch so oft versucht. So oft!«

Es war Zärtlichkeit in seiner Stimme. Oder, so versuchte Jessica den Eindruck abzumildern, wenn nicht Zärtlichkeit, dann doch Vertrautheit. Ungeheuer viel Vertrautheit. Sie ist die Frau, die ihn kennt. In- und auswendig. Seine düstersten, verschwiegensten Seiten. Sie weiß, was es ist, was ihn nachts zitternd und schwitzend aus grausamen Träumen hochschrecken läßt, sie kennt die Bilder, die ihn verfolgen. Er wagt es, vor ihr schwach zu sein, er vertraut ihr voll und ganz. Und sie ist der Mensch, zu dem er flüchtet, wenn es ihm schlechtgeht.

Sie sind geschieden, sagte sie sich. Menschen ließen sich nicht scheiden, wenn sie einander noch liebten. Es bedurfte eines hohen Zerrüttungsgrades, eine Ehe aufzulösen, besonders dann, wenn ein minderjähriges Kind zum eigentlichen

Opfer der Trennung wurde. Viele Paare versuchten allein ihres Kindes wegen die Ehe aufrechtzuerhalten. Alexander war ein verantwortungsbewußter Vater, und er liebte Ricarda sehr. Ricarda ihrerseits – trotz allem, was sie derzeit auf Abstand gehen ließ – liebte ihren Vater abgöttisch. Alexander mußte zutiefst überzeugt gewesen sein, mit Elena keine Zukunft zu haben, um sich von Ricarda zu trennen.

»Wenn du mir nur helfen könntest«, sagte er gerade, »wenn du mir nur irgendwie helfen könntest ...«

Es ist ein Alptraum, dachte Jessica. Denn nur ein wirklich böser Traum konnte sich so anfühlen: hier zu stehen an einem kühlen Frühlingsmorgen, in einem alten, steinernen Haus, das auf einmal düster und kalt wirkte, barfuß, frierend auf den Treppenstufen, darüber hinaus fröstelnd aus einer plötzlichen inneren Kälte heraus und den eigenen Mann zu belauschen, wie er mit einer anderen Frau sprach – in einer Art sprach, die er jedem anderen versagte.

Auf einmal begriff sie, wie wenig Nähe es zwischen ihnen gab, wie fern und fremd sie einander waren – und als wie fragil sich das von ihr so gern beschworene felsenstarke Fundament ihrer Beziehung erwiesen hatte.

Wieder lauschte Alexander eine Weile in den Hörer, dann sagte er: »Ja. Ja, in Ordnung. Gut. Es wäre nett, wenn du das tätest. Vielleicht hast du ja mehr Glück als ich ... Ja. Ciao, Elena. Ciao.«

Er legte auf. Jessica oben wich bis zu ihrer Zimmertür zurück. Er kam die Treppe herauf, sah sie, blieb abrupt stehen.

»Jessica! Du bist wach?«

Sie wollte es wissen. Sie wollte es einfach wissen. Sie tat so, als habe sie eben erst das Schlafzimmer verlassen.

»Du hast telefoniert?« fragte sie und gähnte gleichmütig.

Seine Züge entspannten sich. Ihre gespielte Gelassenheit vermittelte ihm offenbar sehr glaubhaft die Sicherheit, daß sie von dem Gespräch selbst nichts mitbekommen hatte.

»Mit der Uni«, sagte er, »mit dem Sekretariat. Es ging um bestimmte Kurse, die ich im nächsten Semester abhalten möchte.«

Er sah ihr Gesicht und hatte wohl den Eindruck, mehr sagen zu müssen.

»Ich wollte wissen, wie hoch die Teilnehmerzahl ist«, fügte er hinzu, »denn nur ab einer bestimmten Zahl können die Kurse ja stattfinden.«

Er belog sie. Er stand da auf der Treppe im schwachen, durch ein seitliches Fenster einsickernden Morgenlicht und log sie auf unglaubwürdigste Weise an.

Das war das Schlimmste an diesem beginnenden Tag.

Patricia wurde vollkommen hysterisch, als Phillip um neun Uhr vor der Haustür stand und um ein Gespräch mit ihr bat. Evelin hatte ihm geöffnet und Patricia zugerufen, sie möge zur Tür kommen. Als Patricia in die Halle trat und Phillip sah, den Evelin überdies inzwischen gebeten hatte einzutreten, verlor sie die Beherrschung.

»Bist du denn komplett schwachsinnig?« brüllte sie Evelin an. »Was habe ich euch denn gepredigt in den letzten Tagen, immer wieder, Stunde um Stunde? Ich habe gesagt, daß dieser Mensch dort mein Haus nicht betritt! Mein Grundstück nicht betritt! Daß niemand mit ihm redet. Daß er auf Granit beißt, egal, was er versucht! Habe ich das gesagt?«

»Ich dachte ...«, begann Evelin mit schreckgeweiteten Augen, aber Patricia ließ sie nicht ausreden.

»Ob ich das gesagt habe?«

»Ja. Aber ich kann doch nicht ...«

»Was kannst du nicht? Ihm die Tür vor der Nase zuwerfen? Und wieso nicht, du dumme Kuh? Wieso nicht?«

Jetzt stürzten Evelin die Tränen aus den Augen. »Du bist so gemein«, schluchzte sie, drehte sich um und humpelte die Treppe hinauf.

»Vielleicht könnten wir uns wie zivilisierte Menschen unterhalten«, schlug Phillip vor.

Patricia schoß wie eine giftige Hornisse auf ihn zu.

»Das können wir nicht! Weder zivilisiert noch unzivilisiert! Wir können uns überhaupt nicht unterhalten! Und Sie verlassen jetzt sofort mein Haus und mein Grundstück und lassen sich nie wieder hier blicken! Verstehen Sie? Nie wieder! Wenn ich Sie noch einmal hier sehe, rufe ich sofort die Polizei! Und jetzt raus!« Ihre Stimme überschlug sich fast. »Verschwinden Sie! Raus!«

Sie ließ ihn stehen, lief ins Eßzimmer zurück, schmiß die Tür so heftig hinter sich zu, daß irgendwo im unteren Bereich des Hauses etwas zu Boden fiel und klirrend zersprang.

Tim, der auf der Treppe gestanden und die Szene mit angesehen hatte, kam hinunter und trat auf Phillip zu.

»Sie sollten Ihren Wunsch respektieren«, sagte er, »und nicht mehr hierherkommen. Sie sehen ja ... Ich würde an Ihrer Stelle nichts tun, was die Situation eskalieren läßt. Hören Sie einfach auf, uns Schwierigkeiten zu machen.«

Phillip zuckte mit den Schultern. »Ich habe ein Recht, hier zu sein.«

»Dafür haben Sie bislang nicht den mindesten Beweis erbracht.«

»Ich werde ihn bringen.«

»In Ordnung«, sagte Tim, »und dann können wir uns ja wieder unterhalten.

Aber solange Sie hier nur aufkreuzen, um mit äußerst kühnen Behauptungen um sich zu werfen ..., verstehen Sie, so lange will niemand Sie hier sehen.«

»Ich habe verstanden«, sagte Phillip. Er ließ seinen Blick durch die Eingangshalle schweifen. »Stanbury House ist ein Teil von mir«, sagte er, »ein Teil der Vergangenheit, die mir vorenthalten wurde. Ich kann mein Leben nicht auf die Reihe bringen, solange ich mich mit diesem Teil meiner Vergangenheit, mit diesem Teil von mir selbst nicht konfrontiert und auseinandergesetzt habe. Und daran werde ich mich nicht hindern lassen. Das sollten *Sie* verstehen.«

»Mein lieber Mr. Bowen«, sagte Tim, »was Sie brauchen, ist wahrscheinlich einfach nur ein guter Psychoanalytiker. Ich an Ihrer Stelle würde diesen Weg ansteuern. Er ist vermutlich einfacher, schneller und wirksamer als der Weg durch sämtliche juristischen Instanzen dieses Landes, an deren Ende ohnehin ein für Sie höchst zweifelhafter Ausgang steht.«

»Sämtliche juristischen Instanzen«, sagte Phillip langsam, »Sie sagen es. Ich werde sie durchlaufen. Es mag Jahre dauern, aber am Ende werde ich gewinnen. Auf Wiedersehen, und einen schönen Gruß noch an Mrs. Roth!« Er nickte Tim zu, drehte sich um und verließ das Haus, ging zu Fuß die Auffahrt hinunter.

»Ein Spinner«, sagte Tim, »ein waschechter Spinner!«

»Wer?« fragte Jessica, die gerade aus der Küche kam und sich die Hände an einem Handtuch abtrocknete. Sie hatte sich darangemacht, die Schränke auszuwischen und aufzuräumen. Die einzige Möglichkeit für sie, die Geschehnisse vom frühen Morgen auszuhalten.

Tim wandte sich um und grinste. »Jessica! Sieh an! Du warst nicht beim Frühstück?«

»Nein«, sagte Jessica kurz, »war ich nicht!« Rasch überlegte sie, ob es in den Ferien zuvor auch so gewesen war, daß man ständig ausgefragt wurde, wenn man irgendwo *nicht* erschienen war. Vielleicht war es ihr nicht aufgefallen. Vielleicht hatte sie bessere Nerven gehabt. Und bessere Laune.

»Dieser Typ war eben hier«, sagte Tim, »dieser Phillip Bowen. Der mit dem angeblichen Erbschaftsanspruch.«

»Vielleicht nicht angeblich. Vielleicht stimmt es ja, was er sagt!«

Tim grinste schon wieder. Er sah an diesem Morgen aus wie ein seltsamer Guru: in weiten dunkelblauen Pumphosen, eine Art Kittel darüber, der handgewebt schien und mit eigenartigen Ornamenten bestickt war. Seine nackten Füße steckten, wie immer in der Zeit zwischen März und Oktober, in offenen Sandalen. Zusammen mit dem krausen Bart und den etwas zu langen Haaren hätte er ein Sektenjünger auf dem Selbstfindungstrip sein können.

Oder ein Ökobauer am Sonntag, dachte Jessica mißmutig und fragte sich nicht zum erstenmal, weshalb sie ihn eigentlich so wenig leiden konnte.

»Das solltest du nicht Patricia hören lassen«, sagte er nun auf ihre Bemerkung. »Sie hat schon Evelin beinahe massakriert, nur weil die es gewagt hat, ihm überhaupt die Tür zu öffnen. Ihre Nerven scheinen in dieser Sache ziemlich blank zu liegen.«

»Er hat einige Informationen über den verstorbenen Kevin McGowan«, sagte Jessica, »ziemlich intime Kenntnisse, würde ich sagen.«

Tim musterte sie aus zusammengekniffenen Augen. »He! Woher weißt du denn das?«

Jessica hatte beschlossen, sich nicht länger wie ein kleines Mädchen zu fühlen, das ein Treffen mit einer ungeliebten Person unbedingt verheimlichen muß.

»Ich traf ihn gestern beim Spaziergang. Er hat mir eine Menge erzählt.«

»Patricia hat jeden von uns darauf eingeschworen, mit Bowen kein Wort zu wechseln.«

»Patricia mag die Eigentümerin von Stanbury sein«, sagte Jessica, »aber deswegen kann sie niemandem Vorschriften machen über den Umgang, den er pflegt. Jedenfalls mir nicht.«

Tim betrachtete sie nun, als habe er einen interessanten psychologischen Fall vor sich. Sein Therapeutenblick.

Das ist es, weshalb ich ihn nicht leiden kann, dachte Jessica und wußte zugleich, daß es nicht nur das war. Da ging etwas tiefer. Doch noch konnte sie es nicht sehen.

»Wie Elena«, murmelte er, »absolut wie Elena!«

Elenas Namen mochte sie an diesem Morgen am wenigsten hören.

»Ach, fang doch nicht schon wieder damit an!« sagte sie unwirsch und schickte sich an, in die Küche zurückzukehren.

»Moment!« rief Tim. Er trat näher an sie heran, senkte die Stimme. »Du solltest solche Treffen wirklich für dich behalten, Jessica. Niemand möchte die Ferien verdorben haben, verstehst du?«

Sie öffnete den Mund, aber ehe sie etwas erwidern konnte, fuhr er schon fort: »Und laß dir von Bowen nichts weismachen! Kevin McGowan war tatsächlich eine in England sehr bekannte Persönlichkeit. Ich glaube, für einige seiner politischen Dokumentationen hat er sogar recht bedeutende Ehrungen und Auszeichnungen erhalten. Es gibt jede Menge Archivmaterial über ihn. Wenn Bowen nur ein bißchen Zeit und Fleiß investiert hat, dürfte er an eine Menge Informationen gelangt sein. Das beweist noch nicht das mindeste.«

»Und wenn es stimmt? Wenn es wirklich stimmt? Wenn er Kevin McGowans Sohn ist?«

»Dann ist das zumindest nicht deine Sache«, sagte Tim, »im Prinzip geht auch das dann nur ihn und Patricia etwas an.«

Damit hatte er recht, und so erwiderte sie nichts. Sie hatte das Gefühl, daß er auf eine unangenehme Art versucht hatte, sie einzuschüchtern. Zusammen mit allem anderen, was an diesem Tag schon geschehen war, machte es in ihr den Wunsch, auszubrechen und diesen Ferienort hinter sich zu lassen, immer lebendiger.

Keith Mallory lag auf dem Sofa in seiner Scheune, rauchte eine Zigarette und starrte durch die schmutzigtrübe Fensterscheibe hinaus in den dunkelblauen Himmel. Ein kälteres Blau als in den Tagen zuvor. Die Luft war auch merklich kühler geworden, klarer und frischer. Egal. Das Wetter war ihm sowieso meist gleichgültig. Er war froh, wenn er hier, an diesem geheimen Ort, sein konnte. Weit weg von seinem Vater, weit weg von all den Anforderungen, mit denen ihn das Leben konfrontierte und denen er sich nicht gewachsen fühlte.

Ich müßte mal die Fenster putzen, dachte er und blies den Rauch in kleinen Kringeln aus.

Sein Vater hatte ihn am Morgen wieder fertiggemacht. Fast hatte er es schon erwartet. Der Alte hatte zu lange bereits ruhig gehalten, das verhieß nie etwas Gutes. Er konnte es immer nur über einen begrenzten Zeitraum vermeiden, dem ungeliebten Sohn klarzumachen, was er von ihm hielt. Heute früh hatte er Keith abgepaßt, als dieser gerade das Haus verlassen wollte, und ihn gefragt, wie er sich denn die kommende Woche so vorstelle.

»Ich frage keinesfalls, wie du dir dein *Leben* vorstellst, nein, das wäre ja nicht nett von mir, dich mit einer so schwierigen Frage zu belästigen, nicht wahr? Fangen wir es doch in kleinen Schritten an. Die nächste Woche. Einfach nur die nächste Woche. Möchtest du sie vergammeln wie all die vielen, vielen Wochen davor, oder hast du eine Idee von irgend etwas Sinnvollem, was du tun könntest?«

Natürlich hatte sein Vater gewußt, daß es keine Idee gab. Keith hatte ihn angesehen und sich gefragt, wann sein Vater begonnen hatte, ihn zu hassen. Ein gutes Verhältnis hatten sie nie gehabt, aber ein Haßverhältnis hätte man es nicht nennen können. Früher nicht. Heute schon.

»Ich habe keine Lehrstelle«, sagte Keith, »also kann ich auch nichts tun.«

Greg Mallory nickte, scheinbar nachdenklich und so, als überlege er sich tatsächlich etwas zu der Antwort seines Sohnes. Er war ein gutaussehender Mann, das stellte Keith wieder einmal fest. Stattlich, kräftig, mit einer hohen, intelligenten Stirn. Sein Vater hatte den Hof schon besessen, und dessen Vater und dessen Vater davor ... Eine endlose Kette von Mallorys, die in Yorkshire Schafe gezüchtet hatten. Mit einem Erfolg, der die jeweilige Familie satt machte, jedoch keine Möglichkeit bot, ein bißchen Geld beiseite zu legen und sich etwas Außergewöhnliches zu leisten: einen Urlaub etwa oder eine moderne Küche. Kein Mallory war je verreist, und Keiths Mutter wirtschaftete in derselben Küche, in der schon Keiths Urgroßmutter gearbeitet hatte, und als einzige neue Errungenschaft gab es einen Kühlschrank und einen Gasherd. Man hatte inzwischen Elektrizität in dem alten, steinernen Haus, und ein Bad mit Toilette. Das war Ende der sechziger Jahre entstanden. Davor hatte es ein Bretterhäuschen schräg über den Hof gegeben.

Keith hatte schon manchmal überlegt, ob sein Vater vielleicht gern aus der vorgezeichneten Kette ausgebrochen wäre. Mit seinem Aussehen und seinem Verstand hätte man ihn sich auch in einem anderen Beruf und in einer Großstadt vorstellen können. Als Geschäftsmann, Leiter einer Bankfiliale oder Chef irgendeines Handwerksbetriebs. Greg Mallory hätte die Befähigung zu Höherem gehabt, davon war Keith überzeugt. War es lediglich Pflichtbewußtsein gewesen, was ihn hier gehalten hatte? Hatte er sich einer Verantwortung, die ihm von vielen Generationen vorher übertragen worden war, nicht entziehen können? Und war er deshalb so voller Wut auf einen Sohn, der den Ausbruch anstrebte und entschlossen schien, sich von diesem Vorhaben nicht abbringen zu lassen?

»Du hast keine Lehrstelle, soso«, sagte sein Vater nun, »was war das noch mal für eine Lehrstelle, die du angestrebt hast?«

»Stuckateur«, sagte Keith. Als ob der Alte das nicht wüßte! »Ich möchte Stuckateur werden.«

»Stuckateur. Richtig. Gipser könnte man auch sagen, oder? Letztlich rührst du Gips an und klebst ihn an Decken und Wände. Nicht?«

»Ich würde vor allem gern alte Häuser renovieren«, sagte Keith. Aus den Augenwinkeln gewahrte er das ängstliche, blasse Gesicht seiner Mutter. Gloria Mallory lebte in ständiger Furcht vor einem finalen Zusammenstoß zwischen ihrem Mann und ihrem Sohn, bei dem der Sohn für immer Hof und Familie verlassen und ihr Mann einen Infarkt oder etwas ähnlich Schlimmes erleiden würde. In ihrer frühen Jugend hatte ihr eine Zigeunerin prophezeit, daß ihr späterer Ehemann viele Jahre vor ihr, dazu jäh und unerwartet, sterben werde.

»Schöne, alte Häuser«, fuhr Keith fort, »mit alten Stuckdecken. Es würde mir Spaß machen, wenn ich ...«

Der rechte Zeigefinger seines Vaters schoß vor und bohrte sich in Keiths Wollpullover. »Siehst du, da haben wir es! Da haben wir das Wort, auf das ich gewartet habe! Spaß! Es würde dir *Spaß machen*. Und weil es dir *Spaß machen* würde, sitzt du – ein gesunder, junger Mann auf dem Höhepunkt seiner Kraft und Leistungsfähigkeit – tagaus, tagein faul in der Ecke und wartest, daß von irgendwoher die Gelegenheit herbeigeeilt kommt, diesen grandiosen *Spaß* ausüben zu können! Und wenn es Jahre dauert! Und wenn dein Leben vergeht darüber! Aber natürlich – wir können ja nur einen Beruf ausüben, der uns *Spaß macht*!«

Das Wort *Spaß* betonte er auf eine affektierte, übertriebene Weise.

Keith hätte ihm gern gesagt, er solle ihn am Arsch lecken, aber er bemühte sich, ruhig zu bleiben, die Situation nicht eskalieren zu lassen. Er war ein ängstlicher, harmonieabhängiger Mensch. Und seinem Vater in Schärfe und Bissigkeit nicht gewachsen.

»Ich habe mich mehrfach um eine Lehrstelle bemüht …«, begann er. Greg fiel ihm sofort ins Wort.

»Aber keine bekommen! Gibt dir das nicht zu denken? Zum einen liegt es natürlich an den saumäßigen Noten, mit denen du die Schule verlassen hast, und zum anderen an dem idiotischen Beruf, den du dir in deinen Schwachkopf gesetzt hast. Stuckateur! Scheint nicht sonderlich gefragt zu sein, wie? Wenn du in einem Beruf ewig keine Lehrstelle findest, könnte es dann sein, daß du auch später arbeitslos bist? Weil es vielleicht gar nicht so viele Häuser gibt, die renoviert werden müssen? Weil es ein Blödsinn ist für Leute, die vor allem im Leben *Spaß haben* wollen? Weil es eine Idiotie ist, eine Hirnrissigkeit, auf die wieder nur *mein Sohn* kommen kann?« Seine Stimme war gefährlich laut geworden. Keith kannte die Abläufe bei seinem Vater. Gleich würde er brüllen. Gleich würde er ausrasten. Gleich würde er ihm die schlimmsten Schimpfwörter und Beleidigungen an den Kopf werfen.

Er soll mich in Ruhe lassen, dachte Keith.

»Ich muß meinen Weg gehen, Vater«, sagte er.

Offensichtlich war dies ein geeignetes Stichwort, seinen Vater endlich explodieren zu lassen – und damit das zu erreichen, worauf das Gespräch von Anfang an angelegt gewesen war.

»Du mußt deinen Weg gehen? Du mußt deinen Weg gehen?« brüllte er. Mrs. Mallory zog sich erschrocken in die Küche zurück, eine Katze, die gerade den Hausflur betreten hatte, suchte in großen Sprüngen das Weite. »Ich höre immer: *Du mußt deinen Weg gehen! Gehen?* Hast du wirklich *gehen* gesagt? Weißt du, was *gehen* ist? Gehen ist Bewegung! Vorankommen! Ein Ziel haben und auf dieses Ziel zumarschieren! Aber davon sehe ich bei dir nichts! Wo *gehst* du denn, bitte sehr? Du

hängst doch nur herum! Du gammelst in den Tag hinein! Du treibst dich herum, kommst und gehst, wann es dir paßt! Du läßt dich von meinem Geld ernähren, und deine Mutter darf deine Wäsche waschen, und von dir kommt nichts, gar nichts!« Er wurde schon wieder heiser. Das war das Gute an dem Alten. Im Unterschied zu früher hielt seine Stimme einfach nicht mehr lange durch.

»Ich habe es satt, einen Versager durchzufüttern!« krächzte er. Vor Anstrengung, laut zu bleiben, traten ihm die Adern an der Stirn hervor. »Ich habe es satt, einem Penner ein Dach über dem Kopf anzubieten! Ich habe es satt, mich abzuarbeiten von morgens bis abends für einen Parasiten! Jawohl, für einen lausigen *Parasiten*!«

Keith trat einen Schritt zurück. In seinen Ohren begann es zu rauschen. Er wollte sich das nicht anhören, nein, er wußte, es tat ihm nicht gut. Sein Vater ging zu weit. Er *mußte* sich das nicht anhören.

»Geh doch deinen Weg! Geh doch, verdammt, deinen Weg! Tu es endlich! Geh! Verschwinde!« Er nahm noch einmal alle Kraft zusammen und schrie: *»Verschwinde endlich!«*

Keith wandte sich um und verschwand.

Und nun lag er hier und rauchte und wußte nicht weiter. Ähnliche Szenen wie die am frühen Morgen hatte sein Vater ihm schon öfter gemacht, aber noch nie hatte er ihn als *Parasiten* beschimpft. Zum erstenmal hatte er ihn wirklich verletzt. Er war zu weit gegangen.

Außerdem hatte er ihn gewissermaßen hinausgeschmissen.

Er wollte nicht mehr zurück. Er hatte keine Lust mehr, dort über den Hof zu schleichen und auf der Hut vor dem Alten zu sein, der unweigerlich wieder auf ihm herumhacken würde, wenn er ihn zu fassen kriegte. Er mochte nicht mehr mit eingezogenem Kopf am Eßtisch sitzen und den mißbilligenden Blick des Vaters auf sich ruhen fühlen, weil er wieder einmal schmarotzte, Lebensmittel verbrauchte, für die er keinen Penny bezahlt hatte. Er wollte nicht mehr derjenige sein, an dem sich alle die Füße abwischten.

Er wollte fort, und er wollte als gemachter Mann wiederkommen.

Das Problem war: Er hatte praktisch kein Geld.

In seiner Hosentasche hatten sich zwei Pfundnoten angefunden, dazu ein wenig nicht nennenswertes Kleingeld. Im Auto hatte er drei Pfund zusammenkratzen können. Fünf Pfund und ein paar Pennies! Wie sollte er damit bis London kommen, eine Unterkunft bezahlen und die Zeit überbrücken, bis er eine Arbeit oder eine Lehrstelle gefunden hatte?

Ein Schlamassel. Ein auswegloser Schlamassel.

Er dachte an Ricarda. Daran, wie sie in der letzten Nacht hier in seinen Armen gelegen hatte, sehr erwartungsvoll, sehr verliebt, ein wenig aufgeregt. Sie war noch so jung. In der letzten Nacht war ihm das wieder wirklich bewußt geworden. Fünfzehn Jahre! O Gott!

Gleichzeitig schien sie ihm immer sehr stark. Sehr erwachsen. Sie kicherte nicht ständig wie andere Mädchen ihres Alters, sie schwärmte nicht für Popstars oder zog sich flippige Klamotten an, die nicht schön, aber im Trend waren. Ihm gefielen ihr Ernst, ihre Ruhe. Vielleicht war sie mehr als ernst, eher melancholisch, manchmal traurig. Sie hatte einiges mitgemacht: Die Trennung ihrer Eltern hatte sie geradezu traumatisiert, und dann war da noch dieser fürchterliche Clan, in dessen Mitte sie alle ihre Ferien verbringen mußte. Ihm kam es beinahe gespenstisch vor, was sie erzählt hatte; sechs Menschen, die eine zwanghafte Freundschaft zelebrierten, und dahinter stimmte nichts, gar nichts. Nach seiner Ansicht handelte es sich um einen Haufen Neurotiker, und wenn man überhaupt etwas Gutes über sie sagen wollte, dann blieb nur der Umstand, daß ohne die Stanbury-Clique er und Ricarda einander nie kennengelernt hätten.

Der Gedanke hatte unterschwellig schon die ganze Zeit in ihm herumgespukt, doch hatte er es nicht gewagt, sich wirklich mit ihm zu beschäftigen. Nun jedoch ließ er ihn endlich in sein Bewußtsein vordringen.

Was wäre, wenn er zusammen mit Ricarda wegginge?

Er wußte, daß sie sofort zustimmen würde, wenn er ihr diesen Vorschlag machte. Auf nichts brannte sie so heftig wie darauf, aus ihrem Leben auszubrechen. Sie liebte ihn und war ohnehin von Grauen erfüllt, wenn sie an das Ende der Ferien dachte und an die Wochen der Trennung, die sie beide würden überstehen müssen. Was konnte es Schöneres für sie geben als die Vorstellung, mit ihm in einer kleinen Londoner Wohnung zu leben und gemeinsam ein eigenes, unabhängiges Leben aufzubauen?

Das Problem bestand natürlich vor allem in ihrem Alter. Sie war fünfzehn, und Keith war nicht ganz sicher, wie weit er sich den schlimmsten Ärger einhandeln konnte, wenn er sie gewissermaßen entführte. Andererseits wurde sie Anfang Juni sechzehn, in etwa sechs Wochen also, und mit sechzehn sah alles schon etwas anders aus. Ohne Schwierigkeiten konnte sie dann einen Job annehmen in London und zum Lebensunterhalt beitragen. Wenn sie beide verdienten, mußte es gehen. Vielleicht hatte sie ja auch noch ein Sparbuch oder etwas Ähnliches. Und vor allem: Er wäre nicht allein. Da wäre jemand zum Reden, zum Lachen, zum Kuscheln. Jemand, mit dem man die Probleme besprechen und an Lösungen arbeiten konnte. Allein nach London – davor hatte er irgendwie Angst. Aber mit Ricarda bekam die Sache einen anderen Geschmack. Ein wunderbares Abenteuer ... Und sein Alter würde ganz schön staunen.

Er drückte seine Zigarette aus, stand auf und trat ans Fenster. Still und leer lag der Hof vor ihm. Eigenartig, daß Ricarda noch nicht da war. Aber schon in der Nacht hatte er die Befürchtung gehegt, daß sie diesmal zu weit gegangen waren. Sie war viel zu spät heimgekommen. Ihr Vater hatte ihr verboten, den Grund von Stanbury House zu verlassen, aber sie hatte sich nicht im mindesten darum gekümmert. Wahrscheinlich hatte sie jetzt echten Ärger, wurde festgehalten, fand keine Möglichkeit, den Wachhunden um sie herum zu entkommen. Das machte ihn unruhig, gerade heute. Doch er kannte sie, recht gut sogar inzwischen. Er war überzeugt, daß sie sich nicht von etwas abhalten ließ, was sie wirklich wollte. Sie war furchtlos. Er mußte lächeln. Ja, *furchtlos* wäre das Attribut, das er immer als erstes nennen würde, wenn jemand ihn bäte, Ricarda zu beschreiben. Sie ließ sich nicht einschüchtern, und das mochte er so sehr an ihr.

Er fragte sich, ob mögen das falsche Wort war. Vielleicht war es schon Liebe, was er empfand, aber mit Sicherheit vermochte er das nicht zu sagen. Es war schwierig, sich in den eigenen Gefühlen auszukennen.

Er zündete sich die nächste Zigarette an, rauchte nervös.

Sie würde kommen, klar. Die Frage war nur: *Wann*?

18

Ricardas Tagebuch

Immer noch 23. April. Ich glaube es nicht! Ich glaube es nicht! Ich glaube es nicht!

Ich möchte schreien, ich möchte meine Fingernägel in die Wand schlagen oder noch lieber in IHR Gesicht! Ich möchte sie aufjaulen hören vor Schmerz, und ich möchte sehen, wie sie sich krümmt. Krank und kaputt will ich sie sehen.

Am allerliebsten TOT!

Ich glaube nicht, daß ich irgendeinen Menschen auf der Welt so hasse oder je hassen werde wie Patricia. Gegen sie ist J. ein kleiner Engel, mit dem es sich gut leben läßt.

Vorhin wollte ich gehen. Ich war natürlich nicht beim Frühstück, denn mit jedem Tag wird es unerträglicher für mich, dieser dummen Bande in die bornierten, ekligen Gesichter zu schauen. Erstaunlicherweise hatte Papa sich noch gar nicht gerührt. Dabei war ich wirklich überzeugt, er würde als erstes am Morgen bei mir aufkreuzen und mich belabern und mir sagen, was ich alles darf und was nicht. Ich dachte schon, er hat kapiert, daß ich auf das, was er sagt, scheiße, und deshalb wollte ich losgehen zu Keith, denn in mir waren so viel Wärme und Liebe, und ich hätte es nicht länger ausgehalten ohne ihn.

Als ich unten durch die Halle ging, schoß plötzlich Patricia aus dem Eßzimmer, wie ein scheußliches, kleines, hochgiftiges Insekt, und sie krallte sich an meinen Arm, so fest, daß ich ihre Fingernägel durch den Stoff meiner Jeansjacke spüren konnte.

»Wo willst du hin?« rief sie, und ihre Stimme klang total schrill und hysterisch.

Ich versuchte mich loszumachen. Ich bin bestimmt anderthalb Köpfe größer als sie, aber sie hatte erstaunlich viel Kraft. Ich wäre mit ihr fertig geworden, aber ich scheute davor zurück, sie in den Bauch zu boxen oder gegen das Schienbein zu treten, und so stand ich da und kam mir vor wie jemand, der verhaftet worden ist und jetzt in einem Polizeigriff festgehalten wird.

»Wo willst du hin?« Ich glaube, sie fragte das dreimal, während ich mich wand wie ein Fisch am Haken, um meinen Arm loszubekommen.

»Das geht dich nichts an«, stieß ich schließlich hervor, »du hast mir nichts zu sagen!«

»Oh, da irrst du dich, da irrst du dich gewaltig!« Ihre Stimme war wirklich viel schriller als sonst, und sie hatte auch ganz rote Wangen. Vermutlich zu hoher Blutdruck. Ich bin auch jetzt noch ganz erstaunt, daß sie sich meinetwegen so entsetzlich aufregen konnte. Aber vielleicht hatte sie vorher Krach mit ihrem Alten. Vielleicht wäre sie gern von ihm gevögelt worden, und er hat sich wieder mal nur genervt abgewandt. Muß sich ja auch scheiße anfühlen.

»Das ist mein Haus!« schrie sie. »Und mich geht alles etwas an, was hier passiert!«

Ihre Fingernägel taten mir wirklich weh. Zu allem Überfluß mußte auch noch Tim auftauchen, dieses Ekelpaket mit seinen gräßlichen Gesundheitsschuhen und dem struppigen Bart.

»Was ist denn los?« fragte er, so nach dem Motto: Vertraut euch doch dem guten, alten Tim an! So wirkt es jedenfalls immer, wenn er faselt. So von oben herab und als ob er über den Dingen steht, und wir anderen sind die armen, kleinen Kreaturen, die alle mit ihrem Leben nicht zurechtkommen. Ausgerechnet er! Ausgerechnet er will sich überlegen fühlen!

Jedenfalls schrie Patricia weiter herum, ich sei ein Flittchen (Das hat sie wirklich gesagt! Auch wenn sie es jetzt abstreitet, und natürlich glaubt Papa *ihr*!), und irgend jemand müßte jetzt mal die Zügel anziehen, und sie würde dem nicht weiter zusehen. Und so weiter.

Tim redete beruhigend auf sie ein, inzwischen hatte sie eine fast lilafarbene Birne, und ich glaube, Tim hatte Angst, daß sie einen Schlaganfall kriegt und krepiert. Was ich persönlich für die beste Tat ihres Lebens hielte!

Sie ließ mich los und tobte wie ein Irrwisch herum, und natürlich wurden jetzt alle aufmerksam, Evelin und J. und Leon und seine beiden blöden Bälger, und schließlich sogar Papa, der wie ein Gespenst aussah und sich dauernd mit der Hand über das Gesicht strich.

J. wollte vermitteln, sie sagte so etwas wie: Sie und Papa wollten mit mir allein reden, aber ich sprang ihr fast ins Gesicht und sagte, ich will aber nicht mit ihr reden, und sie soll mich endlich in Ruhe lassen. Kann sein, ich habe gesagt: *Verpiss dich!* Papa behauptet es steif und fest. Ich kann mich nicht erinnern. Ich glaube, ich habe nur gesagt, sie soll mich in Ruhe lassen. Aber ist ja auch egal.

Jedenfalls bekam Patricia ihren zweiten Tobsuchtsanfall, kann nachdem der erste abgeklungen war, und sie attackierte den armen Papa in der typischen Patricia-Art, aber so schrecklich viel Mitleid kann ich trotzdem nicht mit ihm haben, denn wer ist er denn, daß er sich ihr Gehabe seit Jahren bieten läßt? Sie meinte, ich sei ein völlig mißratenes Kind, total auf der schiefen Bahn, und es würde sie nicht wundern, wenn ich noch kriminell würde. Ich müßte in ein Internat, dann wäre vielleicht noch etwas zu retten, und – das war die größte Frechheit!!! – sie fühle sich *Elena gegenüber verpflichtet*, jetzt nicht wegzuschauen, sondern zu verhindern, daß ich mich mit obskurem Gesindel herumtreibe!

Ich schnauzte sie an: »Mein Freund ist kein Gesindel!«

»Aha!« kreischte sie. »Du gibst also zu, daß du einen Freund hast!«

»Ja. Und ich liebe ihn sehr!«

»Hört, hört«, sagte Tim, dieses Arschloch auf zwei Beinen, und J. meinte leise: »Das ist doch ganz normal.«

Ich sagte, daß ich jetzt gehen würde, aber da sagte Papa, nein, es werde ihm auch zuviel, ich solle heute mal dableiben.

»Nicht nur heute!« kam es natürlich sofort von Patricia, aber diesmal ignorierte Papa sie und redete nur mit mir.

»Ich weiß gar nicht mehr, wo du steckst, was du tust. Du hast einen Freund? Schön, dann laß uns darüber reden. Lade ihn hierher ein. Ich würde ihn gern kennenlernen.«

»Ich will zu ihm«, stieß ich hervor, während ich zu meinem Entsetzen merkte, daß ich gleich losheulen würde; meine Augen schwammen schon, und mein Kinn zitterte.

»Heute bleibst du mal hier«, wiederholte Papa.

Ich kann nicht sagen, wie schrecklich dieser Moment war. Wie ich da stand, umzingelt von ihnen allen, hilflos, wehrlos, und all die Blicke richteten sich auf mich: Evelin und J. sahen mitleidig aus, Tim irgendwie höhnisch, Leon so, als hätte er Kopfweh, Diane und Sophie glotzten und würden für den Rest des Tages nur noch über mich herziehen, und Patricia stierte mich an wie eine Hexe ihr gefangenes Opfer. Papa sah todtraurig aus. Mir war total schwindlig, und plötzlich sah ich ein Bild, es war in ganz grelles Licht getaucht, so als ob ein Blitz aufzuckt und für eine Sekunde eine Szene beleuchtet, die sonst im Dunkeln liegt, und auf dem Bild war ich mit einer Pistole, und ich schoß in diese Gesichter hinein, und ihre Augen waren ganz weit aufgerissen, und Blut quoll aus ihren Mündern, und einer nach dem anderen fiel zu Boden, keiner starrte mich mehr an, keiner hatte mehr Macht über mich.

Ich war frei.

Der Blitz war schon wieder weg, und da standen sie, genauso wie vorher, lebendig und stark und wie eine Mauer.

Ich ging einfach durch sie hindurch, die Treppe hinauf, hier in mein Zimmer. Zum Glück hatte ich das Weinen unterdrücken können. Erst jetzt laufen mir die Tränen über das Gesicht, aus Wut und weil ich so hilflos bin. Ich muß so sehr an Mama denken, sie hat sie alle so gehaßt, daß sie sich von Papa hat scheiden lassen.

Und ich denke an Keith. Er wird auf mich warten. Er fragt sich bestimmt, wo ich bleibe. Ich bin so verzweifelt.

Ich muß hier raus!

19

DA SIE ES NICHT FERTIGBRACHTE, einfach abzureisen – »Hast du ernsthaft geglaubt, du wärst dazu in der Lage?« hatte Lucy, mit der sie ein verzweifeltes Telefongespräch geführt hatte, spöttisch gefragt –, beschloß sie, mit ihm zu reden. So, wie es war, konnte es nicht weitergehen. Die Ungeklärtheit der Situation drohte sie zu vernichten oder drohte zumindest etwas Wesentliches *in ihr* zu vernichten: ihre Lebensfreude, ihre Jugendlichkeit, ihr Selbstvertrauen. Lucy hatte ihr das immer wieder vorgehalten. Jetzt, nach Jahren, begriff sie, wie recht die Freundin hatte.

Sie war dabei, sich selbst zu verlieren. Irgendwo inmitten enttäuschter Hoffnung, vergeblichen Wartens und des ständigen Gefühls der Demütigung löste die alte Geraldine sich auf. Verwandelte sich in ein krankes, trauriges Geschöpf, das irgendwann für kleinste Zuwendungen bereits dankbar sein würde.

»Du bist eine so schöne Frau«, hatte Lucy eindringlich gesagt, »und noch dazu eine intelligente und einfühlsame Frau! Dutzende von Männern würden sich die Finger nach dir lecken und alles tun, um dich glücklich zu machen. Bitte, Geraldine, spring ab, bevor du dich vor lauter Depressionen nicht mehr bewegen kannst.«

»Ich kann nicht, Lucy. Ich kann ihn nicht loslassen.«

»Du gehst kaputt dabei!«

Sie hatten hin und her geredet, und schließlich willigte Geraldine ein, mit ihm zu sprechen und ihm ihre Vorstellungen und Wünsche klar zu benennen.

»Nicht, daß ich mir davon allzuviel versprechen würde«, hatte Lucy geseufzt, »aber es besteht die minimale Chance, daß er dann eine klare Antwort geben muß. Wenn du es geschickt anfängst. Er muß sich äußern, wie er sich eure Zukunft vorstellt. Aber dir sollte auch klar sein, daß du Konsequenzen ziehen mußt, wenn du mit seiner Vorstellung nicht zurechtkommst.«

Davor fürchtete sie sich. Um so mehr, als sie wußte, daß der Zeitpunkt tatsächlich erreicht war. Sie durfte sich nicht länger hinhalten lassen. Und das konnte das Ende bedeuten.

Wie meistens war er früh am Morgen verschwunden, hatte das Schlafzimmer lautlos verlassen. Sie war wach gewesen – merkte er eigentlich gar nicht, daß sie schon seit vielen Nächten nicht mehr schlief? –, aber sie hatte die Augen geschlossen gehalten und sich nicht gerührt. Es kränkte sie, mit wieviel Gleichmut und Selbstverständlichkeit er sie aus seinem Leben ausschloß. Er kam und ging, wie es ihm paßte. Er ignorierte sie komplett.

Als er weg war, war sie aufgestanden, hatte ihre Sportsachen angezogen und war zum Joggen gegangen. Als sie zurückkehrte, fühlte sie sich besser. Wie immer hatte das Laufen ihr Selbstvertrauen gestärkt.

Sie duschte, zog sich an und setzte sich in den Empfangsbereich des kleinen Hotels. Es gab dort zwei große braune Ledersessel und einen ganzen Stapel zerlesener Ausgaben von *Hello*. Sie blätterte darin herum, ohne etwas von dem, was sie sah, wirklich wahrzunehmen. Von den meisten Seiten lächelten die Queen oder ihre Kinder und Enkel. Die Hefte waren fleckig und abgegriffen, hatten Eselsohren, und häufig fehlten Seiten mit Kochrezepten, Diäten und Gymnastikvorschlägen. Aus irgendeinem Grund verstärkten die Zeitschriften ihre Depression. Vielleicht, weil sie so staubig, so benutzt und liegengelassen wirkten.

Genau wie ich, dachte sie.

Er betrat gegen zehn Uhr das Hotel, und sie erkannte sofort, daß der Zeitpunkt für eine Aussprache denkbar ungünstig war. Phillip war nicht nur einfach schlecht gelaunt – er kochte vor Wut. Er sah aus, als wollte er dem nächstbesten Menschen, der ihm einen Grund dazu gab, den Hals umdrehen.

Doch obwohl sie genau wußte, daß es ein Fehler war und daß sie nur verlieren konnte, war sie dennoch sicher, daß sie genau jetzt mit ihm reden mußte. Sie hatte sich darauf eingestellt, hatte sich eine Reihe entscheidender Sätze wieder und wieder vorgesagt, hatte ihren ganzen Mut zusammengekratzt. Wenn sie es jetzt nicht tat, würde sie es für Wochen oder gar Monate nicht mehr tun. Und an der Spannung, die sich in ihr aufgebaut hatte, ersticken.

»Hallo, Phillip«, sagte sie und stand auf.

Er hatte sie zuvor überhaupt nicht bemerkt und zuckte nun zusammen. »Ach – du, Geraldine!« sagte er dann, und sie konnte geradezu physisch spüren, wie stark er sich wünschte, sie möge sich in Luft auflösen oder auf sonst irgendeine Art verschwinden – Hauptsache, sie ließe ihn allein und in Ruhe. Sie trat auf ihn zu.

»Offensichtlich gelingt es uns überhaupt nicht mehr, einmal zusammen zu frühstücken«, sagte sie mit einem nervösen Lächeln.

»Wieso frühstücken? Du frühstückst doch sowieso nie!« Die steile Falte über seiner Nase ließ vermuten, daß er Kopfschmerzen hatte.

Fang jetzt kein Grundsatzgespräch an, warnte eine innere Stimme, aber Geraldine wußte voller Verzweiflung, daß es ihr nicht gelingen würde, auf sie zu hören.

»Ich trinke einen Tee. Und ich schaue dir gern zu, wenn du etwas ißt. Und es ist eine gute Gelegenheit, um zu reden.«

»Bitte, Geraldine, ich …«

Sie ließ nicht locker. Diesmal nicht. »Wir müssen reden, Phillip. Es ist wichtig.«

»Ich wüßte absolut nichts, worüber wir reden sollten.«

»Doch. Ich …«, sie nestelte am Verschluß ihrer Handtasche herum, »ich bin verzweifelt. Ich muß reden.«

Seine Lippen preßten sich zusammen. »Das ist ein äußerst ungünstiger Zeitpunkt.«

»Trotzdem. Es muß sein.«

Er fluchte leise, sah sich dann in dem vergammelten Empfangsraum um. »Na schön. Wo? Hier?«

»Wir können auch in den Gastraum gehen. Vielleicht bekommst du dort noch ein Frühstück.«

»Ich habe keinen Hunger. Aber wahrscheinlich brauche ich einen Schnaps. Herrgott, Geraldine, du hast ein Talent, mir immer dann Schwierigkeiten zu machen, wenn ich ohnehin in Problemen ersticke.«

Sie gingen in den Gastraum. Geraldine hielt ihre Handtasche fest an sich gedrückt und hatte den Eindruck, sich wie ein verschüchtertes Schulmädchen zu bewegen.

Im Gastraum war niemand. Erst nachdem Phillip dreimal – in zunehmender Unbeherrschtheit – auf eine Klingel am Tresen gedrückt hatte, trat ein pickliges Mädchen aus einem Hinterzimmer.

»Frühstück gibt's keins mehr«, teilte sie Phillip ohne den geringsten Anflug eines Lächelns mit.

»Ich möchte auch kein Frühstück«, sagte Phillip, »ich möchte ein Bier.« Er wandte sich zu Geraldine um. »Und du?«

»Nichts. Danke.«

Sie bereute ihre Absage sofort, weil sie sich an einem Glas gut hätte festhalten können, aber sie mochte nichts sagen, um Phillips Gereiztheit nicht noch durch Wankelmütigkeit zu steigern. Sie setzte sich an einen Tisch in der hintersten Ecke des Raumes und wartete, bis Phillip mit einem großen Bierglas zu ihr trat. Er setzte sich ihr gegenüber und nahm einen tiefen Schluck.

»So«, sagte er, »also? Was gibt's?«

Sie hatte sich eine lange, komplizierte, einleitende Erklärung zurechtgelegt, aber nun plötzlich waren alle Worte verschwunden. Ihr Kopf war ganz leer. Sie sah nur sein finsteres Gesicht, dessen Züge sie auf solch hoffnungslos verzehrende Weise liebte, und sie konnte nichts anderes tun, als mit ihrem tiefsten und ältesten Wunsch herauszuplatzen: »Ich will, daß wir heiraten!«

Im nächsten Moment schien das Entsetzen wie eine große, dunkle Welle über ihr zusammenzuschlagen. Wie hatte sie nur so dumm sein können? Überfallartig hatte sie ihn mit ihrer Sehnsucht nach einer festen Bindung konfrontiert, ihn, der er vor allem, was Bindung verhieß, zurückscheute wie ein nervöses Pferd. Er mußte sich vorkommen, als habe jemand ein Netz über ihn geworfen, und zwangsläufig würde er zappeln und um sich schlagen und nichts anderes im Sinn haben, als sich wieder zu befreien.

Und dann, wieder einen Moment später, fiel das Entsetzen in sich zusammen, und eine seltsame Ruhe breitete sich in ihr aus. Es war kein Glücksgefühl, aber eine Erleichterung. Eine Erlösung. Sie hatte es gesagt. In den fünf Worten hatte sie ihm alles das gesagt, was sie ihm in wenigstens fünfzig wohlformulierten Sätzen hatte sagen wollen. Sie hatte sich offenbart. Das Versteckspiel hatte ein Ende.

Erst nach einer Weile wagte sie es, ihn anzuschauen. Er allerdings blickte nicht zu ihr hin, sondern starrte in sein Bier. Sein Gesichtsausdruck war so finster und verschlossen wie zuvor. Es gab nichts in seiner Miene, was Freude oder Entgegenkommen verheißen hätte.

Ihr wurde kalt.

Vergeblich, dachte sie, alles vergeblich.

Endlich sah er auf.

»Nein«, sagte er, »und ich möchte dich bitten, mich nie wieder danach zu fragen.«

Sie wußte genau, daß es keinen Sinn hatte, mit ihm zu verhandeln, aber dennoch versuchte sie es.

»Ich brauche eine Perspektive«, sagte sie. Sie haßte sich für das Flehen in ihrem Tonfall, weil es sie erniedrigte. »Ich weiß nicht, wie du ohne so etwas leben kannst, aber ich kann es jedenfalls nicht.«

»Ich auch nicht«, sagte er, »aber wieso bist du der Meinung, daß ich keine Perspektive habe?«

»Weil … weil ich nicht sehe, wohin dein Leben führt.«

»Und weil du es nicht siehst, kann da nichts sein?«

Sie seufzte tief. Sie wußte, was er meinte, und kurz fragte sie sich, ob die Chancen für sie beide anders ausgesehen hätten, wenn es diese Besessenheit in seinem Leben nicht gäbe.

»Das Haus«, sagte sie, »Stanbury. Wie kannst du dich so verbeißen?«

In seinen verschlossenen Augen erwachte Leben. »Das kannst du nicht verstehen. Das wirst du nie verstehen!«

»Ich kann diesen Fanatismus nicht begreifen. Worum geht es dir? Um Geld? Verkaufen kannst du den Kasten sowieso nicht, solange diese Patricia Roth nicht mitspielt. Du mußt dich bloß an den Unterhaltskosten beteiligen, und die sind bei diesen alten Gemäuern ziemlich hoch. Du wirst keinen Gewinn aus der Sache ziehen, du wirst statt dessen horrende Gerichtskosten zahlen, die dich …« Sie brach ab, als sie die Wut in seinen Zügen erkannte.

»Es geht nicht um Geld«, sagte sie leise.

»Nein, in der Tat. Es geht *in der Tat* nicht um Geld. Es geht um vieles mehr. Und deshalb wird mich diese Hexe auch nicht mehr los. Sie kann sich aufspielen und rumschreien und mich rausschmeißen, aber irgendwann, das sage ich dir«, sein Gesicht kam nah an ihres heran, und unwillkürlich wich sie zurück, »irgendwann marschiere ich offiziell und mit Fug und Recht durch die Tür dort, und sie kann es nicht verhindern.«

Seine Hände krampften sich um das Bierglas. Er schwitzte stark.

Er ist wirklich besessen, dachte Geraldine.

»Du kommst deinem Vater durch das Haus auch nicht näher«, sagte sie.

Er lachte. Es klang kalt und höhnisch. »Was verstehst du schon davon? Die behütete Geraldine, schön bürgerlich mit Vater und Mutter aufgewachsen. In einer kleinen, heilen Welt. Du hast ja keine Ahnung, was es heißt, keinen Vater zu haben, und wenn du dann plötzlich doch einen hast, stellt sich heraus, daß er ein Riesenarschloch war. Aber trotzdem ist er mein Vater. Verdammt!« Er schlug mit einer Faust auf den Tisch. *»Er ist mein Vater! Und ich will meinen Vater haben!«*

Er hatte sehr laut gesprochen. Das picklige Mädchen, das hinter dem Tresen seine Fingernägel reinigte, zuckte zusammen. Geraldine winkte ihr zu.

»Ich hätte auch gern ein Bier!« Ihre Stimme klang piepsig. Sie räusperte sich.

»Phillip, ich kann eines nicht verstehen«, sagte sie, entschlossen, sich mit ihm nicht auf ein Streitgespräch über Sinn und Unsinn seines Stanbury-Plans einzulassen, da sie dies angesichts seiner fanatischen Entschlossenheit nur verlieren konnte. »Ich kann nicht verstehen, weshalb du nicht heiraten willst. Gut, du hast jetzt dieses ... dieses Projekt. Aber das schließt doch zwischen uns beiden nichts aus. Ich meine ...« Verzweifelt suchte sie nach Argumenten, die ihn überzeugen würden, wußte dabei jedoch im Innersten, daß nichts ihn berühren würde. »Ich will Kinder«, sagte sie, »ich will eine Familie.«

Er zeichnete ein schiefes Herz auf sein beschlagenes Bierglas. »Und ein Häuschen im Grünen und einen Hund und einen Gartenzwerg«, fügte er ironisch hinzu. Mit einer fast aggressiven Bewegung verwischte er das Herz.

»Dafür bin ich nicht der richtige Mann«, sagte er, »vergiß es.«

»Willst du denn immer allein bleiben?«

»Ich war bereits verheiratet. Es war die größte Scheiße.«

»Du warst mit einer Fixerin verheiratet! Was hast du denn von einer solchen Ehe erwartet? Eine friedliche Idylle?«

»Ich habe Sheila geliebt«, sagte er, »und es trotzdem nicht mit ihr geschafft. Dich hingegen ...«

Die Kälte in ihrem Innern verstärkte sich. Sie wußte, was er meinte. Er hatte es noch nie ausgesprochen, und doch war ihr in diesem Moment klar, daß sie es immer gewußt hatte.

»Mich hingegen«, griff sie seinen angefangenen Satz auf, »liebst du nicht einmal.«

Die Kellnerin brachte das Bier. Als sie es abstellte, schwappte der Schaum über und lief an der Außenseite des Glases hinab. Geraldine fing ihn mit dem Finger auf. Ihre Hand war taub. Sie konnte den Schaum nicht fühlen.

»Nein«, sagte Phillip, »dich liebe ich nicht einmal.«

Es wunderte sie, daß sie überhaupt noch sprechen konnte, während hier, in diesem unwirtlichen Gastraum irgendwo in Yorkshire, ihr Lebenstraum zerbrach und die langen, traurigen letzten Jahre sich als eine sinnlose Investition entpuppten. Es roch nach Bier. Für immer würde sie diese Minuten mit dem Geruch von Bier in Verbindung bringen, und mit dem Bild eines pickligen Mädchens, das mit Hingabe seine Fingernägel auskratzte.

»Findest du nicht«, fragte sie, »daß du mir das früher hättest sagen müssen?«

»Ich dachte immer, das sei ohnehin klar«, antwortete Phillip.

20

ALS JESSICA DURCH die Halle ging, klingelte das Telefon.

Die Gruppe hatte sich zerstreut nach dem unangenehmen Auftritt zwischen Ricarda und Patricia, jeder ging wieder seiner Wege. Alexander war im Schlafzimmer verschwunden. Jessica hatte ein paar Minuten zögernd vor der verschlossenen Tür gestanden. Sie hatte mit ihm sprechen wollen, zugleich aber gewußt, daß sie nicht den Mut haben würde zu sagen, was sie tatsächlich sagen wollte.

Ich habe mitbekommen, daß du heute morgen mit Elena telefoniert hast. Warum lügst du mich an? Und was hattest du mit ihr zu besprechen, was du mit mir nicht besprechen kannst?

Wovor habe ich Angst, fragte sie sich, davor, daß er sich in dumme Ausreden flüchtet? Oder davor, daß er mir die Wahrheit sagt? Oder wäre einfach eines so schlimm wie das andere?

Da sie sich nicht entschließen konnte anzuklopfen, stieg sie die Treppe zu den Kinderzimmern hinauf, verharrte aber auch dort auf halber Höhe. Sie hatte ein so starkes Bedürfnis, Ricarda in den Arm zu nehmen, ihr zu sagen, daß sie zu ihr stand und daß Patricia sich unmöglich benommen hatte, aber auch das wagte sie nicht, aus Angst vor der schroffen Zurückweisung, die dies mit sich bringen konnte.

Sie kehrte um.

Wir sind eine richtig offene, glückliche kleine Familie, dachte sie, ohne daß es ihr gelungen wäre, diesen Gedanken mit einem Lächeln, und sei es zynisch, zu begleiten.

Sie hörte den Apparat läuten, als sie schon wieder unten war, und meldete sich gleich.

»Jessica Wahlberg.«

»Elena Wahlberg«, sagte eine Stimme vom anderen Ende der Leitung. »Guten Tag, Jessica.«

»Guten Tag.«

»Ich wollte Ricarda sprechen«, sagte Elena, »wissen Sie, ich mache mir ein wenig Sorgen. Sonst ruft sie mich hin und wieder an, wenn sie für längere Zeit verreist. Aber in diesen Ferien hat sie sich überhaupt noch nicht gemeldet; ich hoffe doch nicht, daß irgend etwas nicht stimmt.«

Sie will mir auch nicht sagen, daß Alexander mit ihr gesprochen hat, dachte Jessica, und daß sie ganz allein *deswegen* anruft.

Sie beschloß, Elena keinesfalls das Gefühl zu gönnen, sie und Alexander hätten Geheimnisse voreinander.

»Alexander hat ja heute früh mit Ihnen telefoniert«, sagte sie, »und Ihnen sicher von den Problemen erzählt.«

Sie merkte, daß Elena stutzte. Offenbar hatte sie tatsächlich nicht damit gerechnet, daß Jessica Bescheid wußte.

»Ja«, meinte sie dann, »Ricarda hat wohl einen Freund? Und verhält sich ziemlich widerborstig.«

»Mein Gott«, sagte Jessica heftig, »ich würde mich an ihrer Stelle auch so verhalten! Sie hat sich in einen Jungen verknallt und will möglichst viel Zeit mit ihm verbringen. Ich halte das für vollkommen normal. Aber bei einigen Leuten hier hat sie damit eine erstaunlich heftige Hysterie ausgelöst, was vermutlich daran liegt, daß …« Sie brach ab. Sie wollte bei Elena nicht über Alexanders Freunde herziehen.

Aber Elena hatte genau verstanden, was sie sagen wollte. Sie lachte. »Was daran liegt, daß jede Form individuellen Verhaltens in diesem Kreis bekämpft wird«, sagte sie. »Ricarda hat keine Lust, mit Patricias Kindern auf irgendwelchen Ponys im Kreis zu zockeln oder abends mit allen anderen vor dem Kamin zu sitzen und sich anzuöden. Und das macht sie natürlich hochgradig verdächtig!«

»Ich hole mal gerade Ricarda ans Telefon«, sagte Jessica rasch. Sie bemerkte Patricia, die oben auf der Galerie aufgetaucht war.

»Patricia!« rief sie. »Hol doch bitte Ricarda ans Telefon!«

Patricia stieg die Treppe hinauf. »Sie ist nicht in ihrem Zimmer!« rief sie gleich darauf.

O nein, dachte Jessica müde, hoffentlich ist sie nicht abgehauen!

»Sie ist im Moment nicht da«, sagte sie ins Telefon, »aber ich werde ihr sagen, sie soll Sie zurückrufen.«

»Wenn sie mag«, sagte Elena, »ich will nicht zusätzlichen Druck auf sie ausüben.« Sie machte eine kurze Pause und fügte dann hinzu: »Ich bin froh, daß Sie so denken wie ich, Jessica. Dadurch weiß ich, daß Ricarda wenigstens *eine* vernünftige Person um sich hat.« Dann verabschiedete sie sich und legte auf, noch ehe Jessica etwas hatte sagen können.

Komisch, dachte sie, daß Patricia nicht schon wieder einen Zirkus aufführt, weil Ricarda nicht in ihrem Zimmer ist.

Aber von oben kam kein Laut.

Sie ging ins Eßzimmer und schaute aus dem Fenster. Diane und Sophie spielten Federball im Garten. Tim saß auf einem kleinen Mäuerchen und las. Etwas abseits entdeckte sie auch Ricarda, die auf einer Bank kauerte, tief in ihren übergroßen Wollpullover gekuschelt, ganz in Gedanken versunken. Ihr Gesicht sah ungewöhnlich blaß und spitz aus. Jessica fiel ein, daß sie schon seit Tagen zu keiner Mahlzeit mehr erschienen war. Aß sie bei ihrem Freund etwas? Vermutlich geschah dies zumindest nicht regelmäßig.

Sie wäre gern zu ihr gegangen, hätte sich neben sie gesetzt und mit ihr geredet. Aber auch diesmal wagte sie es nicht.

Später dachte sie manchmal, daß sich das Drama, das am Abend stattfinden sollte, an jenem Tag über Stunden hinweg angekündigt hatte. Wie ein Gewitter, das in der Luft liegt, dessen unaufhaltsames Nahen mit jeder Minute spürbarer wird.

Niemandem schien es an diesem Tag gutzugehen.

In der Küche stieß Jessica auf Evelin und Barney. Evelin saß am Tisch und hatte sämtliche Zutaten verspeist, die eigentlich für das Mittagessen gedacht gewesen waren. Barney hatte offenbar einen Teil abbekommen, denn er lag neben ihr und leckte sich zufrieden die Lefzen. Evelin erschrak bei Jessicas Eintreten so sehr, daß sie in einer nervösen Handbewegung ein Glas mit Weißwein vom Tisch fegte.

Sie brach in Tränen aus. »Ich habe alles aufgegessen«, schluchzte sie, »ich weiß nicht, wie das kam. Ich wollte mir nur ein bißchen Käse holen … o Gott, was sollen wir jetzt machen?«

»Wir beide fahren ins Dorf und kaufen ein«, sagte Jessica, die auf dem Boden kniete und mit Besen, Schaufel und Wischlappen das Malheur beseitigte. »Das ist doch kein Problem.«

Bevor sie loszogen, vergewisserte sich Jessica, daß Ricarda noch immer auf der Gartenbank saß. Sie hoffte inständig, das Mädchen werde heute nicht zu entkommen versuchen. Das hätte die angespannte Situation nur noch verschärft. Alexander rührte sich ohnehin nicht mehr, war seit Stunden nicht aus dem Schlafzimmer gekommen. Wahrscheinlich hatte er sich hingelegt.

Sie suchten den kleinen Gemischtwarenladen im Dorf auf, in dem man zwar nicht alles, doch immerhin das Nötigste kaufen konnte. Sie trafen Mrs. Collins dort, die Putzfrau, die gerade mit ihrer Schwester einen Tee trank und offenbar in einen gemütlichen Tratsch vertieft war. Natürlich wollte sie sofort wissen, wie es allen ginge, und setzte dann zu einer wortreichen Entschuldigung an, weil sie in der Woche zuvor den *unheimlichen Fremden* – wie sie ihn nannte – ins Haus gelassen hatte.

»Aber wie hätte ich wissen sollen, daß er mich so dreist belügt?« rief sie. »Das ahnt doch niemand!«

»Ich glaube nicht, daß irgend jemand dir einen Vorwurf macht«, beschwichtigte ihre Schwester, und Jessica dachte, wie gut es war, daß die beiden nichts von Patricias Schimpfkanonaden mitbekommen hatten.

»Das ist schon in Ordnung«, sagte sie, »es ist ja nichts Schlimmes passiert.«

»Ich möchte nur wissen, was dieser Mensch dort wollte!« sagte Mrs. Collins. »Er wohnt ja übrigens immer noch hier im Dorf. Im *The Fox and the Lamb*. Manchmal sieht man ihn hier herumlaufen. Ein finsterer Bursche. Und so verwahrlost!«

Als so finster empfandest du ihn offenbar nicht, als du ihn ins Haus hineingelassen hast, dachte Jessica. Sie mochte Mrs. Collins' Frage nach dem Grund für Phillips Aufenthalt in Stanbury nicht beantworten und warf auch Evelin, die gerade den Mund öffnete, einen warnenden Blick zu. Sollte die alte Tratschtante doch selbst herausfinden, was sie wissen wollte.

Sie kauften Kartoffeln, Frühlingszwiebeln und eine Gurke für einen Kartoffelsalat, und dazu zwanzig Würstchen.

»Das geht schnell, und keiner wird merken, daß wir ein Problem hatten«, meinte Jessica.

Als sie den Laden verließen, sahen sie Phillip, der mit schnellen Schritten auf das Geschäft zuging. Er trug seinen üblichen Pullover, dessen Wolle mit jedem Tag verfilzter aussah, und hatte wie immer seine Haare nicht gekämmt. Er sah so finster aus, wie ihn Jessica noch nie erlebt hatte.

»Der schon wieder«, sagte Evelin und wollte rasch im Auto verschwinden.

»Phillip!« rief Jessica.

Er blickte auf, aber seine Miene wurde um nichts freundlicher. »Hallo«, erwiderte er mürrisch.

Jessica machte eine Handbewegung zu dem Gemischtwarenladen hin. »Ich würde da jetzt nicht hineingehen. Mrs. Collins ist gerade drinnen – die Haushälterin, die Sie vor kurzem ausgetrickst haben, um in das Haus hineinzukommen.«

»Ich habe niemanden ausgetrickst«, entgegnete Phillip barsch, »ich habe das gar nicht nötig, verstehen Sie? Weil ich im Recht bin. Weil Stanbury House mir genauso gehört wie dieser Hexe Roth, die meint, sich dort aufspielen zu können. Sie soll sich bloß in acht nehmen, daß ich nicht irgendwann die Geduld mit ihr verliere!«

Er ging weiter und stieß die Ladentür mit so wütender Heftigkeit auf, daß die beiden Frauen darin vermutlich im ersten Moment an einen Überfall glaubten.

»Ich weiß nicht, aber der ist mir richtig unheimlich«, meinte Evelin, als sie beide im Auto saßen und auf der Landstraße zurück zum Haus fuhren. »Er ist so ... fanatisch. So ... zu allem entschlossen!«

»Er kriegt sein Leben nicht auf die Reihe«, sagte Jessica, »und er hat sich in die Idee verrannt, daß dies mit der jahrelangen Nicht-Existenz seines Vaters zusammenhängt.« Sie erklärte Evelin in kurzen Worten die Problematik von Phillips Jugend. »Über Kevin McGowans Erbe meint er, seinem Vater sozusagen posthum noch nahezukommen und seinen Frieden mit ihm machen zu können. Und daß sich dann seine Schwierigkeiten auflösen und er endlich durchstarten, sich so etwas wie eine Existenz aufbauen kann.«

»Das wird doch so oder so nicht funktionieren«, sagte Evelin.

Jessica zuckte mit den Schultern. »Halten wir uns nicht alle manchmal an solchen Konstruktionen fest, wenn wir überhaupt nicht mehr zurechtkommen?«

»Sicher«, stimmte Evelin zu. Ihre Stimme klang bitter, nicht so schwach und kindlich wie sonst oftmals. »Das tun wir. Aber wir stellen dann auch immer fest, daß wir uns nur etwas vorgemacht haben.«

Jessica warf ihr einen Blick von der Seite zu. Evelin hielt die Lippen fest aufeinandergepreßt und sah zum Fenster hinaus.

Ricarda nahm am Mittagessen teil. Allerdings rührte sie kaum einen Bissen an und sprach kein Wort. Patricia sah ständig zu ihr hinüber. Jessica meinte, etwas Verschlagenes, Lauerndes in ihren Zügen zu erkennen, sagte sich dann aber, daß dieses Gefühl ihrer überreizten Phantasie entspringen müsse. Sicher hatte es etwas mit der schrecklichen Stimmung zu tun, die am Tisch herrschte. Jeder schien in eigene Gedanken versunken zu sein, und offenbar waren niemandes Gedanken angenehm.

Nach dem Essen setzten Diane und Sophie ihr Federballturnier im Garten fort, wohl entschlossen, sich mit sportlichen Aktivitäten ein Stück weit über den Verlust ihrer geliebten Reitstunden hinwegzutrösten. Ricarda zog sich erneut auf ihre Bank zurück, versank dort in sich selbst und gab allein durch ihren Gesichtsausdruck jedem zu verstehen, daß sie keinerlei Kontakt wünschte. Patricia setzte sich mit Leon auf die Terrasse und begann dort auf ihn einzureden; in ihrer üblichen intensiven Art, mit der sie stets den Eindruck vermittelte, sie wolle ihrem Gesprächspartner ihre Ausführungen am liebsten direkt ins Gehirn meißeln.

Evelin bot an, das Geschirr zu spülen und die Küche aufzuräumen, und Jessica, die ahnte, daß sie sich heimlich über die Reste hermachen wollte, ließ sie allein.

Sie war noch immer verstört, wußte nicht, wie sie mit der Situation umgehen sollte. Sie mochte Alexander keine Eifersuchtsszene machen, weil ihr dies würdelos vorgekommen wäre, aber sie wußte auch, daß sie dauerhaft nicht würde so tun können, als sei nichts geschehen. Sie bereute es jetzt, am frühen Morgen sein Versteckspiel mitgemacht zu haben. Sie hätte die Treppe hinuntergehen und unbefangen sagen sollen: »Ach, du hast gerade mit Elena telefoniert! Was gab es denn?« Bevor er hätte lügen können, bevor die Angelegenheit eine so komplizierte Dimension hätte annehmen können. Nun schlich sie um ihn herum wie eine Katze um den heißen Brei und hatte dabei Magenschmerzen, weil sie sich so aufregte.

Nichts wird mehr so sein, wie es war, dachte sie plötzlich, und obwohl sie sich im nächsten Moment zur Ordnung rief, die Dinge nun keinesfalls zu dramatisieren, wußte sie doch, daß es stimmte.

Alexander saß mit Tim im Wohnzimmer und spielte Schach, und so gab es zunächst ohnehin keine Gelegenheit, mit ihm zu sprechen. Jessica rief nach Barney und brach zu einem ihrer langen Spaziergänge auf. Wieder zog es sie zu der Stelle, an der sie den Hund aus dem Wasser gefischt und Phillip kennengelernt hatte, aber heute blieb sie allein auf dem Hügel, schaute über die Täler und konnte nirgendwo einen einsamen Wanderer entdecken. Im ersten Moment fühlte sie eine vage Enttäuschung oder eher eine Art Erstaunen, weil sie angenommen hatte, Phillip sei da, aber gleich darauf war sie erleichtert. Er war in einer schlimmen Verfassung gewesen, vorhin bei ihrer kurzen Begegnung vor dem Dorfladen, zornig und aggressiv und wohl auch verzweifelt. Es ging ihm schlecht, er wußte nicht weiter. Sie versuchte sich in seine Lage zu versetzen: Vielleicht hatte er heute, an diesem Morgen, zum erstenmal wirklich realisiert, daß mit Patricia nie zu reden sein würde, daß er sich keinerlei Hoffnung auf eine gütliche Einigung mit ihr machen konnte. Wollte er sein Ziel erreichen, mußte er komplizierte und möglicherweise langwierige juristische Wege einschlagen. Sie konnte sich vorstellen, daß er um die Frage kreiste, wovon er dies bezahlen sollte. Gleichzeitig hatte er sich zu tief in seine Träume verstrickt, um noch davon Abstand nehmen zu können, was nach Jessicas Ansicht die vernünftigste Entscheidung in seiner Situation gewesen wäre. Wie reagierte ein Mann in einer so schwierigen, fast ausweglosen Lage?

Sie hatte ein ungutes Gefühl.

Ich wünschte, dieser Urlaub wäre vorbei, und wir wären wieder alle zu Hause, dachte sie, während ihr gleichzeitig einfiel, daß das Ende der Ferien noch keineswegs ihre Probleme mit Alexander lösen würde.

Der anfangs kühle Tag wurde mit jeder Stunde wärmer und sonniger; das schöne Wetter der Vorwoche schien sich nach einer kurzen Störung wieder zu etablieren. Fast keine Wolke war inzwischen mehr am Himmel zu sehen, der Wind hatte seine Frische verloren, wurde zu einem milden Fächeln. Jessica zog ihren Pullover über den Kopf, behielt nur ihr T-Shirt an. Der Stoff klebte an ihrem Rücken, und sie merkte auch, daß ein feiner Schweißfilm auf ihrem Gesicht lag.

Sie lief wieder heim und gelangte völlig erschöpft in Stanbury House an. Eine trügerische Ruhe lag über dem Anwesen, eine unechte Idylle: Bis auf Tim und Alexander, die noch immer in ihr Schachspiel vertieft waren, hielten sich alle lesend oder spielend im Garten auf, aber sie wirkten nicht wie fröhliche Menschen, die zusammen einen sonnigen Urlaub verbringen. Es war eher so, als befehlige ein unsichtbarer Regisseur die Szene, dessen Anweisung gelautet hatte: *Seid leicht, seid unverkrampft, genießt einen schönen Tag!* Jeder – bis auf Ricarda – mühte sich, dieser Vorgabe zu entsprechen. Niemandem gelang es dabei, überzeugend aufzutreten. Am wenigsten Evelin. Sie spielte den Schiedsrichter bei Dianes und Sophies Federballturnier, humpelte hin und her, unförmig und unbeweglich, und es schmerzte fast zuzusehen, wie sehr sie sich anstrengen mußte, um zu lachen und die fröhlich-hektischen Ansagen eines Sportkommentators abzuliefern.

Jessica gab Barney in der Küche zu essen und zu trinken und ging dann ins Eßzimmer, um sich ein wenig unter den vielen Büchern, die dort zwei Wände bedeckten, umzusehen. Wenn es Archivmaterial über Kevin McGowan gab, so dachte sie sich, hatte dieser vielleicht auch etwas davon in seiner privaten Bibliothek stehen. Tatsächlich wurde sie nach einigem Suchen fündig. Es gab einige gebundene Sammelbände, die Artikel von ihm enthielten, hauptsächlich solche, die sich mit der Nordirland-Problematik beschäftigten. In einem Ordner befanden sich Artikel, die *über* ihn geschrieben worden waren, Interviews und Porträts. Es waren auch Fotos dabei, die Jessica sofort eingehend studierte. Wenn Phillip sein Sohn war, müßte es eine Ähnlichkeit geben. Sie fand durchaus, daß Kevin McGowans Züge Übereinstimmungen mit denen Phillips aufwiesen; allerdings war sie nicht sicher, ob sie dies auch gesehen hätte, wenn sie nicht ganz gezielt danach gesucht hätte. Man konnte sich vieles einbilden.

Und schließlich hielt sie ein Taschenbuch in den Händen, dessen Autor Kevin

McGowan selbst war. *Es verging viel zu schnell…* lautete der erstaunlich poetische Titel, und gemeint war: *Mein Leben*, was als Untertitel darunterstand. Das war interessant. Aus diesem Buch hätte Phillip eine Menge Informationen ziehen können.

Sie machte sich rasch einen Tee und setzte sich dann an den Eßtisch, breitete um sich herum aus, was sie gefunden hatte. Als erstes nahm sie sich McGowans Autobiographie vor. Sie war eine geübte Schnelleserin, und so glitten ihre Augen rasch durch die Seiten und nahmen dabei die wesentlichen Informationen auf.

Kevin McGowan schrieb in der Hauptsache über sein berufliches Leben, seinen Aufstieg bei der BBC, über wichtige Reportagen und Reisen, über die Interviews, die er mit bedeutenden Persönlichkeiten geführt hatte. Jessica war überrascht; offenbar hatten sich Kevin McGowan nahezu überall auf der Welt die Türen und Tore der Mächtigen und Einflußreichen ohne größere Schwierigkeiten geöffnet. Er hatte Gespräche mit dem Schah von Persien geführt sowie mit mehreren amerikanischen Präsidenten, mit dem Führer der polnischen *Solidarno* ebenso wie mit Kubas Fidel Castro. Einige seiner Berichte waren mit hochdotierten englischen Fernsehpreisen ausgezeichnet worden. Er hatte in England eine immense Popularität genossen. Allerdings hatte es, wie er schrieb, auch eine Menge Anfeindungen gegeben, da man ihm immer wieder eine zu große Sympathie für die IRA und zuviel Verständnis für deren Belange vorwarf. McGowan vermied es in dem gesamten Buch, zu diesem Vorwurf eindeutig Stellung zu beziehen. Es war nicht herauszufinden, wo er tatsächlich gestanden hatte.

Zwei Kapitel hatte er jedoch seinem Privatleben gewidmet; das eine war überschrieben mit *Frankreich*, das andere mit *Deutschland*. Er berichtete davon, wie sehr es ihn geschmerzt hatte, als junger Mann am Krieg gegen Hitler nicht teilnehmen zu dürfen, und wie er Tag und Nacht überlegt hatte, was er tun könnte, um doch einen Beitrag zu leisten. Auf dramatisch gefährliche Weise hatte er über die Kanalinseln Kontakt zur *Résistance* aufgenommen und war nach Frankreich geschleust worden, wo er eine Existenz unter falschem Namen geführt hatte. Er beschrieb einige sehr abenteuerliche Begebenheiten und kam dann zu seinem ersten Zusammentreffen mit der Deutschen Patricia Kruse. Er äußerte sich zurückhaltend über diese Liebesgeschichte, aber es wurde durchaus deutlich, daß auf beiden Seiten sehr starke Gefühle im Spiel gewesen sein mußten. Sowohl er als auch Patricia hatten enorme Risiken und Gefahren auf sich genommen, um soviel Zeit wie möglich miteinander zu verbringen. Mehr als einmal waren sie haarscharf der Aufdeckung entgangen, was ihnen KZ und Hinrichtung hätte einbringen können.

Über das Kriegsende schrieb Kevin: *Es war vorbei, endlich, und nun galt es, die Rückkehr in ein normales Leben zu bewältigen. Leider gelang es Patricia und mir nicht, unsere Gefühle zu retten. Manches, das wir für Liebe gehalten hatten, mochte zu sehr abhängig gewesen sein von der Romantik gemeinsam durchlittener Gefahren, von dem Wissen, daß wir für jede gemeinsam verbrachte Nacht mit unserem Leben spielten. Nie waren wir zusammengewesen, ohne zugleich auf Schritte zu lauschen, die sich nähern könnten, auf Autos, auf barsche Stimmen. Es hatte keinen Moment der Entspanntheit gegeben. Manchmal hatten wir flüsternd darüber gesprochen, wie herrlich es sein würde, in Frieden und Freiheit zu leben. Nun wurden uns Frieden und Freiheit geschenkt, aber wir fanden keine Möglichkeit, gemeinsam damit umzugehen …*

Wir zogen zuerst nach London, wo wir heirateten und ich als Fernsehreporter zu arbeiten begann. Die Tatsache, daß ich aktiver Widerstandskämpfer gewesen war, öffnete mir alle Türen. Unglücklicherweise konnte Patricia jedoch nicht heimisch werden. Im Alltag war sie massivsten Anfeindungen ausgesetzt, sowie offenkundig wurde, daß sie Deutsche war. Große Teile Londons lagen in Schutt und Asche, zerstört von Hitlers Bombern. Die Menschen hausten zum Teil in erbärmlichen Umständen. Im Fernsehen zeigten sie Filme, die britische Soldaten in den KZs der Nazis gedreht hatten, und diese Bilder übertrafen alles, was man sich bis dahin an Grauen überhaupt hatte vorstellen können. Hinzu kam, daß viele englische Familien ein oder mehrere Opfer aus ihrer Mitte zu beklagen hatten, gefallene Väter, gefallene Söhne. Nein, Patricia hatte im England der ersten Nachkriegsjahre keine Chance. Sie war unglücklich, hatte Heimweh. Das änderte sich leider auch nicht, als Ende 1946 unser Sohn Paul geboren wurde. Zuerst hatte ich gehofft, er würde Patricia ein wenig Halt geben. Aber sie blieb einsam und traurig, und schließlich wurde mir klar, daß es so nicht weitergehen konnte. Also übersiedelten wir im Januar 1949 nach Deutschland, nach Hamburg, wo Patricia aufgewachsen war. Überall in Deutschland entstanden neue Städte aus den Trümmern, und man entnazifizierte sich, was bedeutete, daß in Prozessen mit den Tätern abgerechnet wurde und ansonsten jeder bemüht war, seine eigene, persönliche Unschuld am Geschehen immer wieder zu beteuern. Mein Kampf an der der Seite der Résistance *erwies sich auch hier als vorteilhaft; ich fand schnell Arbeit als politischer Kommentator bei einem Rundfunksender. Alles hätte gut werden können: Patricia hatte ihre Eltern und Geschwister wieder, dazu alte Freunde aus ihrer Schulzeit. Niemand feindete sie mehr an. Paul entwickelte sich prächtig. Ich fand mich ohne größere Schwierigkeiten in dem fremden Land zurecht, schloß Freundschaften in den Reihen der einstigen Gegner.*

Unsere Sprachlosigkeit aber wollte auch hier nicht enden. Waren es wirklich nur

Weltuntergangsstimmung, Gefahren, der tägliche Existenzkampf unter schlimmsten Bedrohungen gewesen, die uns verbunden, die uns mit Leidenschaft füreinander erfüllt hatten? Ewig diskutierten wir darüber, drehten uns aber irgendwann nur noch im Kreis. Tatsache blieb die Leere, die zwischen uns herrschte und die zu füllen wir nicht imstande waren. Wir waren noch jung, wir wollten uns nicht blockieren für Gefühle, die jeder von uns vielleicht für einen anderen Menschen würde entwickeln können. Ohne Streit, sehr freundschaftlich und sehr traurig ließen wir uns im April 1953 scheiden. Ich kehrte nach England zurück, Patricia blieb mit Paul in Hamburg.

Keiner von uns hat übrigens je wieder geheiratet.

Damit endete der private Teil von Kevins Lebenserinnerungen, und so sehr Jessica auch blätterte und suchte, es gab nicht die geringste Erwähnung weiterer Liebschaften und schon gar nicht die eines weiteren, später geborenen Sohnes.

Auch in den Zeitungsberichten fand sich nichts. Wenn es Phillips Mutter in Kevin McGowans Leben gegeben hatte, so war sie sein bestgehütetes Geheimnis gewesen. Darüber hinaus wurde Jessica klar, daß Tim recht behalten hatte: Sämtliche Informationen, die Phillip über seinen angeblichen Vater gehabt hatte, waren nachlesbar und bewiesen somit überhaupt nichts. Jessica hatte von Phillip nichts erfahren, was sie nicht Kevins Memoiren oder den Zeitungsberichten über ihn ebenso hätte entnehmen können.

Sie war deprimiert, weil sie Stunden mit der Suche nach etwas verbracht hatte, wovon sie nicht einmal genau wußte, was es war und weshalb sie es suchte. Einen Beweis, der für Phillips Behauptung sprach? Wollte sie ihm helfen? Tatsache blieb, sie konnte ihm nicht helfen.

Und im Grunde geht mich das alles ja auch gar nichts an, dachte sie.

Vielleicht hatte der Aktionismus dieses Nachmittages auch nur dazu gedient, sie von ihren eigenen Problemen abzulenken, und das war immerhin gelungen. Alexanders Telefongespräch mit Elena war in den Hintergrund getreten. Um so quälender schraubten sich die Erinnerungen an den frühen Morgen allerdings jetzt in ihr Gedächtnis. Es war immer ihre Strategie gewesen, belastenden Gefühlen mit Sachlichkeit zu begegnen, sie zu rationalisieren, um ihnen das Übersteigerte, das Dramatische zu nehmen. So versuchte sie es auch jetzt.

Worunter genau leide ich so? fragte sie sich. Nicht darunter, daß er mit Elena telefoniert hat. Das tut er schließlich öfter.

Es waren zwei Punkte, die ihr zu schaffen machten: zum einen die Tatsache, daß Elena offenbar über Dinge in seinem Leben Bescheid wußte, die er ihr, Jessica, nicht anvertrauen mochte. Wenn sie sich die Unterhaltung ins Gedächtnis rief, so war daraus hervorgegangen, daß Elena die Ursache für die Albträume kannte.

Davon abgesehen hatte er sich auch sonst nicht verstellt, was seine Verzweiflung und Unsicherheit Ricardas wegen betraf. *Vor Elena wagt er es, schwach zu sein.*

Der zweite Punkt war klarer abzugrenzen: Er hatte sie angelogen. Zum erstenmal. Jedenfalls, soweit sie es wußte.

Sie versuchte den ersten Punkt mit Logik und Nüchternheit zu betrachten. Vor Elena war er schwach, Elena hatte er Geheimnisse anvertraut, die ihn offenbar sehr belasteten. Er war mit Elena fünfzehn Jahre verheiratet gewesen. Eine lange Zeit.

Mich kennt er keine zwei Jahre überlegte sie, gerade ein Jahr sind wir verheiratet. Vielleicht braucht er länger. Vielleicht hat er sich auch Elena erst nach vier oder fünf oder noch mehr Jahren geöffnet. Vielleicht wird er sich mir genauso öffnen. Elena hat einen zeitlichen Vorsprung. Möglicherweise ist dies, also *Zeit*, aber auch schon das einzige, was sie mir voraushat.

Blieb noch die Lüge. Er mochte geglaubt haben, sich Ärger einzuhandeln, wenn er zugab, so früh am Morgen mit seiner Ex-Frau telefoniert zu haben. Es steckte wahrscheinlich nicht mehr dahinter als die Hoffnung, auf diese Weise keine Erklärungen abgeben zu müssen, Vorwürfen ausweichen zu können, denen er vielleicht ausgesetzt gewesen wäre. Dennoch hätte er es nicht tun dürfen. Lügen hatten keinen Platz in einer guten Beziehung.

Ich muß mit ihm reden, dachte sie, so peinlich und unangenehm es ist, aber wenn ich nicht mit ihm rede, trage ich es ewig mit mir herum. Ich würde immer wieder Ärger und Mißtrauen empfinden.

Sie beschloß, nach dem Abendessen ein Gespräch mit ihm unter vier Augen zu suchen. Vielleicht konnten sie einen kleinen Spaziergang machen. Dann war gewährleistet, daß niemand etwas mitbekam.

21

»Ich würde gern etwas mit euch besprechen«, sagte Patricia, als alle fertig gegessen hatten. »Könntet ihr bitte mit mir ins Wohnzimmer hinüberkommen?«

Sie hatten alle am Essen teilgenommen, aber es war fast kein Wort gesprochen worden. Man hatte nur das Kratzen der Bestecke auf den Tellern gehört, gelegentliches Räuspern oder das leise Gluckern, wenn sich jemand Wein nachschenkte. Jeder zufällige Besucher, so dachte Jessica, hätte Reißaus genommen vor den unterdrückten Aggressionen, die den Raum geradezu greifbar auszufüllen schienen.

»Alexander und ich wollten eigentlich einen Spaziergang machen«, wandte Jessica ein. Sie vermutete, daß Patricia wieder irgendwelche Strategien, den allgemeinen Umgang mit Phillip Bowen betreffend, anordnen wollte, und sie hatte wenig Lust, dem auch nur noch eine Minute Zeit zu widmen.

»Wir können doch später noch spazierengehen«, meinte Alexander.

»Ich hätte jetzt gewettet, daß du das sagst«, sagte Jessica.

Patricia erhob sich. »Diane und Sophie, ihr geht in den Garten spielen«, wandte sie sich an ihre Töchter, »ihr anderen kommt mit.«

»Ich nicht«, sagte Ricarda. Es war das erste Mal seit Stunden, daß sie den Mund öffnete.

»*Du* kannst tun, was du möchtest«, erwiderte Patricia mit eigentümlicher Betonung. Ricarda zuckte mit den Schultern und blieb am Eßtisch sitzen, während die anderen hinüber ins Wohnzimmer gingen.

Zehn Minuten, nahm sich Jessica vor, mehr gebe ich ihr nicht. Dann will ich den Rest des Abends so verbringen, wie ich es geplant habe.

Sie saßen alle in der Sitzgruppe vor dem Kamin, einige hatten ihre Weingläser mitgenommen. Jessica schwebte auf der äußersten Kante ihres Sessels. Sie wollte weg. Sie hatte eine vage Ahnung von Bedrohung.

»Ich muß etwas mit euch besprechen«, sagte Patricia noch einmal, »denn ich habe heute eine Entdeckung gemacht, die mich zutiefst beunruhigt. Ich habe überlegt, ob ich … nun, ich gelangte zu dem Schluß, daß es uns alle betrifft.«

Spuck's schon aus, dachte Jessica aggressiv.

»Es hängt mit Ricarda zusammen«, fuhr Patricia fort, und als sie sah, daß Alexander den Mund öffnete und offensichtlich etwas sagen wollte, machte sie eine abwehrende Handbewegung. »Nicht das Übliche. Viel … schlimmer. Wie ich sagte: wirklich beunruhigend.«

Tim seufzte. »Worum geht es denn, Patricia? Vielleicht könntest du allmählich zur Sache kommen. Es ist ein herrlicher Abend, und ich glaube, wir alle würden ganz gern noch ein bißchen hinausgehen.«

Patricia stand auf, trat an ein kleines Schränkchen, in dem Schnaps und Cognac aufbewahrt wurden. Aus dem hintersten Winkel zog sie ein Heft hervor. Ein einfaches, dickes Schreibheft, grün, ein bißchen zerknickt und ramponiert.

»Dies«, sagte Patricia, »fand ich heute in Ricardas Zimmer.«

Alle starrten sie an. Jessica richtete sich auf, jetzt noch weiter vorn auf der Sesselkante balancierend.

»Was, zum Teufel …«, begann sie, aber Alexander legte ihr seine Hand auf den Arm. »Laß mal«, bat er.

Patricia setzte sich zu den anderen, blätterte in dem Heft herum. Linierte Blätter, alle dicht beschrieben. Es gab nur noch wenige leere Seiten in dem Heft.

»Ein Tagebuch«, erläuterte Patricia. »Ricardas Tagebuch.«

»Wie kommst du denn dazu, in ihren Sachen zu wühlen?« fragte Jessica fassungslos.

»Ich ging heute morgen zufällig in ihr Zimmer«, erklärte Patricia. »Hattest du mich nicht noch geschickt, Jessica? Ich glaube, Ricarda wurde am Telefon verlangt, nicht wahr? Sie war aber nicht da.«

»Deswegen kannst du doch nicht in ihren Sachen herumsuchen!«

»Darum geht es doch jetzt gar nicht. Entscheidend ist, was ich entdeckt habe. Ihr müßt euch das anhören. Alexander, ich bin überzeugt, deine Tochter braucht therapeutische Hilfe.«

»Alexander!« Jessica hätte ihren Mann am liebsten an den Schultern gepackt und geschüttelt. »Du kannst nicht zulassen, daß sie hier aus Ricardas Tagebuch vorliest! Das wäre ein Verrat, der alles zwischen euch zerstört.«

»Ich würde gern wissen, was Patricia so bedenklich findet«, sagte Alexander. Seine Lippen waren grau.

Patricia schlug eine Seite weit hinten auf. »Allein der letzte Eintrag! Von gestern. Nur ein paar Kostproben: *Krank und kaputt will ich sie sehen! Am allerliebsten TOT!* Sie meint damit uns. Uns alle hier.«

Jessica stand auf. »Das ist ja wohl auch kein Wunder!«

»Jessica!« Alexanders Stimme klang scharf. »Paß auf, was du sagst!«

Patricia las weiter vor. »*... ein scheußliches, kleines, hochgiftiges Insekt ...* So beschreibt sie mich. Und ein Stück darunter: *Tim hatte Angst, daß sie einen Schlaganfall kriegt und krepiert. Was ich persönlich für die beste Tat ihres Lebens hielte.* Auch da geht es um mich.«

»Ich höre mir das nicht länger an!« rief Jessica. Sie stand hoch aufgerichtet vor dem Kamin. Ihr war schwindlig und übel, und keineswegs hing das mit ihrer Schwangerschaft zusammen.

»Ein letztes«, sagte Patricia, »solltest du dir unbedingt noch anhören. Damit du auch begreifst, daß wir es hier mit einer Psychopathin zu tun haben. Einer *gefährlichen* Psychopathin!« Mit Abscheu in der Stimme las sie: »*Mir war total schwindlig, und plötzlich sah ich ein Bild ... und auf dem Bild war ich mit einer Pistole, und ich schoß in diese Gesichter hinein, und ihre Augen waren ganz weit aufgerissen, und Blut quoll aus ihren Mündern ...* Eine hübsche Szene, nicht? Es geht wieder einmal um uns alle hier!«

»O Gott«, murmelte Evelin entsetzt.

»Gewaltiges Aggressionspotential«, konstatierte Tim mit der nachdenklichen Miene des besorgten und erfahrenen Arztes.

Jessica schoß zu ihm herum. »Seid ihr überhaupt noch normal? Tim, du solltest nicht Ricarda analysieren, du solltest dir sehr viel dringender Gedanken um euch alle hier machen! Es ist unmöglich, was ihr tut! Es ist unmöglich, daß *sie* vorliest, und es ist unmöglich, daß *ihr* zuhört! Vieles, was hier passiert, ist unmöglich, und ich komme mir langsam vor wie in einer Gesellschaft von Neurotikern!«

»Jessica!« mahnte Alexander wieder. Er hatte ihr gegenüber nie zuvor einen so harten Ton angeschlagen.

»Ach, und übrigens«, sagte Patricia, »damit du nur siehst, daß meine Befürchtungen durchaus berechtigt waren ...« Sie hatte weitergeblättert. »... *und dann machte er es ...* Nur zur Erläuterung: Es geht hier um einen jungen Mann namens Keith und darum, was die beiden neulich nachts in einer verlassenen Scheune trieben ... *Das Gefühl war so groß, das Gefühl von Liebe, die Gewißheit, daß ich immer zu ihm gehören werde ...*« Sie sprach mit einer gekünstelten, affektierten Stimme.

Jessica war mit einem Schritt neben ihr und entriß ihr das Heft. Weiß vor Wut fuhr sie sie an: »Ricarda hat recht! Absolut recht! Du bist ein scheußliches, hochgiftiges, kleines Insekt! Du bist eine ...«

»Jessica!« Das klang diesmal wie ein Pistolenschuß. Jessica sah ihren Mann an. Seine Augen waren voller Wut ... ja beinahe Haß hätte sie darin gelesen, wenn ihr dies nicht absurd vorgekommen wäre. »Das reicht jetzt endgültig!«

»Aber ...«

»Es reicht, habe ich gesagt!« fuhr er sie an. Er wandte sich an die anderen. »Ihr müßt entschuldigen. Jessica ist völlig überreizt zur Zeit. Wir hätten es euch lieber bei einer passenderen Gelegenheit erzählt, aber nun erfahrt ihr es eben so, und es erklärt vielleicht manches: Jessica ist schwanger. Wir werden im Oktober ein Baby bekommen.«

Wir werden im Oktober ein Baby bekommen.

Der Satz hing im Raum, in dem es mit einem Schlag totenstill war, so als hätten alle aufgehört zu atmen.

Jessica, völlig geschockt, nahm mehrere Dinge auf einmal wahr:

Evelin, die weiß wurde bis in die Lippen und deren Weinglas in ihrer Hand so zu zittern begann, daß es hinunterzufallen drohte.

Patricia, die überrascht wirkte – nicht erschüttert, nicht verunsichert –, aber sehr überrascht.

Tim, der aus unerfindlichen Gründen überheblich grinste.

Leon, der zuvor so ausgesehen hatte, als sei er in Gedanken woanders, und der auch jetzt noch so aussah.

Alexander, der aufgestanden war und seine Freunde Verständnis und Entschuldigung heischend anblickte.

Und in der Tür, zu ihrem Entsetzen, eine magere Ricarda – *sie ist wirklich ungeheuer abgemagert in der letzten Woche*, dachte Jessica –, die an gespenstischer Blässe mit Evelin konkurrierte und von der man nicht wußte, was sie nun mehr schockierte: der Umstand, daß öffentlich aus ihrem Tagebuch vorgelesen worden war, oder die Tatsache, daß die ungeliebte Frau ihres Vaters ein Baby erwartete. Vermutlich beides.

Jessica trat auf sie zu und reichte ihr das Heft. »Hier. Das ist deines. Glaub mir, ich wünschte, es wäre nicht zu dieser Situation gekommen.«

Ricarda nahm das Heft, drehte sich um und ging davon. Sie hatte nicht ein einziges Wort gesprochen.

»Tja«, sagte Tim, »da kann man nur sagen: Herzlichen Glückwunsch!«

Jessica brauchte einen Moment, um zu realisieren, daß er das Baby meinte.

Evelin stand auf und verließ den Raum.

»Was ist denn mit Evelin los?« fragte Patricia.

Niemand beantwortete ihr diese Frage.

Alexander sagte: »Es tut mir leid.«

Jessica hatte keine Lust, mit ihm zu sprechen. Nicht über den frühen Morgen, nicht über den Abend. Sie war enttäuscht, verletzt, ratlos und wütend. Inmitten all dieser aufeinanderprallenden Gefühle sah sie keine Möglichkeit für ein Gespräch. Zuerst mußte sie zur Ruhe kommen. Nachdenken. Und herausfinden, ob sie ein Gespräch überhaupt noch für sinnvoll erachtete.

Sie hatte Angst. Sie verließ ebenfalls das Wohnzimmer. Hinter sich hörte sie Patricias hektische Stimme. »Ich mußte doch mit euch reden! Ich mußte euch das vorlesen. Das sind *Mordphantasien,* die Ricarda hier auslebt. Das ist gefährlich. Also, ich weiß nicht, wie es euch geht, aber ich fühle mich gar nicht mehr wohl in ihrer Gegenwart. Man weiß ja nie, ob …«

Gewäsch, dachte Jessica, verdammtes, idiotisches, blödes Gewäsch!

Sie sah sich nach Evelin und Ricarda um, konnte aber niemanden entdecken. Evelin hatte sich vermutlich in die Küche zurückgezogen und fraß den Kühlschrank leer. Und Ricarda würde wohl zu ihrem Freund gehen, Verbot hin oder her. Und recht hatte sie.

Und mich wollen sie alle beide bestimmt nicht sehen, dachte sie und stieg langsam die Treppe hinauf.

22

Was brachte es ihm, hier herumzuhängen, mitten in der Nacht, vor einem großen schmiedeeisernen Tor, hinter dem ein Paradies lag, von dem er sich aber vielleicht nur einbildete, daß es ein Paradies war?

Nichts, entschied er. Es brachte ihm eigentlich nichts. Es brachte ihn womöglich nicht einmal einer Erkenntnis in der Frage näher, ob es überhaupt richtig war, was er tat. Ob es *für ihn* richtig war. Oder ob er sich einfach nur hoffnungslos in eine völlig aberwitzige Idee verrannt hatte, wie Geraldine mehrfach behauptet hatte.

Geraldine! Er zündete sich eine Zigarette an, rauchte hastig und nervös. Die Geschichte mit Geraldine neigte sich wohl ihrem Ende zu, er würde das nicht aufhalten können, wollte es wohl auch gar nicht. Er mochte sie, sie war ihm sehr vertraut. Zudem war sie selbstverständlich geworden in den letzten Jahren, zu selbstverständlich vielleicht, zu ergeben, zu sehr ein Schatten, der hinter ihm hereilte, wohin er auch ging. Konnte das Liebe töten? Oder war Liebe auf seiner Seite nie dagewesen? Im nachhinein waren solche Dinge fast nicht mehr zu analysieren.

Es war ihm nicht möglich, sie zu heiraten. Keinesfalls. Zugleich war ihr Wunsch nach Ehe, Kindern, Familie zu stark geworden, als daß sie noch lange so weitermachen würde wie bisher. Er hatte sie sehr verletzt am Morgen, das wußte er. Typisch für die Abhängigkeit von ihm, in der sie trotz allem noch lebte, war, daß sie Yorkshire nicht verlassen hatte, sondern lediglich innerhalb des Hotels in ein anderes Zimmer umgezogen war. Er war den halben Tag unterwegs gewesen, ziellos umhergestreift, grübelnd, sich und sein Leben überdenkend, und am späten Nachmittag war er schließlich deprimiert und ohne irgendein Ergebnis ins Hotel zurückgekehrt. Im Zimmer befanden sich weder sie noch ihre Sachen, was ihm, da sie die Unmengen an Klamotten, mit denen sie reiste, immer auf Sesseln, Fensterbänken und Tischen stapelte, sofort auffiel. Müde war er hinuntergegangen, hatte mindestens viermal auf die scheppernde Klingel an der Rezeption gedrückt und insgesamt zehn Minuten gewartet, ehe das picklige Mädchen aus der Bar auftauchte und ihn gelangweilt fragte, was er wolle.

»Miss Roselaugh ist wohl abgereist?« hatte er teils gefragt, teils festgestellt.

Sein Gegenüber hatte den Kopf geschüttelt. »Sie ist nur umgezogen. In Zimmer …« Sie blätterte unendlich langsam in einem Buch. »In Zimmer acht! Das ist ein Stockwerk über Ihrem Zimmer, Sir.«

In ihre stumpfsinnig blickenden Augen trat ein Anflug von Interesse. Oder eher Neugier. Eine ihrer Kolleginnen, ein Zimmermädchen, hatte neulich schon festgestellt, ihr tue die schöne, schwarzhaarige Frau aus London sehr leid. Der Typ, mit dem sie angereist sei, kümmere sich ja überhaupt nicht um sie …

Jetzt war sie also aus dem gemeinsamen Zimmer ausgezogen. Sicher ein geschickter Schachzug, dachte das Mädchen.

Phillip hatte irgend etwas gemurmelt und war in die Bar gegangen, um ein Bier zu trinken. Er fühlte Erleichterung – und Mitleid. Erleichterung, weil Geraldine ihm mit ihrem Auszug in die obere Etage ein wenig Freiraum gegeben hatte. Und Mitleid, weil sie es einfach nicht schaffte, ihn zum Teufel zu jagen, nach London zu fahren und sich einen Mann zu suchen, der ihr gab, was sie brauchte, und der sie zu einer glücklichen Frau machte.

Er warf seine Zigarette ins Gras, trat sie aus. Er wollte jetzt nicht an Geraldine denken. Es ging für ihn um die Frage, ob er den Kampf um Stanbury House führen wollte; es ging darum, herauszufinden, ob ein Sieg realistisch war und ob er ihm den Frieden bringen würde, den er sich erhoffte. Ein quälendes Problem, das in seinem Kopf herumtobte und sich nicht wirklich fassen ließ. Wann immer er rational und ruhig darüber nachdenken wollte, entstand ein Chaos von Gefühlen in seinem Kopf: Aggressionen, Ängste, alte Verletzungen. Die Sehnsucht nach seinem Vater, zugleich der Haß auf ihn, den er noch immer mit sich herumtrug. Wahrscheinlich war er neurotisch, was Kevin McGowan anging. Deshalb war er dem Problem ausgeliefert, anstatt es zu beherrschen. Das alles fing bereits jetzt an, ihn mehr Kraft zu kosten, als er geahnt hatte.

Das Haus konnte er vom Tor aus nicht sehen, nicht einmal einen Lichtschein. Falls um diese Zeit überhaupt noch Licht brannte. Der Mond war hell, der Himmel beinahe wolkenlos, so daß er die Zeit auf seiner Armbanduhr ablesen konnte. Fast Mitternacht. Wahrscheinlich schliefen sie dort alle schon längst.

Die Nacht war ungewöhnlich mild. Selbst in London, im Süden Englands, waren derartige Nächte Anfang April äußerst selten, genaugenommen konnte er sich nicht erinnern, so etwas schon einmal erlebt zu haben. Für den morgigen Tag hatten sie sehr warmes, fast sommerliches Wetter im Radio angekündigt.

Was werde ich morgen tun? fragte er sich. In der Gegend herumlaufen wie immer?

Er brauchte einen Anwalt, soviel stand fest. Wenn das alles auf eine Exhumierung hinauslief, die er vor Gericht gegen den sicherlich erbitterten Widerstand von Patricia Roth würde erstreiten müssen, brauchte er juristischen Beistand. Ein Anwalt könnte ihm auch sagen, welche Chancen überhaupt für ihn bestanden. Das Ärgerliche war nur, daß er allein für diese Auskunft eine Menge Geld würde hinlegen müssen. Anwälte, das wußte er, ließen es sich bezahlen, auch wenn sie einen nur anhusteten. Schlecht für ihn, der er so pleite war, wie ein Mensch nur sein konnte. Und nach allem, was geschehen war, konnte er kaum Geraldine um Geld bitten. Sie hatte ohnehin schon mehr als genug für ihn bezahlt – ohne etwas dafür zu bekommen. Seine Liebe, beispielsweise. Sein Ja vor dem Standesamt. Er hatte sie in jeder Hinsicht enttäuscht.

Er schob den Gedanken an Geraldine ein zweites Mal brüsk beiseite. Er versuchte sich Kevin McGowan – seinen Vater – vorzustellen, wenn er, von London kommend, mit dem Auto durch dieses Tor fuhr. Er hatte nie ganz dort gewohnt, bis auf seine letzten anderthalb Lebensjahre. Zum Sterben gewissermaßen hatte er sich nach Stanbury House zurückgezogen. Er hatte Krebs gehabt, genau wie Phillips Mutter. Phillip hatte manchmal den Eindruck, daß die Leute heutzutage nur noch an Krebs starben, und dann und wann fragte er sich, was der Umstand, beide Eltern durch diese Krankheit verloren zu haben, wohl für ihn bedeutete. Ein genetisch vorprogrammiertes elendes Ende vermutlich.

Kevin McGowan hatte Stanbury House Ende der siebziger Jahre erworben, seine Londoner Wohnung jedoch behalten. An den Wochenenden war er nach Yorkshire gefahren, in den Ferien, über Weihnachten. In einem Zeitungsinterview hatte er einmal erklärt, das Haus mit seinem weitläufigen Park und der einsamen Landschaft ringsum sei ein Refugium der Ruhe für ihn.

»Dort fallen Streß und Hektik sofort von mir ab«, hatte er in dem Gespräch gesagt, »ich fahre durch das Tor zum Park und bin in derselben Sekunde ein anderer Mensch.«

Kevin McGowan hatte verfügt, auf dem Friedhof von Stanbury beerdigt zu werden. Phillip war zweimal an seinem Grab gewesen, aber der Stein dort hatte ihn seltsam unberührt gelassen. Er war schon etwas verwittert und bemoost und trug die Inschrift: *Kevin McGowan, 10. August 1922 – 2. Dezember 1993.*

Er war nicht sehr alt geworden. Einundsiebzig Jahre.

Der verdammte Krebs eben, dachte Phillip, er kann einen zu jeder Zeit erwischen.

Wenn er Stanbury House aufsuchte, fühlte er sich seinem Vater näher als auf dem Friedhof. Hier sah er Eigenschaften des Verstorbenen, die er zu seinem Erstaunen nach und nach auch in sich selbst lebendig werden fühlte: Naturverbundenheit. Stabilität. Ruhe. Selbstbesinnung. Von all dem war er früher meilenweit entfernt gewesen. Immer nur die großen Metropolen der Welt, immer neue, interessante, abgedrehte Menschen, Schauspieler, Fotografen, Models ... die Junkieszene zusammen mit Sheila ... Hätte ihm damals jemand erzählt, er werde sich eines Tages für einen alten Landsitz in einer der einsamsten Gegenden des Landes erwärmen, er hätte es für einen guten Witz gehalten und laut gelacht. Undenkbar, unvorstellbar. Es begann sich etwas zu wandeln in ihm. Ironischerweise ging diese Veränderung durchaus in die gleiche Richtung, die Geraldine auch anstrebte. Nur daß sie ihm mit Siebenmeilenstiefeln vorausrannte. Er war einfach nicht soweit wie sie. Er wußte nicht, ob er es je sein würde.

Ein Geräusch ließ ihn aufmerken. Es schien von jenseits des Tores zu kommen, und im ersten Moment dachte er, es sei ein Fuchs oder eine Katze, die er dort entlanghuschen gehört hatte. Aber dann begriff er, daß jemand den Weg entlanglief. Hastete, fast rannte.

Er wich in den dunklen Schatten der Büsche zurück, die hier wucherten. Es mußte inzwischen nach zwölf Uhr sein, und er fragte sich, wer um diese Zeit noch unterwegs sein mochte. Jessica vielleicht, mit ihrer Leidenschaft für frische Luft und lange Wanderungen? Ob sie inzwischen sogar schon nachts in der Gegend herumstapfte?

Das Tor öffnete sich quietschend. Jemand huschte hinaus.

Phillip hatte nicht vor, sich zu zeigen, aber die andere Person blieb plötzlich abwartend stehen. Vielleicht hatte sie eine Bewegung von ihm wahrgenommen, seinen Atem gehört oder das Knacken eines Zweiges. Sie schien angestrengt in die Dunkelheit zu starren.

»Keith?« flüsterte sie dann. Es war die Stimme einer Frau.

Es gab keinen Grund für ihn, sich zu verstecken, zumal die Frau jeden Moment näher treten und ihn entdecken konnte. Also schob er sich aus dem Schutz des Dickichts hervor. Im Mondlicht sah er ein junges Mädchen, das ihn entsetzt anstarrte. Das Mädchen trug Jeans und Pullover und hatte einen Rucksack seitlich über eine Schulter gehängt. Eine attraktive Person, groß und sehr schlank, mit langen, dunklen Haaren. Erinnerte ihn ein wenig an Geraldine.

»Hi«, sagte er.

Sie machte riesige Augen und schien wie paralysiert zu sein.

Er hob beide Hände in einer Geste der Friedfertigkeit. »Keine Angst! Ich bin kein Triebtäter! Ich heiße Phillip Bowen. Man hat Ihnen sicher von mir erzählt.« Er wies in Richtung des Hauses.

Das Mädchen entspannte sich. »Ja. Ja, dann weiß ich, wer Sie sind. Ich dachte erst schon, mein Freund wartet vielleicht auf mich ... Was tun Sie denn hier?«

»Ich denke nach«, sagte Phillip, und offenbar reichte ihr das als Erklärung, denn sie fragte nicht weiter, sondern machte ein paar unschlüssige Schritte von ihm weg.

»Na ja, dann …« meinte sie.

Sie erschien ihm ziemlich jung, um in tiefster Nacht allein herumzulaufen, auch irritierte ihn der prall gefüllte Rucksack. Es sah fast so aus, als ginge sie für länger fort, und die Tatsache, daß sie ihren Aufbruch auf diese Uhrzeit gelegt hatte, weckte den Verdacht in ihm, daß niemand davon wußte und wissen sollte.

»Und was machen Sie?« fragte er.

Ihr Gesicht wirkte plötzlich feindselig. »Das geht Sie doch wohl nichts an!« fauchte sie.

Sie hatte recht, und er kam sich wegen seiner Frage auf einmal alt und spießig vor.

»Viel Glück«, sagte er, aber sie antwortete ihm nicht, sondern ging weiter, mit großen, eiligen Schritten. Jemand, der Stanbury House unbedingt verlassen wollte. Während er unbedingt hineinwollte.

Er setzte sich auf einen Baumstumpf, riß Grashalme aus, verknotete sie und starrte das Tor an, als lägen dahinter alle Antworten auf seine ungelösten Fragen.

Vielleicht nur ein gigantischer Irrtum, dachte er.

»Ich habe gewußt, daß du kommen würdest«, sagte Keith.

Er hatte noch nicht geschlafen, hatte auf dem Sofa gesessen und auf das Knurren seines Magens gelauscht. Um ihn herum brannte ein Meer von Teelichtern. Früher hatte er manchmal darüber gelesen, daß Menschen vor Hunger nicht schlafen konnten, aber er hatte sich nie vorstellen können, wie sich das anfühlte. Jetzt wußte er es. Er hatte mörderischen Hunger. Er war ohne Frühstück aus dem Haus gegangen und hatte auch später nichts mehr zu sich genommen. Ein paarmal im Laufe des Tages war er drauf und dran gewesen, ins Dorf zu fahren und sich wenigstens ein Sandwich oder ein Doughnut zu kaufen, aber dann hatte er wieder an seine fünf Pfund gedacht und es sich versagt. Er brauchte jeden Penny, wenn er nach London wollte. Allein das Benzin … er wagte gar nicht, daran zu denken.

Er war tief erleichtert, als Ricarda endlich auftauchte. Minutenlang standen sie eng umschlungen. Sie vergrub ihr Gesicht an seiner Schulter, er spielte mit seinen Lippen in ihrem Haar. Er merkte, daß sie am ganzen Körper bebte.

Er schob sie ein Stück von sich weg. »Was ist los?« fragte er leise.

Sie erzählte ihm, wie der vergangene Tag verlaufen war, bis hin zu seinem traumatischen Höhepunkt am Abend, und dann erzählte er ihr von seinem Tag, von dem schlimmen Zusammenstoß mit seinem Vater und dem langen, einsamen, hungrigen Warten in der Scheune.

»Du hast nicht zufällig etwas zu essen?« fragte er.

Sie lächelte. Zum erstenmal, seitdem sie die Scheune betreten hatte, hellte sich ihr Gesicht auf.

»Ich habe ein wenig Proviant mitgenommen«, sagte sie, öffnete ihren Rucksack und kramte darin herum. »Ich habe mich einfach bei denen in der Küche bedient.«

Sie förderte ein paar Sandwiches mit Käse und Mayonnaise zutage, zwei Bananen, drei Äpfel, eine Tupperdose mit Kartoffelsalat und einem halben Bratwürstchen, dazu eine Flasche Mineralwasser. Keith konnte aber auch erkennen, daß sie einige Kleidungsstücke eingepackt hatte: Unterwäsche, einen warmen Pullover, ein T-Shirt.

»Du gehst nicht zurück, oder?« fragte er.

Sie schüttelte heftig den Kopf. »Niemals«, antwortete sie.

Gemeinsam machten sie sich über das Essen her. Sie saßen friedlich im Schein der Lichter, glücklich darüber, zusammenzusein, kauten und tranken schweigend. Keith aß den Löwenanteil, Ricarda sagte, sie habe wenig Hunger. Sie hatte sehr abgenommen, fiel ihm auf. Das kräftige, sportliche Mädchen wirkte fast ätherisch.

Als er fertig war, als kein Krümel mehr übrig war, lehnte sich Keith zurück. »Ich bleibe auch nicht«, erklärte er.

Sie sah ihn erschrocken an. »Du bleibst nicht? Was meinst du damit?«

»Bei meinen Eltern«, erklärte er, »bei ihnen bleibe ich nicht. Meine Mutter ist ja in Ordnung, aber von meinem Vater werde ich mich nie mehr beleidigen lassen.«

»Wir können doch hier leben«, sagte Ricarda und umschrieb mit einer Handbewegung die Scheune. »Wir richten es uns schön her und …«

»Süßes, wie stellst du dir das denn vor? Zum einen gehört uns dieser Hof hier ja nicht, und offiziell dürften wir hier gar nicht sein. Und dann – du bist fünfzehn! Dein Vater wird nach dir suchen, und …«

»Am vierten Juni werde ich sechzehn!«

»Aber du wirst jedenfalls erst in zwei Jahren volljährig. Das heißt – sechzehn ist natürlich schon besser als fünfzehn«, fügte Keith hinzu, denn er erinnerte sich, daß er dies bereits im Zusammenhang mit einem Leben in London gedacht hatte. »Aber trotzdem suchen sie nach dir, und hier finden sie dich sofort. Außerdem – wovon sollten wir leben?«

Sie sah ihn verzagt an. »Ja, aber dann …«

»Könntest du dir vorstellen ...«, er machte ein kurze Pause, »könntest du dir vorstellen, mit mir nach London zu kommen?«

»Nach London?«

»Wir suchen uns jeder eine Arbeit. Irgendwelche Jobs. Gleichzeitig bemühe ich mich um eine Lehrstelle. In London finde ich bestimmt leichter eine als hier. Wir mieten eine Wohnung ... für den Anfang kann es ja etwas ganz Kleines sein, und ...«

Sie hatte leuchtende Augen bekommen. »Oh, Keith! Klar komme ich mit! Nach London! Wir beide zusammen! Wir fangen ein neues Leben an. Es wird so wunderbar werden!«

»Hast du Geld?« fragte er.

23

JESSICA WACHTE AUF und wußte nicht sofort, wo sie war. Es roch anders um sie herum als sonst, es war dunkler, kein Sonnenlicht fiel gegen die geschlossenen Vorhänge und ließ sie in warmem Rot aufleuchten, und überhaupt waren sie auch gar nicht rot, sondern beige, und das ganze Zimmer war völlig anders eingerichtet.

Sie begriff, daß sie sich nicht in ihrem und Alexanders Bett befand, und erinnerte sich daran, daß sie am Vorabend in die kleine Kammer umgezogen war, die unten im Haus neben der Küche lag.

Ein schmaler, länglich geschnittener Raum, der wohl ursprünglich als Vorratskammer gedient hatte, aber so viele Vorräte brauchten sie nie für die Zeit ihrer Urlaube, und die Küche mit ihren vielen Schränken hatte sich als völlig ausreichend erwiesen. Irgendwann war Patricia auf die Idee gekommen, ein kleines Gästezimmer einzurichten, »falls wir einmal noch jemand anderen mitnehmen«, was aber nie passierte und was wohl auch niemand wirklich gewollt hätte.

Und nun ist es eben ein Ausweichzimmer, dachte Jessica, für zerstrittene Ehepaare.

Genaugenommen waren sie nicht einmal zerstritten. Eine Lüge stand zwischen ihnen, und die Ereignisse des gestrigen Abends hatten Jessica in eine Sprachlosigkeit getrieben, die sie nie zuvor an sich erlebt hatte.

Alexander hatte seine Tochter verraten.

Vermutlich hatte er Elena vor Jahren ebenso verraten.

Er würde auch sie, Jessica, verraten.

Er würde jede Person, ganz gleich, wie nah er ihr stand, über die Klinge springen lassen, wenn es um seine Freunde ging.

Die Frage war, wie man leben konnte mit einem solchen Menschen.

Sie war nach der Szene im Wohnzimmer am Abend zuvor ziellos im Park umhergelaufen, begleitet nur von Barney und auf nichts anderes erpicht als darauf, niemandem zu begegnen. Vor allem nicht Alexander. Ihm am wenigsten.

Sie hatte einen Strauß Narzissen gepflückt, dies jedoch erst wirklich registriert, als sie plötzlich mit den Blumen in der Hand dastand und sich fragte, weshalb sie das getan hatte. Weshalb sie Blumen pflückte in einer Situation wie dieser. Wahrscheinlich hatte sie eine Art von Trost daraus geschöpft.

Sie war hinaufgegangen in ihr Schlafzimmer, voller Angst, und doch entschlossen, mit Alexander zu sprechen, sollte er jetzt da sein. Um aber eine ungeheure Erleichterung zu empfinden, als sie feststellte, daß er *nicht* da war. Sie stellte die Blumen in eine Vase am Fenster, nahm ihr Nachthemd und ihre Zahnbürste und begab sich in das Gästezimmer, um dort die Nacht zu verbringen.

Es dauerte lange, bis sie einschlief, und dann war es ein unruhiger Schlaf, aus dem sie immer wieder verwirrt und ängstlich erwachte. Erst gegen Morgen fand sie für ein paar Stunden Ruhe, aber dennoch war sie müde und fühlte sich zerschlagen und angegriffen.

Alexander hatte sie nicht aufgesucht. Am Abend nicht, in der Nacht nicht. Plötzlich fanden sie den Weg zueinander nicht mehr.

Sie stand auf, tappte barfuß durch die Halle. In der Gästetoilette wusch sie sich notdürftig mit kaltem Wasser am Handwaschbecken, zog die Sachen an, die sie am Vortag schon getragen hatte. Sie waren zerknittert und verschwitzt und vermittelten ihr das Gefühl, ungepflegt und schmuddelig auszusehen. Im Spiegel sah sie, daß sie Ringe unter den Augen hatte. Immerhin war ihre Haut von den vielen Spaziergängen in der Sonne leicht gebräunt. Sonst hätte sie den Eindruck gehabt, eine Leiche starre ihr entgegen.

Sie beschloß, mit Barney eine Runde im Park zu drehen. Hunger hatte sie sowieso keinen. Ihr war leicht übel.

Der Tag würde sehr warm werden, das konnte sie bereits spüren.

Und auch, daß es kein guter Tag werden würde.

Leon saß in der Küche, vor sich eine große Kanne Kaffee und einen etwas trockenen Blaubeermuffin, den er im Kühlschrank gefunden hatte und der irgendwie Evelins Freßattacken entgangen sein mußte. Er zupfte daran herum und schob ihn sich krümelweise in den Mund. Dafür trank er eine Tasse Kaffee nach der anderen. Stark und schwarz, ohne Milch und Zucker. Er bekam Herzrasen, wenn er zuviel Kaffee trank, und sein Hausarzt hatte ihm vom übermäßigen Genuß abgeraten. Aber das war ihm jetzt egal. In seiner Situation war ihm ziemlich vieles egal.

In aller Herrgottsfrühe hatte er seine Mitarbeiterin Nadja angerufen, die junge Anwältin, die naiv und vertrauensvoll genug gewesen war, sich mit ihm zu assoziieren und selbständig zu machen. Er hatte ein paarmal mit ihr geschlafen, daher standen sie einander nah genug, um einen Anruf morgens um halb sieben in ihrer Wohnung zu riskieren.

Sie hatte das Telefon im Bad abgenommen, das konnte er an dem Nachhall ihrer Stimme erkennen.

»Wie geht's?« fragte er.

Sie stutzte, dann begriff sie offenbar, daß er mit seiner Frage nicht ihren persönlichen Zustand, sondern den des gemeinsamen Büros gemeint hatte.

Sie seufzte. »Leon, da ist nichts mehr zu wollen. Wir haben einfach keine Mandanten, und wenn mal einer kommt, dann geht es um einen Streitwert, der nicht erwähnenswert ist. Ich sitze herum und drehe Däumchen. Ich muß jetzt einfach sehen, daß ich meine Schäfchen ins trockene bringe.«

Davon redete sie seit Monaten, seit Ende letzten Jahres bereits. Vor einigen Wochen hatte sie von einem Angebot berichtet, das man ihr gemacht hatte, die Mitarbeit in einer renommierten Kanzlei.

»Natürlich weiß ich noch nicht, ob etwas daraus wird«, hatte sie hinzugefügt.

Nun sagte er: »Deine Schäfchen ins trockene bringen ... Das bedeutet ...?«

Sie seufzte erneut. »Sie nehmen mich dort, Leon. Und ich habe jetzt auch zugesagt. Am zweiten Juni fange ich an. Es tut mir leid, aber es ist eine große Chance, und ...« Sie ließ den angebrochenen Satz in der Luft schweben.

»Natürlich«, hatte er gesagt, »natürlich.« Aber er fand es gar nicht natürlich, und so hatte er aggressiv hinzugefügt: »Und mit mir gemeinsam den Karren aus dem Dreck ziehen – das ist dir wohl nicht lukrativ genug?«

Sie hatte ein drittes Mal geseufzt. Sie fand die Situation höchst unangenehm, war aber wohl auch froh, sie endlich hinter sich zu bringen.

»Wir ziehen doch schon ewig an dem Karren, und es nützt nichts. Und ich verstehe nicht, weshalb du mir vorwirfst, ich sei bloß hinter irgendwelchen lukrativen Aufträgen her! Ich muß doch von etwas leben!«

»Genau wie ich. Und ich habe zudem auch noch eine Familie am Bein!«

»Du wirst es auch nicht durchhalten, Leon. Du schaffst es doch bis jetzt nur, weil du dich immer weiter verschuldest, wobei du offenbar keinen Gedanken daran verschwendest, wie und wovon du das alles eines Tages zurückzahlen sollst. Ich an deiner Stelle …«

Er hatte den Hörer aufgelegt. Er hatte einen Moment neben dem Telefon gewartet für den Fall, daß sie zurückrufen würde, aber der Apparat blieb stumm. Sie war erleichtert, daß sie sich verabschiedet hatte, sie würde sich nicht freiwillig seinen Vorwürfen oder seinem Gejammere aussetzen. Sie schaute jetzt nach vorn und ging ihren Weg. Er war sich auf einmal wie ein mutloser, alter Mann vorgekommen.

Jetzt, in der Küche, während er den Kaffee in sich hineinpumpte, überlegte er, was *er* als nächstes tun wollte. Aufgeben kam natürlich nicht in Frage.

Wieso eigentlich nicht?

Weil man neben einer Frau wie Patricia nicht aufgeben kann, dachte er, dann wäre man ja noch kleiner und mickriger und armseliger.

Aber vielleicht versuchte er jetzt nur, Patricia die Schuld zu geben. Das war nicht fair. Und doch hatte seine Unfähigkeit, die Niederlage einzugestehen, die Selbständigkeit aufzugeben und dahin zurückzukehren, von wo er einmal aufgebrochen war, auch mit ihr zu tun.

Das Wichtigste am heutigen Tag wäre ein Gespräch mit seiner Bank. Step by step, dachte er. Ich muß einen Schritt nach dem anderen tun, ruhig und ohne Panik. Wenn ich zu weit vorausdenke, bekomme ich wieder Herzschmerzen, und mir bricht der Schweiß aus, und ich kann nicht ruhig denken.

Also die Bank. Vielleicht stundeten sie ihm noch einmal die Zinszahlungen. Er war mit dem Bankdirektor recht gut befreundet gewesen, früher hatten sie manchmal sogar Tennis zusammen gespielt. Seitdem er die hohen Kredite laufen hatte und ständig mit den Zinsen in Verzug kam, war das Verhältnis merklich abgekühlt. Dennoch … im Namen der alten Freundschaft …

Da war schon wieder ein Stechen in seiner Brust.

Ruhig, befahl er sich, ganz ruhig!

Er würde keinesfalls von dem Telefon in der Halle aus sprechen, denn er mochte nicht von irgend jemandem belauscht werden, und man konnte nie wissen, wer gerade hinter welcher Tür stand. Aber auf dem ganzen Gelände würde er sich unsicher fühlen, also brachte es auch nichts, mit dem Handy in den Park zu gehen. Am besten, er nahm das Auto und fuhr ein Stück weg, irgendwohin in die Einsamkeit. Dort ließe sich die Angelegenheit dann sicher erledigen. Er mußte nur an die richtigen Ordner denken, worin er die Zahlen notiert hatte, und …

Er schrak zusammen, als sich die Tür öffnete. Er war so in Gedanken gewesen, daß er niemanden hatte kommen hören.

Es war Evelin. Sie hinkte stark. Sie sah ziemlich schlecht aus, fiel ihm auf.

Sie zuckte ebenfalls, als sie ihn sah.

»Oh ... du bist schon wach? Ich dachte, alle schlafen noch.«

»Neuerdings mutiere ich zum Frühaufsteher«, sagte Leon und grinste, ohne zu wissen, was es dabei zu grinsen gab und weshalb er sich dieses unechte Verziehen seines Gesichts abverlangte. »Und du offenbar auch.«

»Ja, ich ...«, sie machte eine hilflose Handbewegung, »ich konnte eigentlich gar nicht schlafen heute nacht.«

»Deswegen?« Er wies auf ihren lädierten Fuß. »Tut der auch weh, wenn du stillhältst?«

»Er tut ständig weh.«

»Du solltest zu einem Arzt gehen. Da kann etwas gezerrt oder gerissen sein, und mit solchen Dingen ist nicht zu spaßen.«

»Ach, ich weiß nicht.« Sie warf ihm einen eigentümlichen Blick zu und ließ sich auf einen Stuhl plumpsen. Sie hat wirklich immer mehr von einem Mehlsack, dachte Leon.

»Weißt du, die Ärzte fangen immer davon an, daß ich zu dick bin und daß ich das ändern muß. Ich gehe hin wegen einem verknacksten Fuß oder einem verstauchten Handgelenk, und ich komme heraus voller Angst wegen Bluthochdruck und Osteoporose und Herzproblemen, und am Ende habe ich noch ein Rezept für Gymnastik und einen Ernährungsplan in der Hand.« Sie verzog gequält das Gesicht. »Ich habe das so satt, verstehst du? Ich habe alles so satt.«

Er verstand sie, wußte aber auch, daß kein vernünftiger Arzt ihr Übergewicht einfach ignorieren konnte.

»Du solltest trotzdem zum Arzt«, meinte er unbehaglich.

»Kann ich Kaffee haben?« fragte sie.

Er nickte. Sie wuchtete sich wieder hoch, hinkte zum Schrank, nahm eine Tasse heraus, watschelte zum Tisch zurück, schenkte sich ein. Die Zuckerdose stand griffbereit. Er beobachtete fasziniert, wieviel Zucker sie sich in ihren Kaffee schaufelte. Dann bemerkte er ihren begehrlichen Blick und schob ihr den bröseligen Muffin zu.

»Möchtest du? Wenn es dich nicht stört, daß ich daran herumgepuhlt habe ...«

Sie nickte. Natürlich mochte sie. Sie verschlang das trockene Gebäck, als habe sie seit Tagen nichts mehr gegessen. Dann trank sie in großen, durstigen Zügen ihren Kaffee.

»Wußtest du ...«, fragte sie dann zögernd, hielt inne und schien ihre ganze Willenskraft zu brauchen, den Satz zu beenden, »wußtest du, daß Jessica ... ein Baby bekommt?«

»Nein.« Es war ihm so gleichgültig, ob Jessica ein Baby bekam oder nicht, daß er die Neuigkeit bereits wieder vergessen hatte. »Nein, davon hatte ich keine Ahnung.«

»Ich auch nicht. Sie hat es ja geschickt geheimgehalten. Um dann unerwartet die Katze aus dem Sack zu lassen und den großen Überraschungscoup zu landen.«

Er meinte, Verärgerung aus ihrer Stimme zu hören, und wunderte sich. Gerade Evelin schien Jessica immer besonders zugetan gewesen zu sein.

»Ganz so war es nicht«, meinte er, sich widerwillig an den Ablauf des Vorabends erinnernd. Diese Dinge berührten ihn alle nicht, besonders nicht in seiner Situation. »Jessica hat gar nichts darüber gesagt, oder? Es war Alexander, der plötzlich damit herausrückte, und ich hatte den Eindruck, das war Jessica gar nicht recht.«

Sie zuckte mit den Schultern. »Auf jeden Fall war es unverantwortlich. *Unverantwortlich*! So macht man das nicht! Allein schon wegen Ricarda! Das war doch ein Schock für das Mädchen!«

»Mag sein.« Sie nervte ihn. Er schaute auf seine Uhr. »Hm, ich fürchte, ich muß dich allein lassen. Ich habe nachher ein wichtiges Telefonat mit meinem ... Büro und muß noch ein paar Unterlagen durchgehen.«

Sie nickte, teilnahmslos plötzlich und in eigene Gedanken versunken. Gerade noch hatte sie sich aufgeregt, hatte ihre Stimme gehoben, nun war sie wieder in sich zusammengesunken.

Tim, der große Psychologe, dachte Leon, sollte sich mal um seine Frau kümmern, anstatt ständig nur an seiner Doktorarbeit herumzubasteln.

Er stand auf. »Glaubst du nicht«, fragte er noch, während er sich schon der Tür näherte, »daß es dir zu warm wird in dem Ding?« Er meinte ihren überdimensionalen Rollkragenpullover, den sie häufig trug und den er schrecklich fand. Er erinnerte sich, daß Patricia einmal gemeint hatte, Evelin glaube wohl, in diesem sackähnlichen Gewand am besten ihre vielen überflüssigen Pfunde zu kaschieren. »Es soll heute noch mal richtig anziehen mit den Temperaturen!«

Sie antwortete nicht. Sie starrte in ihre Kaffeetasse, als gebe es dort etwas Interessantes zu entdecken.

Leise verließ er die Küche.

Tim stand in der geöffneten Gartentür, als Jessica über die Terrasse zum Haus zurückkehrte. Er trug Shorts und präsentierte seiner Umwelt kräftige, stark behaarte Beine. Ausnahmsweise steckten seine Füße einmal nicht in den obligatorischen offenen Sandalen, sondern er war barfuß. Offenbar hatte er beschlossen, nun endgültig den Sommer einzuläuten.

»Schon wieder am Laufen?« fragte er leutselig.

Jessica hatte gerade festgestellt, daß sie zwei Stunden unterwegs gewesen war. Sie war völlig verschwitzt und hatte das Gefühl, ziemlich unattraktiv auszusehen.

»Ja«, sagte sie knapp.

Er schüttelte den Kopf. Sein zotteliger Bart wogte. »Wovor läufst du nur davon? Wenn ich doch einmal dahinterkäme ...«

Sie deutete auf Barney. »Ein junger Hund braucht soviel Bewegung wie möglich.«

Weshalb rechtfertige ich mich eigentlich? Wieso höre ich seinem dummen Geschwätz überhaupt zu?

»Der Hund«, meinte er nachdenklich, »ja ja, der Hund ...«

Wortlos wollte sie an ihm vorbei ins Haus.

»Weißt du, warum heute niemand frühstückt?« fragte er. »Niemand hat einen Tisch gedeckt oder sonst etwas vorbereitet.«

»Du könntest das ja tun«, schlug sie vor. »Deck den Tisch, koche Kaffee, brate ein paar Eier, toaste das Brot ... niemand hindert dich daran.«

»Aggressiv«, stellte er fest, »da brodelt es ganz schön in dir!« Er lächelte. »Würdest du mit mir frühstücken, wenn ich die Vorarbeit leiste?«

»Nein.«

Einen Moment lang musterten sie einander. Eine fast greifbare Woge der Feindseligkeit schwappte von einem zum anderen, von ihr zu ihm ebenso wie umgekehrt.

Er hat mich auch von Anfang an gehaßt, dachte Jessica erstaunt, nicht nur ich ihn. Wir konnten einander beide nicht ausstehen.

»Hast du einen Stapel Computerausdrucke gesehen?« fragte Tim unvermittelt. »Ich suche schon den ganzen Morgen danach. Es handelt sich um wichtige Unterlagen für meine Promotion.«

»Nein«, antwortete Jessica wiederum und fügte hinzu: »Ich meine, ich habe diese Papiere nicht gesehen. Aber du mußt die Texte ja dann auch noch im Computer haben, also ist wohl nichts verloren.«

Sie ließ ihn stehen und verschwand im Haus. Sie mußte unbedingt duschen. Auch auf die Gefahr hin, daß sie dabei Alexander begegnen würde.

Das Zimmer war leer, zum Glück, so mußte sie Alexander nicht in ihrem abgerissenen, unattraktiven Zustand gegenübertreten. Sie duschte eine halbe Ewigkeit, verschwendete ungeheuer viel Schaum und heißes Wasser, merkte dabei aber auch, daß ihre Lebensgeister zurückkehrten. Sie fönte ihre Haare und zog einen leichten Baumwollpullover an. Sie sah besser und adretter aus, als sie sich tatsächlich fühlte. Sie betrachtete die Sachen ihres Mannes im Bad, seinen Rasierschaum, den Pinsel in dem kleinen Porzellanschälchen, seine Nagelfeile, seinen Kamm, seine Zahnbürste. Vertraute Gegenstände, die zärtliche Gefühle in ihr auslösten. Sie fragte sich, wie es weitergehen würde. Ob ihre Ehe in einem Jahr wohl noch bestand?

Sie zog ihre Turnschuhe wieder an, obwohl ihre Füße noch vom Vortag und von der Runde im Garten am frühen Morgen schmerzten. Sie würde eine längere Wanderung unternehmen in der Hoffnung, etwas Klarheit in ihren Kopf zu bekommen. Ob es noch normal war, daß sie so viel lief? Immer allein, immer ängstlich, einer der Freunde könnte sie plötzlich begleiten wollen. Ängstlich auch bei der Vorstellung, Alexander könnte sich ihr anschließen.

Es kostete nicht allzuviel Überlegung festzustellen, daß ihr Laufen tatsächlich etwas mit Weglaufen zu tun hatte.

Vielleicht würde alles besser, wenn das Kind da war.

Kaum hatte sie dies gedacht, fragte sie sich voller Resignation: Was sollte das Kind eigentlich ändern?

Wahrscheinlich gar nichts.

Phillip befand sich in einem eigenartigen Zustand: Er war müde und zugleich hellwach. Tief erschöpft und doch von einem elektrisierenden Kribbeln im Körper erfüllt. Die Nacht, die er vor der Pforte zu Stanbury House verbracht hatte, steckte ihm in allen Knochen, ließ ihn sehnsüchtig an viele Stunden erholsamen Schlafs denken. Zugleich wußte er, daß er es nicht würde aushalten können im Bett. Er mußte etwas unternehmen. Irgend etwas mußte endlich geschehen.

Er war erst um halb fünf am Morgen in sein Zimmer zurückgekehrt. Vor dem *The Fox and The Lamb* hatte er Geraldines Auto parken sehen. Sie war also noch immer da. Wahrscheinlich würde sie nie aus seinem Leben verschwinden, eine Vorstellung, die überraschenderweise auch eine tröstliche Seite hatte.

Oben hatte er sich auf sein Bett gelegt, nachdem er nur die Schuhe ausgezogen hatte. Er hatte an die Decke gestarrt, hatte auf Geräusche im Haus gelauscht. Irgendwo knarrten manchmal ein paar Dielenbretter, und einmal fiel ein Gegenstand laut scheppernd um – eine Milchkanne vielleicht, dachte er, die eine Katze umgestoßen hat. Ansonsten war es sehr still. Alles schlief. Er dachte an das junge Mädchen mit dem Rucksack. Wohin war sie gegangen? Ob sie versuchen würde, per Anhalter irgendwohin zu gelangen, an ein Ziel, das ihr schöner und verlockender erschien als das Leben mit ihrer Familie? Hätte er sie aufhalten müssen? Aber sie hatte von ihrem Freund gesprochen, also war sie vielleicht gar nicht allein unterwegs. Außerdem ging sie ihn nichts an. All die Menschen dort gingen ihn nur insoweit etwas an, als sie ihm bei der Verwirklichung seiner Pläne entweder halfen oder sich ihr in den Weg stellten. Der Rest konnte ihm gleichgültig sein.

Um sieben Uhr stand er auf, als ihm klar wurde, daß er trotz seiner brennenden Augen und der Mattigkeit in allen Gliedern nicht würde einschlafen können. Er ging im Zimmer auf und ab, dachte nach, analysierte sich und seine Situation, setzte sich in einen Sessel und versuchte sich auf ein Buch zu konzentrieren, aber auch das gelang ihm nicht. Er hörte sich die Nachrichten im Radio an und anschließend eine Sendung, in der Filme vorgestellt und besprochen wurden. Er hatte das Verlangen nach einem doppelten Whisky, aber es war zu früh am Morgen, um dem nachzugeben. Um neun Uhr beschloß er zu frühstücken. Er hatte am Vorabend nichts gegessen und merkte plötzlich, wie hungrig er war. Auf dem Weg zum Gastraum roch es bereits nach Eiern mit Speck, nach Toastbrot, gegrillten Champignons und Tomaten, aber als er eintreten wollte, entdeckte er Geraldine, die an einem der Tische saß, vor sich das obligatorische trostlose Glas mit Mineralwasser und sonst nichts. Sie saß seitlich zu ihm. Er konnte erkennen, daß sie schlecht aussah, fast so, als sei sie ernsthaft krank. Sie hatte verquollene Augen – vom Weinen, vermutete er – und war sehr blaß. Ihre Haare, die sie sonst so sorgfältig pflegte, wirkten strähnig.

Sie ist richtig fertig, dachte er und trat vorsichtig den Rückzug an. Sie hatte ihn noch nicht gesehen, und er war absolut nicht in der Stimmung, jetzt eine Debatte mit ihr zu ertragen. Er überlegte, was er nun tun sollte. Er könnte natürlich anderswo frühstücken. Dann würde er einen Freund in London anrufen – einen Freund mit guten Kontakten. Vielleicht konnte der ihm einen Anwalt in Leeds empfehlen, und dann würde er versuchen, möglichst schnell einen Termin zu bekommen. Um wenigstens endlich mit einer kompetenten Person sprechen zu können. Wie und wovon er das Gespräch bezahlen sollte, mußte er sich dann später überlegen.

In seinem Zimmer hatte er noch den Zweitschlüssel für Geraldines Auto, und er beschloß, sich den Wagen einfach auszuleihen. Er war damit wesentlich beweglicher, und zudem würde er Geraldine richtig glücklich machen: Ganz sicher schlug sie sich mit dem Gedanken herum, eigentlich abreisen zu müssen, wenn sie ihre Selbstachtung behalten wollte, aber wenn er das Auto entführte, hatte sie einen guten Grund, länger zu bleiben.

Das mindeste, was er für sie tun konnte, bestand darin, ihr eine Ausrede für ihre Unentschlossenheit zu liefern.

»Ich dachte, ich frage einfach mal, ob es etwas zu tun gibt für mich«, sagte Steve. Unsicher trat er von einem Fuß auf den anderen. »Rasen mähen oder so …«

»Wenn wir hier sind, kümmern wir uns eigentlich selbst um alles«, erwiderte Patricia. Sie stand in der Halle, streifte gerade ihre Gartenhandschuhe über. Sie trug Jeans und ein blauweiß kariertes Hemd. »Ich will heute sowieso ein paar Blumen pflanzen.«

Steve nickte. Er sah eher aus wie ein Ire als wie ein Engländer mit seinen roten Haaren und seinem sommersprossigen Gesicht. Er war zweiundzwanzig Jahre alt, wirkte jedoch jünger.

Wie ein Schuljunge, dachte Patricia. Wahrscheinlich brauchte er dringend Geld.

Sie überlegte es sich anders.

»Sie könnten hinter dem Haus den Rasen mähen«, meinte sie, »er hat es dringend nötig, und wer weiß, ob noch jemand von uns heute dazu kommt.«

Steve lächelte erleichtert. »Alles klar. Ich fange gleich an.«

Jessica kam aus dem Eßzimmer. Sie hatte noch ein wenig in Kevin McGowans Unterlagen gestöbert, jedoch nichts von größerem Interesse gefunden.

»Ich gehe spazieren«, verkündete sie.

»Was auch sonst«, sagte Patricia spitz.

Alexander kam die Treppe herunter. Wie immer in der letzten Zeit sah er grau und sorgenvoll aus. »Ich kann Ricarda nirgends finden«, sagte er.

Jessica sah ihn an. Trotz allem taten ihr sein offensichtlicher Kummer, seine Verstörtheit weh.

»Wundert dich das?« fragte sie.

»Ich sage dazu nichts mehr«, erklärte Patricia.

»Jessica …«, sagte Alexander bittend.

Sie konnte jetzt nicht mit ihm sprechen. Es war zuviel geschehen.

»Ich mache einen längeren Spaziergang«, sagte sie, »wartet nicht mit dem Mittagessen auf mich. Ich weiß nicht, wie lange ich wegbleibe.«

»Kann ich mitkommen?« fragte Alexander.

»Ich würde lieber allein sein«, antwortete Jessica steif.

Er nickte langsam.

»Ich sage dazu nichts mehr«, hielt Patricia noch einmal fest.

»Danke«, sagte Jessica, »das ist außerordentlich nett von dir.«

Patricia verließ wortlos die Halle. Steve war bereits verschwunden, um sich den Rasenmäher aus dem Geräteschuppen zu holen.

»Glaubst du, daß sie in Gefahr ist?« fragte Alexander. Er meinte Ricarda.

»Ich glaube nicht, nein«, sagte Jessica, »aber sie braucht Ruhe und Abstand. Es war zu grausam, was gestern abend passiert ist. Patricias Verhalten war unmöglich, aber das sind wir alle, auch Ricarda, gewöhnt von ihr. Das Schlimme war, daß du dich nicht vor deine Tochter gestellt hast, Alexander. Sie hätte deine Unterstützung und Hilfe gebraucht, und du bist ihr in den Rücken gefallen. Du solltest sie jetzt erst einmal in Ruhe lassen.«

»Fandest du es nicht erschreckend, was sie da schrieb in ihrem Tagebuch? Daß sie uns alle haßt und uns den Tod wünscht, und ...«

»Man muß schon Patricia heißen, um das derart zu dramatisieren«, meinte Jessica. »In Ricardas Alter hassen sie leidenschaftlich, lieben inbrünstig, verzweifeln zutiefst und erleben ungeheure Euphorien. In rasendem Tempo nacheinander oder sogar gleichzeitig. Das ist normal. Sie kommen mit sich und dem Leben noch nicht zurecht. Aber irgendwann landen sie dann doch in den Bahnen, die zu ihnen passen.«

»Oder in der Drogenszene.«

»Ricarda nicht. Sie ist nicht der Typ.«

»Glaubst du, es gibt da einen bestimmten Typ?«

Sie antwortete nicht darauf. Sie hatte bereits zuviel gesagt, führte ein Gespräch, das sie nicht hatte führen wollen.

»Ich muß jetzt gehen«, sagte sie. Gefolgt von Barney, verließ sie das Haus. Sie schaute sich nicht nach Alexander um, aber sie fragte sich, ob er wohl nun zum Telefon gehen und Elena anrufen würde.

»Wir sind fast auf der Höhe von Nottingham«, sagte Keith, »aber eigentlich wollte ich um diese Zeit schon viel weiter sein.«

Er war ärgerlich. Sie hatten länger geschlafen als beabsichtigt. Beide waren völlig übermüdet gewesen, hatten sich auf dem Sofa eng aneinandergekuschelt und waren sofort eingeschlafen. Es war spät, als sie erwachten, und Keith hatte zum Aufbruch gedrängt.

»Wir müssen los, schnell, beeil dich! Wir wollen doch möglichst früh in London ankommen!«

Sie hatten sich angezogen und ihr leichtes Gepäck im Auto verstaut. Keith wollte im nächsten Dorf tanken. Ricarda hatte all ihr Geld mitgebracht: ein bißchen Erspartes und das, was ihr Elena bereits im voraus zu Ostern geschenkt hatte.

Insgesamt verfügten sie nun über etwa zweihundert Pfund. Das gab ihnen nicht viel Spielraum, aber sie konnten damit bis London kommen und dort für ein paar Tage in einer billigen Absteige leben, bis sie beide Arbeit und eine Wohnung gefunden hatten. Im Tageslicht sah alles natürlich ein wenig anders aus als in der Euphorie der nächtlichen Stunden, und insgeheim fragten sich beide, wie sie dieses Abenteuer wohl durchhalten und bestehen sollten. Keiner mochte jedoch seine Angst dem anderen gegenüber preisgeben.

»Wir werden zunächst ziemlich asozial wohnen«, sagte Keith. Er hatte das schon ein paarmal am Morgen gesagt, und Ricarda überlegte, ob er vielleicht weniger sie darauf vorbereiten als vielmehr sich selbst Mut zusprechen wollte. »Es darf uns nur darum gehen, so billig wie möglich davonzukommen, das muß dir klar sein.«

»Klar.«

»Wenn wir jeder einen Job haben, wird es besser. Ich meine, du wirst mehr verdienen als ich, denn du kannst den ganzen Tag arbeiten. Ich muß ja meine Lehre machen. Wenn ich eine Lehrstelle finde.«

»Du hast doch gesagt, in London wimmelt es nur so von Lehrstellen«, sagte Ricarda ein wenig verzagt.

Keith lächelte optimistisch. »Schon. Tut es auch. Trotzdem weiß man nie, wie schnell so etwas geht. Es wird eine Durststrecke geben. Aber wir packen das schon!«

Ricarda sah zum Fenster hinaus. Es war nicht allzuviel Verkehr auf der Autobahn, die in den Süden des Landes führte, sie kamen gut voran. Die Landschaft glitt rasend schnell vorüber: Felder, Wälder und Dörfer, kleine Städte, immer wieder Industrieanlagen. Überall begannen die Bäume zu blühen; Wärme und Sonne der letzten Tage hatten die Vegetation kräftig vorangetrieben. Am lichtblauen Himmel segelten ein paar Wölkchen. Ricarda wußte, daß es nach Sommer zu riechen begann.

Trotzdem hatte sie Angst.

Sie wollte nicht mehr zurück, darin war sie sicher. Aber es kam ihr wie ein großer, vielleicht *zu* großer Schritt vor, alles hinter sich abzubrechen und sich in ein ungewisses Leben mit Keith zu stürzen. Sie ließ ihre Familie zurück, die Schule, ihre Freunde in Deutschland. Die Basketball-Mannschaft. Alles, was zu ihrem Leben, zu ihrem Alltag gehört hatte. Wenigstens Elena würde sie anrufen müssen, sonst würde diese verrückt vor Sorge, und sie hatte ihr schließlich nichts getan. Papa würde sie natürlich *nicht* anrufen!

Papa …

Ihr krampfte sich das Herz zusammen, wenn sie an ihn dachte. Zweimal gestern abend hatte er ihr ein Messer ins Herz gestoßen: als er tatenlos danebenstand, während Patricia aus dem Tagebuch vorlas. Und als er stolz verkündete, daß J. ein Baby bekommen würde. Zweimal verraten. Zweimal auf eine nicht wiedergutzumachende Weise.

Ihr fiel etwas ein, das Elena ihr vor nicht allzu langer Zeit gesagt hatte. Sie hatte wieder einmal unter Tränen wissen wollen, wieso sich ihre Eltern hatten scheiden lassen, und Elena hatte zögernd erklärt: »Weißt du, er stand nie wirklich zu mir. Nicht wenn es gegen die *anderen* gegangen wäre. Patricia, Leon und die restliche Meute. Ihnen gegenüber ließ er mich fallen wie eine heiße Kartoffel, wenn ich mit ihnen auf Konfrontation ging. Er hat mir damit sehr, sehr weh getan. Und es ist mehr als einmal passiert – wesentlich mehr!«

Sie hatte noch lauter geweint. Sie wollte zwar immer wieder und wieder wissen, warum es schiefgegangen war zwischen Alexander und Elena, aber sie wollte als Antwort nie ein böses Wort über Alexander hören. Sie hoffte immer, es sei irgendeine fremde, bedrohliche Macht, die zwischen ihren Eltern Intrigen gestiftet hätte. Eine Macht, die man entlarven und deren Ränkespiele man nachträglich würde bagatellisieren können. Dann könnten die beiden wieder zusammenkommen, und alles wäre wie früher.

Seit dem gestrigen Abend hatte sie zum erstenmal eine klare Vorstellung von dem, was Elena gemeint hatte. Zum erstenmal dachte sie, daß ihr Vater schwach war, ein willfähriges Werkzeug in den Händen seiner Freunde. Etwas sagte ihr, daß Elena, die unabhängige, stolze, aufrechte Elena, niemals zu einem solchen Mann zurückkehren würde.

Und außerdem, dachte sie voller Trauer, kommt ja nun auch ein neues Baby.

»He, Kleines!« Keith stupste sie von der Seite an. »Du siehst ja total betrübt aus! Was ist los?«

»Nichts!« Sie riß sich aus ihren Gedanken, versuchte zu lächeln. »Ich glaube, ich habe nur Hunger. Und Durst. Können wir nicht irgendwo anhalten und etwas frühstücken?«

Er nickte. »Da kommt bald eine Raststätte. He!« Er lachte. »Von nun an frühstücken wir jeden Morgen zusammen! Jeden einzelnen Morgen unseres Lebens!«

24

Leon hatte sein Handy auf dem Schoß liegen. Er saß sehr aufrecht, starrte durch die Windschutzscheibe hinaus in den sonnigen Tag. Vor ihm breitete sich ein zauberhaftes, an drei Seiten von Wald umsäumtes Tal aus, in dem eine Schafherde graste, aber er nahm Schönheit und Frieden der Landschaft nicht wahr. Alles um ihn herum schien ihm dunkel und hoffnungslos.

Er hatte sich so weit von Stanbury House entfernt, wie er nur konnte. Unsinnig weit, denn schon bald nachdem er das Gelände dort verlassen hatte, hätte niemand mehr ihm folgen und das Gespräch mit dem Bankdirektor anhören können. Aber er hatte es nicht fertiggebracht, anzuhalten. Es war wie eine Flucht gewesen; ob vor den anderen, vor sich selbst oder dem Leben überhaupt, das wußte er nicht. Irgendwann war er auf einen Schotterweg abgebogen und zwischen hochgewachsenen Bäumen entlanggeholpert, bis plötzlich der Weg endete und sich in dieses liebliche Tal öffnete, ein Ort, der das Ende der Welt hätte sein können, so fern und unberührt erschien er. Leon hatte endlich angehalten, den Kopf für einen Moment in den Nacken gelegt und die Augen geschlossen. Er hatte wieder leichte Schmerzen in der Herzgegend. Es gab Minuten, in denen er wünschte, durch einen Infarkt von allen Problemen erlöst zu sein.

Dann hatte er die Nummer seines Bankdirektors und Tennisfreundes in das Handy getippt und alle Kraft zusammengenommen. Er hatte versucht, optimistisch und fröhlich zu klingen, so als habe er im Grunde keine wirklichen Schwierigkeiten. Wenn der Bankdirektor das Gefühl hatte, er sehe die Dinge positiv, würde ihn dies vielleicht überzeugen, und er würde den Kreditrahmen noch ein wenig erweitern …

Fehlanzeige, natürlich. Der Ton des anderen war kühl gewesen, professionell, distanziert. So sehr sich Leon bemüht hatte, das Thema *alte Zeiten* anzuschneiden, das gemeinsame Tennisspiel, gemütliche Abende im Club, so wenig Bereitschaft hatte sein einstiger Partner gezeigt, darauf einzugehen. Es war, als hätte es Zeiten der Freundschaft nie gegeben. Die Möglichkeit der Bank, ihm Kredit einzuräumen, war erschöpft, weit überstrapaziert. Es ging nicht mehr, beim besten Willen nicht. Mit Tilgung und Zinsen war er weit im Rückstand, wie er ja wohl wisse. Die Bank sehe sich notfalls gezwungen, eine Zahlungsvollstreckung gegen ihn zu erwirken. Er kenne die Regeln. Er habe sie möglicherweise zu weit überzogen. Nein, anderes könne er ihm nicht sagen.

Leon hatte seinen fröhlichen Ton verloren, er hatte schließlich nur noch gebettelt. Man könne doch einen Mann nicht einfach in den Ruin treiben. Er habe schließlich Familie! Es müsse doch Wege und Möglichkeiten geben …

»Ihr großer Fehler war, damals zu teuer zu bauen«, sagte der Bankdirektor. »Man kann nicht in die Selbständigkeit wechseln, was immer Anlaufschwierigkeiten und finanzielle Engpässe mit sich bringt, und sich fast gleichzeitig in der feinsten Münchner Gegend einen solchen Palast hinstellen. Ihnen hätte doch klar sein müssen, daß das nicht funktioniert!«

»Ich habe das Haus fast ausschließlich mit Krediten *Ihrer* Bank finanziert!« sagte Leon voller Bitterkeit. Er und der Typ am anderen Ende der Leitung hatten einander in besseren Zeiten geduzt, aber auch das Du schien seine Gültigkeit verloren zu haben. »Damals haben Sie nicht davon gesprochen, daß es gefährlich ist, was ich tue. Im Gegenteil, Sie haben mich ermutigt und mir …«

»Sie sollten nicht versuchen, Ihre Fehlleistungen anderen in die Schuhe zu schieben. Es ist nicht meine Aufgabe, meinen Kunden deren Pläne und Vorhaben auszureden. Ich unterstütze sie, wo ich kann. Aber auch mir sind irgendwann Grenzen gesetzt.«

»Sie sind zweimal Gast bei uns gewesen! Sie haben …«

»Bleiben Sie bitte sachlich. Das eine hat mit dem anderen nichts zu tun. So leid es mir tut, ich kann Ihnen nicht mehr helfen. Und nun entschuldigen Sie mich. Ich habe noch ein paar andere Dinge zu erledigen.« Damit hatte er aufgelegt.

Leon hatte kurz mit dem Gedanken gespielt, ihn noch einmal anzurufen, hatte ihn aber verworfen. Er würde für einige Zeit nicht mehr zu ihm vordringen. Die Vorzimmerdame hatte mit Sicherheit strikte Anweisungen.

Nun saß er da und starrte in das liebliche Tal, und nur ganz allmählich gelang es ihm, überhaupt wieder etwas von dem, was um ihn war, wahrzunehmen. Er sah die Sonne, die grasenden Schafe, die umhertollenden Lämmer. Die Wiesen, die von leuchtendem, frischem Grün waren, die Bäume, die mit Macht austrieben. Die Narzissen am Rand des Wegs und eine Vielzahl kleiner weißer Blumen, die mitten in der Wiese wuchsen. Er kannte ihren Namen nicht, aber sie sahen aus wie kleine Sterne, die jemand verschwenderisch ausgeschüttet hatte.

Wie friedlich es hier ist, dachte er.

Es war so eng in seiner Brust, eine dumpfe, beklemmende Enge. Als werde das Herz zusammengepreßt und könne nicht frei schlagen. Wenigstens spürte er keinen Schmerz im Augenblick. Dieses Stechen, das ihm stets so nachdrücklich klarmachte, daß er zu lange schon über seine Kräfte lebte. Wie mochte es sein, an einem Herzinfarkt zu sterben? Wie lange dauerte der Todeskampf? Wie schmerzhaft war er am Ende?

Er stieß die Autotür auf. Warme, weiche Luft strömte herein. Es roch nach Blüten und nach feuchter Erde. Er hörte ein Schaf blöken, ein Bächlein plätschern.

In einer Wiese liegen. In den blauen Himmel blicken. Den Geruch der Natur atmen, ihren Stimmen lauschen. Wann hatte er das zuletzt getan? Es mußte ewig her sein, vielleicht war er noch ein Junge gewesen. Langsam stieg er aus. Schlenderte den Hang hinunter. Die Schafe ließen sich nicht stören, sie beachteten ihn nicht.

Er bückte sich, zog Schuhe und Strümpfe aus. Er spürte das Gras unter seinen nackten Füßen. Hatte es je irgendwo so stark, so intensiv nach Blüten gerochen? Oder hatte er es einfach nie bemerkt?

Er setzte sich in die Wiese. Atmete tief und ruhig. Er war in England. In einem Tal *in the middle of nowhere*. Zum erstenmal kam ihm der Gedanke, alles abzustreifen. Seine erdrückenden Probleme. Seine unglückliche Ehe. Sein ganzes bisheriges Leben. Den alten Leon abzugeben und ein neuer Mensch zu werden. Aussteigen und neu anfangen.

Als Schaffarmer, dachte er, oder als Bauer. Ein kleines, bescheidenes Häuschen. Eine nette Frau. Abends wissen, was man geschafft hat. Von der Hand in den Mund leben, ernährt vom eigenen Land, von der eigenen Hände Arbeit. Am Ende eines Tages auf solch einer Wiese sitzen und den Schafen zusehen.

Er mußte lachen über das naive Bild, das er von seinem Leben zeichnete.

Er legte sich ins Gras zurück und blickte hinauf in den blauen Himmel.

Ricarda hatte auf ein gemütliches Frühstück gehofft – sofern ein Frühstück in der Imbißgaststätte einer Autobahntankstelle überhaupt gemütlich sein konnte –, aber Keith, der ihr zunehmend nervöser vorkam, sagte, dazu hätten sie nicht die Zeit.

»Wir müssen bis London! Und dort ein Dach über dem Kopf finden! Und vielleicht schon erste Erkundigungen einziehen!«

»Welche Erkundigungen?«

»Mensch, wegen eines Jobs! Was glaubst du, wie weit wir mit deinem bißchen Geld kommen?«

Sie fühlte sich ein wenig elend, weil er so gereizt mit ihr umging, außerdem beunruhigt, weil er sich Sorgen zu machen schien, aber sie versuchte sich mit dem Gedanken zu trösten, daß alles besser werden würde. Sie mußten sich nur erst an das neue Leben gewöhnen.

»Ich werde tanken«, sagte Keith, »und du gehst so lange hinein und organisierst etwas zu essen und zu trinken. Aber gib bloß nicht zuviel Geld aus, hörst du?«

Sie ging in die Raststätte, suchte die Toilette auf, wusch sich dort am Waschbecken mit kaltem Wasser das Gesicht und kämmte ihre Haare. Es erstaunte sie zu sehen, wie ängstlich ihre Augen dreinblickten.

Im Verkaufsraum erstand sie zwei große Pappbecher mit heißem Kaffee und zwei in Plastik eingeschweißte Sandwiches mit Tomaten, Eiern und Mayonnaise.

Es war nicht das Frühstück, das ihr vorgeschwebt hatte, aber es war billig, und Keith würde zufrieden mit ihr sein.

Als sie hinaustrat, sah sie ihn an der Zapfsäule stehen, sein Handy ans Ohr gepreßt. Er entdeckte sie ebenfalls sofort und winkte ihr hektisch zu. Als sie ihn erreichte, beendete er gerade das Gespräch und schaltete den Apparat aus. Er war blaß geworden.

»Meine Mutter hat angerufen«, sagte er. »Mein Vater ist zusammengebrochen. Es sieht wohl ziemlich ernst aus.«

»Was hat er denn?«

»Eine Art Schlaganfall oder so etwas. Der Notarzt ist da. Dad ist nicht bei Bewußtsein! Oh, Mist!« Er wühlte hektisch in seinen Haaren. »Ausgerechnet jetzt! Wir müssen umkehren, Ricarda!«

»Aber du kannst ihm doch sowieso nicht helfen!«

»Aber ich muß bei meiner Mum sein. Die ist am Durchdrehen. Die glaubt, daß er stirbt. Ich kann jetzt nicht einfach abhauen!«

Sie reichte ihm einen Kaffeebecher. »Hier. Trink das erst mal.«

Er trank ein paar Schlucke, verzog das Gesicht, weil der Kaffee so heiß war, schüttelte den Kopf, als er das Sandwich sah. »Ich hasse Eiersandwiches! Komm, steig ein. Wir müssen los!«

»Du mußt noch das Benzin bezahlen«, erinnerte sie ihn, und fluchend entfernte er sich in Richtung Kasse.

Sie sah ihm nach. Ihr war kalt, und sie merkte, daß sie vor Enttäuschung gleich zu weinen beginnen würde. So sehr sie sich gefürchtet hatte, so wenig hatte sie zurückgewollt. Ein zweites Mal würden sie nicht aufbrechen, das spürte sie.

Sie warf beide Sandwiches in einen Abfallkorb. Sie hatte keinen Hunger mehr.

»Wenn alles klar ist, geh ich dann«, sagte Steve. Wie immer, wenn er sprach, trat er von einem Fuß auf den anderen. »Oder kann ich noch etwas machen?«

Patricia blickte auf. Sie war auf der großen Terrasse beschäftigt. Sie hatte die vertrockneten Pflanzen aus den Terrakottatöpfen entfernt, frische Erde aufgefüllt und war nun dabei, Geranien, Fuchsien und Margeriten zu pflanzen. Sie arbeitete konzentriert und mit dem für sie typischen Anspruch auf Perfektion.

»Nein, Steve, den Rest erledige ich. Danke fürs Mähen. Erstaunlich, wieviel gepflegter so ein kurzer Rasen gleich aussieht!«

»Am Tag, an dem Sie ankamen, hab ich ja morgens noch gemäht«, sagte Steve, »aber jetzt war es schon wieder so hoch. Im April und Mai kommt man nicht hinterher.«

Patricia erhob sich, klopfte die Erde von ihren Hosen und ging, gefolgt von Steve, ins Haus, um ihm seinen Lohn auszuhändigen. Im Wohnzimmer stießen sie auf einen schlechtgelaunten Tim.

»Ich kann meine Aufzeichnungen nicht finden«, sagte er wütend, »und ich will einfach nicht glauben, daß so etwas verlorengeht! Im übrigen kann ich nicht mal Evelin finden, die vielleicht weiß, wo die Papiere sind. Es ist wirklich zum Kotzen!«

»Hast du schon in der Küche nachgesehen?« fragte Patricia.

Tim lächelte, aber es war weder ein freundliches noch ein amüsiertes Lächeln. »Natürlich. Als erstes. Aber da ist sie nicht.«

»Du schreibst doch in deinen Laptop, denke ich.«

»Ja. Aber ich hatte ein paar Seiten ausgedruckt. Ich möchte nicht, daß ... daß sie in falsche Hände gelangen.«

»Also«, sagte Patricia, »außer uns ist hier niemand. Aber vielleicht sind wir in deinen Augen auch schon *falsche Hände*.«

Tim ignorierte ihre Bemerkung.

»Wer kocht heute eigentlich das Mittagessen?« fragte er übergangslos. »Evelin ist offenbar nicht da, Jessica rennt wie üblich in der Gegend herum, und du scheinst ziemlich beschäftigt mit deinen Pflanzen.«

»Oh«, sagte Patricia spitz, »dann schlage ich doch vor, es kocht der, der fragt! Im übrigen hat das ja auch noch ein bißchen Zeit. Es ist gerade elf Uhr!« Sie winkte Steve, ihr zu folgen, und ließ einen ziemlich verdatterten Tim einfach stehen.

»Es ist ja wohl nicht einzusehen, daß bestimmte Arbeiten immer für Frauen reserviert sein sollen«, sagte sie zu Steve, während sie ihm sein Geld gab, aber Steve, in dessen nordenglische Bauernfamilie das Wort Emanzipation noch nicht wirklich vorgedrungen war, zuckte nur hilflos mit den Schultern.

»Bei uns kocht meine Mum«, sagte er.

Das Dorf hieß Bradham Heights, und es befand sich an einer Straße, von der Phillip schon geglaubt hatte, daß sie irgendwann am Meer enden würde, ohne daß vorher noch eine Stadt, ein Dorf oder sonst eine menschliche Ansiedlung auftauchen würde. Bradham Heights lag hinter einer Hügelkuppe und war inmitten der sanft geschwungenen Landschaft wie eine Handvoll hingewürfelter Spielzeughäuschen anzusehen. Die Häuser bestanden aus dem typischen grauen Granitstein der Gegend, und es gab eine wuchtige Kirche, die von einem zauberhaften Friedhofsgarten voll blühender Apfelbäume umgeben war. Auf den

Hängen, die sich rund um das Dorf erstreckten und die von zahllosen steinernen Mauern durchzogen waren, grasten Schafe und vereinzelt Kühe.

Ob es hier irgend etwas von dem Dreck gibt, dem wir in den Großstädten ausgesetzt sind? fragte sich Phillip. Drogen und Alkohol und Computerspiele mit Gewaltdarstellungen und pornographische Filme und das alles? Man meint, daß nichts davon bis hierher dringen könnte.

Er fand ein Pub, das gleich an der Hauptstraße lag, und zu seiner Überraschung erwies es sich als gepflegt und komfortabel. Er bekam einen großartigen Brunch dort; Kaffee, soviel er wollte, Orangensaft, Rühreier, gebutterten Toast und ein Omelett mit Champignons, wie er es besser nie gegessen hatte. Er aß sich satt, trank einen Sherry zum Abschluß und war erstaunt über den vergleichsweise niedrigen Preis. Zudem war er höchst erstaunt über sich selbst. Denn er fühlte sich wohl hier, friedlich und geborgen, und Gefühle dieser Art hatte er nicht mehr gekannt, seit er ein kleines Kind gewesen war und sich in den Armen seiner Mutter beschützt gefühlt hatte. Er und das Landleben! Und noch dazu Yorkshire, Brontë-Land! Diese wilde, melancholische Einsamkeit, diese Düsternis und Kargheit, in der sich dann plötzlich idyllische Dörfchen, blühende Bäume und Blumengärten fanden, und kleine Bäche, in deren dahinplätscherndes Wasser tief die Zweige alter Trauerweiden eintauchten. Er konnte nicht begreifen, weshalb ihn dies so berührte, ihn, der es nie außerhalb der großen Städte, der rastlosen, quirligen Metropolen ausgehalten hatte. London natürlich, aber oft hatte er gedacht, eigentlich sei er im Herzen ein New Yorker, Bewohner der Stadt, die niemals schläft, denn so hatte er die für sich einzig möglich erscheinende Lebensform stets charakterisiert: Nur keine Stille! Nur kein Moment des Schlafs! Immer und jede Sekunde den jagenden Pulsschlag vernehmen. Hektik, Lärm, Bewegung. Als sei jede Ruhe eine Vorform des Todes.

Und auf einmal ergötzte er sich am Anblick weidender Schafe. Genoß zutiefst die Stille eines einsamen Dorfs. Betrachtete voll Staunen und Freude die blühenden Apfelbäume eines Friedhofs. *Friedhof!* Allein die Tatsache, daß er nach Beendigung seiner Mahlzeit freiwillig dorthin ging, zwischen den Gräbern herumschlenderte, dem Summen der ersten Bienen des Jahres lauschte und die verwitterten Grabsteine betrachtete, grenzte an ein Wunder. Außer zum Besuch von Kevin McGowans Grab war er nur zweimal in seinem Leben auf Friedhöfen gewesen: bei der Beerdigung seiner Mutter natürlich, und dann viele Jahre zuvor, als Fünfzehnjähriger, zum Begräbnis seiner Großmutter. Er hatte nicht mitgewollt damals, wie er sich erinnerte. Mummie hatte ihn gezwungen. Sie waren mit dem Zug nach Devon gefahren, in das Dorf, in dem Mummies Mutter gelebt hatte. Er hatte einen schwarzen Anzug und eine Krawatte tragen müssen. Der Friedhof war ähnlich gewesen wie der von Bradham Heights, voller Blumen und Bäume. Es war August gewesen, die Luft warm und mild und schon ein bißchen herbstlich, und die Blumen hatten die tiefen, starken Farben des ausgehenden Hochsommers gehabt. Trotzdem war ihm kalt gewesen, und er hatte nichts als Grauen und Furcht gespürt und den Wunsch, zu verschwinden. Nie hätte er geglaubt, er könne einmal an solch einem Ort verweilen und Frieden verspüren, tiefen Frieden.

Ich fange an, dieses Land zu lieben, dachte er, irgend etwas hier berührt mich. Es wird schließlich nicht mehr nur um meinen Vater gehen. Es wird mehr und mehr auch um mich gehen.

Er starrte einen Grabstein an, auf dem ein eingemeißelter Engel flehend die gefalteten Hände zum Himmel hob. Ein Kind lag hier begraben, wie er an den Jahreszahlen erkannte, ein Kind, das knapp sechs Jahre alt geworden war.

Unwillkürlich mußte er an Geraldine denken, daran, daß sie sich so sehr Kinder wünschte und ein Familienleben. Nicht, daß er sich hätte vorstellen können, Teil ihres Traumes zu werden – es war definitiv klar für ihn, daß sie nicht die Frau war, mit der er sein Leben würde verbringen wollen –, aber erstmals konnte er in Ansätzen nachvollziehen, worum es ihr ging und weshalb sie so festhielt an ihren Wünschen. Fast hatte er Angst, es könne auch ihm irgendwann so ergehen. Er könnte sich plötzlich nach einer Art Leben sehnen, das er bislang nicht gewollt hatte und das vielleicht auch für ihn nicht erreichbar war.

Er wollte nicht mit sinnlosen Träumen herumlaufen.

Oder war Stanbury House bereits solch ein sinnloser Traum?

Es fiel ihm ungewöhnlich schwer, sich von dem idyllischen kleinen Garten loszureißen. Als er wieder auf die Straße trat, spürte er ein so übermächtiges Verlangen nach dem Haus seines Vaters, daß er beschloß, jetzt sofort dorthin zu fahren. Einfach ein wenig durch den Park zu streifen, aus der Ferne die schlichte Schönheit des Baus zu betrachten. Sehen, wie sich der Himmel in den blanken Fensterscheiben spiegelte.

»Ist Ricarda aufgetaucht?« fragte Patricia. Sie kniete vor der zum Blumenkasten umarrangierten Schafstränke vor der Eingangstür und entfernte die Tannengestecke, die dort seit Weihnachten vor sich hin kümmerten. Zum Teil schlangen sich noch Lichterketten um die verdorrten Nadeln, aber sie hatten bereits zu Silvester ihren Geist aufgegeben und konnten weggeworfen werden. Sie landeten in der großen Pappschachtel, die sich Patricia für die Abfälle bereitgestellt hatte.

»Nein«, sagte Alexander auf ihre Frage hin. Er war gerade aus dem Haus gekommen und unschlüssig stehengeblieben, und Patricia dachte, daß er in der letzten Woche tatsächlich im Zeitraffer zu altern schien. In rasantem Tempo wurde er grauer, müder, sogar langsamer in seinen Bewegungen. Seine Schultern schienen ein wenig nach vorne gesackt.

Patricia grub mit zusammengebissenen Zähnen in der Erde herum und verkniff es sich, noch einmal zu betonen, daß sie zu diesem Thema nichts mehr sagen würde.

»Na ja«, meinte sie schließlich nur.

»Ich dachte, ich setze mich im Garten auf die Bank, auf der Ricarda gestern saß«, sagte Alexander. »Ich muß für mich sein.«

Patricia schaute auf. »Wir alle sind seit Tagen nur noch *für uns*«, sagte sie. »Fällt dir das auf?«

»Gestern abend …«

»Die Mahlzeiten, ja, das schaffen wir gerade noch miteinander. Obwohl es mit dem Frühstück kaum noch klappt. Aber sonst … tagsüber … wir machen doch nichts mehr gemeinsam. Jeder hängt herum, allein, in sich gekehrt. Keiner scheint Lust zu haben, mit den anderen zusammen etwas zu unternehmen.«

»Hm.« Alexander sah sie nachdenklich an. »Was meinst du, woran das liegt?«

»Wir hatten schon einmal so eine Phase«, sagte Patricia.

Er nickte langsam. »Ich weiß. In den anderthalb Jahren, bevor …«

»… bevor du dich von Elena getrennt hast. Nachdem sie voll auf Konfrontation gegangen war, stimmte es zwischen uns allen nicht mehr.«

»Aber Elena ist nicht mehr hier.«

Patricia schwieg bedeutungsvoll.

Alexander atmete tief.

»Nein«, sagte er, »nein, das kannst du nicht vergleichen. Jessica sucht nie die Konfrontation. Sie lehnt … das alles hier nicht ab. Sie mag manchmal ein wenig eigenbrötlerisch erscheinen, aber sie hat sich integriert und fühlt sich dazugehörig.«

»Aber seitdem sie da ist, rastet Ricarda aus. Und auch das bringt alles durcheinander.«

Alexander hob hilflos die Schultern. »Sie ist ein heranwachsendes Mädchen. Die scheren immer irgendwann aus.«

»In der Zeit dazwischen«, sagte Patricia, »zwischen Elena und Jessica, meine ich, war es am besten.«

»Ich konnte doch nicht für immer allein bleiben.«

Patricia ließ diese Bemerkung unkommentiert und machte sich wieder daran, die Lichterketten zu entwirren.

»Telefonierst du eigentlich mit Elena?« fragte sie dann unvermittelt. »Ich meine jetzt, wegen der Sache mit Ricarda?«

Er kam sich vor wie ein Schuljunge, der beim Abschreiben erwischt worden ist.

»Ja«, gab er zögernd zu.

Sie sah wieder zu ihm hoch. Wie sie da hockte – die Finger mit den langen, spitzen Nägeln voller Erdklumpen, die blonden Haare wie helle Seide in der Sonne schimmernd, die Augen gegen die Sonne zu schmalen Schlitzen gezogen wie eine hungrige Katze –, kam sie ihm vor wie ein lauerndes, räuberisches, durch und durch erbarmungsloses Geschöpf.

Er erschrak vor seinen eigenen Gedanken. Erbarmungslos. Durfte man das von einem Menschen behaupten? Und doch spürte er es ganz deutlich, ihre Mitleidlosigkeit, ihre Skrupellosigkeit. Elena hatte sie gehaßt. Patricia war der Grund gewesen, weshalb Elena sich irgendwann geweigert hatte, noch einmal nach Stanbury zu fahren. In gewisser Weise war Patricia der Grund für alles. Der Grund für die Scheidung.

»Also, ich bin dann im Garten«, sagte er.

Sie nickte, lächelte verächtlich und widmete sich wieder ihrer Arbeit.

Der Hof lag wie ausgestorben in der Sonne. Keith bremste mit quietschenden Reifen. Es war eine mörderische Fahrt gewesen, einfach fürchterlich. Ricarda hatte manchmal geglaubt, sie würden nicht lebend ankommen. Keith war gerast wie der Teufel, hatte sämtliche Vorschriften und Verbote ignoriert, und es waren immer wieder Situationen entstanden, in denen Ricarda den Atem angehalten hatte.

»Fahr doch ein bißchen vorsichtiger«, hatte sie zweimal gefleht, aber beim ersten Mal hatte Keith überhaupt nicht reagiert, und beim zweiten Mal hatte er sie angefaucht: »Verdammt, laß mich in Ruhe! Es ist ja nicht dein Vater, der im Sterben liegt!«

»Du weißt doch gar nicht, ob er im Sterben liegt.«

»Ich weiß aber, daß es ihm verdammt dreckig gehen muß, sonst wäre Mum nicht so verzweifelt!«

Er hängt doch sehr an seinem Vater, dachte Ricarda.

Inzwischen brannten ihre Augen vor Müdigkeit und vor Kummer, und sie sehnte sich nur noch nach der stillen Zweisamkeit in der verlassenen Scheune; nur sie und Keith und ein paar brennende Kerzen und das Licht des Mondes draußen über dem Hof. Die Zärtlichkeit und Wärme dieser Stunden schienen auf einmal unfaßbar weit entfernt. Die Wirklichkeit bestand jetzt aus einem gereizten Keith, der auf beinahe selbstmörderische Art Auto fuhr, aus einem gescheiterten

Fluchtversuch, aus der Aussicht auf eine demütigende Rückkehr nach Stanbury House – denn wohin sonst sollte sie gehen?

Sie hätte gern geweint, aber sie hatte Angst, daß Keith sie dann anschreien würde, und so verbiß sie sich die Tränen und starrte mit versteinertem Gesicht aus dem Fenster.

Keith sprang aus dem Wagen und lief zur Haustür, die sich soeben öffnete; offenbar hatte man ihre Ankunft mitbekommen. Ricarda sah eine Frau heraustreten, die bleich und mager wirkte und offenbar zittrig auf ihren Beinen stand. Sie fiel in Keiths Arme, brach förmlich in ihnen zusammen.

»Ach du Scheiße«, murmelte Ricarda.

Sie stieg aus und blieb unschlüssig neben dem Wagen stehen.

Keith verschwand mit seiner Mutter im Haus. Es verstrichen einige Minuten, ehe er wieder herauskam. Er sah sehr blaß aus.

»Meinen Vater hat's böse erwischt«, sagte er. »Schlaganfall. Er ist im Krankenhaus in Leeds, aber sie wissen nicht, ob er es übersteht und ob er … ob er danach wieder der alte wird. Verdammter Mist!« Wieder wühlte er in seinen Haaren, die inzwischen wie eine Art Wischmop zu Berge standen. »Wir hatten ja den schlimmen Streit gestern, und jetzt …« Er schien schockiert, so als könne er noch nicht wirklich begreifen, was geschehen war. »Hoffentlich …« Er sprach nicht weiter, aber Ricarda erriet, was er hatte sagen wollen. Sie strich ihm vorsichtig über den Arm, aber er zuckte dennoch unter der plötzlichen Berührung zusammen.

»Mach dir keine Vorwürfe«, tröstete sie, »das hatte bestimmt nichts mit eurer Auseinandersetzung zu tun.«

Er nickte, aber er schien nicht überzeugt.

»Ich muß mich um Mummie kümmern«, sagte er, »sie ist ziemlich fertig.«

»Ist deine Schwester nicht da?«

»Die ist wohl heute früh nach Bradford gefahren. Keine Ahnung, was sie da macht. Jedenfalls ist sie nicht zu erreichen. Hör zu, ich …«

»Klar. Du wirst hier jetzt gebraucht. Kümmere dich nicht um mich. Ich komm schon klar.«

Die Verzweiflung drohte über ihr zusammenzuschlagen, aber noch immer erlaubte sie es sich nicht, einfach zu weinen.

»Wo gehst du hin?« fragte er.

»Noch keine Ahnung«, sagte sie, zog ihren Rucksack aus dem Auto und schulterte ihn mit einer Entschlossenheit, die sie in Wahrheit nicht fühlte. »Ich werd mal sehen …«

Er hörte schon gar nicht mehr hin, strebte wieder dem Haus seines Vaters zu, ein junger Mann, der sich wie eine Marionette bewegte und nicht wußte, wie er mit der Situation umgehen sollte, in die er sich plötzlich gestellt sah.

Ricarda ging los, mit bleischwerem Herzen. Der Gedanke, nach Stanbury zurückzukehren, erschien ihr unerträglich. Die Gesichter wiedersehen, die Menschen wieder ertragen, Patricias Heimtücke zu erleben, Alexanders Schwäche, Tims Gehässigkeit und Evelins Leid … Und zu wissen, daß in J.s Bauch ein Baby wuchs, das Kind ihres Vaters, ihres *einzigen, geliebten, gehaßten, enttäuschenden* Vaters …

Endlich konnte sie ihren Tränen freien Lauf lassen. Sie sank am Rande des Feldwegs ins hohe Gras und krümmte sich im Schluchzen, gefangen in einer Verzweiflung, in der sich Schmerz und namenlose Wut gleichmäßig mischten.

Sie sah keinen Ausweg mehr.

Zweiter Teil

Er war schon ziemlich weit an das Haus herangekommen, ohne daß ihn jemand bemerkt hatte. Er hatte sich durch den hinteren Teil des Parks genähert, nicht durch das Tor, weil er hoffte, auf diese Weise ungestörter zu sein. Eine ganze Weile hatte er mitten im Dickicht auf einem Baumstumpf gesessen und das Haus betrachtet, die Terrasse mit ihren Stufen zum Garten, die Fensterreihen, den Dachgiebel. Er hatte an die zwanzig Grasketten geknüpft und um sich herum verteilt, ohne es zu merken. Schließlich stand er auf und wagte sich näher heran, weil er nirgendwo eine Menschenseele erblicken konnte. Flüchtig fragte er sich, wie es wohl auf andere gewirkt hätte, was er hier tat: Schlich im Gebüsch herum, fixierte ein Haus, tastete sich heran. Wie ein Täter an sein Opfer. War es bereits paranoid, was er hier tat?

Da er nicht plötzlich auf der Wiese hinter der Terrasse stehen wollte – gut sichtbar für jeden, der zufällig aus dem Fenster blicken würde –, schlug er einen seitlichen Bogen und pirschte sich von Südwesten an das Haus heran. Ziemlich spät bemerkte er die Frau, die auf einem flachen Felsstein saß und ihr Gesicht in die Sonne hielt. Zu spät, denn sie hatte das Knacken eines Zweigs vernommen und wandte sich um. Er erkannte die Dicke. Wie hieß sie noch? Sie war ihm vom ersten Moment an aufgefallen, allerdings nicht wegen ihrer beachtlichen Leibesfülle, sondern wegen des Ausdrucks der Trostlosigkeit in ihren Augen.

»Ach, Sie sind es«, sagte sie. Sie schien nicht erschrocken.

Er trat näher. »Ich kann mich einfach nicht recht losreißen«, sagte er mit einem entschuldigenden Lächeln, »es zieht mich immer wieder hierher.«

Sie lächelte ebenfalls. Selbst ihr Lächeln war traurig, fand er.

»Sie haben keine Chance«, sagte sie, »nicht gegen Patricia.«

»Oh, das wird sich finden. Wissen Sie, so schnell gebe ich mich nicht geschlagen. Wenn es stimmt, was meine Mutter mir gesagt hat, dann gehört mir die Hälfte dieses Anwesens, und dann werde ich das auch beweisen und durchsetzen.«

»Vielleicht«, sagte sie ohne jede Überzeugung.

Er wies auf den Felsen, auf dem sie saß. »Darf ich mich einen Moment ausruhen?«

Sie rückte bereitwillig ein Stück zur Seite. »Ja.«

Er setzte sich auf den warmen Stein. »Ein friedliches Plätzchen«, meinte er. »Kommen Sie öfter hierher?«

»Nein.« Sie schüttelte den Kopf. »Eigentlich bin ich meistens im Haus. In der

Küche. Ich …« Sie unterbrach sich, verzog das Gesicht. »Das sieht man, oder? Daß ich gern in der Küche bin, meine ich.«

»Man sieht, daß Sie gern essen. Aber das finde ich nicht schlimm. Genuß ist doch etwas Schönes. Meine Freundin ist Fotomodell, und sie muß so gnadenlos auf ihre Figur achten, daß die meisten ihrer Mahlzeiten nur aus Mineralwasser bestehen. Ich finde immer, ihr entgeht eine Menge. Außerdem ist es für den Partner auch nicht besonders anregend.«

»Aber sie hat sicher eine Traumfigur.«

»Sehr schlank. Manchmal denke ich, sie ist zu dünn. Aber auf Bildern sieht es gut aus.«

In ihren Augen erwachte etwas wie Interesse. »Ist sie schön?«

»Meine Freundin? Ja. Ja, ich glaube, man kann sie wirklich schön nennen.«

»Werden Sie beide heiraten?«

Er lachte. »Fragen Sie immer so direkt?«

Sofort errötete sie, und der Glanz in ihren Augen erlosch. »Oh, entschuldigen Sie. Ich wollte nicht …«

»Kein Problem. Ich bin nicht so empfindlich. Nein, wir werden wohl nicht heiraten. Geraldine träumt von Ehe und Familie, aber ich … ich glaube, für mich ist das nichts.«

»Dann ist sie wohl sehr unglücklich?«

»Geraldine?«

»Ja. Wenn sie so gern heiraten würde und …«, sie verschluckte sich fast an dem Wort, »… K-Kinder haben möchte …«

»Ich fürchte auch, daß sie unglücklich ist. Wir werden wohl nicht zusammenbleiben. Es ist traurig, aber es hat auch keinen Sinn, etwas zu tun, wohinter man nicht steht.«

»Da haben Sie recht.«

Sie sprach mit monotoner Stimme. Sie tat ihm leid, aber er wußte nicht, wo er ansetzen sollte. Sie war dick und traurig und wahrscheinlich ziemlich depressiv, und vermutlich würde ihr nur ein Seelenklempner letztlich helfen können.

Er musterte sie von der Seite. Ihm fiel auf, wie weich und weiß ihre Haut aussah. Sie roch nach einem sehr guten Parfüm. Ihre Haare glänzten. Sie hätte eine hübsche Frau sein können, wenn sie dreißig Kilo abnehmen und etwas fröhlicher dreinblicken würde. Er fragte sich, weshalb sie in dem dicken, schwarzen Rollkragenpullover nicht verrückt wurde. Es war viel zu warm, um sich so winterlich anzuziehen.

»Ist Ihnen nicht zu heiß?« fragte er. »Wir haben heute bestimmt den bisher wärmsten Tag des Jahres.«

»Nein. Mir ist nicht zu heiß.«

Er wunderte sich, weshalb sie ihn überhaupt interessierte. Aber diese Menschen waren nun einmal in sein Leben getreten, und um einige Ecken herum hatten sie etwas mit ihm zu tun. Sie waren ihm nicht gleichgültig.

»Ich würde gern einmal wissen, weshalb Patricia so sehr gegen mich ist«, sagte er. »Wir beide sind miteinander verwandt. Unsere Geschichten überschneiden sich an einer Stelle, in dem Menschen Kevin McGowan. Ich finde das in erster Linie einfach interessant. Es wundert mich, daß sie das offenbar überhaupt nicht so sehen kann. Oder ist es das Geld? Das da«, er wies zu dem Haus hinüber, das mit dem frisch gemähten Rasen davor und den vielen neuen Pflanzen auf der Veranda plötzlich sehr gepflegt, sehr vornehm und stattlich aussah, »ist einiges wert. Vielleicht verabscheut sie den Gedanken, teilen zu müssen.«

Evelin zuckte mit den Schultern. »Ich glaube nicht«, sagte sie. »Ich glaube, sie will einfach allein das Sagen haben. Sie ist sehr …« Sie suchte nach dem passenden Wort. »Sie ist sehr machthungrig.«

»Mögen Sie sie?«

»Sie war immer da.«

»Das ist keine Antwort auf meine Frage.«

»Doch.« Jetzt blitzte Aggression in ihrer Stimme und in ihren Augen. »Das ist eine Antwort. Weil sich die Frage nach mögen oder nicht mögen hier bei uns gar nicht stellt. Sie darf sich nicht stellen. Die Frau, die zuletzt darüber nachgedacht hat, gibt es jetzt nicht mehr.«

»Was heißt das?«

»Die Vorgängerin von Jessica. Alexanders Ex-Frau. Er hat sich von ihr scheiden lassen, weil sie mit Patricia nicht zurechtkam.«

Er starrte sie ungläubig an. »Das kann doch nicht wahr sein!«

Wieder zuckte sie mit den Schultern, erwiderte nichts.

»Das ist … mehr als ungewöhnlich«, sagte Phillip. »Weil sie mit Patricia nicht zurechtkam … Wer ist Patricia eigentlich? Der Dreh- und Angelpunkt von all dem hier? Die Person, auf die es einzig ankommt? Von der alles abhängt? Der sich niemand entziehen darf? Was, zum Teufel, hat sie in diese Position katapultiert?«

»Sie verstehen gar nichts«, erwiderte Evelin. »Es geht nicht um Patricia. Patricia nutzt einfach nur die Situation geschickt aus, um ihr Bedürfnis, andere zu beherrschen, auszuleben. In Wahrheit sind es die Männer. Es geht um die drei Männer.« Sie legte wie fröstelnd die Arme um den Körper. »Es geht immer um die Männer, nicht wahr? Sie sind immer bestimmend.«

Er verstand nicht, was sie meinte, hatte jedoch auch nicht den Eindruck, durch Nachfragen zum Kern ihres Denkens vordringen zu können.

Sie saßen eine Weile schweigend nebeneinander, sehr friedlich, jeder in seine eigenen Gedanken vertieft. Phillip rupfte Grashalme aus und verknotete sie, und Evelin zupfte am Saum ihres riesigen Pullovers herum und grub mit den Fingernägeln Linien in den Stoff ihrer Hose. Dann plötzlich ging ein Ruck durch ihren Körper; er spannte sich wie der eines Tieres, das eine Gefahr wittert; sie hob den Kopf, und die Ausstrahlung von Furcht und Nervosität war so stark, daß Phillip meinte, sie riechen zu können – scharf, beißend, abstoßend. Er sah sie an.

»Was ist los?«

Sie stand auf. »Mein Mann«, sagte sie.

Er folgte ihrem Blick. Er sah den Bärtigen über die Wiese kommen, den Typen, mit dem er am Vortag gesprochen hatte. Er nahm seine Bewegungen wahr, und trotz der Entfernung etwas im Ausdruck seines Gesichts, und plötzlich verstand er. Er tat einen scharfen Atemzug.

»Evelin«, sagte er.

Sie reagierte nicht. Sie war wie paralysiert.

Offensichtlich hatte Tim die Gestalt zwischen den Büschen entdeckt. Er blieb stehen, kniff die Augen zusammen.

»Evelin? Bist du das?« Er sprach deutsch, natürlich. Phillip verstand nur wenige Worte dieser Sprache, konnte sich jedoch meist einigermaßen zusammenreimen, worum es ging, wenn sich Deutsche unterhielten.

Sie machte einen Schritt nach vorn.

»Ich bin hier!« Ihre Stimme klang brüchig.

»Verdammt noch mal.« Das kam leise und voller Wut. »Ich suche dich schon eine Ewigkeit. Ich vermisse wichtige Aufzeichnungen. Computerausdrucke. Seit Stunden. Hier herrscht ein verdammtes Chaos. Wie immer. Ich will, daß du ...«

»Tim«, sagte Evelin leise.

Er wandte sich bereits wieder zum Gehen. Offenbar hatte er Phillip, der noch auf dem Felsen saß, nicht bemerkt.

»Du bist in einer Minute bei mir im Haus«, sagte er, ohne sich noch einmal umzuschauen. Er schien nicht den geringsten Zweifel zu hegen, daß sie seinem Befehl Folge leisten würde.

Phillip stand auf. Er legte seine Hand auf Evelins Arm, und sie zuckte zusammen.

»Sie müssen sich diesen Ton nicht gefallen lassen«, sagte er. »Niemand sollte so mit Ihnen reden dürfen. Auch nicht, und erst recht nicht, Ihr Mann.«

Er war nicht sicher, ob sie ihm zugehört hatte. Sie ließ ihn stehen und ging los. Ihm fiel auf, daß sie stark hinkte und daß sie den Eindruck erweckte, sich wie ferngesteuert zu bewegen. Oder wie eine Marionette an Fäden.

Er wollte noch etwas sagen, aber er würde sie nicht erreichen, das konnte er spüren.

Im übrigen, er mußte sich das immer wieder sagen, ging ihn das alles wirklich nichts an.

Und hatte er nicht kürzlich erst – wie wenig weit lag das zurück! – erkannt, daß er sie alle haßte?

Donnerstag, 24. April – Freitag, 25. April

1

SELTSAMERWEISE WEIGERTE SICH Jessicas Gehirn zu verarbeiten, was sie sah. Vielmehr, ein Teil ihres Gehirns weigerte sich. Ein anderer Teil sagte ihr klar und deutlich, daß es kein Trugbild war, Patricia mit durchschnittener Kehle in der Schaftränke liegen zu sehen, und daß sie es endlich glauben sollte. Aber etwas in ihrem Kopf wollte einfach nicht wahrhaben, was doch offensichtlich war.

Solche Dinge geschahen nicht. Es war einfach absurd. Noch dazu Patricia. Patricia würde nie zulassen, daß man Derartiges mit ihr tat.

Sie hörte plötzlich ein Lachen und erschrak furchtbar, bis sie erkannte, daß es ihr eigenes Lachen gewesen war, daß sie gelacht hatte über den Gedanken, daß Patricia es nicht dulden würde, so behandelt zu werden.

Der Gedanke an den Täter, der, wer immer er war, noch in der Nähe sein könnte, hatte sich für Momente verflüchtigt, trat nun aber wieder in den Vordergrund.

Irgend jemand hatte dies hier getan, und es gab keine Garantie dafür, daß er das Weite gesucht hatte.

Warum nur fingen die Vögel nicht endlich wieder an zu zwitschern? Das Schlimmste war diese Stille. Ohne die Stille, bildete sie sich ein, würde alles leichter zu ertragen sein.

Irgendwo mußten die anderen sein. Alexander, Tim, Evelin, Leon, die Mädchen. Warum ließ sich niemand blicken? Warum lag das Haus wie ausgestorben in der Mittagssonne?

Wie lange war sie eigentlich weg gewesen? Schwer zu sagen, wenn sie lief, verlor sie leicht jedes Zeitgefühl. Auf jeden Fall war es ungewöhnlich, daß alle anderen in der Zwischenzeit weggegangen sein sollten. Obwohl – Patricia war ja zurückgeblieben, und daß einer vorbeikommen und sie töten würde, hatte niemand ahnen können.

Daß einer vorbeikommen würde …

Vielleicht war es wirklich ein furchtbarer, tragischer Zufall. Ein Verrückter, ein Perverser war durch die Gegend gestreift, hatte die einsame Frau entdeckt, und … Kälteschauer jagten über Jessicas Körper.

Wenn sich ein Triebtäter hier herumtrieb, sollte sie nicht im Hof stehenbleiben.

Ihr fiel auf, daß eines der beiden Leihautos fehlte. Sie waren also weggefahren. Sie würden wiederkommen, aber bis dahin sollte sie sich unbedingt im Haus verbarrikadieren und die Polizei anrufen. Immerhin sangen die Vögel noch nicht wieder. Das sprach dafür, daß *er* noch in der Nähe war. Tiere hatten einen Instinkt für Gefahr.

O Gott, ihre Blase krampfte plötzlich. Jeden Moment würde sie vor Angst einfach lospinkeln.

Sie rief ganz leise Barneys Namen. Sie wollte niemanden auf sich aufmerksam machen. Der Hund knurrte wieder, kam langsam und widerwillig auf sie zu.

»Komm, Barney, komm«, lockte sie flüsternd, »alles in Ordnung. Sei lieb. Komm mit Frauchen!«

Sie huschte zum Haus hinüber, das ihr auf einmal riesig groß, düster und bedrohlich vorkam. In seinem Schatten war es viel kühler als in der Sonne, fast eisig. Jessica wurde noch immer von Kälteschauern überflutet. Sie hatte Bauchschmerzen. Sie mußte auf die Toilette. Vielleicht würde sie sich übergeben.

Die Haustür war nicht abgeschlossen. Barney verharrte auf der Schwelle, knurrte erneut. Sein gesträubtes Fell war am Nacken feucht. In seinen Augen flackerte Angst.

Und wenn der Typ da drin war?

»Okay«, flüsterte sie, »du wartest hier. Ich hole den Schlüssel.«

Den Schlüssel des verbleibenden Autos. Und dann nichts wie weg. Fraglich, ob sie es zu Fuß schaffen konnte. Sie mußte das Risiko eingehen.

In der Halle war es kühl und dunkel. Ihre Augen brauchten einen Moment, um sich an das Dämmerlicht zu gewöhnen. Sie tastete sich langsam vorwärts, bemüht, keinen Laut von sich zu geben.

Vielleicht hätte sie doch lieber schnell weglaufen sollen.

Die Schlüssel hingen an einem Brett in der Küche – Schlüssel für die Haustür, für den Geräteschuppen, für das Parktor (obwohl es nie geschlossen wurde). Jessica betete, daß sie den Autoschlüssel nach ihrer Fahrt mit Evelin ins Dorf dorthin zurückgehängt hatte; ganz sicher war sie sich nicht. Vielleicht lag er auch noch in ihrer Handtasche, und die war oben in ihrem Schlafzimmer, wohin sie sich *ganz sicher nicht* begeben würde.

Die Küchentür stand halb offen. Sie huschte hinein und wäre beinahe über Tim gestolpert, der, mit dem Gesicht nach unten, hingestreckt auf dem Fußboden lag. Er schwamm in einer Lache von Blut. Seine nackten, stark behaarten Beine waren seltsam gespreizt. Die Küche stank nach Urin.

Sie starrte ihn wie hypnotisiert an, im ersten Moment eher überrascht als erschrocken, so als sehe sie etwas, das zwar ungewöhnlich, aber nicht wirklich grauenerregend war. Dann dämmerte ihr nach und nach, was es bedeutete, auch Tim abgeschlachtet vorzufinden; es hieß, daß hier eine Bestie ihr Unwesen getrieben hatte, nicht einfach nur ein Triebtäter, sondern ein abartiger Schlächter, und es legte den furchtbaren Verdacht nahe, daß er sich nicht mit Patricia und Tim begnügt hatte und daß die unheimliche Stille über dem Park und dem Haus mehr bedeutete als nur die von Jessica zuerst angenommene Möglichkeit, daß alle weggefahren waren. Das Auto konnten auch der oder die Täter benutzt haben.

Am Ende waren alle tot. Alle. Nur sie nicht und Barney.

Sie hatte von Sekten gehört. Von Ritualmorden. Gerade in England. Gerade auf dem Land. Es kam nicht einmal allzu selten vor.

Sie dachte an Alexander, und alle Vorsicht verließ sie. Trotz allem, trotz aller Enttäuschung, allen Streits, all der Frustrationen, die die letzten Tage mit sich gebracht hatten, war die Vorstellung, er könne nicht mehr dasein, unfaßbar und unerträglich. Sie lief aus der Küche.

»Alexander!« schrie sie. Ihre Stimme hallte in der völligen Stille des Hauses. »Alexander! Ich bin es! Jessica!«

Sie blieb stehen, lauschte. Die Halle schien sich um sie zu drehen. Niemand gab Antwort.

Es durfte nicht wahr sein! Irgendwo in ihrer Brust entstand ein Schluchzen, das sie mit aller Gewalt unterdrückte, weil sie wußte, daß Tränen sie nicht weiterbrachten, sondern alles nur schlimmer machten. Sie wartete ein paar Sekunden, bis der schlimmste Schwindel abebbte, dann stieg sie die Treppe hinauf. Es war schwierig, sie hatte Mühe, die Füße richtig zu setzen. Manchmal kamen Stufen auf sie zu, manchmal wichen sie vor ihr zurück. Noch ein paar Minuten, mutmaßte sie, und sie würde kollabieren. Sie würde ohnmächtig werden. Aber vielleicht wäre dies nicht das Schlechteste. Einzuschlafen und beim Aufwachen festzustellen, daß sie nur einen bösen Traum gehabt hatte.

Sie erreichte die Galerie, lehnte sich einen Moment lang schwer atmend gegen das Geländer. Sie spürte Stiche in der Seite. Der Schweiß überschwemmte sie in Wellen. Es gab nicht einen trockenen Faden mehr an ihrem Leib.

»Alexander!« krächzte sie.

Sie stieß die Tür zu ihrem Schlafzimmer auf. Es war leer. Das Bad dahinter ebenfalls.

Sie lief wieder hinaus, versuchte es im nächsten Zimmer. An den Wänden überall die gerahmten Familienbilder von Patricia, Leon und den Kindern. Lächeln, lächeln, lächeln. Patricia, die fleischgewordene Zahnpastareklame. Sie würde nie mehr lächeln. Die Familie würde es so nicht mehr geben. Lebte Leon noch? Was war mit Diane und Sophie?

Der Gedanke an die Kinder ließ sie erstaunlicherweise ruhiger werden. Etwas von der Hysterie, in die sie die Aussicht, Alexander könnte tot sein, gestürzt hatte, verflog. Sie mußte nach den Kindern sehen. Wenn sie noch lebten, durften sie keinesfalls ihre Mutter da draußen in der Schaftränke finden. Es würde sie traumatisieren bis ans Ende ihrer Tage.

Niemand im Zimmer, niemand im Bad. Der nächste Raum. Tims und Evelins Bett war noch zerwühlt, Tims Schlafanzug lag zusammengeknäuelt auf dem Fußboden. Tim, der unten in der Küche in seinem Blut schwamm. Sie schob das Bild sofort wieder weg. Sie brauchte jetzt ihre Nerven, zumindest den kläglichen Rest, der davon noch übrig war.

Sie kletterte die Stiege zum Dachboden hinauf. Es war einfacher als vorher bei der Treppe. Offensichtlich kehrten langsam ihre Lebensgeister zurück.

Ricardas Zimmer war leer. Das Mädchen war seit dem frühen Morgen verschwunden, und dies empfand Jessica mit einem Mal als sehr beruhigend. Was immer hier geschehen war, Ricarda war dem Grauen mit einiger Sicherheit entgangen. Nach der Szene vom Vorabend war sie vermutlich mit ihrem Freund durchgebrannt und trampte mit ihm durch die Lande. Dem Himmel sei Dank dafür!

Als sie in das Zimmer der Schwestern trat, dachte sie im ersten Moment, Diane liege auf dem Bett, und alles sei in Ordnung. Doch dann kam sie näher und bemerkte das Blut, das die Bettwäsche tränkte, und sie sah, daß Diane mit dem Gesicht auf den aufgeschlagenen Seiten eines Buches lag. Sie griff nach dem kalten Handgelenk des Mädchens und fühlte den Puls, wußte aber schon vorher, daß sie tot war. Kein Puls mehr. Diane hatte bäuchlings auf ihrem Bett gelegen und gelesen, jemand war von hinten gekommen und hatte ihr die Kehle durchgeschnitten.

»Jesus«, murmelte Jessica, und dann drehte sie sich ganz schnell, bevor die Panik übermächtig werden konnte, zu dem anderen Bett um, gefaßt darauf, dort die Leiche der kleinen Sophie zu finden, doch das Bett war leer. Keine Spur von Sophie.

»Sophie?« fragte sie. Sie hatte in normaler Lautstärke sprechen wollen, aber es kam nur ein Flüstern. »Sophie, bist du hier irgendwo?«

Sie meinte, einen Laut zu vernehmen. Ein Jammern. Ganz leise nur und kläglich, so als miaue eine kleine Katze. Es kam aus dem winzigen Bad, das zwischen den Zimmern der Schwestern und Ricardas lag. Sie trat in die Diele, zog die Tapetentür auf, hinter der ein findiger Geist eine Toilette, ein winziges Waschbecken und eine schmale Dusche installiert hatte, das alles unter schrägen Wänden und unter einer alten Dachluke, die sich immer nur schwer öffnen ließ und zugleich nicht richtig schloß. Unterhalb der Luke klebten ein Pferdeposter an der Schräge, und daneben ein Bild der *No Angels*. Bei den *Angels* hatte sich an der Unterseite der Tesafilm gelöst, so daß sie halb herunterbaumelten. Fast berührten sie Evelins Haare. Evelin saß auf dem Deckel der Toilette, gehüllt in ihren schwarzen Rollkragenpullover. Sie hatte Blut im Gesicht, an den Händen, auf ihrer Hose. Wahrscheinlich auch auf dem Pulli, aber das konnte man nicht sehen. Ihre Augen waren weit aufgerissen. Hin und wieder stieß sie einen der leisen Klagelaute aus, die Jessica von nebenan gehört hatte.

Sie war vielleicht verletzt. Aber sie war am Leben.

Es war nicht möglich, sie zu bewegen.

Jessica redete mit ihr, versuchte sie auf die Beine zu ziehen.

»Wir müssen verschwinden. Evelin, bitte. Wer immer das getan hat, *er ist vielleicht noch in der Nähe*!«

Evelin sagte nichts. Hin und wieder stieg ein leiser Klagelaut aus ihrem Mund, aber sie schien nicht in der Lage, Worte zu formen oder ganze Sätze zu sprechen. Schon gar nicht vermochte sie aufzustehen.

Jessica hatte sie eilig untersucht, dabei festgestellt, daß sie nicht verletzt war. Das bedeutete, daß sie dicht an eine oder mehrere der Leichen herangetreten sein mußte, denn sonst hätte sie nicht von Kopf bis Fuß mit Blut beschmiert sein können. Jessica vermutete, daß sie versucht hatte herauszufinden, ob Patricia, Tim oder Diane noch am Leben waren, und sich dabei beschmutzt hatte. Wobei die Frage blieb, ob sie auch Tim bereits gefunden hatte. Wußte Evelin, daß ihr Mann tot war?

»Evelin, ich werde jetzt hinuntergehen und die Polizei anrufen.« Es hatte keinen Sinn, sie zur Flucht überreden zu wollen. Sie stand vollkommen unter Schock, war vermutlich kaum in der Lage zu begreifen, wer mit ihr sprach und worüber. Also würde Jessica nichts anderes übrigbleiben, als noch einmal allein bis hinunter in die Halle zum Telefon zu laufen, Polizei und Notarzt zu rufen und dann so schnell wie möglich wieder auf den Dachboden zu flüchten. Ihr graute davor, aber sie konnte nicht ewig hier oben sitzen und darauf warten, daß Evelin aus ihrer Erstarrung erwachen würde.

Sie verließ das Bad, vermied den Blick in das Zimmer, in dem Diane tot auf dem Bett lag. Mit angehaltenem Atem lauschte sie in die Tiefen des Hauses. Nichts rührte sich.

Alexander. Wenn doch nur Alexander noch am Leben wäre!

Sie huschte die beiden Treppen hinunter. Die Küchentür stand halb offen, sie konnte Tims Hand auf dem Fußboden sehen. Sie hatte weiche Knie, aber immerhin brachte sie es fertig, herumzulaufen und einigermaßen vernünftige Dinge zu tun. Vielleicht lag es an ihrem Beruf als Tierärztin. Sie hatte immer wieder mit jeder Menge Blut zu tun gehabt.

Ihre Stimme war ein heiseres Wispern, als sich der Beamte am anderen Ende der Leitung meldete.

»Können Sie herkommen? Bitte, schnell. Stanbury House. Wir brauchen auch einen Notarzt.«

»Sprechen Sie lauter. Wohin sollen wir kommen?«

»Stanbury House. Es liegt ...«

»Ich weiß, wo das ist. Was ist denn passiert?«

Ihr war klar, wie verrückt es klingen mußte, was sie erzählte. »Hier liegen drei Tote. Vielleicht noch mehr, das weiß ich nicht. Eine Frau steht unter Schock. Der Typ, der das getan hat, ist vielleicht noch in der Nähe. Bitte, beeilen Sie sich!«

Seine Zweifel waren durch den Apparat förmlich spürbar. *»Drei Tote?«*

»Ich habe keine Ahnung, was passiert ist. Ich war weg, und als ich wiederkam, habe ich drei Tote gefunden. Mein Mann ist verschwunden, und seine Tochter auch, und der Mann meiner Freundin ...« Sie holte tief Luft. »Bitte«, stieß sie hervor, »bitte kommen Sie, so schnell Sie können!«

»Alles klar«, sagte er und legte auf.

Gleich werden sie da sein. Alles wird in Ordnung kommen.

Nichts würde in Ordnung kommen. Die Schrecken dieses Tages würden für immer über ihr liegen. Sie würde die Bilder nie vergessen, und nie die Gedanken an das Grauen, das ihnen zugrunde lag. Nichts würde je wieder sein, wie es gewesen war. Und noch immer wußte sie nicht, ob Alexander am Leben war.

Sie hörte ein Geräusch und fuhr herum. Sie erwartete, dem Killer gegenüberzustehen, aber statt dessen sah sie nur, wie sich die Tür zum Eßzimmer langsam bewegte. Im ersten Moment glaubte sie – *hoffte* sie –, der Wind habe sie angestoßen. Doch dann fiel ihr Blick auf die kleine Gestalt, die um die Tür herum, flach auf den Boden gepreßt, aus dem Zimmer gekrochen kam. Es war Sophie. Sie war blutüberströmt und brach auf der Schwelle reglos zusammen.

Sie lebte.

2

Phillip hatte natürlich gewusst, daß er Geraldine nicht ewig würde aus dem Weg gehen können, hatte den Moment jedoch gefürchtet und auf eine unsinnige Weise gehofft, er werde vielleicht gar nicht eintreten. Dabei kannte er sie zu genau: Ohne eine weitere Aussprache mit ihm würde sie nicht abreisen. Ganz abgesehen davon hatte er ihr durch das Ausleihen des Wagens selbst die Möglichkeit gegeben, guten Gewissens in Stanbury auszuharren.

Er hatte das Auto geparkt und betrat den Empfangsraum des *The Fox and The Lamb* und stieß dabei gleich hinter der Tür mit ihr zusammen. Ein Rückzug war ausgeschlossen. Sie standen einander direkt gegenüber.

Sie mußte viel geweint haben in den letzten Stunden, denn ihre Augen waren verquollen. Sie hatte sich nicht geschminkt und war zum erstenmal, seit er sie kannte, nachlässig gekleidet: schwarze Leggings, wie sie sie sonst nur zum Joggen trug, darüber ein weißes T-Shirt, das voller Flecken war und seit Tagen in die Waschmaschine gehört hätte. Kein Schmuck. Ihre Haare waren mit einem roten Gummi zusammengebunden; seitlich hatten sich Strähnen gelöst und hingen ihr ins Gesicht. Es war klar, daß sie sich in einer desolaten psychischen Verfassung befand.

»Ah«, sagte er, »Geraldine!«

Eine idiotische Begrüßung, aber das schien sie gar nicht zu bemerken.

»Ich dachte schon, du bist abgereist«, sagte sie.

Er lachte ein wenig hektisch. »Mit deinem Wagen? Du magst eine ziemlich schlechte Meinung von mir haben, aber du solltest doch wissen, daß ich kein Dieb bin. Ich würde nie dein Auto klauen.«

»Wo warst du?«

Er machte eine vage Handbewegung. »Überall. Hier und dort. Ich wollte nach Leeds fahren und einen Anwalt aufsuchen, um alles mit ihm zu besprechen, aber ich bin dann doch wieder umgekehrt.«

»Du kennst doch gar keinen Anwalt in Leeds.«

»Eben. Ich wollte einen Freund in London anrufen, der mir vielleicht hätte weiterhelfen können, aber ich habe ihn nicht erreicht. Dann dachte ich, ich könnte es auf eigene Faust versuchen, aber …« Er schüttelte den Kopf. »Dumme Idee. Ein halber Tag, den ich vertan habe. Egal. Ich muß mir andere Wege überlegen.

Vielleicht werde ich einen Londoner Anwalt aufsuchen. Ich ... im Grunde war alles noch nicht richtig von mir durchdacht.«

Sie lächelte, ohne dadurch auch nur im geringsten glücklicher zu wirken. »Du bist immer davon ausgegangen, daß dich diese Patricia in die Arme schließt und dich als neuen Verwandten willkommen heißt und gern ihr Haus mit dir teilt. Die andere Variante hast du gar nicht wirklich in Erwägung gezogen. Und jetzt flatterst du ein bißchen hilflos herum.«

»Mag sein. Aber ich werde eine Möglichkeit finden.«

»Natürlich. Vorher gibst du sowieso keine Ruhe.«

»Na ja«, sagte er, und dann standen sie einen Moment lang schweigend da, sahen einander an, und zwischen ihnen lagen die Erinnerungen an vergangene Jahre und das Wissen, daß es keine gemeinsame Zukunft gab.

»Es hat sich wohl nichts geändert bei dir«, sagte Geraldine schließlich. Er wußte, was sie meinte, und schüttelte den Kopf.

»Nein. Tut mir leid.«

»Es gibt für mich kaum noch einen Grund, hierzubleiben«, meinte Geraldine.

Er dachte, daß es für sie nie einen Grund gegeben hatte, mitzukommen, aber das sagte er natürlich nicht. »Ich glaube, für dich ist es nicht besonders spannend, hier in dieser noblen Herberge herumzusitzen. In London kannst du arbeiten.«

»Ja.« Es war deutlich, daß sie schon wieder mit den Tränen kämpfte, aber sie schien wild entschlossen, nicht in Phillips Gegenwart zu weinen, und er war ihr dankbar dafür. »Ich werde dann jetzt anfangen, meine Sachen zu packen. Vielleicht schaffe ich es noch heute bis nach London zurück.«

»Es bleibt ja abends lange hell. Ich denke, du wirst kein Problem mit dem Fahren haben.« Er reichte ihr den Autoschlüssel. Er dachte, daß sie wunderbar sachlich, vernünftig und freundschaftlich mit dem Ende ihrer Beziehung umgingen, genau so, wie es die lebensfremden Berater in Zeitungen oder im Fernsehen immer propagierten. Nichts davon war echt, nicht auf Geraldines Seite. Sie war das Opfer. Fast immer gab es ein Opfer, wenn eine Beziehung in die Brüche ging; es gab den, der das Aus wollte und vorantrieb, und den, dem keine Wahl blieb. Ihm war klar, daß Geraldine ihn am liebsten geohrfeigt, ihm mit sich überschlagender Stimme die verlorenen Jahre ihres vergeblichen Hoffens vorgehalten hätte. Irgendwann würde sie es wohl auch noch tun. Er glaubte nicht, daß sie einfach aus seinem Leben verschwinden würde. Sie war der Typ, der sehr lange kämpfte, ehe er aufgab.

Sie nahm den Schlüssel. Er sah, daß sie sich die Fingernägel abgebissen hatte. Als sie einander kennenlernten, hatte sie an den Nägeln gekaut, dann war das für eine Weile vorbei gewesen, war danach gelegentlich wieder aufgeflammt, aber nie mehr ganz schlimm. Jetzt konnte man wieder rohes, an manchen Stellen blutiges Fleisch sehen. Es ging ihr richtig schlecht, aber er wollte um keinen Preis Mitleid für sie empfinden. Und er wollte schon gar kein Schuldgefühl entwickeln.

»Also, dann«, sagte er unbeholfen.

Sie sah ihn an – er wußte den Blick nicht zu deuten – und drehte sich um. Im Weggehen sagte sie: »Vielleicht sieht man sich mal wieder.«

Und er erwiderte: »Klar, warum nicht? In London können wir doch mal zusammen was trinken.« Aber nicht so bald, fügte er im stillen hinzu.

Sie antwortete darauf nicht, sondern stieg wortlos die Treppe hinauf. Von hinten konnte er sehen, daß ihre Schultern zuckten.

Sie weinte schon wieder.

3

Die zwei jungen Constables – Jessica schätzte sie auf kaum älter als Mitte zwanzig –, die schließlich in Stanbury House eintrafen, mochten skeptisch und mißtrauisch wegen der eigenartigen Meldung über das Massaker dort gewesen sein, aber ihre Haltung löste sich blitzschnell auf beim Anblick der hingemetzelten Patricia in der Schafstränke. Der eine von ihnen setzte sich für ein paar Minuten auf einen Felsstein, der aus dekorativen Gründen vor dem Eingang lag, und wischte sich ein paarmal tief atmend mit seinem Taschentuch über das Gesicht, ehe er über Funk Verstärkung anforderte und auf die Dringlichkeit des Erscheinens eines Notarztes hinwies.

Der andere betrat tapfer das Haus und stieß dort auf Jessica, die nicht wieder nach oben gegangen war, sondern in der Tür zum Eßzimmer kauerte und die schwer verletzte Sophie im Arm hielt. Sie hatte weder gewagt, das Mädchen allein zu lassen, noch es zu bewegen, da sie über die Schwere möglicher innerer Verletzungen nichts wußte. Also hatte sie ausgeharrt und gebetet, die Polizei möge bald da sein.

»Guter Gott«, sagte der Beamte, »lebt das Kind noch?«

»Ja. Aber sie ist schwer verletzt. Stichwunden im ganzen Oberkörper. Wo ist der Notarzt?«

Der Beamte drehte sich zur Tür.

»Wir brauchen verdammt schnell einen Arzt!« rief er seinem Kollegen zu. »Hier ist ein schwer verletztes Kind!«

»Arzt kommt gleich!« tönte es von draußen.

Er drehte sich wieder zu Jessica um.

»Sind Sie die Dame, die angerufen hat?«

»Ja.«

»Okay. Okay.« Er war sichtlich von der Situation überfordert. »Sie sprachen von mehreren Toten?«

»Da drüben in der Küche liegt ein toter Mann. Oben im Dachboden ein totes Kind. Dann ist da oben noch eine Frau, die lebt, aber komplett unter Schock steht. Sie braucht auch einen Arzt.«

»Okay«, sagte er wieder, »okay.« Er überlegte. »Ich werde mir das jetzt alles ansehen. Sie haben nichts angefaßt?«

»Ich habe Patricia hochgehoben. Ich wußte nicht … ich mußte nachsehen, was los war. Ich habe bei Diane den Puls gefühlt – das ist das kleine Mädchen, das oben tot auf seinem Bett liegt. Sonst habe ich nichts angefaßt. Außer verschiedenen Türgriffen natürlich.«

»Hören Sie, der Arzt muß gleich da sein. Können Sie das Kind so lange halten? Ich muß mich im Haus umsehen. Hinweise, daß der Täter noch da ist?«

»Ich habe niemanden bemerkt.«

»In Ordnung. Ich gehe erst mal in die Küche.« Er machte eine Bewegung hinüber zur Küchentür, hinter der noch immer Tims Hand hervorschaute. »Ich muß mir einen Überblick verschaffen.«

Leise sagte sie: »Ich konnte meinen Mann nicht finden. Ich hoffe, er ist nicht …« Sie sprach das Schreckliche nicht aus.

Der Beamte versuchte ein Lächeln, das ziemlich hilflos geriet. »Versuchen Sie, nicht das Schlimmste zu denken.«

Angesichts dessen, was sich hier abgespielt hatte, empfand sie diesen Satz als ungewöhnlich naiv.

Sie fanden Alexander im Park, auf einer kleinen Waldlichtung. Er saß auf einer Bank, und sein Kopf hing seltsam abgeknickt zur Seite. Man hatte ihm mit einem einzigen kraftvollen Schnitt die Kehle durchgetrennt, genauso wie bei Patricia, Tim und Diane. Die Vermutung, daß er von hinten überrascht worden war, lag nahe, denn es hatte nicht den Anschein, als habe es irgendeine Gegenwehr seinerseits gegeben. Die einzige Person, die auf andere Art angegriffen worden war, war Sophie: Der Täter hatte hektisch und offenbar unkontrolliert von vorn auf ihren Oberkörper eingestochen. Dieser Umstand hatte ihr das Leben gerettet – zumindest vorläufig. Man hatte sie mit dem Hubschrauber in eine

Klinik in Leeds gebracht, wo sie auf der Intensivstation mit dem Tod kämpfte. Ihr Zustand war äußerst kritisch. Der Polizeiarzt, der die Leichen untersuchte, hatte sich Sophies Verletzungen nicht mehr ansehen können, daher blieb es zunächst eine Vermutung, daß sie mit derselben Tatwaffe wie die anderen attackiert worden war. Bei den Toten war jeweils ein und dieselbe Waffe benutzt worden. Das Messer hatte man auch schon bald auf der rückwärtigen Veranda gefunden. Ein Anglermesser. Mehrere dieser Art hingen in der Küche über der Spüle, eines fehlte, so daß die Vermutung sehr nahe lag, daß die Tatwaffe aus dem Haus selbst stammte. Das Messer lag zwischen den Blumentöpfen, die Patricia noch wenige Stunden zuvor bepflanzt hatte, und es hatte nicht den Anschein, als ob der Täter – oder *die* Täter – versucht hätte, es zu verstecken. Die Leute von der Spurensicherung, die Haus und Grundstück durchkämmten, hatten es in eine Plastiktüte gepackt; es würde nun auf Fingerabdrücke untersucht werden.

Die ersten Ermittlungen leitete Superintendent Norman, Leiter der Polizeidienststelle Leeds, den man herbeigerufen hatte, als klar wurde, daß dieser Fall eine weit größere Dimension annahm, als ortsüblich war. In Stanbury und Umgebung ging es um Schlägereien in den Pubs, um Viehdiebstahl oder Trunkenheit am Steuer. Niemand konnte sich erinnern, daß je etwas Schlimmeres geschehen war.

Nun aber hatte man vier Tote, die noch dazu barbarisch abgeschlachtet worden waren, und ein schwerverletztes Kind, bei dem nicht sicher war, ob es sich von seinen Verletzungen erholen würde. Zu allem Überfluß handelte es sich bei den Opfern um Ausländer. Das Motiv der Tat lag völlig im dunkeln.

Superintendent Norman war klein und dick, hatte listige dunkle Augen und zwei Narben auf der rechten Wange, die sein fleischiges Gesicht ein wenig markanter wirken ließen. Er trug einen dunklen Anzug und schwitzte heftig. Seine Haut glänzte feucht, und seine Stirnhaare hatten sich zu Kringeln verklebt. Er saß mit Jessica im Wohnzimmer. Nebenan, im Eßzimmer, kümmerte sich ein Arzt um Evelin, während eine Beamtin versuchte, ein Gespräch mit ihr zu beginnen. Der Arzt hatte es geschafft, Evelin die Treppe hinunterzuführen, aber sie hatte sich dabei bewegt wie eine Puppe, die nichts von dem mitbekam, was um sie herum geschah. Ihre Augen waren völlig starr.

»Eine unfaßbare Geschichte«, sagte Norman, »völlig unfaßbar. Glauben Sie, Sie können den Vormittag noch einmal mit mir durchgehen, Mrs. – äh«, er schaute auf seinen Notizblock, »Mrs. Wahlberg? Fühlen Sie sich dazu imstande?«

Sie wußte seit zwanzig Minuten, daß ihr Mann tot war. Eine junge, blonde Polizistin hatte es ihr schonungsvoll mitgeteilt. Sie war nicht besonders überrascht gewesen, hatte ruhig und gefaßt reagiert. Im Augenblick hatte sie das Gefühl, als gelinge es ihrem Verstand nicht, wirklich zu begreifen, was geschehen war. Das ganze Ausmaß ihres persönlichen Dramas drang nicht bis zu ihr vor.

»Ja. Ich bin okay.«

»Gut. Wenn Sie nicht mehr können, wenn Sie einen Arzt brauchen, dann sagen Sie es. Sie müssen sich nicht quälen, verstehen Sie?«

»Ja.«

»Zunächst: Wenn ich das richtig verstanden habe, was Sie dem Constable gesagt haben, so haben hier insgesamt neun Menschen ihre Ferien verbracht. Davon sind vier … ermordet worden. Dazu das verletzte Kind, die nicht ansprechbare Frau und Sie. Wer sind die zwei, die fehlen?«

»Meine … Stieftochter. Ricarda. Die Tochter meines Mannes aus seiner ersten Ehe. Und …«

»Wie alt ist Ihre Stieftochter?«

»Fünfzehn.«

Er nickte. Sie fuhr fort: »Und Leon. Leon ist Patricias Mann. Also der Mann der Frau, die ich … zuerst gefunden habe.«

»Die der Täter im Hof vor dem Haus getötet hat.«

»Ja.«

»Wissen Sie, wo sich Ricarda und Leon aufhalten?«

»Nein. Eines der Leihautos fehlt, und ich vermute, daß Leon damit weggefahren ist. Ich weiß aber nicht, wohin.«

»Fährt er öfter einfach so weg? Ohne zu sagen, wohin?«

»Eigentlich nicht.« Der Beamte konnte, so dachte sie, keine Ahnung haben, wie sehr seine Frage den Kern des Beziehungsgeflechts der Menschen von Stanbury House traf: Nie hatte jemand etwas getan, ohne es mit allen anderen zu besprechen.

»Aber«, fügte sie hinzu, »vielleicht hat er ja mit seiner Frau gesprochen. Oder mit jemand anderem. Wir können das nur nicht mehr herausfinden.«

»Sie haben das Haus schon recht früh heute verlassen?«

»Gegen zehn Uhr, würde ich sagen.«

Er machte sich eine Notiz.

»Was ist mit Ihrer Stieftochter? Ricarda. Wann haben Sie die zuletzt gesehen?«

»Gestern abend.«

Er zog die Augenbrauen hoch. »Heute morgen nicht?«

Sie empfand es als kompliziert, ihm all die Vorkommnisse aufzuzählen, war sich auch im klaren darüber, wie absurd sich das alles anhören mußte. Dennoch machte es wohl kaum einen Sinn, der Polizei gegenüber Informationen zurückzuhalten.

»Ricarda war offenbar bereits verschwunden, als wir alle heute früh aufwachten.« Sie berichtete in kurzen Worten von dem Eklat mit dem Tagebuch, wobei sie die Haßgefühle, die darin zum Ausdruck gekommen waren, nicht erwähnte, sondern sich auf die Romanze beschränkte, die Ricarda mit einem Jungen aus der Gegend begonnen hatte.

»Sie hat sich verliebt, und sie wollte soviel Zeit wie möglich mit dem Jungen verbringen. Ich hielt das für ganz normal. Aber Patricia war anderer Meinung.«

»Patricia Roth«, sagte er nachdenklich, »sie gab hier den Ton an?«

»Nun, es ist … es war ihr Haus, und …«

»Schon. Aber Ricarda war nicht ihre Tochter. Mir erscheint es ungewöhnlich, wie stark sie sich offenbar in diese Angelegenheit eingemischt hat.«

»Sie war einfach so«, sagte Jessica, und voller Grauen dachte sie: Wir reden von ihr in der Vergangenheit. Vor ein paar Stunden habe ich noch mit ihr gesprochen, und jetzt ist aus dem *Ist* ein *War* geworden.

»Wer ist der junge Mann, mit dem sie sich trifft?«

»Wir kennen ihn nicht.«

Er zog eine Augenbraue hoch. »Nein?«

»Die Sache hatte sich hier so zugespitzt … sie weigerte sich schließlich, uns den Namen ihres Freundes zu nennen.«

Er musterte sie eindringlich aus seinen klugen Augen. »Nicht so ganz die harmonische kleine Feriengemeinschaft, oder?«

Sie erwiderte nichts darauf. Er seufzte leise. »Sie vermuten, Ricarda ist jetzt bei ihrem Freund?«

»Ja.«

»Man sollte sie finden. Schließlich muß sie erfahren, daß …« Er sprach den Satz nicht zu Ende.

Daß ihr Vater tot ist, dachte Jessica, und für einen Moment wurde ihr schwindlig, ihre Hand griff hilfesuchend nach der Armlehne des Sessels.

Das Gesicht des Superintendent war dicht vor ihrem. »Was ist? Ist Ihnen nicht gut? Soll ich den Arzt herüberbitten?«

Sie konnte wieder klar sehen. »Nein, danke. Es geht schon.«

»Sie sind eben ganz weiß im Gesicht geworden.«

Sie fuhr sich mit dem Handrücken über die Stirn. Ein feuchter Film hatte sich auf ihr Gesicht gelegt. »Ich … die ganze Sache …«

Er sah sie mit aufrichtigem Mitgefühl an. »Entsetzlich. Ein Alptraum. Ich bewundere, wie sehr Sie die Fassung bewahren.«

Irgendwann werde ich nicht mehr weiterkönnen, dachte sie.

»Sie sagen, Sie haben gegen zehn Uhr das Haus verlassen«, fuhr Norman fort, »und zu diesem Zeitpunkt war Ricarda nicht auffindbar. War Mr. Roth – Leon – noch da?«

Sie überlegte. »Ich kann es Ihnen nicht sagen. Gesehen habe ich ihn nicht, als ich ging. Ob das Auto noch dastand oder nicht – das weiß ich beim besten Willen nicht mehr. Ich habe einfach nicht darauf geachtet.«

»*Wen* haben Sie denn bewußt gesehen, als Sie fortgingen?« fragte Norman.

Sie hatte im Eßzimmer gesessen und in Kevin McGowans Memoiren gestöbert und sich irgendwann erinnert, daß sie eigentlich hatte spazierengehen wollen. Sie war in die Halle getreten …

»Patricia«, sagte sie, »Patricia stand in der Eingangshalle, als ich gehen wollte. Zusammen mit Steve. Das ist der Gärtner, der sich hier manchmal um den Park kümmert.«

»Wie heißt Steve mit Nachnamen?«

Sie wußte es tatsächlich nicht. Sie hatte sich nie darum gekümmert. Steve war einfach Steve.

Norman fand das nicht tragisch. »Das kriege ich heraus. Dieser Steve war also hergekommen, um zu arbeiten?«

»Vermutlich. Ich …« Ihr Blick glitt zum Fenster hinaus, und nun endlich sah sie, was sich verändert hatte. »Der Rasen«, sagte sie, »der Rasen hinter dem Haus ist gemäht. Sicher war Steve deswegen da.«

»Das überprüfen wir. Also, Mrs. Roth und Steve standen in der Halle. Sonst noch jemand?«

Sie schluckte. Das letzte Mal, daß sie ihn lebend gesehen hatte … »Mein Mann«, sagte sie, »er kam die Treppe herunter.«

»Sie sprachen miteinander?«

»Ja. Natürlich.« So natürlich war das gar nicht, dachte sie. Sie hatten die Nacht getrennt verbracht, zum erstenmal seit ihrer Hochzeit. Sie war nicht sicher gewesen, wie es weitergehen sollte. Sie war entsetzt über ihn gewesen, erschüttert, tief enttäuscht. Es hatte keine Gelegenheit mehr für eine Aussprache gegeben. Nun würde es auch keine mehr geben.

Ich werde weinen. Irgendwann. Aber nicht jetzt. Bloß nicht jetzt.

»Er machte sich Sorgen wegen Ricarda, wußte nicht, was er tun sollte. Ich sagte ihm, sie sei bestimmt bei ihrem Freund – nach der Geschichte vom Vorabend. Er solle sie meiner Meinung nach in Ruhe lassen, also auch gar nicht nach ihr suchen. Sie brauche Zeit.«

»Und dann?« fragte Norman, nachdem Jessica eine Weile geschwiegen hatte.

Er erkannte die Trostlosigkeit in ihren Augen, als sie antwortete: »Dann bin ich gegangen.«

Er hatte feine Antennen. »Sie waren böse auf ihn wegen der Sache mit dem Tagebuch?«

Böse? »Ich glaube eher, ich war erschüttert«, sagte Jessica, »denn etwas von dem Bild, das ich von ihm hatte, war zerbrochen. Ich kam nicht damit zurecht. Ich wollte allein sein.«

»Es hat dann auch keine Klärung mehr gegeben?«

»Nein. Ich ging fort, und als ich wiederkam ...« Sie machte eine hilflose Bewegung mit den Armen.

»Sie sind sehr lange gelaufen.« Norman rechnete nach. »Wenn Sie sagen, daß zwischen Ihrer Ankunft am Haus und Ihrem Anruf bei der Polizei etwa eine halbe Stunde lag, dann müßten Sie gegen vierzehn Uhr hier gewesen sein. Das heißt, Sie waren vier Stunden unterwegs.«

»Das ist nicht ungewöhnlich bei mir. Ich laufe jeden Tag viele Kilometer. Heute kam noch dazu ... ich war aufgewühlt. Ich wollte nachdenken. Mich beruhigen. Ich bin gelaufen, ohne zu bemerken, wie die Zeit verging.«

»Ich verstehe.« Norman nickte. »Mit wem von den Leuten hier haben Sie heute noch gesprochen? Mit allen?«

»Nein. Nur noch mit Tim. Mr. Burkhard. Frühmorgens.«

»Um wieviel Uhr?«

»Etwa ... um kurz nach acht, würde ich sagen.«

»Wo war das?«

»In der Gartentür des Wohnzimmers. Ich kam von einem Spaziergang zurück, und ...«

»Sie waren morgens schon einmal unterwegs?«

»Ja, in aller Frühe. Mit meinem Hund. Ich konnte nicht schlafen.«

Norman dachte an seinen Arzt, der ihm immer wieder empfahl, sich mehr zu bewegen, und seufzte. Er haßte es, zu laufen.

»Gut. Sie trafen ihn also. Und?«

»Er war ... ein bißchen ärgerlich. Niemand hatte den Tisch gedeckt und das Frühstück vorbereitet. Außerdem erinnere ich mich, daß er irgendwelche Notizen suchte. Nein, eher Texte, die er im Computer geschrieben und dann ausgedruckt hatte. Er ist Psychotherapeut und saß während der ganzen Ferien an den Vorbereitungen zu seiner Promotion.«

»Er machte sich Sorgen?«

Sie zuckte mit den Schultern. »Er maulte jedenfalls herum, aber ich ließ ihn einfach stehen.«

Er musterte sie eindringlich. »Mochten Sie Mr. Burkhard?«

Warum hätte sie lügen sollen?

»Nein«, sagte sie.

»Warum nicht?«

»Ich empfand ihn als zudringlich. Vielleicht war er einfach durch seinen Beruf geschädigt. Er analysierte an mir herum und kam mir damit irgendwie zu nahe. Ich mochte meine Probleme nicht mit ihm besprechen.«

»Haben Sie denn Probleme?«

»Wer hat die nicht?«

»Würden Sie sagen, daß Ihre Ehe in Ordnung war?«

»Ja.«

»Wie war Ihr Verhältnis zu den anderen Personen hier im Haus?«

Sie zögerte. »Wir waren Freunde. Doch manchmal, glaube ich, saßen wir hier ein bißchen zu dicht aufeinander. Es war nicht immer spannungsfrei. Aber insgesamt kamen wir gut miteinander zurecht.«

»War Patricia Roth eine enge Freundin von Ihnen?«

»Nein.«

Das *Nein* hatte scharf geklungen. Natürlich hakte Norman nach. »Sie mochten sie nicht?«

»Ich fand sie sehr anstrengend. Sie wollte hier immer alles managen und hatte nicht allzuviel Verständnis für Menschen, die eine individuelle Urlaubsgestaltung vorziehen. Daraus resultierten Probleme. Aber ich kann nicht wirklich sagen, daß ich sie nicht gemocht hätte.«

»Hm.« Er sah ziemlich ratlos drein, und eigentlich, dachte Jessica, konnte man ihm das nicht verübeln.

»Haben Sie irgendeine Vorstellung, wer das hier getan haben könnte?« fragte sie nach einigen Momenten des Schweigens.

»Hm«, machte er wieder. Sie hatte das beunruhigende Gefühl, er werde ihr gegenüber nicht ganz offen sein.

»Im Augenblick tappe ich noch ziemlich im dunkeln«, meinte er dann. »Wenn ich ehrlich bin, so war ich in meiner ganzen polizeilichen Laufbahn noch nie mit einem solchen Verbrechen konfrontiert. Ein solches Gemetzel …« Er schüttelte den Kopf.

»Das muß ein Geistesgestörter getan haben«, sagte Jessica, »denn es gibt doch ganz offensichtlich kein Motiv. Es sieht nicht so aus, als ob etwas gestohlen worden wäre. Es ist so sinnlos. Zwei kleine Kinder …«

»Was uns sinnlos erscheint, mag für einen anderen Menschen durchaus Sinn haben«, entgegnete Norman. »Wer immer der Täter war, er – oder sie – *hatte* ein Motiv.«

»Aber, um Gottes willen, welches Motiv sollte es denn da geben?«

»Wenn ich das wüßte, hätte ich den Täter.«

»Gibt es hier irgendwo ein Irrenhaus? Oder ein Gefängnis? Vielleicht ist jemand ausgebrochen, oder …«

»Mrs. Wahlberg, ich will Sie nicht beunruhigen. Natürlich können wir es hier mit einem Täter von außen zu tun haben. Aber eine Erfahrung habe ich während meiner Tätigkeit als Polizeibeamter immer wieder gemacht: Bis auf den klassischen Fall der im nächtlichen Park vergewaltigten Frau oder des Raubmordes in der Tiefgarage oder ähnliches hat sich bei den meisten Verbrechen am Schluß herausgestellt, daß die Täter innerhalb der Familie oder des Freundeskreises zu suchen waren. Selten war das Opfer zufällig ausgewählt worden. Es gab eine Vorgeschichte, die, kannte man sie erst einmal, geradezu zwangsläufig auf die Tragödie hingeführt hatte.«

Ihre Kehle wurde eng. Sie hatte ganz normal sprechen wollen, aber ihre Stimme war nur ein Flüstern. »Sie meinen … es war einer von uns?«

»Ich versuche, mir meinen Blick nicht durch irgendeine vorgefaßte Meinung trüben zu lassen. Deshalb meine ich in diesem Stadium noch gar nichts. Aber ich schließe auch nichts aus.«

Wieder hatte sie den Eindruck, daß er nicht ganz aufrichtig war, aber sie war zu deprimiert und erschöpft, um nachzufragen, und überdies hätte er ihr kaum eine ehrliche Antwort gegeben. Sie hatte brennenden Durst, wie sie plötzlich bemerkte, und ihr war leicht übel. Sie sehnte sich danach, allein zu sein, eine Tür hinter sich zumachen zu können, sich zwischen kühlen Bettlaken auszustrecken. Sie sehnte sich danach, begreifen zu können, was geschehen war. Sie sehnte sich danach, zu weinen.

»Sie verstehen sicher, daß Sie nicht hier im Haus bleiben können«, sagte Norman. »Es wird eine Weile dauern, bis die Spurensicherung ihre Arbeit beendet hat und wir danach alles wieder freigeben können. Wir werden ein Hotel für Sie finden.«

»Ich möchte so schnell wie möglich nach Deutschland zurück. Mein ... mein Mann soll dort beerdigt werden, und ...«

»So schnell wird das nicht gehen.«

Sie neigte sich nach vorn. Ihr Mund war so ausgedörrt, daß sie meinte, er sei mit Watte gefüllt.

»Ich bin schwanger. Im dritten Monat. Ich brauche meinen Arzt. Regelmäßige Kontrolluntersuchungen. Ich muß nach Deutschland!«

Seine Augen waren voll Mitgefühl. »Sie sollten da natürlich keinesfalls ein Risiko eingehen«, sagte er, »aber Sie können doch sicher so lange bleiben, wie Sie ohnehin geblieben wären?«

»Bis Ende dieser Woche. Ja. Am Sonntag wären wir zurückgeflogen«

»Ich danke Ihnen. Und dann ...«, er zögerte. »Es ist reine Routine«, sagte er schließlich, »aber wir müssen Fingerabdrücke von Ihnen nehmen. Von den anderen auch. Es gehört einfach dazu.«

Sie nickte. Es war ihr egal. Ihre Augen brannten. Wann ließ er sie endlich allein?

Es wurde an die Tür geklopft, und die blonde Beamtin, die Jessica die Nachricht vom Tod Alexanders überbracht hatte, erschien.

»Ich glaube, Sie können jetzt mit Mrs. Burkhard sprechen«, sagte sie.

Norman erhob sich sofort. »Ich komme.«

Gleichzeitig entbrannte in der Eingangshalle ein Tumult. Laute Stimmen, ein Polizist rief: »Sie können hier nicht einfach herein! Sie müssen sich ausweisen!«

»Ich werde doch mein eigenes Haus noch betreten dürfen«, sagte Leon. Er schob die blonde Beamtin zur Seite und trat ins Wohnzimmer. Er starrte Jessica an.

»Was, zum Teufel, ist hier passiert?« fragte er. Er sprach deutsch. »Was wollen diese Horden von Bullen hier?«

Sie barg ihr Gesicht in beiden Händen und wandte sich ab.

Überließ es Superintendent Norman, zu sagen, was zu sagen war.

4

Die Nachricht von der schrecklichen Bluttat in Stanbury House machte blitzschnell die Runde im Dorf, ohne daß man später genau hätte sagen können, warum und an welcher Stelle die Neuigkeit so rasch durchgesickert war. Natürlich überschlugen sich die Gerüchte: Es gebe keinen Überlebenden, hieß es, von grausamen Folterungen war die Rede, von Gruppensex, den es zuvor unter den Fremden aus Deutschland gegeben haben sollte, und von einem Blutrausch der Eifersucht, der sich anschließend Bahn gebrochen hatte. Man erzählte sich furchtbare Dinge, und die ersten Bürger marschierten oder fuhren bereits hinaus zu dem Landhaus, ohne allerdings auch nur bis an das Tor gelangen zu können; die Polizei hatte das ganze Gelände weiträumig abgesperrt. Die Atmosphäre in Stanbury, die zuvor so friedlich, langweilig und idyllisch gewesen war wie in jedem Frühling, wandelte sich schlagartig. Das *Böse* war greifbar geworden. Noch wußte niemand es genau zu definieren, noch hatte es kein Gesicht. Aber es hatte alles Grauen, das es in sich barg, über dem kleinen, abgeschiedenen Ort ausgeschüttet, schlimmer und furchtbarer, als irgend jemand in der Gemeinde je fähig gewesen wäre, es sich auszumalen.

Alle hatten Angst. An diesem sonnigen, warmen Aprilnachmittag spielte nicht ein Kind auf den Straßen des Dorfes.

Geraldine erfuhr im Gemischtwarenladen von dem Drama. Sie hatte Stunden in ihrem Zimmer verbracht, sich mit der Frage herumgeschlagen, ob sie wirklich abreisen sollte, und war immer wieder zu dem Ergebnis gelangt, daß ihr nichts anderes übrigblieb, wenn sie einen Funken Selbstachtung bewahren und auch in Phillips Augen nicht völlig lächerlich dastehen wollte. Schließlich hatte sie schluchzend ihre Sachen gepackt und an der Rezeption Bescheid gesagt, daß sie an diesem Tag noch nach London zurückmüsse. Sie hatte ihre Sonnenbrille aufgesetzt, damit niemand ihre verweinten Augen sah, aber das picklige Mädchen vom Hotel musterte sie mit so penetranter Neugier, als wisse es ganz genau, was los war, und als brenne es nur darauf, nähere Details zu erfahren.

Es war halb fünf, als sie zum Laden hinüberging, um sich ein paar Flaschen Mineralwasser für die Fahrt zu kaufen. Gegessen hatte sie den ganzen Tag noch nichts, aber sie verspürte auch keinen Hunger, sondern fürchtete im Gegenteil, sich übergeben zu müssen, wenn sie auch nur einen Bissen zu sich nahm. Im Hotel war es kühl gewesen, und sie stellte überrascht fest, welche Wärme draußen herrschte. Sie trug eine graue Jogginghose und ein flauschiges, schwarzes Sweatshirt und war damit viel zu warm angezogen. Schon nach ein paar Metern lief ihr am ganzen Körper der Schweiß herunter, und auch mit ihrem Kreislauf schien irgend etwas nicht zu stimmen; jedenfalls flimmerte die Dorfstraße immer wieder vor ihren Augen.

Egal. Eigentlich war jetzt sowieso alles egal.

Der Gemischtwarenladen war voller Menschen, und fast wäre sie erschrocken zurückgewichen. Sie hatte in der Zeit, die sie hier verbracht hatte, schon mitbekommen, daß der Laden beliebter Treffpunkt und Umschlagplatz für Tratsch und Klatsch aller Art war, und es war durchaus nicht unüblich, dort ein paar Frauen in angeregtem Gespräch anzutreffen. Aber diesmal quoll der kleine Raum förmlich über, und die Gesprächswogen schlugen deutlich hoch, weit über das normale Maß hinaus.

Als Geraldine in der Tür erschien, verstummten alle und sahen wie auf Kommando zu ihr hin, und im ersten Augenblick dachte sie schon, sie selbst sei Gesprächsgegenstand gewesen, und fühlte sich instinktiv zu sofortiger Flucht bereit. Es verunsicherte sie, klebrig, verschwitzt und mit fettigen Haaren vor dem versammelten Dorf zu stehen, getarnt mit einer Sonnenbrille, hinter der sich monströs verschwollene, tiefrote Augen verbargen.

Doch wie sich herausstellte, interessierte sich niemand für ihre Aufmachung und ihren ganz persönlichen Kummer.

»Haben Sie es schon gehört?« fragte Mrs. Collins, gierig darauf, einen Menschen zu treffen, dem man die Sensation noch einmal ganz neu und von vorn darlegen konnte. »Haben Sie schon von den *schrecklichen Morden* in Stanbury House gehört?«

Sie hatte tatsächlich noch nichts davon gehört, wie sollte man auch etwas vom Weltgeschehen mitbekommen, wenn man den ganzen Tag im Zimmer saß und heulte? Später erinnerte sie sich jedoch, daß sofort eine Alarmglocke bei ihr angeschlagen hatte, als sie von dem Verbrechen in Stanbury House erfuhr. Etwas in ihr wurde hellwach und aufmerksam.

Mrs. Collins hatte sich mit ihrer raschen Frage das Recht erworben, die Geschichte vor Geraldine ausbreiten zu dürfen, und sie tat es voller Genuß, gelegentlich natürlich von den Einwürfen der anderen unterbrochen, die etwas hinzufügen oder ausschmücken wollten. Eine gewisse Uneinigkeit herrschte über die genaue Zahl der Opfer. Mrs. Collins beharrte darauf, von wenigstens zwei Überlebenden gehört zu haben, während ihre Schwester felsenfest behauptete, dem Massaker seien sämtliche Angehörige der kleinen Feriengruppe zum Opfer gefallen.

»Ein Kind soll im Krankenhaus liegen!« rief jemand, und ein anderer mischte sich ein: »Einer von denen ist ja angeblich geflüchtet und steht unter dringendem Tatverdacht!«

»Auf jeden Fall«, schloß Mrs. Collins, »verriegle ich meine Haustür jetzt doppelt und dreifach, und nach Sonnenuntergang tu ich keinen Schritt mehr auf die Straße, bis das Ungeheuer gefaßt ist!«

»Mir tun die Leute auf den einsamen Gehöften ringsum leid«, meinte eine alte Dame, die sich mitsamt ihrer rollenden Gehhilfe in den Laden geschleppt hatte, um nur ja nichts zu verpassen. »Wie muß man sich jetzt fühlen ohne den Schutz von Nachbarn und ringsum nur Wiesen und Felder!«

Zustimmendes Gemurmel begleitete ihre Aussage.

Geraldine hielt sich unauffällig mit einer Hand an einem Regal mit Puddingpulver, Zucker und Tortenguß fest. »Gibt es denn schon irgendeine Erkenntnis, wer das getan hat und warum?«

Auch zu dieser Frage existierten natürlich jede Menge Gerüchte und Theorien, wobei eindeutig die Variante eines Eifersuchtsverbrechens – »Da hat es ja jeder mit jedem getrieben«, sagte Mrs. Collins, »und solche Geschichten gehen nie gut!« – favorisiert wurde. Manche glaubten auch an einen Wahnsinnigen, der aus einem Irrenhaus ausgebrochen war, oder an einen Ritualmord von Satansanhängern. Nicht einmal jedoch fiel der Name *Phillip Bowen*, noch berichtete jemand von einem Mann, auf den seine Beschreibung gepaßt hätte. Auch schien es Geraldine, als sei man sehr unbefangen ihr gegenüber, und da man im Dorf sicher längst wußte, daß sie die Freundin oder Lebensgefährtin des attraktiven Londoners war, der im *The Fox and The Lamb* Urlaub machte, hätte man sich sicher ganz anders ihr gegenüber verhalten, hätte man Phillip in Verdacht gehabt. Trotzdem hatte sie weiche Knie, und als sie die drei Flaschen Mineralwasser bezahlte, zitterten ihre Hände. Zum Glück fiel das niemandem auf, denn längst schon ging es im Gespräch wieder hoch her, und niemand achtete mehr auf sie.

Sie hastete die Straße entlang, die Flaschen mit dem Wasser dicht an den Körper gepreßt, immer noch schwitzend, aber sie kümmerte sich nicht darum. Ihr war schwindlig, noch schwindliger als zuvor, und in ihrem Kopf kreiste ein Wirbel aus konfusen und beängstigenden Gedanken. Hatte nicht sie selbst Phillip immer wieder als fanatisch bezeichnet? Hatte sie sich nicht manchmal sogar fast gefürchtet vor ihm, wenn er so voller Wut war, weil niemand ihn verstehen, weil niemand ihm entgegenkommen wollte? Er hatte alles dem Wahn untergeordnet, ein Sohn des verstorbenen Kevin McGowan zu sein, hatte geglaubt, sein ganzes weiteres Leben hänge von dem verdammten Haus ab, davon, dort offiziell aus und ein gehen zu dürfen. Er hatte Patricia Roth gehaßt, nicht nur, weil sie ihm nicht glaubte und das Erbe ihres Großvaters für sich allein beanspruchte, sondern auch für die Verachtung, mit der sie ihn behandelt hatte. Als sei er ein erbärmlicher kleiner Landstreicher, der etwas an sich zu raffen suchte, was ihm nicht gehörte. Er hatte sie gehaßt – aber hatte er sie auch getötet?

Aber doch nicht alle anderen, dachte sie, es sind doch offenbar alle tot oder jedenfalls ganz viele, und das hätte er doch nie getan. Niemals. Er ist neurotisch, er ist verrückt, er ist ein Fanatiker, ein hoffnungsloser Träumer, aber er ist nicht gewalttätig, das würde nicht zu ihm passen, nie, und ich liebe ihn. Ich liebe ihn so unendlich. Ich werde nie damit aufhören können.

Die Tränen flossen schon wieder, ausgelöst durch die Spannung, die Angst und die ganze ausweglose Verzweiflung ihrer Lage. Warum hatte ihr das passieren müssen? Einen Mann so hoffnungslos zu lieben und nichts von ihm zurückzubekommen.

Weinend stolperte sie in den kleinen Empfangsraum des Hotels und wäre beinahe mit ihm zusammengestoßen. Es war eine absurde Wiederholung der Situation vom Mittag: Sie rempelten in der engen Tür des *The Fox and The Lamb* aneinander und erschraken beide. Nur daß es diesmal andersherum war, sie kam von draußen, er befand sich drin. Er sah blaß aus, angespannt, das konnte sie selbst in dem düsteren Licht erkennen. An der Rezeption saß das neugierige Mädchen und glotzte.

»Oh, Geraldine, da bist du ja«, sagte er nervös, »ich warte schon auf dich. Kann ich dich sprechen?«

Er wollte seine Hand auf ihren Arm legen, doch sie wich spröde zurück.

»Ich bin eigentlich dabei, abzureisen. Ich hab mir nur noch Reiseproviant gekauft.«

Er blickte auf die Flaschen in ihren Armen. Er lächelte.

»Mineralwasser! Nimmst du überhaupt noch etwas anderes zu dir?«

Sie war nicht gewillt, auf seinen leichten Ton einzugehen. »Meine Figur ist mein Kapital. Ich wollte nicht in dieser Form für meinen Beruf leben, aber da es mir offenbar nicht möglich ist, ein erfülltes Privatleben zu haben …«

Er ging darauf nicht ein. Sein Lächeln war schon wieder ausgeknipst, Nervosität beherrschte seine Züge. »Geraldine, es ist wichtig. Wenn wir zehn Minuten reden könnten …?«

Sie wies auf die kleine Sitzgruppe im Eingangsbereich, aber er schüttelte den Kopf. »Unter vier Augen. Gehen wir zu dir oder zu mir?«

Die vielfach benutzte Redewendung vermochte sie nicht zu amüsieren. »Zu mir«, sagte sie, und hintereinander stiegen sie die schmale, knarrende Treppe hinauf.

»Geraldine, ich habe ein riesiges Problem«, begann er, kaum daß sie die Tür hinter sich geschlossen hatten. »Hast du von diesem Verbrechen in Stanbury House gehört?«

Der Schreck durchzuckte sie wie ein Stromstoß, jäh und schmerzhaft. Sie hatte es einfach gewußt.

Liebte sie tatsächlich einen verrückten Massenmörder?

Als er ihr Zimmer eine Dreiviertelstunde später verließ, wußte sie noch immer keine Antwort auf diese Frage. Natürlich hatte er vehement abgestritten, irgend etwas mit dieser unfaßbaren Tragödie zu tun zu haben.

»Guter Gott, was hältst du von mir?« hatte er gefragt, war im Zimmer auf und ab gegangen und hatte sich immer wieder kreuz und quer durch die Haare gestrichen, bis sie in komischen kleinen Wirbeln vom Kopf abstanden. Sie hatte zuvor keineswegs etwas gesagt, hatte ihn nur angesehen, und er mußte den Ausdruck von Zweifel und Angst in ihren Augen gelesen haben, denn er hatte sofort gewußt, welche Gedanken ihr im Kopf herumgingen.

»Patricia Roth war in meinen Augen eine widerliche, egozentrische, zutiefst von sich selbst eingenommene Hexe, aber deshalb würde ich sie doch nicht töten! Ich würde überhaupt niemals jemanden töten! Ich hebe Regenwürmer von der Straße auf und setze sie in die Erde, diese Art Mensch bin ich! Ich gehe doch nicht irgendwohin und richte ein Blutbad an!«

»Ist Patricia unter den Toten?«

»Keine Ahnung. Woher soll ich das wissen? Das ganze Dorf redet darüber, und jeder sagt etwas anderes. Manche behaupten, alle sind tot da draußen, andere meinen, es gibt Überlebende. Aber niemand weiß, wer noch lebt und wer nicht.«

»Wenn noch jemand lebt«, hatte Geraldine gesagt, »dann wird er oder sie der Polizei von deinen Auftritten dort berichten.« Sie stand mitten im Zimmer, immer noch die Wasserflaschen im Arm wie einen Schutzschild. »Sie werden feststellen, daß du ein Motiv hattest.«

»Ein Motiv, dort zu wüten wie ein Wahnsinniger? Was bringt es mir denn, wenn Patricia tot ist? Oder ihr Mann? Ihre Kinder? Meinem Ziel komme ich damit keinen Schritt näher. Für mich ist nur wichtig zu beweisen, daß ich Kevin McGowans Sohn bin. Patricia spielt dabei keine Rolle!«

Sie hatte für einen kurzen Moment müde ihre verschwollenen Augen geschlossen. Jetzt kam er mit dieser Erkenntnis. Aber vorher hatte er Patricia förmlich die Tür eingerannt, hatte auf eine Unterstützung gehofft, die diese Frau ihm gar nicht hatte geben können.

»Jeder hat mitbekommen, wie fanatisch du warst«, sagte sie, »und deshalb wird man sich auch vorstellen können, daß du allein aus Haß und Rachegefühlen heraus gehandelt hast. Das kann als Motiv schon ausreichen.«

Er war endlich stehengeblieben, hatte genickt. »Deshalb bin ich hier«, sagte er, »ich brauche deine Hilfe.«

Sie sah ihn abwartend an.

»Kannst du nicht die Sonnenbrille abnehmen?« fragte er nervös. »Es irritiert mich, wenn ich deine Augen nicht sehen kann.«

»Nein«, sagte sie.

Er seufzte. »Okay. Okay, Geraldine, die Sache ist die: Ich sitze noch ein bißchen tiefer im Schlamassel, als du denkst. Tatsache ist – ich war heute dort. Ich war im Park von Stanbury House.«

Eigentlich war sie nicht einmal wirklich erschrocken. Da er sich praktisch jeden Tag dort herumgetrieben hatte, wäre es eher ungewöhnlich gewesen, wenn er gerade heute von seinem Rhythmus abgewichen wäre.

»Das erwähntest du vorhin nicht«, sagte sie trotzdem. »Du sagtest, du habest nach Leeds fahren wollen, und …«

Er unterbrach sie ungeduldig. »Ja. Später. Aber vorher war ich dort.«

»Hat dich jemand gesehen?«

»Ich war diesmal nicht nur vorn am Tor. Ich bin von hinten in den Park gekommen. Ich habe dort eine von den Frauen getroffen. Die Dicke, Unglückliche.«

Geraldine schüttelte den Kopf. »Ich kenne niemanden dort.«

»Egal. Ich habe mich neben sie gesetzt und mich ein paar Minuten mit ihr unterhalten. Sie war ziemlich … neben sich. Dann erschien ihr Mann und rief nach ihr.«

»Er hat dich auch gesehen?«

»Ich glaube nicht. Aber sie kann ihm natürlich von mir erzählt haben. Sie kann *jedem* erzählt haben, daß ich da war, deswegen könnte ich nicht einmal sicher sein, wenn sie unter den Opfern wäre. Oder ihr Mann. Ich könnte überhaupt nur sicher sein, wenn alle tot wären.«

»Sollte die Polizei dich vernehmen, würde ich an deiner Stelle sofort sagen, daß du dort warst. Wenn du es verschweigst und sie erfahren es dann doch irgendwie, machst du dich erst recht verdächtig.«

Er hatte unglücklich genickt. »Du hast vermutlich recht.«

Sie hatte sich bemüht, kühl zu klingen. »Und was willst du nun von mir?«

Er fing wieder an, hin- und herzulaufen. »Also, nach meiner Berechnung muß es ungefähr zwölf Uhr mittags gewesen sein, als ich die Dicke im Park traf. Eher ein paar Minuten später. Ich denke, es war noch nicht ganz halb eins, als ich wieder ging. Irgendwann danach muß das … das Schreckliche passiert sein.«

»Das vermutest du. Vielleicht passierte es, während du da warst. Vielleicht sind die Dicke und ihr Mann die einzigen Überlebenden. Oder waren später an der Reihe.«

»Das ist möglich, aber ich glaube es nicht. Das Haus lag so friedlich in der

Sonne. Ich glaube nicht, daß man gar nichts merkt, wenn ein Irrer einen Haufen Menschen abschlachtet. Ich vermute, das alles ist passiert, nachdem ich weg war.«

»Vermuten! Vermuten ist nicht …«

Er unterbrach sie wütend: »Ich weiß das! Ich weiß, verdammt noch mal, daß ich im dunkeln tappe und daß alles noch ungünstiger für mich sein kann, als ich jetzt denke. Aber irgendwo muß ich anfangen, und ich kann mich nur für das entscheiden, was am wahrscheinlichsten klingt. Als ich wegging, lebten definitiv noch zwei Menschen in Stanbury House: die dicke Frau und ihr Mann. Und nichts, aber auch gar nichts, wies darauf hin, daß gerade irgendwo auf dem Gelände ein Verbrechen geschah oder kurz zuvor geschehen war. Daher gehe ich davon aus, daß der oder die Täter später zuschlugen. Irgendwann nach halb ein Uhr mittags.«

Sie begriff jetzt, was er von ihr wollte.

»Du brauchst ein Alibi«, sagte sie.

»Für die Zeit nach halb eins, ja.«

Sie versuchte, den Mittag in der Erinnerung zu rekonstruieren. »Wann haben wir uns unten getroffen?«

Offenbar hatte er sich darüber bereits Gedanken gemacht. »Es war Viertel vor drei. Das weiß ich, weil ich auf die Uhr im Auto schaute, als ich den Motor abstellte.«

»Wo warst du zwischen halb eins und Viertel vor drei? Das waren immerhin mehr als zwei Stunden.«

»Ich habe es dir doch gesagt. Ich wollte eigentlich nach Leeds. Ich wollte einen Anwalt kontaktieren.«

»Du kennst keinen Anwalt in Leeds. Du hattest keinen Termin. Das klingt irgendwie … unglaubwürdig.«

»Ich weiß. Aber es war so. Ich war durcheinander. Ich fuhr einfach drauflos und versuchte zwischendurch, einen Freund in London wegen einer Anwaltsadresse in Leeds zu erreichen. Der meldete sich aber nicht.«

»Selbst wenn er sich gemeldet hätte«, sagte Geraldine, »hätte er dir bestimmt nicht von einem Moment zum anderen einen Termin verschaffen können. Das Ganze war doch eine Schnapsidee von dir!«

Er hob hilflos beide Arme. »Klar. Weißt du, ich bin sicher, daß praktisch jeder Mensch schon einmal in einer Situation gewesen ist, in der er konfus und sinnlos agiert, dies dann irgendwann begreift – so wie ich heute mittag – und daraufhin beschließt, erst einmal wieder zur Ruhe zu kommen und sich dann eine neue Strategie zu überlegen. Aber wenn man plötzlich der Polizei einen Überblick geben muß, was man zu einer bestimmten Zeit getan hat, hört sich eine solche im Grunde alltägliche Geschichte auf einmal verdächtig an.«

Es klang plausibel, was er sagte, und dennoch wurde sie den Schatten des Verdachts nicht los. Im Moment war er zwar nervös, aber auch vernünftig und überlegt. Sie kannte ihn jedoch auch anders. Fanatisch, hitzig, unzugänglich für jedes logische Argument. Wäre er in einer solchen Verfassung zu Gewalt fähig?

»Wo warst du vormittags?« fragte sie. »Ich bin ziemlich weit gefahren. In einem gottverlassenen Dorf habe ich in einem Pub einen Brunch eingenommen. Danach bin ich nach Stanbury House gefahren.«

»Wir können nicht behaupten, den ganzen Vormittag zusammengewesen zu sein«, sagte Geraldine. »Falls du den Namen des Pubs nennen mußt und sie sich dort erkundigen, wird man sagen, daß du allein warst. Auch die dicke Frau in Stanbury House – falls sie noch lebt – hat dich nur allein gesehen.«

»Ich habe mir folgendes überlegt«, sagte Phillip, »und ich bete, daß es hinhaut: Ich kam vom Brunch zurück und habe dich hier im Hotel abgeholt. Etwa um Viertel nach zwölf. Du hast hoffentlich zu dieser Zeit nicht gut sichtbar im Gastraum gesessen und zu Mittag gegessen?«

Sie lächelte ein wenig. »Du weißt, ich esse praktisch nie. Ich war die ganze Zeit in meinem Zimmer.«

»Okay. Sehr gut. Ich habe dich also abgeholt. Wir ... wir planten eine letzte Aussprache. Wegen unserer Trennungssituation ...« Er sah sie abwartend an, offenbar nicht sicher, wie sie auf den Vorschlag, diese für sie tragische Entwicklung ihrer Beziehung zur Konstruktion eines Alibis zu benutzen, reagieren würde. Sie erwiderte nichts, und was in ihren Augen stand, konnte er durch die Sonnenbrille nicht sehen.

»Ich wollte dann jedoch noch einmal nach Stanbury House«, fuhr er schließlich fort, »so wie jeden Tag. Du warst gereizt – du findest ja, ich sollte diese ganze Geschichte endlich vergessen und aufgeben. Ich parkte ein ganzes Stück vom Tor entfernt, neben ein paar Resten der einstigen Mauer. Dort werden sie auch Reifenspuren finden. Du bliebst im Auto sitzen, du wolltest einfach nichts mit all dem zu tun haben. Ich begab mich in den Park, traf die Dicke. Kehrte dann zu dir zurück, nach ungefähr einer halben Stunde. Wir fuhren ein bißchen kreuz und quer, hielten dann irgendwo zwischen Wiesen und Schafherden. Und redeten. Über uns, unsere Beziehung, über all das, was schiefgelaufen ist.«

»An welcher Stelle genau war das?« fragte Geraldine.

Er überlegte. »Ich denke, es ist gar nicht so wichtig, das genau zu wissen. Würde man in einer solchen Situation wirklich darauf achten, an welchem Wiesenrand man anhält? Ich werde sagen, daß ich in Richtung Leeds gefahren bin, weil das ja der Wahrheit entspricht. Irgendwo auf halbem Weg bog ich in irgendeinen Feldweg ein. Etwa auf der Höhe von Sandy Lane. Na ja, und dort redeten wir dann über alles.«

»Und dann fuhren wir hierher zurück?«

»Und kamen gegen Viertel vor drei an. Von da an stand ja auch das Auto wieder hier, also müssen wir uns an den tatsächlichen zeitlichen Ablauf halten.«

»Wenn dich jemand gesehen hat, wie du ausgestiegen bist, könnte derjenige aber aussagen, daß *ich nicht* ausgestiegen bin.«

»Dann bist du zwei, drei Minuten später ausgestiegen. Wir waren ziemlich zerstritten. Du hattest geweint, wolltest nicht gesehen werden ...« Er hielt wieder inne.

Wie trefflich das alles paßt, dachte Geraldine. Voller Trauer und voller widerwilliger Bewunderung für seine Kaltblütigkeit.

»Die Sache ist jetzt die«, sagte Phillip, »ich habe dich ja unten im Empfangsraum getroffen. Woher kamst du da gerade? Hatte dich jemand gesehen?«

Sie schüttelte den Kopf. »Ich glaube nicht. Ich wollte eigentlich nur an der Rezeption Bescheid sagen, daß ich abreisen würde. Ich habe ein paarmal geklingelt, aber niemand ist erschienen. Als du zur Tür hereinkamst, wollte ich gerade wieder in mein Zimmer gehen und packen und es später noch einmal unten versuchen.«

»Gut. Wir sind dann beide in dein Zimmer gegangen, haben noch eine Weile geredet ...«

Als ob du je bereit gewesen wärst, soviel mit mir zu reden!

»Wo warst du tatsächlich?« fragte sie.

»In meinem Zimmer. Ich habe versucht, ein bißchen zu schlafen, aber das funktionierte nicht. Vor einer Stunde etwa bin ich ein wenig im Dorf umhergeschlendert, dabei hörte ich von dem Verbrechen. Ich bin dann gleich hierher zurückgekommen und habe auf dich gewartet. Das Auto stand ja noch da. Ich wußte, du bist noch nicht abgereist.«

»Ich war den Nachmittag über auch nur in meinem Zimmer«, sagte Geraldine. »Einmal war ich noch kurz unten und habe ausgecheckt. Später bin ich losgegangen und habe das Wasser gekauft, und ... na ja, den Rest weißt du ja.«

»Ja«, sagte er, »den Rest weiß ich.«

Sie standen einander gegenüber. Schweigend.

»Hilfst du mir?« fragte er schließlich.

»Ich wollte jetzt eigentlich nach London fahren.«

»Bitte!«

»Ich habe kein Zimmer mehr.«

»Zieh wieder bei mir ein. Begründe deinen geänderten Entschluß mit einem letzten Versöhnungsversuch. Aber laß mich jetzt nicht allein.«

»Weißt du eigentlich, was du da von mir verlangst?«

»Ja.«

Sie stellte endlich ihre Wasserflaschen ab. Die Bewegung hatte den Ausdruck einer Kapitulation. »Ich werde es tun«, sagte sie. »Ich weiß, daß es falsch ist, aber ich werde es tun.«

Sie nahm mit einer ruckartigen Geste die Sonnenbrille ab, und er sah ihre verquollenen, verzweifelten Augen.

»Verdammte Scheiße«, sagte sie in einer für sie völlig untypischen rabiaten Art, »am Schluß werde ich wieder die sein, die leidet!«

5

Geraldine war tatsächlich gezwungen, in Phillips Zimmer überzusiedeln, denn ihr eigenes Zimmer war am späten Nachmittag bereits wieder vergeben worden, und auch sonst war keines mehr frei in der kleinen Pension. Die verfügbaren Räume waren von der Polizei angemietet worden für die Unterbringung der Überlebenden des Verbrechens, das am Mittag in Stanbury House stattgefunden hatte: für Jessica, Leon und Evelin.

Jessica hatte Geraldines früheres Zimmer zugewiesen bekommen. Gegen sechs Uhr am Abend stand sie dort, räumte die Sachen, die sie hastig zusammengepackt hatte, in den Schrank: ein wenig Wäsche, Strümpfe, ein paar T-Shirts, Hosen und Pullover. Den Rest würde sie aus Stanbury House holen, bevor sie abreiste. Nur noch ein paar Tage. Sie konnte es kaum abwarten, wieder in Deutschland zu sein.

Für Barney hatte sie eine Decke mitgenommen und in eine Ecke gelegt. Der kleine Hund hatte sich völlig erschöpft darauf zusammengerollt und schlief nun tief. Die Bedrohung, die vielen Menschen, die Anspannung des ganzen Tages hatten ihn ausgelaugt und waren zuviel für ihn gewesen. Er spürte, daß seine Welt völlig aus dem Gleichgewicht geraten war. Er schien förmlich in den Schlaf zu flüchten.

Jessica wünschte, sie könnte es ihm nachtun.

Sie war todmüde, und zugleich vibrierten ihre Nerven und würden sie keine Sekunde lang zur Ruhe kommen lassen. Ihr Mund fühlte sich trocken an, weil sie den ganzen Nachmittag über geredet hatte, zuerst mit Superintendent Norman, später mit einer Beamtin, dann noch mit einer Psychologin. Allen hatte sie immer wieder das gleiche erzählt, war sich vorgekommen wie eine Platte, die ständig neu abgespielt wird und irgendwann zu leiern beginnt. Die Psychologin wollte vor allem über das Verhältnis der drei Paare und der Kinder zueinander Bescheid wissen, aber mit jeder ihrer bohrenden Fragen war Jessicas Kopfschmerz schlimmer geworden. Sie hatte schließlich um ein Aspirin gebeten, aber das hatte es nicht besser gemacht, und irgendwann hatte sie gesagt, sie könne nicht weiter.

»Es tut mir leid. Ich habe rasendes Kopfweh, und ich fange an, alles doppelt zu sehen. Ich habe Probleme, Ihre Fragen zu verstehen. Es funktioniert einfach nicht mehr.«

Die Psychologin war voller Verständnis gewesen. »Natürlich. Das ist doch kein Wunder. Sie haben heute Schreckliches mitgemacht, und wahrscheinlich haben Sie noch gar nicht richtig begriffen, was geschehen ist. Ich denke, Sie müssen jetzt einfach mal allein sein.«

»Danke«, sagte Jessica, lehnte aber die Beruhigungstabletten ab, die die andere ihr anbot. Sie war überzeugt, daß sie ihr nichts nützen, am Ende aber noch ihr ungeborenes Kind gefährden würden.

Sie hätte gern mit Evelin oder Leon gesprochen, bekam aber beide nicht zu Gesicht. Evelin hatte man in ein Krankenhaus gebracht, wo sie die kommende Nacht verbringen würde; es ging ihr besser, aber sie sollte unter medizinischer Aufsicht bleiben. Leon befand sich noch im Gespräch mit Superintendent Norman. Danach, so sagte die Psychologin, werde man ihn ebenfalls ins Krankenhaus bringen, damit er seine Tochter Sophie sehen konnte. Er würde aber in derselben Pension übernachten wie Jessica.

Sie fragte sich, wie es ihm ging. Man hatte sie aus dem Zimmer geführt, ehe man ihm mitteilte, was geschehen war. Sie sah noch sein fassungsloses Gesicht, hörte seine Stimme.

»He, Jessica, bleib hier! Was ist denn nur los? Kann mir mal jemand sagen, was *hier los ist*?«

Zwei Beamte fuhren sie und Barney ins Dorf. Es mußte sich herumgesprochen haben, daß man sie ins *The Fox and the Lamb* brachte – wahrscheinlich hatten die Besitzer geplaudert –, denn es hatte sich eine ansehnliche Menschenmenge vor der Pension versammelt. Man wich zurück, als sich das Polizeiauto näherte, und es herrschte vollkommene Stille, als sie ausstieg. Dann blitzten Fotoapparate, und der eine Beamte stellte sich sofort schützend vor sie, während der andere die Fotografen abdrängte.

»Verdammt«, murmelte der Polizist, »die Presse ist besonders schnell diesmal!«

Sie hatte aufgeatmet, als sie endlich in der schützenden Stille ihres Zimmers angelangt war. Eine Viertelstunde lang lag sie auf dem Bett und hoffte, sich genügend entspannen zu können, um der stechenden Kopfschmerzen Herr zu werden, aber es gelang ihr nicht. So war sie wieder aufgestanden und räumte ihre Sachen in den Schrank, schichtete sie in penibler Ordnung aufeinander, so als könne sie in den akkuraten Stapeln ihrer Pullover einen Halt finden für ihre aufgewühlte Seele.

Zuunterst in der Tasche lag das gerahmte Foto von Alexander. Zu Hause in Deutschland stand es auf ihrem Schreibtisch in der Praxis, und sie hatte es auch mit nach England genommen, um sich in dem Gästezimmer dort heimischer zu fühlen. Jetzt war es hier gelandet, in einer schäbigen kleinen Pension, wohin sie ausquartiert worden war, weil ein Alptraum ihr ganzes Leben umgestürzt hatte.

Der Mann auf dem Foto war tot.

Einige Male während des unendlich langen, anstrengenden Nachmittags hatte sie gewünscht, endlich allein zu sein, um weinen zu können. Der Schmerz saß wie ein fester Pfropfen in ihr, unbeweglich und viel zu groß für sie, und sie sehnte die Tränen als eine Erleichterung herbei. Aber obwohl sie jetzt allein war, gelang es ihr nicht, zu weinen. Es gelang ihr nicht einmal, den Schmerz über sich hinwegfluten zu lassen, ihn mit jeder Faser ihres Körpers aufzunehmen. Sie war blockiert, sie konnte ihn nicht erreichen. Eine Sekunde war es ihr, als müsse alles andere ebenfalls stagnieren, als könne sie nicht mehr atmen, nicht mehr sprechen, als müsse ihr Herzschlag jeden Augenblick aussetzen.

»Du kannst sprechen«, flüsterte sie beschwörend, »du kannst atmen. Dein Herz ist völlig in Ordnung.«

Tatsächlich entspannte sie sich. Sie stellte das Foto auf einen kleinen Tisch neben ihrem Bett.

Warum, verdammt, kann ich nicht endlich weinen?

Es klopfte an die Tür. Sie rief ein vorsichtiges Herein, plötzlich nicht sicher, ob sie jemanden sehen wollte, selbst wenn es Leon oder Evelin gewesen wären, aber es war nur ein pickliges Mädchen, das für das Hotel arbeitete.

»Ich wollte fragen, ob Sie etwas zu essen auf das Zimmer gebracht haben möchten«, nuschelte sie. Ihre Augen verrieten blanke Neugier, und in dem Bedürfnis, »einen von denen« zu sehen, war sicherlich auch ihre Fürsorglichkeit begründet. »Unten im Gastraum haben wir jeden Abend ein Buffet, aber da sind jetzt auch Leute von der Presse … und ich dachte, vielleicht wollen Sie da gar nicht so gern hin.«

»O Gott, danke, daß Sie mich warnen«, sagte Jessica. »Ich bleibe auf jeden Fall in meinem Zimmer. Aber ich möchte nichts essen.«

»Gar nichts?«

»Nein. Wirklich gar nichts.«

Das Mädchen verschwand enttäuscht. Sicher wäre es gern mit einem Tablett heraufgekommen und hätte bei dieser Gelegenheit noch einmal die Möglichkeit gehabt, Fragen zu stellen. Jessica streckte sich auf dem Bett aus und versuchte erneut, mit dem Schmerz in ihrem Kopf fertig zu werden. Sie reagierte gereizt, als es kurz darauf wieder an der Tür klopfte.

»Ich habe doch gesagt, ich möchte nichts haben!« rief sie.

Die Tür wurde einen Spaltbreit geöffnet, und Leon schob seinen Kopf herein. »Jessica?«

Sie setzte sich auf. »Ach, du bist es. Komm herein. Wie geht es Sophie?«

Leon betrat das Zimmer, schloß sorgfältig die Tür hinter sich. Er war ein großer, kräftiger Mann und schien das Zimmer völlig auszufüllen. Aber noch mehr als in den letzten Tagen waren seine Schultern gebeugt, bot er den Anblick eines Menschen, den schwere Gewichte zu Boden drückten. *Um Jahre gealtert* – diesen Ausdruck erlebte Jessica an Leon in die Wirklichkeit umgesetzt.

»Nimm Platz«, sagte sie und wies auf den einzigen Sessel im Zimmer. Sie selbst blieb auf dem Bett sitzen und beobachtete ihn, wie er mit müden Bewegungen zu dem Sessel ging und sich hineinsinken ließ.

»Sie liegt auf der Intensivstation«, sagte er auf ihre Frage hin, »voller Schläuche und Kabel, die sie mit irgendwelchen Apparaturen verbinden. So ein kleines, dünnes Ding ...« Seine Stimme brach, er schaute zur Seite.

»Was meint der Arzt?« fragte Jessica.

Er zuckte mit den Schultern. »Sie hat eine Chance. Aber eine geringe. Sie hat unheimlich viel Blut verloren ... ihre Milz war zerfetzt, sie haben sie entfernt ...«

»Man kann gut ohne Milz leben.«

»Ich weiß.« Er strich sich mit beiden Händen durch die Haare. »Mein Gott«, sagte er. »Heute früh wachte ich auf und hatte eine Familie. Eine Frau und zwei Töchter. Zwölf Stunden später bin ich Witwer, eine Tochter ist tot, die andere kämpft ums Überleben, und die Ärzte haben nicht allzuviel Hoffnung für sie. Alles hat sich verändert ... in so kurzer Zeit ... so unfaßbar plötzlich ...«

»Ja«, sagte Jessica, »unfaßbar plötzlich. Das ist es. Unfaßbar. Unwirklich. Wie ein böser Traum.«

»Ich frage mich, wer so etwas tut. Wer geht hin und schlachtet ein halbes Dutzend Menschen einfach ab? Wer macht das? Wo gibt es denn so etwas?«

Er starrte sie an. Die fahle Blässe nahm ihm nichts von seinem guten Aussehen, wie sie zu ihrer eigenen Verwunderung registrierte. Von den drei Freunden war er der attraktivste gewesen. Der Mann mit dem charmanten Lächeln, der dunklen Stimme, der Mann, dem überall die Blicke der Frauen folgten. Und jetzt zudem der einzige Überlebende.

»Ich lag heute auf einer Blumenwiese«, fuhr er unvermittelt fort, »zwischen lauter Schafen, unter einem blauen Himmel, über den hin und wieder eine kleine, zerrupfte Wolke trieb. Ich hatte Herzschmerzen, aber die wurden besser, während ich so lag. Ich malte mir aus, wie es wäre, noch einmal von vorn anzufangen, frei von jeder Belastung. Noch einmal so dazustehen, wie man als junger Mensch dasteht, am Beginn des Lebens, wenn alles offen ist. Ich dachte ...«, er stockte, sah sich wohl selbst, wie er da in der Wiese lag und in den Himmel schaute und den beängstigenden Schmerz in seiner Brust abklingen ließ, und erschrak vor den Gedanken, die ihm durch den Kopf gegangen waren, »ich dachte, wenn ich nur die Familie nicht hätte ... Patricia und die Kinder mit all ihren Ansprüchen und Erwartungen und den Verpflichtungen, die ich ihnen gegenüber erfüllen muß ... verstehst du, ich dachte, wie es wäre, wenn sie auf einmal nicht mehr da wären. Es war ein Gefühl größter Erleichterung, es war, als bekäme ich lange verlorene Jahre meines Lebens zurück, dürfte noch einmal von vorn anfangen ... o Gott, und während ich so dachte, ging jemand hin und tötete sie, und ...« Er sah sie voller Verzweiflung und Hoffnungslosigkeit an, grau im Gesicht vor Erschöpfung. »Das wollte ich nicht. In meinen schlimmsten Albträumen hätte ich mir so etwas nicht ausmalen können, und ganz gleich, wie sehr das Leben mit Patricia nur noch ... Fassade war, niemals hätte ich gewollt, daß sie stirbt. Niemals hätte ich gewollt, daß sie auf so grauenhafte Weise getötet wird. Und die Kinder ...« Er brach ab, hilflos in seinem Gefühl der Reue und Schuld. »Ich habe meine Kinder geliebt. Immer. Vom Tag ihrer Geburt an. Ich war nur so überfordert in der letzten Zeit. Ich konnte ihre Wünsche nicht mehr erfüllen, konnte dem Bild nicht mehr entsprechen, das sie von mir hatten. *Papi kann alles, macht alles, bringt alles in Ordnung!* In Wahrheit steckte Papi bis zum Hals in Schwierigkeiten ...«

»Ich weiß«, sagte Jessica, »Evelin hat mir davon erzählt.«

Er lächelte bitter. »Ja, wahrscheinlich wußten es alle. Ich hatte Tim gebeten, nichts davon verlauten zu lassen, aber wie kann ich erwarten, daß er seiner Frau nichts erzählt?«

»Ich weiß nicht, ob es sonst jemand wußte. Ich fand es nur im nachhinein eigenartig, daß Patricia immer so tat, als habe sie nicht die geringsten Probleme. Ich meine, ich war sicher irgendwo immer noch *die Neue* in eurem Kreis, aber ihr anderen wart jahrelange Freunde. Da kann man doch über solche Dinge sprechen!«

»Sie war nun mal so. Nie und unter keinen Umständen eine Schwachstelle zeigen. Und sie auch bei anderen nicht tolerieren. Ich habe seit Jahren schlimmste finanzielle Probleme, aber weißt du, wann ich mich traute, meiner Frau davon zu erzählen? Vor drei Tagen! Vor drei Tagen, am Abend des Ostermontags, habe ich all meinen Mut zusammengerafft und Patricia gestanden, daß ich pleite bin, daß in meinem Büro nichts läuft, daß unser Haus bis unters Dach beliehen ist, daß ich meine Kredite nicht abbezahlen kann, mit den Zinsen im Rückstand bin und mir von Tim fünfzigtausend Euro borgen mußte. Und ich habe es auch nur deshalb fertiggebracht, weil mir absolut kein Ausweg mehr blieb, weil ich nicht einmal mehr die Reitstunden meiner Töchter bezahlen konnte und keine Chance mehr sah, irgend etwas zu vertuschen! Es war einer der schlimmsten Abende meines Lebens.« Er sah sie an, aber mit einem Blick, als schaue er durch sie hindurch, und dann wechselte er abrupt das Thema. »Wenn nur Sophie es schafft! Lieber Himmel, wenn sie es nur schafft!«

Er stand auf, ging zum Fenster. »Wer tut so etwas? Wer, verdammt, tut das? Hat die Polizei bei dir eine Vermutung durchblicken lassen?«

Jessicas Kopfschmerz, der sich ein wenig zurückgezogen hatte, zückte wieder die Krallen. »Dieser Superintendent Norman hat angedeutet, er vermute eine interne Geschichte.«

Leon starrte sie verblüfft an.

»Eine interne Geschichte? Er meint, es war einer von uns?«

»Er hat das so direkt nicht gesagt. Aber er scheint die Möglichkeit in Erwägung zu ziehen.«

»Ach du Scheiße«, sagte Leon. »Das ist doch nicht zu glauben! Einer von uns? Wer kommt da in Frage? Du und ich und Evelin! Was für ein Blödsinn!«

»Und Ricarda. Ricarda hat auch überlebt und ist zudem nicht auffindbar.«

»Ricarda ist ein fünfzehnjähriges Mädchen!«

»Aber sie zu verdächtigen ist nicht absurder, als uns zu verdächtigen!«

»Stimmt. Na, toll. Ich würde sagen, ich stehe an vorderster Stelle im Rampenlicht, nicht wahr? Ich bin der einzige überlebende Mann. Und Männern traut man Gewaltverbrechen am ehesten zu. Zudem hatte ich hohe Schulden bei Tim, die Ehe mit meiner Frau bestand nur noch auf dem Papier, meinen Töchtern hätte ich in nicht allzu ferner Zeit nicht den kleinsten materiellen Wunsch mehr erfüllen können. Was liegt da näher, als die Familie einfach auszulöschen, und dazu den Mann, der mir seit Wochen die Pistole auf die Brust setzt, weil er sein Geld zurückhaben will?«

»Du vergißt Alexander.« Es würgte sie, seinen Namen aussprechen zu müssen. »Alexander ist auch tot.«

»Ich konnte keinen Zeugen gebrauchen. Evelin ist mir irgendwie entwischt, du und Ricarda wart nicht da! Na bitte! Paßt doch alles!« Er ließ sich wieder in den Sessel fallen, lachte hysterisch. »Mr. Norman wird froh sein, den Fall so schnell zu lösen!«

»Du hast die ganze Zeit nur auf der Wiese gelegen?«

Er neigte sich vor, fixierte sie scharf. »Aha, du glaubst tatsächlich …«

Sie fühlte Zorn in sich aufsteigen. »Quatsch!« sagte sie scharf. »Nichts glaube ich. Aber ja, du hast recht, der Superintendent könnte bei dir Motive vermuten und dich in die Mangel nehmen, und darauf solltest du dich vorbereiten. Ich nehme an, er hat dich bereits gefragt, wo du warst, aber ich könnte mir vorstellen, seine Befragung würde um einiges intensiver und unangenehmer ausfallen, wenn tatsächlich der Schatten eines Verdachts auf dich fällt.«

»Der Schatten eines Verdachts! Du bist naiv. Der Schatten eines Verdachts liegt längst auf uns allen, wenn er tatsächlich meint, den Täter im inneren Kreis suchen zu müssen. Hat er dich gefragt, wo du warst? Klar hat er. Mich auch. Ich habe mit meinem Bankdirektor telefoniert, das läßt sich nachweisen, aber daß ich dabei meilenweit von Stanbury entfernt war, ist schon schwieriger zu belegen. Und dann? Dann habe ich tatsächlich stundenlang in einer Wiese gelegen. Zwischendurch bin ich aufgestanden und barfuß durch einen Bach gewatet. Ich habe ein paar Schafe gestreichelt. Ich habe mir zum erstenmal seit Monaten einen Abstand zu meinen Problemen erlaubt. Ich habe so getan, als sei ich allein auf der Welt, als gebe es nur mich, die Schafe, die Wiese, den Himmel. Ich hatte starke Herzstiche, die sich auf wundersame Weise auflösten. Aber für all das habe ich natürlich keinen verdammten Zeugen. Nicht einen einzigen!«

»Leon«, begann sie, aber er ließ sie nicht ausreden. »Und du? Was hast du ihm gesagt? Du bist doch wahrscheinlich mal wieder stundenlang in der Gegend herumgestapft, und kein Mensch hat dich gesehen!«

»So ist es. Das habe ich ihm geschildert. Mehr kann ich ja auch nicht tun.«

»Du machst dir keine Sorgen, weil du kein Motiv hast, nicht wahr? Warum hättest du etwas so Grauenhaftes tun sollen? Die nette, sympathische Jessica, die sich auf ihr Baby freut und keiner Fliege etwas zuleide tun kann! Die …«

»Verdammt!« Sie funkelte ihn an, wütend und verletzt. »Hör auf, so mit mir zu reden! Ich habe meinen Mann verloren. Mein Baby hat seinen Vater verloren. Ich möchte nicht von dir angegriffen werden, nur weil deine Nerven plötzlich durchdrehen!«

Er wurde schlagartig ruhig. »Entschuldige«, bat er, »wirklich, entschuldige bitte.«

»Schon gut«, sagte Jessica.

Er stand wieder auf. »Es war dieser Phillip Bowen«, sagte er. »Die ganze Zeit, als ich mit Superintendent Norman sprach, hatte ich einen Gedanken im Hinterkopf, an den ich nicht herankam. Ich war zu geschockt, zu fassungslos, aber dauernd wußte ich, daß da was war. Phillip Bowen ist schon einmal in unser Haus eingedrungen. Er hat Patricia wiederholt bedroht. Er ist fanatisch, ein Wirrkopf, ein Verrückter. Ich werde Norman sofort anrufen und ihm das sagen.«

»Sei vorsichtig, Leon. Warum sollte Phillip Bowen so viele Menschen töten?«

»Weil er nicht ganz richtig im Kopf ist! Hör zu, Jessica, du stimmst sicher mit mir überein daß das, was in Stanbury House geschehen ist, das Werk eines Verrückten sein muß. Bowen *ist* ein Verrückter, der sich in eine fixe Idee hineingesteigert und alle Symptome einer obsessiven Persönlichkeit gezeigt hat.« Er zog sein Handy aus der Tasche. »Du hast doch sicher die Nummer von Norman hier. Er soll Bowen umgehend verhaften.«

»Leon ...«

»Die Nummer!«

Sie diktierte sie ihm, und während er sprach, wühlte sie ihren Kopf tief in ihr Kissen. Der Bezug roch nach Waschpulver, und irgendwie empfand sie diesen Umstand als ein wenig tröstlich.

6

KEITH FAND ES SEHR ERSTAUNLICH, wie Ricarda auf die Nachricht von dem Massaker in Stanbury House reagierte. Er hatte ihr nicht genau sagen können, wer unter den Toten war und wer nicht, aber daß es eine ganze Anzahl Opfer gegeben hatte, soviel hatte sich im Dorf und in der Umgebung herumgesprochen. Selbst in die Einöde des Bauernhofs, auf dem Keith mit seiner Familie lebte, war die Nachricht gedrungen; Keiths Schwester hatte aufgeregt davon erzählt, und Keith hatte voller Ungläubigkeit ein paar Freunde angerufen und die Nachricht bestätigt bekommen. Seine Mutter, Gloria Mallory, nahm natürlich nichts davon zur Kenntnis. Sie saß wie erschlagen in der Küche, in der sie am Morgen noch mit ihrem gesunden Mann gefrühstückt hatte, und versuchte zu begreifen, daß sie nun womöglich für den Rest ihres Lebens mit einem Pflegefall belastet sein würde. Am Nachmittag war die Gemeindeschwester vorbeigekommen und hatte ihre Hilfe für den Fall angeboten, daß man Greg bald entlassen und Gloria zunächst mit der Pflege überfordert sein würde. Schließlich hatte sie mit Keith im Wohnzimmer zwei Schnäpse getrunken, und sie hatten über die grausige Bluttat gesprochen, die das ganze liebliche Tal von Stanbury mit Entsetzen und Erschütterung erfüllte.

»Unglaublich«, hatte die Schwester wieder und wieder gesagt, »so etwas in unserer Gegend! Und nach meiner Information hat die Polizei noch niemanden verhaftet! Im Dorf gibt es Leute, die trauen sich nur noch in größeren Gruppen auf die Straße!«

Keith, der davon ausging, daß Ricarda nach Hause gelaufen war, konnte es vor Unruhe irgendwann kaum mehr aushalten. Er mußte endlich Bescheid wissen, mußte herausfinden, ob ihr etwas zugestoßen war. Seine Schwester reagierte pikiert, als er am Abend schließlich sagte, er müsse noch einmal weg.

»Wenn du meinst, daß du Mum jetzt allein lassen kannst«, bemerkte sie spitz, und er erwiderte, daß *sie* ja da sei, sich um die Mutter zu kümmern. Gloria saß sowieso nach wie vor in der Küche und sagte kein Wort.

Er fuhr zunächst nach Stanbury House, parkte in einiger Entfernung und lief das letzte Stück. Der Aprilabend war hell und warm und so friedlich, daß jeder Schrecken unvorstellbar schien.

Aber bereits hundert Meter vor dem Tor bemerkte er die Menschenansammlung und sah die Absperrbänder der Polizei. Es wimmelte von Autos und Beamten, und er erkannte sogar einige Spürhunde, die durch die wuchernden Büsche entlang der Mauerreste um das Grundstück geführt wurden. Keith sah ein, daß es ihm kaum gelingen würde, bis zum Haus vorzudringen, und er wagte es auch nicht, sich bei einem der gereizt und ungeduldig wirkenden Polizisten nach Ricarda zu erkundigen. In seiner wachsenden Hilflosigkeit und Angst war er schließlich zu dem verlassenen Hof gefahren, der ihm als zweites Zuhause diente, denn es war der einzige Ort, an dem er sich noch vorstellen konnte, Ricarda zu finden. Er hätte schreien mögen vor Erleichterung, als er sie auf dem Sofa kauern sah, mit angezogenen Beinen, in eine Decke gewickelt, Tränenspuren auf dem Gesicht. Er hatte sich neben sie gesetzt und sie in den Arm genommen, festgehalten und sanft hin- und hergeschaukelt, von seiner Mutter erzählt und wie geschockt sie war, und er hatte gesagt, wie leid es ihm tue, daß nun nichts geworden war aus dem gemeinsamen Neuanfang in London.

»Aber das heißt nicht, daß wir nicht doch eines Tages zusammenleben werden. Nur nicht jetzt, verstehst du? Ich kann Mum nicht allein lassen. Es ist sowieso die Frage, was nun aus dem Hof werden soll. Daß meine Schwester das alles schafft, kann ich mir nicht richtig vorstellen. Es ist einfach … so plötzlich gekommen. Wir müssen herausfinden, wie es weitergehen kann.«

Sie hatte genickt. Er fragte sie, ob sie etwas gegessen habe seit dem Stopp an der Autobahnraststätte am Morgen, und diesmal schüttelte sie den Kopf. Natürlich war in der Scheune wieder einmal nichts aufzutreiben. Er ärgerte sich, daß er nicht daran gedacht hatte, wenigstens etwas Obst mitzunehmen, aber er war ja nicht einmal sicher gewesen, daß sie noch lebte. Nun gut, Essen konnte man nachholen. Schwieriger fand er es, ihr sagen zu müssen, was in Stanbury House passiert war.

Er hatte sich dem Thema so vorsichtig genähert, daß sie eine Weile überhaupt nicht begriff, worauf er hinauswollte, und als sie schließlich verstand, war kaum eine Bewegung über ihr trotziges, verletztes Gesicht gegangen.

»Ein Irrer hat sich dort rumgetrieben? Weißt du, ob Patricia tot ist?«

Es klang nicht so, als ob sie diesen Fall bedauern würde. Er hatte den Kopf geschüttelt. »Keine Ahnung. Es gibt noch keine offizielle Erklärung der Polizei an die Presse, und wie üblich erzählt wohl jeder im Dorf etwas anderes. Vielleicht ist ja auch nur eine Person tot, und alles wird aufgebauscht.«

Nur eine Person tot ... Eine Bemerkung, die in seinen eigenen Ohren unendlich absurd klang.

»Nun, dann ist es hoffentlich Patricia«, erklärte Ricarda, und Keith starrte sie entsetzt an. Wußte sie, was sie da sagte? War ihr überhaupt klar, was geschehen war?

Sie läßt es nicht an sich heran, dachte er, sie hat sich völlig abgeschottet.

Er empfand ihren Zustand als besorgniserregend, wußte aber nicht, was er dagegen hätte tun sollen.

»Weißt du«, sagte er nach einer Weile, »du solltest nicht hierbleiben. In euer Haus darf im Moment niemand, aber ich könnte versuchen herauszufinden, wo sie deine Leute untergebracht haben. Dann könntest du zu ihnen.«

Sie schüttelte den Kopf.

»Dein Vater macht sich bestimmt schreckliche Sorgen um dich«, versuchte Keith sie zu überzeugen.

»Du weißt ja gar nicht, ob mein Vater noch lebt«, sagte Ricarda. Offensichtlich hatte sie durchaus etwas begriffen, hielt aber Distanz zu all den grausamen Möglichkeiten, die sich aus dem Gehörten ergaben. Auch als sie über ihren Vater sprach, veränderte sich nichts in ihrer Miene.

»Bestimmt lebt er noch«, meinte Keith, obwohl er keineswegs dieser Überzeugung war, »und deshalb finde ich, du solltest ...«

»Nein.« Sie sagte das mit einer Bestimmtheit, die er an ihr bislang nicht gekannt hatte. »Ich gehe nicht zu ihnen zurück. Nie.«

»Hör mal!« Keith wurde ungeduldig. »Da ist wirklich etwas Schlimmes passiert! Ich weiß ja auch nichts Genaues, aber offenbar hat irgendein Geisteskranker ein paar von deinen Leuten die Kehle durchgeschnitten und dann das Weite gesucht. Egal, was du gegen sie hast, aber dein Platz ist jetzt dort!«

»Ich habe nichts mehr mit ihnen zu tun.«

»Du kannst doch nicht hier in dieser Scheune sitzen bleiben!«

Sie antwortete nicht.

»Ich kann dich nicht mit zu mir nehmen. Meine Mum ist völlig fertig, ich kann ihr im Moment nicht einen wildfremden Menschen präsentieren. Das verstehst du, oder?«

Sie lächelte ein wenig, sehr spöttisch. »Klar. Klar verstehe ich das. Du hast dich aus unserer gemeinsamen Nummer längst verabschiedet.«

»Quatsch. Das stimmt doch gar nicht! Aber, verflucht noch mal, mein Vater liegt in einer Art Koma, und niemand weiß, wann und wie er daraus erwachen wird. Ich kann doch nicht so tun, als wäre nichts passiert!«

Er sah sie an und hatte den Eindruck, daß sie durchaus fand, er könne das tun. Er begriff, daß sie tatsächlich die weitaus Radikalere von ihnen beiden war. Sie hatte den Bruch mit ihrer Familie, zumindest mit ihrem Vater und ihrer Stiefmutter, mit außerordentlicher Konsequenz vollzogen, mit einer Härte, die es ihr selbst in dieser dramatischen Situation unmöglich machte, wieder umzukehren. Für ihn selbst hatte es keine Sekunde lang außer Frage gestanden, wohin er in einem Krisenmoment gehörte.

»Du mußt etwas essen«, sagte er, so sanft er nur konnte, »und etwas trinken. Duschen, frische Wäsche anziehen. Das alles. Was willst du denn hier in dieser Scheune auf die Dauer tun?«

»Ich gehe nicht zurück« war alles, was sie sagte.

»Ich kann nicht bleiben.«

»Ich weiß.«

Er seufzte. Er erreichte sie nicht. Sie hatte sich vollkommen in sich selbst zurückgezogen.

Es mußte etwa neun Uhr sein. Eine halbe Stunde konnte er sich noch nehmen, dann mußte er dringend nach Hause. Seine Schwester war ohnehin schon sauer auf ihn. Sie saß da mit Gloria, die sich ähnlich verhielt wie Ricarda, nämlich völlig teilnahmslos, und fluchte auf ihn, weil sie sicher dachte, er treibe sich irgendwo herum und drücke sich vor seinen Verpflichtungen. Er hatte Ricarda wirklich sehr gern, aber in diesem Moment wünschte er, er wäre die Verantwortung für sie los. Verdammt, dieser Tag hatte einfach nur Scheußlichkeiten mit sich gebracht.

So saß er und hielt sie im Arm, und draußen verdämmerte der Abend.

Die Nacht brach schwarz und sternenklar herein.

7

Im Lauf des folgenden Vormittages brachten zwei Polizeibeamte Evelin zum *The Fox and The Lamb.* Zuvor war Superintendent Norman bei Jessica gewesen und hatte sie über Phillip Bowen ausgefragt.

»Mr. Roth hat uns da gestern abend einen interessanten Hinweis gegeben«, sagte Norman. »Eigenartig, daß Sie sich während unseres Gesprächs überhaupt nicht an Mr. Bowen und seine offenbar recht heftigen Auftritte in Stanbury House erinnert haben!«

Jessica hatte in der Nacht nicht eine Minute geschlafen, und ihre Kopfschmerzen quälten sie unvermindert heftig. Statt zu frühstücken, hatte sie nur zwei Aspirin geschluckt. Ihr war übel, und sie empfand Norman an diesem Morgen als aggressiv und unangenehm insistierend.

»Leon hat sich ja auch erst nach dem Gespräch mit Ihnen erinnert«, sagte sie.

Norman nickte, aber aus irgendeinem Grund schien er dennoch nicht überzeugt, so als mache es für ihn einen Unterschied, ob Jessica nicht gleich an Phillip gedacht hatte oder Leon.

»Mr. Bowen wohnt übrigens zufällig hier im selben Hotel«, sagte er. »Ich war bereits bei ihm, da lag er jedoch noch im Bett. Er macht sich gerade fertig. Ich habe eine Reihe von Fragen an ihn.«

»Ich glaube nicht, daß er eine ergiebige Quelle für Sie sein wird«, entgegnete Jessica.

Norman sah sie interessiert an. »Nein? Wieso denken Sie das?«

»Weder hatte er etwas mit den Strukturen zu tun, die unser Zusammensein dort bestimmten und in denen Sie ja, wenn ich Sie richtig verstanden habe, ein Motiv vermuten. Noch gibt es sonst irgendeinen Grund, weswegen er über auch nur einen von uns hätte herfallen müssen, geschweige denn gleich über fünf Personen. Und auch die dritte Variante, die des geistesgestörten Killers, scheidet aus. Phillip Bowen ist nicht verrückt.«

»Wie verschieden doch Einschätzungen sein können«, sagte Norman. »Mr. Roth bezeichnete Phillip Bowen als genau das – verrückt. Besessen von der völlig absurden Idee, er sei der illegitime Sohn dieses prominenten Fernsehjournalisten Kevin McGowan. Und habe einen Erbanspruch auf Stanbury House. Er soll Mrs. Roth, aber auch andere aus dem Freundeskreis, wiederholt deswegen massiv belästigt haben. Außerdem sei er vor Ihrer aller Ankunft in das Haus eingedrungen und habe die Räumlichkeiten sehr genau inspiziert.«

»*Eingedrungen* ist das falsche Wort«, korrigierte Jessica. »Die Putzfrau, Mrs. Collins, war da und hat ihn eingelassen.«

»Ich vermute, damit sie das tut, hat er ihr irgendeinen gewaltigen Bären aufgebunden. Stimmt's?«

Jessica schwieg. Norman nickte. »Ich finde, das alles klingt schon so, als sei bei Bowen zumindest eine Schraube ziemlich locker. Aber das heißt nicht, daß ich mich auf ihn als Täter bereits eingeschossen habe, so wie Mr. Roth, für den das offensichtlich außer Frage steht. Wir stehen noch ganz am Anfang der Ermittlungen.«

Das Gespräch hatte in Jessicas Zimmer stattgefunden, und bevor Norman ging, war er noch einmal an der Tür stehengeblieben.

»Ich war gestern recht spät noch einmal im Krankenhaus in Leeds, bei Mrs. Burkhard. Evelin Burkhard. Es hat sich noch ein interessanter Aspekt ergeben.«

Sie sah ihn an.

»Mrs. Burkhard traf gestern mittag im Park von Stanbury House mit Mr. Bowen zusammen«, fuhr Norman fort, »offenbar schlich der wieder einmal auf dem Grundstück herum. Nach ihrer Ansicht muß das gegen zwölf Uhr mittags gewesen sein. Etwa zwanzig Minuten später ging sie ins Haus, weil ihr Mann nach ihr rief. Bowen blieb zurück. Nach den vorläufigen Erkenntnissen unseres Gerichtsmediziners müssen die Morde irgendwann zwischen halb eins und halb drei begangen worden sein. Sollte Bowen für diese Zeit kein Alibi haben, wird es eng für ihn.« Er nickte ihr zu. »Es kann sein, daß ich nachher noch ein paar Fragen habe. Sie bleiben im Hotel?«

Noch als er gegangen war, überlegte sie, ob sein letzter Satz eine Frage oder ein Befehl gewesen war.

Eine knappe Stunde später traf Evelin ein.

Sie tranken Tee. Wie in jedem englischen Gästezimmer befanden sich auch in den Schlafräumen des *The Fox and The Lamb* jeweils ein Wasserkocher, ein Körbchen mit zahlreichen Teebeuteln in verschiedenen Sorten, Zuckertütchen und Milchpulver. Jessica hatte diese Sitte immer gemocht, war aber noch nie so dankbar dafür gewesen wie jetzt: Um etwas zu trinken zu bekommen, mußte sie nicht hinuntergehen und dabei Gefahr laufen, einem Journalisten zu begegnen.

Evelin trug eines ihrer sackähnlichen Gewänder und hatte einen etwas dramatisch wirkenden Schal um den Hals geschlungen. Sie war sehr blaß, aber sie sah nicht anders aus als sonst auch: wie ein verschrecktes Kaninchen. Aber sie hatte nicht mehr die irritierende Starre in den Augen, diese Blicklosigkeit, mit der Jessica sie in dem winzigen Mansardenbad vorgefunden hatte. Obwohl es nicht kühl im Zimmer war, hielt sie beide Hände um ihre Teetasse gepreßt, als wollte sie sich daran wärmen.

»Die Polizisten waren alle sehr nett zu mir«, sagte sie, »und auch die Psychologin, die mit mir gesprochen hat, und der Arzt im Krankenhaus. Es ist so schwierig für mich, ihnen allen richtig zu antworten. Irgendwie fehlt mir ein Stück in der Erinnerung. Ich sehe Blut und lauter Tote, dann ist ein großes Nichts, und dann bin ich im Eßzimmer in Stanbury House, ein Arzt ist da und eine Polizeibeamtin, und dann die Psychologin. Alle sind sie sehr liebevoll mit mir ... es hat ganz lange gedauert, bis ich wieder wußte, was passiert war.«

»Bevor die Polizei kam, hast du oben im Bad neben den Kinderzimmern gekauert«, sagte Jessica. »Ich habe dich dort gefunden. Nachdem ich ...«

Sie sprach den Satz nicht zu Ende, aber Evelin sah sie aufmerksam an. »Ja?« fragte sie.

»Nachdem ich Patricia gefunden hatte. Und ... und Tim. Und Diane ...«

Sie schwiegen beide. Jessica nahm einen tiefen Schluck von ihrem Tee. Er schmeckte heiß und süß und tröstlich.

Evelin rieb sich über die Stirn. »Hast du auch den Eindruck, du müßtest jeden Moment aus einem bösen Traum erwachen?«

»Ja. Ich kann nicht glauben, daß das alles passiert sein soll. Es ist so ... unwirklich.«

»Ich habe zuerst Patricia gefunden«, sagte Evelin unvermittelt, »ich habe sie noch angesprochen. Sie kauerte so eigenartig da, aber das habe ich nicht richtig realisiert. Ich habe sie gefragt, ob ihr nicht zu heiß ist in der Sonne beim Arbeiten, und als sie nicht antwortete, dachte ich, sie hat mich nicht gehört. Ich bin näher hingegangen und habe noch mal gefragt, und wieder kam keine Antwort, und da dachte ich plötzlich, daß sie irgendwie eine eigenartige Haltung hat und sich ja auch gar nicht bewegt ... ja, und dann sah ich, daß ihr Gesicht in der Erde lag und daß ... du weißt ja. Du hast es selbst gesehen.«

»Ja«, sagte Jessica. Für einen Moment verstärkte sich das Gefühl der Übelkeit, das sie schon den ganzen Morgen belastete. Es stieg an zu einer Welle und ließ sie krampfhaft schlucken. »Ja. Ich habe es selbst gesehen.«

»Ich bin ins Haus gerannt. Ich glaube, daß ich in dem Moment nicht einmal daran dachte, die Polizei oder den Krankenwagen zu rufen. Ich wollte nur weg. Ich wollte sie nicht mehr anschauen. Ich bin in die Küche gelaufen ...« Sie hielt inne, lächelte gequält. »Typisch, nicht? Selbst in einer Situation wie dieser lande ich noch unweigerlich in der Küche.« Ihr Lächeln knipste sich so schnell aus, wie es gekommen war. »Dort lag Tim. Diesmal wußte ich sofort, daß er tot war. Um ihn herum war Blut. Ich bin auf die Knie gefallen, ich habe ihn festgehalten. Ich weiß nicht mehr, wie lange ich so bei ihm gelegen habe, eine Ewigkeit vielleicht oder auch nur eine Minute. Ich bin aufgestanden und aus der Küche gegangen, und dann bin ich die Treppe hinaufgelaufen ...« Ein angestrengter Ausdruck trat in ihre Augen. »Ich wollte nach den Kindern sehen. Ich hatte plötzlich schreckliche Angst um die Kinder ... ja, ich glaube, so war es. Oben lag Diane und war tot, und das ist das letzte Bild, das ich sehe. Diane in ihrem Bett, zusammengebrochen über einem Buch, sicher eines der Pferdebücher, die sie immer las ... das arme, kleine Ding ... Von da an«, sie schüttelte hilflos den Kopf, »von da an ist alles dunkel ...«

»Du hast dich verschlossen. Das ist völlig normal in solch einer Situation.«

»Superintendent Norman hat ständig nachgebohrt. Ich bin ja die einzige, die da war und ... und überlebt hat. Natürlich hofft er, daß ich jemanden gesehen habe, daß ich irgend etwas mitgekriegt habe ... Aber sosehr ich mir den Kopf zerbreche, mir fällt nichts ein!«

»Etwas ist dir eingefallen«, sagte Jessica, »jedenfalls hat Norman das erzählt. Dir ist eingefallen, daß Phillip Bowen, kurz bevor die Verbrechen geschahen, bei dir im Park war.«

Evelins Gesicht sah klein und zergrübelt aus. »Ja. Ich hoffe, ich habe ihn damit nicht in Schwierigkeiten gebracht.«

Jessica verkniff es sich zu sagen, welch große Probleme sie ihm bereitet hatte. Aber es war natürlich richtig gewesen, daß sie Norman diese Information nicht verschwiegen hatte.

»Weißt du«, fuhr Evelin fort, »ich glaube nicht, daß er etwas mit der ... Sache zu tun hat. Ich fand ihn ja immer ziemlich unheimlich, aber als wir in dem Park saßen und miteinander redeten, da war er ... ja, er war so verständnisvoll, so nett. Ich kann mir nicht vorstellen, daß er irgend jemandem etwas zuleide tun kann.«

»Ich glaube es auch nicht«, sagte Jessica, »und ich denke, als Unschuldiger hat er nichts zu befürchten.« Davon war sie in Wahrheit keineswegs überzeugt, aber weder sich noch Evelin wollte sie das Herz schwermachen.

»Wo warst du, bevor du Patricia gefunden hast?« fragte sie. »Ich meine, nachdem du von Phillip weggegangen bist? Norman sagt, Tim hätte nach dir gerufen.«

Evelin schluckte. Die Blässe ihrer Haut vertiefte sich. »Tim war ... sehr zornig. Er konnte seine Ausdrucke nicht finden. Er war überzeugt, daß ich etwas damit zu tun hätte.«

»Wieso solltest du das?«

Evelin zuckte mit den Schultern. »Ich glaube, er brauchte einfach einen Sündenbock. Er suchte schon den ganzen Morgen, und aus irgendeinem Grund hatte er ziemliche Angst, die Papiere könnten von jemand anderem als ihm gefunden werden. Er sagte, sie lagen zuletzt auf dem Tisch in unserem Zimmer, und sicher hätte ich aufgeräumt und sie dabei verlegt. Er schimpfte herum, und wir hatten einen fürchterlichen Streit. Ich sagte ihm, ich hätte nichts damit zu tun, aber er hörte mir gar nicht zu. Ich habe zu weinen angefangen und bin aus dem Haus gelaufen, so schnell ich konnte.« Sie machte eine Kopfbewegung zu ihrem Fuß hin. »Der Fuß tut immer noch weh. Ich glaube, ich sah ziemlich komisch aus, wie ich da in den Wald humpelte ... wie eine fette Raupe, der ein Bein fehlt!«

»Mach dich doch nicht immer so schlecht. Du sahst wahrscheinlich einfach wie eine Frau aus, die sich den Fuß verletzt hat!«

»Egal. Ich heulte ganz schrecklich, und erst nach einer ganzen Weile kehrte ich wieder um. Ich dachte, ich gehe jetzt zurück und helfe ihm suchen. Das ist vernünftiger als zu streiten. Aber dann ... sah ich Patricia, und ...«, sie machte eine hilflose Handbewegung, »den Rest kennst du.«

»Hast du Phillip noch irgendwo gesehen, als du nach dem Streit in den Park liefst?«

»Das hat Norman auch sofort gefragt. Nein, hab ich nicht. Allerdings war ich auch an einer anderen Stelle als vorher.«

»Hast du Alexander gesehen?«

»Nein.«

»Dann muß das alles in einer ziemlich kurzen Zeitspanne passiert sein«, meinte Jessica, »nämlich genau zwischen eurem Streit und deiner Rückkehr ins Haus.«

»Ja, aber ich sagte bereits, ich kauerte eine ganze Weile zwischen den Bäumen und heulte. Das kann eine Dreiviertelstunde gewesen sein. Genau weiß ich es natürlich nicht.« Sie sah Jessica an. »Glaubst du, Superintendent Norman wird Phillip Bowen verhaften?«

»Auf jeden Fall«, sagte Jessica, »wäre es besser für Phillip gewesen, er wäre an diesem Tag einmal ausnahmsweise nicht nach Stanbury House gekommen.«

Sie stand auf, trat ans Fenster und sah hinaus in den sonnigen Frühlingstag. »So ein Dummkopf«, murmelte sie unruhig.

Wegen dieses jungen Mannes hatte Patricia ein solches Theater veranstaltet! Leon wollte nichts Böses über seine tote Frau denken, beileibe nicht, aber sie hatte ein gewisses Talent gehabt, Unfrieden zu stiften, das konnte er einfach nicht anders sehen. Ein netter, sympathischer, riesengroßer und ziemlich dünner Bursche hatte unten am Eingang auf ihn gewartet. Leon war voller Mißtrauen heruntergekommen, halb und halb darauf gefaßt, daß es sich doch um einen Journalisten handelte. Das Mädchen von der Rezeption hatte oben an seine Zimmertür geklopft und gesagt, er habe Besuch, und er hatte sofort geantwortet, er sei für niemanden von der Presse zu sprechen.

»Nein, ich glaube, das ist keiner von der Presse. Er sagt, es ist wichtig. Es geht um jemanden von der Familie.«

Welche Familie? hatte er zynisch und verzweifelt gedacht, die einzige Person, die von meiner Familie noch übrig ist, liegt im Krankenhaus und ringt mit dem Tod.

Er war dennoch hinuntergegangen, und dann hatte sich der dünne junge Mann als Keith Mallory vorgestellt und gesagt, er sei der Freund von Ricarda Wahlberg.

Leon hatte sogleich erklärt, Ricarda sei nicht unter den Opfern des Massakers, denn er war überzeugt gewesen, daß Keith deshalb gekommen war. Aber wie sich herausstellte, wußte Keith das bereits.

»Ich weiß, wo sie ist«, erklärte er, »und ich meine, jemand sollte sich um sie kümmern. Von mir läßt sie sich nichts sagen.«

»Dafür ist eher Jessica Wahlberg zuständig«, sagte Leon.

Keith sah ihn an. »Jessica hat überlebt? Und ...«

Leon wußte, was er fragen wollte. »Nein. Alexander Wahlberg ist tot.«

»Oh, Scheiße«, murmelte Keith. Er sah Leon hilfesuchend an. »Sie sitzt in einer Scheune, die zu einem verlassenen Bauernhof gehört, und ist nicht ansprechbar. Ißt nichts, trinkt nichts. Reagiert fast gar nicht. Ich kann nichts für sie tun. Mein ... mein Vater hat gerade einen schweren Schlaganfall erlitten, wir wissen nicht, wie das ausgeht, meine Mutter hängt total durch, und meine Schwester will nicht, daß alles nur ihr überlassen bleibt. Ich kann einfach ganz schlecht im Moment von daheim weg.«

»Ich verstehe«, sagte Leon. Er empfand Keith als wirklich sehr sympathisch. »Ich werde Jessica Bescheid sagen. Könnten Sie mir den Weg zu dem Gehöft beschreiben?«

Zwei Minuten später wußte er, wo sich Ricarda befand. Eine Ricarda, die ihr Freund als nicht ansprechbar beschrieben hatte, als einen Menschen, der nichts aß, nichts trank, auf nichts reagierte. Während er die Treppe hinaufstieg, um Jessica Bescheid zu sagen, fielen Leon die Tagebucheintragungen ein, die Patricia am Abend vor ihrem Tod vorgelesen hatte. Patricia mochte Dinge häufig dramatisiert haben, was diese von Ricarda verfaßten Texte anging, hatte sie sich jedoch offensichtlich an Fakten gehalten. Und die waren zutiefst erschreckend gewesen – um so mehr noch vor dem Hintergrund dessen, was kurz danach geschehen war. Er überlegte, ob er Superintendent Norman Bescheid geben mußte. War das Verrat an seinem toten Freund Alexander? Oder einfach bittere Notwendigkeit angesichts einer ungeheuren Tragödie?

Er war noch zu keinerlei Ergebnis gelangt, als er an Jessicas Zimmertür klopfte. Er beschloß, daß sie als Stiefmutter die Frage würde entscheiden müssen.

8

AN DIESEM TAG ÜBERSCHLUGEN SICH die Ereignisse.

Superintendent Norman führte die Befragung von Phillip Bowen nicht, wie zunächst geplant, im *The Fox and The Lamb* durch, sondern nahm ihn zusammen mit Geraldine mit auf das Polizeirevier in Leeds. Inzwischen war das kleine Wirtshaus von Stanbury geradezu umlagert von Journalisten, und als Phillip und Geraldine zu dem wartenden Auto gebracht wurden, flammten überall die Blitzlichter auf. Längst hatten sich findige Reporter mit Mrs. Collins unterhalten, die inzwischen vor Wichtigkeit fast platzte, und so kannte man Phillips Namen und wußte, daß er sich unter Vortäuschung falscher Tatsachen bereits zwei Wochen zuvor in Stanbury House eingeschlichen und die Räumlichkeiten ausgekundschaftet hatte. Für die Presse stand er als Täter fest, heftiges Rätselraten herrschte nur um die Frage des Motivs. Inzwischen war auch bekannt, um wen es sich bei seiner äußerst attraktiven Begleiterin handelte.

Norman schäumte später, als er die Zeitungen las. Die undichte Stelle konnte im Grunde nur jemand vom Personal des *The Fox and The Lamb* gewesen sein, aber was wollte man schon unternehmen gegen die Klatschlust der Leute? Geraldine Roselaugh wurde in den Schlagzeilen des nächsten Tages als *berühmtes Fotomodell* bezeichnet, wobei es niemanden interessierte, daß zuvor noch kein Mensch je von ihr gehört hatte. Man wußte auch, daß es zwischen ihr und Phillip Bowen – über dessen private und berufliche und sonstige Hintergründe etwas in Erfahrung zu bringen den Journalisten in der Eile nicht geglückt war – recht eisig zugegangen war; Roselaugh war zwischendurch sogar aus dem gemeinsamen Zimmer ausgezogen und war bereits zur Abreise nach London entschlossen gewesen. Im letzten Moment schien es zu einer Versöhnung gekommen zu sein.

Hat ein scheußliches Verbrechen sie wieder vereint? fragte die *Sun* am nächsten Tag, und der *Daily Mirror* wollte wissen: *Mittäterin aus Leidenschaft?*- ohne zu ahnen, wie nah er mit seiner Theorie einer Hörigkeit, in der sich Geraldine Roselaugh (*»eine wunderschöne Frau, die immer nur Pech mit den Männern hat«*)

gegenüber Phillip Bowen befinden sollte, der Wahrheit um das persönliche Beziehungsdrama der beiden kam. Tatsächlich nahmen die Dinge jedoch eine so rasante Entwicklung, daß all die Schlagzeilen des folgenden Tages bereits überholt waren, als noch die Druckerpressen liefen.

Während Phillip und Geraldine nach Leeds gebracht wurden, fuhr ein Polizeibeamter mit Jessica hinaus zu dem einsamen Hof, von dem Keith erklärt hatte, daß sich dort Ricarda befinde. Es gelang Jessica, das Hotel ungesehen durch eine Hintertür zu verlassen, wohl aber nur deshalb, weil sich die Wachsamkeit der Pressemeute gerade geballt auf den Haupteingang konzentrierte, aus dem fast zeitgleich Phillip und Geraldine ins Freie traten.

Jessica traf auf Ricarda, ein Häufchen Elend mit eiskalten Händen, zitternd vor Hunger und Durst und nicht im mindesten ansprechbar. Sie wurde ins Hotel gebracht, wiederum durch den Hintereingang und glücklicherweise erneut ungesehen. Wieder wurde ein Arzt geholt, der nach etwa zwei Stunden zögernd einer Befragung Ricardas durch einen weiblichen Sergeant zustimmte. Jessica bot an, dabeizusein, aber da hob Ricarda zum erstenmal den Kopf und öffnete den Mund.

»Nein!«

Ihr Haß auf die ungeliebte Stiefmutter schien um nichts gemildert. Jessica hatte den Eindruck, daß sie der Mensch war, bei dem Ricarda zuallerletzt Trost und Unterstützung suchen würde.

Und wenn schon, dachte sie zutiefst erschöpft.

Leon fuhr nach Leeds ins Krankenhaus, um Sophie zu besuchen. Er hatte befriedigt beobachtet, wie Phillip Bowen und seine Freundin »abgeführt wurden«, wie er es nannte. Es gab für ihn nicht den geringsten Zweifel an Bowens Schuld.

Die Stunden verstrichen in lähmender Langsamkeit. Der Tag war wie mit Blei gefüllt, schien sich nicht vom Fleck zu bewegen. Er kam Jessica alptraumhafter vor als der Tag zuvor, was daran liegen mochte, daß sich langsam der Schock zu lösen begann und sich erstes Begreifen dessen, was geschehen war, herantastete. Zudem machte ihr der Zustand des Eingesperrtseins zu schaffen. Draußen war der Himmel jetzt von wolkenlosem Blau, und wenn sie das Fenster öffnete, strömte eine fast sommerliche Wärme herein. Ihr fehlten das Laufen, die Bewegung, sie wollte im warmen Gras sitzen und den Duft der Apfelblüten riechen. Aber sie hätte das Haus nicht verlassen können, ohne einen Rattenschwanz von Journalisten hinter sich herzuziehen. Sie war schon froh, daß es ihr gelang, am Nachmittag Barney ungesehen für eine Viertelstunde in den rückwärtigen Garten zu lassen, damit er wenigstens die Möglichkeit hatte, sein Bein zu heben.

Evelin war in ihr Zimmer gegangen und hatte sich schlafen gelegt. Die Beamtin, die mit Ricarda gesprochen hatte, erschien bei Jessica und erklärte, das Gespräch mit dem jungen Mädchen habe kaum etwas gebracht. »Ich habe allerdings nicht den Eindruck, daß sie unter einem Schock steht, so wie gestern Mrs. Burkhard«, sagte sie. »Es kommt mir eher so vor, als wolle sie einfach über nichts reden, was in einem Zusammenhang mit Stanbury House und seinen Bewohnern steht. Als habe sie ... ja, irgendwie mit ihrer Familie, mit den Menschen dort, gebrochen. Könnte das sein?« Sie sah noch einmal stirnrunzelnd in ihre Unterlagen. »Sie sind nicht die Mutter, nicht wahr?«

»Nein. Ihr Vater und ich haben vor etwa einem Jahr geheiratet. Sie lebt bei der geschiedenen Frau meines Mannes, verbringt aber regelmäßig die Ferien mit uns.«

»Wie ist Ihr Verhältnis zueinander?«

Jessica zögerte. »Ich mag sie gern«, sagte sie dann, »und ich hatte nie die Hoffnung aufgegeben, daß sie irgendwann begreift, daß ich es gut mit ihr meine. Sie selbst lehnt mich ab. Ich war nicht der Scheidungsgrund ihrer Eltern, aber indem ich ihren Vater geheiratet habe, habe ich wohl ihre bis dahin ständig wache Hoffnung auf einen Neuanfang der beiden zerstört. Das konnte sie mir nicht verzeihen.«

Die Beamtin nickte. »Der Abend, an dem Mrs. Roth in größerer Runde aus Ricardas Tagebuch vorgelesen hat, ließ dann wohl das Faß überlaufen?«

»Ja. Aber nicht, was speziell das Verhältnis zu mir anging. Ihr Vater ...«, sie schluckte. Sie sprach über ihren toten Mann, und etwas in ihr sträubte sich heftig, etwas Schlechtes über ihn zu sagen, und doch erschien ihr sein Verrat an diesem letzten Abend noch immer als eine ungeheuerliche Tat. »Ihr Vater stellte sich nicht auf ihre Seite. Er solidarisierte sich ... mit den anderen, verstehen Sie? Mit Patricia. Gegen sein eigenes Kind. Trotz der vielen Reibereien in der letzten Zeit hat sie ihren Vater immer vergöttert. Ich glaube, sie kann bis jetzt nicht fassen, was er getan hat.«

»Was hätte er nach Ricardas Meinung tun sollen?«

»Das, was er auch nach meiner Meinung hätte tun sollen«, sagte Jessica. »Aufspringen. Patricia das Tagebuch aus der Hand reißen. Ihr in schärfster Form klarmachen, daß sie etwas ganz Unmögliches getan hat – in dem Tagebuch zu lesen, es an sich zu nehmen, nun daraus vortragen zu wollen. Statt dessen hat er Patricia gewähren lassen und hat ihr damit gestattet, seine Tochter gewissermaßen öffentlich vorzuführen. Es hat mich nicht im geringsten gewundert, daß Ricarda danach nicht mehr auffindbar war.«

Die Beamtin blickte wieder in ihre Notizen. »Im Gespräch mit Superintendent Norman sagten Sie, bei den vorgelesenen Tagebucheintragungen handelte es sich um Passagen, in denen Ricarda ihre Romanze mit Mr. ... Mr. Keith Mallory beschrieb. Ist das richtig?«

»Ja«, sagte Jessica. Leon hatte sie darauf angesprochen, ob man der Polizei sagen müsse, daß Ricardas Tagebuch offenbar an zahlreichen Stellen das Verlangen des jungen Mädchens wiedergab, die Bewohner von Stanbury House tot zu sehen, aber Jessica hatte sich dagegen entschieden. Instinktiv und spontan hatte sie das ja bereits während ihrer Unterredung mit Norman getan.

»Es schafft nur Verwirrung«, hatte sie zu Leon gesagt, »denn wir beide sind uns ja wohl einig, daß Ricarda als Täterin nicht in Frage kommt und daß die pubertären Aggressionen, die sie in Worte gefaßt hat, für ihr Alter durchaus normal sind. Wir brauchen das nicht breitzutreten.«

Leon, für den der Täter ohnehin feststand, hatte sofort eingewilligt. Evelin, die ebenfalls anwesend war, hatte gedankenverloren vor sich hingestarrt, Jessicas Ausführungen jedoch nicht widersprochen.

Die Beamtin notierte sich etwas und nickte dann. »Ich habe vorerst keine Fragen mehr. Ich werde jetzt Mr. Keith Mallory aufsuchen und mit ihm sprechen. Vielleicht ergeben sich ja dabei noch ein paar interessante Aspekte.« Sie grüßte und verließ das Zimmer.

Ich werde hier drinnen noch verrückt, dachte Jessica.

Sie legte sich auf ihr Bett. Im Fenster konnte sie den blauen Himmel sehen. Ein quadratisches Stück davon. Sie dachte an Alexander und hoffte auf die Tränen, die ihre Erstarrung lösen sollten.

Sie mochten sich noch immer nicht einstellen.

Leon kam am frühen Abend zurück. Ein Polizist, der ihn begleitet hatte, bahnte ihm den Weg ins Haus. Leon sah grau und müde aus. Jessica fing ihn auf der Treppe ab.

»Wie geht es Sophie?«

Er fuhr sich mit dem Handrücken über die Augen. »Nicht gut. Die Ärzte können immer noch nicht sagen, ob sie es schaffen wird.« Er wirkte verbittert. »Einer von Normans Leuten lungert vor der Intensivstation herum. Den interessiert gar nicht, wie es dem Kind geht, der giert nur darauf, daß sie aufwacht und ihm sagen kann, wer das getan hat. Für die ist sie einfach nur ein wichtiger Zeuge – der wichtigste Zeuge überhaupt.«

»Leon, die tun nur ihre Arbeit«, entgegnete Jessica leise, »und wir alle wollen doch, daß der Täter gefaßt wird.«

»Der Täter heißt Phillip Bowen, und ich frage mich, wie noch irgend jemand daran zweifeln kann!« sagte Leon aggressiv.

Jessica legte ihm beschwichtigend dic Hand auf den Arm. »Dafür spricht manches, das stimmt, aber noch gibt es keinen Beweis. Du weißt doch, wie schwer es sein kann, einzig über Indizien einen Schuldspruch bei Gericht zu erwirken. Die Aussage der einzigen Überlebenden, und wenn es ein kleines Mädchen ist, hätte da ein ganz anderes Gewicht.«

Er nickte, und dann sank er plötzlich auf eine der Treppenstufen und barg sein Gesicht in den Händen, und seine breiten Schultern waren nach vorn gekrümmt und zitterten vor Schluchzen. Er weinte und weinte, ohne ein Wort zu sagen, und Jessica kauerte hinter ihm, legte beide Arme um ihn, versuchte ihm Wärme und Halt zu geben. Sie störte seinen Schmerz nicht mit Worten; ohnehin hätte es nichts gegeben, was nicht banal geklungen hätte im Angesicht einer solchen Tragödie. Sie ließ ihn einfach weinen und beneidete ihn dabei um dieses Fluten seines Schmerzes, dessen sie selbst nicht fähig war.

»Entschuldige«, sagte er irgendwann und sah sie dabei nicht an, sondern starrte gegen die Wände, »es ist einfach … ich konnte nichts dagegen tun …«

»Du solltest auch nichts dagegen tun. Was du in dir verschließt, quält dich nur.«

Er nickte, die Augen voller Trostlosigkeit.

»Wie soll es nur weitergehen? Wie soll das Leben für uns alle weitergehen?«

»Möchtest du einen Tee?« fragte Jessica. Ein Tee löste nicht die Lebensfrage, war aber das nächstliegende, das ihr einfiel.

Leon stand mühsam auf.

»Ja«, sagte er und folgte ihr in ihr Zimmer.

Leon hatte vier Tassen heißen Tee mit viel Milch und Zucker getrunken, war für einen Moment im Sessel sitzend eingeschlafen und hatte, nachdem er aufgewacht war, sichtlich etwas von seinem Gleichgewicht wiedergefunden. Seine Augen waren noch gerötet und geschwollen, aber die Tränenspuren auf seinen Wangen waren getrocknet; er wirkte noch immer sehr traurig, aber zugleich gefaßter und ein wenig getröstet. Während er schlief, hatte Jessica versucht, noch einmal mit Ricarda zu sprechen, aber die hatte ihre Zimmertür von innen verschlossen und reagierte weder auf rufen noch auf klopfen. Dann hatte sie nach Evelin gesehen, die jedoch tief schlafend in ihrem Bett lag. Als sie zurückkam, wachte Leon gerade auf. Zum ersten Mal an diesem Tag sah sie ihn zaghaft lächeln.

»Ich habe Hunger«, sagte er.

»Ich werde sehen, daß ich etwas für uns alle hierher aufs Zimmer bestellen kann«, sagte Jessica, »denn unten würde man uns kaum in Ruhe lassen.«

Leon stand auf, streckte sich, trat ans Fenster und blickte hinaus. Plötzlich straffte sich sein Körper.

»Das kann doch nicht wahr sein!« rief er.

»Was denn?« fragte Jessica.

»Sie bringen ihn zurück! Bowen! Und das Fotomodell!«

Sie trat neben ihn, schaute ebenfalls auf die Straße. Phillip und Geraldine waren soeben aus einem Polizeiwagen gestiegen und wurden von mehreren Beamten durch die Journalistenmenge hindurch zum Hotel eskortiert. Ihnen folgten Superintendent Norman und ein anderer Mann, den Jessica zuvor noch nicht gesehen hatte. Offensichtlich bedrängte man sie von allen Seiten mit Fragen, aber Norman schüttelte nur immer wieder abwehrend den Kopf und hielt die Lippen zusammengepreßt. Auch sein Begleiter schien nicht gewillt, irgendeine Information von sich zu geben.

»Die Beweise haben wohl nicht gereicht, um ihn festzuhalten«, sagte Jessica.

Leon schlug mit der Faust auf das Fensterbrett. »Nicht gereicht? Du meinst, *die Beweise haben nicht gereicht*? Welche Beweise will dieser schwachsinnige Norman denn noch haben?« Schon drehte er sich um, durchquerte mit schnellen Schritten das Zimmer und riß die Tür auf.

»Nicht, Leon!« Jessica versuchte vergeblich, ihn zurückzuhalten. »Du hast doch gar keine Ahnung, was genau los ist!«

Aber Leon lief bereits die Treppe hinunter. Und Jessica folgte ihm.

Zum Glück hatten es die Polizisten verhindert, daß auch nur ein einziger Journalist das *The Fox and The Lamb* betrat, so daß sich in dem kleinen Eingangsraum nur Phillip, Geraldine, Superintendent Norman und der fremde Begleiter befanden. Leon stürzte wie ein wütender Stier auf Norman zu.

»Weshalb bringen Sie ihn zurück? Wieso lassen Sie den Kerl noch frei herumlaufen? Reicht es nicht, was er getan hat? Soll er noch mehr Menschen umbringen, bis ihr ihn einsperrt?«

»Mr. Roth, ich kann verstehen, was Sie …«, versuchte Norman zu beschwichtigen, aber Leon fiel ihm sogleich wieder ins Wort: »Meine Frau ist tot! Mein Kind ist tot! Meine jüngste Tochter hat eine winzigkleine Überlebenschance! Und den Kerl, der das alles zu verantworten hat, lassen Sie seelenruhig hier hereinspazieren, weil ihn vermutlich bereits irgendein geschickter Anwalt herausgeboxt hat! Aber ich sage Ihnen eines, ich bin auch Anwalt! Und es gibt keinen Schritt, den zu unternehmen ich zurückschrecken werde, um Sie für Ihr fahrlässiges Verhalten und Ihre …«

»Mr. Roth, bei allem Schmerz, den Sie auszuhalten haben, möchte ich Sie bitten, sich nicht im Ton zu vergreifen!« Das kam von dem fremden Mann, der zusammen mit Norman und den beiden Verdächtigen aus dem Wagen gestiegen war. Er sah Leon und Jessica an. »Gestatten? Ich bin Inspector Lewis von Scotland Yard. Der Fall wurde an uns übertragen.«

»Und Ihre erste Handlung besteht darin, einen Mann, der vier, bald vielleicht sogar fünf Menschenleben auf dem Gewissen hat, auf freien Fuß zu setzen?« blaffte Leon.

»Leon!« mahnte Jessica.

Sie wich Phillips Blick aus. Sie mochte Leon nicht das Gefühl geben, daß zwischen ihr und ihm eine gewisse Vertrautheit herrschte.

»Mr. Roth, es haben sich wirklich völlig neue Gesichtspunkte ergeben«, sagte Norman. Weder seine Stimme noch sein Gesichtsausdruck verrieten, ob er durch den Umstand, einen Scotland-Yard-Beamten vor die Nase gesetzt bekommen zu haben, gekränkt war. »Es gibt keine Hinweise, die für Mr. Bowen als Schuldigen sprechen.«

»Das kann doch nicht wahr sein!« schrie Leon. »Der Typ hat meine Frau mehrfach bedroht! Er ist in unser Haus eingedrungen! Er lungerte ständig vor dem Park oder im Park herum! Er ist komplett verrückt, durchgeknallt, größenwahnsinnig! Er ist ...«

»Wenn es Ihnen nichts ausmacht, ziehen Miss Roselaugh und ich uns schon einmal in unser Zimmer zurück«, sagte Phillip höflich zu Norman. »Alles Weitere kann ja auch in unserer Abwesenheit geklärt werden.«

»Ja, gehen Sie nur«, meinte Norman, erleichtert, daß sich die Situation ein wenig entzerrte. Jessica, die noch auf der Treppe stand, trat zur Seite, um Phillip und Geraldine vorbeizulassen. Noch immer vermied sie es, Phillips Augen zu begegnen. Verstohlen betrachtete sie die blasse Geraldine, die alles andere als glücklich dreinsah.

Was für eine wunderschöne Frau, dachte sie.

»Ich würde jetzt gern mit Mrs. Burkhard sprechen«, sagte Inspector Lewis.

Jessica war erstaunt. Mit Evelin?

»Sie ist in ihrem Zimmer«, sagte sie, »sie schläft noch, glaube ich, aber ...«

»Dann wecken Sie sie bitte«, bat Lewis. Er war kühler und knapper als Norman, sein Gesicht verriet keinerlei Emotion. Ein Mann, der persönliche Regungen aus seiner Arbeit heraushielt.

»Soll sie herunterkommen? Oder wollen Sie in ihrem Zimmer ...?«

»Das kann sie entscheiden«, sagte Lewis. »Es wäre sehr freundlich, wenn Sie dies für uns klären und uns dann gleich benachrichtigen würden.«

»Ich möchte jetzt aber schon wissen ...«, begann Leon wieder, doch Lewis herrschte ihn an: »Was Sie möchten, Mr. Roth, interessiert im Moment niemanden. Bitte lassen Sie uns jetzt allein, und halten Sie sich für später zu unserer Verfügung.«

Der Ton schien Leon zu überzeugen, denn er hielt endlich den Mund. Jessica hastete die Treppe hinauf, um Evelin zu wecken. Sie fühlte sich beunruhigt. Irgend etwas an beiden Männern hatte sie stutzig gemacht: Ihr Auftreten war so selbstsicher, fast ein wenig triumphierend. Dieser Inspector Lewis mochte immer so sein, aber Normans Haltung hatte sich deutlich verändert.

Die wissen etwas, dachte sie, oder sie nehmen etwas an ... Etwas, wovon man uns noch nichts gesagt hat. Etwas Neues ...

Sie fror plötzlich. Sie trat in Evelins Zimmer. Die Freundin war inzwischen wach, lag jedoch im Bett. Sie hatte sich ein Nachthemd angezogen, trug aber immer noch den Schal um den Hals und sah dadurch wie eine Kranke aus, die erkältet ist und unter Halsschmerzen leidet.

»Evelin, es tut mir leid, aber Superintendent Norman möchte dich noch einmal sprechen. Und ein ... ein anderer Inspector.« Sie erwähnte Scotland Yard noch nicht. Ihr eigenes ungutes Gefühl war bedrückend genug, sie mußte es nicht auch noch in Evelin auslösen.

Evelin richtete sich auf.

»Ich komme«, sagte sie.

Eine Stunde später wurde sie unter Mordverdacht verhaftet.

9

»Es ist einfach so«, erklärte Superintendent Norman, »daß wir gegen Mr. Bowen nichts in der Hand haben. Hingegen sprechen eine ganze Reihe von Indizien gegen Evelin Burkhard.«

Sie saßen in Jessicas Zimmer: Norman, Leon und Jessica. Letztere noch völlig benommen von der überraschenden Wendung der Geschehnisse. Inspector Lewis war mit Evelin nach Leeds gefahren, um sie dort auf der Polizeidienststelle zu vernehmen, und da er ihr geraten hatte, »das Nötigste« einzupacken, schien er nicht mit ihrer Rückkehr am selben Abend zu rechnen. Sein bis dahin undurchdringliches Gesicht hatte Entschlossenheit verraten.

Evelin war leichenblaß gewesen, als sie hinter ihm die Treppe hinunterging.

»Jessica, ich habe das nicht getan«, hatte sie gefleht, als sie an Jessica vorbeigekommen war. »Bitte, du mußt mir das glauben!«

»Natürlich«, sagte Jessica, »und die Polizei wird auch ganz schnell davon überzeugt sein!«

Tatsächlich hielt sie das Ganze für einen so gigantischen Irrtum, daß sie sich keine wirklichen Sorgen machte. Jedenfalls nicht auf Verstandesebene. Irgendein unterschwelliges Gefühl hingegen verursachte ihr Herzklopfen. Machte sie nervös. Nicht, was Evelins Unschuld anging, die stand für sie auf jeden Fall fest. Aber Inspector Lewis machte ihr Angst. Und Superintendent Norman tat nichts, ihre Angst zu zerstreuen, ganz im Gegenteil.

Es war dunkel geworden draußen, und im Zimmer brannte nur die kleine Lampe, die neben dem Bett stand. Die Glühbirne der Deckenlampe hatte ihren Geist aufgegeben, und bislang war niemand erschienen, sie auszuwechseln. Im Dämmerlicht konnte Jessica erkennen, wie bleich und angespannt Leons Gesicht war, und wie gestreßt und übermüdet Superintendent Norman aussah. Barney war ein paarmal unruhig hin und her gelaufen; ihm fehlten die langen Spaziergänge, er hatte zu wenig Bewegung, zu wenig Luft und Sonne. Schließlich sah er resigniert ein, daß auch die beiden Männer nicht mit ihm hinausgehen würden, und rollte sich seufzend auf seiner Decke zusammen.

»Sie haben gegen Phillip Bowen *nichts* in der Hand?« fragte Leon nun ungläubig. »Reicht es Ihnen denn nicht, daß er ...«

Norman hob beschwichtigend die Hand. »Mr. Roth, ich verstehe ja Ihre Sicht der Dinge durchaus. Und daher haben wir uns sehr lange und ausgiebig mit Mr. Bowen unterhalten. Er hat eine fixe Idee, was seine Herkunft betrifft und daraus sich ableitende Ansprüche, das stimmt, aber dennoch ...« Er zögerte. »Er ist nicht verrückt«, sagte er schließlich, »das sagt mir einfach meine Erfahrung und Menschenkenntnis. Er hat durchaus seinen Verstand beieinander, und was er will, ist Anerkennung. Die Anerkennung, daß er Kevin McGowans Sohn ist. Für diese Anerkennung wird er kämpfen, aber nicht, indem er fast ein halbes Dutzend Menschen ermordet. Weil ihm das nämlich gar nichts bringt. Er kommt dadurch nicht einen Schritt weiter. Er hat vor, eine Exhumierung Kevin McGowans durchzusetzen, und ...«

»Und das nennen Sie nicht verrückt?« fragte Leon entrüstet. »Ab wann ist denn dann bei Ihnen jemand ein Verrückter?«

Norman strich sich über die vor Müdigkeit geröteten Augen.

»Ich gebe ja zu, daß er sich da in etwas hineingesteigert hat. Daß er eine gewisse Besessenheit an den Tag legt. Aber trotz allem ist er überaus zielorientiert, und die Schritte, die er für die Erreichung seines Zieles plant, sind *nicht* verrückt! Sie mögen uns radikal erscheinen, aber wenn man die Dinge von seiner Warte aus betrachtet, tut er das einzige, was er überhaupt tun kann. Er hat ein großes Problem damit, von seinem Vater nie angenommen worden zu sein, und er versucht, dieses Problem für sich zu lösen. Daran kann ich noch keinen Psychopathen erkennen.«

»Ich wußte gar nicht, daß Sie im Nebenberuf Psychologe sind, Superintendent

Norman«, sagte Leon zynisch, »denn sonst wären Sie wohl kaum derart sicher, was Ihre Analyse der Persönlichkeitsstruktur von Phillip Bowen angeht!«

»Ich habe bereits eine ganze Reihe von Verbrechen aufgeklärt, Mr. Roth.«

»Aber keines von diesem Ausmaß.«

Norman nickte. »Dann lassen Sie uns zu den Fakten kommen – denn die sind es letztlich, worauf wir uns stützen müssen. Zum einen: Mr. Bowen trug heute, als wir ihn abholten, dieselbe Kleidung, die er auch gestern mittag trug, als er im Park von Stanbury House herumstreifte. Das ist von Evelin Burkhard bestätigt worden. Wir haben ihn gebeten, sich etwas anderes anzuziehen und uns die Sachen zu überlassen. Abgesehen davon, daß es schon mit bloßem Auge erkennbar war, so hat auch die technische Untersuchung ergeben, daß sich nicht ein einziger Spritzer Blut auf Hose oder Pullover befand. Und es ist vollkommen ausgeschlossen, daß jemand hingehen und vier Leute mit einem Messer töten und einen weiteren Menschen schwer verletzen kann, ohne auch nur das geringste bißchen Blut abzubekommen. Ich denke, das ist auch Ihnen klar.«

»Mein Gott, wie sicher will Evelin denn sein, daß es wirklich dieselben Klamotten waren? Jeans ist Jeans, und dunkle Wollpullover habe ich auch mehrere! Er hat seine blutbefleckte Kleidung vernichtet und etwas Ähnliches angezogen, und Sie sind so naiv und fallen auf diesen simplen Trick herein!«

»Okay. Auf der Tatwaffe befinden sich keinerlei Fingerabdrücke von ihm und ...«

»Abgewischt! Der Kerl ist verrückt, aber nicht blöd!«

»... und er hat für die Tatzeit ein Alibi.«

Leons Schultern, zuvor straff vor Wut und Empörung, sanken ein wenig nach vorn. »Ein Alibi?«

»Er war den ganzen Nachmittag mit Miss Geraldine Roselaugh zusammen.«

»Ach, du lieber Himmel! Seine kleine Maus! Also, was so ein Alibi wert ist, möchte ich wissen! Die würde für ihn doch das Blaue vom Himmel herunterlügen!«

»Wir sind Polizeibeamte, Mr. Roth. Mit Unterstellungen dieser Art können wir nicht so leichtfertig umgehen wie Sie. Zunächst einmal müssen wir die Tatsache akzeptieren, daß ein erwachsener Mensch – und sie ist *nicht* seine Frau – behauptet, zur Tatzeit mit Phillip Bowen zusammen- und überdies viele Meilen von Stanbury House entfernt gewesen zu sein. Auf entsprechende Befragung erklärte sich Miss Roselaugh zudem bereit, dies notfalls zu beeiden.«

»Aber haben Sie denn nicht bemerkt, wie die ihn anhimmelt? Sie frißt ihm aus der Hand. Wenn der sagt, gib mir ein Alibi, dann tut sie es. Wenn er sagt, beeide das, dann schwört sie einen Meineid. Ich kenne diese Art Frau! Mr. Norman, was Miss Roselaugh auch sagt, *es ist nichts wert*!«

»Mr. Roth«, sagte Norman mit einiger Schärfe in der Stimme, »ich kann nicht einen Mann verhaften, gegen den ich keinerlei Beweise habe, nur weil Sie sich auf ihn als Täter fixiert haben. Damit komme ich nicht durch!«

»Er war aber im Park, kurz bevor die Verbrechen geschahen! Er war bereits einmal in unser Haus eingedrungen! Er hat uns immer wieder belästigt! Er …«

»Leon«, sagte Jessica beschwichtigend, »du zeichnest da ein falsches Bild, und das weißt du auch. Phillip Bowen ist uns vielleicht auf die Nerven gegangen, aber er hat nichts getan oder gesagt, was auf ein derart furchtbares Verbrechen hinweisen würde.«

Leon fuhr herum, starrte sie an. »Wie kannst du eine Lanze für diesen Menschen brechen? Er hat auch deinen Mann auf dem Gewissen, vergiß das nicht!«

»Aber das wissen wir doch nicht! Mr. Norman«, sie zwang Festigkeit in ihre Stimme, weil das, was sie nun fragen wollte, so schrecklich war, daß sie Angst hatte, sie könnte dünn und unsicher klingen, »Mr. Norman, was haben Sie gegen Evelin Burkhard in der Hand?«

Norman wirkte erleichtert, zunächst aus dem schwierigen Disput mit dem zornigen Leon erlöst zu sein.

»Ich sage nicht, daß wir felsenfest überzeugt sind, in Evelin Burkhard die Täterin gefunden zu haben. Aber es gibt da ein paar Hinweise, die einen dringenden Verdacht gegen sie entstehen lassen. Erstens: Ihre Fingerabdrücke – und nur ihre – befinden sich auf der Tatwaffe. Zweitens: Ihre Kleidung wurde labortechnisch untersucht. Sie ist mit dem Blut aller Ermordeten wie auch mit dem Blut des verletzten Kindes intensiv in Berührung gekommen. Und da …«

»Aber …«, begann Jessica, doch Norman unterbrach sie mit einer Handbewegung.

»Ich weiß, was Sie sagen wollen. Mrs. Burkhard hat erklärt, Mrs. Roth, ihren Mann Tim Burkhard sowie die kleine Diane Roth gefunden und auf Lebenszeichen hin untersucht zu haben. Sie erklärte, keinen Kontakt mit Mr. Wahlberg und Sophie Roth gehabt zu haben. Dennoch befand sich auch deren Blut auf ihrer Kleidung. Und noch etwas kommt hinzu: Unsere Untersuchungsmethoden erlauben uns, auch etwas über die zeitliche Abfolge zu sagen, in der das Blut auf Mrs. Burkhards Kleidung gekommen ist. Das war einwandfrei zuallererst das von ihrem Mann. Danach erst das von Mrs. Roth. Evelin Burkhard hat dies jedoch genau andersherum beschrieben.«

Leons sensibles, erschöpftes Gesicht drückte ein geradezu verletzendes Ausmaß an Verachtung für den Polizisten aus. »Wie können Sie eine derart traumatisierte Frau wie Evelin in vollem Umfang verantwortlich machen für das, was sie in der ersten Vernehmung unmittelbar nach Geschehen einer solch schrecklichen Tat von sich gibt? Sie hat selbst zugegeben, einen Filmriß gehabt zu haben, sich an einen bestimmten Zeitraum des vergangenen Tages überhaupt nicht mehr zu erinnern. Wie soll sie noch wissen, in welcher Reihenfolge sie über einen Toten nach dem anderen stolperte? Und vielleicht weiß sie gar nicht mehr, daß sie zwischendurch im Park umherirrte, schockiert und verzweifelt, und dabei auf Alexanders Leiche stieß. Bei ihrer Rückkehr ins Haus traf sie auf meine halbtote Tochter Sophie, hat aber auch daran jetzt keine Erinnerung. Würden Sie das nicht auch für möglich halten?«

Norman wollte etwas erwidern, aber Jessica schaltete sich rasch ein.

»Superintendent Norman, ich habe ja Evelin oben in dem kleinen Bad im Dachgeschoß gefunden. Sie war wirklich in einem schlimmen Zustand. Absolut nicht ansprechbar. Sie wimmerte wie ein Kind, konnte sich nicht bewegen. Sie hatte einen schweren Schock, und ich bin sicher, ganz gleich, was sie über den gestrigen Tag auch sagt, es muß alles unter dem Vorbehalt betrachtet werden, daß sie über eine lange Zeitphase absolut nicht Herrin ihrer Sinne war.«

»Ich denke, daß sie auch die Tatwaffe gefunden hat«, sagte Leon, »vielleicht direkt bei einem der Opfer, und daß sie sie an sich genommen, später dann weggeworfen hat. Als Täterin hätte sie ja wohl die Fingerabdrücke abgewischt.«

»Vorausgesetzt«, sagte Norman, »sie war während der Tat bei klarem Verstand. War sie in einem Moment des Wahnsinns, hätte sie sicher nicht an so etwas wie Fingerabdrücke gedacht – oder daran, ihre blutige Kleidung zu beseitigen.«

»Halten Sie es denn überhaupt für möglich, daß eine Frau dieses Verbrechen begangen haben kann?« fragte Jessica. »Ich meine, allein von ihren Kräften her. Unter den Opfern sind auch zwei große, kräftige Männer. Es kann nicht ganz einfach gewesen sein, sie umzubringen.«

Norman schüttelte den Kopf. »Das war keine Frage der Kraft. Alle Opfer sind überrascht worden, und zwar von hinten. Tim Burkhard suchte offenbar gerade im unteren Bereich eines Küchenschranks herum, jedenfalls lag er direkt vor dessen geöffneter Tür. Mrs. Roth kniete an dem Blumentrog. Mr. Wahlberg saß auf einer Bank, döste vielleicht vor sich hin. Das Mädchen Diane lag bäuchlings auf dem Bett und las. Einzig die kleine Sophie hatte wohl etwas bemerkt, versuchte, sich zu wehren und wegzulaufen. Ansonsten hat ja niemand etwas von Evelin befürchtet oder Böses erwartet.«

»Ich finde Ihre Theorie völlig absurd«, sagte Leon. »Ich meine, selbst wenn es keiner allzu großen physischen Kraftanstrengung bedarf, jemandem von hinten die Kehle durchzuschneiden, so besteht da doch eine *psychische* Hemmschwelle, die kaum zu überwinden sein dürfte. In lebendes Fleisch hineinschneiden, noch dazu an der Halsschlagader … das ist … das ist …« Er suchte nach Worten, die wiedergeben sollten, für wie völlig ausgeschlossen er es hielt, daß Evelin dies hatte tun können, aber es gab wohl nichts, was seiner Entrüstung über diesen Verdacht wirklich hätte Ausdruck verleihen können. »Das ist absurd«, wiederholte er schließlich seine Anfangsworte.

Norman zeigte sich unbeeindruckt. »Wenn Sie meinen Job hätten, Mr. Roth, würden Sie irgendwann absolut nichts mehr von dem, was Menschen tun, noch für absurd halten. Meine Erfahrung hat mich zu der tiefen Überzeugung gelangen lassen, daß es unter bestimmten Umständen überhaupt nichts gibt, was nicht jeder von uns in der Lage wäre zu tun.«

»Und welche bestimmten Umstände waren das bei Evelin?« fragte Jessica.

Superintendent Norman seufzte tief. »Mr. Bowen hat uns da einen interessanten Hinweis gegeben«, begann er, »er …«

»Er wird Ihnen sicher viele interessante Hinweise geben, wenn es darum geht, den Verdacht von sich auf andere zu lenken«, warf Leon ein.

Norman wandte sich ihm zu, und in seinem Gesicht stand eine Härte, die Jessica verriet, daß dieser stets so verbindliche Mann ein nicht zu unterschätzender, gefährlicher Gegner sein konnte.

»Mrs. Burkhard ist eine schwer depressive Frau«, sagte er. »Ich denke, das ist nicht zu übersehen, und das ist auch Ihnen seit längerem klar?«

Er schien auf diese Frage, die eigentlich eine Feststellung war, keine Antwort zu erwarten, denn er fuhr sogleich fort: »Als Mr. Bowen gestern im Park von Stanbury House mit ihr sprach, schien sie ihm völlig in sich zurückgezogen, weltabgewandt, tief versunken in düstere Gedanken. Mr. Bowen hatte den Eindruck, sie nicht wirklich erreichen zu können, so als befinde sie sich in einer Welt, in die niemand ihr folgen könnte. Wörtlich sagte Mr. Bowen: ›Ihre Verzweiflung war so greifbar wie eine hohe Wand, die vor einem steht.‹ Es muß beängstigend gewesen sein.«

Greifbar wie eine Wand, dachte Jessica, ja, so habe ich es auch oft empfunden. Eine dichte, unüberwindliche Verzweiflung.

»Und dann auf einmal erschien ihr Mann. Aber noch bevor Phillip Bowen ihn sehen konnte, noch bevor er rief oder sich sonst irgendwie bemerkbar machte, schien Evelin bereits seine Nähe zu spüren. Bowen sagt, sie habe Angst gehabt. Eine Angst, die er habe riechen können. Sie habe etwas von einem Tier gehabt, das seinen schlimmsten Feind wittert. Und die Art, wie er gleich darauf nach ihr gerufen habe, sei eindeutig gewesen – auch wenn Bowen nicht jedes einzelne deutsche Wort verstehen konnte.« Er machte eine Pause.

»Eindeutig wofür?« fragte Jessica. Sie begriff nicht, worauf Norman hinauswollte. Dann sah sie Leons Gesicht und wußte, daß *er* verstand.

»Leon …?« fragte sie hilflos.

Norman fixierte Leon scharf. »Es stimmt, nicht wahr, Mr. Roth? Mrs. Burkhard lebte in Todesangst vor ihrem Mann. Seit Jahren schon vermutlich. Seit Jahren wurde sie von ihm auf jede nur vorstellbare Weise gequält und mißhandelt, und es ist durchaus denkbar, daß sie nur noch einen Ausweg sah.«

In Jessicas Ohren begann es zu rauschen. Das konnte nicht wahr sein. Es durfte nicht wahr sein, daß so etwas in ihrer aller Mitte geschehen war, *und keiner hatte etwas gemerkt.*

»Aber«, sagte sie mit einem Mund, der sich plötzlich so trocken anfühlte, als sei er mit Watte gefüllt, »aber … warum dann die anderen? Mein … mein Mann, Patricia und …«

Sie mochte sich täuschen, aber es glomm etwas wie Verachtung in Normans Augen.

»Vielleicht weil nach ihrem Gefühl Mitwisser auch Mittäter sind. Solche, die wegschauen und den Mund halten. Mr. Roth? Sie haben es gewußt. Und die anderen auch. Aber keiner hat je etwas gesagt. Geschweige denn unternommen.«

Leon sah sehr unbehaglich drein.

»Nun …«, begann er.

»Leon!« Jessicas Stimme klang beschwörend. »Stimmt das? Ihr habt das gewußt? Alexander hat es gewußt?«

Leon wich ihrem Blick aus. Er betrachtete Barney so eindringlich, als habe er nie zuvor einen schlafenden Hund gesehen.

»Herrgott«, sagte er plötzlich, zugleich wütend und hilflos, »ja, wir haben es gewußt, verdammt! Du etwa nicht?«

Sie schluckte trocken und schüttelte den Kopf.

Leon hob beide Arme. »Was hätten wir schon tun können?« fragte er.

Weder Superintendent Norman noch Jessica gaben ihm eine Antwort.

10

Sophie starb am späten Abend dieses 25. April.

Sie hatte das Bewußtsein nicht mehr erlangt.

Es hatte keine Möglichkeit gegeben, sie zu befragen.

Dritter Teil

Jessica, Dokument V von Timotheus Burkhard

Was hat eine Frau wie Jessica bewogen, einen Mann wie Alexander zu heiraten?

Genau diese Frage hat mich bereits einmal in einem anderen Zusammenhang beschäftigt: Was hat eine Frau wie Elena bewogen, einen Mann wie Alexander zu heiraten?

Jessica und Elena sind äußerlich völlig verschieden, aber in ihrem Wesen finden sich eine Menge frappierender Übereinstimmungen. Beide sind unabhängig, eigenständig, willensstark und souverän. Frauen, die gern in einer Partnerschaft leben, die aber die Partnerschaft nicht brauchen, um leben zu können. Das unterscheidet sie deutlich von Patricia und Evelin. Für Patricia ist die Ehe ein Statussymbol, an dem sie selbst dann eisern festhält, wenn innerhalb dieser Ehe nichts mehr dem nach außen getragenen Bild entspricht. Und Evelin kann allein nicht existieren. Sie wäre ein Blatt im Wind ohne den Mann an ihrer Seite, der ihr sagt, was sie zu tun oder zu lassen hat.

Jessica. Ich lernte sie kennen, als sie gerade unseren Schäferhund eingeschläfert hatte. Es war mitten in der Nacht, und Evelin hatte keinen anderen Arzt erreichen können. Der Zustand des Hundes war dramatisch, es schien fraglich, ob man die Tierklinik noch würde erreichen können. Zudem hätte dies den Hund verängstigt und zusätzlich gestreßt. Evelin hatte sich der jungen Tierärztin entsonnen, die ein paar Häuser weiter wohnte, und die Liebe zu ihrem Hund hatte sie über ihren Schatten springen und dort zu nachtschlafender Zeit anrufen lassen, was für Evelins Verhältnisse außergewöhnlich skrupellos war, zumal sie noch nie Jessicas Praxis aufgesucht hatte.

Jedenfalls kam Jessica, schläferte das Tier ein und spielte anschließend noch Seelentröster bei Evelin, die mal wieder mit dem Schicksal haderte. Ich kam irgendwann so gegen drei Uhr morgens ins Wohnzimmer und traf die beiden Frauen bei einer Flasche Sekt an. Evelin erzählte Geschichten aus dem Leben des Hundes, der tot neben dem Sofa auf einer Decke lag. Ich hatte Jessica zuvor schon ein paarmal im Vorbeifahren in ihrem Vorgarten gesehen, aber ich hatte noch nie mit ihr gesprochen. Sie war mir aufgefallen, und nun, da sie unmittelbar vor mir saß, versuchte ich zu ergründen, womit sie meine Aufmerksamkeit auf sich gezogen hatte.

Sie ist attraktiv, aber nicht in der Weise, daß man automatisch den Kopf nach ihr drehen würde, wenn sie über die Straße geht. Sie hat braune, mittellange Haare, ein blasses, schmales Gesicht, schöne grüne Augen mit ein paar braunen Sprenkeln darin. Ihre Figur ist auffallend hübsch, sie hat lange, sehr gut geformte Beine und ist außerordentlich schlank. Meist trägt sie Jeans, Turnschuhe, ein Sweatshirt. Sie ist weder mondän noch besonders gestylt, noch fängt sie unwillkürlich zu kichern, zu kokettieren oder zu flirten an, wenn ein Mann in ihre Nähe kommt, so wie manche Frauen das tun. Sie vermittelt eher das Gefühl, es mit einer praktischen, bodenständigen Person zu tun zu haben. Man kann sich gut vorstellen, wie sie beherzt in das Maul eines Rottweilers greift, um seine Zähne zu untersuchen, oder einer Kuh hilft, ihr Kalb zur Welt zu bringen. Sie wirkt nicht im mindesten zimperlich. Dabei aber nicht unweiblich. Im Gegenteil, ich empfinde sie stets als ausgesprochen feminin.

Wo also liegt ihr Reiz? Es ist schwer, dies in Worte zu fassen. Vielleicht sind es jene Eigenschaften, die ich eingangs beschrieb. Ihre Unabhängigkeit, ihre Eigenständigkeit. Beides strahlt sie schon in ihrer Haltung aus, wenn sie nur einfach einen Weg entlanggeht. In der Art, wie sie den Kopf hält. Wie sie spricht, wie sie lacht. Es ist nicht so, daß ich mit einer solchen Frau leben könnte, niemals. Aber es ist die Art Frau, die ich gern beobachte. Ich habe auch Elena gern beobachtet. Nicht in erster Linie weil sie so schön ist. Sondern weil sie interessant ist.

Evelin glaubt bis heute, sie sei die Stifterin der Ehe zwischen Alexander und Jessica, aber in Wahrheit habe ich die Fäden gezogen. Evelin kam mit dem Vorschlag, man müsse Jessica zum Dank für ihr nächtliches Eingreifen zum Essen einladen, und ich stimmte zu. Ich meinte nur, man solle noch jemanden dazubitten, es sei doch langweilig, wenn nur wir drei um den Tisch herum säßen. Ich steuerte Evelin so lange, bis sie auf Alexander verfiel, der damals gerade in Scheidung lebte und dankbar war für alles, was ihn ein wenig ablenkte. Elena war mit Ricarda aufs Land gezogen und hatte ihn in seinem Haus allein zurückgelassen, wo er nun Abend für Abend saß, die Wände anstarrte und sich mit all den Fehlern beschäftigte, die er in seinem Leben gemacht hatte. Evelin fand, es sei eine gute Tat, ihm einen seiner düsteren Samstagabende zu versüßen, und ich war voller Spannung, ob sich meine Theorie, daß Jessica eine zweite Elena ist, bewahrheiten würde: Irgend etwas mußte zwischen ihr und Alexander passieren.

Ich hatte mich nicht geirrt, wenn ich auch, ehrlich gesagt, nicht geglaubt hatte, daß aus den beiden derart schnell ein Paar werden würde. Es war, als habe Alexander nur auf sie gewartet. Und sie schien sich tatsächlich aufrichtig in ihn zu verlieben. So sehr, daß sie schon kurz nach Alexanders Scheidung heirateten. Was mich zu meiner eingangs gestellten Frage zurückbringt: Weshalb heiraten Frauen wie Jessica und Elena einen Mann wie Alexander?

Alexander ist ein Weichei, angepaßt bis zur Selbstaufgabe, ein Chamäleon, das blitzschnell die Farbe seiner Umgebung annimmt, um nur ja nicht aufzufallen. Bevor er seine Meinung sagt, checkt er ab, wie die Meinung der Mehrheit in seiner Umgebung ist, und übernimmt diese dann. Man kann mit ihm nicht streiten, nicht diskutieren. Man kann sich nicht reiben an ihm. Er ist wie ein Stück weicher, dehnbarer Gummi. Selbst wenn man hineinschlägt, spürt man keinen Widerstand. Der Gummi macht jede Bewegung mit.

Er sieht sehr gut aus, das ist nicht zu bestreiten. Groß und schlank, angegraute Haare, schöne, helle Augen, die immer müde, immer melancholisch dreinblicken. Ein sehr sensibles Gesicht. Ja, das ist es vielleicht, man braucht eine Weile, bis man merkt, daß er ein Weichei ist. Zunächst würde man ihn mit den Attributen sensibel, melancholisch belegen. Was etwas anderes ist als schwach, was aber meist schwierig ist in der Abgrenzung. Starke Frauen – und sowohl bei Jessica als auch bei Elena handelt es sich ganz zweifelsfrei um starke Frauen – mögen einen Beschützerinstinkt gegenüber einem solchen Mann entwickeln, irgendeine mütterliche Ader wird angesprochen. Sie wollen die Ursache seiner Melancholie ergründen, sie ahnen Geheimnisse hinter seinen müden Augen, fühlen sich hingezogen zu seiner Ausstrahlung von Verständnis und Tiefgründigkeit. Irgendwann merken sie, daß sie in einer Gummimasse graben, die ihnen immer wieder durch die Finger gleitet. Dann kämpfen sie eine Weile, dann resignieren sie. So wie Elena. Sie hat ihn zweifellos geliebt. Aber nicht mehr ertragen.

Es wird interessant sein zu sehen, wann es bei Jessica soweit ist. Bislang habe ich ziemlich gut gelegen mit meinen Prognosen. Sie hat sich in ihn verliebt, sie hat ihn geheiratet. Sie übernahm bereitwillig sein Leben, was heißt: Sie übernahm bereitwillig uns alle und Stanbury. Sie ist neugierig und offen, sie findet die Clique interessant, sie will Alexander besser verstehen. Bislang hat sie sich kaum gegen ein Leben gesperrt, das keineswegs von ihr und ihrem Mann bestimmt wird, sondern von den Freunden ihres Mannes. Es ist ihr noch nicht wirklich klargeworden, was hier passiert, sie begreift noch nicht, daß das Stück Gummi, das sie geheiratet hat, nur in der Symbiose mit uns anderen leben kann. Sowie sie die Wahrheit erkennt, wird sie versuchen, Alexander von uns zu lösen. Sie wird scheitern. Sie wird gehen.

In diesen Osterferien beginnt ihr etwas zu dämmern. Das ist spürbar. Sie ist nicht glücklich. Etwas verunsichert sie stark, etwas setzt ihr sehr zu. Sie beginnt sich mehr und mehr von der Gruppe abzuseilen. Erwartungsgemäß eckt sie deswegen bei Patricia an, wird angegriffen, muß sich rechtfertigen. Verliert deutlich die Lust, Erklärungen für ihr Verhalten abzugeben. Der Ton zwischen ihr und Alexander ist schärfer geworden. Alexander schwebt in tausend Nöten, weil es seine Gattin zunehmend ablehnt, sich ihren Tagesablauf von Patricia diktieren zu lassen. Jessica hingegen sieht sich plötzlich mit der unangenehmen Tatsache konfrontiert, daß ihr Mann in Auseinandersetzungen keineswegs ihre Partei, sondern die der anderen ergreift. Sie ist verletzt. Sie will sich ihre Verletztheit noch nicht eingestehen, versucht, sich die Dinge zurechtzureden.

Aber sie ist zu intelligent, um dauerhaft die Augen vor der Wahrheit verschließen zu können. Sie ist zu geradlinig, um sich selbst belügen zu können. Mehr und mehr wird sie begreifen, welches Spiel gespielt wird und welch schmerzhafte Konsequenz sich daraus für sie ergibt.

Manchmal kommt es mir vor, als bewegten sie sich alle unter einem Mikroskop. Ich beobachte sie, berechne, was sie als nächstes tun werden, und erlebe wunderbare Momente des Triumphes, wenn sich meine Annahmen bestätigten. Alles ist so vorhersehbar. Der Mensch folgt seinem eigenen, ewig gleichen Muster. Immer wieder dasselbe. Ich wußte zum Beispiel auch ganz genau, daß Leon ein Auge auf Jessica werfen würde. Leon wirft ein Auge auf jede Frau, die nicht ganz häßlich ist oder so depressiv wie Evelin. Leon steht daheim unter dem Pantoffel, und seine einzige Möglichkeit, sein Selbstwertgefühl immer wieder halbwegs auszubalancieren, liegt darin, sich bei anderen Frauen Bestätigung zu holen. Wenn er irgendein hübsches Mädchen flachgelegt hat, kann er es wieder eine Zeitlang ertragen, von Patricia herumkommandiert zu werden. Er würde unendlich gern mit Jessica ins Bett gehen, das sehe ich genau. Er verschlingt sie mit Blicken. Sie würde es vermutlich merken, wäre sie nicht derart mit ihren Problemen beschäftigt.

Jessica. Sie kann mich nicht leiden. Sie reagiert abweisend, patzig, unhöflich auf mich. Ich trete ihr zu nahe; ohne daß es ihr ganz bewußt wird, spürt sie, daß ich sie seziere. Sie meidet meine Nähe. Wahrscheinlich hat sie sich bereits eingestanden, daß sie mich haßt, und dies bringt sie in größte innere Schwierigkeiten. Denn wie kann sie einen von Alexanders besten Freunden hassen? Sie ahnt, daß sie deswegen massive Probleme mit ihrem Mann bekommen wird. Sie windet sich. Sie haßt auch Patricia. Sie darf Patricia aber nicht hassen. Sie ist ein schöner, glänzender Käfer, der sich in einem Spinnennetz verfangen hat. Die Fäden des Netzes ziehen sich gerade immer enger zusammen. Ihr Raum wird kleiner, die Luft zum Atmen knapper. Sie weiß, daß sie sich wird befreien müssen. Sie weiß sogar, daß sie sich befreien kann. Um den Preis, das Netz zu zerstören.

Nur daß Alexander Teil des Netzes ist. Er ist einer der Fäden. Wenn sie sich befreien will, muß sie ihn genauso abstreifen wie uns andere auch. Sie kann nicht alle Fäden zerreißen und den Faden Alexander heil lassen; das läßt die Konstruktion des Netzes nicht zu. Wenn sie sich befreit, wird sie ihn verlieren – eine Konsequenz, aus der sie noch immer einen Ausweg zu finden hofft. Es macht Spaß, ihr bei der Suche zuzusehen.

Es macht Spaß, weil man weiß, daß sie am Ende scheitert.

Mittwoch, 14. Mai – Freitag, 23. Mai

1

JESSICA SASS SCHON IM RESTAURANT, als Leon kam. Ein Kellner geleitete ihn an ihren Tisch. Er war fast zwanzig Minuten zu spät und sah so schlecht aus, wie Jessica es zuvor noch nicht erlebt hatte: Er hatte sich seit mindestens zwei Tagen nicht mehr rasiert, trug ein fleckiges Hemd unter dem Jackett und mußte an die fünf Kilo Gewicht verloren haben. Der Kellner betrachtete ihn mit sichtlichem Mißfallen. Es war keines der besonders schicken Münchner Restaurants, das Jessica ausgesucht hatte, aber dennoch sah Leon außerordentlich unpassend aus.

Er fuhr sich mit der Hand durch die ungekämmten Haare, in dem vergeblichen Versuch, sie zu glätten, aber sie waren danach struppiger als zuvor. »Du wartest sicher schon lange«, sagte er anstelle einer Begrüßung, »tut mir leid. Ich hatte irgendwie ...« Es schien ihm zu anstrengend, eine Ausrede zu suchen, und so sagte er nur: »Ich hatte einfach die Zeit vergessen.«

Er wirkte zu elend, als daß sie hätte ärgerlich sein können. »Ich habe mir die Leute angeschaut«, sagte sie, »war also kein Problem. Möchtest du vielleicht ein Glas Wein?«

»Ja«, sagte er und setzte sich. Sie orderte sein Getränk.

»Hast du etwas von Evelin gehört?« fragte sie. »Du wolltest doch ihren Anwalt anrufen.«

Für eine Sekunde stützte er den Kopf in die Hände. »Vergessen«, sagte er, »einfach vergessen.«

»Sie ist jetzt seit zweieinhalb Wochen in Haft«, sagte Jessica, »wir können sie nicht hängenlassen.«

»Natürlich nicht. Der Anwalt, den ich ihr in England besorgt habe, ist wirklich gut. Du solltest dir nicht zu viele Gedanken machen.«

»Aber er hat es offenbar bislang nicht geschafft, daß sie aus der Untersuchungshaft entlassen wird. Ich verstehe das nicht.«

»Ich vermute, daß sie mit Fluchtgefahr argumentieren«, sagte Leon mit jener seltsam teilnahmslosen Stimme, die er sich seit jenen schrecklichen Tagen in England angewöhnt hatte. »Sie ist Ausländerin. Sie könnte versuchen, sich nach Deutschland abzusetzen.«

»Aber wir hatten doch sowieso überlegt, ob man sie nicht nach Deutschland überstellen könnte«, sagte Jessica. »Sie ist Deutsche. Sämtliche Opfer sind Deutsche. Ist das nicht eher ein Fall für die deutsche Justiz?«

»Das Verbrechen ist in England geschehen. Unter den ersten Tatverdächtigen war ein Engländer – der dann nur mit einem fragwürdigen Alibi davongekommen ist. Ich glaube, Scotland Yard will an der Sache dranbleiben.«

»Du wolltest dich doch trotzdem darum kümmern, ob man nicht vielleicht eine Überstellung nach Deutschland ...«

»Jessica!« Er sah sie fast flehend an. Seine Augen waren rot vor Müdigkeit. »Jessica, ich kann nicht. Bitte. Ich weiß nicht, woher du die Energie nimmst, dich für Evelin zu engagieren. Ich bewundere dich dafür, und sicher bist du der bessere Mensch von uns beiden, aber ich selbst, ich schaffe es nicht. Ich habe nicht die Kraft. Meine letzten Reserven brauche ich, um über jeden einzelnen Tag zu kommen, ohne zwischendurch mich und mein Leben aufzugeben. Es tut mir leid.«

Sie wußte, daß er dabei war, seinen ganzen Haushalt aufzulösen, um das Haus verkaufen zu können. Wie mußte es sein, sich Tag für Tag durch all die vielen großen und kleinen Dinge zu wühlen, die sich im Lauf eines Familienlebens angesammelt hatten: Zeugnisse und Sporturkunden der Kinder, Bilder, die sie gemalt, und Kastanienmännchen, die sie gebastelt hatten, erste Zähne und Bilderbücher und Anziehpuppen. Die Keramikbecher, aus denen sie morgens ihren Kakao getrunken hatten. Die Schultaschen. Die Kleider.

Und Patricias Sachen, ihre Hosen und Pullover und Kostüme, Jogginghosen und Laufschuhe. Ihre Kosmetikartikel. Ihre Fotoalben, die das glückliche Familienleben geradezu beschwörend dokumentierten. Liebesbriefe, die sie vor langen Jahren an Leon geschrieben hatte. Briefe, die er ihr geschrieben, die sie in irgendeiner Schublade aufbewahrt hatte. Das Negligé, das sie gern trug. Der Kalender, in dem sie wichtige Termine, Verabredungen, Arztbesuche und Geburtstage notierte. Ihre CDs, ihre Bücher. Ihre Schuhe und Handtaschen. All die Bilder und Skulpturen und Vasen, mit denen sie das Haus so verschwenderisch – und viel zu kostspielig – ausgestattet hatte. Nichts, was durch Leons Hände ging, würde ohne Erinnerung sein. Nichts würde ihn unberührt lassen. Es war seine Vergangenheit. Sein Leben. Seine Familie.

»Eigentlich werfe ich alles weg«, sagte er, so als wisse er, welche Gedanken gerade durch Jessicas Kopf gegangen waren. »Was brauche ich schon noch? Zuerst wollte ich eine Entrümpelungsfirma kommen lassen. Ihnen den Schlüssel in die Hand drücken, weggehen, wiederkommen und ein leeres Haus vorfinden. Es wäre das einfachste gewesen ...«

Der Kellner brachte den Wein und zwei Speisekarten. Leon führte sein Glas mit einer mechanischen Bewegung zum Mund.

»Aber dann brachte ich es nicht fertig. Ich brachte es nicht fertig, alles, was mir von ihnen geblieben ist, Fremden zu überlassen. Ich hatte das Gefühl, es ihnen schuldig zu sein … selbst alles zu sichten, anzufassen. Mich davon zu verabschieden.«

»Ich verstehe das«, sagte Jessica. Es erschien ihr sinnlos, noch einmal mit Evelin anzufangen. Leon war in einer entsetzlichen psychischen Verfassung. Sie hatte geglaubt, er sei noch immer voller Wut wegen Phillip Bowen, dem vermeintlich Schuldigen, und allein deswegen würde er alles daransetzen, für Evelin zu kämpfen. Aber seit Sophies Tod hatte er sich verändert. Es ging ihm nicht mehr um Gerechtigkeit, nicht darum, den Täter zu überführen, den Menschen hinter Gittern zu wissen, der ihm die ganze Familie ausgelöscht hatte. Es war wahrscheinlich so, wie er gesagt hatte: Er brauchte seine Kraft, um sich nicht aufzugeben. Der Schlag war zu schwer gewesen. Er konnte nicht weiter sehen als bis zum Abend eines jeden Tages. Konnte keinen anderen Menschen wahrnehmen als sich selbst. Er versuchte, einen Alptraum zu überleben. Von ihnen allen war er am schwersten getroffen worden.

»Hast du schon einen Käufer für das Haus?« fragte sie, bemüht, das Gespräch auf eine sachliche Ebene zu ziehen.

Er nickte. »Einige Interessenten. Es wird da keine Probleme geben.«

»Du hast nie überlegt, Stanbury statt dessen zu verkaufen?«

»Vorerst – nein. In dem Haus hier in München würde ich ohnehin nicht mehr leben wollen, und insofern macht es Sinn, mir mit diesem Verkauf die schlimmsten Schwierigkeiten vom Hals zu schaffen. Stanbury ist ein Rückhalt.«

»Stanbury kostet auch Geld.«

Er drehte sein Glas hin und her. Am Ringfinger der rechten Hand trug er noch immer seinen Ehering. »Ich weiß. Aber es würde mir zu schnell gehen. Stanbury ist so sehr ein Teil von Patricia gewesen. So sehr ein Teil von uns allen. Vielleicht will ich einfach noch eine Zeitlang daran festhalten.«

Sie schwiegen beide, hingen eigenen Gedanken nach. Draußen verdämmerte langsam ein warmer Maitag. Der Sommer drängte jetzt mit aller Macht heran. Aber es würde ein anderer Sommer sein, es würde nie wieder einen geben, wie sie ihn gekannt hatten.

Der Kellner näherte sich dem Tisch.

»Haben Sie gewählt?« fragte er.

Leon zuckte zusammen. »Ich möchte nichts essen, danke«, sagte er. Jessica hatte ebenfalls keinen Hunger, aber sie wollte den Kellner nicht völlig verärgern, und so bestellte sie einen Salat und etwas Pizzabrot. Der Kellner zog die Augenbrauen hoch, notierte die Wünsche und verschwand.

»Es tut mir leid, daß ich nicht zu Alexanders Beerdigung gekommen bin«, sagte Leon, »das wollte ich dir die ganze Zeit schon sagen. Ich hatte nicht die Kraft.«

»Meine Eltern waren da«, sagte Jessica. »Ricarda ist nicht gekommen, aber Elena hatte deswegen angerufen. Ricarda redet immer noch fast kein Wort und liegt die ganze Zeit nur im Bett. Sie ist offenbar völlig traumatisiert.«

Er lächelte bitter. »Ich hätte lieber ein traumatisiertes Kind als gar kein Kind. Es war nicht alles Gold bei uns, weiß Gott nicht, aber trotz allem waren wir eine Familie …« Er schwieg einen Moment und fuhr dann fort: »Ist es nicht verrückt? Nach Ereignissen wie diesem plagen einen die Schuldgefühle. Weil man selbst überlebt hat? Weil man sich zu denen, die es getroffen hat, nicht immer richtig verhalten hat und Kränkungen und Versäumnisse nie wiedergutmachen kann. Geht es dir auch so?« Er wartete ihre Antwort nicht ab.

»Ich wollte mir keine Vorwürfe machen«, sagte er, »ich wollte mir diese sinnlose Qual wenigstens nicht antun, aber dann kommen doch immer wieder Bilder … von früher, weißt du. Damals, als Patricia plötzlich schwanger wurde mit Diane. Mein Gott, sie war achtzehn. Ich war siebenundzwanzig, machte gerade mein Referendariat. Wir mußten heiraten …«

»Ihr hättet sicher auch so geheiratet. Nur etwas später.«

Er sah sie nicht an, schüttelte den Kopf. »Nein. Ich hätte Patricia nie geheiratet. Sie war damals … sehr attraktiv. Sehr jung. Mitreißend in ihrer lebendigen, energischen Art. Aber auch anstrengend. Sie hat mich immer überfordert. Ständig sagte sie: ›Du mußt dies tun, du mußt jenes tun. Du kannst dies, du kannst das. Du mußt an dich glauben, du mußt dich zusammenreißen, du mußt vorwärtsgehen, du mußt stark sein, du mußt selbstbewußt sein!‹ Sie hämmerte mir jeden Tag ihr persönliches Credo in den Kopf, und ich versuchte es mit heraushängender Zunge umzusetzen und hatte dabei das Gefühl, immer weiter zurückzufallen. Ihren Vorstellungen und Ansprüchen nie genügen zu können. Und wenn es nur darum ging, daß ich am Sonntag morgen verschlafen im Bett döste, während sie schon in aller Frühe auf den Füßen war und irgendein anstrengendes Sportprogramm durchzog. Wenn ich abnehmen wollte, quälte ich mich ein paar Wochen mit halbherzigen Diätversuchen herum und brachte, wenn ich Glück hatte, am Ende ein halbes Kilo weniger als vorher auf die Waage. Wenn *sie* abnehmen wollte, erstellte sie sich einen knallharten Ernährungsplan, von dem sie dann um keinen Millimeter abwich, bis sie in exakt der geplanten Zeit genau die drei Kilo weg hatte, die sie hatte abnehmen wollen. Sie war so unendlich diszipliniert. Stark. Sicher mit sich genauso hart wie mit anderen, aber mich …«, er hob hilflos die Hände, »mich hat sie damit einfach fertiggemacht. Sie war immer besser. Sie war immer vorneweg. Immer.«

Der Kellner brachte den Salat und das Pizzabrot. Leon bestellte sich ein weiteres Glas Wein. Jessica stocherte in Tomaten und Pilzen herum. Sie verspürte nicht den geringsten Appetit.

»Ich hatte damals gehofft, sie würde das Kind abtreiben«, sagte Leon. »Ich habe sie nicht unter Druck gesetzt deswegen, aber ich habe die Möglichkeit ein paarmal angesprochen. Es war Patricia keineswegs recht, so früh bereits Mutter zu werden, aber sie hatte Kinder in ihrem Leben vorgesehen, und sie hatte Angst, daß ein Eingriff irgend etwas kaputtmachen könnte. Ich besprach mich mit Alexander und Tim. Beide meinten, ich müßte sie heiraten. Aus Anstand. Also heirateten wir. Ich habe mich betrunken am Morgen der Hochzeit. Als Alexander und Tim mich in meiner Wohnung abholten, war ich ziemlich blau. Die beiden haben mich unter die Dusche gestellt und kalt abgebraust, mir Aspirin eingeflößt, die Krawatte gebunden und mich mit Hustenbonbons gegen meine Fahne versorgt. So gelang es mir, das Jawort zu geben, ohne dabei zu lallen. Patricia merkte natürlich trotzdem, daß ich ziemlich dicht war. Sie bewahrte Haltung den ganzen Tag über, lächelte, mimte die perfekte, glückliche Braut, aber ich wußte, daß sie wütend war. Abends hatten wir einen schrecklichen Streit. Sie schlachtete mich mit eiskalten, verletzenden Worten regelrecht ab, und ich hatte einfach nur rasende Kopfschmerzen und immer noch zuviel Alkohol im Blut und war ihr nicht im entferntesten gewachsen. Irgendwann hielt ich es nicht mehr aus, ich verließ die Wohnung und fuhr mit dem Taxi zu Tim. Der lebte damals noch allein. Alexander war da, die beiden tranken noch etwas, unterhielten sich. Alexander hatte Elena mit der kleinen Ricarda nach Hause geschickt. Ich stieß dazu. Ich glaube, ich … ich heulte. Ich war so verzweifelt. Ja«, er atmete tief durch, sah Jessica noch immer nicht an, »so verlief unsere Hochzeitsnacht. Patricia allein daheim und ich bei meinen besten Freunden, heulend zuerst und irgendwann sturzbesoffen, denn natürlich machten wir dort weiter, wo ich am Morgen aufgehört hatte. Wir ließen uns richtig vollaufen, alle drei, und dann … führten wir unendlich dumme Reden …«

Endlich hob er den Blick. Er sah Jessica an. Sie erkannte nichts als Trostlosigkeit in seinen Augen, Leere, Hoffnungslosigkeit, daß irgend etwas sich je zum Besseren wenden würde. »Ich war ja wie in Panik. Frisch verheiratet, im Begriff, Vater zu werden – und dabei gleichzeitig in einer Lebensphase, in der ich nichts als Freiheit wollte. Absolute, endlose Freiheit. Ich hatte das Gefühl, in einer Falle gefangen zu sein und nie wieder herauszukommen. Da fingen die anderen mit Stanbury an.«

»Mit Stanbury?« fragte Jessica.

Er lächelte wieder sein bitteres Lächeln, das sie erst seit diesem Abend an ihm kannte. »Ich sagte ja, wir waren absolut blau und führten dumme Reden. Sie wollten mich trösten. Tim kam auf die Idee, eine Liste aufzustellen, was alles gut sei an meiner Situation. Mir fiel überhaupt nichts ein und den anderen auch nicht viel, aber dann erwähnte Alexander Stanbury, und Tim und er schossen sich richtig darauf ein. Damals kämpfte Kevin McGowan bereits mit dem Krebs, und es stand fest, daß Stanbury in absehbarer Zeit Patricia gehören würde. Also sagten die beiden, ich hätte in gewisser Weise eine englische Landadelige geehelicht, eine mit einem Landsitz. Daß ich von nun an zur britischen *upper class* gehörte, demnächst neben der Queen in Ascot sitzen würde ... solchen Mist eben, aber irgendwann begannen wir alle uns ernsthaft für Stanbury zu erwärmen. Damals wurde der Gedanke geboren, alle Ferien dort gemeinsam zu verbringen, Stanbury zu *unserem* Stanbury zu machen, zu dem von Alexander, Tim und mir. Zu dem Ort, an dem wir immer zusammenkommen könnten, an dem wir die Probleme des Alltags hinter uns lassen, ganz wir selbst sein könnten. Stanbury als der Platz, an dem sich unsere Freundschaft immer wieder manifestierte. Uns war feierlich zumute, und, betrunken wie ich war, dachte ich, alles würde gut werden. Als der Morgen graute, ging ich heim, überzeugt, alles ertragen zu können, weil es Stanbury gab. Weil es meine Freunde gab und weil unsere Freundschaft nun ein Zuhause hatte.« Er schüttelte den Kopf in der Erinnerung an jene Stunden. »Aber ich liebte Patricia nicht. Damals nicht, später nicht. Ich liebte nur Stanbury, und das ließ mich durchhalten.«

»Das hat Alexander mir nie erzählt«, sagte Jessica.

Leon beachtete ihren Einwurf nicht. »Und jetzt ist Stanbury zu Patricias Grab geworden. Und zum Grab meiner Kinder. Es ist alles so ... so schrecklich tragisch. Es hat etwas von einer Bestrafung. Ich werde bestraft. Weil ich Patricia nicht wollte und die Kinder nicht wollte. Weil mein ganzes Leben der letzten Jahre nur eine Lüge war.«

Jessica begriff, daß es keinen Zweck hätte, den Versuch zu machen, mit ihm über ihr eigentliches Anliegen zu sprechen: Sie hatte mit ihm gemeinsam überlegen wollen, was getan werden konnte, um Evelin möglichst rasch zu helfen. Und sie hatte mit ihm über die schier unfaßbare Behauptung Superintendent Normans sprechen wollen, Evelin sei von Tim jahrelang mißhandelt und gequält worden.

Obwohl Leon eingeräumt hatte, daß Norman die Wahrheit gesagt hatte (»Hast du es denn nicht gewußt?«), schien es ihr kaum glaubhaft, und in irgendeinem naiven Winkel ihres Gehirns hoffte sie noch immer, das Ganze werde sich als ein Mißverständnis herausstellen. Aber mit diesem gebrochenen Mann vor ihr konnte sie nicht reden, jedenfalls jetzt nicht, vielleicht viel später, in vielen Wochen oder Monaten. Sanft berührte sie für einen Moment seinen Arm.

»Schau nicht zurück«, sagte sie leise, »es nützt nichts. Versuche jetzt, nur vorwärts zu schauen.«

»Kannst du das?« fragte er. »Vorwärts schauen?«

»Ich versuche es. Ich möchte Evelin helfen. Etwas sagt mir, daß ich zusammenbrechen werde, wenn das hinter mir liegt, aber im Moment erfüllt es mich. Ich bin zutiefst von ihrer Unschuld überzeugt. Ich muß ihr helfen.«

»Arbeitest du zur Zeit?«

Sie schüttelte den Kopf. »Ich habe die Praxis nach dem Ferienende nicht mehr geöffnet. Die Patienten, die ich mir mühsam angeworben habe, werden zwar am Ende nicht mehr dasein, aber …«, sie holte tief Luft, »dann muß ich eben von vorn anfangen. Es wird sowieso nichts mehr sein, wie es war.«

»Nein«, stimmte er zu, »nichts wird mehr so sein.«

Sie schwiegen eine Zeitlang. Der Kellner räumte mit beleidigter Miene Jessicas fast unberührten Teller wieder ab. Es war dunkel geworden draußen, die lauten Geräusche der Stadt waren längst verebbt. An den Tischen im Restaurant wurde geplaudert, hier und da leise gelacht. Gläser klirrten.

»Was tust du so den ganzen Tag?« fragte Leon.

Sie überlegte. Was tat sie den ganzen Tag? Was tat sie, *seitdem ihr Mann ermordet worden war*?

»Ich denke nach«, sagte sie, »ich grüble. Ich versuche, unbegreifliche Dinge zu verstehen. Ich versuche, mir ein Bild zu machen.«

»Ein Bild wovon?«

Sie kramte ihre Geldtasche hervor. Es war Zeit zu zahlen. Zeit, sich in die Dunkelheit ihres Hauses zu flüchten, in das Alleinsein mit Barney. In Pläne, Strategien, Überlegungen. In all das, was sie davon abhielt, endgültig zu begreifen und dem Schmerz wehrlos ausgeliefert zu sein.

»Ein Bild von Alexander. Und von euch allen. Da ist so vieles ein Rätsel für mich.« Sie winkte dem Kellner. »Als erstes werde ich Alexanders Vater aufsuchen. Ich könnte auch sagen, *meinen Schwiegervater*, aber das klingt seltsam bei einem Mann, den ich gar nicht kenne.«

»Du kennst ihn nicht?« fragte Leon überrascht.

»Er war nicht bei unserer Hochzeit. Er war nicht bei der Beerdigung. Alexander sagte mir, er habe ein schwieriges Verhältnis zu seinem Vater und schon seit längerem keinen Kontakt mehr. Ich möchte wissen, was dahintersteckt.«

Zum erstenmal war Leons Lächeln ein wenig entspannter, wenn auch keineswegs fröhlich. »Da wagst du dich ja direkt in die Höhle des Löwen. Alexanders Vater. Der alte Wilhelm Wahlberg. Will wurde er immer nur genannt, einfach nur Will. Alexander hatte zeitlebens eine Heidenangst vor ihm.«

»Warum?«

»Weil er so ist, wie er ist. Aufbrausend, intolerant, jähzornig. Rechthaberisch. Fordernd. Sadistisch, wenn es darum ging, andere niederzumachen. Ein Mensch, der jemanden mit bloßen Worten in den Selbstmord treiben könnte und diese Macht genießen würde. Wirklich, Jessica, du würdest nichts versäumen, wenn du ihn nicht kennenlerntest.«

Unvermittelt stellte sie eine Frage. »Alexander litt unter schrecklichen Albträumen. Weißt du etwas über die Ursache?«

Sein Blick verschloß sich, glitt von ihr weg.

»Keine Ahnung«, sagte er.

Zu Hause wurde sie sehnsüchtig von Barney erwartet. Sie gab seinem Drängen nach, legte ihm Halsband und Leine an und machte noch eine Runde durch die warme Nacht. Ein einziger einsamer Jogger begegnete ihnen, sonst schien das ganze Viertel bereits zu schlafen. Sie ließ Barney schließlich von der Leine, und er rannte wie ein Verrückter zwischen den Büschen umher, hob überall sein Bein und wühlte mit der Nase im zarten, jungen Gras. Die Mainacht war voller Düfte und Versprechungen.

Für andere. Für sie, Jessica, nicht mehr.

Es war fast Mitternacht, als sie zurückkehrten. Leer und dunkel erwartete sie das Haus. Alexanders Haus am westlichen Stadtrand Münchens. Das Haus, in dem er mit Elena und Ricarda, später allein gewohnt hatte. Sie war zu ihm gezogen, noch vor der Heirat, aber sie hatten beide immer wieder davon gesprochen, sich etwas anderes zu suchen.

»Ich will ganz neu anfangen mit dir«, hatte Alexander gesagt.

Warum waren sie jetzt, am Ende, immer noch hier gewesen?

Das Haus lag in günstiger Nähe zu ihrer Praxis, aber das allein hätte kein Grund sein sollen. Vielleicht hatten sie beide zuviel gearbeitet, um sich dem mit erheblichem Zeit- und Kraftaufwand verbundenen Projekt einer Haussuche zu widmen. Alexander hatte zwar häufig von einem Umzug geredet, nie jedoch konkrete Schritte in die Wege geleitet. Hatte er gar nicht wirklich fortgewollt? Mehr an seiner Vergangenheit gehangen, als er hatte zugeben wollen?

Interpretiere nachträglich nicht zuviel in alles hinein, warnte sie sich selbst, während sie die Tür aufschloß, du machst dich verrückt damit. *Du* hast schließlich selbst auch nichts unternommen, als zu reden. Letzten Endes waren wir beide einfach zu bequem.

Sie verbot sich die Vorstellung, wie schön es wäre, würde er jetzt im Wohnzimmer auf sie warten. Sie könnten ein Glas Wein zusammen trinken, er würde von der Uni erzählen, sie vom Praxisalltag. Er würde die Hand auf ihren Bauch legen und sich erkundigen, wie es dem Kleinen ginge.

»Scheiße!« sagte sie laut. »Denk nicht daran! Denk, verdammt noch mal, nicht daran!«

Sie ging ins Bad, ließ sich Wasser in die Wanne, kippte viel Rosmarinsalz dazu. Es war fast halb eins, als sie in die behagliche, leise schwappende, gluckernde Wärme stieg. Ein Glas Wein stand auf dem Wannenrand. Sie wußte, daß sie während der Schwangerschaft keinen Alkohol trinken sollte, aber seit jenem 24. April, seitdem sie von einer Wanderung durch den lieblichen englischen Frühling zurückgekehrt war und ihr Leben in Trümmern vorgefunden hatte, konnte sie ohne ein oder zwei Gläser Wein am Abend nicht schlafen. Sie hoffte, das Baby würde nicht zuviel davon abbekommen.

Sie wollte nicht an Stanbury denken, aber natürlich glitten ihre Gedanken wieder dorthin, während sie an die Decke über sich starrte und auf die Kacheln an der Wand, auf denen noch hier und da bunte Abziehbilder klebten, die Ricarda als kleines Mädchen dort hingepappt hatte: großäugige Bambis und dicke Fliegenpilze, krummnasige Hexen und goldhaarige Prinzessinnen, dazwischen Sterne, Sonnen, schmale Mondsicheln mit lächelnden Gesichtern. Eine romantische Märchenwelt. Kaum in Einklang zu bringen mit dem widerspenstigen, trotzigen Teenager, dem man sich heute gegenübersah.

Ricarda. Leon. Evelin. Und sie selbst.

Evelin hatte es getroffen, sie war in einen Verdacht geraten, der, davon war Jessica überzeugt, auch an jedem anderen hätte hängenbleiben können. Evelin hatte das Pech gehabt, eine widersprüchliche, unstimmige Geschichte erzählt zu haben, doch wer wollte dies nicht für durchaus natürlich halten angesichts des Schocks, unter dem sie gestanden hatte?

Superintendent Norman. Inspector Lewis. Die hielten es offenbar nicht für natürlich.

Das Motiv sahen sie in dem Umstand, daß Evelin offenbar unter Mißhandlungen durch ihren Mann gelitten hatte. Aber würde sie ihn deshalb töten? Würde sie in einer Art Amoklauf *alle* töten, die ihr zufällig vors Messer gerieten? Die dicke, depressive Evelin? Immer sanft, immer nett? Es paßte nicht. Beim besten Willen konnte Jessica dies nicht glauben.

Ricarda. Sie dachte an die Haßphantasien, die sie in ihrem Tagebuch ausgelebt hatte. Die Vorstellung, die ganze Clique tot zu sehen, hatte beängstigend stark Besitz von ihr ergriffen. Offenbar gab sie Patricia, aber auch den anderen, die Schuld am Scheitern der Ehe ihrer Eltern. Über die Scheidung war sie ganz eindeutig bis heute nicht hinweggekommen. Aber würde sie deshalb hingehen und fünf Menschen töten?

Leon. Er hatte mit dem Rücken zur Wand gestanden. Seine finanziellen Probleme waren massiver gewesen, als er irgend jemandem – außer vielleicht Tim – anvertraut hatte. Dazu zwei anspruchsvolle Töchter, die einen hohen Lebensstandard gewöhnt waren und als selbstverständlich nahmen. Und eine Ehefrau, die er wegen der Unnachgiebigkeit, mit der sie ihn zum Erfolg antrieb, eigentlich gar nicht hatte heiraten wollen. Ihr sein berufliches Scheitern zu gestehen mußte ein Gang durch die Hölle gewesen sein. Immer wieder gab es Männer, die in derartigen Situationen keinen anderen Ausweg sahen, als die ganze Familie auszulöschen. Sich von ihren Erwartungen, Forderungen, ihrer Kritik oder sogar Häme für alle Zeiten zu befreien. Allerdings setzten diese Männer dann zumeist auch dem eigenen Leben ein Ende oder versuchten es zumindest. Doch weshalb sollte Leon auch Tim und Alexander töten?

Seine beiden besten Freunde. Sie waren immer zusammen, vom Kindergarten an. In ihrem festen Bündnis ist er derjenige, der materiellen Schiffbruch erleidet. Quält ihn auch ihnen gegenüber das Gefühl, ein Versager zu sein? Sind seine Freunde für ihn ebenso unerträglich geworden wie die Familie?

Und ich? fragte sie sich. Wo könnte mein Motiv liegen?

Sie schüttelte den Kopf, stand auf, griff nach ihrem Badehandtuch, hüllte sich darin ein. Sie starrte in den Spiegel über dem Waschbecken. Sah ihr blasses Gesicht, um das sich feuchte Haarsträhnen kringelten.

Ich habe kein Motiv.

Aber vielleicht würden das die anderen von sich selbst ebenfalls im Brustton der Überzeugung behaupten. Vielleicht würden sie zwischen Ärger und Belustigung schwanken, wenn sie erführen, was sich aus ihrer jeweiligen Lebenssituation konstruieren ließ.

Sie putzte ihre Zähne, dachte dabei an Phillip, von dessen Schuld Leon überzeugt war – oder besser: gewesen war, ehe er aufhörte sich mit irgend etwas anderem als der Bewältigung seines eigenen Elends zu beschäftigen. War Phillip plötzlich durchgedreht? Außer sich geraten vor Wut, weil niemand ihm glaubte, weil sie ihn abgefertigt hatten wie einen lästigen Verrückten, der mit einer fixen Idee im Kopf herumläuft? Wie fühlte es sich an, von einem Rechtsanspruch überzeugt zu sein und nirgendwo Gehör zu finden? Konnte dies einen Mann zu solch einer Wahnsinnstat treiben?

Natürlich konnte es das. Die Zeitungen waren voll von Begebenheiten dieser Art.

Sie wußte, daß sie nicht würde schlafen können, obwohl es inzwischen ein Uhr in der Nacht war. Noch immer mit nichts als dem Badetuch bekleidet, ging sie hinunter ins Wohnzimmer. Barney lag auf dem Sofa und blinzelte sie verschlafen an. Sie setzte sich neben ihn, kraulte sein Fell, während sie mit der Fernbedienung des Fernsehers durch die Programme zappte. Sie verspürte das starke Bedürfnis nach einem weiteren Glas Wein, aber sie verbot sich diesen Wunsch energisch. Sie mußte an das Baby denken.

Und ich muß an Evelin denken, sagte sie sich. Vielleicht sollte sie ein wenig in Evelins Leben herumstöbern. Vielleicht fand sich etwas, das sie entlastete, das zumindest die Frage des Motivs in ein anderes Licht rückte. Das Problem war, daß Leon zur Zeit ausfiel. Aber irgendwie hatte das alles mit dem Freundeskreis zu tun, mit diesem eigenartig künstlichen Gebilde, das nur auf den ersten Blick aus Harmonie und Zusammengehörigkeit bestand, das beim zweiten Hinsehen jedoch einen extremen Zwang zur Anpassung verriet und jegliche Verirrung hin zur Individualität mit Argwohn beäugte.

Wann mußte ein Konstrukt sich selbst so intolerant überwachen? Sie beantwortete sich die Frage im gleichen Atemzug selbst: wenn es brüchig war. Instabil. Vielleicht nicht einmal echt.

Sie starrte in den Fernseher, ohne etwas von dem zu sehen, was dort lief. Sie wußte genau, wer ihr weiterhelfen konnte, wer der einzige Mensch war, den sie fragen konnte. Der einzige Mensch, der so lange Teil des Systems gewesen war, daß er die Antworten kannte.

Die Sache war nur die, daß sie so verdammt wenig Lust hatte, Kontakt zu der Ex-Frau ihres Mannes aufzunehmen.

2

Es regnete in London, ein warmer, aber sehr kräftiger Mairegen, und Phillip, der seine Wohnung am Morgen ohne Mantel und Schirm verlassen hatte, war im

Nu durchweicht und ohnehin schlechter Laune. Genaugenommen besaß er überhaupt keinen Regenschirm, hätte auch gar keinen besitzen wollen, weil er Schirme spießig fand, aber ein Mantel wäre wirklich nicht schlecht gewesen. Seiner war so alt und abgetragen, daß er sich im Grunde nicht mehr darin blicken lassen konnte. Schon gar nicht, wenn er, so wie heute, einen Anwalt im feinen Londoner Bezirk Westminster aufsuchen mußte. Als er in dem holzgetäfelten Vorraum gewartet und die – zweifellos echten – Ölschinken an den Wänden bewundert hatte, war er froh gewesen, wenigstens eine Krawatte umgebunden zu haben.

Den Anwalt hatte ihm ein guter Bekannter vermittelt, aber das änderte nichts daran, daß er eine Gebühr würde bezahlen müssen, und die würde sicher ein empfindliches Loch in seine Kasse reißen. Er jobbte zur Zeit gelegentlich als Synchronsprecher bei der BBC, aber die Aufträge plätscherten nur schleppend und in weiten Abständen herein. Er schaffte es gerade so, die Miete für das schäbige Loch in Stepney aufzubringen und gelegentlich in ein Pub zu gehen. Die täglichen Nahrungsmittel wurden hauptsächlich von Geraldine bezahlt, und auch dieser Umstand kotzte ihn nur noch an.

Zu allem Überfluß hatte der Anwalt ihm kaum Mut oder Hoffnung gemacht. Er hatte sich seine Geschichte mit skeptischer Miene angehört und dann gemeint, die Argumente, auf die sich ein Antrag auf Exhumierung des verstorbenen Kevin McGowan gründen könnten, seien äußerst dünn.

»Um ganz ehrlich zu sein, Mr. Bowen, ich sehe da kaum eine Chance. Wir haben einzig und allein die Aussage Ihrer Mutter, und die lebt nicht mehr. Sie war zudem zu der Zeit, als sie Ihnen von jener … hm, Affäre erzählte, bereits im Endstadium ihrer Krebserkrankung angelangt und stand unter starken Medikamenten. Was ihre Behauptungen nicht unbedingt … glaubwürdiger macht!«

In Phillip war die ihm längst vertraute Wut aufgestiegen. Immer wieder begegnete er diesem Vorbehalt: seine kranke Mutter, vom Krebs gepeinigt und vom Morphium verwirrt, die plötzlich anfing, wilde Phantasien über verflossene Liebhaber aufzutischen. Manchmal schämte er sich richtig, daß er sie, die sich nicht mehr wehren konnte, diesen Unterstellungen ausgesetzt hatte.

Der Anwalt hatte wohl in seinem Gesicht gelesen, was in ihm vorging, denn er beeilte sich hinzuzufügen: »Ich sage nicht, daß *ich* das so sehe. Aber Sie wollen meinen Rat und eine realistische Einschätzung der Lage, und da nützt es Ihnen nichts, wenn ich die Dinge beschönige.«

Anschließend hatte Phillip von dem Verbrechen berichtet, das in Stanbury House geschehen war, und davon, daß man auch ihn stundenlang verhört hatte. Die *Yorkshire-Morde* waren natürlich noch immer ein Thema in den englischen

Zeitungen, wenn auch mittlerweile nicht mehr auf den Titelseiten, und auch der Anwalt wußte davon, hatte jedoch zunächst nicht die Verbindung zu seinem Mandanten hergestellt. Nun begriff er.

»Mein Gott«, sagte er, »natürlich! Kevin McGowan! Um sein Landhaus ging es ja in den Berichten! Hören Sie«, er hatte sich nach vorn gebeugt und Phillip eindringlich angesehen, »an Ihrer Stelle würde ich die ganze Angelegenheit für längere Zeit ruhen lassen. Sie standen immerhin, wenn auch nur kurz, unter Tatverdacht. Und wenn sich der Verdacht gegen diese Deutsche, die man vorläufig festgenommen hat, nicht erhärtet, sind Sie ganz schnell wieder in der ersten Reihe derer, die man sich genauer anschaut. Mit Ihrem bisherigen Verhalten haben Sie genug Angriffspunkte gegen sich selbst geschaffen. Fügen Sie keine weiteren hinzu!«

»Ich habe lediglich versucht, das, was ich für mein Recht halte ...«

Der Anwalt hatte ihn nicht ausreden lassen. »Ihr Recht oder das, was Sie dafür halten, interessiert aber im Augenblick niemanden. Was Stanbury betrifft, so geht es da jetzt in erster Linie darum, ein scheußliches Verbrechen aufzuklären, und die Polizei wird sich auf alles stürzen, was im geringsten zwielichtig erscheint. Deshalb versuchen Sie, trockene Füße zu behalten.« Er war aufgestanden, zeigte, daß er das Gespräch beenden wollte. »Dies ist natürlich nur ein Rat von mir«, sagte er, »den Sie befolgen können oder nicht.«

Phillip wußte, daß es zumeist durchaus angebracht war, den Rat von Anwälten zu befolgen, aber letztlich lief dies darauf hinaus, daß er gar nichts mehr tat, den Kopf einzog und wartete, daß Gras über die Sache – was bedeutete: über die Morde – wuchs. Wenn Evelin zu einer Haftstrafe verurteilt war, konnte er aus der Versenkung auftauchen und erneut seine Ansprüche anmelden. Wenn dann nicht alles zu spät war. Was wußte er denn, was nun mit Stanbury House geschah? Die Hälfte der Truppe, die es regelmäßig bevölkert hatte, war tot. Am Ende würde der trauernde Witwer das ganze Anwesen verkaufen. Sollte es tatsächlich irgendwann in grauer Zukunft gelingen, eine Exhumierung Kevin McGowans durchzusetzen, könnte es dann nur noch um einen Anteil am Erlös gehen. Und an Geld war Phillip in diesem Zusammenhang nie interessiert gewesen.

Irgendwie, dachte er, läuft mir die Sache aus dem Ruder. Wie immer.

In der U-Bahn herrschte eine Luft zum Zerschneiden, und die Menschen standen gepreßt wie die Ölsardinen. Es roch nach nassen Mänteln und Regenschirmen, und aus unerfindlichen Gründen schienen an den Stationen kaum Leute aus-, dafür aber immer mehr einzusteigen. Phillip stand an eine korpulente Dame gedrängt, die etwa einen Kopf kleiner war als er; ihre sich in der hohen Luftfeuchtigkeit in alle Richtungen sträubende Dauerwelle kräuselte sich vor seinem Mund, und er hatte das Gefühl, ständig graue Haare einzuatmen.

Wieso lebe ich überhaupt in London? fragte er sich. Er dachte an die weiten Wiesen und Moore rund um Stanbury, sah sich an einem Abend wie diesem mit einem Hund über die Felder streifen, in Gummistiefeln, Barbourjacke und mit karierter Schirmmütze. Um ihn herum Frieden, Einsamkeit und Freiheit. Es roch nach nassem Gras, nach Erde und Blüten. Zu Hause warteten ein Kaminfeuer und ein Whisky.

Wer hätte je gedacht, daß *er* sich ein solches Bild ausmalen – und sich nach seiner Verwirklichung sehnen könnte? Fast hätte er über sich selbst gelacht, aber er unterdrückte es, weil er befürchtete, erneut einen Schwung Haare zwischen die Lippen zu bekommen. Und genaugenommen war es nicht im geringsten zum Lachen, in dieser U-Bahn eingequetscht zu stehen und einem tristen Zuhause entgegenzufahren.

Er atmete auf, als er im Londoner Osten endlich aussteigen konnte, obwohl ihn sofort der Regen wieder begrüßte, als er aus dem Bahnhof nach oben kam. Die Straßen lagen grau und trist vor ihm. Arbeitersiedlungen, alte, verwohnte Häuser in langen Zeilen, verwahrloste kleine Gärten davor. Nach hinten düstere Höfe, die verstellt waren mit Autoreifen und Blechteilen und ausrangierten Waschmaschinen, die über Jahre vor sich hinrosteten.

An manchen Wäscheleinen hing Wäsche, trotz des Regens. Vor einem Haus stand ein leerer Kinderwagen, offensichtlich dort vergessen und inzwischen triefend naß. Hinter den Wohnzimmerfenstern flimmerten die Fernseher. Kindergeschrei mischte sich mit den wütenden Stimmen streitender Erwachsener. Irgendwo bellte ein Hund. Es roch intensiv nach gebratenen Zwiebeln. Eine Hochbahn brauste vorbei, ließ die Fensterscheiben einiger Häuser klirren und erfüllte die Straße mit ohrenbetäubendem Lärm.

Phillip ließ die Reihenhaussiedlung hinter sich und bog in eine Straße ab, an deren Seiten sich kasernenartige, mehrstöckige Nachkriegsbauten befanden. Hier fehlte sogar das winzige Stück Rasen vor der Haustür, das vor die Reihenhäuser zumindest einen Hauch von Grün gezaubert hatte. Die Mieten waren spottbillig, aber freiwillig zog niemand hierher. Vom Mauerwerk bröckelte der Putz, die meisten Straßenlaternen waren kaputt, und nahezu jede Wand, jedes Tor, jede Tür war mit Graffiti besprüht; in der Hauptsache wüste Obszönitäten in grausamer Orthographie. Phillip spähte hinauf zu dem schrägen Dachfenster seiner Wohnung – wobei der Ausdruck *Wohnung* übertrieben war; es handelte sich lediglich um ein einziges Zimmer. Er hatte gehofft, das Fenster sei dunkel, aber natürlich brannte Licht, und ihm war klar, daß er es nicht wirklich anders erwartet hatte. Sie war da. Sie war jetzt einfach immer da. Wenn sie nicht gerade arbeitete.

Es war nicht so, daß Geraldine offiziell bei ihm eingezogen war, und sie hatten auch nicht über derartiges gesprochen. Sie hatten eigentlich über sich, ihre Beziehung, ihre Zukunft gar nicht mehr geredet, seitdem sie von Yorkshire abgereist waren. Aber Geraldine verhielt sich so, als habe auch jedes andere Gespräch dort oben in Stanbury nie stattgefunden. Er hatte ihr die Beziehung aufgekündigt, aber sie ignorierte diesen Umstand. Sie war in das alte Leben *vor* Stanbury zurückgeschlüpft und hatte es intensiviert. Ihren Schlüssel zu Phillips Wohnung hatte sie nicht zurückgegeben und kreuzte dort immer auf, wenn sie in London war. Sie kaufte ein, putzte und staubsaugte, stellte Blumen in eine Vase, hatte einen Teppich und zwei Bilder mitgebracht. Sie hatte aus dem trostlosen Loch zweifellos das beste gemacht, was man daraus machen konnte, aber es war nicht das, was Phillip wollte, und überhaupt hatte sie sich das Gehabe einer Ehefrau zugelegt, die ihren Mann umsorgt und stets für ihn da ist. Was er noch weniger wollte, aber in wütender Resignation hinnahm.

Natürlich wußte er, warum er das tat, und warum *sie* das tat. Es war das verdammte Alibi, das die Verbindung zwischen ihnen wieder hergestellt hatte. Auch darüber hatten sie kein Wort mehr verloren, und doch hatte es alles verändert: *Sie* zementierte ihren Platz in seinem Leben. Und *er* fühlte nicht mehr die Freiheit, sie zum Teufel zu schicken.

Er stieß die Haustür auf – die lose in den Scharnieren hing und schon lange nicht mehr richtig schloß – und tauchte ein in die Dunkelheit des engen Treppenhauses, das von abgestandenen Essensgerüchen und von dem beißenden Gestank eines scharfen Putzmittels erfüllt war. Die Stufen knarrten. Auf einigen Treppenabsätzen lagen unfachmännisch abgeschnittene Stücke flauschigen Teppichbodens, in scheußlichen Farben und Mustern, von Dreck und Milben verseucht. Auf anderen standen Bierkästen oder flogen Schuhe und alte Zeitungen herum. Nicht alle Lampen – die ohnehin nur aus nackten Glühbirnen bestanden – brannten. Viele waren kaputt und machten vorsichtiges Vorantasten notwendig. Phillip war es gewöhnt, und früher hatte er über sein Zuhause, dessen Häßlichkeit und Trostlosigkeit, nie nachgedacht. Inzwischen aber legte sich jedesmal ein dumpfer Druck auf seine Brust, wenn er von seiner BBC-Tätigkeit oder einem Streifzug durch die Stadt zurückkehrte. In erster Linie war es jedoch nicht die Tristesse, die ihm zu schaffen machte. Vielmehr war es die Enge, die ihm im Dämmerlicht zwischen den dunklen, fleckigen Wänden das Atmen erschwerte. Die Enge seiner Wohnung. Die Enge dieses Hauses. Vielleicht aber auch die Enge Londons, der Straßen und Häuser und vielen Menschen.

Ich war ein anderer früher, dachte er, ein ganz anderer. Vor Stanbury.

Geraldine riß die Wohnungstür auf, noch ehe er Zeit gefunden hatte, seinen Schlüssel hervorzukramen. Offenbar hatte sie seine Schritte auf der Treppe gehört.

»Da bist du ja! Es ist spät geworden, nicht? Stell dir vor, Lucy ist da!«

Er hatte den Eindruck, daß sie ihn absichtlich abgefangen hatte, um ihn rasch über Lucys Anwesenheit zu unterrichten, ehe er anfangen könnte, von dem Gespräch mit dem Anwalt zu berichten. Möglicherweise hatte sie ihrer Busenfreundin davon ausnahmsweise nichts erzählt. War ihr peinlich wahrscheinlich. (»Nach allem, was passiert ist, rennt er jetzt tatsächlich zum Anwalt wegen seiner blöden Exhumierungsidee! So besessen *kann* man doch gar nicht sein!«)

Er trat in den kleinen Raum, der Küche, Wohn- und Schlafzimmer unter schrägen Wänden in sich vereinte. Das Dach des Hauses war an mehreren Stellen undicht, und die eindringende Feuchtigkeit löste an allen Ecken und Enden die Tapete ab. Was nicht schade war, wie Phillip immer fand. Er hatte die grüngoldenen Ornamente auf eierschalfarbenem Hintergrund nie leiden können.

Lucy Corley saß an dem kleinen Bistrotisch, der in der sogenannten Kochnische stand, zwischen dem hölzernen Schrank und dem elektrischen Kocher mit zwei Herdplatten. Sie rauchte eine Zigarette, und der vor ihr stehende, überquellende Aschenbecher verriet, daß sie schon eine ganze Weile da war. Phillip fand, daß Lucy eine der unattraktivsten Frauen war, die er je gesehen hatte: klein, quadratisch, flachbrüstig, dafür mit im Verhältnis zu ihrer Größe überdimensional langen Füßen und Händen wie Baggerschaufeln. Ihre schulterlangen Haare trug sie schwarz gefärbt, dabei war ihre Naturfarbe ein sehr helles Braun, und das Schwarz bildete einen viel zu harten Kontrast zu ihrer ewig bleichen Gesichtsfarbe. Ihre Modellagentur managte sie mit großem Einsatz und Erfolg, und die Härte, die ihr dieser Beruf auf einem gnadenlosen Markt abverlangte, zeichnete sich auf ihrem Gesicht ab. Sie hatte ausgesprochen scharfe Züge für ihr Alter. Aus ihrer Abneigung gegen Phillip hatte sie nie einen Hehl gemacht. Er wußte, daß sie ihn für einen Versager hielt, der sich auf skrupellose Weise von Geraldine aushalten ließ und dabei ihre Gefühle mit Füßen trat. Da er sich nicht das geringste aus ihr machte, war es ihm egal, was sie von ihm dachte, aber es nervte ihn zutiefst, daß Geraldine sie hierherschleppte und er sie nun auch noch am Hals hatte.

»Hallo, Phillip«, sagte Lucy. Sie hatte eine tiefe, heisere Stimme, was vermutlich an ihrem hohen Zigarettenkonsum lag. »Du arbeitest, habe ich gehört?«

Sie sagte dies in einem Ton, als spreche sie von einem geradezu unerhörten Phänomen. Er beschloß, darauf nicht einzugehen.

»Hallo, Lucy. Was führt dich hierher?«

»Lucy und ich haben bei einer Tasse Kaffee völlig die Zeit vergessen«, sagte Geraldine, »deshalb habe ich auch noch gar kein Abendessen vorbereitet. Aber ich werde gleich ...«

»Mach dir meinetwegen keine Mühe«, unterbrach Phillip mürrisch und streifte sein nasses Jackett ab, löste die Krawatte, schlüpfte aus seinen Schuhen, in denen das Wasser quietschte. »Ich erwarte bestimmt kein Essen, wenn ich nach Hause komme!«

Ich erwarte nicht mal, daß du da bist, fügte er in Gedanken hinzu.

Lucy drückte ihre Zigarette aus und stand auf. »Zeit für mich zu gehen«, verkündete sie.

»Willst du nicht zum Essen bleiben?« fragte Geraldine.

Lucy schüttelte den Kopf. »Bestimmt nicht!« Es war völlig klar, daß sie wegen Phillip ging, daß sie es für unter ihrer Würde befand, sich mit ihm über einen längeren Zeitraum im selben Raum aufzuhalten. Sie griff nach ihrem Mantel. Phillip machte keine Anstalten, ihr hineinzuhelfen, sondern sah ungerührt zu, wie sie sich in die zu engen Ärmel quälte.

»Denk mal über das nach, was wir besprochen haben«, sagte sie und hauchte Geraldine einen Kuß auf die Wange. Sie nickte Phillip kühl zu und verließ die Wohnung. Man hörte die altersschwache Treppe draußen in allen Tönen knarren, als sie hinunterlief.

»Tut mir leid, daß sie noch da war«, sagte Geraldine, »aber ich konnte sie ja nicht einfach hinauswerfen.«

»Klar.« Er ließ sich auf das Sofa fallen, daß ihm nachts, zur Liege ausgeklappt, als Bett diente. Bevor sich Geraldine wie eine Klette an ihn geheftet hatte, hatte er es tagsüber oftmals gar nicht wieder zusammengebaut, sondern mitsamt zerwühltem Laken und zerknäulter Decke einfach stehen gelassen. »Allerdings hast du ja auch noch, wenn ich mich recht erinnere, eine eigene Wohnung in London, in die du sie einladen könntest!«

Geraldine zuckte zusammen, begann mit etwas hektischen Bewegungen Aschenbecher und Kaffeetassen wegzuräumen. »Ich bin nicht mehr gern dort. In ... meiner Wohnung, meine ich. Ich fühle mich dort sehr einsam.«

»Du könntest wieder mehr Termine wahrnehmen. Dann wärst du gar nicht so oft daheim, und wenn doch, würdest du die Stille sicher genießen.« Er sah sie scharf an. »Jede Wette, daß die gute Lucy genau darüber mit dir gesprochen hat? Daß du wieder stärkeres berufliches Engagement bringen sollst?«

»Lucy hat ihre eigene Sicht der Dinge. Die muß nicht immer mit meiner übereinstimmen.«

»Aber manchmal hat sie einfach recht, und du weißt, daß ich das über meine spezielle Freundin Lucy nicht gern sage. Du bist Fotomodell, du siehst toll aus, und du kannst deinen Job noch für ein paar Jahre mit vollem Einsatz ausüben. Statt dessen hängst du in meiner Wohnung herum«, er legte besondere Betonung auf das Wort *meiner*, »und vergeudest deine Zeit mit einkaufen, kochen und irgendwelchen überflüssigen Verschönerungsprojekten!« Er wies auf die Bilder und Blumen. »Kein Wunder, daß Lucy noch griesgrämiger dreinblickt als sonst! Ihr geht dabei schließlich auch eine Menge Kohle durch die Lappen.«

»Ich bin nicht in erster Linie auf der Welt, um Lucy zufriedenzustellen. Ich bin überhaupt nicht auf der Welt, um irgend jemanden zufriedenzustellen. Es ist mein Leben!«

Sie war ungewöhnlich aggressiv. Das letzte, worauf Phillip an diesem Tag Lust hatte, war ein Streit mit ihr.

»Klar ist es dein Leben«, stimmte er zu, »und du wirst zugeben müssen, daß ich dich jedenfalls nie bedrängt habe, mir dein Leben, deine Karriere, deine Zeit oder sonst irgend etwas zu opfern!«

»Wenn ich mit dir zusammensein kann, ist das kein Opfer für mich«, sagte Geraldine. Sie hatte hektische rote Flecken im Gesicht bekommen. Das Gespräch mit ihm ging ihr sichtlich unter die Haut. Sie hatte den Aschenbecher geleert und die Kaffeetassen in der Spüle gestapelt. Nun holte sie einen Salatkopf und ein paar Tomaten aus dem Kühlschrank. Sie würde einen Salat machen, vielleicht ein Baguette aufbacken, und sicher hatte sie Käse und Weintrauben besorgt. Wäre er allein gewesen, hätte er wahrscheinlich gar nichts zu essen im Haus gehabt. Er wäre noch einmal zum Supermarkt getrabt und hätte sich eine Tütensuppe gekauft. Er fragte sich, weshalb, um alles in der Welt, er ihre Fürsorge so haßte.

Und was versprach sie sich von all dem? Er beobachtete sie, wie sie welke Salatblätter aussortierte, Tomaten und Zwiebeln schnitt. Was brachte ihr das? Gut, sie hatte einen Fuß in seiner Tür, wahrscheinlich sogar mehr als das. Aber sie mußte wissen, daß sie lediglich von dem Umstand profitierte, ihm ein Alibi gegeben zu haben, und daß er sie nur deshalb widerwillig in seinen vier Wänden duldete. Ihm blieb nichts anderes übrig. Konnte ihr diese Situation wirklich ein gutes Gefühl geben?

Der Gedanke an das Alibi ließ ihn sich plötzlich gerade aufsetzen. »Du hast doch hoffentlich Lucy nichts erzählt?« fragte er argwöhnisch. Nach seiner Erfahrung neigten Frauen dazu, ihre Geheimnisse auf geradezu selbstmörderische Weise ihren besten Freundinnen anzuvertrauen. »Du weißt, was ich meine ... von dem Alibi?«

»Natürlich nicht«, antwortete Geraldine, aber er fand, daß sie nicht richtig entrüstet klang. Zumindest hatte sie bestimmt mit dem Gedanken gespielt.

»Du weißt, daß das unbedingt unter uns bleiben muß«, sagte er, »und gerade Lucy hätte sicher nichts Besseres zu tun, als umgehend die Bullen zu informieren. Damit alles zwischen uns kaputt ist und sie dich wieder voll und ganz in ihrer Regie hätte.«

»Ich bin doch nicht dumm, Phillip«, sagte Geraldine. Als sie weiterarbeitete, wirkte sie entspannter als zuvor. Ihm war klar, daß ihr seine Angst, alles könnte auffliegen, Sicherheit gab. Solange er sich Sorgen machte, würde er sie nicht hinauswerfen. Aber er hatte ihr eine weitere Information zukommen lassen: Wenn sie nicht dichthielt, war sie draußen. Dann gab es für ihn keinen Grund mehr, sich länger von ihr festhalten zu lassen. Ein wackliges Abhängigkeitsgebäude ...

Eine beschissene Situation, dachte er.

Er stand auf, machte ein paar Schritte hin und her, sah aus dem Fenster. Das Dach des gegenüberliegenden Hauses glänzte dunkelgrau im Regen.

Diese Enge. Diese unsagbare Enge, die ihm plötzlich die Luft zum Atmen zu nehmen schien.

»Der Anwalt hat mir geraten, vorerst die Finger von Stanbury zu lassen«, sagte er. »Er meint, das sei gefährlich nach allem, was dort geschehen ist. Abgesehen davon hat er mir überhaupt wenig Hoffnung gemacht ...« Er strich sich über die nassen Haare. Er war so deprimiert, daß er sich am liebsten mit jeder Menge Whisky zugeschüttet hätte. Vielleicht würde er das auch tun im Lauf des Abends.

Er trat an das Regal, in dem seine Ordner mit dem Zeitungsmaterial über Kevin McGowan standen. Strich kurz über ihre Rücken aus Plastik. Die Berührung ersetzte für einen Moment fast den Whisky.

Geraldine begann, Zwiebeln und Speck in einer Pfanne zu braten, schlug Eier dazu. Ein köstlicher Duft erfüllte die triste Mansarde.

»Wir sollten hier ausziehen«, sagte sie unvermittelt.

Wir wohnen hier gar nicht!

»Es ist so klein ... und so trostlos.«

Ach! Wer hat dich denn eingeladen, hier zu sein?

»Allerdings fände ich es auch nicht gut, wenn wir in meine Wohnung ziehen würden. Wir sollten etwas ganz Neues zusammen anfangen.«

O Gott!

»Ein bißchen außerhalb. Ein Häuschen mit Garten.« Sie drehte sich zu ihm um. »Wie fändest du das?«

»Bitte nicht«, sagte er gequält.

»Ich halte das für eine richtig gute Idee«, beharrte Geraldine und wandte sich wieder ihrer Arbeit zu.

»Ich halte das für eine richtige Scheißidee«, entgegnete Phillip. Und störrisch fügte er hinzu: »Ich will Stanbury.«

»Das wirst du nicht bekommen«, sagte Geraldine, und es klang etwas wie Zufriedenheit in ihrer Stimme.

Später wußte er, daß er in diesem Moment begonnen hatte, sie zu hassen.

3

Am Samstag morgen wurde Jessica vom Klingeln des Telefons aus dem Schlaf gerissen. Im ersten Moment dachte sie, es sei noch mitten in der Nacht, aber dann sah sie, daß es bereits zehn Uhr am Vormittag war. Sie erinnerte sich, am Abend eine Schlaftablette genommen zu haben, weil die Gedanken an Alexander so heftig über sie hergefallen waren und so viel Schmerz ausgelöst hatten, daß sie nicht hatte einschlafen können. Die Tablette hatte sie benebelt und alles Bedrängende von ihr abrücken lassen. Jetzt hatte sie weiche Knie, als sie aus dem Bett stieg und zum Telefon tappte.

»Ja, hallo?« meldete sie sich vorsichtig, ohne einen Namen zu nennen. Es kam immer noch vor, daß Journalisten anriefen, nicht mehr so häufig wie am Anfang, aber doch hin und wieder. Auch in Deutschland waren die *Yorkshire-Morde* auf starkes Interesse gestoßen. Sie aber hatte mit niemandem darüber reden mögen, und sie mochte es auch jetzt nicht.

»Frau Wahlberg?« fragte eine weibliche Stimme am anderen Ende der Leitung. Sie schien ein gebrochenes Deutsch zu sprechen.

»Wer ist denn da?«

»Alicia Alvarez. Ich bin Putzfrau von Frau Burkhard.«

»Oh – Frau Alvarez!« Jessica kannte die junge Portugiesin von einigen Abendgesellschaften in Evelins und Tims Haus. Meist hatte Evelin bei solchen Gelegenheiten einen Catering-Service kommen lassen, aber Alicia hatte beim Servieren geholfen und später die Küche aufgeräumt.

»Ich hoffe, ich habe nicht geweckt?«

»Nein. Nein, kein Problem. Was gibt es?«

Wie sich herausstellte, wußte Alicia Alvarez nicht recht, wie sie weiter verfahren sollte. Evelin hatte sie Ende April von England aus angerufen und gebeten, sich weiter um Haus und Garten zu kümmern, bis sich »die Dinge geklärt« hätten. Allerdings wurde sie die ganze Zeit über nicht bezahlt und hatte nun offenbar Angst, womöglich nie das Geld für ihre Dienste zu sehen. Zudem wollte sie für zwei Wochen Urlaub machen und sich absichern, daß sie das Haus solange allein lassen durfte.

»Sie sind gute Freundin von Frau Burkhard«, erklärte sie. »Habe mich an Ihre Namen erinnert und Nummer in Telefonbuch gesucht. Vielleicht Sie können mir helfen?«

»Möglicherweise wird es noch eine Weile dauern, bis Evelin zurück in Deutschland ist«, erklärte Jessica.

»Ein entsetzliche Geschichte«, sagte Alicia, »so ein entsetzliche Geschichte!«

»Ich schlage vor, Sie fahren jetzt in aller Ruhe in Ihren Urlaub«, meinte Jessica, »und vorher bringen Sie mir, wenn Ihnen das recht ist, den Schlüssel zu Evelins Haus vorbei. Ich werde mich während Ihrer Abwesenheit um alles kümmern. Außerdem bekommen Sie von mir das Geld für Ihre bisherige Arbeit. Evelin kann es mir ja dann später einmal zurückzahlen.«

Alicias Erleichterung war selbst durch das Telefon spürbar.

»Das ist gut! So machen wir!« Vermutlich brauchte sie das ausstehende Geld dringend für ihre Ferien. »Frau Burkhard würde sein einverstanden, nicht? Sie sind so gute Freunde!«

»Frau Burkhard wäre bestimmt einverstanden«, versicherte Jessica. Sie vereinbarten, daß Alicia am Mittag vorbeikommen und den Schlüssel abgeben würde.

Als sie aufgelegt hatte, überlegte Jessica, was sie als nächstes tun sollte. Sie hatte vorgehabt, Alexanders Vater aufzusuchen, und außerdem ein Gespräch mit Elena angestrebt. Unschlüssig starrte sie auf den Apparat. Vor beiden Möglichkeiten graute ihr, aber es nützte nichts, sie ständig vor sich herzuschieben. Sie wollte Evelin helfen. Und selbst Klarheit gewinnen.

Kurz entschlossen schlug sie das ledergebundene Büchlein auf, das neben dem Telefon lag. Unter *Wahlberg* stand Alexanders Vater: Wilhelm Wahlberg. Er lebte nicht weit weg, am Chiemsee.

Sie wählte und wartete mit klopfendem Herzen.

Eigentlich hatte Will Wahlberg am Telefon gar nicht mal unfreundlich geklungen, was Jessica ermutigte, ein Treffen mit ihm überhaupt zu wagen.

»Kommen Sie nur vorbei. Wann Sie wollen. Kommen Sie morgen. Morgen ist Sonntag, nicht wahr? Das ist doch der Tag, an dem man Verwandte besucht.« Er hatte gekichert. »Meine Schwiegertochter. Schon wieder eine. Ich muß Ihnen sagen, ich bin durchaus gespannt, wen er diesmal geheiratet hat.«

Auf den tragischen Tod seines Sohnes ging er mit keinem Wort ein, auch schien er keineswegs von Trauer umfangen zu sein. Jessica wußte, daß Alexanders Mutter seit vielen Jahren tot war, und es wunderte sie, daß es Will nicht zu berühren schien, mit Alexander den letzten lebenden Verwandten verloren zu haben. Wenn man von Ricarda, seiner Enkelin, absah, doch zu der hatte er, wie Alexander einmal erzählt hatte, nie Kontakt aufgenommen.

»Elena hat ihm nach Ricardas Geburt ein paar Fotos geschickt. Aber er hat nicht darauf reagiert.«

Von dem Enkelkind, das in Jessicas Bauch wuchs, wußte er ebenfalls nichts, und Jessica vermutete, daß es ihn auch nicht interessieren würde.

Sie sagte, sie werde um sechzehn Uhr bei ihm sein. Er meinte, sie brauche sich nicht festzulegen. »Ich bin allein. Es ist egal, wann Sie kommen. Erwarten Sie keinen Kaffee und keinen Kuchen! Ich neige nicht dazu, andere zu bedienen. Ich decke keinen Tisch oder stelle mich in die Küche, verstehen Sie?«

Sie hatte versichert, daß sie keinerlei Erwartung in diese Richtung hege, und sich dann verabschiedet. Merkwürdiger alter Kauz, aber weniger schroff, als sie befürchtet hatte. Im Grunde wußte sie nichts von ihm. Alexander hatte kaum über ihn gesprochen.

Mittags erschien Alicia und brachte den Schlüssel, nahm erleichtert ihr Geld in Empfang. Sie wollte wissen, ob Jessica es für möglich hielt, daß Evelin ein so schreckliches Verbrechen begangen hatte.

»Nein«, sagte Jessica, »ich kann es mir nicht vorstellen. Evelin war schwierig und hatte es schwer, aber mit Sicherheit ist sie außerstande, hinzugehen und vier Menschen die Kehlen durchzuschneiden und ein kleines Kind mit einem Messer in Brust und Bauch zu stechen. Aber manchmal denke ich, die ermittelnden Beamten dort drüben sind einfach froh, einen Schuldigen zu haben, weil sie das vor der Öffentlichkeit besser dastehen läßt. Die lassen Evelin wohl erst dann gehen, wenn sie den wahren Täter haben.«

»Frau Burkhard tut mir so leid«, sagte Alicia, »muß sein so schrecklich – in fremdes Land in Gefängnis, ohne Hoffnung …«

»Ich denke, daß sie die Hoffnung noch nicht aufgegeben hat«, sagte Jessica.

»Sie hat einen guten Anwalt, und es gibt Indizien gegen sie, aber keine Beweise. So einfach ist es zum Glück nicht, einen Menschen wegen angeblichen mehrfachen Mordes hinter Gitter zu bringen.«

Dann kam ihr ein Gedanke.

»Wissen Sie«, fragte sie vorsichtig, »etwas über die Ehe von Evelin und Tim ... Herrn Burkhard? Ich habe gehört, es soll nicht zum besten gestanden haben?«

Alicia wand sich ein wenig. »Was soll ich sagen? Er ist ... war ... sehr aufbrausend ...«

»Evelin war häufig verletzt«, sagte Jessica, »sie spielte angeblich Tennis und joggte, aber sie hatte dabei ziemlich viel Pech. Immerzu hinkte sie oder hatte irgendwo eine Zerrung oder Quetschung oder sonst etwas, das ihr Schmerzen verursachte.« Sie sah Alicia scharf an. »Das ist Ihnen doch sicher auch aufgefallen.«

»Sie war nicht ... sportlicher Typ«, sagte Alicia, »vielleicht deshalb so viele Verletzungen ...«

»Glauben Sie das?«

»Sie hat gesagt.«

»Ja. Mir hat sie das auch gesagt. Jedem hat sie das gesagt. Aber es gibt andere Gerüchte. Demnach soll ihr Mann nicht ganz unschuldig gewesen sein an ihren zahlreichen Blessuren.«

»Ich nicht weiß.«

Du weißt schon, dachte Jessica, das Personal weiß immer eine ganze Menge. Aber du willst um keinen Preis in irgend etwas verstrickt werden!

Sie verabschiedeten sich kühl voneinander.

Jessica schob sich eine Tiefkühlpizza in die Mikrowelle, fütterte Barney, setzte sich dann zum Essen auf die Terrasse. Der Maitag war warm und trocken. Das Gras im Garten stand hoch.

Ich muß den Rasen mähen, dachte sie, Blumen pflanzen. Irgendwie sehen, daß es weitergeht.

Die Frage war, ob sie weiterhin in diesem Haus wohnen wollte. Sie hatte dieses Problem noch keineswegs gelöst, schreckte auch immer wieder davor zurück. Woher sollte sie wissen, was richtig war? Woher sollte sie wissen, wie sie in einem Jahr empfinden würde?

Ich muß jetzt nichts entscheiden, dachte sie, ich kann warten, bis das Baby da ist.

Sie aß die Pizza nur zur Hälfte auf, dann verspürte sie keinen Hunger mehr, nur Widerwillen. Der sonnige Samstagnachmittag dehnte sich lang und leer vor ihr. Niemand, mit dem sie einen Spaziergang machen konnte. Oder Kaffee trinken oder plaudern. Oder einfach nur zusammen in der Sonne sitzen. Mit Alexander hatte es keine leeren Wochenenden gegeben. Irgend etwas hatten sie immer zusammen gemacht, manchmal Musik gehört, gelesen oder einen Film angesehen. Häufig hatten sie sich auch mit den Freunden getroffen.

Fast jedes Wochenende eigentlich, dachte Jessica. Man war zusammen in einen Biergarten gegangen oder zu den Seen hinausgefahren, hatte Wanderungen unternommen oder bei einem von ihnen daheim zu Abend gegessen. Sie hatte das damals nicht in Frage gestellt. Heute, an diesem Samstag, drei Wochen nach Alexanders Tod, überlegte sie erstmals, ob sie diese Art der Freizeitgestaltung überhaupt gemocht hatte.

Patricia hatte – natürlich – stets das große Wort geschwungen. Eigentlich hatte niemand sonst je richtig reden oder erzählen können. Evelin hatte blaß und schwermütig in einer Ecke gesessen. Tim hatte sich irgend jemanden aus der Gruppe geschnappt und ihn in ein leises Gespräch, jenseits von Patricias Getöse, gezogen, bei dem er ihn meist psychologischen Analysen unterzog. Alexander war angespannt gewesen und hatte ausgesehen, als habe er Kopfschmerzen, was er jedoch jedesmal abstritt. Leon war häufig zu spät gekommen, hatte sich entschuldigt, liegengebliebene Arbeiten im Büro aufgearbeitet zu haben. Fast kein Wochenende offenbar, an dem er nicht arbeitete. Da seine Kanzlei, wie sich herausgestellt hatte, schon länger vor dem Aus gestanden hatte, mochten dies verzweifelte Versuche gewesen sein, das Schlimmste noch abzuwenden. Aber vielleicht war auch anderes im Spiel gewesen. Der fabelhaft gut aussehende Leon ... der Patricia eigentlich gar nicht hatte heiraten wollen, der unter dem Druck geächzt hatte, den sie Tag für Tag ausübte. Wäre es verwunderlich gewesen, wenn er sich anderweitig ein wenig schadlos gehalten hätte? Und war dies der Grund gewesen für Patricias unablässiges, krampfhaftes Bemühen, ihre Familie als vollkommen darzustellen?

Und ich? fragte sich Jessica.

Sie hatte sich nicht wohl gefühlt in der Runde. Da war so viel Spannung gewesen, so viel Zwanghaftigkeit. Zwei Menschen hatte sie überdies nicht im geringsten leiden können: Patricia und Tim. Mit keinem von beiden hätte sie freiwillig soviel Zeit verbracht. Warum also hatte sie es getan?

Weil ich Alexander nie aus dieser Gruppe hätte lösen können. Nie im Leben. Eher hätte er mich fallengelassen.

Sie merkte, daß sie Kopfschmerzen bekam, stand auf und schob ihre Gedanken vehement zur Seite. Was sollte sie noch grübeln? Alexander war tot. Tim und Patricia ebenfalls. Leon und Evelin brauchten Hilfe.

Nicht nachdenken, nicht nachdenken, nicht nachdenken!

Da ihr nichts Besseres einfiel, den leeren Samstag zu füllen, beschloß sie, zu Evelin zu fahren und sich in ihrem verwaisten Haus ein wenig umzusehen.

Und dann einen schönen, langen Spaziergang mit Barney zu machen.

Alicia hatte sich vorbildlich und offenbar äußerst zuverlässig um das Haus ihrer Arbeitgeberin gekümmert. Niemand hätte glauben können, daß es seit fünf Wochen leer stand. Nirgendwo vertrocknete Blumen, kein Staub, kein überquellender Briefkasten. Nicht einmal die Luft roch abgestanden; Alicia mußte noch am Morgen gründlich gelüftet haben. Vielmehr hätte man meinen können, Tim und Evelin seien nur einmal kurz zu einem Spaziergang aufgebrochen oder machten irgendwo einen Besuch. Nichts deutete darauf hin, daß der Hausherr tot war und seine Frau unter Mordverdacht in einem englischen Gefängnis saß.

Barney schoß aufgeregt schnuppernd hin und her, so daß Jessica schließlich Angst um einige kostbare Bodenvasen bekam, die überall herumstanden, und ihn in den Garten ließ. Dabei stellte sie fest, daß selbst der Rasen perfekt gemäht war. Alicia hatte dies fremde Haus zweifellos weit besser in Schuß gehalten als sie selbst ihr eigenes.

Sie mochte Tims Praxis im Souterrain nicht betreten und beschränkte sich daher auf die Privaträume des Paares. Ein wenig ziellos streifte sie umher, ohne auf einer konkreten Suche zu sein, einfach nur offen für die Atmosphäre des Hauses.

Evelins Haus.

Evelin. Sie hatte sie vom ersten Moment an gemocht. Noch bevor sie hatte ahnen können, daß sie ihren späteren Mann über sie kennenlernen, daß sie Teil einer verschworenen Gemeinschaft werden würde. Damals, als sie der Anruf aus dem Schlaf riß.

»Bitte kommen Sie schnell. Meinem Hund geht es so schlecht. Ich glaube, ich schaffe es nicht mehr in die Tierklinik!«

Sie hatte ja nur ein paar Häuser weiter gewohnt. Sie war im Handumdrehen in ihren Kleidern gewesen, hatte fünf Minuten später, ihren Notfallkoffer in der Hand, vor Evelin gestanden. Evelin war im Nachthemd gewesen. Um die linke Hand hatte sie eine Bandage getragen.

Ein unglücklicher Sturz beim Tennis, wie sie später erklärt hatte. Weshalb hätte man diese Aussage anzweifeln sollen?

Eigentlich, dachte Jessica, habe ich sie nie unverletzt erlebt. Irgend etwas war immer mit ihr. Buchstäblich von der ersten Sekunde an.

Hätte sie mißtrauisch werden müssen? Aber das Bild war ihr stimmig erschienen: die dicke Evelin, die aus unerfindlichen Gründen von dem Ehrgeiz besessen war, es ihrer sportlichen, schlanken, aktiven Freundin Patricia nachzutun und die dabei regelmäßig Schiffbruch erlitt. Die sich ständig an Übungen wagte, an denen sie wegen ihrer zahlreichen Pfunde scheitern mußte. Kein Wunder, daß sie andauernd unter irgendeiner Sehnenzerrung, Verstauchung oder Gelenkentzündung litt. Alle hatten sie darüber immer wieder geschmunzelt. Beim Frühstück in Stanbury war Evelin mit Sätzen wie »Na, Evelin, hast du einen doppelten Salto geübt?« begrüßt worden, oder: »Sieht die Reckstange wenigstens genauso lädiert aus wie du?« Evelin hatte gequält gelächelt, sich aber augenscheinlich mit ihrer Rolle als plumper Unglückswurm der Truppe abgefunden. Dick und Doof in einer Person, der Tolpatsch, der die anderen erheiterte.

Schon an diesem Konzept, das erkannte Jessica nun, hätte man sich nicht beteiligen dürfen. Evelin hatte sich nicht gewehrt, aber das hieß nicht, daß die Demütigungen an ihr abgeprallt waren. Sie hatten ihre Depressionen gefüttert, angereichert, ausgebaut. Aber wenn in Wahrheit etwas ganz anderes hinter ihren Verletzungen gesteckt hatte und wenn die anderen das gewußt hatten, dann war alles noch schlimmer. Und es war vor allem so vollkommen unverständlich. Warum diese Verdrängung? Dieses gnadenlose Leugnen eines massiven Problems, das zwei von ihnen betroffen hatte. Evelin und Tim. Hatte einer der Freunde wenigstens mit Tim einmal gesprochen? Ihn gefragt, was los war?

Erneut beschloß sie, mit Leon darüber zu reden, wenn es ihm besserginge. Vielleicht wußte er auch, ob Alexander etwas unternommen hatte.

Sie strich durch die Küche, die, nur von einer Theke abgeteilt, ins Wohnzimmer integriert war. Eine Uhr tickte laut. Die Wandschränke hatten gläserne Türen und gaben den Blick frei auf Evelins edles Porzellan. Und auf die Jugendstil-Sektgläser, die Jessica immer besonders bewundert hatte. In jener Nacht, in der Jessica den alten Schäferhund eingeschläfert hatte, hatte Evelin ihr hinterher ein Glas Sekt angeboten.

»Wir sollten uns stärken«, hatte sie erklärt. Ihre Augen waren verweint gewesen, aber die Tränen mußte sie am Vortag vergossen haben. Während ihr Hund starb, war sie sehr gefaßt gewesen, hatte ihn im Arm gehalten und leise auf ihn eingeredet. Der Hund hatte um Atem gerungen, und Jessica hatte auf den ersten Blick erkannt, daß er nicht zu retten war. Fast fünfzehn Jahre alt, seit über einem Jahr, wie Evelin berichtete, in ständiger ärztlicher Behandlung wegen Herzschwäche und Wasser in der Lunge. So schlimm wie in den letzten Tagen war es noch nie gewesen, und in dieser Nacht war ein Höhepunkt erreicht, bei dem jede Lebensverlängerung eine Quälerei bedeutet hätte.

»Sie sollten Abschied nehmen«, hatte Jessica gesagt, und Evelin hatte genickt, hatte sich nicht gewehrt, hatte offenbar vorher schon begriffen, daß es nun keine andere Möglichkeit mehr gab. Der Hund war friedlich eingeschlafen. Jessica erinnerte sich, daß sie ständig erwartet hatte, Evelins Mann werde dazustoßen, aber die beiden Frauen waren mit dem Tier allein geblieben. Erst später, es war gegen drei Uhr, als sie im Wohnzimmer saßen und einen Sekt tranken, war Tim plötzlich aufgetaucht. Er hatte einen dunkelblauen Bademantel getragen, der mit chinesischen Schriftzeichen bedruckt war, und seine Haare und sein Bart waren zu einem wilden Gestrüpp zerzaust. Er wirkte ein wenig wie ein Guru oder ein Friedensmissionar und schien nicht recht in die elegante Umgebung dieses Hauses zu passen. Auch nicht zu der dicken Frau in dem zweifellos teuren Chiffonnachthemd. Jessica hatte erwartet, daß er Evelin tröstend in den Arm nehmen und dann dem toten Hund über das Fell streichen würde, aber er ignorierte sowohl das Tier als auch seine Frau und wandte seine Aufmerksamkeit sofort der Fremden zu.

»Ah, die junge Tierärztin! Sie wohnen am Ende der Straße, nicht? Ich habe Sie ein paarmal im Vorgarten Ihres Hauses gesehen. Sie leben allein?«

Jessica empfand ihn als zudringlich und unangenehm, zudem als gefühllos seiner Frau gegenüber. Ohne auf seine letzte Frage einzugehen, sagte sie: »Es war vernünftig, daß Ihre Frau mich angerufen hat. Der arme Hund hat sich sehr gequält. Leider konnte ich nichts anderes mehr tun, als ihn zu erlösen.«

Tim hatte gelächelt. »Er quälte sich seit einem Jahr. Ich habe immer wieder auf Einschläfern gedrängt. Aber meine Frau konnte sich nicht entschließen. Der Hund war ein Kindersatz für sie.«

Evelin zuckte zusammen und senkte den Kopf. Jessica fragte sich, warum dieser Mann mit jedem Satz, den er sagte, zu weit zu gehen schien.

»Den meisten Menschen fällt eine solche Entscheidung sehr schwer«, sagte sie unbehaglich.

»O ja, das stimmt, das stimmt. Vor allem, wenn ein Tier als Ersatz herhalten muß für eine befriedigende Familiensituation. Ich erlebe solche Fälle sehr häufig«, sagte Tim. »Ich bin Psychotherapeut, müssen Sie wissen. Wenn das normale Familiengefüge nicht stimmt, drehen viele Frauen einfach durch.«

Jessica hatte ihr Glas abgestellt. »Wir sollten alle sehen, daß wir noch ein bißchen Schlaf finden. Ich gehe jetzt besser nach Hause.«

»Meine Frau kann keine Kinder bekommen«, sagte Tim, »was sich zunehmend zu einem Trauma bei ihr auswächst. Daher ihre geradezu verrückte Liebe zu diesem Tier. Man muß nun sehen, wie es weitergeht.«

Evelin war völlig in sich zusammengesunken, hatte kein Wort mehr hervorgebracht, sich nicht einmal von Jessica verabschiedet. Tim hatte Jessica zur Tür begleitet und ihr noch einmal für ihre Mühe gedankt. Jessica entsann sich, auf der nächtlichen Straße gestanden und gedacht zu haben: Mein Gott, was für ein aufdringlicher Typ!

Aber am nächsten Tag hatte Evelin angerufen und sich völlig normal gegeben, und dann war es zu jenem Abendessen gekommen, bei dem Jessica Alexander kennengelernt hatte. Sie hatte sich verliebt, sie war glücklich gewesen, und sie hatte Tim überhaupt nicht mehr richtig zur Kenntnis genommen. Im nachhinein hatte sie die Nacht, in der sie Evelin kennenlernte, als verworren und kompliziert empfunden, aber Tims Verhalten hatte sich verwischt und schließlich relativiert. Heute wußte sie, daß sie, genau wie die anderen Freunde, mit dem Verdrängen begonnen hatte: Sie liebte Alexander und wollte ihm nicht als erstes erklären, daß sie einen seiner besten Freunde für einen Kotzbrocken hielt. Sie wollte nicht die sein, die Unfrieden stiftete. Sie wollte nicht unbequem sein. Sie hatte sich angepaßt.

Sie stieg die Treppe hinauf. Evelin hatte sie bereits einmal durch das Haus geführt, deshalb wußte sie, wie die Räume angeordnet waren. Das große Schlafzimmer, das Evelin ganz in Weiß eingerichtet hatte, das Bad, das jeden erdenklichen Komfort besaß. Evelins kleines, persönliches Zimmer. Und das große Zimmer zur Südseite hin, das Evelin während ihrer Schwangerschaft sechs Jahre zuvor für das Baby eingerichtet hatte. Nichts war darin verändert worden. Die Wiege stand noch in der Ecke, darüber hing das Mobile mit bunten Enten daran. Den Wickeltisch gab es noch, den kleinen Schrank, auf dessen Tür Abziehbilder von putzigen Kätzchen klebten, die Schmetterlinge jagten oder an kitschigen Rosen schnupperten. Überall Stofftiere. Vorhänge und Tapete trugen das gleiche Motiv tanzender Teddybären. Jessica öffnete die Schranktür. Windelpakete und säuberlich gefaltete Strampelanzüge, kleine Schuhe und Strümpfe, Strickmützchen. Milchfläschchen, Schnuller, Babyrasseln. Die Ankunft des neuen Erdenbürgers war damals voller Liebe und Hingabe vorbereitet worden. Aber der Raum war dann sechs Jahre lang unberührt geblieben.

Warum hatte sich Evelin das angetan? Dieses Zimmer zu sehen, es zu hegen und zu pflegen? Denn es war sauber, es roch frisch, offenbar wurde hier regelmäßig Staub gewischt, wurden die Fenster geputzt, die Blumen auf der Fensterbank gegossen. War dies alles ein Zeichen der Hoffnung, die Evelin nie aufgegeben hatte? Oder kam die Unfähigkeit darin zum Ausdruck, Abschied zu nehmen, den Verlust zu realisieren – und damit auch zu verarbeiten?

Jessica hatte plötzlich das sichere Gefühl, daß hier, in diesem Zimmer, das Zentrum der Qual lag, in der Evelin lebte, und daß sie noch weit mehr und umfassender gelitten hatte, als es irgend jemand hatte erfassen können. Sie mußte um diese leere Wiege gekreist sein, wieder und wieder, Stunden und Tage. Wie oft mochte sie vor dem Schrank gestanden und die kleinen Strampelanzüge neu geordnet haben? Wie oft hatte sie die Stofftiere gestreichelt und die weiche, blumenbedruckte Matte auf dem Wickeltisch berührt? Wie oft hatte sie geträumt von dem, was hätte sein können, und war dann in der erbarmungslosen Realität erwacht?

Und heute saß sie im Gefängnis unter Mordverdacht.

Es paßte einfach nicht. Ein Selbstmordversuch wäre für Evelin vielleicht nicht ungewöhnlich gewesen, aber vielfacher Mord – das war einfach nicht vorstellbar.

Sie ging hinüber in Evelins Zimmer. Ein Sofa, ein Fernseher, Regale mit Videos und CDs. Es sah so aus, als habe sie hier viel Zeit verbracht, sicher mehr Stunden als unten in dem stets etwas steril wirkenden Wohnzimmer. Hierher hatte sie sich abends zurückgezogen, sich auf das Sofa gekuschelt, ihre Lieblingsfilme angesehen. Sie war eine einsame Frau. Eine dicke, depressive, einsame Frau.

Jessica stöberte auf dem Schreibtisch herum. Ein paar Ansichtskarten lagen da, von irgendwelchen Bekannten, ein Buch über positives Denken, ein aus der Zeitung ausgeschnittenes Kochrezept, Fotos vom Weihnachtsurlaub auf Stanbury. Und eine Karte, weiß, etwas größer als eine Visitenkarte: *Dr. Edmund Wilbert, Arzt – Psychotherapie* stand darauf, daneben Adresse und Telefonnummer. Darunter befand sich eine Tabelle der Wochentage, in der Patienten Datum und Uhrzeit ihrer jeweiligen Termine eintragen konnten. Evelin hatte den 28. April vermerkt, den Montag unmittelbar nach der geplanten Rückkehr vom Osterurlaub in Stanbury. Offenbar hatte sie es eilig gehabt, ihren Therapeuten nach den zwei Ferienwochen wiederzusehen.

Aber sie hat niemandem erzählt, daß sie in Psychotherapie ist, dachte Jessica.

Zumindest hatte sie es *ihr* nicht erzählt. Aber da niemand je etwas darüber hatte verlauten lassen, war es vielleicht wirklich ihr ganz eigenes Geheimnis gewesen. So offen, wie die Karte auf dem Schreibtisch gelegen hatte, schien sie ihre Behandlung jedoch vor ihrem Mann jedenfalls nicht verheimlicht zu haben. Ob das Tim gestört hatte? Er hatte sich immer für den Papst unter den Psychotherapeuten gehalten. Natürlich hatte Evelin nicht seine Patientin sein können, aber ein Typ wie er mochte es bereits als ehrenrührig empfunden haben, daß seine Frau überhaupt professionelle Hilfe für ihre Seele in Anspruch nehmen mußte. Womöglich hatte er sich auch Sorgen gemacht, was alles sie jenem Dr. Wilbert erzählte. Wenn er ihr gegenüber wirklich wiederholt gewalttätig gewesen war, konnte der Gedanke, daß ein Kollege haarklein davon erfuhr, nicht gerade angenehm für ihn gewesen sein.

Jessica schob die Karte in ihre Handtasche. Sie würde Dr. Wilbert anrufen und ihn um ein Gespräch bitten. Natürlich stand er unter Schweigepflicht, aber angesichts der besonderen Umstände konnte er ihr vielleicht trotzdem mit ein paar Informationen weiterhelfen. Außerdem wußte er womöglich gar nicht, daß seine Patientin im Gefängnis saß, und machte sich Sorgen um ihren Verbleib.

Immerhin, sie war einen kleinen Schritt weitergekommen. Es gab einen Menschen, an den sie sich wenden konnte, und zwar einen, der nicht in das ganze Drama verstrickt war. Sie ging wieder hinunter, ließ Barney, der schon ungeduldig an der Gartentür kratzte, wieder ins Haus. Sie würde jetzt mit ihm aufs Land fahren und spazierengehen, und am nächsten Tag würde sie ihren Schwiegervater in Angriff nehmen.

Zu den Verrücktheiten, die ihr Leben seit der Heirat mit Alexander bestimmten, paßte es, daß sie ihn nun erst kennenlernen würde, nachdem sie Witwe geworden war.

4

Ricardas Tagebuch

17. Mai. Heute bin ich zum erstenmal wieder aufgestanden. Es ist Mai, und draußen ist schönes Wetter. Die ganze Zeit habe ich im Bett gelegen, bin nur manchmal ins Bad gegangen. Mama hat mir das Essen gebracht. Sie hatte oft verweinte Augen. Ich weiß nicht, ob es daher kommt, weil sie sich Sorgen um mich macht oder weil Papa tot ist. Vielleicht beides. Sie hat ein paarmal gesagt: »Ich kann es nicht fassen. Ich kann es nicht fassen.« Und heute hat sie gesagt: »Ich glaube, ich fange jetzt erst ganz langsam an, es zu begreifen.«

Ich habe mich nicht ganz richtig angezogen. Leggings, Sportsocken, ein Sweatshirt. Ich bin wacklig auf den Beinen. Im Augenblick würde es mit dem Basketball nicht besonders gut gehen. Egal. Die Mannschaft kommt auch ohne mich klar. Ich habe mit all denen sowieso nichts mehr zu tun.

Ich habe mich gleich ins Bett gelegt, als ich aus England zurückkam. J. hat mich nach Hause gefahren. Ich wollte nicht, daß sie mit reinkommt. Sie hat im Auto gewartet, bis sie gesehen hat, daß Mama mir öffnet, dann ist sie weggefahren. Mama wußte über alles Bescheid, denn J. hatte sie noch von England aus angerufen. Mama sah so schlecht aus, ganz blaß und total geschockt.

»Warum ist sie denn gleich weggefahren?« fragte sie, und ich sagte, daß ich das so gewollt hätte.

Mama seufzte. »Warum haßt du sie so? Sicher geht es der armen Frau jetzt auch ganz schlecht.«

Wenn sie wüßte, wie scheißegal mir das ist. Im Gegenteil. Wenn es J. schlechter ginge, würde es mir bessergehen.

Als ich im Bett lag, habe ich Fieber gekriegt. Ziemlich hohes. Ich habe dauernd Bilder vor mir gesehen. Papa. Vor allem Papa. Papa mit durchgeschnittener Kehle. Er war voller Blut. Alles war voller Blut, das Haus, der Park, und überall lagen Tote. Ich habe geschrien. Manchmal kam jemand an mein Bett, ich konnte sein Gesicht nicht erkennen. Mama hat mir dann später gesagt, daß das ein Arzt war, der hat mir Spritzen gegeben, gegen das Fieber und zur Beruhigung.

Als das Fieber weg war, war über eine Woche vergangen. Papa war beerdigt worden, und ich hatte nicht hingehen können. Mama ist auch nicht da gewesen. Sie sagt, sie habe J. nicht stören wollen. Was haben die nur immer alle mit J.? Als ob sie eine Prinzessin auf der Erbse wäre! Ich bin nicht traurig, daß ich nicht dort war. Ich hätte J. nicht begegnen wollen, und außerdem ist Papa ganz bei mir.

Die ganze Zeit meinte Mama, ich müßte aufstehen und wieder in die Schule gehen, aber ich stand einfach nicht auf. Sie konnte reden, was sie wollte. Natürlich fing sie an, ich müßte zu einem Seelenklempner, ich hätte einen Schock, ein Trauma, und das müßte behandelt werden. Nein, vielen Dank! Ich habe Tim gekannt. Wenn ich mir vorstelle, einer wie Tim sitzt mir gegenüber und glibbert mich an und will wissen, wie ich zu meinem Vater stand und ob ich ein Problem mit J. habe und ob ich Patricia mochte – da wird mir speiübel! Ich habe Mama gesagt, daß sie sich auf den Kopf stellen kann, aber sie kriegt mich nicht zu einem Psychodoc. Ich weiß, daß Evelin bei einem war. Sie hat von Stanbury aus ein paarmal bei ihm angerufen. Und – hat es etwas genützt? Sie wurde dicker und fetter und heulte sich die Augen aus. Und jetzt sitzt sie auch noch im Knast. Daß es ausgerechnet an ihr hängenbleiben mußte, tut mir echt leid. Aber so ein Unglückswurm zieht das Unglück an. Das ist immer so. Wer schon in der Kacke steckt, kriegt garantiert immer noch eine Ladung dazu. Das ist eben Evelins Schicksal. Mit und ohne Psychiater.

Mama war total erleichert, als ich heute aufgestanden bin. Ich hab nicht groß was gemacht, in meinem Zimmer gesessen und Musik gehört und an Keith gedacht. Warum schreibt er nicht, warum ruft er nicht an? Er hat vielleicht viel zu tun mit dem Hof. Ob er jetzt Schaffarmer wird, was er doch nie wollte? Aber ich lebe auch auf einer Schaffarm mit ihm. Ich würde überall mit ihm leben. *For better, for worse, for richer, for poorer, in sickness and in health.* Ich hab ihm das tausendmal schon geschworen in Gedanken. Wenn wir heiraten, ist das nur noch eine Formalität. Ich möchte es trotzdem gern, ganz bald, wenn ich sechzehn bin.

Ich möchte Mrs. Keith Mallory sein. Mein Leben wird ein anderes sein. Mein altes Leben wird es nicht mehr geben.

Ich habe vorhin mit Mama Tee getrunken. Es ist Samstag, sie war bei irgendeiner Fortbildung, kam aber früher nach Hause als unter der Woche. Sie fing wieder vom Psychiater an, das hab ich ihr gleich abgeschmettert. Dann fragte sie, wann ich wieder zur Schule gehen wollte. Ich sagte, ich weiß nicht. Das stimmt nicht. Ich weiß es schon. Ich gehe gar nicht mehr zur Schule. Ich warte, bis ich sechzehn bin in ein paar Wochen, und dann fahre ich zu Keith. In England kann man mit sechzehn heiraten. Ich werde Mama dann von England aus einen Brief schreiben und ihr alles erklären.

Beim Teetrinken seufzte sie andauernd, und ihre Augen waren mal wieder rot. Ich hab immer gewußt, daß sie Papa noch liebt, und er sie auch. Die Scheidung war eine Dummheit, und wäre J. nicht aufgetaucht, hätten sie das längst in Ordnung gebracht. Ich wollte Mama sagen, daß J. ein kleines Miststück im Bauch hat, das sie Papa abgeluchst hat, aber ich brachte es nicht fertig, ihr so weh zu tun.

Oder eigentlich brachte ich es nicht fertig, es auszusprechen. Ich kann darüber schreiben, aber nicht sprechen. Es ist so …, es kommen so viele Bilder, wenn ich daran denke, und wenn ich sprechen würde, würden mich die Bilder ersticken. Diese Bilder von Blut, die ich auch gesehen habe, als ich das Fieber hatte. Inmitten von all dem Blut ist dann J. Sie ist tot. Ihre Kehle ist durchgeschnitten, und im Todeskampf ist das Miststück zwischen ihren Beinen herausgeflutscht, so ein schleimiger Zellhaufen, den man gar nicht als Baby erkennt. Ich sehe das immer wieder vor mir. Alles ist in Ordnung. Eine schöne, glatte Abtreibung, die keiner überlebt.

Warum, verdammt, hat es nicht J. erwischt? Wieso war sie nicht da?

Ich schreie!!!

5

Nachdem sie zweimal angehalten und Passanten nach dem Weg gefragt hatte, fand Jessica das Haus ihres Schwiegervaters. Ein alter, ehemaliger Bauernhof, einsam gelegen, fast sieben Kilometer von der nächsten Ortschaft entfernt. Eingebettet in die hügelige, liebliche Chiemseelandschaft, in die weiten Wiesen des Alpenvorlandes, die jetzt im Mai im sattesten Grün standen. Überall weideten scheckige Kühe, und hinter ihnen erhob sich das großartige Panorama der schneebedeckten Berge. Hier war Alexander aufgewachsen, jedenfalls in den Zeiten, die er nicht im Internat verbracht hatte. In einer abgeschiedenen Welt, die unberührt schien von all den Schrecknissen und Wirren, die draußen passierten. Was natürlich nicht bedeutete, daß diese Welt nicht in der Lage war, ihre eigenen Dramen zu produzieren. Wieso verbrachte ein Heranwachsender seine ganze Jugend im Internat? Wieso erschien ein Vater weder zur Hochzeit noch zur Beerdigung seines Sohnes? Warum weigerte sich ein Großvater, sein einziges Enkelkind kennenzulernen?

Plötzlich wünschte sie, nicht hergekommen zu sein. Was Evelin anging, würde Alexanders Vater ihr kaum helfen können, und wollte sie wirklich mehr über Alexander selbst und seine Geschichte erfahren? Er war tot. Die Toten sollte man ruhen lassen. Ganz gleich, was sein Vater über ihn zu sagen hatte, er konnte sich nicht mehr dazu äußern, konnte nichts erklären oder aus seinem Blickwinkel verständlich zu machen suchen. Vielleicht lud sie sich nur neue Belastungen, neue Fragen und Ungereimtheiten auf.

Trotzdem hielt sie an und stieg aus dem Auto. Das Anwesen wirkte gepflegt, hell und freundlich. Auf dem langen Holzbalkon blühten Geranien. Zwei Kastanienbäume beschatteten den gepflasterten Hof. Es gab ein paar Stallgebäude, die jedoch leer zu stehen schienen. Das Haus war in einem hellen Ockergelb gestrichen, hatte grüne Fensterläden und weiße Sprossen in den Fenstern. Die Idylle der Landschaft setzte sich in dem Hof fort.

Vielleicht war alles halb so schlimm. Und zudem hatte sie tief innen das Gefühl, daß ihr so oder so nichts anderes übrigblieb, als den Weg zu Ende zu gehen, den sie begonnen hatte.

Es gab keine Klingel, also klopfte sie kräftig an die Tür. Eine Weile rührte sich nichts, aber schließlich vernahm sie schleppende Schritte, die sich langsam näherten, und dann wurde ihr geöffnet. Ein alter Mann stand vor ihr, weißhaarig, gebeugt. Die Augen in dem zerfurchten Gesicht sahen hellwach und lebendig drein. Aber er sah nicht im geringsten aus wie Alexander, es gab nicht die Spur einer Ähnlichkeit, jedenfalls nicht auf den ersten Blick, und diesen Umstand empfand Jessica als beruhigend.

»Ich bin Jessica«, sagte sie und streckte ihm die Hand hin, »guten Tag.«

Er ergriff ihre Hand, drückte sie aber nur kurz und wie nebenbei, während er sie eindringlich musterte. Er lächelte. Es war ein kaltes Lächeln.

»Sie sind Jessica. Alexanders zweiter Versuch. Ich muß zugeben, nach Ihrem Anruf hat mich doch ein bißchen die Neugier gepackt. Welche Frau hat er sich diesmal gesucht, habe ich mich gefragt. Er hatte eine Traumfrau. Elena. Kennen Sie sie?«

»Nur ein bißchen«, sagte Jessica.

Er machte einen Schritt zurück. Dabei fiel ihr auf, daß er ein Bein nachzog. »Kommen Sie herein. Ich weiß zwar nicht, was Sie von mir wollen, aber kommen Sie.«

Er schlurfte vor ihr her den dämmrigen Gang entlang. Das Wohnzimmer, in das sie gelangten, war überraschend hell und gemütlich. Weiche, geblümte Sofas und Sessel, helle Regale, ein Glasschrank, in dem sich Gläser und goldgerändertes Geschirr befanden. Von den Fenstern aus hatte man einen Blick in den hinteren Garten, der voller Obstbäume und Blumen war. Irgendwie paßte die Umgebung nicht zu dem alten Mann – oder zumindest nicht zu dem Eindruck, den Jessica von ihm hatte.

Als ahnte er ihre Gedanken, sagte er: »Ich habe eine phantastische Haushälterin. Früher nannte man so etwas eine *Perle*. Sie kümmert sich um alles. Haus, Garten, Küche. Ich würde nicht so ein Brimborium veranstalten, aber ... im Grunde ist es mir egal. Sie soll es machen, wie sie denkt.« Er ließ sich mit einem leisen Stöhnen in einen Sessel fallen. »Verdammtes Bein. Ein Jagdunfall. Vor fast dreißig Jahren. Kann einem das halbe Leben versauen, so etwas.« Er wies auf ein Sofa. »Setzen Sie sich. Und dann sagen Sie, weshalb Sie gekommen sind.«

Sie setzte sich. Sie mochte ihn nicht, und sie hatte nicht den Eindruck, daß sich daran etwas ändern würde. Er war verbittert, er lebte diese Verbitterung aus und scherte sich einen Dreck um andere Menschen. Vielleicht war es die Sache mit dem Bein, vielleicht etwas anderes. Er haderte mit dem Leben, fühlte sich als ein Opfer ungerechter Schicksalslaunen und sah nicht ein, daß es andere besser haben sollten. Er strahlte eine fast greifbare Kälte aus. Aber auch die Faszination einer völligen Unabhängigkeit. Er brauchte niemanden, und es war ihm absolut gleichgültig, was andere von ihm dachten.

»Ich war etwas über ein Jahr mit Alexander verheiratet«, sagte sie, »und ich kannte ihn nicht allzu lange Zeit davor. Er wurde ... er ist gestorben, bevor ich ihn richtig kennenlernen konnte. Vieles an ihm und um ihn ist mir ein Rätsel. Deshalb dachte ich, Sie könnten mir helfen.«

Er machte eine wegwerfende Handbewegung. Sein Gesicht trug einen verächtlichen Ausdruck. »Wie ich es mir gedacht hatte. Aber wissen Sie, wann ich Alexander zuletzt gesehen habe? Das war am Tag seiner ersten Hochzeit. Vor ... na ja, das müssen so siebzehn Jahre sein. Er war Anfang bis Mitte zwanzig, was weiß ich. Er heiratete diese unheimlich schöne Spanierin. Elena. Ich wollte zu der Hochzeit nicht kommen, aber Elena kreuzte hier bei mir auf und bequatschte mich, es doch zu tun. War ein Fehler, habe mich nachher nur geärgert. Aber sie hatte mich komplett eingewickelt. Hätte nie gedacht, daß das einer Frau gelingen könnte. Aber sie war … mein Gott, war sie schön! Und klug. Ich dachte, wenn es Alexander gelungen ist, eine solche Frau an Land zu ziehen, dann hat er sich vielleicht geändert. Ist nicht mehr der jämmerliche Waschlappen, als den ich ihn kannte. Also hab ich mich in meinen besten Anzug geworfen und bin am Standesamt erschienen. Elena trug ein weißes Kostüm, sehr kurz, sehr eng, sehr sexy. Der Standesbeamte geriet ins Stottern bei ihrem Anblick. Aber wissen Sie, was ich dachte?«

Er beugte sich vor, fixierte sie genau und mit einer gewissen Wollust, und noch bevor er weitersprach, wußte sie, daß er ihr weh tun würde und daß er es genoß.

»Ich dachte, daß er immer noch der Schlappschwanz ist, der er immer war. Nur eben ein Schlappschwanz mit einer tollen Frau. Er hat sie angebetet. Er konnte es wohl selbst nicht fassen, weshalb sie sich mit ihm eingelassen hatte.«

Seine Worte waren wie Giftpfeile. Sie schmerzten, weil es schrecklich war, einen Vater zu erleben, der in dieser Art über seinen toten Sohn sprach. Aber das wirklich Schlimme war, daß Jessica wußte, was er meinte. Gerade in der letzten Zeit vor Alexanders Tod hatte sie selbst so gedacht wie dieser alte Mann vor ihr. Nicht in seinen gehässigen Ausdrücken, nicht in seinen brutalen, verächtlichen Formulierungen. Aber sie hatte Alexander als schwach empfunden, als einen Menschen, der sich von anderen dirigieren und bestimmen ließ. Dessen Schwäche ihren Höhepunkt an jenem Abend erreicht hatte, als er es nicht fertigbrachte, sich vor sein Kind zu stellen. Als er verzweifelt und hilflos zugesehen hatte, wie Ricarda erniedrigt wurde. Als er ein einziges Bild der Rückgratlosigkeit abgegeben hatte.

»Ihr Sohn lebt nicht mehr«, sagte sie.

»Na und? Ändert das etwas an objektiven Wahrheiten? Sie sind seine Witwe, und Sie meinen, pietätvoll mit seinem Andenken umgehen zu müssen. Aber soll ich Ihnen etwas sagen? In ein paar Jahren hätten Sie ihn genauso verlassen, wie Elena es getan hat. Sie scheinen mir eine Frau zu sein, die mit beiden Beinen fest auf der Erde steht. Sie haben um Klassen mehr Willensstärke und Kraft als Alexander. Irgendwann wäre es Ihnen zu bunt geworden, mit einem Weichei durchs Leben zu gehen. Sie hätten sich auf und davon gemacht, und er hätte sich in panischer Hast nach der nächsten Frau umgesehen, die er heiraten und an die er sich anlehnen kann. Mit Ihnen ist es auch ziemlich schnell gegangen, nicht? Wahrscheinlich war er kaum geschieden, da hat er Sie schon zum Standesamt geschleppt. Aus Liebe?« Er lachte, und es klang höhnisch. »Tut mir leid, wenn ich Ihnen ein paar Illusionen zerstöre, junge Frau, aber geliebt, wirklich *geliebt* hat mein Sohn nur Elena. Das war so fanatisch, das konnte sich nie ändern. *Sie* hat er nur gebraucht, um sich festzuhalten.«

Ich hätte nicht herkommen sollen, dachte sie und schloß für eine Sekunde die Augen. Der alte Mann ohrfeigte sie mit jedem Wort, das er sagte, und entfernte sich doch nie von dem, was auch durch ihre eigenen Gedanken bereits gegeistert war. Sie dachte an das Telefongespräch, dessen Zeuge sie in Stanbury geworden war, daran, wie durcheinander und angstvoll sie gewesen war. Nicht, weil er mit seiner Ex-Frau telefonierte. Auch nicht in erster Linie deshalb, weil er es heimlich tat. Aber der Klang seiner Stimme hatte sie erschüttert.

Das ist nicht vorbei, hatte sie gedacht, es wird nie vorbei sein.

Er hatte sie sehr genau beobachtet. »Sie hören das nicht gern«, stellte er fest, »aber Sie wissen, daß ich recht habe. Es tut mir leid für Sie. Sie werden immer mit dem Gefühl leben, mit einem Mann verheiratet gewesen zu sein, der Sie nicht wirklich geliebt hat. Das ist das Tragische an Alexanders gewaltsamem Tod, er hat Ihnen die Möglichkeit genommen, ihn zu verlassen. Eine Scheidung tut weh, aber Sie hätten sie gewollt, und irgendwann wäre es Ihnen völlig gleichgültig gewesen, ob Alexander Sie geliebt hat oder nicht. So wird es das vielleicht nie sein. Aber damit müssen Sie nun eben leben. Irgend etwas schleppen wir ja alle mit uns herum.«

»Warum haben Sie Ihren Sohn so gehaßt?« fragte sie. Ihren Impuls, aufzustehen und zu gehen, hatte sie innerhalb weniger Sekunden in den Griff bekommen. Sie wollte Informationen. Nur darauf kam es jetzt an. Später konnte sie zusehen, wie sie mit ihren Gefühlen zurechtkam.

Will versuchte, sein steifes Bein auszustrecken, und stöhnte dabei leise. »Tut verdammt weh. Bei jeder Bewegung. Damit muß *ich* leben.«

»Ihr Sohn …«

»Wissen Sie, ich bin mir gar nicht sicher, ob ich ihn gehaßt habe. Haß ist ein sehr großes Wort. So groß wie Liebe. Ich bin in meinem Leben immer vorsichtig mit diesen Begriffen gewesen. Ich habe von niemandem gesagt, daß ich ihn liebe. Und ich habe von niemandem gesagt, daß ich ihn hasse.«

»Wenn ein Vater seinen Sohn nicht liebt, so ist das ungewöhnlich.«

»So ungewöhnlich ist das gar nicht. Die meisten Leute reden nur viel, und es ist nichts dahinter. Viele Ehemänner lieben ihre Frauen nicht, und viele Frauen nicht ihre Männer. Mit Eltern und Kindern ist es genauso. Aber sie hantieren alle mit dem Wort *Liebe* herum, weil sie denken, es gehört sich so.« Er machte einen erneuten Versuch, sein Bein auszustrecken, gab stöhnend auf. »Verfluchte Schmerzen! Ich sage Ihnen etwas, junge Frau: Ich habe Alexander nicht gehaßt. Ich war nur maßlos enttäuscht von ihm. So enttäuscht, daß ich nichts mehr mit ihm zu tun haben wollte. Ich wollte ihn vergessen. Und daran hat die Tatsache, daß er ermordet wurde, nichts geändert. So. Das ist es. Mehr gibt es nicht zu sagen.«

»Doch. Warum waren Sie so enttäuscht von ihm?«

Will verdrehte die Augen. »Sie sind hartnäckig, nicht? Als ob es jetzt auf all das noch ankäme! Er war kein Mann. Er war ein Duckmäuser, ein Arschkriecher, ein Schleimer. Von Anfang an, schon als Kind. Mein Gott, als kleiner Junge hat er schon ständig geheult. Und immer aufgepaßt, daß er alles richtig machte. Niemals über die Stränge geschlagen, nie angeeckt. Hatte Augen wie ein zitterndes Kaninchen. Keinen Mumm in den Knochen. Das hat mich wahnsinnig gemacht.«

»So wird ein Kind nicht von selbst. Es hat doch Gründe, wenn ein kleiner Junge ständig Angst hat.«

»Gründe! Gründe!« Will klang ärgerlich. »Kommen Sie bloß nicht mit neumodischem psychologischen Scheiß! Ich habe ihn hart angefaßt, von Anfang an. Verwöhnen bringt nichts. Das macht sie nur lebensuntauglich.«

»Härte nicht? Nach dem Bild, das Sie von Alexander hatten, kann Ihr Konzept doch nicht aufgegangen sein!«

»Wer als Weichei geboren wird, der bleibt ein Weichei. So oder so. Insofern haben Sie recht, ich hätte mir meine Abhärtungsversuche bei Alexander sparen können.«

Ihre Abneigung gegen ihn wuchs mit jedem Wort, das er sagte, aber sie bemühte sich, ruhig zu bleiben. »Alexander war fünf, als seine Mutter starb, nicht?«

»Ja. Schlimmer Einschnitt für ihn. Er hing maßlos an ihr. Na ja, sie hat ihn auch ständig verzärtelt und verhätschelt. Als sie tot war, wehte der Wind dann rauher. Und das haute ihn um.«

Sie hatte den Eindruck, daß Haß aus ihrer Stimme sprach. »Meinen Sie nicht, daß ein Kind, das seine Mutter verloren hat, besonders viel Liebe und Zuwendung braucht? Und nicht einen *rauheren Wind*?«

»Meine Liebe«, sagte Will, »ich sehe eigentlich nicht den mindesten Anlass dafür, mich Ihnen gegenüber zu rechtfertigen. Ob Sie es glauben oder nicht, ich wollte das beste für meinen Sohn. Ich wollte, daß er zurechtkommt im Leben, daß er in der Lage ist, Herausforderungen anzunehmen, anstatt ihnen auszuweichen. Ich bin gescheitert. Was bringt es noch, jetzt zu analysieren, weshalb ich gescheitert bin?«

»Als er zehn war, schickten Sie ihn ins Internat.«

»Ich konnte ihn offensichtlich nicht zu dem Menschen machen, den ich gern aus ihm machen wollte. Ich dachte, eine gute Schule, der Kontakt zu Gleichaltrigen, das ist es, was er braucht. Ich sagte ihm gleich, daß er mich vermutlich blamieren würde und daß ich nur hoffte, er würde sich nicht als der größte Versager von allen entpuppen. Na ja …«

Er machte eine vage Handbewegung, die alles bedeuten konnte, die aber vermutlich nur ausdrücken sollte, daß er schon damals nicht mehr das geringste von seinem Sohn gehalten hatte.

»Und«, fragte Jessica spitz, »hat er Sie blamiert? Hat er sich als Versager entpuppt?«

»Er paßte sich im Internat genauso an wie überall sonst, und damit rutschte er in der üblichen unauffälligen Art durch. Kamen keine Klagen.«

»Haben Sie ihn je im Internat besucht? An Schulveranstaltungen teilgenommen oder ähnliches?«

Will lachte. »Warum hätte ich das tun sollen? Alexander profilierte sich mit gar nichts. Weder war er in der Fußballmannschaft der Schule, noch machte er beim Hockey mit oder beim Tennis. Was glauben Sie, wie gern ich auf einer Tribüne gesessen und zugesehen hätte, wie mein Sohn einen Pokal holt für seine Schule – in welcher Sportart auch immer! Oder daß er wenigstens die Hauptrolle in einem Theaterstück gespielt hätte. Wissen Sie, wenn er einmal etwas getan hätte, was ihn aus der Masse der Schüler herausgehoben hätte! Aber nein! Immer schön mit dem Strom schwimmen, nur nicht anecken, nur nicht auffallen, das war seine Devise. Als was hätte ich dorthin gehen sollen, werte Dame? Als der Vater der grauesten Maus, die diese Schule je gesehen hatte?«

»Einfach als der Vater von Alexander.«

Wieder beugte er sich vor. Seine Augen, dachte Jessica. Sie haben die gleiche Farbe wie die von Alexander. Wenn sie nicht so ohne jedes Gefühl wären, könnte man eine Ähnlichkeit erkennen.

»Was wollen Sie? Mir erklären, daß ich ein schlechter Vater gewesen bin? Wozu? Was soll das ändern? Mein Sohn ist tot. Sie werden irgendwann einen anderen Mann kennenlernen und ihn heiraten, und dann wird das alles in Vergessenheit geraten. Und unserer beider Wege werden sich kaum noch kreuzen.«

Ihr war jetzt klar, daß sie ihm nichts von dem Enkelkind erzählen würde, das unterwegs war; es hätte ihn nicht interessiert.

»Sie haben recht«, sagte sie, »unsere Wege werden sich kaum noch kreuzen.« Sie wollte schon aufstehen, da fiel ihr noch etwas ein. »Kannten Sie eigentlich seine Freunde?«

»Sie meinen diese Jungen-Clique, in der er sich festgekrallt hatte, um in ihrem Windschatten unbeschadet voranzukommen? Ja. Ich kannte alle drei. Hatte sie einmal während der Sommerferien hier. Dachte, wenn ich sie kennenlerne, lerne ich auch meinen Sohn kennen.« Er schüttelte den Kopf. »Aber sie haben mir nur bestätigt, was ich bereits wußte. Er war abhängig von denen. Sie beschützten ihn. Es war einfach wie immer. Nie sagte oder tat er etwas, das von ihm gekommen wäre. Er vergewisserte sich, was die anderen dachten, sagten, taten, und schloß sich dem dann an. Es bedeutete eine ungeheure Frustration für mich, das ansehen zu müssen, das können Sie mir glauben!«

Irgend etwas in dem, was er sagte, hatte sie stutzen lassen, und jetzt wußte sie, was es gewesen war.

»Zwei«, sagte sie, »zwei Freunde hatten Sie hier. Mit Alexander zusammen waren es dann drei.«

Will runzelte die Stirn. »Ich mag alt sein, aber ich bin nicht völlig verblödet. Drei Freunde. Mit Alexander waren es vier.«

»Tim und Leon. Mehr waren da nicht.«

»Meine Beste, ich hatte die Jungs fünf Wochen lang hier, also werde ich wohl am besten wissen, wie viele Kinder es waren, die mich genervt haben! Dreizehn oder vierzehn Jahre waren sie alt. Schwieriges Alter. Doch ich hätte jeden einzelnen als Sohn bevorzugt gegenüber dem, mit dem ich geschlagen war!«

Jessica konnte es nicht mehr ertragen und stand auf. Wenn Alexanders Kindheit und Jugend aus derartigen Bemerkungen bestanden hatten, wunderte es sie höchstens, daß er nicht noch viel neurotischer gewesen war.

»Ich glaube, ich bin meinem Mann ein Stück näher gekommen«, sagte sie. »Danke, daß Sie Zeit hatten.«

Will versuchte sich aus seinem Sessel zu wuchten, aber Jessica machte eine abwehrende Handbewegung. »Bleiben Sie sitzen! Ich finde zur Tür. Leben Sie wohl!«

Sie wartete nicht länger, sondern eilte zur Haustür, riß sie auf. Sie atmete tief, als sie in die klare, warme Luft trat, von der Sonne und dem Blütenduft des herrlichen Maitages empfangen wurde. So freundlich das Anwesen wirkte, so beklemmend war die Atmosphäre drinnen mit dem alten, zynischen Mann, der mit soviel unversöhnlicher Abneigung über seinen Sohn herzog. Dennoch war sie froh, hergekommen zu sein. Sie begriff Dinge, die sie zuvor nicht hatte nachvollziehen können. Sie begriff etwas von seiner Schwäche, von seiner Ängstlichkeit, die es ihm unmöglich gemacht hatte, sich gegen die Gruppe seiner Freunde zu stellen. Seine Unfähigkeit, den Weg der Anpassung zu verlassen. Ganz gleich, was er noch hätte tun können in seinem Leben – dieser Vater reichte aus, alles zu entschuldigen.

Als sie im Auto saß und auf die Autobahn Richtung München bog, kamen ihr auch Wills Worte über Elena in den Sinn.

Wirklich geliebt hat mein Sohn nur Elena!

»Alte Giftspritze«, sagte sie laut, »woher will er das so genau wissen?«

Sie beschloß, ihn in diesem Punkt nicht ernst zu nehmen, aber sie spürte genau, daß der Stachel tief saß und daß er nicht mehr verschwinden würde.

Es war nach sieben Uhr, als sie daheim ankam. Sie hatte in mehreren Staus gestanden, da der Sonntagnachmittag die Wochenendausflügler von Seen und Bergen zurück in die Stadt schwemmte, und streckenweise hatte sich gar nichts mehr bewegt. Jessica machte sich Sorgen um Barney, der schon so lange allein daheim aushalten mußte. Sie war müde, frustriert und verschwitzt. Sie sehnte sich nach einem entspannenden warmen Bad.

In ihrer Auffahrt stand ein Auto, und als sie dahinter bremste, öffnete sich die Fahrertür. Zu ihrer Überraschung stieg Leon aus. Er hatte früher einen anderen Wagen gefahren. Dieses Auto nun war klein und offenbar schon einige Jahre alt. Er schien ernsthaft dabeizusein, seinen Lebensstil auf allen Ebenen zu reduzieren.

»Da bist du ja endlich«, sagte er. Es klang vorwurfsvoll. »Ich sitze hier seit halb vier!«

»Meine Güte, wie konntest du nur so lange warten? Ich war am Chiemsee.«

»Am Chiemsee?«

»Ich habe Alexanders Vater besucht. Ich hatte dir doch erzählt, daß ich das vorhabe.« Sie schloß die Haustür auf. Barney stürmte heraus und sprang wie ein Gummiball auf der Treppe herum. »Willst du mit hineinkommen?«

Sie war zu müde, um sich über sein Erscheinen zu freuen, aber nachdem er fast vier Stunden auf sie gewartet hatte, konnte sie ihn schlecht wegschicken. Er trat dicht hinter ihr ins Haus und hauchte ihr zur Begrüßung einen Kuß auf die Wange. Er roch stark nach Alkohol und war unrasiert, genau wie in der vergangenen Woche im Restaurant.

»Alle Achtung«, sagte sie verblüfft, »du hast ganz gut getankt!«

»Getankt?«

»Du hast eine ziemliche Fahne.«

»Ich habe zum Mittagessen was getrunken. Und dann hatte ich noch einen Flachmann im Auto. Irgendwie mußte ich mir ja die Zeit vertreiben.«

Sie merkte, daß er sich bemühte, deutlich zu sprechen, daß aber die Endungen seiner Worte leicht verwischten. Er sah erbärmlich schlecht aus.

»Setz dich doch auf die Terrasse«, sagte sie. »Ich muß schnell duschen und mich umziehen. Ich bin ziemlich fertig. Du kennst dich ja aus.«

»Alles klar«, sagte er und verschwand in Richtung Wohnzimmer. Sie hörte, wie er die Gartentür öffnete. Barney folgte ihm schwanzwedelnd.

Der hat mir jetzt wirklich noch gefehlt, dachte sie erschöpft.

Da sie ein langes, regenerierendes Dahindämmern in der Badewanne nun vergessen konnte, duschte sie nur rasch und merkte, wie sich auch dabei schon ihre Glieder ein wenig entspannten. Sie trocknete sich ab, zog ein leichtes Kleid an, bürstete ihre nassen Haare. Sie würde sie an der Luft trocknen lassen, der Abend war warm genug. Sie merkte, wie hungrig sie war. Wäre sie allein gewesen, hätte sie sich mal wieder eine Tiefkühlpizza in die Mikrowelle geschoben, aber wenn Leon auch essen wollte, müßte sie am Ende richtig kochen. Sie wunderte sich über ihre Gefühle. Sie hatte Leon im Grunde immer gemocht, aber im Moment wünschte sie ihn auf den Mond.

Er saß auf den Treppenstufen, die von der Terrasse in den Garten führten, und trank einen Whisky. Barney rannte in großen Sprüngen vor ihm auf und ab.

»Vielleicht solltest du erst einmal etwas essen, bevor du weitertrinkst«, sagte Jessica.

Er schwenkte den Whisky, der im Licht der Abendsonne rotgolden glänzte. »Ich habe eigentlich keinen Hunger.«

»Du hast schon neulich nichts gegessen. Und du hast stark abgenommen. Du mußt sorgsamer mit dir umgehen.«

»Ja, ja.« Er klang ein wenig ungeduldig. »Barney ist unheimlich gewachsen, finde ich.«

Sie setzte sich neben ihn auf die Stufe.

»Dir fällt das sicher noch mehr auf als mir. Ich sehe ihn ja jeden Tag.«

»Ich erinnere mich noch, wie du ihn nach Stanbury mitbrachtest. So ein kleines Bündel mit großen Pfoten. Das ist noch gar nicht lange her, gerade erst ungefähr einen Monat. Und doch …«

»… und doch scheint es in einem anderen Leben gewesen zu sein, ich weiß.«

»Ich habe am Freitag den Mietvertrag für meine neue Wohnung unterschrieben. Nächste Woche ziehe ich um. Das wollte ich dir sagen, deshalb bin ich hergekommen.«

»Du hast etwas gefunden! Ist die Wohnung schön?«

Er zuckte mit den Schultern. »Sie ist okay. Ziemlich klein, aber für mich allein reicht sie. Ich werde sowieso wohl nur zum Schlafen da sein. Ich muß arbeiten wie ein Verrückter, damit ich von meinem Schuldenberg herunterkomme.«

»Willst du versuchen, deine Kanzlei wieder in Schwung zu bringen?«

»Ich weiß nicht. Das versuche ich eigentlich schon zu lange, ohne Erfolg. Nein, ich denke, ich werde eher versuchen, wieder in einem großen Büro unterzukommen. Nicht so einfach in meinem Alter, schließlich drängen von den Universitäten jede Menge hochbegabter Nachwuchskräfte hinterher. Aber ich habe keine Familie mehr. Ich kann zunächst gegen eine geringere Bezahlung arbeiten, und das ist vielleicht meine Chance.« Er lächelte traurig. »Mich allein kriege ich immer irgendwie satt. Und meine Bedürfnisse sind minimal – vor allem verglichen mit denen, die Patricia und die Kinder hatten.«

»Du fängst ganz von vorn an. Trotz allem, was passiert ist, birgt das viele Möglichkeiten.«

Er nahm einen tiefen Schluck Whisky. Jessica bemerkte, daß seine Hände leicht zitterten. »Wenn man nur die Erinnerungen loswerden könnte ...«

»Sie werden schwächer. Sie werden nie ganz verschwinden, aber sie verblassen ein wenig. Und irgendwann merkt man, daß man mit ihnen leben kann.«

Er drehte sich zu ihr um, lächelte ein wenig. »Du bist so jung. Wie willst du das wissen?«

»Ich weiß es nicht. Ich hoffe es. Es ist die einzige Hoffnung, die mir die Kraft gibt, weiterzumachen.«

Er betrachtete sie einen Moment lang nachdenklich. Dann sagte er unvermittelt: »Ich kann nur einen kleinen Teil unserer Möbel in der neuen Wohnung unterbringen, und verkaufen kann ich auch nicht alles. Ich wollte dich fragen, ob du kommen und dir ein paar Sachen aussuchen möchtest.«

»Ich habe eigentlich alles.«

»Du willst hier in dem Haus bleiben?«

»Das weiß ich noch nicht genau. Alexander und ich hatten ein gemeinsames Testament, wonach das Haus im Todesfall eines Partners an den anderen geht. Erst bei dessen Tod dann an Ricarda – und an das Kind, das ich erwarte. Aber manchmal denke ich ...« Sie starrte in den Garten, in dem ganz langsam die Schatten länger wurden. »Manchmal denke ich, ich sollte es Ricarda überschreiben, wenn sie achtzehn ist, also in zwei Jahren, und für mich und das Baby ein ganz neues Leben aufbauen.«

»Ein neues Leben. Das ist nicht so einfach. Ich bin sicher, auf irgendeine Weise werden wir beide immer gebrandmarkt bleiben. Das Böse ist zu tief in unser Leben eingedrungen. Es hat uns gezeichnet. Es ist wie ein Virus, das wir in uns tragen.«

»Ein Virus ist es nicht«, widersprach Jessica, »das Böse steckt nicht an.«

Er warf ihr einen fast verächtlichen Blick zu. »Klar steckt es an. Das Böse ist die größte Seuche, mit der wir es hier auf der Welt zu tun haben. Aber manche Menschen können das Leben vielleicht nur aushalten, wenn sie sich mit dieser Wahrheit nicht abfinden.«

»Ich bekomme ein Kind, Leon. Dieses Kind darf nicht mit einer Mutter aufwachsen, die sich selbst als *vom Bösen gezeichnet* empfindet. Die sich für *gebrandmarkt* hält. Ich muß diesem Kind so viel Unbefangenheit und Normalität geben, wie ich nur kann. Alles andere wäre unverzeihlich.«

»Wenn Sophie überlebt hätte«, sagte Leon, »würde ich vielleicht auch denken wie du. Aber so …«

»Du darfst auch dich selbst nicht aufgeben.«

Er lachte ein wenig, trank den letzten Schluck Whisky, stand auf und ging ins Wohnzimmer. Diesmal brachte er gleich die ganze Flasche mit heraus. Jessica sah es voller Unbehagen. »Komm, ich taue für jeden von uns eine Pizza auf. Du brauchst eine Unterlage.«

Er drückte seine Hand auf ihre Schulter und hinderte sie so am Aufstehen. »Ich würde keinen Bissen herunterkriegen.« Er setzte sich neben sie auf die Stufe. »Wie war es denn nun eigentlich beim alten Will?« fragte er.

Der alte Will war nicht gerade ein neutrales Thema, aber Jessica war froh, daß sich Leon wenigstens vorläufig von seinen Gedanken über das Virus des Bösen verabschiedet hatte.

Sie überlegte. Sie hatte ihre Gedanken, den Nachmittag betreffend, selbst noch nicht richtig geordnet.

»Am Anfang wäre ich am liebsten wieder weggelaufen«, sagte sie. »Dieser Mann ist von einer Eiseskälte, wie ich sie noch nie erlebt habe. Aber jetzt im nachhinein bin ich froh, daß ich da war. Manches in Alexanders Verhalten, das mir fremd erschien, unverständlich, ist mir jetzt klarer geworden. Offenbar hat ihn sein Vater von Anfang an nur eingeschüchtert und erniedrigt, und als er schließlich ein verängstigtes, unterwürfiges Kind aus ihm gemacht hatte, hat er ihn genau dafür gehaßt. Ich könnte weinen, wenn ich an Alexanders Kindheit und Jugend denke, Leon. Ich begreife jetzt, warum er so traurige Augen hatte und warum er mir häufig als ein Mensch erschien, der …«, sie zögerte. Sie mochte nichts über ihn sagen, was an seiner Ehre gerührt hätte. »Ein Mensch, der sich nicht so recht durchsetzen konnte gegenüber anderen«, sagte sie schließlich dennoch. »Es ging ihm immer mehr darum, von seiner Umgebung gemocht und anerkannt zu werden, als darum, die Dinge zu erreichen, die er erreichen wollte. Ein Mensch, der solche Angst hat, sich unbeliebt zu machen, zieht in Auseinandersetzungen entweder den kürzeren, oder er geht dem Problem schon im Vorfeld aus dem Weg. Manchmal hatte ich sogar das Gefühl, daß er …«

»Ja?« Leon blickte auf. »Welches Gefühl hattest du?«

»Das Gefühl, daß er überhaupt nicht wußte, was er wollte. Daß er Angst hatte, seine eigenen Bedürfnisse oder Vorstellungen überhaupt zu entdecken. Weil es ihn in Konflikte mit anderen hätte bringen können. Bevor er in diese eigenen Tiefen hätte stoßen können, blockte er ab. Und beschäftigte sich lieber damit, seine Umwelt scharf zu beobachten und sich nahtlos in die Vorstellungen anderer einzufügen.« Sie strich sich über die nassen Haare. »Wie schrecklich, so über ihn zu reden, nicht?«

»Ich habe nicht den Eindruck, daß du schlecht über ihn redest, wenn du das meinst. Du versuchst, die Zusammenhänge zu begreifen. Das ist doch positiv.«

Sie sah ihn nicht an. Rupfte nur ein paar Grashalme aus und verknotete sie – wie Phillip. Zum erstenmal seit einigen Wochen kam er ihr wieder in den Sinn. Ob er wohl immer noch Tag und Nacht seine Kreise um Stanbury House zog und an kaum etwas anderes dachte?

»Will hat noch etwas gesagt. Er meinte, Alexander habe Elena geradezu abgöttisch geliebt. Und er habe auch nach der Trennung nie damit aufgehört. Mich habe er ... nur geheiratet, weil er einen Halt gebraucht habe.«

Leon schüttelte den Kopf. »Woher will er das denn wissen? Er hatte doch seit Jahren überhaupt keinen Kontakt mehr zu seinem Sohn. Ich denke, er wollte dir einfach weh tun, Jessica. Er ist so ein Typ. Es bereitet ihm Genuß, anderen Schmerzen zuzufügen.«

Sie hätte seinen Worten gern geglaubt, doch stand ihr eigenes, innerstes Gefühl dagegen. Sie wußte, daß Will nicht nur ein paar Gehässigkeiten hatte ausschütten wollen. Der alte Mann mochte bösartig sein, aber er war nicht dumm. Ganz sicher hatte er für mancherlei Gegebenheiten einen durchaus klaren Blick.

Und dann fiel ihr plötzlich etwas ein. »Ich erinnere mich an noch etwas, das Will sagte: Er sprach von euch als von *vier* Freunden. Nicht bloß drei. Wer war der vierte? Und weshalb ist er nicht mehr mit euch zusammen?«

Leon erschrak sichtlich. Und noch ehe er antwortete, erkannte sie an seinen Augen, daß er ihr nicht die Wahrheit sagen würde.

6

»Ich darf mal vorangehen«, sagte der Makler, nachdem er die Haustür aufgeschlossen hatte, und Geraldine nickte. Sie stand in einem kleinen Vorgarten mit sauber gemähtem Rasen und schmalen Stiefmütterchenbeeten und fragte sich bang, was Phillip zu dieser Vorstadtidylle sagen würde. London war in erreichbarer Nähe, aber man war eben nicht direkt dort. Die sonnige Straße war gesäumt von hübschen Häusern, in denen offensichtlich junge Familien mit Kindern wohnten; jedenfalls deuteten die vielen Fahrräder und Skateboards in den Gärten darauf hin. Die Autos, die hier verkehrten, fuhren langsam, so daß man die Kinder auch unbesorgt auf der Straße spielen lassen konnte. All die anderen Straßen ringsum waren genauso adrett, gepflegt und still. Nur zehn Minuten zu Fuß entfernt floß die Themse. Der Wind trug stets eine Spur Salz in sich, und hoch in der Luft hörte man die Möwen kreischen.

»Leigh-on-Sea ist außerordentlich beliebt bei jungen Familien«, sagte der Makler, als habe er lesen können, welche Gedanken durch Geraldines Kopf zogen. »Man kann in London arbeiten, aber die Kinder wachsen dennoch in einer ruhigen Umgebung auf. Es gibt hier sehr gute Schulen. Überhaupt könnten Sie es kaum irgendwo hübscher haben. Haben Sie Kinder?«

»Noch nicht«, sagte Geraldine, »aber wir wollen welche haben.«

»Und vorher wollen Sie ein schönes Nest bauen. Sehr vernünftig. Schade, daß Ihr Mann zu dieser ersten Besichtigung nicht mitkommen konnte.«

»Ich erzähle ihm alles genau«, murmelte Geraldine.

Sie hatte dem Makler verschwiegen, daß sie überhaupt nicht verheiratet war und auch, daß der Mann, mit dem sie den Umzug in den Vorort plante, nicht die geringste Ahnung von ihren Aktivitäten hatte.

Da es in England eher üblich ist, Häuser zu kaufen als zu mieten, war es nicht leicht gewesen, ein geeignetes Objekt zu finden. Geraldine war auf das Angebot in Leigh-on-Sea in der Zeitung gestoßen und hatte sich in einem Moment der Tollkühnheit mit dem Makler in Verbindung gesetzt. Wie sich herausstellte, gingen die Eigentümer für sieben Jahre aus beruflichen Gründen in die USA und wollten ihr Haus für die Dauer dieser Zeit vermieten. Mit Sack und Pack waren sie bereits abgereist und hatten dem Makler Schlüssel und alle Vollmachten hinterlassen.

Das Häuschen entsprach genau dem Bild, das sich Geraldine immer von einem Zuhause für sich und Phillip gemacht hatte. Überschaubar, kuschelig, etwas altmodisch und warm. Lichtjahre entfernt vom Glamour der Model-Szene, aber auch nicht im geringsten mehr vergleichbar mit dem bohèmegefärbten, tristen Dasein, dem sich Phillip verschrieben hatte. Zutiefst bürgerlich, ein bißchen spießig – Phillip würde, wie sie fürchtete, sagen: *»Grauenhaft spießig!«* – und anheimelnd. Es gab ein Wohnzimmer nach vorne zur Straße, mit einem schönen Erker, in den Geraldine gleich in Gedanken einen Teetisch und zwei Sessel stellte und dessen Fenster sie mit Blumen schmückte. Küche und Eßzimmer öffneten sich nach hinten zum Garten, in dessen Mitte ein Apfelbaum stand. Geraldine sah sich an heißen Sommertagen in seinem Schatten liegen und ein Buch lesen, vielleicht bereits mit einem dicken Bauch gesegnet, in dem Phillips Kind wuchs. Sie seufzte leise. Wenn er doch nur begreifen würde ...

»Sie sehen, das Eßzimmer hat einen eigenen Kamin«, sagte der Makler, »hübsch, an kalten Wintermorgen hier zu frühstücken. Wie ich aus eigener Erfahrung weiß, spielt sich in Küche und Eßzimmer das meiste Familienleben ab.«

Sie mochte ihn. Er war rund und klein und hatte rote Apfelbäckchen. Und teilte ihr Weltbild.

»Wo arbeitet Ihr Mann?« fragte er.

Sie zögerte kurz. »Bei der BBC«, sagte sie dann, »er ist Sprecher dort.«

»Oh!« Der Makler war beeindruckt. »Moderiert er eine Sendung, die man kennen müßte?«

»Nein ... er ... er synchronisiert Filme ...« Sie hoffte, daß der Makler wenig Ahnung hatte und nicht wußte, daß Synchronisieren häufig kein Beruf, sondern nur ein lausig bezahlter Gelegenheitsjob war. Tatsächlich war ihm das wohl unklar.

»Wie interessant! Dann hören wir im Fernsehen sicher manchmal seine Stimme?«

»Ja.«

Dieser Umstand schien Phillip schon fast in einen Prominentenstatus zu heben.

»Einen solchen Kunden hatte ich noch nicht. Darf ich fragen, ob Sie auch beim Fernsehen sind?«

Geraldine wußte, wie umwerfend ihr Aussehen auf andere Menschen wirkte. Jeder hätte ihr geglaubt, wenn sie behauptet hätte, Schauspielerin zu sein. Um sich einen seriösen Anstrich zu geben, unterschlug sie jedoch sogar ihre Tätigkeit als Model.

»Ich arbeite in der Modebranche.«

»Oh ...« Er empfand sie beide ganz offenkundig als immer exotischer. »Na ja, für jede Art von Mode müßten Sie ja das beste Aushängeschild sein!«

Sie ging nicht darauf ein. »Könnte ich noch das obere Stockwerk sehen?«

»Selbstverständlich. Kommen Sie!« Er führte sie eine weiß lackierte Holztreppe hinauf. Oben gab es vier mittelgroße, helle Zimmer und ein Bad.

»Vater, Mutter, zwei Kinder und noch ein Raum für Gäste«, sagte der Makler. »Ist es nicht einfach perfekt?«

Es war perfekt. Es war so perfekt, daß Geraldine hätte heulen können. Wenn er nur mitmachte! Wenn er es nur einmal wenigstens probieren würde. Dem Projekt eine Chance geben! Wie hatte er ihren zaghaften Vorstoß in Richtung eines gemeinsamen Hauses neulich bezeichnet? *Eine Scheißidee!*

»Ich werde mit meinem Mann sprechen«, sagte sie. »Wir geben Ihnen so rasch wie möglich Bescheid.«

»Ein Objekt wie dieses ist begehrt«, sagte der Makler. »Sie sollten sich schnell entschließen.«

Sie standen in einem der oberen Zimmer. Geraldine schaute hinunter in den Garten. Der Apfelbaum hatte seine Blüte hinter sich, war voll zartgrüner Blätter. Sie dachte an die dicken, roten Äpfel im Herbst. »So rasch wie möglich«, sagte sie.

Sie hatte ihr Auto in London gelassen und war mit dem Zug gefahren, um Phillip später genau sagen zu können, wie lange man auf diese Weise bis London brauchte. Jetzt machte sie sich auf den Weg zum Bahnhof. Der Tag war sehr warm, beinahe schon sommerlich. Ganz selten nur zeigte sich eine zerrupfte kleine Wolke am Himmel. Geraldine verließ die Siedlungsstraßen und überquerte den Marine's Drive, der oberhalb des Flusses entlangführte. Sie ging über sauber angelegte Kieswege einer kleinen Parkanlage. Schilder, auf denen durchgestrichene Hunde in Kauerstellung abgebildet waren, wiesen darauf hin, daß man sie hier nicht ihr Geschäft verrichten sehen wollte.

Es ist wirklich ein bißchen spießig, dachte Geraldine unbehaglich.

Dennoch vermittelten die träge dahinfließende Themse, der Anblick eines Laubwaldes fern am gegenüberliegenden Ufer, die Boote und die in der Sonne silbern glänzenden Möwen mit ihren breitgefächerten Flügeln eine Atmosphäre von Weite und Freiheit. Nur wenige Meilen weiter mündete der Fluß in den Kanal. Es roch so stark nach Salz und Meer. Vielleicht gefiel es Phillip doch. Es mußte ihm einfach irgendwann klarwerden, daß das triste Loch, in dem er hauste, keine Lebensperspektive sein konnte.

Einen Gedanken, der ständig in ihrem Innersten herumspukte und sich gelegentlich energisch ihres Sinnens bemächtigte, versuchte sie immer wieder mit aller Gewalt zu verdrängen, und doch tauchte er beharrlich auf und nagte an ihr. Der Gedanke, daß es das Alibi war, was Phillip überhaupt noch an ihrer Seite hielt. Daß sie keinen Fuß mehr in seine Wohnung hätte setzen dürfen, wäre das schreckliche Verbrechen in Yorkshire nicht geschehen. Daß an ein Vorhaben wie dieses nicht einmal zu denken gewesen wäre. Daß es nur jener furchtbare 24. April war, der sie noch verband. Phillip parierte, weil er sich in ihrer Hand fühlte – und es im übrigen ganz objektiv auch *war*. Doch wie weit würde er sich von ihr bestimmen lassen? Bis in das Häuschen in Leigh-on-Sea hinein? Bis ins Standesamt? Bis hin zur Zeugung und Geburt gemeinsamer Kinder? Oder würden ihn sein Stolz, sein Eigensinn, vielleicht sogar so etwas wie ein Selbsterhaltungstrieb ausbrechen lassen, ungeachtet der Folgen, die dies für ihn haben würde?

Und umgekehrt, wie weit würde sie gehen? Bislang hatten sie nicht einmal über das Thema gesprochen. Würde sie ihn an seine Lage erinnern, wenn er sich gegen ihre Pläne sträubte? Würde sie drohen? Wäre sie in letzter Konsequenz sogar fähig, zur Polizei zu gehen und ihre Aussage zu widerrufen?

Was sie wieder an den Punkt brachte, über den sie am allerwenigsten nachdenken mochte: die Frage, ob sie einem Unschuldigen ein Alibi verschafft hatte; ob es also ein *Unschuldiger* war, den sie natürlich mit einem Gang zur Polizei nun nachträglich in größte Schwierigkeiten bringen würde.

Oder ob sie vorhatte, mit einem mehrfachen Mörder unter einem Dach zu leben und ihn womöglich sogar zum Vater ihrer Kinder zu machen.

Ich darf nicht an ihm zweifeln. Nicht eine Minute lang!

Aber sie zweifelte, sie hatte von der ersten Sekunde an gezweifelt. Keinen Moment lang war sie sicher gewesen, ob seine Geschichte vom kopflosen Aufbruch nach Leeds stimmte. Es hatte sie mißtrauisch gestimmt, wie eilig er es mit der lückenlosen Konstruktion eines Alibis gehabt hatte. Zugleich war es in seiner Situation verständlich gewesen. Wissend, daß er in der ersten Reihe der Verdächtigen rangieren würde, mußte ihm stark an einer entlastenden Aussage liegen. Immer wieder mußte sie sich vorbeten, daß es normal war, einen halben Tag lang scheinbar irrationale Dinge zu tun. Wie etwa in der Gegend herumfahren, ein obskures Ziel vor Augen, das man später wieder verwarf, nachdem einem jeder andere Mensch vorher hätte sagen können, daß man sich in einen blödsinnigen Gedanken verrannt hatte. Was hatte *sie* schon getan an jenem Tag? Im wesentlichen in ihrem Zimmer gesessen und geheult. Wäre sie aus irgendeinem Grund verdächtig erschienen, sie hätte auch niemanden gehabt, der ihre Unschuld bestätigte. Sie hätte sich ebenfalls um eine Konstruktion und einen bereitwilligen Mitspieler bemühen müssen.

Dies alles bedenkend, wieder und wieder, zweifelte sie dennoch. Und wahrscheinlich war es das, was Phillip hatte kuschen lassen in den letzten Wochen. Er war sensibel genug, ihren Zweifel zu spüren. Deshalb hielt er sie für gefährlich. Er wußte, wenn ihre Sorge, daß sie einen Killer deckte, zu groß wurde, würde sie alles zusammenbrechen lassen. Solange sie in seiner Nähe war, konnte er das Bild, das sie von ihm hatte, beeinflussen. Er war der Phillip, der er immer gewesen war, der Freund, den sie jahrelang kannte. Der Mann, der ihr jede Menge Probleme bereitet hatte, nach dem sie aber auch verrückt war. Den sie liebte. Das machte sie lenkbar. Lenkbarer, als sie es gewesen wäre, wenn er ihr die Tür gewiesen hätte. Wenn sie depressiv und einsam in ihrer Wohnung gesessen und sich mit dem Gedanken zu trösten versucht hätte, daß der Mann, der sie zurückgestoßen hatte, sowieso ein Verbrecher war. Einer, der ins Gefängnis gehörte, für wenigstens ein

Vierteljahrhundert. Den sie dann womöglich sogar lieber im Gefängnis gesehen hätte als in den Armen einer anderen Frau.

Sie konnte sich gut vorstellen, daß er so dachte. Und nur deswegen hatte sie seine Wohnung umräumen und Tag für Tag dort aufkreuzen dürfen. Nur deshalb würde er es unterlassen, ihr den Kopf abzureißen, wenn sie ihm von ihrem Treffen mit dem Makler erzählte. Nur deshalb durfte sie sich überhaupt in der vagen Hoffnung wiegen, daß er das Häuschen mit ihr zusammen besichtigen würde. Und zugleich schauderte es sie, weil sie wußte, daß dies alles keine Basis für eine Beziehung oder gar eine Ehe war. Ein brüchiges Gebilde, das eines Tages unter Donnergetöse zusammenkrachen würde. Sie hatte Phillip nicht für sich gewonnen. Sie hatte lediglich einen Aufschub der Trennung erreicht.

Sie blieb stehen, versuchte ihren beschleunigten Herzschlag zu beruhigen, indem sie tief atmete. Sie durfte nicht zuviel grübeln, nicht zu weit in die Zukunft denken. Es ging um den Augenblick, und der bot ihr manche Möglichkeiten, die es zu nutzen galt.

Rigoros verwies sie all die düsteren Gedanken in einen abgelegenen Winkel ihres Gehirns und begann sich vorzustellen, wie sie das Häuschen einrichten würde. Sie konnte einige ihrer Möbel verwenden, aber sie wollte gern auch mit Phillip zusammen ein paar neue Sachen kaufen. Neue Sachen für ein neues Leben.

Sie sah auf die Uhr. Sie mußte sich beeilen, wenn sie den nächsten Zug erwischen wollte. Sie würde eine Flasche Champagner kaufen und dann in Phillips Wohnung warten.

Die Zeit war reif für den nächsten Schritt.

7

Ricardas Tagebuch

20. Mai. Mama ist verzweifelt, weil ich nicht zur Schule gehe. Nachdem ich am Samstag ja das Bett verlassen hatte, war sie wohl überzeugt, es würde nun alles werden wie früher. Aber ich sehe nicht, welchen Sinn das noch haben sollte. Ich sitze meine Zeit ab, ohne daß es dort eine Zukunft für mich gibt. Wozu sollte das gut sein? Außerdem hat es in der Zeitung Berichte gegeben über die Sache in England, und alle würden mich anstarren. Das sage ich Mama immer als Grund, weshalb ich das Haus nicht verlasse und weshalb sie auch die paar Klassenkameraden, die anrufen, nicht mit mir verbinden darf. »Ich will nicht ausgefragt werden«, sage ich. Viele haben sich ohnehin nicht gemeldet. Eine richtige Freundin habe ich gar nicht, und ich gehöre auch nicht zu einer der Cliquen in der Klasse. Vom Basketball-Verein haben einige angerufen, aber ich weiß, daß mich da keiner richtig mag. Ich bin nur ziemlich gut, und deshalb sind sie nervös, daß ich nicht mehr wiederkomme. Und natürlich hat die Klassensprecherin mit Mama geredet. Das gehört zu ihren Aufgaben, und schließlich will sie im nächsten Schuljahr wiedergewählt werden. Wenn sie wüßte, wie sinnlos es ist, sich deswegen um mich zu kümmern! Meine Stimme wird sie garantiert nicht kriegen.

Weil ich nicht mehr dasein werde.

Mama kommt jetzt übrigens immer zum Mittagessen heim. Früher hat sie in der Kantine in der Firma gegessen. Ich habe mir ein Brot gemacht, und abends hat Mama dann für uns gekocht. Jetzt macht sie sich solche Sorgen um mich, daß sie mittags einfach vorbeischauen muß. Irgendwie tut sie mir leid, weil sie sich so abhetzt. Sie kommt angerast, schmeißt irgend etwas aus der Tiefkühltruhe in die Mikrowelle, deckt hektisch den Tisch, schlingt das Essen hinunter und saust wieder los. Was das bringen soll, möchte ich wirklich mal wissen! Ich warte nur darauf, daß sie sagt, *ich* könnte mal was einkaufen und kochen und den Tisch decken, jetzt, wo ich ja nicht mehr im Bett liege. Ich merke ihr ganz genau an, daß ihr dieser Gedanke im Kopf herumspukt und daß sie hin und her überlegt, was meiner Psyche besser tut: wenn sie nichts sagt, keinen Druck auf mich ausübt und mich »selbst den Weg zurück finden läßt« (so hat sie es gestern einer Freundin gegenüber am Telefon ausgedrückt, als sie nicht wußte, daß ich zuhörte), oder ob sie so tun soll, als sei alles wie früher, und es sei selbstverständlich, daß ich mich in irgendeiner Weise nützlich mache. Aber dann müßte sie auch dafür sorgen, daß ich wieder in die Schule gehe, und ich glaube, sie ist völlig ratlos, wie sie das anstellen soll.

Heute dachte ich: Ich koche jetzt etwas für uns beide, aber ich schaffte es nicht, weil es sich so anfühlte, als würde ich damit ein Spiel unterbrechen, das ich angefangen habe und das mich zu sehr reizt, als daß ich damit aufhören könnte. Es ist das Spiel: Mama beobachten, wie sie hofft, daß sich etwas ändert. Sie hat so einen bestimmten Gesichtsausdruck, wenn sie mittags angehechtet kommt, und ich bin total geil darauf, den zu sehen. Ihre Augen sind groß und ein bißchen ängstlich und gleichzeitig erwartungsvoll, aber die Angst ist etwas größer als die Erwartung. Sie hat ein ganz schönes Tempo drauf, wenn sie mit dem Auto in unsere Straße einbiegt, so richtig mit quietschenden Reifen. Dann höre ich die Wagentür zuknallen, und dann klappern ihre Absätze rasant über den Gartenweg. Sie ist so hektisch beim Aufschließen der Haustür, daß sie zwei-, dreimal das Schlüsselloch verfehlt. Sie wirft ihre Jacke auf den Stuhl in der Diele und läßt die Handtasche fallen. Sie hat Streß pur, weil ihre Mittagspause so kurz ist und sie keine Sekunde verschenken darf. Aber dann wird sie plötzlich ganz langsam. Wenn sie sich um die Ecke in die Küche schiebt. Dann hat sie diesen Ausdruck von Hoffnung. Von wahnsinniger, ängstlicher Hoffnung. Daß es nach Essen riecht. Daß ich den Tisch vor der Eckbank gedeckt habe. Daß ich mit ein paar Schüsseln und Tellern klappere und fröhlich sage: »Hallo, Mama! Schön, daß du da bist! Setz dich, wir essen gleich!« Sie hätte dann das Gefühl, daß ich wieder am Leben teilnehme, und das wäre ja einfach das Schönste, was ihr zur Zeit passieren könnte. Sie würde denken, daß ich sicher bald wieder zur Schule gehe und in die Basketball-Gruppe und daß alles wie früher wird.

Aber statt dessen kauere ich auf der Eckbank, entweder noch im Schlafanzug oder in meiner Trainingshose. Ich starre sie einfach an. Auf dem Tisch türmt sich das abgegessene Frühstücksgeschirr. Es riecht nach Käse, der längst wieder in den Kühlschrank gemußt hätte, und die Butter ist ziemlich zerlaufen. Mamas Gesicht fällt in sich zusammen, aber da sie nun mal vorerst die Taktik fährt, mir keine Vorwürfe zu machen, versucht sie gleich darauf ein Lächeln. Es wirkt ganz schön angestrengt, und jedesmal genieße ich es zu sehen, wie sie sich zusammenreißen muß. Ich schaue ihr gern zu, wie sie in der Küche herumhastet, jetzt wieder in dem Tempo, in dem ich sie schon draußen gehört habe, eher sogar noch schneller. Irgendein Gericht in die Mikrowelle, dann wird das Frühstück abgeräumt, werden die Krümel vom Tisch gewischt, die Sets neu aufgelegt, Teller, Besteck, Gläser hergeschleppt, die Mikrowelle piept, sie zieht das Essen so hastig heraus, daß sie sich die Finger verbrennt und »Au!« schreit. Sie rennt in den Keller, um Mineralwasser zu holen, wenn keines mehr im Kühlschrank ist. Und die ganze Zeit sitze ich nur da und schaue zu.

Ich frage mich, warum es mir solchen Spaß macht, sie so zu erleben. Warum ich nicht nett sein und ihr das geben kann, was sie ersehnt. Es ist sehr schwer, sich über das klarzuwerden, was im eigenen Inneren passiert. Ich denke, es hat etwas mit Rache zu tun. Es ist Genuß, und Rache kann genußvoll sein. Ich mag Mama. Ich liebe Mama. Eigentlich dürfte es nicht sein, daß ich mich rächen will. Wofür?

Weil sie von Papa weggegangen ist.

Er hat sie nicht weggeschickt. Sie ist gegangen.

»Ich mußte einen Schlußstrich ziehen«, hat sie mal zu mir gesagt.

Warum? Warum? Warum?

Immer wenn ich daran denke, merke ich, daß ich ihr nicht entgegenkommen kann. Daß ich weiter zusehen will, wie sie sich abzappelt, wie sie sich Sorgen macht, wie sie mich wortlos anfleht. Ich erschrecke ein bißchen vor mir selbst, aber wirklich nur ein bißchen. Nach allem, was war, wieso sollte ich da noch richtig erschrecken?

Außerdem ist Mama bald die Sorgen los. Wenn ich nach England gehe. Ich überlege immer, ob ich Keith vorher anrufe, oder ob ich einfach da stehe. Seine Telefonnummer daheim habe ich nicht, denn früher hätte ich da ja nie anrufen dürfen wegen seines Vaters. Aber sein Vater kann ihm ja jetzt wohl keine Vorschriften mehr machen. Auf seinem Handy habe ich es zweimal versucht, es war aber nicht eingeschaltet. Über die Auskunft würde ich natürlich auch die Nummer der Farm herausbekommen, aber ich bin einfach ein bißchen zu ängstlich, um mich anzukündigen.

Warum habe ich Angst?

Ich habe so viel Zeit zum Grübeln jeden Tag, da stellen sich solche Fragen. Und eigentlich will ich sie gar nicht beantworten. Keith liebt mich. Ich liebe ihn. Es gibt nichts, wovor ich Angst haben müßte. Er wollte mit mir ein neues Leben anfangen, aber es ist klar, daß er auch an seine Mutter denken mußte. Wir hatten keinen richtigen Abschied, aber wie hätten wir das auch machen sollen?

Ich werde einfach da stehen. Im Juni.

8

Jessica hatte Dr. Wilbert am Montag früh angerufen, und er hatte ihr für den nächsten Tag einen Termin gegeben. Er war sofort äußerst hellhörig gewesen, als sie sagte, sie sei eine Freundin von Evelin Burkhard und bräuchte dringend ein Gespräch mit einem Menschen, der sie gut kenne.

»Evelin ist in großen Schwierigkeiten«, hatte sie gesagt, und Dr. Wilbert hatte erwidert: »Ich weiß. Sie hat mich angerufen von England aus.«

»Ich möchte ihr helfen. Aber irgendwie habe ich das Gefühl, in ganz wichtigen Bereichen ihres Lebens völlig im dunkeln zu tappen.«

»Sie wissen, daß ich natürlich an meine Schweigepflicht gebunden bin«, sagte Dr. Wilbert.

»Ich weiß. Aber im Moment sind Sie der einzige Mensch, an den ich mich wenden kann.«

»Ich fliege heute zu einem Vortrag nach Hamburg und kehre erst spätabends zurück. Aber kommen Sie doch morgen früh zu mir. Gleich um neun Uhr?«

Ihm lag an seiner Patientin, das war klar. Er wollte Jessica schnellstmöglich sehen.

Dr. Wilbert hatte seine Praxis mitten in Schwabing, im ersten Stock eines Mietshauses. Jessica kurvte eine entnervende Viertelstunde lang durch die Straßen ringsum, ehe sie ihr Auto parken konnte – im Parkverbot, aber das war ihr inzwischen egal. Sie mußte ein ziemlich weites Stück laufen und kam abgehetzt und verspätet an. Dr. Wilbert schien damit gerechnet zu haben.

»Es gab keinen Parkplatz, ich weiß«, sagte er als erstes, dann reichte er ihr die Hand. »Wilbert.«

»Jessica Wahlberg.«

»Kommen Sie bitte herein.«

Es gab einen kleinen Warteraum, an dessen Wänden bunte Bilder hingen und der einen recht heimeligen Eindruck machte. Ganz im Gegensatz zu dem Sprechzimmer, das höchst minimalistisch eingerichtet war mit einem Schreibtisch aus Glas und Chrom, zwei schwarzen Ledersesseln und einem einzigen Bild an der Wand, etwas sehr Abstraktes in leuchtend roter Farbe, das Jessica spontan als Phallus gedeutet hätte – was sie sich natürlich zu sagen hüten würde.

Wilbert bat sie, in dem schwarzen Sessel Platz zu nehmen, und setzte sich ihr gegenüber. Er war ein großer Mann, grauhaarig und vertraueneinflößend. Jessica schätzte ihn auf Anfang fünfzig. Sie konnte sich gut vorstellen, daß sich Evelin in seiner Nähe sehr aufgehoben gefühlt hatte. Er lud dazu ein, sich auszusprechen, und strahlte das Selbstvertrauen aus, mit seiner Hilfe Probleme in den Griff zu bekommen.

Sie fühlte sich Evelin auf einmal sehr nahe. Hierher war sie jede Woche gekommen. Hier lag ohne Zweifel einer ihrer Lebensmittelpunkte. Hier hatte sie Hilfe gesucht und wahrscheinlich auch bekommen, hier hatte sie Hoffnung geschöpft. Von allem erzählt, was sie bedrückte: von ihrer Sehnsucht nach einem Kind, von dem Kummer über ihren dicken Körper, von der Eintönigkeit ihres Lebens. Von einer Ehe, die die Hölle war?

»Dr. Wilbert, ich weiß, daß ich Sie in eine schwierige Lage bringe«, fing Jessica ohne Umschweife an, »aber Evelin sitzt in England unter Mordverdacht in Untersuchungshaft, und ich habe den Eindruck, daß ich ihr irgendwie helfen muß. Sie wissen, was geschehen ist?«

Er nickte. »In groben Zügen. Ich habe von dem schrecklichen ... Massenmord in der Zeitung gelesen, aber da waren zunächst keine Namen erwähnt. Evelin – ich nenne sie immer beim Vornamen – hatte mir natürlich schon oft von Stanbury und dem Ferienhaus erzählt, von der Freundesgruppe, die sich dort regelmäßig traf. Deshalb wurde ich äußerst unruhig, als ich den Namen des Ortes las und von den Deutschen, die dort jedes Jahr mehrfach Urlaub machten. Aber

Sie wissen sicher, wie das ist, man glaubt immer nicht, daß solche Dinge in das eigene Leben hineinspielen können. Ich schob diese Möglichkeit immer wieder von mir. Dann erschien Evelin nicht zum vereinbarten Termin im April, und ich begann mir größte Sorgen zu machen. Na ja, und dann, drei oder vier Tage nach jenem ausgefallenen Termin, erhielt sie die Erlaubnis, mich telefonisch zu kontaktieren. Sie erzählte mir alles, unter Tränen und in denkbar wirrer Form. Aber soviel begriff ich: Sie war unter dem Verdacht, fünf Menschen ermordet zu haben, festgenommen worden. Sie können sich vorstellen, daß ich seither ständig an sie denke.«

Jessica empfand seine offensichtliche Anteilnahme als sehr sympathisch. Evelin war für ihn nicht einfach nur irgendein Fall, ein Teil seines Berufs, dem er zuverlässig nachging, weil er sein Geld mit ihm verdiente. Er nahm Anteil über die vier Wände seiner Praxis hinaus. Evelins Schicksal schien ihm aufrichtig am Herzen zu liegen.

»Sie lassen sie nicht raus, wegen Fluchtgefahr«, erklärte sie.

»Hm. Natürlich, sie ist Ausländerin. Sagen Sie«, er lehnte sich vor, »Sie gehören zu jener ... Clique?«

Sie fragte sich kurz, was Evelin über *die Clique* erzählt haben mochte.

Womöglich hatte Wilbert den Eindruck gewonnen, daß es sich um einen Haufen Neurotiker handelte.

»Ja, ich gehöre dazu. *Gehörte*, muß man wohl eher sagen. Zwei Kinder und drei Erwachsene sind tot. Darunter mein Mann.«

»Das tut mir sehr leid.«

»Danke.« Sie sah zur Seite. In dem Moment, da ihm ihre persönliche Tragik aufging, hatte er, wahrscheinlich unwillkürlich, einen Therapeutenblick bekommen, und den hatte sie schon bei Tim nicht ertragen.

»Ich möchte Evelin helfen«, sagte sie dann. »Und, gerade auch wegen meines Mannes, möchte ich, daß der wahre Täter hinter Gitter kommt.«

»Sie sind überzeugt von Evelins Unschuld?«

»Ja.«

Er nickte langsam. »Was mich interessiert«, sagte er, »und was aus Evelin am Telefon einfach nicht herauszubringen war: Weshalb hat man gerade sie verhaftet? Warum hält man sie für die Täterin?«

»Sie war als einzige Überlebende anwesend. Wir anderen waren fort – wobei aber keiner von uns dafür einen Zeugen hat. Auf der Tatwaffe befanden sich ihre Fingerabdrücke. Ihre Kleidung war voller Blut von den Toten. Sie hatte sie gefunden, sich über sie gebeugt und sie wiederzubeleben versucht. Aber es war auch das Blut … meines Mannes und das eines kleinen Mädchens dabei. Beide hat sie aber angeblich *nicht* gefunden.«

»Wie erklärt sie das?«

»Evelin stand völlig unter Schock.« Jessica berichtete kurz, wie und wo sie Evelin nach dem grausigen Geschehen angetroffen hatte. »Ich bin kein Psychologe, aber nach meiner Ansicht muß man alles, was sie in den Stunden und sogar Tagen nach dem Verbrechen gesagt hat, unter Vorbehalt sehen. Wenn sie in der Aufzählung der Opfer Personen vergißt, obwohl sie offensichtlich mit ihnen in Berührung gekommen ist, so halte ich das für ganz normal angesichts des Horrors, den sie erlebt hat. Evelin hält es zudem für möglich, daß sie die Tatwaffe irgendwo im Haus gefunden, aufgehoben und auf die Terrasse geworfen hat – wo die Polizei auf sie stieß. Evelin kann sich nicht mehr genau erinnern, aber ist das nicht verständlich?«

Wilbert hatte sehr aufmerksam zugehört. »Gibt es einen Grund, weshalb Evelin leugnen sollte, jene beiden Toten – Ihren Mann und das kleine Mädchen – gefunden zu haben? Wenn sie dies verdächtig erscheinen läßt, sollte man doch annehmen, daß es – im Falle einer tatsächlichen Schuld – schlauer von ihr gewesen wäre, die beiden ebenfalls zu erwähnen!«

»Das spricht ja auch in meinen Augen absolut dafür, daß sie es nicht getan hat. Eine Frau, die kaltblütig hingeht und fünf Menschen, darunter zwei Kinder, tötet, ist sicher auch ausgefuchst genug, nachher die Tatwaffe verschwinden zu lassen oder doch zumindest ihre Fingerabdrücke abzuwischen. Außerdem würde sie sicher nicht abstreiten, zwei der Opfer auch nur *gesehen* zu haben, wenn sie doch wissen muß, daß sie über und über voll mit deren Blut ist. Das ergibt keinen Sinn.«

»Für die Polizei offenbar doch.«

»Die halten sie für völlig durchgeknallt. Die meinen, daß sie in einer Art Trance gehandelt hat und womöglich selbst nicht mehr weiß, daß sie ein paar Menschen umgebracht hat und wer das im einzelnen war.«

»Hm.«

»Deshalb ist es mir so wichtig, mit Ihnen zu sprechen«, sagte Jessica. »Sie sind Evelins Therapeut. Von allen können Sie doch sicher am ehesten beurteilen, daß ein solcher Gedanke absolut aus der Luft gegriffen ist!«

Anstatt ihr zu antworten, stellte er eine Frage, die sie überraschte: »Ihr Mann – also Evelins Mann – ist er unter den Toten?«

»Ja. Warum?«

»Ich finde das nicht ganz unerheblich. Wenn man Evelin verdächtigt, ist es durchaus von Bedeutung, ob der Mensch, der ihr am nächsten stand, ebenfalls tot ist.«

Jessica holte tief Luft. »Evelins Mann ... wissen Sie, es gab da noch etwas, das der Polizei wichtig erschien.«

»Ja?«

»Kurz bevor die Verbrechen geschahen, war Evelin im Park. Sie traf dort auf einen ... Bekannten, der sich eine Weile mit ihr unterhielt. Er berichtet, sie sei in sich versunken gewesen, sehr depressiv. *Ihre Verzweiflung war greifbar wie eine hohe Mauer,* so hat er es ausgedrückt.«

Wilbert nickte. »Ja«, sagte er, fast mehr zu sich selbst als zu Jessica, »das war sie. Verzweifelt. Zutiefst verzweifelt.«

»Und dann muß Tim, ihr Mann, erschienen sein und nach ihr gerufen haben. Und angeblich ist sie vor Angst förmlich erstarrt. Phillip – der Bekannte – sagte etwas in der Art, sie habe ihn an ein Tier erinnert, das seinen schlimmsten Feind wittert. Und daraufhin stellte sich heraus, daß Tim angeblich seit Jahren schon seine Frau mißhandelte, physisch und psychisch, und daß das offenbar jeder außer mir gewußt hat. Somit hätte Evelin in den Augen der ermittelnden Beamten durchaus ein Motiv gehabt, ihren Mann zu töten. Und danach ist sie ausgetickt und hat ein Blutbad angerichtet.«

Dr. Wilbert überlegte einen Moment. »Es gibt also durchaus Indizien, die für Evelin als Täterin sprechen«, meinte er, »aber ob sie für eine Verurteilung reichen ... da bin ich nicht sicher. Allerdings bin ich natürlich auch kein Jurist. Hat sie einen guten Anwalt?«

Jessica nickte. »Ich denke schon. Dr. Wilbert, Evelin kam doch jede Woche hierher. Sie müssen wissen, ob das stimmt mit ihrem Mann.«

»Ich kann Ihnen über nichts, was hier gesprochen wurde, eine Auskunft geben«, sagte Wilbert. »Das müssen Sie verstehen.«

»Kannten Sie Tim Burkhard? Immerhin war er ein Kollege.«

»Ich kannte ihn. Nicht besonders gut, aber wir sind uns gelegentlich bei Seminaren begegnet.«

»Und welchen Eindruck hatten Sie von ihm?«

»Wenn Sie es genau wissen wollen, ich hielt ihn für einen Schaumschläger. Er war Psychotherapeut, aber am liebsten wäre er eine Art Guru gewesen – und diesen Eindruck vermittelte er nicht nur wegen seines verfilzten Bartes und seiner ewig nackten Füße in diesen schrecklichen Sandalen. Das kam in all seinen Gesten, Blicken, Worten zum Ausdruck. Er hatte es sich angewöhnt, die Menschen auf eine suggestive Weise anzusehen, die auf mich eine abstoßende Wirkung hatte.

Ich bin überzeugt, daß er seine Patienten tief verachtete und sich ihnen haushoch überlegen fühlte. Labile Menschen haben ihm gegenüber darauf sicher mit einer gewissen Verehrung reagiert. Und darum ging es ihm. Nicht darum, anderen wirklich zu helfen.«

Genauso hatte Jessica ihn auch empfunden. Sie verstand genau, wovon Dr. Wilbert sprach.

Sie seufzte, weil sie begriff, daß Dr. Wilbert sie nicht wirklich weiterbringen würde. Was immer er von Evelin wußte, er durfte es ihr nicht sagen. Seine Augen blickten so undurchdringlich drein, daß sie nichts von dem hätte erahnen können, was hinter seiner Stirn vor sich ging. Lediglich seine Frage, ob Tim unter den Opfern sei, schien ihr einen Anhaltspunkt zu ergeben. Zudem hatte er sich über Tim sehr negativ geäußert.

Vielleicht hat er damit meine Frage beantwortet, überlegte sie.

Sie stand auf, strich unwillkürlich mit der rechten Hand über ihren kaum merklich gewölbten Bauch. Wer nichts von dem Baby wußte, sah nichts, aber Dr. Wilbert, der sich ebenfalls erhoben hatte und mit dem Blick unwillkürlich ihrer Hand gefolgt war, schien zu verstehen. Er sah sie sehr nachdenklich an.

»Sie haben ein überaus traumatisches Erlebnis hinter sich«, sagte er, »und sprechen mit sehr viel Abstand und erstaunlich wenig Emotion darüber. Verdrängen Sie Ihren Schmerz nicht zu sehr. Das ist für Sie nicht gut – und für Ihr Kind auch nicht.«

Sie wußte selbst nicht, warum sie sich ihm plötzlich ein Stück weit öffnete. »Ich kann nicht weinen«, sagte sie. »Seitdem es passiert ist, habe ich nicht ein einziges Mal weinen können. Selbst bei der Beerdigung meines Mannes ist es mir nicht gelungen.«

»Würden Sie gern weinen?«

»Ich weiß nicht … Vielleicht denke ich auch nur, daß es dazugehört.«

»Haben Sie mal überlegt, sich in die Hände eines Fachmanns zu begeben? Das Ganze therapeutisch aufzuarbeiten?«

Sie lächelte unwillkürlich, und rasch hob er abwehrend die Hände. »Ich habe mehr als genug Patienten! Ich dachte nicht an mich. Es gibt Kollegen, die sind darauf spezialisiert, Verbrechensopfern zu helfen.«

»Ich …«

Er unterbrach sie, offensichtlich genau wissend, was sie hatte sagen wollen. »Sie *sind* ein Verbrechensopfer. Daran ändert die Tatsache, daß Sie mit dem Leben und körperlich unversehrt davongekommen sind, gar nichts. Menschen in Ihrer unmittelbaren Nähe ist auf brutalste Weise Gewalt angetan worden, darunter auch Ihrem Mann. Damit ist etwas in Ihr Leben eingedrungen, das Sie nicht unterschätzen sollten. Es hat Sie verändert. Es wird Sie weiter verändern. Sie müssen sich dem stellen.«

Ihr kam eine Phrase in den Sinn, die sie für abgedroschen hielt, die ihr aber richtig erschien. »Alles«, sagte sie, »hat seine Zeit.«

»Wir müssen aber die richtige Zeit erkennen«, sagte Wilbert nachdrücklich.

Sie streckte ihm die Hand hin. »Danke, daß ich zu Ihnen kommen durfte.«

»Ich habe Ihnen leider nicht wirklich helfen können.« Er sah sie bekümmert an. »Und Evelin auch nicht. Welch eine grausame Entwicklung Dinge manchmal nehmen ...«

Wahrscheinlich, dachte Jessica, wäre es ihm lieber gewesen, es hätte mich oder Leon erwischt. Einer von uns beiden säße im Untersuchungsgefängnis und müßte darum kämpfen, seine Unschuld zu beweisen. Ausgerechnet Evelin, auf die sich ohnehin schon soviel Unheil im Leben konzentriert hat. Aber geht es so nicht immer? Zieht nicht stets Unglück weiteres Unglück an?

»Ich möchte Sie dringend bitten, mich über alles, was Evelin betrifft, auf dem laufenden zu halten«, bat er, »wirklich alles.«

»Wenn sie entlassen wird, dann ...«

»... dann möchte ich bereitstehen. Sie haben ja meine Telefonnummer.«

»Ja. Und ich werde Ihnen selbstverständlich Bescheid geben. Sie meinen, wenn sie entlassen wird, braucht sie sofort therapeutische Hilfe?«

Er holte tief Luft, sagte aber nichts, doch Jessica ahnte, was er dachte: daß sie alle, alle Überlebenden, diese Hilfe dringend bräuchten.

Sie kramte in ihrer Handtasche, zog ihre Visitenkarte hervor und reichte sie ihm.

»Hier haben Sie alle Nummern, unter denen ich erreichbar bin. Zu Hause, Praxis, Handy. Wenn Ihnen etwas einfällt, das Sie mir sagen wollen, sagen *dürfen*, dann rufen Sie mich bitte an, ja?«

»Das tue ich.« Er begleitete sie durch das Wartezimmer, öffnete ihr die Wohnungstür. Im Hinausgehen drehte sie sich noch mal zu ihm um.

»Dr. Wilbert, bitte, sagen Sie mir: Halten Sie Evelin eines solchen Verbrechens für fähig?«

»Ich halte jeden Menschen eines jeden Verbrechens für fähig«, antwortete Wilbert ausweichend.

Es war halb zehn, als Jessica wieder auf der Straße stand, und sie hatte noch nicht gefrühstückt. Zum Glück hatte sich ihre Schwangerschaftsübelkeit inzwischen völlig verabschiedet, so daß sie auch in einem öffentlichen Café nicht mit unangenehmen Zwischenfällen rechnen mußte. Der Tag war sonnig und bereits sehr warm, und sie fand schnell ein kleines Bistro, das Tische und Stühle draußen auf dem Bürgersteig aufgestellt hatte. Sie setzte sich, bestellte Kaffee und Croissants, lehnte sich zurück und schloß die Augen. Die Sonne schien ihr direkt aufs Gesicht, auf Hals und Bauch. Sie kam sich vor wie eine Katze, die auf einer warmen Mauer liegt.

Sie überlegte, wie es weitergehen sollte.

Irgendwann mußte sie wieder arbeiten. Sie hatte sich ihre Praxis mühsam aufgebaut. Sie hatte ihren Beruf immer geliebt, zudem war er ihre Existenzgrundlage. Es dauerte lange, sich als Anfänger einen Patientenstamm zu schaffen, aber es ging sehr schnell, ihn zu verlieren. Wenn sie noch den ganzen Sommer herumtrödelte, wäre niemand mehr da. Zumal sie vermutlich spätestens ab Ende September wegen des Babys wiederum eine Zeitlang würde aussetzen müssen. Vielleicht konnte sie für diese Phase eine Vertretung organisieren.

Sie mußte auch endlich die Frage klären, ob sie in Alexanders Haus bleiben wollte. Es gab ihr zu denken, daß es für sie immer *Alexanders Haus* gewesen war, nicht *unser Haus*. Wenn dieses Gefühl anhielt, würde sie sich dort vielleicht stets als Gast empfinden, als Gast eines Toten. Sie hatte Leon geraten, den Neuanfang als Chance zu begreifen. Vielleicht brauchte sie auch einen Neuanfang.

»Ihr Frühstück«, sagte eine Stimme, und sie zuckte zusammen und öffnete die Augen. Ein junges Mädchen stellte eine Tasse Kaffee, einen Teller und ein Körbchen mit zwei Croissants vor sie hin.

»Ist das nicht ein herrlicher Mai?« fragte sie.

»Wunderschön«, stimmte Jessica zu. Sie empfand es nicht so, aber was hätte sie sagen sollen? Wen interessierte es schon, wie es ihr tatsächlich ging?

Kein Selbstmitleid, warnte sie sich, das macht alles nur schlimmer.

Während sie vorsichtig die ersten Schlucke des sehr heißen Kaffees trank, dachte sie, daß sie kaum mehr etwas für Evelin tun konnte. Dr. Wilbert, der einzige Mensch, der vielleicht wirklich interessante Informationen besaß, würde aus Angst um seine Zulassung nichts sagen. Womöglich hätte sich jedoch auch aus seinem Wissen nichts ergeben, was Evelin von jeglichem Verdacht reingewaschen hätte, sonst hätte er es doch gesagt, um ihr zu helfen.

Vielleicht, dachte Jessica, wird er sie aber jetzt auch zu kontaktieren versuchen und sie fragen, ob er Auskünfte geben darf. In diesem Fall höre ich dann sicher von ihm.

Ich muß an mein eigenes Leben denken.

Vielleicht hatte Wilbert recht. Vielleicht mußte sie die Geschehnisse dringend aufarbeiten.

Ich drücke mich davor, indem ich mich für Evelin engagiere.

Sie war überzeugt von Evelins Unschuld. Sie war sicher, daß das Verbrechen von einem Außenstehenden begangen worden war.

Warum vertraue ich nicht darauf, daß die Beamten in England das schon herausfinden werden? Die sind nicht blöd. Evelin wird freikommen, und zwar auch ohne mein Zutun.

Sie sollte loslassen. Sich nicht weiter als Amateurdetektivin betätigen. Was kam schon dabei heraus? Als einzig echte neue Erkenntnis hatte sie nur die Aussage des alten Will, Alexander habe sie nie geliebt.

Phantastisch. Mit der Möglichkeit, daß er die Wahrheit gesagt hatte, mußte sie nun leben. Sie war keinen Schritt weiter, was Evelin betraf, dafür war sie verunsichert, was ihren toten Mann anging.

Na ja, sie verstand ihn im nachhinein besser. Aber es war die Frage, ob es so wichtig war, alles und jeden zu verstehen. Vielleicht versuchte sie auch nur, Alexander zu verstehen, Evelin und die Freunde zu verstehen, weil sie nicht mit der Notwendigkeit konfrontiert werden wollte, plötzlich sich selbst verstehen zu müssen.

Ihr Hunger war auf einmal wie weggeblasen, was ihr verriet, wieviel Anspannung diese Gedanken in ihr auslösten. Sie schob den Korb mit den Croissants von sich weg, als könnte sie mit dieser Bewegung auch die belastenden Vorstellungen auf Distanz zu sich bringen. Sie würde ihren Energien jetzt eine andere Richtung geben. Es war Dienstag. Was sprach dagegen, daß sie am kommenden Montag ihre Praxis wieder eröffnete? Irgendwann vorher mußte sie noch Leon besuchen, das hatte sie ihm versprochen. Seine neue Wohnung ansehen, ihm Mut machen. Ohne daß sie das gewollt hätte, fiel ihr der vergangene Sonntag ein, als er bis spätabends auf ihren Verandastufen gesessen und sich betrunken hatte. Irgendwann hatte sie ihm ein Taxi gerufen, denn er hätte nicht mehr selbst fahren können. Sein Auto mußte er in aller Heimlichkeit am nächsten Morgen abgeholt haben, während sie noch schlief, denn als sie gegen neun Uhr das Haus verlassen hatte, um Barney spazierenzuführen, war es verschwunden gewesen. Sie erinnerte sich, daß sie ihn nach dem vierten Freund im Kreis der einstigen Internatsschüler gefragt hatte.

»Ach, du meinst Marc«, hatte er gesagt. »Liebe Güte, an den habe ich schon ewig nicht mehr gedacht! Marc! Er war nicht lange mit uns zusammen. Er blieb sitzen in der achten Klasse, und dann sogar noch ein zweites Mal, und damit mußte er die Schule verlassen. Wir haben nie mehr von ihm gehört.«

Eigentlich eine normale, vernünftige Erklärung, die nicht weit hergeholt klang. Trotzdem hatte sie, noch ehe Leon überhaupt zu sprechen begonnen hatte, das sichere Gefühl gehabt, nicht die Wahrheit zu hören zu bekommen. Sie blinzelte in das helle Sonnenlicht und fragte sich, woran das gelegen haben mochte. Vielleicht hatte sie sich etwas eingebildet. Sie war sehr müde gewesen, seelisch tief erschöpft von der unangenehmen Begegnung mit Alexanders Vater. Man sah leicht Gespenster, wenn man völlig zerschlagen war.

Aber da war etwas in seinen Augen gewesen. Nur einen Moment lang. Ein unkontrollierter Ausdruck des Entsetzens, des Schreckens. Als rühre sie an etwas, woran sie unter keinen Umständen hätte rühren dürfen.

Verdammt. Ich hatte gerade beschlossen, über diese Dinge nicht mehr nachzudenken!

Sie kramte ihr Portemonnaie hervor, legte das Geld für ihr Frühstück auf den Tisch. Stand entschlossen auf.

Sie würde jetzt Barney holen und ihn mit in die Praxis nehmen. Und dort beginnen, den Papierberg, der sich in den vergangenen Wochen ohne Zweifel angesammelt hatte, zu bearbeiten.

Wenn sie am nächsten Montag wieder anfangen wollte, hatte sie jede Menge Arbeit.

Viel zuviel Arbeit, um über die Vergangenheit nachzugrübeln.

9

»NEIN«, SAGTE PHILLIP, »mit absoluter Sicherheit: nein! Hast du wirklich einen Moment lang geglaubt, ich könnte hier leben?«

Sie waren in einem Pub am Ufer der Themse. Der Abend war warm, und man konnte draußen an breiten Holztischen sitzen. Zu dieser ziemlich frühen Stunde hatten sich noch nicht allzu viele Menschen eingefunden, aber langsam, nach und nach, kamen sie heran. Geschäftsleute in dunklen Anzügen oder junge Familien mit Kinderwagen und Hunden im Schlepptau. Ein weicher Wind trieb den Salz- und Algengeruch des Meeres heran. Die Atmosphäre war sanft und anheimelnd. Geraldine hätte sich darin wiegen können, aber Phillip saß ihr gegenüber wie ein dunkler, steinerner Klotz, angespannt und unbehaglich. Geraldine hatte für beide Fish and Chips und dunkles Bier geholt, aber Phillip rührte sein Essen nicht an, nippte nur gelegentlich an dem Bier. Er sah aus, als würde er am liebsten davonlaufen und könne sich nur mit äußerster Disziplin beherrschen.

»Was stört dich so sehr?« fragte Geraldine. »Die Vorortatmosphäre?«

»Es ist eng. Es ist spießig. Es ist so … adrett.«

»Es ist zumindest weniger eng als deine Wohnung.«

»Kann sein. Dafür ist meine Wohnung jedenfalls weit davon entfernt, spießig oder adrett zu sein.«

Sie hatte sich ein paar Chips in den Mund schieben wollen, ließ aber ihre Hand wieder sinken. »Was willst du?« fragte sie erschöpft.

»Das weißt du.«

»Oh ... nein!« Sie lehnte sich zurück. »Fang nicht wieder mit ...«

»Wenn du es nicht hören willst, dann frag mich nicht«, sagte Phillip. »Ich will Stanbury. Und solange ich nicht jede Möglichkeit ausgeschöpft habe, es zu bekommen, ziehe ich bestimmt nicht in einen Vorort mit kleinen Häusern und Stiefmütterchenbeeten. Ich passe dort nicht hin. *Ich bin das nicht!*«

»Du bist auch nicht Stanbury! Du bist nur völlig verrannt in eine fixe Idee!«

Er sprach mit leiser Stimme, aber seine Augen verrieten, wie zornig er war. »Ein für allemal, Geraldine«, sagte er langsam und betont, »das geht dich nichts an! Nichts, was in meinem Leben geschieht, geht dich etwas an. Ich gehe meinen Weg. Aus für mich unerfindlichen Gründen bist du wild entschlossen, neben mir herzugehen, obwohl das, wie ich dir versichern kann, zu nichts führen wird. Du wirfst mir vor, in etwas verrannt zu sein? Wie sieht es denn mit dir aus? Du schiebst doch seit Jahren eine gigantische Illusion vor dir her und ignorierst geflissentlich jeden, der dich auf diesen Umstand hinweist. Mich, zum Beispiel, oder deine innige Freundin Lucy. Du weißt, daß ich letztere auf den Tod nicht leiden kann, aber sie hat verdammt recht, wenn sie dir immer wieder erklärt, daß ich ein Arschloch bin und du keine Zukunft mit mir haben wirst. Aber du bist ja offenbar überzeugt, es besser zu wissen!«

In dieser Art hatte er seit Wochen nicht mehr mit ihr gesprochen, und sie zuckte unter der Wucht seiner Worte wie unter Ohrfeigen. Sie hatte nicht erwartet, daß er die unausgesprochene Übereinkunft des Neuanfangs, die seit dem Verbrechen von Stanbury zwischen ihnen herrschte, so plötzlich und so heftig brechen würde. Er war wieder der Phillip, den sie in Yorkshire erlebt hatte, gereizt, harsch, verletzend. Sie brauchte ein paar Sekunden, dies zu begreifen.

»Du willst deinen Weg gehen?« fragte sie und konnte fühlen, wie bleich sie geworden war. »Und ich darf ihn nur dann gelegentlich kreuzen, wenn du zufällig mal wieder ein Alibi für einen Mord brauchst?«

»Ich habe mit den Morden nichts zu tun«, entgegnete Phillip. Beide waren sie ziemlich laut geworden, und am Nachbartisch drehte man sich um.

»Ich habe damit nichts zu tun«, wiederholte Phillip flüsternd, »und das weißt du genau!«

»Weiß ich das? Woher soll ich das wissen? Und im übrigen geht es darum auch gar nicht. Du warst in der wahrscheinlich fatalsten Situation deines bisherigen Lebens, und das vor allem wegen des absolut neurotischen Verhaltens, das du zuvor im Zusammenhang mit Stanbury an den Tag gelegt hast. Ohne mich würdest du noch immer im Untersuchungsgefängnis sitzen.«

»Sei nicht so sicher. Vielleicht wäre meine Unschuld längst erwiesen und ich wieder draußen.«

»Willst du es ausprobieren?«

Sie starrte ihn an. Er hielt ihrem Blick stand, bis sie schließlich die Augen senkte.

»Ach, Phillip«, sagte sie müde, »müssen wir so miteinander reden?«

»Müssen wir hier so sitzen?« fragte er zurück. »Was wolltest du mit dieser Aktion erreichen? Daß ich mit dir in dieses Häuschen ziehe, daß wir heiraten, daß wir eine Familie gründen?«

»Warum sperrst du dich so dagegen?«

»Weil mir für mich ein anderes Leben vorschwebt.«

»Aber was denn für eines? Du weißt doch überhaupt nicht, was du willst! Du kannst doch nicht bis ans Ende deiner Tage in dieser Dachkammer leben und dich mit Gelegenheitsjobs über Wasser halten!«

»Und warum nicht? Wenn das meine Vorstellung von Leben wäre, welches Recht hättest du, es mir auszureden?«

»Aber du weißt doch, daß es nicht stimmt!« Sie legte alle beschwörende Kraft, die sie in sich fühlte, in ihre Stimme. »Du hast es mir doch selbst gesagt. Du zweifelst an dir und deinem Leben. Deshalb bist du ja so wild hinter Stanbury und den Spuren deines Vaters her! Du kommst nicht zurecht mit deinem Dasein. Du …«

»Aber das geht dich nichts an. Das alles ist ganz allein mein Problem. Es mag sein, daß ich mit meinem Dasein, wie es ist, nicht zurechtkomme – aber mit dir komme ich noch weniger zurecht.« Er schob seinen Teller mit den kalten Chips und dem fettig glänzenden Fisch angewidert zurück und stand auf. »Vergiß es, Geraldine«, sagte er. »Versuch so etwas nie wieder. Es nützt nichts. Du kannst mich nicht ändern.«

»Ich könnte dich glücklich machen.«

Er lachte, aber es klang eher verzweifelt als höhnisch. »Es gibt tausend Männer«, sagte er, »die sich bestimmt gern von dir glücklich machen ließen. Warum mußtest du dir einen suchen, bei dem es einfach nicht funktioniert?«

»Ich liebe dich, Phillip. Ich würde dich sogar noch lieben, wenn du …« Sie hielt inne.

Er sah sie fragend an.

»Wenn du es getan hättest«, sagte sie leise.

10

Es war ein Hochhaus, in das Leon am Vortag umgezogen war, einer jener Wohnsilos mit vierzig Klingelschildern an der Haustür und zahllosen, winzig kleinen Balkons, die an Bienenwaben erinnerten, keinerlei Individualität erlaubten und, dank vorgezogener Wände und steinerner Überdachung, soviel Sonne wie nur möglich aussperrten. Vor dem Haus gab es Grünflächen, deren Betreten verboten war, aber auf den asphaltierten Plätzen vor den Garagen spielten Kinder, was offenbar als erlaubt galt. Jessica, die auf dem schattigen Plattenweg stand, der zur Haustür führte, mußte den Kopf in den Nacken legen, um bis zum obersten Stockwerk hinaufblicken zu können. Über dem flachen Dach erhob sich der Himmel in leuchtendem Blau, was dem lieblosen Betonbau ein klein wenig Charme verlieh. Schlechtes Wetter mußte die Anlage in vollkommene Trostlosigkeit tauchen.

Aber vielleicht ist es genau das, was Leon jetzt braucht, dachte Jessica, dieses Eintauchen in die Anonymität, diese Reduzierung des Wohnorts auf einen Platz zum Schlafen, von dem man im Grunde nicht mehr erwartet als ein Dach über dem Kopf. Das Leben an einen Nullpunkt bringen, um von vorne anfangen zu können.

Es war halb sieben am Abend, die Luft weich, das Licht hell. Jessica wäre lieber daheim im eigenen Garten geblieben, nachdem sie den ganzen Tag in ihrer Praxis gesessen und stapelweise Post durchgesehen und bearbeitet hatte. Aber sie hatte Leon versprochen, seine Wohnung anzusehen, und es hatte keinen Sinn, dies ewig vor sich herzuschieben. Vorsichtshalber hatte sie Barney daheim gelassen. So konnte sie nach einer gewissen Zeit behaupten, sie müsse nach Hause, um den Hund ins Freie zu lassen.

Leons Stimme klang durch die Sprechanlage, kaum daß Jessica geklingelt hatte. Ob er neben seiner Wohnungstür gewartet hatte, fragte sie sich. Er war einsam. Er hatte drei Menschen verloren.

»Ich bin im vierten Stock«, sagte er, »nimm den Aufzug!«

Er stand im Flur, als sie oben ausstieg. Er hatte sich endlich einmal rasiert und war offenbar sogar beim Friseur gewesen. Er trug Jeans, dazu ein weißes T-Shirt, weiße Leinenschuhe. Er schien nichts getrunken zu haben und sah so gut aus, daß Jessica sofort dachte: Er bleibt nicht lang allein. Die Frauen werden ihm die Tür einrennen, und wenn er die Trauerzeit hinter sich hat, wird es jemanden für ihn geben.

Er zog sie an sich und sagte, wie sehr er sich freue, sie zu sehen. Er schien aufrichtig glücklich, und sie schämte sich plötzlich, daß sie so widerwillig zu dieser Verabredung gegangen war.

Er war neben Tim Alexanders bester Freund, dachte sie. Alexander würde erwarten, daß ich mich um ihn kümmere.

Er zog sie in die Wohnung, und sie gab ihm die Flasche Wein, die sie für ihn daheim aus dem Keller geholt hatte. »Nicht sehr originell, ich weiß. Aber ich war den ganzen Tag in der Praxis, und es blieb dann keine Zeit mehr, um ...«

»Ich freue mich über den Wein. Ich freue mich vor allem, daß du da bist. Du arbeitest wieder? Ich finde, da tust du genau das Richtige!« Er holte tief Luft. »Also, das hier ist mein neues Reich!«

Die Wohnung sah so aus, wie vermutlich alle Zwei-Zimmer-Wohnungen in dem Haus aussahen, mit der Ausnahme, daß sich hier noch eine Menge unausgepackter Kisten stapelten. Es gab ein Wohnzimmer mit einer durch eine kleine Theke abgetrennten Küche und ein winziges, recht dunkles Nebenzimmer, dessen Fenster nach Norden ging und das gerade eben Platz für ein Bett und einen Schrank bot.

»Hier schlafe ich«, erklärte Leon, »und, na ja, im Rest wohne ich.«

Er hatte sich wirklich von nahezu allen alten Möbeln verabschiedet. Im Wohnzimmer standen ein neuer Ikea-Tisch mit passenden Stühlen (»Unser großer Eßtisch hätte das Zimmer ja fast völlig ausgefüllt«, sagte Leon) und in der Ecke zwei Sessel aus der früheren Sitzgarnitur, zwischen ihnen ein kleiner Teetisch, von dem sich Jessica erinnerte, daß er im alten Haus seinen Platz in Patricias sorgfältig gestyltem Wintergarten gehabt hatte. Sie erkannte die Stehlampe, zwei Blumenbilder an den Wänden und eine Vase im Fenster. Auf der Küchentheke standen ein paar Figuren aus bunter Knete, die wohl Diane und Sophie in Kindertagen gebastelt hatten. Eigentlich erinnerten nur sie daran, daß es im Leben dieses Mannes einmal eine Familie gegeben hatte.

Gleich neben der Theke führte eine Tür hinaus auf den Balkon. Hier standen ein weißlackierter Bistrotisch und zwei Gartenstühle, und aus einem Blumentopf kroch ein undefinierbares grünes Gewächs an der Betonmauer hinauf. Es lag keine Abendsonne auf dem Balkon, aber man hatte einen schönen Blick auf die Stadt, und man roch den warmen Wind des Frühsommers.

»Südosten«, sagte Leon, »ein bißchen Sonne habe ich am Tag. Aber ich bin ja ohnehin kaum daheim. Setz dich doch. Wie wäre es mit einem Glas Champagner?«

Er brachte Gläser und eine eiskalte Flasche.

»Es gibt etwas, worauf wir anstoßen können«, sagte er. »Ich habe eine Anstellung in einer Kanzlei gefunden. Ich kann am ersten August dort anfangen. Das heißt, ich werde endlich wieder Geld verdienen.«

»Wie schön für dich«, sagte Jessica, aufrichtig erleichtert und erfreut, »darauf stoße ich gern an.« Sie prosteten einander zu. Sie war erstaunt, wie sehr Leon unter Strom zu stehen schien und wie verjüngt er wirkte.

»Die neue Arbeit gibt dir ungeheuren Auftrieb«, stellte sie fest.

»Die neue Arbeit und die neue Wohnung. Es ging mir beschissen die letzten Wochen, aber das hast du ja selbst bemerkt. Es ist mir unendlich schwergefallen, das Haus aufzulösen. Ich bin durch die Hölle gegangen. Ich ...« Er schüttelte den Kopf, strich sich mit der Hand über das Gesicht in einer Geste, die schauderndes Erinnern an die Müdigkeit und Depression jener Tage ausdrückte. »Ich habe jeden Tag mit Alkohol begonnen und mit Alkohol beendet. Anders hätte ich diese Zeit nicht durchgehalten.«

»Das ist doch ganz normal. Du ...«

»Aber mir geht es besser«, sagte er lebhaft. »Als ich endlich durch war, ging es mir besser! Ich fühle mich, als wäre ich wieder da, wo ich mit Mitte zwanzig war, bevor ich aufhörte, selbst über mein Leben bestimmen zu können. Ich bekomme noch einmal eine Chance.«

Sie nahm einen Schluck von ihrem Champagner. Irgendwo tief in ihr erwachte ein Frösteln, aber sie wollte es nicht wahrnehmen, wollte nicht, daß es sich ausbreitete.

»Du siehst viel besser aus als noch vor ein paar Tagen«, meinte sie.

»Wie gesagt«, fing er an, und sie unterbrach ihn: »Ja. Ich weiß. Es geht dir auch besser.«

Sie schwiegen ein paar Minuten.

Unvermittelt sagte Leon: »Meine Herzschmerzen sind weg.«

»Du hattest oft Herzschmerzen?«

»Immer häufiger und immer stärker in den letzten Jahren, ja. Es begann mich wirklich zu belasten. Ich rechnete mir schon aus, daß ich irgendwann an einem Infarkt sterben würde, und das war alles andere als eine erfreuliche Vorstellung. Dabei habe ich nie ungesund gelebt, ich habe kein Übergewicht, ich rauche nicht, und wenn nicht gerade meine ganze Familie ermordet wird, trinke ich auch kaum jemals einen Schluck zuviel. Aber der Streß ...« Er atmete tief durch. »Der Streß, der mit dem Tag begann, an dem ich Patricia heiratete. Diese unglückliche Ehe, dieser nicht enden wollende Druck ... Es ist, als wäre ein Gewicht von mir genommen. Als könne mein Herz wieder frei schlagen.«

Jessica legte ihm die Hand auf den Arm. »Ich verstehe dich«, sagte sie, obwohl sich das Frösteln in ihr verstärkte, »ich verstehe dich, aber du solltest … du solltest nicht zu anderen so sprechen.«

»Weshalb nicht?«

»Weil es … weil es eigenartig klingt. Deine Frau und deine beiden Töchter sind bestialisch ermordet worden, und du scheinst … ja, irgendwie erleichtert. Befreit. Ich kann durchaus nachvollziehen, was da in dir vorgeht, aber …« Sie sprach den Satz nicht zu Ende. Sie fragte sich, ob sie es wirklich nachvollziehen konnte.

»Ich spreche sowieso mit niemandem über diese Dinge«, sagte Leon. »Meine beiden besten Freunde sind tot. Es gibt sonst niemanden, den ich so dicht an mich heranlassen würde.«

»Entschuldige meine Einmischung«, sagte Jessica.

Er stand auf. »Wie wäre es, wenn du hier in Ruhe deinen Champagner trinkst und ein wenig in den Abend hinaus träumst? Ich kümmere mich so lange um das Essen!«

»Du sollst doch nicht kochen für mich.«

»Es ist alles vorbereitet. Da mußt du jetzt durch.« Er lachte. Ehe er den Balkon verließ, legte er ihr einen Moment lang die Hand auf die Schulter.

Sie hatte nicht gewußt, daß Leon kochen konnte. Patricias Schilderungen hatte man immer nur entnehmen können, daß *sie* für das leibliche Wohl der Familie gesorgt hatte, auf die für sie typische, disziplinierte Weise: fettarm, vitaminreich, gesund. Von Leon war nie eine Klage gekommen, aber auch nie eine Andeutung, daß er selbst das Talent hatte, einmal etwas Besonderes für sie alle zuzubereiten. Nun zauberte er eine Köstlichkeit nach der anderen auf den Tisch, mit, wie es schien, leichter Hand und ganz nebenbei, und Jessica, die in ihrem Arbeitseifer das Mittagessen ausgelassen hatte, merkte, wie hungrig sie war. Sie aß und aß, bis sie meinte zu platzen, und sich nach dem Dessert mit einem Seufzer in ihrem Stuhl zurücklehnte.

»O Gott, Leon, das war unglaublich«, sagte sie. »Aber wenn ich jetzt noch einen Bissen zu mir nehme, kann ich mich für drei Tage nicht mehr rühren. Warum hast du nie erzählt, daß du ein begnadeter Koch bist?«

»Es gibt noch Käse. Du darfst noch nicht aufhören!«

»Vorsicht!« Sie lachte. »Nachher wirst du mich nicht mehr los, weil ich es nicht mehr schaffe, mich hochzuhieven.«

Er lächelte. Er hatte ein Windlicht auf die Balkonbrüstung gestellt, das sein Gesicht nur undeutlich erhellte, aber Jessica konnte das Blitzen in seinen Augen sehen.

»Warum sollte ich dich loswerden wollen?« fragte er.

Sein Tonfall verunsicherte sie, aber sie versuchte, möglichst unbefangen zu antworten. »Weil deine Wohnung viel zu klein ist für einen Übernachtungsgast.« Sie sah, daß er den Mund öffnete, und fügte schnell hinzu: »Barney ist allein daheim und muß irgendwann noch mal raus. Ich sollte jetzt bald gehen.«

»Hast du ihn deshalb zu Hause gelassen?« fragte Leon. »Ich habe mich schon gewundert.« Er wollte ihr Wein nachschenken, aber sie wehrte ab.

»Was meinst du mit *deshalb*?«

»Um auf gar keinen Fall in Versuchung zu kommen, hierzubleiben.«

»In die Versuchung wäre ich sowieso nicht gekommen.«

»Nein?«

»Nein.« Sie griff nach ihrer Handtasche. »Ich sollte ...«

»Weißt du nicht, daß es unhöflich ist, direkt nach dem Essen zu gehen?«

»Leon, ich ...« Sie wollte weg. Auf einmal hatte sie das Gefühl, Teil einer mit Bedacht geplanten Inszenierung zu sein. Die Einladung, der warme Maiabend, das flackernde Windlicht, der Champagner, das Essen. Der gutaussehende Mann, der plötzlich nichts mehr mit dem Leon gemein hatte, der früher einfach nur ein guter Freund, ein netter Kerl gewesen war. Und der jetzt ein neues Leben wollte, viel zu schnell, viel zu radikal, aber vielleicht mit einer gewissen Berechtigung, weil jedes Verweilen im alten Leben, und sei es nur eine Sekunde zu lang, das mühsam errichtete Gerüst, mit dessen Hilfe er das Dasein ertrug, zum Einstürzen bringen konnte.

»Jessica«, sagte Leon, »laß mich ganz offen sein: Ich habe über uns nachgedacht. Uns beide verbindet das gleiche Schicksal. Wir haben die Menschen, die uns am nächsten standen, durch ein schreckliches Verbrechen verloren, und aus den Trümmern, die geblieben sind, müssen wir unser Leben neu errichten. Wir sind zu jung, um dauerhaft allein zu bleiben, aber wir können nie einen Partner finden, der wirklich versteht, was wir durchlebt haben. Uns ist etwas zugestoßen, das nicht zu den Dingen gehört, die Menschen üblicherweise zustoßen. Neulich habe ich ja schon versucht, dir das zu erklären, erinnerst du dich? Ich meine, es gibt Geldsorgen und Probleme mit den Kindern und Schwierigkeiten in der Partnerschaft, aber wen – außer mir und Evelin natürlich – kennst du schon, der Teil eines solchen Verbrechens war oder ist? In gewisser Weise hat jener Tag in Stanbury uns aus der Mitte der Gesellschaft hinauskatapultiert. Wir sind nicht mehr die, die wir waren, aber wir sind auch nicht mehr da, wo die anderen sind.«

Sie wußte, daß er auf gewisse Weise recht hatte, gleichzeitig meinte sie zu fühlen, daß sie nicht zulassen durfte, was er da in großen schwarzen Lettern vor sie hinmalte. Dr. Wilbert hatte sie als ein Verbrechensopfer bezeichnet, aber letztlich akzeptierte sie den Status als Opfer erst dann, wenn sie die Ausgrenzung aus der Gesellschaft anerkannte, die Leon für sich selbst offenbar als zwangsläufig und unabwendbar hinnahm. Und das würde sie nicht tun. Niemals. Nicht nur wegen des Kindes, das sie erwartete. Sondern auch, um ihr eigenes Überleben zu sichern.

Sie stand auf. Auch Leon erhob sich. Er stand so, daß sie ihn hätte zur Seite schieben müssen, wenn sie den Balkon verlassen wollte. Sie hielt sich an ihrer Handtasche fest wie ein unsicheres Schulmädchen, das nicht weiß, wohin es mit seinen Händen soll.

»Ich glaube, daß jeder von uns beiden eine andere Art hat, mit dem Geschehenen fertig zu werden«, sagte sie, »und das ist keine Frage von falsch oder richtig. Es hat nur damit zu tun, daß wir verschiedene Menschen sind. Versuche nicht, mir deine Art überzustülpen, Leon. Ich muß meine eigene finden.«

»Ich wollte dir nichts überstülpen«, sagte Leon hastig, »ich wollte nur … ich dachte, es sind Fakten, die ich aufliste, und daraus ergeben sich Perspektiven für uns, die … nun, ich rede ziemlichen Blödsinn, was?« Er schüttelte den Kopf, als wolle er sich aus dem Geflecht verwirrender Gedanken befreien. »Ich wollte einfach sagen, daß ich dich sehr mag, Jessica. Daß ich mir vorstellen könnte, daß wir den Neuanfang, der ja für uns beide notwendig ist … daß wir den zusammen probieren?« Er formulierte den letzten Satz mehr als Frage denn als Feststellung. Er sah sie abwartend an, und fast eine Minute lang wurde das Schweigen zwischen ihnen begleitet von einer vollkommenen Stille, die das ganze Haus erfüllte und in der sie beide nichts anderes hörten als den eigenen Atem.

Dann begannen wieder irgendwo Menschen zu reden, jemand lachte, ein Hund bellte. Das Gefühl, allein zu sein auf der Welt, löste sich auf.

Jessica hatte den Eindruck, daß sie etwas sagen mußte.

»Leon, kann es nicht sein, du überstürzt die Dinge? Du hast einen neuen Arbeitsplatz, du hast eine neue Wohnung … und nun meinst du, du mußt auch ganz schnell eine neue Partnerin haben. Aber es sind gerade erst vier Wochen vergangen, seit … nun, seit das Schreckliche passiert ist. Du meinst jetzt, ich sei geeignet für dich, aber das ist vielleicht nur deshalb so, weil gerade niemand anderer da ist und du auch gar nicht in der Lage wärst, jemand anderen zu sehen. Aber …«

»Nein«, unterbrach er sie, »so einfach ist es nicht. Auch als Patricia noch lebte, konnte ich dich nicht anschauen, ohne mir vorzustellen, wie …« Er zögerte.

Sag es nicht, dachte sie, sag es bitte nicht!

»Ich konnte dich nicht anschauen, ohne mir vorzustellen, wie es sein müßte, dich zu berühren. Dich in den Armen zu halten. Dich zu küssen.« Er hob entschuldigend beide Hände. »So, jetzt weißt du es. Patricia und Alexander mußten nicht sterben, um in mir diese Gefühle zu wecken.«

Angestrengt versuchte Jessica, ihre Fassungslosigkeit unter Kontrolle zu bekommen.

»Aber ... davon habe ich ja nie etwas bemerkt«, sagte sie schließlich und dachte gleichzeitig: Welch ein dummer Kommentar! Das wollte ich doch gar nicht sagen!

»Ich habe mir auch alle Mühe gegeben, daß du nichts merkst«, erwiderte Leon, »schließlich sprach nichts in unserer Situation dafür, daß meine Wünsche in Erfüllung gehen könnten. Ich war verheiratet, du warst verheiratet. Dein Mann war noch dazu einer meiner besten Freunde. Ihr beide wart noch nicht lange zusammen, ihr schient glücklich. Selbst wenn ich mich hätte scheiden lassen – wie hätte ich hoffen können, daß du das gleiche tätest? Wie hätte ich auf irgend etwas hoffen können?«

»Du warst sehr unglücklich mit Patricia, oder?«

»Das habe ich dir ja erzählt.«

»Ja, aber ... ich dachte nicht, daß ...«

»Ich habe das Leben mit ihr gehaßt«, sagte Leon, und es klang fast gleichmütig, so als schildere er einen ganz alltäglichen Zustand. »Ich habe jede Minute gehaßt. Ich glaube, ich habe sie selbst gehaßt. Aber da waren die Kinder, der Alltag. Ein Ausbrechen schien einfach nicht möglich. Irgendwie arrangierten wir uns, irgendwie ging es immer weiter. Ich sagte mir, daß die meisten Menschen um mich herum auch keine glücklichen Ehen führten. Ich mußte ja nur meine engsten Freunde ansehen. Tim und Evelin – das war ein einziges Desaster. Bei Alexander und Elena konnte man schon am Anfang das Ende absehen. Patricia und ich murksten eben auch so herum. Irgendwie war das halt normal.«

»Ich verstehe«, sagte Jessica. Sie hätte ihn gern gebeten, sie vorbeizulassen, weil sie gehen wollte, aber aus irgendeinem Grund brachte sie es nicht fertig.

»Und dann tauchtest du an Alexanders Seite auf. Eine Frau, ganz anders als die anderen. Nicht depressiv und neurotisch wie Evelin. Nicht perfektionistisch und herrschsüchtig wie Patricia. Nicht mondän und unberechenbar wie Elena. Sondern einfach ... ja, mit beiden Beinen auf der Erde stehend. Geradlinig. Du erschienst mir als ein ungeheuer aufrichtiger, warmherziger Mensch, ehrlich und offen. Dabei auch sehr eigenständig, sehr unabhängig. Ich dachte: Alexander hat's geschafft. Er hat die Frau gefunden, mit der er durchs Leben gehen kann. Was für ein Glückspilz er doch ist!« Leon schwieg einen Moment. »Mit der Frau, dachte ich, könnte ich es auch schaffen«, sagte er.

»Was schaffen?« fragte Jessica.

Ich sollte das gar nicht fragen. Ich sollte zusehen, daß ich dieses Gespräch beende.

»Das Leben«, sagte Leon, »ich dachte, mit einer Frau wie dir könnte ich das Leben schaffen. Den Neuanfang. Den Beruf. Die Familie. Eben alles.«

»Leon, möglicherweise idealisierst du …«

»Außerdem finde ich dich sehr attraktiv. Sehr anziehend. Ich konnte dir in Stanbury kaum am Tisch gegenübersitzen, ohne …« Er sah sie an, schien auf ein Entgegenkommen zu warten, aber Jessica blieb stumm, senkte den Blick.

»… ohne daran zu denken, wie es sein müßte, mit dir zu schlafen«, vollendete er leise seinen Satz.

»O Gott«, flüsterte Jessica.

»Tja«, sagte Leon.

Sie schaute ihn nicht an, weil sie fürchtete, er könnte in ihren Augen die Gedanken lesen, die ihr durch den Kopf schossen. Das Mißtrauen, das seit Tagen – oder schon seit Wochen, genau hätte sie das nicht mehr zu sagen gewußt – in ihr keimte, züngelte hoch wie ein Feuer, dem frischer Sauerstoff zugeführt wird. Es war immer die alte Frage: Wie verzweifelt war Leon gewesen in seiner Ehe? Wie hoffnungslos war ihm die Situation erschienen?

Und nun noch eine weitere Frage dazu: Wie heftig hatte er sich verliebt in die Frau seines Freundes? Wie tief hatte er sich in die Idee hineingesteigert, an ihrer Seite sein Leben zu retten, das ihm vielleicht schon verloren schien?

Hatte dies alles zusammen zu der Vorstellung führen können, der gemeinsame Weg werde nur offen sein, wenn es Patricia und Alexander nicht mehr gab? Konnte er so weit durchgedreht sein, daß er auch das Leben seiner beiden kleinen Mädchen auslöschte? Und das von Tim noch dazu, weil er Schulden bei ihm hatte, die er kaum je hätte zurückzahlen können? Dann hätte Evelin einfach nur Glück gehabt, denn da sie in die Ansprüche ihres toten Mannes eintreten würde, wäre auch sie für Leon nur tot von Nutzen gewesen. Es sei denn, es gelang, ihr das Verbrechen in die Schuhe zu schieben. Aber das hatte Leon nicht versucht. Für ihn war immer Phillip der Schuldige gewesen, und von dieser Ansicht war er nie abgewichen.

Sie stöhnte leise, ratlos und zutiefst erschöpft. Warum konnte die Polizei nicht endlich den Täter fassen? Warum fand der Fall nicht zu der Klarheit, die Spekulationen und Verdächtigungen ein Ende setzte? Warum mußte Leon plötzlich mit einer Liebeserklärung daherkommen? Warum schien alles nur immer schwieriger und verworrener zu werden?

»Ich möchte nach Hause«, bat sie. »Es tut mir leid, Leon, aber ich kann dir heute abend nicht antworten. Das alles kommt sehr überraschend für mich, und es kommt auch zu schnell nach … nach allem, was passiert ist. Ich bin noch nicht so weit, daß ich über eine neue Beziehung nachdenken kann. Ich brauche sehr viel mehr Zeit.«

»Natürlich«, sagte Leon rasch, aber er sah nicht so aus, als könne er sie wirklich verstehen oder als behage ihm die Vorstellung, auf eine endgültige Stellungnahme ihrerseits warten zu müssen.

»Telefonieren wir?« fragte er.

»Ja. Sicher.« Sie schob sich an ihm vorbei ins Wohnzimmer. »Ich werde dich anrufen.«

Er lächelte gequält: »Was soviel heißt wie: Ruf du mich bitte nicht an!«

Sie hätte es albern gefunden, ihm nach all der Zeit zum Abschied die Hand zu geben, und so hauchte sie ihm einen Kuß auf die Wange, so flüchtig, daß er es kaum mißverstehen konnte. »Gib mir Zeit. Und danke für den Abend!«

Sie wartete nicht einmal auf den Fahrstuhl. Sie lief die Treppen hinunter wie gehetzt und atmete auf, als sie draußen vor der Haustür stand.

Erst dort fiel ihr ein, daß sie ihn eigentlich noch einmal nach Marc hatte fragen wollen.

11

KEITH MALLORY HATTE ein eigenartiges Gefühl, nachdem er den Telefonhörer aufgelegt hatte. Fast hatte es ihn erschüttert, Ricarda plötzlich am Telefon zu hören. Es war eine unausgesprochene Vereinbarung gewesen, daß sie ihn nicht zu Hause anrief. Klar, das hatte in erster Linie mit seinem Vater zu tun gehabt, und da dieser nun in einem Zustand war, in dem er sich in nichts, aber auch gar nichts mehr einmischen konnte, was um ihn herum geschah, sah sich Ricarda an diese Übereinkunft natürlich nicht mehr gebunden.

Er fragte sich, warum ihm die Knie zitterten, nachdem er ihre Stimme gehört hatte.

Das Telefon stand im niedrigen Hausflur, und Keith mußte nur zwei Schritte machen, um hinaus auf den Hof zu treten. Es war warm, erstaunlich warm für Mai und auch ungewöhnlich trocken. Sie hatten sonst viele Niederschläge hier in Yorkshire, aber nicht in diesem Jahr. Im Süden des Landes regnete es weitaus häufiger, wie er dem Fernsehen und der Zeitung immer wieder entnahm.

Der Hof lag still und friedlich in der Sonne. Zwei Hühner schritten majestätisch vom Stall zur Scheune, ihre Artgenossen hatten sich in den Schatten der

Büsche zurückgezogen und sich behagliche Kuhlen in der trockenen Erde gekratzt. Das Anwesen wirkte gepflegter als zu den Schaffenszeiten des alten Greg, und diese lagen schließlich erst vier Wochen zurück. Aber Keith hatte in den vier Wochen geschuftet wie noch nie. Er hatte verrostete Geräte, die in allen Ecken vor sich hingammelten, weggeschafft, ebenso die alten Autoreifen und das völlig verfallene Bretterhäuschen, das früher als Toilette gedient hatte. Er hatte Unkraut ausgegraben, bis seine Hände voller Blasen und sein Rücken ein einziger brüllender Schmerz waren. Er hatte den Schweinestall gestrichen und den brüchig gewordenen Zaun um den Auslauf der Tiere erneuert. Als nächstes würde er die zerbrochene Fensterscheibe am Heuschober durch ein sauberes, intaktes Glas ersetzen. Die Haustür brauchte dringend einen frischen Anstrich. Es gab viel zu tun.

Er hatte sich noch nie zuvor in seinem Leben so tatkräftig gefühlt.

Vor allem hätte er nie gedacht, daß ihn ausgerechnet dieser Hof zu solch einer Hingabe, zu solch einer Leistungsbereitschaft inspirieren könnte. Früher hatte er sich um jede Arbeit gedrückt, die mit der Farm zu tun gehabt hatte. Ihm war geradezu schlecht geworden bei der Vorstellung, hier Seite an Seite mit seinem Vater irgendwelche Tätigkeiten zu verrichten. Sein ganzes Dasein hatte darin bestanden, in seine einsame Scheune zu flüchten, dort auf dem zerschlissenen Sofa zu liegen und davon zu träumen, den Stuck alter, edler Häuser zu restaurieren.

Unkraut jäten, Zäune reparieren und Ställe ausmisten hatte kaum etwas zu tun mit der Arbeit, die er sich für sein Leben vorgestellt hatte. Deshalb erstaunte ihn die Erkenntnis, daß er sie mit echter Leidenschaft verrichtete. Es war, als habe die Krankheit seines Vaters einen Weg frei gemacht, der zuvor verstellt gewesen war und der sich plötzlich ungeahnt weit öffnete. Er hatte sich befreit. Mit jedem verrosteten Eimer, den er fortschaffte, hatte er ein Stück seines Vaters fortgeschafft. Mit jeder zähen Distel, die er aus der Erde riß, hatte er ein Stück seines Vaters ausgerissen. Mit jeder Erneuerung, die er vornahm, hatte er ein Stück seines Vaters ausradiert und sich selbst an die frei gewordene Stelle gesetzt.

Greg war nicht tot, aber man konnte ihn auch kaum als wirklich lebendig bezeichnen. Das Krankenhaus hatte ihn in die häusliche Obhut seiner Frau entlassen, was bedeutete, daß Gloria nun eine Art Riesenbaby zu versorgen hatte, einen Mann, der von morgens bis abends im Bett lag, der gefüttert und gewindelt werden mußte, der kein einziges verständliches Wort aussprechen konnte und dessen Zustand sich, wie es die Ärzte bereits vorsichtig angedeutet hatten, wohl kaum jemals entscheidend verbessern würde.

Jetzt gehörte der Hof ihm, Keith. Noch nicht im juristischen Sinne, aber er hatte bereits die volle Verantwortung für die Tiere, für das Land, das Haus und die Ställe übernommen. Und er merkte, daß sowohl seine Mutter als auch seine Schwester in ihm das neue Familienoberhaupt sahen.

Zudem hatte er das Gefühl, sich in jenen vier Wochen den Hof wirklich angeeignet, sich dauerhaft ein Revier abgesteckt zu haben.

Wie ein Hund, der die Ecken anpinkelt, dachte er ironisch.

Plötzlich hatte er eine Perspektive. Eine Zukunft. Sein Leben hatte sich von einem Moment zum anderen völlig und grundlegend verändert.

Er atmete tief durch und dachte an das eben geführte Telefongespräch. Ricarda hatte sich angehört, als flehe sie um Hilfe. Ein wenig machte ihm dieser Gedanke angst, das merkte er deutlich. Er stand am Beginn eines neuen Lebens. Die Vorstellung, ausgerechnet jetzt könne sich ein anderer Mensch haltsuchend an ihn klammern, gab ihm ein Gefühl der Überforderung. Er war neunzehn. Er war dabei, seinen Weg zu finden. Wie geeignet war er, eine ernste Beziehung mit einer traumatisierten Sechzehnjährigen einzugehen?

Denn natürlich *war* sie traumatisiert. Man mußte kein Psychologe sein, um das zu wissen. Sie hatte ihren Vater auf die grauenhafteste Art verloren, die man sich vorstellen konnte, und der Umstand, daß noch dazu eine Reihe enger Bekannter regelrecht hingemetzelt worden waren, konnte kaum dazu beitragen, daß sie sich besser fühlte. Ob sie manchmal darüber nachdachte, daß es vermutlich reiner Zufall war, daß sie selbst überlebt hatte?

Am Telefon hatte sie das Geschehen mit keinem Wort gestreift, und gerade das kam Keith verdächtig vor. Schon damals in der Scheune, als er ihr die Nachricht überbrachte, hatte sie so eigenartig reagiert – verdrängend, herunterspielend. Sie hatte sich, wie er fand, ausgesprochen ungesund verhalten, und nach wie vor schien sie sich einer Verarbeitung der Ereignisse zu entziehen.

Er liebte sie, da war er schon sicher inzwischen. Sie war zärtlich und hingebungsvoll. Zudem sehr echt, sehr authentisch. Nicht so blasiert und zickig wie andere Mädchen. Und er fand sie außerordentlich attraktiv.

»Keith, ich bin es, Ricarda«, hatte sie gesagt, und er war erst einmal verstummt, so daß sie nach ein paar Sekunden nachgehakt hatte: »Keith? Bist du noch da?«

»Ja«, hatte er schließlich herausgebracht, »ja, klar bin ich noch da.«

»Ich habe es ein paarmal auf deinem Handy versucht. Aber du hast es offenbar nie angeschaltet.«

»Na ja, ich bin jetzt immer auf dem Hof. Da bin ich ja über den normalen Apparat erreichbar.«

»Und die Mailbox hast du auch nie abgehört, oder?«

»Nein.« Er hatte sich gefangen. »Ricarda, es ist wirklich schön, deine Stimme zu hören. Wie geht es dir?« Die Frage war mehr gewesen als eine Höflichkeitsfloskel, dennoch hatte er erwartet, daß sie das übliche »Gut. Alles okay« darauf antworten würde.

Statt dessen sagte sie: »Mir geht es gar nicht gut. Überhaupt nicht. Ich vermisse dich sehr, und es ist nichts mehr, wie es war. Ich finde nicht in das alte Leben zurück.«

»Nun ja, es ist etwas Schreckliches geschehen, und es wird Zeit brauchen, bis du …«

Sie hatte ihn unterbrochen. »Ich meine *uns*. Wegen *uns* finde ich nicht zurück.«

An das Verbrechen wollte sie offenbar nicht einmal denken. Für sie schien es gar nicht stattgefunden zu haben.

Kann man so tief verdrängen? fragte er sich.

»Es ist alles anders«, fuhr sie fort. »Vor den Osterferien, weißt du, da war ich ein Kind. Jetzt nicht mehr.«

»Du bist fünfzehn«, hatte er sie erinnert.

»Fast sechzehn. In zwei Wochen werde ich sechzehn.«

»Das ist auch noch sehr jung.«

Sie hatte einen Moment geschwiegen. »Du fandest es nicht zu jung, als wir uns zusammen in London ein neues Leben aufbauen wollten.«

»Nein, weil damals …«

»Was?« fragte sie, als er innehielt. »Was war damals?«

Er wußte es auch nicht. Es war eben anders gewesen. Vielleicht hing es mit dem Verbrechen zusammen. Als sie gemeinsam nach London aufgebrochen waren, war sie ein junges Mädchen mit einigen Problemen gewesen, aber diese Probleme hatten sich innerhalb eines Rahmens bewegt, den Keith als normal empfand. In der Zwischenzeit aber war etwas Unfaßbares geschehen. Etwas, das Keith mit einer bislang ungekannten Angst erfüllte.

»Du wirst auf dem Hof bleiben?« fragte Ricarda schließlich.

Er war erleichtert, daß sie es von sich aus ansprach. »Ja. Verstehst du, irgendwie hing alles mit meinem Vater zusammen. Daß ich unbedingt weg wollte und so. Jetzt … gehört mir der Hof. Mein Vater ist völlig außer Gefecht. Er ist am Leben, aber auf dem geistigen Stand eines Kleinkindes. Ich bin mein eigener Herr. Und ich … ich fühle mich verpflichtet, dieses Erbe … Generationen meiner Familie haben hier gelebt und gearbeitet. Ich möchte den Faden nicht abreißen lassen.«

Ihre Stimme hatte auf einmal sehr warm geklungen. »Das verstehe ich. Das verstehe ich sehr gut.«

Es war diese Wärme gewesen, die ihn wieder mit dem Gefühl der Geborgenheit erfüllte, das er immer in ihrer Gegenwart verspürt hatte. Es war das, was er stets als ihre *Echtheit* empfunden hatte. Diese Wärme.

Er stellte sich das Gesicht seiner Mutter vor, wenn er ihr dieses sechzehnjährige deutsche Mädchen präsentierte, das in seinem Leben noch keine Kuh gemolken, kein Schaf geschoren, kein Brot gebacken hatte. Das aber dafür zu den Leuten von Stanbury House gehörte. Das Verbrechen hielt die Gegend nach wie vor in Atem, vor allem da man wußte, daß nur hauchdünne Indizien für die Frau, die man festgenommen hatte, sprachen. Der Fall galt als ungeklärt, und niemand wollte wirklich etwas damit zu tun haben. Mum würde ihn für verrückt erklären.

»Wenn du sechzehn bist, können wir heiraten«, hatte er gesagt.

Nun wühlte er in seiner Hosentasche herum, fand ein Feuerzeug und eine zerdrückte Zigarette, zündete sie an und inhalierte tief. Er hatte einen großen Schritt getan. Er hoffte, daß es der richtige war.

Er hörte ein Geräusch hinter sich und drehte sich um. Gloria erschien in der Tür. Die schwere Krankheit ihres Mannes ließ sie noch verhärmter aussehen, und irgendwie schien sie kleiner geworden zu sein. Es mochte daran liegen, daß sie ihre Schultern so weit nach vorn zog.

»Wer hat gerade angerufen?« fragte sie und hüstelte dann demonstrativ, um ihm zu zeigen, was sie von seinem Hang zu Zigaretten hielt.

»Eine alte Bekannte«, sagte Keith.

»Kenne ich sie?« fragte Gloria mißtrauisch.

Seitdem Greg krank war, interessierte sie sich für seinen weiblichen Bekanntenkreis, der ihr früher ziemlich gleichgültig gewesen war. Aber nun hegte sie die verschiedensten Befürchtungen: daß er eine Frau kennenlernen und mit ihr weggehen könnte. Oder daß er eine Frau auf den Hof bringen würde, mit der sie, Gloria, nicht zurechtkam. Die neue Situation überforderte sie ohnehin schon, sie wollte nicht, daß sich nun noch etwas änderte.

»Du kennst sie nicht«, sagte Keith, warf seine Zigarette auf den Boden und trat sie aus.

»Also nichts Ernstes?« vergewisserte sich Gloria.

Es war der Moment, in dem Keith begriff, daß es nichts Ernsteres je in seinem Leben gegeben hatte.

Auf einmal hätte er seine Mutter am liebsten umarmt. Er tat es nicht. Eine solche Geste war nicht üblich zwischen ihnen und hätte Gloria nur erschreckt und verwirrt.

12

Es war wie ein Déjà-vu, aber Phillip wußte genau, daß es ihm nur so vorkam. In Wahrheit wiederholte sich einfach eine Situation, die er in der Woche zuvor schon erlebt hatte: Es regnete in Strömen. Er war auf dem Heimweg. Er sah Licht hinter seinen Fenstern. Er wußte, daß *sie* da war.

Er kam diesmal nicht vom Anwalt, sondern aus dem Archiv des *Observer*. Im Grunde hatte er während des letzten Jahres alles zusammengetragen, was es an Pressematerial über seinen Vater gab, aber an manchen Tagen konnte er es nicht lassen, sich erneut in die Suche einzugraben, immer in der vagen Hoffnung, doch noch auf eine Spur zu stoßen, die zu seiner Mutter und damit zu ihm führen würde. Oder die in ihm das Verständnis hervorrufen würde, weshalb Kevin McGowan seine Geliebte Angela Bowen verleugnet, sitzen gelassen, aus seinem Leben gestoßen hatte. Vielleicht gab es Gründe. Gute, überzeugende Gründe, die ihn, Phillip, seinem Vater näherbringen und ihn mit ihm versöhnen würden.

Er hatte nichts gefunden, nichts, was er nicht schon hatte in einem seiner vielen Ordner, und irgendwann hatte er gemerkt, daß er hungrig war und daß seine Augen schmerzten. Er hatte auf die Uhr gesehen. Es war halb sieben.

Als er auf die Straße trat, regnete es. Der Tag hatte warm und sonnig begonnen, aber am Nachmittag waren dichte Wolken herangezogen. Der Himmel öffnete alle Schleusen. Phillip hatte wieder keinen Schirm, keinen Mantel. Den mäßigen Schutz der Vordächer ausnutzend, war er die Straße entlanggesprintet, bis er ein pakistanisches Restaurant erreichte. Es war ziemlich voll dort, weil viele Menschen einen Unterschlupf suchten, aber es gelang ihm, einen kleinen, freien Tisch zu ergattern. Ein Blick in seinen Geldbeutel eröffnete ihm die Aussicht, daß er tatsächlich ausnahmsweise ein paar Pfund dabeihatte. Es reichte für ein Bier und einen Teller Reis mit Gemüse.

Das Essen schmeckte, seine nassen Klamotten trockneten, der Alkohol wärmte ihn. Er bestellte noch einen Schnaps, betrachtete ein wenig die Leute ringsum. Er schnappte Gesprächsfetzen auf, ohne ihnen jedoch wirklich zuzuhören. Er befand sich in einer friedlichen, zuversichtlichen Stimmung.

Während des Nachmittags hatte er einen Plan gefaßt. Er hatte sich mit Kevin und Patricia und mit dem deutschen Zweig der Familie beschäftigt. Nicht zum erstenmal, aber mit mehr Entschlossenheit und Mut als sonst. In England hatte Kevin McGowan keine Verwandten mehr. Aber nie hatte er versucht, herauszufinden, ob es Angehörige in Deutschland gab. Vielleicht lebte Kevins Sohn noch, außerdem mochte es irgendwelche entfernten Tanten, Onkel, Cousinen oder Cousins geben. Vielleicht hatte Kevin zu dem einen oder anderen von ihnen nach seiner Scheidung Kontakt gehalten. Vielleicht gab es einen Vertrauten, dem er sogar von Angela Bowen erzählt hatte. Vielleicht gab es Spuren, denen bislang niemand gefolgt war.

Er würde es jetzt tun. Er würde nach Deutschland reisen. Nach Hamburg. Dort hatten Kevin und Patricia gelebt. Dort nahm die Fährte ihren Anfang.

Er hatte ein bißchen Geld von seinem Synchronisieren. Mit der Miete war er im Rückstand, aber noch hatte sich der Hauseigentümer nicht bei ihm gemeldet, und Kummer war er von ihm ohnehin gewöhnt. Wenn er ehrlich war, mußte er zugeben, daß seine Barschaft zur Zeit deshalb besser aussah als sonst, weil Geraldine so oft bei ihm war und alles finanzierte, was im Alltag anfiel: Essen und Trinken, die Stromrechnung, das Geld für die Tageszeitung. Auf ihre Kosten hatte er ziemlich sparsam gelebt in den letzten Wochen. Kein Grund für ein schlechtes Gewissen, wie er fand. Er hatte sie, weiß Gott, nicht gebeten, sich bei ihm einzunisten.

Es war neun Uhr, als er das Lokal verließ. Es dämmerte, und der Regen strömte unvermindert heftig. Es würde in dieser Nacht nicht mehr aufhören, deshalb hatte es keinen Sinn, zu warten. Der Gedanke an ein Taxi war verführerisch, gerade weil er ein wenig übriges Geld hatte, aber natürlich verbot er sich diese Möglichkeit sofort. Die Reise nach Deutschland hatte oberste Priorität.

Und so kam es, daß er wieder in der vollen U-Bahn stand und den widerlichen Geruch nasser Mäntel atmete, daß er wieder durch den Regen seinem Haus zustrebte, daß ihm wieder Enge und Häßlichkeit des Viertels ins Auge sprangen. Und daß er wieder das erleuchtete Fenster sah. Es war halb zehn inzwischen. Eigentlich hatte er gehofft, sie wäre gegangen, verärgert, weil er nicht zum Essen erschienen war und sich nicht einmal telefonisch gemeldet hatte. Wahrscheinlich, dachte er resigniert, sitzt die Schreckschraube Lucy wieder da. Die beiden kippen eine Flasche Sekt und haben gar nicht bemerkt, wieviel Zeit vergangen ist.

Obwohl im Inneren sanft gestimmt wegen des Alkohols und des Entschlusses, nach Deutschland zu reisen, merkte er doch, wie Aggressionen in ihm aufstiegen. Vielleicht auch deshalb, weil ihm schon jetzt klar war, wie sie zetern würde, wenn er ihr eröffnete, was er vorhatte.

Als er die Tür zu seiner Wohnung aufschloß, fiel ihn sofort beißender Qualm an, und er mußte husten. Rauch wogte durch das Zimmer, und Phillip begriff nicht sofort, aus welcher Quelle er stammte. Dann sah er Geraldine, die vor dem kleinen eisernen Ofen kniete, der sich ganz hinten im Zimmer unter die tief herabgezogene Dachschräge duckte.

Phillip hatte den Ofen noch nie benutzt. Er hatte schon im Zimmer gestanden, als er einzog, und der Vermieter hatte gemeint, man könne ihn ruhig entfernen, da ja das ganze Haus, auch der Dachboden, mit Zentralheizung ausgestattet worden war. Phillip war das egal gewesen, und letztlich war der Ofen geblieben, wo er war: verrußt und verstaubt und ohne Funktion.

Und nun hatte sich Geraldine offensichtlich zu einem romantischen Kaminabend entschlossen, und das im Mai, und nur, weil es draußen regnete!

Was führt sie jetzt schon wieder im Schilde? fragte er sich genervt. Warum, verdammt, kann sie nicht einfach mal Ruhe geben?

Sie war dabei, zerknäulte Zeitungen in die Flammen zu schieben, wobei sie gar nicht zu bemerken schien, daß das Feuer ohnehin schon viel zu hoch schlug, daß der Rauch nicht richtig abzog und daß sie selbst schon hustete und keuchte. Obwohl er nasse, dreckige Spuren auf dem Teppich hinterließ, lief Phillip sogleich in Straßenschuhen zum Fenster und riß es auf.

»Willst du uns vergiften?« fragte er. »Was, zum Teufel, tust du denn da?«

Sie hatte ihn nicht kommen hören und schrak zusammen. Sie blickte auf. Er bemerkte Rußpartikel in ihrem Gesicht, auf ihrem weißen Pullover. Sie war sehr blaß. Ihre Hände zitterten.

»Ich verbrenne Zeitungen«, sagte sie.

»Wieso das denn? Wir haben da draußen einen Altpapiercontainer, und …«

Er sprach nicht weiter. Jetzt erst, langsam, fast in Zeitlupe, *begriff* er das Bild, das er vor sich sah: die Ordner, die um den Ofen herum lagen. Die große Küchenschere auf dem Boden. Die wenigen verbliebenen Zeitungen, zumeist schon in Fetzen gerissen. Reste von Fotos. Das leere Regal im Hintergrund. Geraldines fahles, unnatürlich bleiches Gesicht. Ihre Hände, deren Zittern sie nicht unter Kontrolle zu bekommen schien.

Er starrte sie an. Es kostete sie offensichtlich Kraft, aber sie senkte nicht den Blick. Doch er registrierte die Angst in ihren dunklen Augen.

»Was hast du getan?« fragte er, obwohl er es eigentlich schon wußte. Seine Stimme klang krächzend, und das lag nicht am Qualm.

Sie machte eine hilflose Bewegung mit beiden Armen. »Ich dachte …« Sie verbesserte sich: »Ich denke, es ist besser für dich … für *uns*, wenn du dich befreist. Du bist ein Gefangener deiner Idee, und ...« Was sie in seiner Miene las, brachte sie dazu, den Satz nicht zu beenden.

»Du hättest es nie geschafft«, sagte sie statt dessen leise, »du hättest dich nie lösen können.«

Er war so fassungslos über das, was sie getan hatte, daß in einem völlig irrationalen Winkel seines Gehirns noch immer die Hoffnung existierte, er könne sich irren, und die Szene vor seinen Augen stelle in Wahrheit nicht das dar, was sie darzustellen schien.

»Mein Archiv«, sagte er langsam, »die Zeitungen ... alles, was ich über meinen Vater zusammengetragen habe ... sag nicht, daß du ...« Es war zu ungeheuerlich, um es auszusprechen. An diesen Punkt seines Lebens konnte sie nicht vorgedrungen sein, diesen Nerv konnte sie nicht durchtrennt haben, einen solchen Übergriff ... nicht einmal sie ...

Ihm wurde schwindlig, und er atmete tief. Durch das geöffnete Fenster strömte frische Regenluft in den verräucherten Raum und in seine Lungen. Das Zimmer hörte auf zu schwanken.

»Ich habe keine andere Möglichkeit mehr gesehen, Phillip«, sagte Geraldine. Ihre Stimme gewann ein wenig an Festigkeit, aber ihr Gesicht war noch immer von gespenstischer Blässe. »Du hast dich in etwas hineingesteigert, das mir angst macht und das vor allem deine Zukunft völlig blockiert. Du sitzt in Zeitungsarchiven herum, du legst Ordner an, du sammelst jeden noch so unbedeutenden Schnipsel ... und du machst einen Lebensinhalt daraus. Aber diese verzweifelte Beschäftigung mit Kevin McGowan *ist kein Lebensinhalt*. Es ist nur ein ... ein gigantischer Irrtum.«

»Mein Vater ...«, brachte er hervor.

Sie sah ihm direkt in die Augen. »Er ist nicht dein Vater«, sagte sie, »er ist lediglich eine Lüge deiner Mutter, und ich will nicht, daß deswegen unser Leben ...«

Während sie die Worte aussprach, begriff sie, daß sie zu weit gegangen war. Er konnte das an ihrem Gesicht sehen, dessen Ausdruck plötzlich von Entschlossenheit in Entsetzen umschlug. Sie verstummte jäh, schluckte und fuhr sich mit der Zunge nervös über die Lippen.

»Ich meine ...«, begann sie noch einmal, sprach aber nicht weiter, weil es nichts zu sagen gab.

Er hatte seine rechte Faust geballt, und sein Bedürfnis, sie in dieses weiße Gesicht mit den riesigen Augen und den weichen Lippen zu schmettern, war so stark, daß er meinte, ersticken zu müssen, wenn er es nicht täte. Es war der

Wunsch, den Mund zum Schweigen zu bringen, der solche Ungeheuerlichkeiten gesagt hatte, es war der Wunsch, ihr Schmerzen zu verursachen, die so heftig waren wie die ihm zugefügten. Er wollte sie wimmern und sich krümmen sehen, zwischen den leeren Ordnern und den zerfetzten Zeitungen sollte sie sich winden, inmitten ihres zerstörerischen Werks. Er wollte auf sie einschlagen, bis sie genug hätte, bis sie aus dieser Wohnung kriechen würde und für alle Ewigkeit von dem Gedanken kuriert wäre, noch einmal einen Fuß in sein Leben zu setzen, ihn zu belagern, ihn zu bestimmen, ihm ihre Ideen und Wünsche und Vorstellungen aufzuzwingen. Er wollte Rache nehmen, er wollte sich befreien, er wollte …

»Bitte nicht«, flüsterte sie und rutschte auf den Knien bis an die Wand zurück, »bitte nicht!«

Seine Wut brauchte ein Ventil, andernfalls, davon war er überzeugt, würde er sterben. Blitzschnell und ohne wirklich nachzudenken, ergriff er die Küchenschere, mit der Geraldine gewütet hatte. Mit einem einzigen Schritt war er neben der kauernden jungen Frau, die entsetzt aufschrie. »Nein! O Gott, nein!«

Jetzt war es Todesangst, was ihre Augen erfüllte, das Grauen darüber, einen Wahnsinnigen vor sich zu haben; sie verströmte diese Angst, atmete und seufzte sie. Er packte ihre Haare und zerrte ihren Kopf zurück, und sie schrie und schrie, während er mit ein paar wenigen brutalen Schnitten ihre prachtvolle, hüftlange Mähne abtrennte und die dicken, schwarzen Strähnen ins Zimmer schleuderte.

»Verschwinde«, sagte er leise, »verschwinde aus meinem Leben, und laß dich nie wieder blicken! Hörst du, nie wieder! Komm mir nie wieder unter die Augen!«

Sie zitterte und stieß leise wimmernde Laute aus und schien es kaum fassen zu können, daß sie noch am Leben war. Sie sah grotesk aus mit ihren krumm und schief abgesäbelten, kurzen Haaren, die wirr um ihren Kopf herum standen, sie sah so zerstört aus wie die Ordner und Zeitungen um sie herum, und dies erfüllte Phillip mit einer bösartigen Befriedigung.

»Ich sagte, *raus*!« wiederholte er.

Immer noch wimmernd, hob sie zaghaft die Hände und befühlte ihre Haare, das, was von ihrem einstmals schönsten Schmuck noch übrig war, und sie zuckte zusammen, als ihr klarwurde, was er getan hatte. Sie blickte an sich herab, dorthin, wo sonst die langen, seidigen Strähnen über ihre Brust und ihren Bauch geflossen waren, und ihre Augen weiteten sich. Sie hob den Kopf, sah zu Phillip auf.

»Raus«, befahl er noch einmal.

»Du Schwein«, sagte sie leise.

Er nahm ihre Handtasche, die sie auf dem Schlafsofa abgestellt hatte, ging damit zur Tür, warf die Tasche ins Treppenhaus. Polternd hüpfte sie die Stufen hinab, ehe sie sich öffnete und ihren Inhalt klirrend und klappernd auf Stiegen und Absätzen verteilte.

»Ich will, daß du verschwindest«, sagte er tonlos.

Sie rappelte sich auf, kam schwankend auf die Füße. Sie sah aus wie eine Vogelscheuche. Zu Hause vor dem Spiegel würde sie der Schlag treffen, aber das war Phillip plötzlich egal. Er wollte nur noch, daß sie ging. Er wollte allein sein mit ihrem Werk der Zerstörung, wollte sehen, was er retten konnte. Ihm war übel von ihrer Anwesenheit. Er wollte sie nicht, er hatte sie nie gewollt. Und fast spürte er etwas wie Erleichterung, weil sie selbst ihm die Kraft gegeben hatte, endlich den Schlußstrich zu ziehen.

Ihre Angst wandelte sich in Haß, das konnte er sehen, aber auch das war ihm gleich. Wenn sie nur endlich durch seine Wohnungstür verschwände! Gern hätte er sie gepackt wie ihre Handtasche und einfach in hohem Bogen hinausgeschmissen. So mußte er warten. Sie schniefte.

»Du elendes Schwein«, sagte sie, »und dir habe ich alles geopfert!«

In einer anderen Situation hätte er gelacht und sie gefragt, was sie unter *opfern* verstand: den Umstand, daß sie sich über Jahre in sein Leben gedrängelt und ihn ununterbrochen mit ihrer Zukunftsplanung belästigt hatte? Daß sie nicht zugehört hatte, wenn er erklärte, daß es keine gemeinsame Zukunft gab? Daß sie sich ihn in den Kopf gesetzt hatte wie ein schönes Spielzeug, ein hübsches Kleid, ein tolles Auto, das man unbedingt haben mußte?

Aber er fragte nichts, er sagte nichts. Sie hatten viel zuviel geredet, viel zuviel Zeit verschwendet. Es ging nur noch um das Ende, um ein rasches Ende.

Sie sah ihn an, und dann ging sie an ihm vorbei, mit großen Schritten, zerrte ihren Mantel von der Stuhllehne, über den sie ihn gelegt hatte. Sie schlug laut krachend die Wohnungstür hinter sich zu. Er hörte ihre Schritte auf der Treppe. Sie würde ein paar Minuten brauchen, ihre verstreuten Utensilien zusammenzusuchen.

Sie war draußen!

Er sank vor dem Ofen auf den Boden und klaubte die Reste zusammen, die dem Feuer entgangen waren. Ein paar Bilder, ein paar Artikel, dazu ein paar Schnipsel, sinnlose Fragmente, die im Grunde keinen Wert mehr hatten. Er sah sich selbst vor seinem inneren Auge, wie er sich in vielen, endlosen Stunden durch Bibliotheken und Archive gegraben hatte, Fotokopien gemacht und Ausdrucke aus dem Internet angefertigt hatte. Ein Jahr Arbeit. Recherche. Sammeln wie ein Eichhörnchen, ordnen, sortieren, beschriften, anlegen. Zwölf Monate, in denen er unermüdlich am Bild seines Vaters gebaut hatte, so sorgfältig und ruhig wie ein Puzzlespieler. Zwölf Monate, die *sie* in vermutlich weniger als einer Stunde vernichtet hatte.

Zutiefst erschöpft stand er schließlich auf. Er hatte keine Ahnung, wieviel Zeit vergangen war. Aus dem Treppenhaus klang kein Laut mehr.

Er ging hinüber in das winzige Kabuff, das sich Bad nannte, zwängte sich in die billige Plastik-Duschkabine, die der Eigentümer der Wohnung vor Jahren voller Stolz hatte einbauen lassen. Klo auf dem Gang, aber Dusche in der Wohnung. Besser als nichts, hatte Phillip damals gedacht.

Er duschte eiskalt, reckte sein Gesicht dem strömenden Wasser entgegen, merkte, wie sich unter dem schmerzenden Prickeln der Kälte wieder Leben in seinem Körper regte. Wie sein Gehirn aus der Dumpfheit erwachte, sein Verstand die Gegenwart wieder wahrzunehmen begann. Er ging in das Zimmer zurück. Das Feuer im Ofen war erloschen, draußen hatte sich schwarze Nacht über die Straße gesenkt. Feuchte, kühle Luft wogte durch das Fenster herein, vermischte sich mit dem Geruch nach kaltem Rauch. Büschel langer, schwarzer Haare lagen mitten auf dem Teppich.

Phillip starrte sie an. Nun, da der Schock wich, begann er zu begreifen, was *er* getan hatte. Er hatte Geraldine aus seiner Wohnung und aus seinem Leben geworfen, und er hatte es so nachdrücklich getan, daß ihr klargeworden sein mußte, daß es nun nie wieder ein Zurück geben konnte. Er hatte ihr zudem etwas angetan, was vielleicht mit zu dem Schlimmsten gehörte, was ein Mann einer Frau antun konnte: Er hatte sie gepackt und festgehalten und ihr die Haare abgeschnitten. Abgesehen davon, daß ihre Haare ihr ganzer Stolz gewesen waren, daß sie sie immer mit besonderer Hingabe gepflegt hatte und daß sie auch gerade in ihrem Beruf ihr besonderes Kapital dargestellt hatten, war dies auch ein Übergriff gewesen, der sie tief gedemütigt und gekränkt haben mußte. Eine grausame Verletzung der Grenzen, die zwischen Menschen eingehalten werden mußten, weil ihr Ignorieren unerträglich wäre. Was er getan hatte, kam gleich nach einer Vergewaltigung. Vielleicht empfand es Geraldine sogar als ebenbürtig.

Plötzlich unangenehm frierend, schloß er das Fenster. Er mußte überlegen. Es war nicht so, daß er sein Tun bereut hätte, denn es hatte zumindest Klarheit in die sogenannte Beziehung zwischen ihm und Geraldine gebracht, und nun, da es passiert war, ging ihm erst wirklich auf, wie unerträglich die letzten Wochen für ihn gewesen waren, wie unaufschiebbar das Ende. Aber erstmals an diesem Abend dämmerten ihm die Konsequenzen.

Sie würde zur Polizei gehen. Oder direkt jenen Superintendenten Sowieso – er hatte den Namen vergessen – in Yorkshire anrufen. Sie würde ihre Aussage zurückziehen und ihm damit das Alibi nehmen. Sie würde berichten, wie heftig er sie bedrängt hatte, ihre Angaben in seinem Sinn zu machen, und er würde verdächtiger dastehen denn je.

Er schaute auf die Uhr. Es war kurz nach halb elf. Es mußte etwa eine Stunde her sein, seitdem Geraldine die Wohnung verlassen hatte.

Im Prinzip konnten hier jeden Moment die Bullen auftauchen.

Es blieb ihm keine Zeit, das Für und Wider abzuwägen: Machte er sich durch Flucht noch verdächtiger? Wäre es vernünftiger zu bleiben? Würde Geraldine überhaupt zur Polizei gehen? Oder morgen wieder heulend bei ihm auf der Matte stehen und eine Aussprache verlangen? Egal. Wenn er nicht schnell verschwand, konnte es ihm passieren, daß er den Rest der Nacht in Polizeigewahrsam würde verbringen müssen.

Er warf das Handtuch, in das er noch immer gehüllt war, in eine Ecke, schlüpfte in frische Wäsche, Jeans, ein graues Sweatshirt. Er zog seine Segeltuchtasche aus dem Schrank, warf ein paar Sachen zum Wechseln hinein, dazu seine Zahnbürste, Zahnpasta, das Portemonnaie mit seinen mageren Ersparnissen, die eigentlich für die Deutschlandreise gedacht gewesen waren. Er hatte keine Ahnung, wohin er wollte. Es war nur wichtig, zunächst einmal unterzutauchen.

Alles war sehr schnell gegangen. Um zehn vor elf verließ er die Wohnung. Er trug Turnschuhe und über dem Sweatshirt eine verschrammte Lederjacke. Er fand, daß er sehr unauffällig aussah. Aber wenn sie nach ihm suchen würden, war er nirgendwo sicher. Nicht im Zug, nicht im Bus, in keiner Pension.

Jetzt nicht darüber nachdenken, ermahnte er sich, erst mal sehen, daß du wegkommst.

Wie immer war das Treppenhaus nur spärlich beleuchtet, dennoch entdeckte er im trüben Schein einer der wenigen intakten Glühbirnen einen Lippenstift auf einer Stufe und einen Tampon auf einer anderen. Zweifellos Utensilien aus Geraldines Handtasche, die sie übersehen hatte.

Er huschte hinunter, trat auf die Straße. Es regnete noch immer, keine Menschenseele war zu sehen. Er atmete leichter. In den letzten Minuten war ihm das Haus wie eine Falle vorgekommen, dort oben in seiner Mansarde hätte es für ihn keinen Fluchtweg gegeben. Aber jetzt war er draußen, und noch war die Polizei nicht zu sehen.

In normalem – in unauffälligem – Tempo schlug er den Weg in Richtung U-Bahn-Station ein.

13

Sie war fast erleichtert, ihn so zu sehen. Mitten in der Nacht, angetrunken, nach Schweiß riechend, mit ungekämmten Haaren. Er schien elend und verzweifelt und haltlos und erfüllte damit die Vorstellung, die man sich nun einmal machte von einem Mann, dessen gesamte Familie vier Wochen zuvor in einem abscheulichen Blutbad gewaltsam ausgelöscht worden war. Der gutaussehende, um Jahre verjüngte Mann, den er noch zwei Abende zuvor abgegeben hatte, hatte Jessica mit Grauen erfüllt. Dieser hier beschwichtigte den furchtbaren Gedanken eines Verdachts, der tief in ihrem Inneren leise keimte und von dem sie ständig fürchtete, er werde sich irgendwann nicht mehr verdrängen lassen.

Nun begriff sie: Für eine vielleicht sehr lange Zeit würde Leon wie ein Grashalm im Wind schwanken. Zwischen euphorischen Neuanfängen und tiefstem Katzenjammer, zwischen dem Gefühl, von einer Last befreit worden zu sein, und dem Bewußtsein, einen grausamen Verlust erlitten zu haben. Es war seine Art, *die Zeit danach* zu leben.

Sprach es ihn frei von jeglichem Verdacht?

So wenig wahrscheinlich, wie ihn jedes andere Verhalten zwangsläufig hätte verdächtig erscheinen lassen müssen. Im Grunde gab es keinerlei Anhaltspunkte, die für die eine oder die andere Möglichkeit sprachen. Es gab keine Richtlinien für das Verhalten eines Mannes, dessen Familie ermordet worden war.

Jessica hatte gezögert, die Haustür zu öffnen. Sie war wieder spät ins Bett gegangen, es war fast ein Uhr gewesen, und es hatte eine Weile gedauert, bis sie hatte einschlafen können. Das Klingeln hatte sie geweckt, und im ersten Moment hatte sie geglaubt, es sei der Wecker. Doch dann klingelte es erneut, und es kam eindeutig von der Haustür, und außerdem war es kurz nach zwei Uhr. Nicht die Zeit für morgendliches Aufstehen.

Barney, der in seinem Körbchen neben dem Bett lag, hatte den Kopf gehoben und knurrte leise. Nun stand er auf und lief eilig aus dem Zimmer. Jessica konnte das Tappen seiner Pfoten auf der Treppe hören. Sie erhob sich und ging ebenfalls nach unten.

Es mochte gefährlich sein, nachts um zwei Uhr die Haustür zu öffnen, aber sie sagte sich, daß Einbrecher wohl kaum klingeln würden. Außerdem war Barney wieder ein ganzes Stück gewachsen und würde durchaus schon einen gewissen Schutz darstellen.

Leon trat ins Haus. Er roch nach Alkohol, war aber nicht so betrunken, daß er geschwankt oder gelallt hätte.

»Ich war noch in einer Kneipe«, erklärte er. »Habe ich dich geweckt?«

»Es ist zwei Uhr nachts!«

»Oh!« Er schien nicht wirklich bestürzt, hatte wohl aber eine Ahnung, daß man ein wenig Bedauern zeigen mußte, wenn man mitten in der Nacht bei einem anderen Menschen ins Haus platzte. »So spät? Das wußte ich gar nicht.«

Er sah elend aus, hatte noch stärker abgenommen, und die tiefen Schatten unter seinen Augen verrieten, daß er wenig schlief und viel grübelte.

»Leon«, sagte Jessica vorsichtig, »ich hatte dir doch neulich bei meinem Besuch erklärt, daß …«

Er war immerhin nüchtern genug, sofort zu wissen, wovon sie sprach. Er machte eine abwehrende Handbewegung, die nur ansatzweise fahrig ausfiel. »Das habe ich begriffen. Wirklich, Jessica, ich habe begriffen. Genauer gesagt, ich habe es nicht nur begriffen, ich respektiere deine Haltung auch. Voll und ganz. Was mich betrifft, so gibt es keinerlei Verstimmung zwischen uns!«

»Schön«, sagte Jessica, »was mich betrifft auch nicht.«

Nachdem dies geklärt war, sahen sie einander etwas unschlüssig an.

Schließlich senkte Leon den Kopf und sagte leise: »Ich wußte nicht, wohin ich gehen sollte.«

»Du wolltest nicht nach Hause?«

»Es ist …, es ist so still dort. So leer. Irgendwie …«, er hob hilflos die Schultern, »irgendwie habe ich das Alleinsein noch nicht gelernt.«

Sie wußte, daß sie ihn nicht fortschicken konnte.

»Geh ins Wohnzimmer«, sagte sie, »ich mache einen Tee.«

»Hast du Whisky?«

»Ich glaube, Tee ist jetzt besser.«

Er nickte ergeben.

»Ich will dir aber keine Umstände machen«, sagte er. »Sicher hältst du mein Benehmen für völlig unmöglich.«

Sie schüttelte den Kopf. »Angesichts dessen, was passiert ist, halte ich es für ziemlich normal«, meinte sie.

Während er ins Wohnzimmer ging, machte sie in der Küche Wasser heiß, holte zwei Becher aus dem Schrank, hängte Teebeutel hinein, stellte alles zusammen mit einer Zuckerdose auf ein Tablett. Sie spürte keine Müdigkeit. Ihr Schlaf war oberflächlich gewesen. Wie immer in der letzten Zeit.

Leon saß zusammengekauert auf dem Sofa. Sie stellte seinen Tee vor ihn hin.

»Laß ihn noch eine Weile ziehen«, sagte sie.

Er sah sie an. Ihr wurde bewußt, daß sie wenig anhatte, nur ein übergroßes T-Shirt von Alexander, das knapp ihre Oberschenkel bedeckte. Sie hätte sich ihren Morgenmantel holen müssen, aber die Hitze des vergangenen Tages staute sich noch im Raum, und sie fühlte sich leicht bekleidet wohler.

Was ist schon dabei, dachte sie.

»Es gibt Tage«, sagte Leon, »da denke ich, daß ich alles im Griff habe. Dann plötzlich bricht alles wieder zusammen. Und dann merke ich, daß es nur eine Illusion war. Daß der Schmerz sich schlafen gelegt hatte und ich so dumm war zu denken, er sei gegangen. Ich wußte das vorher nicht. Wußtest du das?«

»Was?«

»Daß Schmerz Schlaf braucht. Daß er einen gar nicht dauernd quälen kann. Ab und zu wird er richtig müde. Und dann denkt man: Er ist weg. Er wird nicht wiederkommen. Das Leben ist neu. Aber es ist ein Irrtum. Einfach nur ein gigantischer Irrtum.«

»Trotzdem wird der Schmerz weniger. Ganz gleich, wie oft er sich schlafen legt, er verliert dennoch in seinem wilden Wüten stetig an Kraft. Fast unmerklich zuerst. Aber es geschieht. Und irgendwann ist er verbraucht.«

»Ich wollte gestern nachmittag schon zu dir kommen. Das Alleinsein war … egal. Ich dachte nur, nach allem, was war, wäre es dir peinlich, wenn ich hier aufkreuze. Ich bin dann in die Kneipe gegangen. Da waren wenigstens Menschen. Aber irgendwann ist man der letzte Gast. Dann ist das Alleinsein wieder da. Wie der Schmerz. Es taucht auf und sagt: *Oh, hallo, dachtest du etwa schon, ich hätte dich allein gelassen?*« Leon lachte. »Hübsch, nicht? Das Alleinsein läßt dich allein. Aber es ist in Wahrheit eine verdammt treue Seele. Es haut nicht so einfach ab.«

»Leon«, sagte Jessica sanft, »du solltest jetzt aufhören, nachzudenken. Du siehst unglaublich schlecht aus. Du brauchst dringend Schlaf. Ich könnte dir ein leichtes Schlafmittel geben, du streckst dich hier auf dem Sofa aus und schläfst endlich mal zwölf Stunden hintereinander. Du wirst hinterher besser dran sein.«

»Ich will nicht schlafen. Ich will mit dir reden.«

Sie seufzte. »Mit allem, was du sagst, quälst du dich nur. Das ist nicht gut.«

Er schüttelte den Kopf. »Ich will nicht über meine … Familie reden. Über

Patricia und die Kinder. Das halte ich manchmal aus und manchmal nicht. Heute halte ich es nicht aus.«

»Leon …« Sie hatte Angst vor nahezu allem, was er sagen könnte. Sie hatte Angst vor Selbstanklagen, Situationsanalysen. Sie hatte Angst vor seinem Schmerz, weil es auch ihr Schmerz war, den sie sich so mühsam vom Leibe hielt und der sich Leons Worte als Hintertür würde bedienen können, um sich heimtückisch an sie heranzuschleichen. Sie bereute es, ihn in ihr Haus gelassen zu haben. Sie wollte allein sein. Sie wollte die Chance haben, ihren eigenen Scherbenhaufen zu kitten. Sie wollte ihre Scherben nicht mit denen eines anderen Menschen vermischen.

»Ich will dir von Marc erzählen«, sagte er.

Vierter Teil

Es war dunkel und kalt. Doch er fand, das war genau die richtige Atmosphäre für das, was sie taten. Das Frieren gab der Sache einen ernsthafteren Anstrich, der flackernde Kerzenschein, der nur schwach die Gesichter ringsum beleuchtete, machte sie abenteuerlicher. Manchmal bewegte sich jemand, und dann knarrte ein Dielenbrett, und die anderen zischten: »Psst!«

Sollte jemand von den Lehrern oder Erziehern auf sie aufmerksam werden, würden sie alle der Schule verwiesen werden – ohne die geringste Hoffnung auf Gnade oder auf das Gewähren einer zweiten Chance. Das wußten sie, und das machte es so spannend. Rauchen gehörte zu den Todsünden im Internat. Es war schlimmer als Alkoholkonsum. Der wurde auch geahndet, aber bei weitem nicht so unnachsichtig. Man kam in der Regel mit einem Verweis davon, durfte sich dann allerdings für den Rest der Schulzeit nicht den geringsten Fehltritt mehr erlauben.

Die Spitzen der Zigaretten glühten rot in der Dunkelheit. Inzwischen stand dicker Qualm in dem kleinen Raum und machte das Atmen mühsamer. Die Jungen hatten sich in eine winzige Abstellkammer zurückgezogen, nicht mehr im Grunde als eine Art Verschlag, der mit Bretterwänden vom übrigen Dachboden abgeteilt war. Sollte jemand Geräusche hören und nachsehen kommen, hatten sie hier drin eine winzige Chance, der Entdeckung entgehen zu können. Zudem hofften sie, daß ihre Körperwärme zusammen mit den Kerzen und den Zigaretten die frostige Temperatur ein wenig in die Höhe treiben würde. In dem eigentlichen Dachboden, der sich über die gesamte Länge und Breite des riesigen Schulgebäudes erstreckte, wäre ein solcher Wunsch völlig unsinnig gewesen.

Die Jungen rauchten konzentriert und redeten wenig. Es gab auch kaum etwas, worüber man hätte sprechen müssen. Ein schweigendes Gemeinschaftserlebnis konnte intensiver und eindringlicher sein als eines, bei dem ein lebhafter verbaler Gedankenaustausch stattfand. Diese Nacht auf dem Dachboden hatte ihre eigene Bedeutung: In zehn Tagen war Weihnachten, und die Jungen würden einander drei Wochen lang nicht sehen. Insofern hatte das geheime Treffen in Kälte und Dunkelheit den Charakter einer Abschiedsfeier. Aber darüber hinaus sollte diese Nacht auch etwas sein, das sie in ihren Erinnerungen mitnehmen konnten. Für später, für die Zeit nach der Schule. Er stellte es sich so vor, daß das Leben am Ende einfach eine Ansammlung von Erinnerungen sein würde: traurige Erinnerungen natürlich auch, um die käme man nicht herum.

Daher war es so wichtig, das Gedächtnis mit schönen Eindrücken zu füttern, mit fröhlichen, spannenden, lustigen, aufregenden Erlebnissen. Manchmal befiel ihn die Angst, er könnte kurz vor seinem Tod feststellen, daß er alles Wesentliche im Leben versäumt hatte. Aus irgendeinem Grund machte ihm der Gedanke schwer zu schaffen. Er sprach allerdings mit niemandem darüber. Weil er wußte, daß man ihn auslachen würde. Er war sechzehn! Und beschäftigte sich in seinen schlaflosen Nächten mit dem seelischen Zustand, in dem er sich im Alter von neunzig Jahren befinden würde.

Das gemeinsame Rauchen auf dem Dachboden war natürlich seine Idee gewesen. Eigentlich basierten die meisten ausgefallenen Unternehmungen auf seinen Ideen.

»Leon bringt uns alle noch mal in ernsthafte Schwierigkeiten«, sagte Alexander oft.

Klar, er provozierte nun mal gern und liebte die Herausforderung. Mit vierzehn Jahren hatte er einmal ein Auto geknackt und sie alle zu einer Spritztour überredet. Erstaunlicherweise waren sie nicht aufgeflogen. Ebensowenig wie in der Nacht, in der sie die Mauern um den Park des Internats mit Graffiti besprühten – wirklich witzige Sprüche über Lehrer und Erzieher, aber natürlich hatten die Betroffenen kein bißchen lachen können, und es hatte einen riesigen Skandal gegeben. Leon hatte sich köstlich amüsiert, und er hatte die einzelnen Mauerabschnitte noch rasch fotografiert, ehe eine Truppe Maler anrückte und alles überpinselte. Denn die Sprüche waren tatsächlich gut gewesen, und Leon meinte, irgendwie müsse das alles für die Ewigkeit festgehalten werden.

Er nahm einen tiefen Zug von seiner Zigarette. Es war nicht das erste Mal, daß er rauchte, natürlich nicht. In den Ferien tat er es oft, und ein paarmal hatte er es auch schon mit den Freunden getan, wenn sie samstags in die Diskothek gingen, oder auch mal im Park hinter einem Gebüsch. Das heißt, mit Tim hatte er es getan. Alexander hatte sich noch nicht getraut, und Marc hatte immer Angst gehabt wegen seines Asthmas. Er mochte die beiden, aber manchmal verachtete er sie auch ein bißchen. Marc war das typische verzärtelte Einzelkind, das sich ständig wegen irgendwelcher Wehwehchen aufregte – von denen, da war Leon überzeugt, wenigstens die Hälfte reinster Einbildung entsprangen. Beziehungsweise dem armen Marc von seiner überängstlichen Mutter eingeredet worden waren. Und Alexander lebte einfach ständig in der Sorge, er könne irgendwo anecken. Das Mißfallen seiner Mitmenschen erwecken. Unbeliebt sein. Abgelehnt werden. Mein Gott, war eigentlich auch kein Wunder bei dem Vater, unter dessen Fuchtel er hatte groß werden müssen. Leon kannte ihn, einmal hatten sie alle gemeinsam Ferien bei ihm gemacht. Alter Kotzbrocken! Aber allmählich könnte sich Alexander von seinem Einfluß befreien.

Seit ein paar Tagen herrschten klirrende Kälte und eisiger Frost. Die Jungen hatten in den Truhen und Kartons gestöbert, die im vorderen Teil des Dachbodens überall herumstanden, zwischen ausrangierten Schulmöbeln und den selbstgebastelten Bühnenbildern der Theatergruppe. Schließlich hatte jeder eine Decke oder etwas Ähnliches gefunden und sich damit notdürftig gewappnet. Am lustigsten sah Alexander aus: Ihm war ein bodenlanger schwarzer Mantel mit einem gewaltigen falschen Pelzkragen in die Hände gefallen, und er wirkte darin wie ein russischer Großfürst.

Wie ein tragischer russischer Großfürst, dachte Leon. Das lag an seinem stets zu ernsten, immer etwas melancholischen Gesichtsausdruck. Auch wenn er ihn gelegentlich für seinen Charakter verachtete, für sein Äußeres bewunderte Leon ihn. Alexander war ein entzückendes Kind gewesen, er war nun ein bildschöner Jüngling – wenn dieser altmodische Begriff heute noch auf jemanden zutraf, dann auf ihn, fand Leon –, und er würde ein ungemein gut aussehender Mann sein. Leon, der selbst viel Wert auf gutes Aussehen legte und, wie er wußte, hervorragend bei den Mädchen ankam, fühlte sich im Hinblick auf ästhetisches Empfinden mit Alexander durchaus seelenverwandt, auch wenn Alexander seiner eigenen Schönheit oft gleichgültig gegenüberzustehen schien. Tim hingegen ... oh, Himmel, Eleganz besaß er nun überhaupt nicht! Leon warf ihm einen verstohlenen Blick zu. Tim war frech und lustig und kannte keine Furcht, und deshalb verbrachten sie beide insgesamt die meiste Zeit miteinander, aber er sah einfach schrecklich aus, anders konnte man es nicht sagen. Seit ungefähr einem Jahr stand er der ökologischen Bewegung nahe, und aus Gründen, die Leon nicht nachvollziehen konnte, ließ er sich seitdem die Haare nicht mehr schneiden, trug Pullover, die ihm seine Mutter aus naturbelassener Schafwolle strickte, und nahm Jutetaschen zum Einkaufen mit – was immerhin konsequent mit den Naturkostläden und Reformhäusern harmonierte, die er gern aufsuchte. Mit seinen langen Haaren und in den übergroßen Pullovern (ob seine Mutter immer noch glaubte, er müsse da hineinwachsen? fragte sich Leon) sah er ein bißchen wie ein moderner Jesus aus. Er trug Tag und Nacht seinen Anti-AKW-Anstecker, las ständig Bücher über Psychologie und wollte nach dem Abitur zuerst für ein Jahr nach Indien gehen und dann Psychotherapie studieren. Er hätte unerträglich sein können in Leons Augen, aber da war noch etwas anderes in ihm, etwas, das sich nur schwer fassen, kaum definieren ließ. Er sah aus wie ein pazifistischer Weltverbesserer und Idealist, und er gab sich auch so, aber im tiefsten Inneren war er es nicht. Da war etwas in seinen Augen, das Leon mit Faszination erfüllte. Manchmal dachte er, daß er, wäre er nur älter, wissen würde, was es war. Dieses Aufglimmen einer geheimen Freude, die keine Wärme vermittelte, sondern eine Gänsehaut im Betrachter hervorrief.

Alexander hüstelte verstohlen und unterbrach damit das beinahe heilige Schweigen, das sie alle umfing. Leon grinste.

»Das wird doch nicht deine erste Zigarette sein?« fragte er.

»Natürlich nicht«, sagte Alexander. »Im übrigen habe ich auch gar nicht wegen der Zigarette gehustet. Ich habe Halsschmerzen, und die werden hier oben in dem Rauch und in der Kälte ganz sicher nicht besser.«

Tatsächlich war der Rauch inzwischen noch dichter geworden, so daß die Jungen einander nur noch durch einen Schleier sehen konnten.

»Wegen Halsschmerzen hustet man aber nicht«, meinte Tim. Er rauchte professionell und ungerührt.

Als wahrer Gesundheitsapostel müßte er das eigentlich ganz sein lassen, dachte Leon.

»Wieso sollte man nicht husten, wenn einem der Hals weh tut?« fragte Alexander. »Wenn es ganz tief unten ständig kratzt, huste ich jedenfalls immer.«

Tim setzte zu einer Erwiderung an, aber niemand erfuhr mehr, was er sagen wollte. Jedenfalls erinnerten sich später alle, daß es genau dieser Moment war, in dem Marc zu röcheln begann.

Marc hatte sich heftig gegen das Rauchen gesträubt unter Hinweis auf sein Asthma, aber niemand hatte genau hingehört, was darin liegen mochte, daß Marc tatsächlich ständig wegen irgendwelcher gesundheitlicher Probleme herumlamentierte. Es war auch nicht so, daß man ihn gezwungen hätte, mitzumachen. Er hätte beschließen können, im Bett zu bleiben, oder zwar auf den Dachboden mitzukommen, sich aber am Rauchen nicht zu beteiligen. Doch das war Theorie. In der Realität waren sie eine verschworene Gemeinschaft, eine langjährige Clique. Sich auszuschließen hätte bei jedem Mitglied mehr Größe und Reife vorausgesetzt, als einem Jungen im Alter von sechzehn Jahren üblicherweise zur Verfügung standen.

Marc war für seine gesamte Schulzeit vom Sportunterricht befreit. Es hing mit den Erstickungsanfällen zusammen, denen er als Kind immer wieder ausgesetzt gewesen war und die sich, wie er und seine Mutter unter Berufung auf die Ärzte behaupteten, bei erhöhter körperlicher Anstrengung wiederholen konnten.

»Ich war früher ein paarmal mit dem Notarztwagen im Krankenhaus«, hatte er erzählt, »weil ich überhaupt keine Luft mehr bekam und schon blau im Gesicht war.«

Man hatte seine Schilderungen zur Kenntnis, aber nicht wirklich ernst genommen.

Als er nun plötzlich nach Luft zu schnappen begann, drehten sich alle fast erstaunt zu ihm hin.

»Hast du auch Halsweh?« fragte Leon.

Was jedoch bei Alexander ein kurzes, kratziges Husten gewesen war, klang bei Marc außerordentlich bedrohlich. Er ließ seine Zigarette fallen, reckte den Kopf hoch und rang nach Atem. Er japste und schnaufte, und aus seiner Brust drang ein rasselndes, erschreckendes Geräusch.

Die Jungen bekamen Angst, auch wenn noch keiner es vor den anderen zugeben wollte. Tim, der am nächsten saß, reckte das Bein und trat Marcs glimmende Zigarette aus, damit nicht noch die Holzwände Feuer fingen.

»Komm, Marc, krieg dich ein«, sagte er barsch. »Soll ich dir mal kräftig auf den Rücken hauen? Vielleicht geht's dann wieder!«

Marc antwortete nicht, sondern schnappte verzweifelt nach Luft.

»Das ist ein Asthmaanfall«, meinte Alexander ängstlich.

Leon stieß einen leisen Schmerzenslaut aus. Seine Zigarette war bis an seine Fingerkuppe heruntergebrannt, ohne daß er es bemerkt hatte. Er warf sie auf den Boden und trat sie aus. Die anderen folgten seinem Beispiel.

Marc rutschte von der alten Apfelsinenkiste, auf der er gesessen hatte, und wand sich auf den Dielen. Trotz der schwachen Beleuchtung konnte man erkennen, daß sich sein Gesicht dunkel zu verfärben begann.

»O Gott«, rief Alexander leise.

Es mochten Sekunden oder Minuten sein, in denen sie alle wie gebannt auf ihren Freund starrten, der erfolglos um Atem kämpfte und sich anhörte wie ein verendendes Tier.

Leon bewegte sich als erster wieder.

»Wir müssen sofort einen Notarzt rufen. Er hatte als Kind doch solche Anfälle, und da konnte ihm auch der Notarzt helfen!«

»Nicht so laut!« zischte Alexander. »Willst du das ganze Haus aufwecken?«

»Ich glaube kaum, daß wir den Notarzt rufen können, ohne daß alle aufwachen«, entgegnete Leon. Alexander griff nach seinem Arm.

»Hör mal, weißt du, was dann passiert? Wir fliegen alle von der Schule. Die wissen doch dann, daß wir hier geraucht haben!«

Leon starrte ihn an. »Aber wir können doch nicht ...«

Marcs Körper bäumte sich, von Krämpfen geschüttelt, auf. Er schlug mit den Armen um sich, stieß dabei an einen dreibeinigen Stuhl, der mit einigem Getöse umfiel.

Tim, der am ruhigsten schien, meinte: »Ich fürchte, bis der Arzt da ist, ist es zu spät.«

»Da hörst du es!« Alexander war schneeweiß im Gesicht. Er zitterte. »Der Arzt kann ihm nicht mehr helfen, aber wir müssen die Schule verlassen.«

Marc röhrte wie ein Hirsch. Leon wühlte in seinen Haaren. »Er kriegt kaum Luft, aber er lebt doch noch«, sagte er verzweifelt. »Was ist, wenn sich das noch eine Stunde hinzieht?«

»Das zieht sich keine Stunde mehr hin«, meinte Tim.

Alexanders Fingernägel gruben sich schmerzhaft in Leons Arm. »Leon, bitte! Du weißt, ich wollte das hier nicht! Aber ich bin der, der am bittersten bezahlen muß. Mein Vater ...«

»Ja? Was denn? Was kann er denn tun?«

»Wenn ich von der Schule fliege, dann ... ihr habt doch keine Ahnung! Er verachtet mich. Ich bin die letzte Scheiße für ihn. Es gibt doch schon kaum noch etwas, das er akzeptiert an mir. Aber das hier ... das ist eine Eliteschule. Wenn ich die schaffe ... o Gott, versteht mich doch!« Er schluchzte fast. »Wenn ich hier rausfliege, bin ich lebenslang der arme kleine Idiot, den er immer in mir gesehen hat!«

»Aber deswegen können wir Marc doch nicht verrecken lassen!« sagte Leon außer sich. Er dachte, daß dies eine unerträgliche Debatte war, auf die sich keiner von ihnen hätte einlassen dürfen. Vor allem er nicht. Ohne daß dies je ausdrücklich festgelegt worden wäre, bekleidete er eine Art Anführerposition in der Gruppe. Man hörte auf ihn. Er war in der Lage, Situationen zu entscheiden.

Alexander zitterte inzwischen wie Espenlaub. Von Marc erklang nur noch ein sehr leises, sehr schwaches Röcheln. Leon dachte später, daß dies den Ausschlag gegeben hatte: dieses unsagbar schwache Röcheln.

»Sammelt eure Zigaretten ein«, sagte er, »und die Aschenbecher. Rückt die Kisten und Stühle weg, auf denen ihr gesessen habt.«

Die anderen begriffen, ohne daß er es aussprach: Es sollte so aussehen, als sei Marc allein hier oben gewesen.

Lautlos und schnell hatten sie alle Spuren beseitigt. Die Decken, die sie sich zum Schutz gegen die Kälte umgelegt hatten, und der schwarze Fellmantel waren an ihren alten Plätzen verstaut. Die Stühle weggeräumt. Die Kippen verschwunden. Lediglich die Kiste, auf der Marc gesessen hatte, stand noch da, davor ein Unterteller, der ihm als Aschenbecher gedient hatte, und zwei Kerzen, die mit Wachs am Boden befestigt waren. Marc selbst gab keinen Laut von sich und rührte sich nicht mehr. Keiner sah ihn an. Sie taten so, als wäre er gar nicht da. Alexander zitterte noch immer und kauerte, in sich zusammengesunken, neben der Leiter, die nach unten führte.

Leon blies die Kerzen aus. Der Dachboden versank in Dunkelheit.

»Das geht so nicht«, meinte Tim. »Man wird sich wundern, weshalb ... er«, er war nicht in der Lage, Marc beim Namen zu nennen, »weshalb er die Kerzen noch löschen konnte, ehe er ... sein Asthma bekam.«

»Aber wenn wir sie runterbrennen lassen, fackelt am Ende das ganz Haus ab«, widersprach Leon. »Man könnte doch auch denken, die Kerzen sind durch den Luftzug erloschen.«

Sie beließen es dabei. Einer nach dem anderen kletterten sie schweigend und wieselflink die Leiter hinunter. Sie endete auf einem schmalen Flur im obersten Stockwerk. Hier schlief niemand, hier gab es nur ein paar Kammern, in denen Bettwäsche, Tischtücher und Servietten gelagert wurden. Eine Wendeltreppe führte zu den Gängen, auf denen sich die Schlafräume befanden.

»Die Leiter bleibt natürlich unten«, wisperte Leon.

»Was machen wir mit den Kippen, der Asche und den Kerzen?« fragte Alexander, der erst jetzt seine Sprache wiederfand. Es gab keine Beleuchtung als die des durch die Fenster einfallenden Mondes, aber selbst darin ließ sich erkennen, daß Alexander aussah wie der Tod.

»Gebt alles mir«, sagte Leon. Es war wie immer: Er steckte schon wieder in der Führungsrolle und fühlte sich verantwortlich, daß nun alles funktionierte. »Ich werfe das Zeug morgen in der Stadt in irgendeinen Mülleimer. Aber los jetzt. Wir müssen in unsere Betten!«

Sie hatten eine Entscheidung getroffen, von der es nun kein Zurück mehr gab. Für ein paar Sekunden sahen die drei Jungen einander an.

»Danke«, sagte Alexander leise.

Dann huschten sie die Wendeltreppe hinunter. Die Nacht war still, nirgends ein Laut zu hören.

Niemand war aufgewacht.

Samstag, 24. Mai – Dienstag, 27. Mai

1

DAS TELEFON KLINGELTE, als Jessica die Haustür aufschloß. Es war fünf Uhr am Nachmittag, und sie war müde. Sie war den ganzen Tag über in der Praxis gewesen, hatte geputzt und Staub gewischt, vertrocknete Grünpflanzen entsorgt und neue entlang der Fenster aufgestellt, die alten Zeitschriften aus dem Wartezimmer durch aktuelle Ausgaben ersetzt. Es war Samstag, und die Praxis erstrahlte in neuem Glanz. Nichts stand der Wiedereröffnung am Montag im Weg.

Barney wartete schon hinter der Tür und begrüßte sie stürmisch, sprang an ihr hoch, jagte dann mit fliegenden Ohren den Flur entlang, kehrte mit einem Stoffbären im Maul zurück und hüpfte wieder an ihr hoch. Sie kauerte sich nieder, drückte ihn an sich.

»Du Armer! Warst du so lang allein? Gleich machen wir einen schönen Spaziergang!«

Bei dem Wort *Spaziergang* begann Barney auf und ab zu springen. Das Telefon verstummte.

Jessica richtete sich langsam auf, streckte den schmerzenden Rücken. Das Putzen hatte sie angestrengt.

Sie wußte, weshalb sie Angst gehabt hatte, ans Telefon zu gehen: Sie hatte gefürchtet, es könnte Leon sein.

Sie ging in die Küche, schenkte sich ein Glas Wasser ein, trank langsam, in kleinen Schlucken. Barney stand vor ihr, sah mit schief gelegtem Kopf zu ihr auf.

»Gleich«, sagte sie.

Sie hatte Leon zwei Nächte zuvor gefragt, weshalb er ihr die Geschichte von Marc erzählt habe, und er hatte geantwortet, er sei der Meinung, sie solle es wissen.

»Ihr habt nie jemandem davon erzählt?«

»Nie. Niemandem. Das hatten wir einander geschworen.«

»Warum nimmst du Alexanders Tod als Anlaß, diesen Schwur zu brechen?«

Er war unsicher gewesen, das hatte sie sehen können. Unsicher, ob er nicht vielleicht das Falsche getan hatte. Immerhin hatte der Tee, von dem er schließlich drei Tassen getrunken hatte, seinen Alkoholspiegel etwas gesenkt. Seine Sprechweise hatte sich gefestigt.

»Du bist zu Alexanders Vater gefahren, um Alexander besser kennenzulernen. So hast du es jedenfalls gesagt. Ich hatte den Eindruck, daß es wichtig für dich ist, ein klares Bild von deinem Mann zu gewinnen. Daß dies … nun, deine Art der Trauer, deine Art der Bewältigung ist. Und deshalb dachte ich, du solltest die Geschichte von Marc kennen. Jene Nacht auf dem Dachboden war das einschneidendste Erlebnis in Alexanders Leben.«

Ihr Kopf hatte gedröhnt, und sie hatte gemeint, eine Fremde sprechen zu hören. Konnte das ihre Stimme sein? So klar und so sachlich?

»Doch wohl nicht nur in Alexanders Leben. In euer aller Leben kann es kaum einen tragischeren Moment gegeben haben.«

Er hatte den nächsten Teebeutel aus der Pappschachtel, die sie inzwischen einfach auf den Tisch gestellt hatte, gefischt, den Deckel der Thermoskanne aufgeschraubt, heißes Wasser in seinen Becher gegossen. Er schien sich am Tee förmlich festzuhalten.

»Sicher. Das war es. Aber Alexander war der Auslöser. Tim und ich hätten Hilfe geholt. Wir wären von der Schule geflogen – na und? Es gab andere Schulen. So hätten wir das gesehen.«

»Habt ihr aber nicht.« *Worum geht es mir jetzt eigentlich*?

Leon rührte Zucker in seinen Tee. Er rührte, als würde er dafür bezahlt.

»Vielleicht kannst du es dir nicht wirklich vorstellen. Vielleicht kann das niemand, der nicht dabei war. Alexander war … er sah aus, als ginge es um sein Leben. Er hat gezittert. Er war kalkweiß. Er hatte buchstäblich Todesangst. Er hat uns angefleht. Er war …« Leon zuckte mit den Schultern. »Er ließ uns keine Wahl.«

»Vor euren Augen starb euer Freund!«

»Alexander ließ uns keine Wahl«, hatte Leon wiederholt, und es war dieser Satz, der sich in ihr Gedächtnis gegraben hatte, der sie umtrieb, der in ihr nachhallte.

Er stiehlt sich aus der Verantwortung, dachte sie immer wieder voller Wut, und Tim spricht er auch gleich mit frei. Wie schön. Wie bequem. Und wer sagt mir überhaupt, daß die Geschichte *so stimmt*?

Niemand. Nur sie selbst. Alles, was sie über Alexander wußte, bestätigte ihr, daß sich jene verhängnisvolle Nacht so zugetragen haben mußte, wie Leon es erzählt hatte. Es paßte zu dem, was sie über seinen Vater wußte. Es erklärte seine nächtlichen Albträume.

Es war absolut stimmig.

Sie wünschte, sie hätte nie davon gehört.

Sie wollte sich gerade ein zweites Glas Wasser einschenken, als das Telefon erneut klingelte. Sie beschloß, es zu ignorieren, und nach einer Weile hörte es auf, aber nur, um eine Minute später erneut einzusetzen. Irgend jemand schien sie sehr dringend erreichen zu wollen.

Wenn es Leon ist, lege ich einfach sofort auf, dachte sie und nahm den Hörer ab.

»Ja?« fragte sie mit bewußt schroffer Stimme.

Es war nicht Leon. Sondern Evelin.

Es war nicht so einfach gewesen, mit Evelin zu sprechen. Nachdem sie ihren Namen genannt hatte, war sie in Tränen ausgebrochen und hatte minutenlang hemmungslos geschluchzt.

»Beruhige dich doch«, hatte Jessica immer wieder gesagt. »Evelin, es ist alles gut. Du mußt nicht weinen!«

Endlich hatte Evelin sprechen können. »Ich hatte Angst. Ich habe es den ganzen Nachmittag bei dir versucht. Ich dachte, die Nummer stimmt vielleicht nicht mehr ...« Ihre Stimme zitterte.

»Alles okay. Ich bin nur eben erst nach Hause gekommen. Ich war in der Praxis.«

»Am *Samstag*?«

»Die Praxis war die ganze Zeit geschlossen. Ich fange erst am Montag wieder an. Ich habe saubergemacht.«

Evelin hatte sich einigermaßen gefaßt. »Entschuldige, daß ich eben die Beherrschung verloren habe. Es ist nur ... ich weiß, ich kann das eigentlich nicht verlangen, aber ... könntest du hierherkommen? Nach England?«

»Nach England? Jetzt? Was ist denn passiert?«

»Ich darf hier nicht weg. Die haben meinen Paß. Ich brauche Geld. Und ich bin unfähig, es hier allein auszuhalten. Meinst du nicht, du könntest kommen?«

»Evelin, bitte, der Reihe nach. Ich verstehe kein Wort. Wo genau bist du?«

»Ich bin in Stanbury. Ich habe ein Zimmer im *The Fox and the Lamb* genommen. Die haben mich aus dem Gefängnis entlassen, aber ich muß mich noch zur Verfügung halten, wie sie sagen. Ich habe überhaupt kein Geld, und ...«

»Das könnte ich dir ja auch überweisen. Aber wieso haben die dich ...«

»Nein, bitte, du mußt kommen. Ich drehe durch. Jessica, wirklich, ich drehe hier einfach durch!« Sie kämpfte schon wieder mit den Tränen.

Jessica dachte an die Annonce in der Zeitung und ihren Rundbrief an die Patienten der Praxis. *Schöner Mist!*

»Wieso haben die dich rausgelassen? Haben die ...«, ihr Herz begann plötzlich wild zu hämmern bei diesem Gedanken, »haben die etwa den Täter gefaßt?«

»Kommst du?«

»Ja. Beruhige dich. Ich komme. Aber sag mir endlich …«

»Mein Anwalt hatte gestern noch mal einen Haftprüfungstermin angesetzt.« Nachdem sie die Zusage erhalten hatte, daß Jessica herbeieilen würde, beruhigte sich Evelin. »Er hatte mir schon gesagt, daß sie mich vermutlich würden rauslassen müssen, weil sie ja noch immer nur mit dünnen Indizien herumhantieren, und da hatte sich auch noch nichts bestätigt. Aber dann wurde es noch einfacher als gedacht. Mein Anwalt hat erfahren, daß Phillip Bowen seit dem späten Donnerstagabend mit Haftbefehl gesucht wird. Sein Alibi war falsch, und irgendwie ist das aufgeflogen. Er ist untergetaucht. Es scheint ziemlich sicher, daß er es war.«

Wie Leon gesagt hatte. Von Anfang an. Jessica merkte, daß ihr Mund trocken wurde, daß sie sich schwindlig fühlte. Ein falsches Alibi. Sie konnte Superintendent Normans Stimme hören: »Er war den ganzen Nachmittag mit Geraldine Roselaugh zusammen.«

Und Leon darauf: »Die würde für ihn doch das Blaue vom Himmel herunterlügen!«

Offensichtlich hatte er recht gehabt.

»Auf jeden Fall«, fuhr Evelin fort, »besteht gegen mich kein dringender Tatverdacht mehr. Aber sie haben meinen Paß noch einbehalten. Sie wollen im Moment nicht, daß ich England verlasse. Aber mir geht es schlecht, Jessica, wirklich schlecht. Ich bin so verzweifelt und allein. Das Gefängnis war … die Hölle, ein Alptraum. Ich weiß nicht, wie es weitergehen soll. Ich …«

»Ich habe dir doch gesagt, ich komme. Paß auf, ich werde versuchen, für morgen einen Flug zu buchen, okay? Bis zum Abend bin ich in Stanbury. So lange kannst du durchhalten, ja?«

Evelin war offenbar psychisch in einem desolaten Zustand, was, wie Jessica fand, nicht ungewöhnlich war, wenn ein Mensch vier Wochen lang unter Mordverdacht im Gefängnis festgehalten worden war. Sie schien ständig Mühe zu haben, ihre Fassung zu wahren.

»Ja. Aber sei so schnell wie möglich da. Bitte!«

Nachdem Jessica dies noch einmal versichert und dann das Gespräch beendet hatte, machte sie ihren Spaziergang mit Barney und dachte, daß sie Evelins Hilferuf wirklich im unpassendsten Moment ereilt hatte. Kurz spielte sie mit dem Gedanken, Leon zu bitten, an ihrer Stelle zu fliegen, denn schließlich hatte er im Moment nichts zu tun und war der Frau seines toten Freundes mindestens so verpflichtet wie sie. Aber sie wußte, daß Evelin dies als Verrat empfinden würde. Sie wollte jetzt eine Frau an ihrer Seite, keinen Mann, und schon gar keinen wie Leon.

Als sie zurückkam, hörte sie das Telefon erneut bereits klingeln, als sie an der Haustür war. Diesmal beeilte sie sich.

Wenn es Leon ist, dann nehme ich das als Zeichen. Dann soll er fliegen.

Aber wiederum war es nicht Leon. Es war Elena, und sie klang fast genauso aufgelöst wie zuvor Evelin.

»Jessica, Ricarda ist verschwunden! Ich rufe gerade bei allen Bekannten an. Ist sie vielleicht bei Ihnen?«

2

»MIR WAR VÖLLIG KLAR, daß du einen Rückzieher machen würdest, zumindest mental«, erklärte Lucy. »Aber glücklicherweise kannst du ihn diesmal nicht umsetzen. Du hast Phillip angezeigt. Du ...«

»Ich habe ihn nicht angezeigt«, unterbrach Geraldine, »ich habe lediglich Superintendent Norman angerufen und ihm gesagt, daß Phillips Alibi nicht stimmt. Das ist nicht das gleiche wie anzeigen!«

»Es läuft aber auf das gleiche hinaus. Phillip wird dir nie verzeihen, und ich danke Gott, daß es so ist! Lieber Himmel, Geraldine, du kannst diesem Typen doch nicht noch ernsthaft hinterhertrauern!«

Sie saßen in Geraldines schicker Wohnung in Chelsea, tranken Sekt und hatten die Wohnzimmerfenster weit geöffnet, um die warme Luft des Frühlingsabends hereinströmen zu lassen. Es war ein herrlicher Tag gewesen, schon ganz sommerlich, und Lucy hatte vorgeschlagen, in einem der Parks spazierenzugehen oder hinaus aufs Land zu fahren.

»Du sitzt seit Donnerstag abend hier in der Wohnung und heulst und grübelst. Das tut dir nicht gut. Laß uns ein bißchen in der Sonne laufen.«

»Ich gehe nicht hinaus. Schau mich doch an!«

Von Geraldines langen, glänzenden Haaren waren nur schief abgeschnittene Stoppeln geblieben, die sie noch dazu seit jenem Abend nicht mehr gewaschen oder auch nur gekämmt hatte. Ebensowenig wie sie sich duschte und anzog. Sie trug ein verschwitztes, fleckiges Nachthemd – das bißchen Essen, das sie sich überhaupt zubereitet hatte, schien sie zum größten Teil über den hellen Baumwollstoff verteilt zu haben, so schien es Lucy jedenfalls –, hatte verquollene Augen und eine unschön gerötete, von den vielen Tränen gereizte Haut. Sie hatte Lucy am Tag nach dem Streit – wobei das Wort *Streit* im Grunde zu klein war für das Ausmaß des Vorkommnisses – angerufen, nachdem sie mit Superintendent

Norman telefoniert und ihm alles erzählt hatte. Er hatte sie gebeten, zu einem Londoner Polizeirevier zu gehen – er hatte ihr die Adresse genannt sowie den Namen eines Sergeant dort – und ihre Aussage protokollieren zu lassen. Er werde alles arrangieren, und man werde sie dort erwarten.

Geraldine, die sich außerstande gesehen hatte, diesen Gang allein zu bewältigen, hatte Lucy zu sich gebeten, die einen Ausruf des Entsetzens nicht hatte unterdrücken können, als sie den verstümmelten Haarschnitt ihres einst am besten vermittelbaren Models gesehen hatte.

»Um Gottes willen! Was hast du denn gemacht?«

Es war nicht ganz leicht für Lucy gewesen, die wirre, unter heftigen Tränen hervorgebrachte Geschichte Geraldines zu begreifen, und als sie endlich verstanden hatte, war sie von einem fast ungläubigen Grauen erfaßt worden.

»Er ist ein Verbrecher! Ein Massenmörder! O Himmel, Geraldine, ist dir klar, in welcher Gefahr du die ganze Zeit geschwebt hast? Daß er nicht ganz normal ist, habe ich ja schon immer gesagt, aber daß er … verdammt, mir wird richtig schlecht, wenn ich mir vorstelle …«

Geraldine hatte sie unterbrochen. »Ich weiß nicht, ob er … es getan hat. Er hat Stein und Bein geschworen, daß er es nicht war. Er …«

»Und wozu hat er dann ein falsches Alibi gebraucht? Ich bitte dich, Geraldine, ein Mensch mit einem guten Gewissen hat doch solch abenteuerliche Konstruktionen nicht nötig! Ich frage mich, wie du dich dafür hergeben konntest. Ist dir nicht klar, daß du dich damit *strafbar* machst? Ganz abgesehen davon – wie konntest du denn ernsthaft noch immer eine Zukunft planen mit einem Mann, der *fünf Menschen* einfach abgestochen hat? Wie konntest du noch ernsthaft Kinder mit ihm haben wollen? Wie konntest du …«

Geraldine war unter dem Maschinengewehrfeuer von Lucys Tiraden zu einem Häufchen Elend zusammengesunken und hatte irgendwann nur leise gefragt: »Kommst du mit zur Polizei?«

»Natürlich komme ich mit. Und sei es nur deshalb, um sicherzustellen, daß du deine Aussage nicht in letzter Minute widerrufst! Denn das wäre dir zuzutrauen, wie ich dich kenne. Großer Gott, wenn ich mir vorstelle, daß auch *ich* noch in der Wohnung dieses Monsters war …«

Wie in Trance hatte Geraldine ihre Aussage zu Protokoll gegeben, alles hatte ziemlich lange gedauert, aber sie hatte Kaffee und Mineralwasser, die man ihr anbot, abgelehnt, weil ihr zu übel war, als daß sie auch nur hätte trinken können.

Immerhin machte ihr niemand einen Vorwurf oder sprach das Thema an, ob sie wegen ihres Verhaltens in naher Zukunft mit juristischen Konsequenzen zu rechnen hätte. Man schickte sie jedoch – natürlich – mit der obligatorischen Auflage, sich jederzeit zur Verfügung zu halten, nach Hause. Lucy war sofort klar, daß dies zunächst eine Reihe von Problemen in Geraldines Beruf mit sich bringen würde. Allerdings war Geraldine wohl in der nächsten Zeit ohnehin nicht einsetzbar, was weniger an ihrem verunglückten Haarschnitt lag als an ihrer depressiven Stimmung und dem Ausdruck schwärzester Hoffnungslosigkeit in ihren Augen. Als sie das Polizeirevier endlich hatten verlassen dürfen, hatte Lucy vorgeschlagen, irgendwo zusammen einen Kaffee zu trinken und dann Geraldines Friseur aufzusuchen.

»Wir müssen etwas mit deinen Haaren unternehmen. So können sie nicht bleiben. Bruno bringt das sicher in Ordnung.« Bruno war der schwule Friseur aus der South Kensington Road, der für die meisten Models aus Lucys Agentur zuständig war. »Wir machen einfach einen neuen Typ aus dir. Vielleicht ist das gar nicht so schlecht. Langhaarig, mädchenhaft, verträumt warst jetzt über viele Jahre. Ich könnte mir vorstellen, du siehst mit kurzen Haaren viel jünger und frecher aus.«

Aber Geraldine war nicht zu bewegen gewesen, weder zum Kaffeetrinken noch zu einem Friseurbesuch, und Lucy hatte schließlich nachgegeben und sie heimgebracht. Am heutigen Samstag war sie wieder zu ihr geeilt und hatte sie erneut in einem Zustand völliger Apathie angetroffen. Nachdem alle ihre Bemühungen, Geraldine zu einem Spaziergang zu überreden, gescheitert waren, hatte sie schließlich einen Vorrat an Sektflaschen aus dem Keller geholt und kalt gestellt und nun am Abend die erste geöffnet. Tatsächlich schien der Alkohol Geraldine ein wenig zu entspannen. Sie war zumindest wieder ansprechbar.

»Weißt du, Lucy«, sagte sie nun, »ich bin im tiefsten Inneren davon überzeugt, daß Phillip niemanden ermordet hat. Ich kann dir nicht erklären, warum, aber da ist in mir …«

Lucy unterbrach sie mit einem unwilligen Schnauben. »Sei mir nicht böse, Geraldine, aber du wirst zugeben müssen, daß man dich kaum als eine Person ansehen kann, die auch nur im entferntesten geeignet ist, Phillip Bowen einigermaßen objektiv zu beurteilen. Dieser Mann hat dich jahrelang wie einen Fußabstreifer behandelt und deine Gefühle ausgenutzt, und du hast dich treten lassen und bist trotzdem immer wieder angekrochen gekommen. Wie ich dir schon oft erklärt habe, weist das auf eine gefährliche psychische Abhängigkeit hin, für deren Auflösung du vermutlich sogar therapeutischer Hilfe bedürftest. Das heißt, auch jetzt, nachdem er dir das angetan hat«, sie wies auf Geraldines verstümmelte Haare, »kannst du nicht aufhören, dich nach ihm zu verzehren, und natürlich träumst du insgeheim immer noch davon, daß er zu dir zurückkommt, daß ihr euch versöhnt und alles wieder gut wird.«

Geraldine senkte die Augen. Es stimmte, was Lucy sagte. Sie wünschte nichts mehr, als daß ...

»Und deshalb täuschen dich deine Gefühle«, fuhr Lucy fort, »du fühlst, was du fühlen *willst*, und nichts, was mit irgendeiner Wahrheit zu tun hat. Das heißt – für ein paar Momente war dir offenbar schon klar, was du zu tun hast. Denn sonst hättest du an jenem Abend nicht diesen Superintendent in Yorkshire angerufen.«

»Das war nur ein ... ein Racheakt. Ich war verstört, verzweifelt, völlig ... aufgelöst. Phillip hatte ... ich hatte zum erstenmal richtig Angst vor ihm, und ...« Sie biß sich auf die Lippen.

»Das«, sagte Lucy, »war wahrscheinlich das einzige Mal, daß du ein stimmiges Gefühl diesem Mann gegenüber hattest.«

»Er hätte mich töten können. Warum sollte sich ein Killer, ein Irrer damit begnügen, jemandem die Haare abzuschneiden, wenn er ihm die Schere auch ... auch ins Herz stoßen könnte?«

»Auch ein Irrer«, berichtigte Lucy im Brustton der Überzeugung, obwohl sie sich bislang keineswegs als Spezialistin für Menschen dieser Art empfunden hatte, »läuft nicht den ganzen Tag total durchgeknallt herum. Es sind nur einzelne Momente, in denen er austickt. Offenbar ist das in – wie hieß der Ort? – in Stanbury passiert. Ansonsten kann er ganz normal wirken und handeln. Obwohl«, fügte sie hinzu, »Phillip Bowen, wenn du mich fragst, nie normal gewirkt hat. Wie auch immer, an jenem Abend war ihm wohl klar, daß er seine Lage nur verschlimmert, wenn er einen weiteren Mord begeht. Seine maßlose Wut auf dich brauchte jedoch ein Ventil. Das fand er im Abschneiden deiner Haare. Das ist übrigens an sich schon ziemlich krank. Wie auch das Sammeln dieser Artikel über Kevin McGowan und diese ganze idiotische Geschichte über seinen angeblichen Vater. Alles an dem Mann ist ... unheimlich. Und das würde dir auch jeder andere Mensch sagen.«

»Du hast ihn nie gemocht.«

»Weil ich es nicht mit ansehen konnte, wie er dich behandelt hat.«

Geraldine starrte aus dem Fenster. Sie sah aus wie ein kleines, frierendes, gerupftes Küken. Lucy, die selten zärtliche Regungen in sich verspürt hatte, merkte, daß es sie drängte, sie in den Arm zu nehmen und wie ein Baby zu wiegen. Sie unterließ es natürlich. Es wäre ihr peinlich gewesen, und Geraldine vielleicht auch.

»Ich weiß nicht, wie mein Leben weitergehen soll, Lucy. Es ist ... es ist, als ob alles zu Ende sei. Alles ist hoffnungslos und ohne Zukunft. Ich bereue so tief, was ich getan habe …« Sie vergrub das Gesicht in den Händen. »Ich hätte seine Sachen nicht zerschneiden dürfen. Was immer ich über seinen … seinen Wahn mit Kevin McGowan dachte – ich hätte mich nicht einmischen dürfen. Es war seine Angelegenheit. Im Grunde habe ich nichts anderes getan als er. Er hat mir die Haare abgeschnitten, und ich habe zerstört, woran sein Herz hing. Aber ich habe angefangen. Ich habe die Grenze als erste überschritten.«

»Also, das sind zwei Dinge, die man wohl kaum miteinander vergleichen kann!«

»Doch, Lucy. Doch!« Geraldine sah auf. »Ich habe ja sein Gesicht gesehen, als er begriff, was ich da tat. Es war sein Innerstes, an das ich gerührt habe. Es war ein Übergriff, wie er schlimmer nicht hätte sein können. Ich habe alles damit zerstört.«

Es lag Lucy auf der Zunge zu sagen, daß zwischen ihr und Phillip nichts gewesen war, was hätte zerstört werden können, aber sie schluckte es hinunter. Weshalb gegen taube Ohren predigen?

»Und dann gehe ich auch noch zur Polizei! Nie, nie, nie wird er es mir verzeihen …«

Alles von vorn, dachte Lucy erschöpft. Wieder und wieder.

»*Ich weiß, daß er unschuldig ist.* Er hat mit diesem scheußlichen Verbrechen nichts zu tun. Aber sie werden ihn schnappen, und nach der Geschichte mit dem Alibi wird er für sie als Täter feststehen, und er …«

»Er wird einen Prozeß bekommen. Wir leben in einem Rechtsstaat. Wenn er unschuldig ist, was ich nicht glaube, dann wird sich das herausstellen, und er hat nichts zu befürchten.«

»Lucy, es wäre doch nicht das erste Mal, daß jemand lediglich aufgrund von Indizien verurteilt wird und daß sich Jahre oder Jahrzehnte später seine Unschuld herausstellt. Wie kannst du an die Unfehlbarkeit von Gerichten glauben?«

»Wenn er unschuldig ist, warum dann das konstruierte Alibi? Warum jetzt seine Flucht? Nein, Geraldine, hör auf, dir ständig etwas vorzumachen. Und zwar in jeder Hinsicht. Phillip Bowen hat dich nie geliebt. Er hat nie an eine gemeinsame Zukunft mit dir gedacht. Um es deutlich zu sagen: Du gingst ihm immer *am Arsch vorbei*! Kapiert?«

Lucy stand auf. Sie war erregt und wütend, und sie hatte auf das alles keine Lust mehr. Geraldine war ihr bestes Pferd im Stall gewesen, und jahrelang hatte sie mit ansehen müssen, wie sie sich von ihrer hoffnungslosen Liebe zu diesem Tunichtgut hatte ausbremsen lassen. Wie oft waren Termine geplatzt, weil sie verheult war, wie oft hatte sie wichtige Verabredungen mit einflußreichen Männern – die für ihre Karriere hätten wichtig sein können – abgesagt, um wieder einen Abend lang frierend in der indiskutablen Absteige von Phillip Bowen zu sitzen und zu hoffen, daß er das eine oder andere nette Wort an sie richtete. Lucy hatte es satt, so abgrundtief satt. Überdies kränkte es sie als Frau, daß sich eine andere Frau so tief von einem Mann erniedrigen ließ.

»Es war verdammt gut, daß du dich aus dieser unsäglichen Nummer mit dem Alibi herausmanövriert hast. Es war verdammt richtig. Und es gibt nur eines, was mich daran besorgt sein läßt …«

Sie machte eine kurze Pause, überlegte, ob sie Geraldine von ihren Befürchtungen berichten sollte. Sie hatte den ganzen gestrigen Tag über daran gedacht. Sie wollte Geraldine in ihrem desolaten Zustand nicht auch noch verunsichern, andererseits war es vielleicht ihre Pflicht, sie zu warnen …

Geraldine sah sie an. »Was denn, Lucy?«

»Ich weiß, du weist es weit von dir, aber angenommen, nur *angenommen*, er hat es getan …«

»Was?«

»Die Morde. Diese scheußlichen, blutigen Morde an fünf Menschen … Wenn sie auf sein Konto gehen – und du hast nicht den geringsten Beweis dafür, daß es nicht so war –, dann ist er ein extrem gefährlicher Mann. Ein Irrer. Eine wandelnde Zeitbombe. Und du hast ihn sehr wütend gemacht.«

»Ich weiß nicht, worauf du hinauswillst.«

Lucy sah sie sehr ernst an. »Vielleicht öffnest du besser nicht die Tür, wenn es klingelt. Läßt nachts die Fenster geschlossen und schließt auch die Terrassentür, egal, wie warm es noch wird. Verlaß das Haus nur tagsüber und am besten nur in meiner Begleitung. Bis sie ihn haben, solltest du kein Risiko eingehen.«

»Aber du glaubst doch nicht …«

»Ich sage nur, du sollst kein Risiko eingehen. Vielleicht ist er rachsüchtiger, als du denkst. Vielleicht verliert er wieder die Kontrolle über sich. Ich will nicht, daß … ich will einfach nicht, daß dir etwas passiert, okay? Versprichst du mir, vorsichtig zu sein?«

»Lucy, ich denke, daß du …«

»Versprich es mir!«

Geraldine ließ sich zurück in die Kissen des Sofas fallen. Ihr schmuddeliges, zerknittertes Nachthemd klaffte über ihrem Bauch auseinander. Lucy sah die tiefe Kuhle zwischen den spitzen Hüftknochen und die Rippen, die sich so hoch wölbten, als wollten sie die dünne Haut durchbohren.

Wie mager sie ist, dachte Lucy.

»Ich verspreche es dir«, sagte Geraldine ausdruckslos.

Sie hätte auch versprechen können, den Kilimandscharo auf einem Schlitten hinunterzufahren – es hätte den gleichen Wert gehabt.

3

Es gab Fotos von Elena, die sie als außergewöhnlich schöne Frau zeigten, als die typische schwarzhaarige, dunkeläugige Spanierin, temperamentvoll und lebendig. Bei den wenigen kurzen Begegnungen, die es gelegentlich gegeben hatte, war Jessica jedoch aufgefallen, daß Elena ihren älteren Bildern im normalen Alltag immer weniger glich: Mehr und mehr schien sie zu verblühen, an Strahlkraft zu verlieren, schien kleiner, dünner, faltiger zu werden.

Noch nie aber hatte sie so schlecht ausgesehen wie an diesem Abend.

Sie ist ja richtig alt geworden, hatte Jessica gedacht, als sie ihr die Tür öffnete.

»Ich nehme an einer Fortbildung teil«, hatte Elena am Telefon berichtet, »deshalb war ich von heute früh an fort, obwohl Samstag ist. Um halb sechs kam ich nach Hause. Ricarda war nicht da.«

»Aber sie könnte doch bei einer Freundin sein, oder …«

»Sie hat das Haus nicht mehr verlassen, seit sie aus den Osterferien zurück ist«, hatte Elena unterbrochen. »Und eine richtige Freundin hat sie eigentlich gar nicht. Bei ein paar Klassenkameradinnen, mit denen sie sich ganz gut versteht, habe ich schon angerufen, und bei den Mädchen aus dem Basketball-Team auch. Da hat keine etwas von ihr gehört oder gesehen.«

»Dennoch würde ich nicht gleich das Schlimmste denken. Ich …«

Wieder unterbrach Elena. »Es fehlen eine Reisetasche, ein paar T-Shirts, Jeans und Unterwäsche aus ihrem Schrank. Außerdem hat sie … sie hat Geld aus einer Kassette in meinem Schreibtisch genommen.«

»Oh …«, sagte Jessica leise.

Elenas Stimme hatte klein und verzagt geklungen. »Ich würde Sie nicht damit behelligen, Jessica, glauben Sie mir, wenn ich nicht völlig verzweifelt wäre.«

»Leider hat mich Ricarda nie als die neue Frau an der Seite ihres Vaters akzeptiert«, sagte Jessica, »und sich mir daher niemals auch nur in den kleinsten Kleinigkeiten anvertraut. Also kann ich Ihnen, wie ich fürchte, auch kaum weiterhelfen.«

»Es gibt da noch etwas«, hatte Elena nach ein paar Sekunden des Schweigens gesagt. »Sie hat ihr Tagebuch hiergelassen. Für gewöhnlich würde ich eine solche Grenze nie überschreiten, aber in dieser Situation …«

»Sie haben das Tagebuch gelesen?«

»Sie muß krank sein, Jessica, ernsthaft krank! Was ich gelesen habe, hat mich zutiefst erschüttert. Hätten Sie … ich meine, dürfte ich zu Ihnen kommen? Ich muß mit Ihnen darüber sprechen. Ich habe Angst, Jessica. Ich habe noch nie solche Angst um meine Tochter gehabt.«

Sie saßen auf der Terrasse, denn der Abend wollte nicht kühler werden, und es war draußen angenehmer als drinnen. Jessica hatte Weißwein gebracht und zwei Gläser, und sie hatte Baguettescheiben mit Olivenpaste bestrichen und dazugestellt, aber Elena rührte von dem Essen nichts an. Sie nippte nur hin und wieder an ihrem Wein und runzelte gelegentlich die Stirn, als wehre sie sich gegen aufkeimende Kopfschmerzen. Sie trug ein elegantes, helles Kostüm, das etwas verschwitzt und zerknittert wirkte. Offenbar hatte sie seit der Rückkehr von dem anstrengenden Tag weder geduscht noch sich umgezogen. Ihre schweren, schwarzen Haare – von reichlich Grau durchzogen inzwischen – schienen im Nacken feucht zu sein.

Der Garten war voller Schatten, voll sommerlicher Gerüche und erster wispernder Geräusche, die nur die Nacht hervorbringt, und mitten im Gras lag Barney und kaute hingebungsvoll auf einem großen Ast herum, den er beim Spazierengehen gefunden und keuchend vor Anstrengung in sein Revier geschleppt hatte. Es war alles wie immer, vielleicht sogar von besonderer Friedlichkeit und Idylle, und dennoch hatte sich für Jessica alles verändert in dem Moment, da Elena das Haus betrat. Elena verhielt sich zurückhaltend und wie ein Gast, und dennoch bewegte sie sich in einer Art durch den Flur und das Wohnzimmer hinaus auf die Terrasse, die verriet, daß ihr die Umgebung vertraut war.

Woran liegt das? fragte sich Jessica, die bis zu diesem Moment gar nicht daran gedacht hatte, daß Elena ja jahrelang in diesem Haus gewohnt hatte. Ist es das Fehlen des Zögerns, das andere Besucher an den Tag legen, bevor sie ein fremdes Zimmer betreten? Die mangelnde Neugier, mit der sie sich umsieht? Eine taktvolle Zurückgenommenheit? Oder liegt es nur daran, daß ich *weiß*, sie hat hier gelebt? Daß ich sie plötzlich vor mir sehe zwischen diesen Wänden, den Möbeln, den Vorhängen? Vielleicht ist es eine ungewöhnliche Stimmigkeit. Sie paßt zu der Umgebung, und die Umgebung paßt zu ihr.

Und auf einmal, blitzartig, entschied sich für sie die Frage, mit der sie sich seit ihrer Rückkehr aus England immer wieder ergebnislos beschäftigt hatte, und sie entschied sich mit einer Klarheit, daß Jessica später gar nicht mehr begriff, wie es überhaupt nur den geringsten Zweifel hatte geben können: Sie würde in diesem

Haus nicht bleiben. Sie hatte es nie als Heimat empfunden, und daran würde sich auch in Zukunft nichts ändern. Es war das Haus von Alexander, Elena und Ricarda.

Nicht das von ihr und ihrem Kind.

Und weh tat dabei nur die Erkenntnis, daß es wichtig gewesen wäre, zusammen mit Alexander ein neues Zuhause zu schaffen, denn dann hätte sie nun etwas, das ihr blieb.

Ein Fehler, den sie begangen hatte, einer, den sicher viele Menschen begingen, nur daß er in ihrem Fall durch Alexanders plötzlichen Tod unkorrigierbar geworden war.

Kann passieren. Nur warum mußte es gerade mir passieren?

Sie versuchte sich auf Elena zu konzentrieren, die von Ricarda sprach. Wie verändert sie gewesen war seit dem *Geschehnis,* daß sie entweder frech und rücksichtslos oder völlig in sich gekehrt und wie in einer anderen Welt gewesen war. Daß sie sich geweigert hatte, in die Schule zu gehen oder in ihren Basketball-Club. Sich überhaupt nur anzuziehen und das Haus zu verlassen.

»Ich wußte natürlich, daß sie dringend in psychologische Behandlung gehört«, sagte Elena, »aber auch dagegen sträubte sie sich mit Händen und Füßen. Kann ich eine fast Sechzehnjährige zwingen, ärztliche Hilfe in Anspruch zu nehmen, wenn sie das nicht will? Vielleicht hätte ich sie stärker unter Druck setzen sollen.«

»Ich glaube nicht, daß das etwas gebracht hätte«, meinte Jessica. »Wir alle müssen, jeder für sich, unseren Weg finden, das Grauen zu verarbeiten. Für jeden wird das eine ganze Zeit dauern. Für Ricarda vielleicht am längsten. Sie ist in einem schwierigen Alter.«

»Sie hat unsere Scheidung nie verkraftet«, sagte Elena. »Sie hat ihren Vater abgöttisch geliebt. Ihn nur noch an den Wochenenden sehen zu können muß schrecklich für sie gewesen sein. Und dann noch …« Sie sprach nicht weiter, aber Jessica wußte, was sie hatte sagen wollen.

»… und dann noch die Heirat mit mir«, vollendete sie. »Das hat ihre letzte Hoffnung zerschlagen.«

»Ja«, sagte Elena müde, »das war wohl so.«

Ihre Hände zitterten leicht, während sie ihre Handtasche öffnete und das dicke, grüne Schreibheft hervorzog. Jessica kannte es nur zu gut. Ricardas Tagebuch. Wieder sah sie es in Patricias Händen, hörte die kühle Stimme der Freundin – Freundin? –, mit der diese daraus vorlas. Jener Abend stand so dicht plötzlich vor ihr, daß sie in der Erinnerung erschrocken seufzte.

Elena mißinterpretierte diesen Laut. »Ich weiß«, sagte sie hastig, »ich hätte mich daran nicht vergreifen dürfen. Sie müssen mir glauben, unter einigermaßen normalen Umständen wäre dieses Buch absolut tabu für mich gewesen, aber da ich mir gar nicht mehr zu helfen wußte und mir solche Sorgen machte ...«

»Ich verstehe«, sagte Jessica, »ich hätte vermutlich genauso gehandelt.«

Elenas Gesicht war sehr blaß, während sie auf das Buch starrte. »Und jetzt wünschte ich, ich hätte nie hineingeschaut«, sagte sie leise. »Gott ... es stehen so furchtbare Dinge darin. Voller Haß und Wut. Grausame Phantasien ... Das meinte ich vorhin, als ich sagte, sie ist krank. Das ... das ist nicht normal ...«

Jessica stand auf. Da sie einige Passagen kannte, war ihr klar, was Elena meinte, und sie hoffte, daß ihr Gesicht nicht verriet, daß sie mehr wußte, als sie jetzt zugeben wollte. Intuitiv beschloß sie, daß es besser war, jenen Abend im Wohnzimmer von Stanbury House nicht zu erwähnen. Sie war fast sicher, daß Ricarda ihrer Mutter nichts davon erzählt hatte, und es würde Elenas Schrecken und ihre Angst nur verstärken, wenn sie nun davon erfuhr.

Sie blieb hinter ihrem Stuhl stehen. »Ich kenne die Einträge nicht«, sagte sie, »aber ich bin der Meinung, man sollte so etwas keinesfalls überbewerten. Als ich in Ricardas Alter war, bin ich auch manchmal fast geplatzt vor lauter Aggressionen gegen meine Eltern, und hätte ich ein Tagebuch geführt, wäre es sicher voller Wuttiraden gewesen. Das ist normal.«

»Aber sie wünscht allen den Tod«, sagte Elena, »allen, die in Stanbury House lebten. Sie malt sich aus, wie es wäre, sie zu erschießen und ... und sie einzeln zu Boden sinken zu sehen. Es ... ist grauenhaft.«

»Es ist grauenhaft, weil später wirklich ein Verbrechen geschehen ist. Dadurch rückt alles so weit in die Realität vor. Wäre nichts passiert, würde man derlei Phantasien als viel harmloser empfinden. Da bin ich sicher.«

»Dieser Keith Mallory«, sagte Elena, »ihr Freund ... kennen Sie ihn?«

»Nein. Leon hat ihn mal kurz gesprochen, gleich nach dem Verbrechen. Er sei ein sympathischer junger Mann, sagt er. Sicher nicht der falsche Freund für ein junges Mädchen.«

»Ich weiß nicht ... Die Beziehung geht wesentlich weiter, als ich dachte. Die beiden hatten versucht, nach London durchzubrennen und dort ein neues Leben anzufangen ... Nur weil Keiths Vater durch einen Schlaganfall plötzlich arbeitsunfähig wurde, sind sie umgekehrt. Aber Ricarda scheint fest entschlossen, ihr Leben mit ihm zu verbringen. Jedenfalls schreibt sie ständig davon. Im Juni, nach ihrem sechzehnten Geburtstag, wollte sie zu ihm und dann dort bleiben.«

»Aber dann«, sagte Jessica erleichtert, »brauchen Sie doch gar nicht mehr zu rätseln, wo sie jetzt ist. Sie hat es nicht mehr ausgehalten und ihre Reisepläne vorverlegt. Sie dürfte auf dem Weg nach England sein. Oder ist dort bereits angekommen.«

Elena nickte langsam. »Ich hatte gehofft … aber da mir nun auch niemand mehr einfällt, bei dem sie sonst sein könnte, muß ich wohl davon ausgehen, daß sie wirklich zu diesem … diesem Keith gereist ist.«

Jessica merkte, wie sich ihr ganzer Körper zu entspannen begann. Es mochte für eine Mutter keineswegs angenehm sein, ihre fünfzehnjährige Tochter auf dem Weg nach England und zu einem jungen Mann zu wissen, bei dem zu bleiben sie fest entschlossen war. Aber andererseits gab es schlimmere und gefährlichere Situationen, in denen ein psychisch schwer angeschlagenes Mädchen wie Ricarda hätte stecken können. Ohne daß sie Keith persönlich kannte, ohne daß sie über Details der Beziehung Bescheid wußte, hatte Jessica doch das instinktive Gefühl, daß Ricarda bei ihm gut aufgehoben war.

»Vielleicht ist Keith die Therapie, die Ricarda jetzt braucht«, meinte sie. »Das Zusammensein mit ihm, die Arbeit auf seiner Farm, dieses völlig andere Leben … Nach allem, was passiert ist, kann Ricarda ja offenbar nicht einfach wieder in die Schule gehen oder in ihren Sportclub – so als sei nichts gewesen. Da weitermachen, wo sie vor den Osterferien war, das funktioniert nicht. Bei keinem von uns übrigens. Sie bricht aus, sie sucht Heilung. Das ist nicht das Schlechteste.«

»Aber mit diesem Keith wollte sie sich schon vorher zusammentun.«

»Es ging ihr ja auch schon damals nicht gut. Sie sagten selbst gerade, daß sie Ihre und Alexanders Scheidung nicht verkraften konnte. Ihr Leben ist schon lange aus dem Gleichgewicht, und sie sucht einen Weg, sich selbst wieder in die Reihe zu bringen. Das ist in jedem Fall besser, als den ganzen Tag depressiv im Bett zu liegen!«

»Aber hören Sie!« Elena hatte für den Moment ihre zusammengesunkene Haltung aufgegeben und saß aufrecht und angespannt in ihrem Stuhl. Kaum daß ein wenig Leben in ihre Augen und in ihre Gesichtszüge zurückkehrte, gewann sie etwas von ihrer früheren Ausstrahlung zurück. »Meine Tochter ist fünfzehn. Gut, in ein paar Wochen wird sie sechzehn, aber das ändert auch nichts! Sie hat keinen Schulabschluß und nicht die geringste Vorstellung davon, wie eine berufliche Zukunft für sie aussehen könnte. Sie ist zudem schwer traumatisiert und ganz sicher nicht in der Lage, irgendwelche Schritte, die sie jetzt tut, in ihrer Konsequenz zu erkennen und abzuwägen. Sie flüchtet zu einem Mann, den weder ihre Mutter noch ihre … ihre Stiefmutter kennen und folglich auch nicht beurteilen können. Alles, was ich von diesem jungen Mann weiß – und auch das nur aus diesem Tagebuch hier –, ist, daß er gewissenlos genug war, ein junges Mädchen zur gemeinsamen Flucht nach London zu überreden, um dann dort mit ihr auf irgendeine Art zu leben. Ich kann doch nicht tatenlos zusehen, wie Ricarda diesen Menschen am Ende noch heiratet und dann mit ihm auf einer einsamen Schaffarm irgendwo in Nordengland haust! Sie zerstört doch ihre ganze Zukunft, all ihre Chancen und Möglichkeiten dadurch!«

»Vielleicht bleibt sie nur vorübergehend bei ihm, so lange, bis ihre Seele geheilt ist. Sie versäumt ein Jahr in der Schule – aber das versäumt sie auch, wenn sie Tag für Tag daheim im Bett liegt. Sie tut, wovon sie im Moment spürt, daß es das beste für sie ist.«

»Dieses Gespür kann falsch sein, und ich möchte nichts riskieren. Als Mutter fühlt man da eine ungeheure Verantwortung. Sie werden mich verstehen, wenn Sie erst … wenn erst Ihr Baby da ist.«

Jessica sah sie erstaunt an. Elena deutete auf das Tagebuch, das auf ihrem Schoß lag. »Ich weiß es aus Ricardas Eintragungen. Es hat sie sehr getroffen, von dem Kind zu erfahren.«

»Sie werden verstehen«, sagte Jessica, »daß ich meinen Wunsch nach einem Kind nicht von Ricardas Reaktion abhängig machen konnte.«

Elena nickte. »Ich hatte das nicht vorwurfsvoll gemeint. Wirklich nicht. Im Gegenteil, ich … ich wollte Ihnen noch sagen, wie sehr ich mitfühle. Es muß sehr schwer sein, nun ganz allein auf die Geburt des Kindes zu warten. Ich bewundere, mit welcher Stärke und Gefaßtheit Sie das alles durchstehen.«

»Danke«, sagte Jessica, und als ob Elenas Worte bereits zu intim, zu persönlich gewesen wären, breitete sich plötzlich ein befangenes Schweigen zwischen ihnen aus. Beide hatten sie jegliche Vertrautheit stets vermieden, und auf einmal waren sie peinlich berührt von der Nähe, die zwischen ihnen entstanden war.

Jessica faßte sich als erste.

»Ich mache Ihnen einen Vorschlag, Elena. Ich fliege morgen nach England. Nach Stanbury. Den Flug habe ich vorhin gebucht, ich muß morgen früh nur noch ein paar Sachen packen. Ich …«

»Weshalb …?«

»Das erkläre ich Ihnen später. Jedenfalls könnte ich mich um Ricarda kümmern. Ich könnte herausfinden, ob sie wirklich bei Keith ist, und vielleicht gelingt es mir auch, mit ihr zu reden. Auf jeden Fall wissen wir dann, woran wir sind.«

»Meinen Sie nicht, daß ich als Mutter selbst zu ihr müßte?«

»Das steht Ihnen natürlich frei. Allerdings scheinen Sie im Moment nicht den besten Draht zu ihr zu haben. Und Sie sind emotionaler in der Angelegenheit. Machen ihr vielleicht Vorwürfe, setzen sie unter Druck.« Jessica hielt inne. »Ich will Sie keinesfalls ausschalten, Elena«, sagte sie dann behutsam, »aber ich muß sowieso nach Yorkshire, und ich kann mit mehr Sachlichkeit agieren. Es ist nur ein Angebot.«

Elenas Miene verriet, daß sie hastig hin und her überlegte, alles Für und Wider abwog.

»Sie haben recht«, sagte sie schließlich, »es ist besser, Sie sehen allein nach ihr. Wenn Sie das wirklich für mich tun …«

»Selbstverständlich. Ich habe nur eine Bitte: Darf ich meinen Hund bei Ihnen lassen?«

4

Es war noch gar nicht so spät – kurz vor halb elf am Abend –, aber Ricarda war hundemüde. Zutiefst erschöpft und trotz der warmen Luft im Inneren kalt und verfroren.

Du bist lange unterwegs, sagte sie sich, kein Wunder, daß du schlappmachst.

Sie hatte Hunger, aber sie hatte kein Geld. Genauer gesagt: Das bißchen, das sie noch hatte, mußte für die Fahrkarte nach Leeds oder Bradford reichen. Und dann brauchte sie noch etwas für den Bus nach Stanbury. Vielleicht mußte sie auch mehrere Busse nehmen, ein paarmal umsteigen, sie hatte keine Ahnung. So umständlich war sie noch nie dorthin gereist.

Trotzdem war sie glücklich. Oder vielleicht nicht direkt glücklich, aber sie spürte erste Anzeichen einer Erleichterung darüber, daß sie eine Entscheidung gefällt hatte. Daß sie sich endlich wieder bewegen konnte. Daß sie ihren eigenen Weg gewählt hatte.

Am Ende des Wegs würde Keith stehen. Am Morgen hatte sie noch versucht, ihn anzurufen, aber niemand war ans Telefon gegangen. Dann hatte sie festgestellt, daß der Akku ihres Handys fast leer war, aber es war nicht die Zeit geblieben, es noch einmal ans Stromnetz zu hängen. Sie hatte es noch einmal von unterwegs probiert, in Frankfurt, als sie dort am Flughafen saß, aber noch während es drüben in England klingelte, war das Netz zusammengebrochen. Nach der Landung in London-Stansted hatte sie nach einem öffentlichen Telefon gesucht, aber nur solche gefunden, für die man eine Karte benötigte. Und jetzt, hier an der Victoria Station, probierte sie es schon gar nicht mehr. Es war ohnehin zu spät, Farmer gingen früh schlafen, und sie mochte nicht als erstes in ihrer neuen Familie dadurch auffallen, daß sie alle nachts aus dem Bett klingelte. Zwischen ihr und

Keith war alles klar. Sie kam etwas früher als erwartet, aber zwei Wochen hin oder her – welche Rolle spielte das?

Sie würde vor der Tür stehen, und er würde sie in die Arme nehmen, und ihr gemeinsames Leben würde beginnen. Und weiter mochte sie nicht denken.

Zu einer anderen Zeit hätte sie die prächtige viktorianische Kulisse der Victoria Station wahrscheinlich fasziniert, die Säulen, das hoch gewölbte Dach, die bunten Mosaiksteine in den Wänden, aber an diesem späten Abend war sie zu entkräftet, um Bilder aufnehmen und verarbeiten zu können. Die Reise war für sie in erster Linie ein Problem des Geldes gewesen. Ihre ersparten zweihundert Pfund waren damals nach der abgebrochenen Flucht in Keiths Auto zurückgeblieben, und obwohl sie sicher war, daß er sie nicht angerührt hatte, hatte er sie doch auch nicht an sie überwiesen oder ihr zugeschickt. Sie war gezwungen gewesen, Geld von Elena zu leihen – sie nannte es ganz bewußt *leihen*, weil sie ihr die entsprechende Summe selbstverständlich zurückgeben würde –, aber sie hatte so wenig Geld wie möglich aus dem Schreibtisch ihrer Mutter nehmen wollen. Der mit Abstand billigste Flug ging von Frankfurt nach London-Stansted, also hatte sie diesen gebucht, aber das hatte bedeutet, daß sie, kaum war Elena morgens aus dem Haus gewesen, eine Odyssee mit Bussen und Bahnen hatte antreten müssen, um rechtzeitig in Frankfurt zu sein. Der Intercity war hoffnungslos überfüllt gewesen, fast die ganze Strecke hatte sie, auf ihrem Gepäck kauernd, im Gang verbracht. Der Flug nach London hatte Verspätung gehabt, und sie hatte ewig auf dem Frankfurter Flughafen herumgesessen und sich geärgert, daß sie nicht daran gedacht hatte, wenigstens ein Brot für unterwegs mitzunehmen. Sie war mörderisch hungrig, wagte sich aber nicht an ihr Geld. Um nicht in Versuchung zu kommen, tauschte sie es noch am Flughafen in englische Pfund um; nun konnte sie hier in Deutschland ohnehin nichts mehr kaufen.

Wenigstens wurden im Flugzeug ein Sandwich, pappiger Kartoffelsalat und zum Nachtisch eine paar trockene Kekse serviert, und sie hatte alles mit Heißhunger in sich hineingeschlungen. Sie trank Kaffee dazu und bestellte so häufig Mineralwasser, daß die Stewardeß fast schon ärgerlich wurde. Egal. Irgendwie mußte sie schließlich durchhalten.

Da sie sich in London nicht im mindesten auskannte, geriet ihre Fahrt zur Victoria Station zu einem Abenteuertrip, bei dem sie mehrfach mit der Underground in völlig abwegigen Gegenden landete und ängstlich und entnervt wieder umkehren mußte. Daß sie schließlich dort ankam, wo sie hin wollte, war eher Zufall. Nach schier endlosem Studium verwirrend vieler Fahrpläne begriff sie, daß erst am nächsten Morgen wieder ein Zug zur Forster Square Station in Bradford gehen würde und daß ihr nichts übrigblieb, als die Nacht auf einer Bank zu verbringen. Es erschien ihr am sichersten, auf dem Bahnhofsgelände zu bleiben, sie mußte nur aufpassen, daß sie nicht von der Polizei aufgegriffen wurde. Wenn man sie als fünfzehnjährige Ausreißerin identifizierte, hatte sie die Chance verspielt, zu Keith zu gelangen.

Sie fand ein Plätzchen ganz am Ende eines Bahnsteigs, eine Bank, die sich noch dazu halb verborgen hinter einem Pfeiler befand. Hier müßte schon jemand ganz gezielt Streife gehen, um sie zu entdecken. Obwohl die Temperaturen trotz der fortgeschrittenen Stunde kaum abkühlten, wollte ihr Frieren nicht nachlassen, was sie auf ihre Übermüdung und ihren bohrenden Hunger schob. Sie kramte einen warmen Pullover aus ihrem Rucksack, zog ihn über und schlüpfte dann in ihre Jeansjacke. Kuschelte sich in eine Ecke. Ihre Augen brannten vor Müdigkeit, aber ihr Herz schlug schnell und heftig und hielt sie wach. Sie würde bestenfalls in einen Dämmerschlaf fallen, dabei jedoch immer in einem Zustand höchster Wachsamkeit verharren.

Wie ein Tier, dachte sie, ein wildes Tier, das zu jeder Minute mit seinen Feinden rechnen muß.

Aber sie war weit gekommen. Sie war in *seiner* Nähe.

Sie war in England.

5

… UND PLÖTZLICH SAH ICH EIN BILD … und auf dem Bild war ich mit einer Pistole, und ich schoß in diese Gesichter hinein, und ihre Augen waren ganz weit aufgerissen, und Blut quoll aus ihren Mündern. Krank und kaputt will ich sie sehen. Am allerliebsten TOT.

Als ich im Bett lag, habe ich Fieber gekriegt. Ich habe dauernd Bilder vor mir gesehen. Papa. Vor allem Papa. Papa mit durchgeschnittener Kehle. Er war voller Blut … überall lagen Tote …

Ich wollte Mama sagen, daß J. ein kleines Miststück im Bauch hat, das sie Papa abgeluchst hat … diese Bilder von Blut, die ich auch gesehen habe, als ich das Fieber hatte. Inmitten von all dem Blut ist dann J. Sie ist tot. Ihre Kehle ist durchgeschnitten, und im Todeskampf ist das Miststück zwischen ihren Beinen herausgeflutscht, so ein schleimiger Zellhaufen, den man gar nicht als Baby erkennt …

Sie stand im Bad und starrte in den Spiegel. Ihr Gesicht war bleich und wächsern wie das einer Toten. Ihre Beine zitterten; sie konnte nur stehen, indem sie sich am

Waschbecken festhielt. Sie preßte die Oberschenkel zusammen, als könne sie damit ihr Baby in sich behalten. Sie hatte sich erbrochen, minutenlang, immer und immer wieder, bis nach jedem Würgen nur noch bräunlicher Gallensaft aus ihrem Mund kam. Sie hatte nach Luft geschnappt und eine Hand auf ihren Bauch gedrückt, in einer hilflosen Geste des Festhaltens, denn der Brechreiz schüttelte sie so stark, daß sie meinte, nichts, gar nichts, nicht einmal ihr ungeborenes Kind, könne in ihrem Körper bleiben, weil dieser Körper in übelkeitserregendem Entsetzen alles loswerden wollte, was er jemals aufgenommen hatte. Die ganze Zeit klang Elenas Stimme in ihrem Kopf, diese zaghafte, ängstliche Stimme, die zur schönen, stolzen Elena nicht passen mochte und mit der sie aus dem Tagebuch ihrer Tochter vorlas, zögernd und zaudernd, voller Fassungslosigkeit über das, was dort stand.

Ihr Wispern: »Ich habe solche Angst, Jessica, daß *sie* es getan hat. Ich habe so entsetzliche Angst.«

Ihr Flüstern: »Halten Sie es für möglich, Jessica? Ich habe Dinge gelesen, die mir sagen, sie muß krank sein. *Sie muß krank sein!*«

Ihre Frage, fast lautlos: »Wissen Sie, ob sie ein Alibi hat für die Tatzeit? Wo war sie? *Wo war sie, Jessica?*«

Und dann, um zu überzeugen – oder um vom Gegenteil überzeugt zu werden –, die Texte. Ganz bestimmte Passagen. So leise, als könnte hinter jedem Busch, in jedem Schatten jemand lauern, der nicht mithören durfte, wie sie ihr eigenes Kind eines furchtbaren Verbrechens verdächtigte.

»... und im Todeskampf ist das Miststück zwischen ihren Beinen herausgeflutscht, so ein schleimiger Zellhaufen, den man gar nicht als Baby erkennt ...«

Die Übelkeit war so jäh gekommen, als habe jemand einen Schalter betätigt. Etwas wie einen Lichtschalter, der ein Zimmer völlig unvermittelt, von einer Sekunde zur nächsten, in Helligkeit taucht. Sie war aufgesprungen, die Terrasse, der Garten, das Haus hatten sich vor ihren Augen gedreht, und durch einen Schleier hatte sie Elena erkannt und durch eine Wand aus Watte ihre Stimme vernommen, jedoch nicht mehr verstanden, was sie sagte. Wie sie den Weg ins Bad hatte finden können, hätte sie später niemandem, schon gar nicht sich selbst, erklären können, denn alle Wände stürzten auf sie zu, und der Fußboden schlug Wellen. Und dann kotzte sie, kotzte ihr Entsetzen heraus, ihren Abscheu, ihre Angst, ihr Grauen, und meinte, nie wieder damit aufhören zu können und es vielleicht nicht einmal zu wollen. Kotzte und schwor sich dabei, daß sie ihr Kind verteidigen, daß sie es durch diesen ganzen Wahnsinn tragen und beschützen würde und daß all diese Verrückten um sie herum, diese kranken, perversen, gestörten Typen, machen konnten, was sie wollten, aber ihr Kind würde sie vor ihnen in Sicherheit bringen.

Sie sagte das auch zu dem bleichen, totenähnlichen Gesicht im Spiegel, und schließlich lächelte das Gesicht zaghaft, und sie wußte, daß sie noch lebte.

Elenas Stimme war noch immer so leise, daß sich Jessica anstrengen mußte, sie zu verstehen. Fast so, als spreche sie zu sich und nicht zu einem Gegenüber. Manchmal waren die nächtlichen Laute des Gartens – ein Rascheln, ein Zirpen, ein Seufzen – stärker als ihre Worte, dann neigte sich Jessica nach vorn, um aufzufangen, was sonst an ihr vorübergeweht wäre.

»Alexander hat die Geschichte mit Marc nie verwunden. Die anderen beiden, Tim und Leon, wohl auch nicht, aber irgendwie konnten sie besser damit umgehen. Alexander hatte Albträume, furchtbare Albträume, die ihn so sehr ängstigten, daß er es zu manchen Zeiten nicht wagte, überhaupt einzuschlafen. Oder er schluckte starke Schlafmittel, die ihn so betäubten, daß er traumlos blieb. Dafür kam er dann am nächsten Tag kaum auf die Füße.

Lange Zeit hatte ich keine Ahnung, was mit ihm los war. Ich begann diese nächtlichen Attacken ebenso zu fürchten wie er. Ich bedrängte ihn immer mehr, ärztliche Hilfe in Anspruch zu nehmen, aber er wehrte sich vehement. Und eines Nachts erzählte er mir dann alles. Er wußte sich nicht mehr zu helfen, er weinte wie ein Kind. Und er sagte, daß er seitdem, seit jener Nacht, eigentlich auch nicht mehr leben wollte.

Ich glaube, es hat sie alle drei fertiggemacht. Tim und Leon konnten sich noch einreden, daß sie mit Rücksicht auf Alexander jede Hilfeleistung unterlassen hatten, aber beide sind nicht dumm. Sie wußten im Grunde ganz genau, daß ein Verweis von der Schule und Alexanders damit zusammenhängende Angst vor seinem Vater in keinem Verhältnis standen zum Tod eines Menschen. Marc war qualvoll verreckt. Dafür gab es keine Entschuldigung. Zunächst, als die Geschichte um den toten Jungen zwar einen ungeheuren Aufruhr an der Schule bewirkte, aber für sie drei ohne Konsequenzen blieb, offenbar wurden sie nicht einmal verdächtigt, mögen sie erleichtert gewesen sein. Aber die Zeit vergeht, und sie relativiert die Ereignisse, nicht wahr? Irgendwann waren sie erwachsen. Hatten ihr Abitur, begannen zu studieren. Bestanden Prüfungen, hatten Liebschaften, dachten irgendwann an ernsthafte Bindungen. Und wußten, daß sie am selben Punkt wären, wenn sie sich damals, in jener Nacht, nicht ihrer Feigheit ergeben hätten. Sie hätten ihren Abschluß an einer anderen Schule gemacht, würden nun studieren, Prüfungen bestehen, Liebschaften haben, an ernsthafte Bindungen denken. Aber da würde nicht der Schatten des toten Freundes neben ihnen stehen. Der Schatten eines jungen Menschen, den sie geopfert hatten. Wofür? Die Sinnlosigkeit, die Überflüssigkeit dieses Opfers muß ihnen immer wieder zu Bewußtsein gekommen sein. Denn auch zwischen Alexander und seinem Vater hatte sich nichts dadurch geändert, daß Alexander diese tolle Eliteschule absolviert hatte. Er wurde von ihm weiterhin verachtet und zunehmend ganz ignoriert.

Sie hatten Marcs Leben hingegeben und nichts dafür zurückbekommen.

Ihrem jeweiligen Naturell entsprechend, gingen sie unterschiedlich mit diesem Trauma in ihrem Leben um. Alexander – na ja, wie gesagt, er hatte diese Alpträume, war oft in sich gekehrt, grüblerisch. Fast schwermütig. Tim hingegen riß seine große Klappe immer weiter auf, prahlte mit seinen phantastischen therapeutischen Fähigkeiten und dem vielen Geld, das er verdiente. Er liebte es, andere zu analysieren und sie dabei auf subtile Weise niederzumachen. Wahrscheinlich fühlte er sich dann größer und stärker. Und nicht mehr als der jämmerliche Feigling, der er damals, genau wie die anderen, gewesen war.

Und Leon? Leon ist ein wirklich gut aussehender Mann, das ist Ihnen sicher genauso aufgefallen wie mir, und natürlich holte er sich seine Selbstbestätigung in den Betten zahlreicher Frauen. Auch dann noch, als er längst mit Patricia verheiratet war. Auch dann noch, als er zwei niedliche kleine Töchter hatte. Er vögelte, was immer weiblich war und seinen Weg kreuzte. Er ließ sich von seinen Referendarinnen anhimmeln und hatte mit jeder einzelnen von ihnen ein Verhältnis. Woher ich das weiß? Er konnte den Mund nicht halten über seine Erfolge bei den Frauen. Hat sich Tim anvertraut. Und Tim hat es Evelin erzählt. Und Evelin mir. So waren sie, diese engen, engen Busenfreunde: Letztlich hat da immer wieder einer den anderen verraten.

Ich habe mich oft gefragt, inwieweit jenes Verbrechen in ihrer Jugend – denn ein Verbrechen kann man das schon nennen, finden Sie nicht? – wohl ursächlich war für ihre Unfähigkeit, ihre Freundschaft innerhalb eines normalen Wechselspiels zwischen Nähe und Distanz zu führen. Ich meine, wir haben alle gute Freunde, zum Teil auch noch aus der Schulzeit, und ich empfinde es als große Bereicherung des Lebens, wenn diese Freundschaften sich über den Ablauf langer Jahre bewähren. Aber es gibt Zeiten, da rückt man näher an den einen heran, und dann an einen anderen, und dann gibt es Zeiten, da geht man eigene Wege und ist mehr mit der Familie beschäftigt oder mit dem Beruf und neuen Bekanntschaften, die sich aus beidem ergeben. Aber die drei, Alexander, Leon und Tim – sie krallten sich immerzu aneinander. Gemeinsame Ferien. Gemeinsame Theater- und Opernbesuche. Abendessen. Wochenendausflüge. Was weiß ich nicht alles. Ging Ihnen das nie auf die Nerven? Ich hätte manchmal schreien können, wenn wir schon wieder als Clique loszogen. Ich hatte nicht den Eindruck, *einen* Mann geheiratet zu haben. Ich hatte drei Männer geheiratet und dazu deren ganzen Anhang.

Meine Theorie ist die, daß es die gemeinsame Schuld war, die sie derart zwanghaft aneinanderfesselte. Keiner von ihnen konnte je vergessen, was geschehen war, und gemeinsam konnten sie es leichter ertragen. Draußen, unter den sogenannten normalen Menschen, müssen sie sich manchmal wie Monster gefühlt haben. Miteinander jedoch gewann jene grauenhafte Nacht eine Art eigene Normalität. Ein Monster unter Monstern fühlt sich womöglich nicht mehr als Monster. Es lebt nicht mehr nur in seinem von der übrigen Welt ausgegrenzten Ich. Es kann sich wieder als Teil eines Wir fühlen. Und brauchen wir nicht alle immer wieder ein Wir-Gefühl? Der eine mehr, der andere weniger? Alexander, Tim und Leon jedenfalls schienen förmlich in ihrem ganzen Selbstwert davon abzuhängen.

Vielleicht haben sie auch immer wieder Gespräche untereinander geführt, in denen sie sich rechtfertigten, Erklärungen suchten, einander gewissermaßen immer wieder von neuem vergaben. Ich weiß das nicht, aber ich vermute es. Ich könnte es mir gut vorstellen. Von wem hätten sie Absolution bekommen können, wenn nicht voneinander? Nur daß diese nie lange vorhielt. Sie mußte ständig erneuert werden.

Als Stanbury in ihr Leben trat – indem Leon Patricia heiratete –, bekam ihre Freundschaft eine weitere Dimension. Nun gab es einen Ort, an den sie sich zurückziehen konnten und die Tür vor der Welt verschließen. Stanbury wurde ihre Zuflucht. Ein Apartment in London oder ein Häuschen in einer belebten Feriengegend hätte nie diesen Stellenwert einnehmen können, aber Stanbury war wie … abseits der Welt. Yorkshire, ein kleines Dorf, von dem kaum ein Mensch je gehört hat, verwunschenes Brontë-Land, irgendwo im neunzehnten Jahrhundert stehengeblieben. In Stanbury war nichts mehr wirklich. Da war alles weit weg. Dort stärkten sie sich, dort beruhigten sie ihre Nerven, dort leckten sie ihre Wunden, dort übten sie sich im Verdrängen. Hat Alexander bei Ihnen auch so oft über *die Stille von Stanbury* gesprochen? Manchmal wollte ich von ihm wissen, warum wir nicht auch einmal woanders hinfahren können, und jedesmal antwortete er mir, daß er sich keinen Platz auf der Welt vorstellen könne, an dem er diese Stille finden würde. Es ging dabei nicht einfach um Ruhe, um Abgeschiedenheit. Die Stille von Stanbury war etwas Besonderes. Von Zeit zu Zeit empfand sogar ich es selbst so. Eine Stille, die etwas mit einer Unberührtheit zu tun hatte. Als bliebe die Welt draußen vor den Toren, respektvoll und unaufdringlich. Was meinen Sie, kann ein Ort einen solchen Zauber haben? Oder brachten wir ihn dorthin – besser gesagt: die drei Männer? War Stanbury still an sich, oder wurde es still durch uns? Ein Platz der Ruhe und des Vergessens. Das Tor fiel zu, und alles Böse der Vergangenheit, alles Bedrohliche der Zukunft rückte in weite Ferne.

Wobei dies natürlich in Wahrheit nur ein frommer Wunsch war. Denn nichts war in Ordnung, gar nichts, und die alten Mauern, der verwunschene Park, die endlose Einsamkeit dienten nur dazu, all das Unstimmige totzuschweigen. Was sage ich – das Unstimmige? Das trifft es nicht ganz. Es ging nicht um Unstimmiges. Sondern um allerlei Häßliches, Böses, Verdorbenes. Brutales und Widerwärtiges. Ja, darum ging es. Und vielleicht war die berühmte Stille von Stanbury nichts anderes als ein kollektives Totschweigen dessen, was man nicht hätte ertragen können, hätte man sich ihm gestellt. *Tot* und *Schweigen.* Wenn ich es mir richtig überlege, verbinde ich diese Begriffe weit eher mit der Erinnerung an Stanbury als den Begriff *Stille.*

Was alles nicht in Ordnung war? Wo soll ich anfangen? Bei dem Ehedesaster zwischen Leon und Patricia? Bei dem Ehedesaster zwischen Tim und Evelin? Bei dem Ehedesaster zwischen Alexander und mir? Leon hat Patricia geheiratet, weil sie schwanger wurde und weil sowohl ihre Eltern als auch seine daraufhin Druck machten. Auf dem Standesamt machte er ein Gesicht, als erwäge er, aus dem Fenster zu springen, und Patricia schaute drein, als habe sie eine Beute erlegt. Ich vermute, sie hatte frühzeitig beschlossen, einmal Anwaltsgattin zu werden, denn ein Mensch wie Patricia läßt sich nicht zufällig von irgend jemandem schwängern. Tim und Alexander versuchten Leon zu trösten, indem sie ihm einredeten, bald sei immerhin Stanbury auch sein Besitz und damit für sie alle uneingeschränkt zugänglich. Aber das war eine Sache. Die andere Sache war, Tag für Tag mit einer Frau wie Patricia leben zu müssen, mit ihren Ansprüchen und Forderungen, ihrem Ehrgeiz, ihrer eisernen Disziplin, ihrer Herrschsucht und eben all dem, was sie so unwiderstehlich machte. Leon hat Patricia ohne Ende betrogen, und dennoch war sie immer die Stärkere. Leon kam mir vor wie ein kleiner Junge, der völlig untergebuttert wird und dafür gelegentlich hinter dem Rücken seines Peinigers Grimassen schneidet und die Zunge herausstreckt. Patricia schien damit leben zu können, solange nach außen hin das Bild der perfekten Familie gewahrt wurde. Sie war eine Frau, der es hauptsächlich darum ging, vor ihrer Umwelt als makellos und unangreifbar dazustehen. Die Fassade mußte stimmen, das war ihr wichtig. Das Gebälk im Inneren konnte voller Würmer sein. Ich weiß nicht, was das alles letzten Endes mit Leon gemacht hat. Aber wissen Sie, was ich als erstes dachte, als ich von dem scheußlichen Verbrechen hörte? Ich dachte: Das war Leon. Er ist ausgerastet, und das ist weiß Gott kein Wunder.

Wenn man dann genauer nachdenkt, kann man es sich nicht vorstellen, aber eigentlich kann man sich so etwas von keinem Menschen vorstellen, und doch muß es irgend jemand getan haben. Vielleicht ist die erste Intuition nicht die schlechteste. Aber vielleicht beharre ich jetzt auch nur darauf, weil ich solche Angst habe, daß Ricarda mehr damit zu tun hat, als man sich ausmalen möchte.

Und zwischen Tim und Evelin lief es natürlich auch furchtbar schief, im Grunde von Anfang an. Er hat sie bei einem Seminar kennengelernt, irgend etwas wie *So werden Sie über Nacht ein selbstbewußter Mensch*. Tim hatte gerade sein Diplom gemacht und stürzte sich mit Feuereifer ins Berufsleben, was bedeutete, er bot Kurse und Seminare mit eben Themen dieser Art an. Lief übrigens sofort ungemein erfolgreich, und Tim verdiente richtig viel Geld. Dieses guruhafte Äußere, das er hatte, wird von vielen Menschen als sehr vertrauenerweckend empfunden. Dazu diese etwas schleimige Art, mit der er gern in seine Patienten hineinkroch – manche glaubten offenbar, mit ihm dem Heilsbringer begegnet zu sein, der sie aus dem tagtäglichen Schlamassel ihres Daseins herausführen würde. Ich persönlich bezweifle, daß er jemals jemandem wirklich hat helfen können.

Jedenfalls saß da also auch Evelin unter den Teilnehmern und hoffte, etwas zu lernen, womit sie ihr schwaches Selbstwertgefühl aufbessern konnte. Kaum daß die beiden ein Paar waren, lernte ich sie kennen. Ich muß sagen, sie war bei weitem nicht so schlecht dran wie später, als sie dann mit Tim verheiratet war. Sie wirkte außerordentlich schüchtern und gehemmt, aber nicht depressiv, und sie war viel schlanker als später. Sie ging in eine psychotherapeutische Behandlung, die ihr recht guttat, und womöglich hatte sogar dieser Arzt den Anstoß dazu gegeben, daß sie sich zu Kursen wie dem von Tim anmeldete. Ist ja auch eine Möglichkeit, neue Menschen kennenzulernen und Kontaktschwächen zu überwinden. Er konnte nicht voraussehen, daß sie sich mit Tim liieren würde, was dann zum Verhängnis ihres Lebens wurde. Sie hat übrigens nie wirklich darüber gesprochen, weshalb sie seit frühester Jugend und dann über so viele Jahre psychotherapeutische Betreuung brauchte. Es gab ein paar Andeutungen, denen ich zu entnehmen meinte, daß sie eine ziemlich gewaltgeprägte Jugend hinter sich hat, aber Genaues weiß ich nicht. Es würde allerdings dazu passen, daß sie mit Tim erneut in einer Lebenskonstellation gelandet ist, in der Gewalt eine Rolle spielte. Physische wie psychische Gewalt. Verbal machte er sie so lange nieder, bis sie glaubte, der letzte Dreck zu sein und im Grunde meinte, ihm die Füße küssen zu müssen vor Dankbarkeit, daß er sich mit so etwas wie ihr überhaupt abgab. Ja, und dann ihre vielen Verletzungen, ihre blauen Flecken, ihre Prellungen … diese vielen Sportunfälle … Unsere tolpatschige Evelin! Schon wieder gestolpert, schon wieder unglücklich gefallen, schon wieder irgendwo dagegengerannt. Die neckischen Kommentare der anderen am Frühstückstisch ... Soll ich Ihnen etwas sagen, Jessica? Jeder hat es gewußt. Jeder hat ganz genau gewußt, daß das keine Sportunfälle waren. Jeder hat gewußt, daß Evelin überhaupt keinen Sport macht. Ich habe es ein paarmal erlebt auf Stanbury, da haben Leon oder Alexander im Wohnzimmer die Stereoanlage lauter gedreht, wenn es oben in ihrem Zimmer zwischen Evelin und Tim losging. Ich meine nicht Sex. Ich meine, wenn er sie in den Bauch boxte oder ihr den Arm verdrehte oder ihr mit aller Kraft gegen das Schienbein trat. Wenn sie schrie. Da wurden sie zu den berühmten Affen: nichts sehen, nichts hören, nichts sprechen. Die heilige Freundschaft. Tim war einer von ihnen. Sie gehörten zusammen. Sie pflegten ihre Stanbury-Idylle. Ein gewalttätiger Ehemann in ihren Reihen hätte alles zerstört. Also gab es ihn einfach nicht. Also war alles in Ordnung. Also hatte Evelin einfach Pech beim Sport.

Über meine Ehe mit Alexander will ich nicht sprechen. Ich denke, da sind Sie auch einfach die falsche Adresse. Ich will Ihnen nur etwas über unser endgültiges Scheitern sagen: Ich habe es nicht mehr ausgehalten. Seine Freunde, dieses zwanghafte Miteinander, die Verlogenheit. Die vor allem, die Verlogenheit.

Ich hatte ihm ein Ultimatum gestellt. Bis zu einem bestimmten Zeitpunkt sollte er sich zwischen mir und seinen Freunden entscheiden. Ich wollte ein eigenes, unabhängiges Leben mit ihm und Ricarda.

Natürlich hat er es nicht geschafft, sich von den anderen abzunabeln. Natürlich hat er sich gegen mich und damit gegen den Fortbestand unserer Ehe entschieden. Es hat mich nicht einmal wirklich erstaunt. Ich glaube, ich hatte es erwartet, ich habe gewußt, wie der Kampf ausgehen würde. Ich denke, ich habe dieses Ultimatum nicht gestellt, um zu gewinnen, denn es war von vornherein klar, daß ich keine Chance hatte. Es ging wohl vielmehr darum, eine Entscheidung herbeizuführen. Klarheit zu schaffen. Einen für mich unerträglichen Zustand zu beenden. Ich konnte ihn nur beenden, indem ich ganz eindeutig begriff, daß mein Mann sich nie auf meine Seite schlagen würde. Daß er zu den anderen gehörte. Es tat weh, das können Sie mir glauben, es gab wohl kaum je in meinem Leben etwas, das mir so weh getan hat. Aber ich brauchte diesen Schmerz, um den Schlußstrich ziehen zu können. Und nach allem, was geschehen ist, bin ich mehr denn je davon überzeugt, das richtige getan zu haben.

Aber wissen Sie, was falsch war? Ich hätte Ricarda, mein Kind, diesem Irrsinn nicht aussetzen dürfen. Ich wußte, daß das eine kranke Gesellschaft ist, und ich hätte darum kämpfen müssen, daß Ricarda an diesen Urlauben nicht teilnimmt. Ein Umgangsrecht konnte ich Alexander nicht völlig verweigern, aber ich hätte, notfalls auf juristischem Weg, erkämpfen müssen, daß Ricarda an diesen Stanbury-Reisen nicht teilnehmen durfte. Sie hat Patricia gehaßt und Tim auch. Sie hat genau gespürt, wie sehr ihr Vater ein Gefangener dieser Menschen war, auch wenn sie natürlich über den Hintergrund nicht Bescheid wußte. Ich meine die Geschichte mit Marc. Das soll sie nie erfahren. Versprechen Sie mir, daß Sie ihr nie davon erzählen.

Ich hätte, ich hätte ... aber dann hätte es für sie überhaupt keinen Urlaub mehr mit ihrem Vater gegeben, denn für ihn kam nur Stanbury in Frage. Und sie hing so an ihrem Vater. Wahrscheinlich hätte ich es so oder so nur falsch machen können. Ganz gleich, was ich getan hätte. Die Frage ist nur, ob ich in jedem Fall an den Punkt gekommen wäre, an dem ich jetzt stehe. Ob ich diese Angst haben müßte. Die Angst, daß mein Kind ... daß es meine Tochter war, die ... die diese furchtbare Stille von Stanbury nicht mehr ertragen hat.«

6

Evelin sah schlecht aus, aber sie hatte deutlich abgenommen, was sie weit weniger plump erscheinen ließ als sonst. Sie trug eine Hose, die für ihre Verhältnisse recht locker saß, und dazu ein T-Shirt, das dringend hätte gewaschen und gebügelt werden müssen. Überhaupt wirkte sie völlig ungepflegt. Sie roch nach Schweiß, so als hätte sie tagelang nicht mehr geduscht, ihre Haare waren fettig, sie hatte sich nicht geschminkt, und ihre Füße – sie lief barfuß – waren grau von Dreck. Sie saß in einem besonders kleinen, billigen Zimmer des *The Fox and The Lamb* am Fenster, und irgendwie vermittelte sie den Eindruck, sie habe sich seit des panischen Anrufs bei Jessica von dort nicht fortgerührt.

Jessica empfand es als seltsam anstrengend und berührend, plötzlich wieder hier zu sein. Obwohl es kaum einen Monat her war, daß sie genau hier, in dieser schlichten Herberge, gesessen hatte, betäubt von den Geschehnissen und fassungslos von der Schnelligkeit, mit der die Polizei Verdächtigungen traf und wieder fallenließ und Dinge ans Tageslicht förderte, von denen sie nichts gewußt hatte. Die Zeit dazwischen, die Zeit zu Hause, hatte dies alles in die Ferne gerückt, und nun, kaum war sie hier, stand alles wieder dicht vor ihr: die Erinnerung an die Ferien, die Erinnerung an das Grauen. Als sei kein Tag vergangen seitdem, als habe sich nichts verändert.

Und es hat sich auch nichts verändert, dachte sie, wir wissen nicht, wer es war. Erst hat die Polizei vermutet, es sei Phillip gewesen. Dann dachten sie, es sei Evelin. Jetzt glauben sie wieder, es sei Phillip. Elena fürchtet, es sei Ricarda. Ich hatte Leon im Verdacht. Nichts hat sich geändert. Wir wissen nichts.

»Evelin«, sagte sie, »ich bin froh, dich zu sehen. Außerhalb des Gefängnisses!« Sie ging auf die Freundin zu und schloß sie in die Arme. »Du hast abgenommen«, fügte sie hinzu. Es war sicher nicht wirklich wichtig, aber sie hatte plötzlich das Bedürfnis, Evelin eine Freude zu machen, und sie dachte, daß diese Feststellung sie vielleicht ein wenig glücklich machen würde.

»Ich weiß«, sagte Evelin, »meine Sachen sitzen nicht mehr so eng.« Es klang nicht so, als bedeute ihr dies etwas. Sie stand auf, erwiderte Jessicas Umarmung mit Inbrunst. Fast war es, als klammere sie sich an sie.

»Danke, daß du gekommen bist«, flüsterte sie. »Ich danke dir so sehr!«

»Das ist doch selbstverständlich«, sagte Jessica, jetzt ein wenig beschämt, weil sie am Anfang gezögert hatte. Evelin hatte ihren Kopf hinhalten müssen und war vielleicht so unschuldig wie sie selbst. Man konnte sie nicht im Stich lassen. Nicht schon wieder. Man hatte es oft genug getan.

»Mein Anwalt war gestern abend noch einmal hier«, sagte Evelin, »das ist sehr nett, oder? Am Samstag abend ... Er meinte, ich könnte jetzt bestimmt bald England verlassen. Er will morgen beantragen, daß ich umgehend meinen Paß zurückbekomme. Er sagt, die haben nichts mehr, womit sie noch begründen können, mich hierzubehalten.«

»Das ist doch eine wunderbare Nachricht. Weißt du, ob sie Phillip Bowen gefaßt haben?«

Evelin schüttelte den Kopf. »Nein. Ich meine, sie haben ihn *nicht* gefaßt. Jedenfalls gestern noch nicht, wie mein Anwalt sagte. Und heute ist auch nichts dergleichen im Radio gesagt worden. Dabei haben sie über Radio und Fernsehen nach ihm gefahndet. Das würden sie doch auch sagen, wenn sie ihn hätten, oder?«

»Vermutlich. Ist man denn ganz sicher, daß er es war?«

Evelin zuckte mit den Schultern. »Sein Alibi war jedenfalls von Anfang bis Ende erlogen und konstruiert. Und als das aufflog, ist er aus seiner Wohnung geflüchtet. Manches spricht für ihn als Täter, denke ich. Vieles sogar.«

Jessica seufzte tief. »Entweder er hat es getan. Oder er hat sich hinterher so abgrundtief dumm verhalten, daß er wenig Chancen haben wird zu beweisen, daß er es nicht war. Ich wünschte nur, die ganze Sache würde endlich geklärt werden.«

»Ja«, sagte Evelin.

Auf einmal war Befangenheit zwischen ihnen entstanden. Nach der spontanen Umarmung war ihnen beiden wieder bewußt, was alles geschehen war, und dies schien jede Leichtigkeit zu verbieten.

»Wem hast du davon erzählt, daß du zu mir fliegst?« fragte Evelin, und fast hätte Jessica geantwortet, daß es ja gar nicht mehr viele gab, denen sie es erzählen hätte können, aber sie hatte Angst vor Evelins Reaktion und schluckte den Satz herunter.

»Ich wollte Leon Bescheid sagen«, sagte sie statt dessen. »Ich habe zweimal heute versucht, ihn zu erreichen, aber er war nicht zu Hause. Und dann weiß es Elena.«

Evelin sah völlig erstaunt aus. »Elena? Habt ihr überhaupt Kontakt?«

»Seit neuestem. Seit gestern abend. Es ging eigentlich um Ricarda.« Rasch berichtete sie, daß Elena und sie selbst vermuteten, daß Ricarda zu Keith Mallory durchgebrannt war. Von Elenas darüber hinausgehenden Ängsten sagte sie nichts; Evelin vermittelte nicht den Eindruck, in der Lage zu sein, beunruhigende Informationen verarbeiten zu können. »Ich will noch heute abend zu der Mallory-Farm hinausfahren. Elena macht sich größte Sorgen, und vielleicht kann ich sie beruhigen.«

»Sie soll Ricarda doch ihren Weg gehen lassen. Wenn sie diesen Keith liebt und bei ihm bleiben will – warum nicht? Ich finde es gut, daß Ricarda so eigenwillig ist. Sie ordnet sich niemandem unter, folgt ihrem eigenen Instinkt. Weißt du, irgendwie bewundere ich sie.«

»Ja. Aber sie ist noch nicht einmal sechzehn. Elena ist verantwortlich für sie. Sie kann nicht die Hände in den Schoß legen und so tun, als gehe sie das alles nichts an. Sie muß wenigstens herausfinden, wo Ricarda ist!«

Evelin antwortete darauf nicht, sondern fragte statt dessen übergangslos: »Weißt du zufällig, ob bei mir zu Hause alles in Ordnung ist? Ich hatte meine Putzfrau gebeten ...«

»Sie war bei mir. Ich habe sie bezahlt und habe auch den Schlüssel übernommen und nach dem Rechten gesehen. Du mußt dir keine Gedanken machen. Alles ist in bester Ordnung.«

»Nicht, daß das wirklich wichtig wäre«, murmelte Evelin. Sie sah an Jessica vorbei zum Fenster hinaus. »Eigentlich ist gar nichts mehr so richtig wichtig. Aber irgendwie klammert man sich an den banalen Dingen fest, geht dir das auch so? Als ich im Gefängnis war, mußte ich dauernd daran denken, ob die Putzfrau wohl die Blumen im Garten gießt, und ich habe mich schrecklich aufgeregt bei der Vorstellung, daß sie es nicht tut und am Ende alles verdorrt. Ist das nicht verrückt? Ich meine, da sitze ich unter Mordverdacht in einem Gefängnis in England und habe keine Ahnung, wie das alles für mich ausgeht, und mein Mann ist umgebracht worden und einige meiner besten Freunde – und ich heule, weil vielleicht die Blumen in meinem Garten vertrocknen! Als ob ich nicht ganz normal wäre!«

»Was ist schon normal nach solch einem Ereignis?« Jessica strich sich mit beiden Händen die Haare aus der Stirn. Es war so warm, und sie war sehr müde. »Wie vielen Menschen passiert, was uns passiert ist? Normen sind da kaum aufzustellen. Jeder versucht, die Dinge auf seine Weise zu verarbeiten, und du klammerst dich eben, wie du sagst, *an banalen Dingen* fest. Ich denke, das ist schon in Ordnung so.«

»Ja, wenn du meinst«, sagte Evelin, und sie wirkte ein wenig getröstet, so als habe sie sich wirklich Gedanken gemacht, daß etwas nicht stimmte mit ihr.

Jessica wußte, daß Elena daheim neben ihrem Telefon saß und ihrem Anruf entgegenfieberte.

»Wenn ich dich eine Stunde allein lassen kann«, sagte sie, »würde ich gern zur Mallory-Farm fahren. Es würde mich sehr beruhigen zu wissen, ob Ricarda dort ist, und ich muß auch Elena Bescheid sagen.«

»Du kommst aber wieder?«

»Natürlich komme ich wieder. Paß auf, du legst dich einfach noch ein bißchen hin. Du siehst sehr erschöpft aus. Und wenn ich zurück bin, essen wir zusammen etwas Schönes. Okay?«

»Okay«, sagte Evelin.

Sie hatte ein billiges Leihauto genommen, dessen schlechte Federung sie die Unebenheiten der Landstraße in heftigen Stößen am ganzen Körper spüren ließ. Sie überlegte, ob sich ihr Baby eigentlich noch wohl fühlte bei ihr, und beschloß, daß sie mehr auf sein Wohlbefinden achten mußte. Also keinen Wein heute abend. Sie seufzte. Sie lechzte so sehr nach Entspannung.

Sie hatte sich bei dem Mädchen am Empfang nach dem Weg zur Mallory-Farm erkundigt. Es war immer noch dasselbe Mädchen wie im April, und es war noch genauso picklig. Es hatte sie fasziniert angeglotzt. Die Morde von Stanbury, der anschließende Aufenthalt der Überlebenden im *The Fox and The Lamb* und die ständige Präsenz der Polizei, sogar die eines Beamten von Scotland Yard, hatten zum erstenmal etwas Aufregung und Dramatik in das kleine Dorf und das Leben seiner Bewohner gebracht. Nun war zuerst Evelin wieder aufgetaucht, jetzt Jessica. Jessica sah dem Mädchen an, daß es sich eine Neuauflage der spannenden Ereignisse wünschte, und dies entfachte heftigen Widerwillen in ihr.

»Ich heiße Prudence«, sagte das Mädchen mit vertraulich leiser Stimme, die Abneigung, die ihm entgegenschlug, offenbar nicht im geringsten bemerkend.

»Ich muß sagen, das alles ist doch sehr mysteriös, nicht wahr? Die Unschuld von Mrs. Burkhard ist wohl erwiesen?«

»Ja«, sagte Jessica kurz.

Prudence setzte eine mitfühlende Miene auf, was ihr nicht überzeugend gelang. »Die arme Mrs. Burkhard! Es muß schrecklich sein, unter einen solchen Verdacht zu geraten! Immerhin war sie vier Wochen im Gefängnis. Ohne zu wissen, ob man ihr am Ende glauben würde!«

»In eine solche Situation kann jeder von uns kommen«, sagte Jessica. »Könnten Sie mir jetzt bitte erklären, wie ich ...«

Prudence war nicht gewillt gewesen, ihr Opfer, aus dem sich möglicherweise Informationen ziehen ließen, so schnell gehen zu lassen. »Schrecklich, daß dieser Kerl noch immer frei herumläuft! Gerade vorhin habe ich noch mal eine Fahndungsmeldung der Polizei im Radio gehört. Da packt einen richtig das Grauen. Ich meine, der ist doch komplett verrückt! Ein Serienkiller vielleicht?«

»Ich möchte ...«, setzte Jessica an.

»Wie gut, daß die Presse noch nicht mitbekommen hat, daß Mrs. Burkhard hier ist«, sagte Prudence, die genau dies ganz offensichtlich tief bedauerte. »Die hatten nämlich vor dem Gefängnis gewartet, und Mrs. Burkhards Anwalt muß ein richtiges Verwirrspiel inszeniert haben. Jedenfalls haben die dann wohl gedacht, sie ist nach London gebracht worden. Ein Glück! Wer möchte in solch einer Situation auch noch von Reportern belagert werden?«

Jessica hatte den fast sicheren Verdacht, daß ein Journalist, der im *The Fox and The Lamb* nachfragen würde, von Prudence sofort einen unmißverständlichen Tip erhielte, der die ganze Meute erneut anziehen würde. Sie hoffte, daß Evelins Anwalt vielleicht schon am folgenden Tag die Freigabe des Passes würde durchsetzen können. Sie mußten schnell hier weg.

Es gelang ihr endlich, der geschwätzigen Prudence die gewünschte Wegbeschreibung zu entlocken (»Es gibt mehrere Möglichkeiten. Sie bevorzugen sicher eine, die Sie nicht an Stanbury House vorbeiführt, oder? An Ihrer Stelle könnte ich es absolut nicht ertragen, noch einmal auch nur in die Nähe dieses Ortes zu kommen!«), und dann war sie aufgebrochen. In einen sehr hellen, warmen Abend hinein. Die Natur hatte sich noch erheblich weiterentwickelt in den vergangenen vier Wochen. Die Bäume trugen nicht mehr das zarte, hellgrüne Laub des Frühlings, sondern die dichten, kräftigen Blätter des Sommers. Auf den Feldern begann das Korn zu wachsen. Roter Klatschmohn glühte an den Rändern der Feldwege. Selbst diese eher karge, sehr nordische Landschaft hatte Farben und Fülle angenommen. Der Himmel war von einem lichten Blau.

Wie schön es hier ist, dachte Jessica und wunderte sich selbst, welch warme Gefühle sie für eine Gegend hegte, mit der sie so grausame Erinnerungen verbanden. Einmal mußte sie anhalten und eine Herde Schafe die Straße überqueren lassen. Sie versuchte, sich Ricarda in dieser ländlichen Idylle, die gerade im Herbst und Winter auch sehr schnell zur ländlichen Einsamkeit und Düsternis werden konnte, vorzustellen. Als Frau eines Farmers. Die in Gummistiefeln über die Felder lief, die Hühner fütterte, Zäune reparierte, deftiges Essen kochte. Für die Kino und Theater und Konzerte eher Seltenheitswert hatten. Überraschenderweise bereitete es ihr keine größeren Probleme, Ricarda in dieses Bild zu integrieren.

Die Farm lag sehr einsam, wirkte jedoch im verdämmernden Licht des Tages warm und einladend. Niemand war auf dem Hof zu sehen, als Jessica dort einbog und anhielt. Erst als sie ausstieg, entdeckte sie einen schwarzen Hund, der auf einem Stück Gras zwischen zwei Ställen lag und vor sich hindöste. Er hob den Kopf, wedelte ein wenig mit dem Schwanz, stand jedoch nicht auf. Seine graue Schnauze und der milchige Schleier über den Augen verrieten, daß er sehr alt war. Offenbar hatte er beschlossen, daß seine Aufgabe als Wächter des Hauses beendet war.

Sie ging zur Haustür und betätigte den Klopfer. Es dauerte eine Weile, bis sie Schritte hörte, dann öffnete eine verhärmt aussehende Frau die Tür. Sie hatte strähnige Haare, war völlig ungeschminkt, und ihren Augen sah man an, daß sie viel weinte.

»Ja?« fragte sie mißtrauisch.

Jessica streckte ihr die Hand hin. »Ich bin Jessica Wahlberg. Eine ... Verwandte von Ricarda.«

Sie fixierte das Gesicht ihres Gegenübers genau und sah, daß ein kurzes Erschrecken darüber hinwegglitt. Ricarda war dieser Frau also auf jeden Fall bekannt.

»Ich bin Gloria Mallory«, sagte die Frau. »Möchten Sie meinen Sohn sprechen?«

»Eigentlich möchte ich Ricarda sprechen.«

Gloria hatte sich jedoch bereits umgewandt und rief in den dämmrigen Flur hinein: »Keith! Keith, hier ist jemand für dich!«

Ein junger Mann tauchte auf, groß, breitschultrig, mit einem offenen, sympathischen Gesicht. Jessica empfand ihn sofort als sehr angenehm.

»Ja?« fragte er.

»Die Dame da ...«, sagte Gloria und zog sich einen Schritt zurück.

»Ja?« fragte Keith noch einmal.

»Ich bin Jessica Wahlberg. Sie sind Keith Mallory?«

»Ja.« Er ging spürbar auf Distanz. Nicht, daß er plötzlich feindselig gewirkt hätte, aber es war, als weiche er innerlich vor ihr zurück. Sein Gesicht nahm von einem Moment zum anderen einen verschlossenen Ausdruck an.

»Keith, Ricardas Mutter und ich sind in großer Sorge um Ricarda. Sie ist verschwunden, und das in einer seelischen Ausnahmesituation. Es ist wichtig, daß wir sie finden.«

»Und was wollen Sie bei mir?«

»Sie sind doch eng befreundet mit ihr. Wir vermuten daher, daß sie vielleicht zu Ihnen wollte.«

»Hier ist sie nicht«, sagte Keith.

Jessica sah ihn scharf an. »Keith, Sie müssen mir bitte die Wahrheit sagen. Wir meinen es ja nicht böse mit Ricarda. Aber ihre Mutter macht sich entsetzliche Sorgen. Das müssen Sie doch verstehen können.«

Erstmals während des Gesprächs trat ein Ausdruck von Abneigung in Keiths Augen. »Sie sollten sich zur Abwechslung alle einmal in Ricarda hineinversetzen. Für ihr Alter hat sie verdammt viel mitgemacht. Erst die Scheidung ihrer Eltern, dann die nächste Heirat des Vaters. Diese unsäglichen Urlaube hier in Stanbury House, zusammen mit einer Horde von Neurotikern, die ihr nicht den kleinsten Freiraum zugestanden. Und dann dieses Massaker, bei dem sie ihren geliebten Vater verloren hat. Es gibt viele, die würden unter all dem zusammenbrechen.«

»Aber das habe ich doch gerade gesagt. Sie ist traumatisiert. Sie braucht Hilfe. Sie ist nicht in der Verfassung, sich irgendwo ganz allein durchzuschlagen.«

»Vielleicht ist sie nicht in der Verfassung, ihre sogenannte Familie noch länger zu ertragen. Könnte doch auch sein, oder? Ihre Mutter, die sie begluckt. Ihre Stiefmutter, die ihr den Vater weggenommen hat. Und«, sein Blick glitt zu ihrem Bauch, verweilte eine Sekunde darauf, »schon gar nicht dieses zukünftige Geschwisterchen, von dem sie so sehr gefürchtet hat, es werde sie noch weiter von ihrem geliebten Vater entfernen. Manchmal muß ein Mensch in seinem Leben einen Trennungsstrich ziehen.«

Jessica schluckte eine scharfe Erwiderung hinunter. Sie schaute an ihm vorbei zu Gloria hin, die dem Gespräch schweigend aus dem Hintergrund gefolgt war.

»Mrs. Mallory, Sie haben auch keine Ahnung, wo Ricarda stecken könnte?«

Gloria zuckte mit den Schultern. Jessica fand, daß sie Unbehagen ausstrahlte, und fragte sich, was der Grund dafür sein mochte.

Sie wandte sich noch einmal an Keith. »Keith, ich wohne in Stanbury im *The Fox and The Lamb.* Sollten Sie irgend etwas über den Verbleib von Ricarda erfahren, dann suchen Sie mich doch bitte auf, oder rufen Sie an. Weder Ricardas Mutter noch ich wollen etwas tun, was dem Mädchen schadet. Aber sie ist fünfzehn. Minderjährig. Wir können nicht die Hände in den Schoß legen und so tun, als gehe uns ihr Verschwinden nichts an.«

Er nickte. Seine Miene verriet nicht, ob sie ihn mit ihren Worten erreicht hatte.

Jessica ging zu ihrem Auto zurück, stieg ein. Während sie den Wagen wendete, betrachtete sie noch einmal das Haus. Es war aus dem grauen Stein der Gegend gemauert, hatte quadratische Fenster, deren Rahmen weiß lackiert waren. Sie stellte sich vor, daß man Blumen davorpflanzen könnte, und wie hübsch es aussehen müßte, die Haustür in einem leuchtenden Rot zu streichen.

Ein schönes Zuhause für Ricarda, dachte sie.

Als sie außer Sichtweite des Hofs war, hielt sie am Wegrand an, kramte ihr Handy aus der Tasche und wählte Elenas Nummer. Wie sie erwartet hatte, hielt sich Elena offenbar tatsächlich in unmittelbarer Nähe des Apparats auf, denn der Hörer wurde sofort abgenommen.

»Ja?« erklang es atemlos.

»Elena, ich bin es. Jessica. Ich komme gerade von Keith Mallory ...«

»Und? Haben Sie Ricarda gesprochen? Ist sie dort?«

»Ich habe sie weder gesehen noch gesprochen. Keith hat auch nicht zugegeben, daß sie bei ihm ist. Dennoch habe ich das sichere Gefühl, sie ist da. Ich kann Ihnen nicht genau erklären, weshalb ... Vielleicht lag es an dem Unbehagen, das sowohl Keith als auch seine Mutter ausstrahlten.«

»Aber ...«

»Keith war vermutlich zunächst entschlossen, Ricarda zu decken, aber er wird jetzt über meine Worte nachdenken. Und vor allem seine Mutter. Ich habe noch einmal klargestellt, daß Ricarda minderjährig ist und daß wir die Angelegenheit keinesfalls auf sich beruhen lassen. Ich denke, Mrs. Mallory hat begriffen, daß ihr Sohn in Schwierigkeiten kommen könnte, wenn man Ricarda bei ihm entdeckt, und sie wird ihm sicher die Hölle heiß machen, sich mit mir in Verbindung zu setzen.«

»Aber das alles ist nur ein Gefühl von Ihnen. Meinen Sie nicht, ich sollte mich jetzt doch an die Polizei wenden?«

»Das können Sie natürlich tun. Aber ich würde noch nichts davon sagen, daß wir die Vermutung haben, sie könnte in England bei Keith sein. Es wäre nicht gut, wenn hier plötzlich Interpol auftauchte und sie von der Farm holte. Ich meine, es wäre für Ihr Verhältnis zu Ricarda nicht gut.«

»Sicher. Aber wenn ich jetzt die Polizei anrufe und ihr das Wesentliche verschweige ...« Elena schien völlig zerrissen. »Wissen Sie, ich muß mir das überlegen«, sagte sie dann plötzlich mit entschlossener Stimme. »Lassen Sie sich jetzt davon nicht verrückt machen. Vielleicht rufe ich auch bei ein paar Fluggesellschaften an. Am Ende ist Ricarda geflogen, und ihr Name steht auf einer Passagierliste. Ich danke Ihnen, daß Sie zur Mallory-Farm gefahren sind. Und vielleicht haben Sie ja das richtige Gefühl.«

»Ich fahre morgen noch einmal hin. Ich lasse nicht so schnell locker.«

Elena lachte ein wenig, wenn auch gequält. »Ja. So habe ich Sie auch eingeschätzt. Sagen Sie, wie geht es Evelin?«

»Sie kommt mir ein bißchen benommen vor. Als könne sie immer noch nicht alles begreifen, was passiert ist. Es ist sicher gut, daß sie hier jetzt nicht allein herumhängt.«

»Auf jeden Fall. Übrigens, Barney geht es gut. Ich habe mich vorhin sogar für eine Stunde vom Telefon losgeeist und einen langen Spaziergang mit ihm gemacht. Seitdem liebt er mich. Und morgen früh nehme ich ihn einfach mit in die Arbeit.«

»Danke für Ihre Hilfe, Elena. Ich melde mich wieder.« Nachdem sie das Gespräch beendet hatte, wählte Jessica Leons Nummer. Sie wartete lange, aber wiederum meldete sich niemand.

Ich möchte wissen, wo er steckt, dachte sie.

Ob er eine Ferienreise machte? Aber dafür dürfte er kaum das nötige Geld haben.

Sie beschloß, daß Leon nicht ihr Problem sein sollte. Sie legte das Handy auf den Beifahrersitz, startete ihren Wagen.

Evelin wartete.

Sie fragte sich, ob sie und Evelin in der Lage sein würden, miteinander zu sprechen. Oder ob sie das Schweigen fortsetzen würden, das stets zwischen ihnen geherrscht hatte.

7

Er stand an genau derselben Stelle, an der er vier Wochen zuvor neben Evelin gestanden hatte. An der Stelle, von der aus er zuletzt einen Blick auf das Haus geworfen hatte. Alles war wie in seiner Erinnerung, nichts hatte sich geändert. Nur das Gras im Garten war hoch gewuchert, zu einer wilden Wiese war es geworden. Steve, der Gärtner, war sich wohl nicht mehr sicher, ob seine Dienste noch erwünscht waren, oder aber ihm war jede Ambition, dieses Grundstück zu betreten, ein für allemal vergangen.

Aber sonst – was hätte sich auch ändern sollen? Irgendwo hatte man vielleicht die irrationale Vorstellung, es müsse einem Haus anzusehen sein, wenn sich eine solche Tragödie zwischen und vor seinen Mauern ereignet hatte, aber natürlich schien es völlig unberührt von dem Geschehen. Friedlich lag es im Schein der Morgensonne, voller Ruhe und Harmonie. Er kannte jeden Schornstein, jedes Fensterkreuz, jede bröckelige Ecke an der Balustrade. Nichts war anders geworden.

Alles war anders geworden.

Er sah das Haus an mit einer tiefen inneren Verzweiflung, mit dem Schmerz eines Liebenden, eines Besessenen, der weiß, daß er das Objekt seiner Liebe, das Objekt seiner Besessenheit loslassen muß, wenn er nicht untergehen will. Er war hergekommen, um Abschied zu nehmen, und nun brach ihm dieser Abschied fast das Herz. Denn jenseits dessen, was er nun verlieren würde, lag das vollkommene Nichts, die absolute Sinnlosigkeit. Er hatte nicht die geringste Vorstellung, wie er damit leben würde können.

Der Morgen war so schön, wie nur ein Maimorgen sein kann, voller Klarheit und Frische und dem Versprechen auf einen wunderbar warmen, sonnigen Tag. Noch lag Feuchtigkeit über den Gräsern, und die Blätter der Bäume glänzten vom Tau, aber die Luft war bereits mild und der Himmel von einem tiefen Blau.

Jemand, dachte er, sollte durch die Tür auf die Veranda treten und einen Frühstückstisch dort decken, und dann sollte sich eine Familie dort versammeln, eine große, lebhafte Familie, und ein paar Hunde sollten herumspringen und laut bellen.

Es war ein eigenartig heftiger Wunsch in ihm, das Bild vor seinen Augen zu beleben, Haus und Garten mit Gesichtern und Stimmen zu füllen, und zugleich wußte er, daß ihm dies in der Wirklichkeit nie gelingen würde. Selbst wenn er eine Chance hätte, das Haus zu bekommen, oder man ihm zumindest das Recht würde einräumen müssen, dort zeitweise zu wohnen, würde er doch nicht fähig sein, eine Familie zu gründen und dort auf der Veranda zu sitzen und zu frühstücken und seine Frau und seine Kinder und seine Hunde zu betrachten und Pläne zu schmieden für den Tag. Er war nicht dafür geschaffen. Es würde ihm nicht gelingen, ganz gleich, wie sehr er es ersehnen mochte.

Und er würde auch seinem Vater nicht näherkommen. Sein Vater war tot. Sein Vater konnte ihm nichts mehr sagen. Die Wände seines Hauses würden nicht für ihn sprechen.

Er sah es auf einmal glasklar, sah sich selbst glasklar: einen langsam alternden Mann, einsam und verloren in einem großen Haus, auf der Suche nach einem Toten, während das Leben mit unnachsichtiger Unbeirrbarkeit ablief.

Was hatte diese Suche nach dem Toten schon mit ihm gemacht? Wozu hatte sie ihn verleitet? In welche Lage hatte sie ihn gebracht?

Er war so müde. So hungrig. Gehetzt, gejagt, in die Enge getrieben. Zu spät erkannte er, wie trügerisch der Sinn gewesen war, den er seinem Leben zu geben geglaubt hatte, als er seinen Kampf um Kevin McGowan begann. Und obwohl als Täuschung entlarvt, würde ein schwarzes Loch dort bleiben, wo einst der Kampf geführt worden war. Ein Abgrund, vor dem ihm schauderte, und in den er doch blicken mußte, in den er würde hinabsteigen müssen. Denn dieser Abgrund war sein Leben.

Sein verpfuschtes, verkorkstes, zur Hälfte verstrichenes Leben. Und doch das einzige, das er hatte.

Er hatte als Schauspieler gearbeitet und dachte manchmal in den dramaturgisch angeordneten Sequenzen eines Theaterstücks oder Films, und er fand, dies war der Moment, in dem er laut Anweisung der Regie einen tiefen Zug aus seiner Zigarette nehmen, den Glimmstengel dann aus dem Mund ziehen, auf den Boden werfen und nachdrücklich austreten sollte. Ein letzter Blick zum Haus, umdrehen, gehen.

Er hatte bloß keine Zigarette. Er hatte buchstäblich überhaupt nichts mehr. Schon gar keinen Regisseur, der ihm hätte sagen können, wie es weitergehen sollte.

Vielleicht eine innere Stimme. Die ihm sagte, daß es das beste wäre, zur Polizei zu gehen und sich zu stellen. Oder auch nicht das beste, aber auf jeden Fall das einzige. Möglich, daß es keine Alternative gab. Und daß er deshalb hier stand und Abschied nahm, weil er das längst realisiert und sogar akzeptiert hatte.

Ein Lächeln stahl sich auf sein Gesicht bei der Vorstellung, wie er ins Dorf wandern, in den Gemischtwarenladen von Mrs. Collins' Schwester hineinspazieren und der alten Tratschtante in ihr schreckensstarres Gesicht sagen würde, sie möge bitte die Polizei herbeitelefonieren.

Nicht gleich. Nachher. Später.

Er überquerte den Rasen, langsam, ohne Hast. Setzte sich auf eine Bank, die seitlich vom Haus stand.

Vielleicht konnte er sich noch eine Weile der Illusion hingeben, irgendeine Wahl zu haben.

8

Jessica hatte schlecht geschlafen, und gegen halb sieben am Morgen hielt sie es nicht mehr im Bett aus. Sie stand auf, duschte und zog sich an und sah durch das Fenster, daß ein herrlicher Tag heraufdämmerte. Sie überlegte, ob sie Evelin wecken und zu einem gemeinsamen Spaziergang überreden sollte, aber auf einmal erschien es ihr zu anstrengend, sich zu so früher Stunde bereits in die Gesellschaft einer derart verzweifelten Frau zu begeben. Wer wußte, wie lange sie es überhaupt noch mit Evelin hier zusammen in Stanbury aushalten mußte. Der gestrige Abend war schwierig gewesen. Sie hatten zusammen im Gastraum gegessen, und Jessica hatte von Leon erzählt, von seiner neuen Wohnung, seinem neuen Arbeitsplatz. Daß er ihr seine Gefühle gestanden hatte, ließ sie unerwähnt. Aber ohnehin hatte sie nicht den Eindruck gehabt, daß Evelin mit mehr als minimalem Interesse zuhörte. Ein- oder zweimal hatte sie versucht, die Freundin auf die Zeit im Untersuchungsgefängnis anzusprechen, aber sie war sofort ausgewichen und hatte keine Antwort gegeben. Das sogenannte Gespräch war im Grunde nur auf einen zähen Smalltalk hinausgelaufen. Irgendwann waren sie beim Wetter und beim englischen Essen angelangt und hatten darüber hinaus nur ein bißchen über die plumpe Prudence gelästert, die hinter der Theke gestanden und ganz offensichtlich sehr heftig die Ohren gespitzt hatte.

Als sie über den Gang lief, kam sie an Evelins Zimmertür vorbei und lauschte kurz nach drinnen, konnte aber keinen Laut vernehmen. Erleichtert begab sie sich die Treppe hinunter in den Gastraum.

Sie war der erste Mensch dort, aber nach allem, was sie mitbekommen hatte, befand sich außer ihr und Evelin sowieso nur noch ein einziger Gast im Haus, ein älterer Herr, der immer in Wanderstiefeln und einem scheußlichen rotweiß karierten Hemd herumlief. Aber auch der schlief um diese Zeit wohl noch.

Nach einer Weile kam Prudence müde herangeschlurft und brachte heißen Kaffee, der Jessicas Lebensgeister sofort weckte.

»Was woll'n Sie denn frühstücken?« fragte sie und gähnte.

Jessica bestellte Toastbrot und Rührei, und Prudence schlich in die Küche zurück. Jessica trank ihren Kaffee in kleinen Schlucken, wärmte sich die Finger an der dickbauchigen Keramiktasse und überlegte, wie sie den Tag verbringen wollte. Auf jeden Fall würde sie eine schöne, lange Wanderung unternehmen.

Die Frage war, ob sie es fertigbringen würde, Stanbury House aufzusuchen. Sie empfand es als eigenartig, sich in dieser ihr so vertrauten Gegend aufzuhalten und nicht ein einziges Mal zu dem alten Haus zu gehen, das trotz des Schreckens, der sich über seine Mauern gelegt hatte, ein Stück Heimat für sie gewesen war.

Ich werde das ganz spontan entscheiden, nahm sie sich vor.

Sie aß den Toast mit ziemlich wabbeligem, ungesalzenem Rührei und versuchte einmal, trotz der frühen Stunde, Leon mit ihrem Handy zu erreichen. Wieder meldete sich niemand. Sie mußte das Gefühl der Beunruhigung, das sie beschlich, mit einiger Energie beiseite drängen.

Sie war bei ihrer zweiten Tasse Kaffee angelangt, als sich die Tür öffnete und Gloria Mallory auf der Schwelle erschien. Sie sah sich suchend um, erblickte Jessica und kam mit einem erleichterten Gesichtsausdruck auf sie zu.

»An der Rezeption ist niemand«, sagte sie anstelle einer Begrüßung, »und da dachte ich, ich schaue mal nach, ob Sie vielleicht beim Frühstück sind. Ich habe wirklich Glück – so früh am Morgen!«

»Setzen Sie sich«, sagte Jessica, »möchten Sie eine Tasse Kaffee?«

Gloria schüttelte den Kopf, nahm aber den angebotenen Platz. »Danke. Ich kann nur kurz bleiben. Mein Mann ...«

»Sie pflegen ihn ganz allein?«

»Mein Sohn und meine Tochter helfen mir. Aber beide haben sehr viel mit der Farm zu tun, und letztlich bin ich dann doch oft nur auf mich gestellt. Es ist sehr schwer ... er kann ja praktisch nichts mehr allein tun. Und er ist völlig verwirrt. Man kann ihm nichts erklären. Es ist alles ... sehr schwer.«

Jessica sah die verhärmte Frau mitfühlend an, wartete dann, was kommen würde, obwohl sie es ahnte.

Gloria Mallory senkte den Kopf. »Mein Sohn weiß nicht, daß ich hier bin. Wahrscheinlich wäre er sonst sehr böse auf mich. Aber es hat mir keine Ruhe gelassen ...«

»Ricarda ist bei Ihnen?« fragte Jessica.

Gloria nickte. »Sie kam gestern, wenige Stunden bevor Sie sich nach ihr erkundigt haben. Völlig erschöpft, am Ende ihrer Kräfte. Sie hat sich mit den verschiedensten Verkehrsmitteln und am Ende zu Fuß zu Keith durchgeschlagen. Als Sie bei uns waren, schlief sie.«

Jessica streckte den Arm über den Tisch, drückte kurz die Hand der anderen Frau. »Danke, Mrs. Mallory. Danke, daß Sie es mir gesagt haben.«

»Ich kann mir gut vorstellen, was Ricardas Mutter und Sie durchgemacht haben. Ich habe selbst Kinder. Ich konnte die ganze Nacht nicht schlafen, und heute früh war mir klar, daß ich Sie wissen lassen muß, daß es Ricarda gutgeht.«

»Kann ich mit ihr sprechen?«

Gloria zögerte.

»Ich will sie nicht gegen ihren Willen mit nach Hause nehmen«, sagte Jessica rasch. »Ich will sie überhaupt zu nichts drängen. Ich möchte ihr nur sagen, daß ihr alle Wege offenstehen und daß sie sich Zeit nehmen soll zu entscheiden, was sie tun will.«

»Ich glaube«, sagte Gloria, »daß sie meinen Sohn sehr liebt. Und Keith erwidert ihre Gefühle.«

»Das ist das beste, was Ricarda in ihrer jetzigen Situation passieren kann. Ist es Ihnen denn recht, wenn sie, zumindest vorläufig, bei Ihnen wohnt?«

»Ich kenne sie kaum. Aber sie scheint meinen Sohn glücklich zu machen. Daher ist es in Ordnung.«

Jessica stand auf. »Ich ziehe andere Schuhe an. Dann fahre ich mit Ihnen zu Ihrer Farm.«

»Nun ...«

»Bitte.«

»In Ordnung«, sagte Gloria ergeben.

Sie hatte für Evelin einen Zettel geschrieben und unter ihrer Tür hindurchgeschoben. *Bin noch mal zu Ricarda unterwegs. Werde mittags zurück sein!*

Sie hatte ihre Turnschuhe angezogen und eine Jacke um die Schultern gehängt, denn der strahlende Morgen war noch recht frisch. Ihre Handtasche mit dem Handy darin hatte sie dabei, sie war also jederzeit für Evelin zu erreichen.

Gloria Mallory fuhr einen völlig verrosteten Jeep, den man auf den ersten Blick eher auf einem Schrottplatz als auf einer Landstraße vermutet hätte.

»Wollen Sie nicht lieber Ihr Auto nehmen?« fragte sie. »Ich meine, für den Rückweg?«

»Zurück werde ich laufen«, erwiderte Jessica. »Ich wollte heute sowieso eine Wanderung unternehmen.«

Der Himmel hatte ein beinahe gläsernes Blau angenommen, und die Luft fühlte sich an wie glatte, kühle Seide.

»Es ist ein wundervoller Tag«, sagte Jessica.

Gloria nickte. »O ja. Wir haben hier in Yorkshire sehr häufig schlechtes Wetter, aber dazwischen gibt es Tage wie diesen, und irgendwie versöhnen sie einen wieder.« Sie warf Jessica einen Blick von der Seite zu. »Wann kommt Ihr Baby?«

Sie schaut genau hin, dachte Jessica. »Im Oktober«, antwortete sie.

»Es ist eine schwere Zeit für Sie, oder? Ich meine, nach allem, was war ... dort in Stanbury House ...«

»Ich glaube, ich habe es immer noch nicht wirklich realisiert«, sagte Jessica. »Manchmal denke ich, ich werde es nie ganz begreifen, was da über mein Leben hereingestürzt ist. Und manchmal habe ich Angst, daß ich irgendwann ganz plötzlich zusammenbrechen werde. Und daß dann der eigentliche Alptraum erst beginnt.«

»Sie müssen stark sein für Ihr Kind.«

»Ich weiß.«

»Was wird aus Stanbury House?«

Jessica zuckte mit den Schultern. »Mir gehört da nichts. Der Mann, der es jetzt geerbt hat, hat seine ganze Familie bei dem ... Unglück verloren. Er ist dabei, sein Leben auf die Reihe zu bringen.«

Wieder hatte sie plötzlich ein beunruhigendes Gefühl, als sie an Leon dachte, der ständig unerreichbar war. Er hatte euphorische Phasen gehabt in den letzten Wochen, aber auch solche, in denen er zutiefst deprimiert nur im Alkohol Trost finden konnte. Sie machte sich Sorgen um ihn.

»Er wird sicher erst später entscheiden können, was mit dem Haus passieren soll«, meinte sie schließlich.

Sie sprachen nicht mehr, bis sie die Farm erreichten. Als sie auf den Hof einbogen, trat gerade Keith aus der Scheune. Als er erkannte, wer neben seiner Mutter im Auto saß, erstarrte er.

Jessica stieg aus und ging auf ihn zu.

»Keith, ich weiß, daß Ricarda hier ist«, sagte sie, »und ich möchte mit ihr sprechen. Und Ihrer Mutter sollten Sie keine Vorwürfe machen. Weder ich noch Elena haben Ricarda etwas getan. Es wäre nicht fair gewesen, uns in Sorge und Angst zu belassen.«

»Ich will, daß Ricarda hier bleibt«, sagte Keith.

»Ich werde sie Ihnen nicht wegnehmen«, beteuerte Jessica.

Einen Moment lang sahen sie einander an. Schließlich nickte Keith.

»Sie ist in der Küche. Im Gang die zweite Tür rechts.«

»Danke«, sagte Jessica.

Gloria Mallory war verschwunden. Jessica ging den niedrigen, dunklen Gang entlang, öffnete vorsichtig eine aus rohen Holzbalken gezimmerte Tür. Zwei steinerne Stufen führten in die Küche hinunter. Eine gemütliche Küche mit einem großen Holztisch in der Mitte und Strohblumen an den kleinen Fenstern mit den weißlackierten Kreuzen. An dem wuchtigen Herd stand Ricarda und schenkte sich gerade Kaffee aus einer Emaillekanne in einen Becher. Sie wirkte nicht erschrocken, als sie ihre Stiefmutter sah.

»Mir war klar, daß du nicht lockerläßt«, sagte sie, »seitdem ich gehört habe, daß du gestern abend hier warst. Bist du nur wegen mir nach England gekommen?«

»Du allein wärst es mir jedenfalls wert gewesen. Aber ursprünglich bin ich wegen Evelin gekommen. Sie ist aus dem Gefängnis entlassen worden und braucht Unterstützung.«

»Aha. Dann war sie's wohl nicht?«

»Nein. Soviel steht wohl fest. Dringend verdächtig ist Phillip Bowen. Sein Alibi war falsch. Er wird im ganzen Land gesucht.«

»Phillip Bowen«, sagte Ricarda langsam. Sie wirkte eigenartig emotionslos, fast ein wenig wie in Trance. »Ja, er lungerte ständig um das Haus herum, nicht wahr? Habe ich erzählt, daß er in der Nacht da war, bevor es passierte? Als ich wegging zu Keith. Er stand vor dem Tor.«

»Mitten in der Nacht?« fragte Jessica überrascht. »Nein, das hast du nicht. Was tat er dort?«

Ricarda zuckte mit den Schultern. »Er sagte, er würde nachdenken.«

»Hast du das der Polizei gesagt?«

»Es ist mir eben erst wieder eingefallen.«

»Aber du solltest …«

Ricardas Gesicht war voller Ungeduld. »Es ist mir egal. Die ganze Sache ist mir egal. Ich lebe ein anderes Leben.«

»Mit Keith?«

»Mit Keith. Wir werden zusammenbleiben.«

»Ich verstehe, daß dir das im Moment als die Lösung all deiner Probleme erscheint. Aber du solltest bedenken, daß du sehr jung bist, daß du in einer Krisensituation steckst und daß du weder einen Schulabschluß noch auch nur den Ansatz einer Ausbildung hast. Du begibst dich in eine völlige Abhängigkeit von diesem jungen Mann, und …«

»Entschuldige«, unterbrach Ricarda, »aber ich habe, ehrlich gesagt, keine Lust, mir irgendwelche Vorträge von dir anzuhören. Ich habe mein Leben, und du hast deines. Mein Vater war unser einziger Berührungspunkt. Er ist tot, und es gibt keinen Grund mehr, daß wir einander begegnen oder miteinander reden sollten.«

Jessica sah in das blasse, spitze Gesicht, in die dunklen Augen, die sie voller Kälte und Haß ansahen, und trotz allem war in ihr ein fast überwältigendes

Gefühl von Zuneigung zu diesem trotzigen, ruppigen jungen Mädchen, das ein Teil von Alexander war und das ihr und sich das Leben so schwermachte, ohne vermutlich aus seinem Gefühlschaos heraus eine andere Wahl zu haben. Sie wäre gern auf Ricarda zugegangen und hätte sie in die Arme geschlossen, aber sie wußte, daß sie mit einer harten Zurückweisung zu rechnen hätte, und unterdrückte ihren Wunsch.

»Du mußt dich nicht gegen mich wehren«, sagte sie. »Ich will dich nicht von hier wegholen oder dir irgend etwas aufdrängen, das du nicht willst. Ich möchte nur, daß du weißt, du kannst immer zu mir kommen, wenn du Schwierigkeiten hast. Zu deiner Mutter sowieso. Und dann wollte ich dir nur einen Rat geben, und vielleicht solltest du über ihn nachdenken, auch wenn er von der verhaßten Stiefmutter stammt: Mach dich nicht abhängig von Keith. Setze ein Jahr mit der Schule und mit allem aus, lebe hier mit ihm, schau dir das Leben auf einer Schaffarm in Yorkshire an. Behalte dir die Möglichkeit vor, in einem oder zwei Jahren vielleicht doch noch einen Schulabschluß zu machen und einen Beruf zu erlernen. Danach heirate Keith, gründe eine Familie. Aber schaff dir erst eine eigenständige Position. Irgendwann wirst du erkennen, wie wichtig das ist.«

»Bist du fertig?« fragte Ricarda.

Jessica seufzte. »Ja.« Sie machte eine hilflose Bewegung mit beiden Händen. »Ich denke, ich bin fertig. Das war alles, was ich dir sagen wollte.«

Ricarda erwiderte nichts. Jessica wartete noch einen Augenblick, aber es kam nichts mehr, und sie begriff, daß Ricarda nichts anderes wollte, als daß ihre Stiefmutter die Küche verließ und sich nicht länger in ihre Belange mischte.

»Leb wohl«, sagte sie, aber Ricarda antwortete nicht. Jessica drehte sich um und verließ die Küche. Sie eilte den düsteren Gang entlang und atmete auf, als sie wieder draußen in der Sonne stand. Ricardas Kälte war so greifbar gewesen, daß sie plötzlich bis ins tiefste Innere fror. Sie bemühte sich, das Frösteln, das Gefühl von Beklemmung abzuschütteln, aber es mochte ihr nicht recht gelingen.

Wenn ich ein Stück laufe, wird es besser, dachte sie.

Keith und seine Mutter waren beide nicht zu sehen, und so verzichtete Jessica darauf, sich zu verabschieden. Sie rief in Elenas Büro an, erfuhr jedoch, daß sich Elena in einer Besprechung befand. Sie bat um Rückruf, verstaute ihr Handy dann wieder in der Handtasche. Sie blinzelte in die Sonne. Sie war müde und bedrückt, und sie dachte, daß Laufen wahrscheinlich wirklich die einzige Möglichkeit war, sich von dem Gefühl tiefster Niedergeschlagenheit zu befreien. Ein Blick auf die Uhr zeigte ihr, daß es kurz vor halb neun war. Mittags, so hatte sie für Evelin hinterlassen, würde sie zurück sein.

Ihr blieb reichlich Zeit.

Sie setzte ihre Sonnenbrille auf und marschierte los.

9

Die steinerne Platte mochte sich nicht bewegen. Sosehr sie schob und zerrte, sie hatte sich um noch nicht einen Millimeter bewegt. Sie konnte doch nicht schwerer geworden sein in der Zeit, die seither verstrichen war? Oder war sie selbst schwächer?

Der Gestank war fürchterlich. Immer wieder drohte er ihr den Magen zu heben, mehr als einmal war sie dicht davor, sich zu übergeben. Die Wärme des Tages verschlimmerte alles. Wie hatte sie das damals ertragen?

Sie hielt einen Moment inne, richtete sich leise stöhnend auf, preßte die Hand ins schmerzende Kreuz. Ihr schwarzes Jeanshemd klebte am Körper und war völlig naßgeschwitzt. Einen Moment lang drohte Panik sie zu überwältigen, als sie daran dachte, daß es ihr vielleicht nicht gelingen würde. Daß sie aufgeben mußte. Daß sie es allein nicht schaffen würde.

Aber sie hatte es damals auch allein geschafft. Irgend etwas mußte sie anders gemacht haben.

Sie setzte sich ins Gras, atmete tief aus und ein, um sich zu beruhigen und Klarheit in ihre Gedanken zu bringen. Sie mußte überlegen. Ganz sicher gab es einen Weg.

Ein leichter, warmer Wind fächelte ein wenig Kühlung heran. Ein herrlicher, intensiver Blütenduft schwang darin mit.

Konnte es einen schöneren Tag als diesen geben?

Sie schloß die Augen.

10

Jessica merkte, daß sie ihre Kondition überschätzt hatte. Sie hätte den direkten Weg von der Farm zum Dorf einschlagen sollen, und selbst dann hätte die Wanderung sie erschöpft. Die Schwangerschaft machte sich bemerkbar, und hinzu kam, daß es inzwischen ein wirklich heißer Tag geworden war. Die Sonne stand jetzt hoch am Himmel, die feuchte Kühle des frühen Morgens hatte sich völlig aufgelöst.

Jessica war einen großen Bogen gelaufen und hatte den Ort aufgesucht, an dem sie Barney aus dem Wasser gefischt und Phillip Bowen zum erstenmal getroffen hatte. Zwischendurch hatte Elena zurückgerufen und tief erleichtert auf die Nachricht reagiert, daß sich Ricarda wohlbehalten auf Keith Mallorys Farm befand.

»Sie haben recht, ich werde vorläufig nichts unternehmen«, hatte sie gesagt. »Vielleicht kann ich irgendwann mit Ricarda telefonieren. Oder sie sogar besuchen. Ich bin so froh, daß es ihr gutgeht! Ich danke Ihnen, Jessica! Ich werde Ihnen das nie vergessen!«

Nun saß Jessica auf dem Hügel im Gras und blickte über das Tal zu ihren Füßen, sah den kleinen Wellen des eilig murmelnden Baches nach. Wie süß, wie sommerlich die Luft roch.

Ich liebe es, dachte sie fast erstaunt, ich liebe dieses Land. Diese Gegend. Die Wiesen, die Weite. Die Hochmoore in ihrer Kargheit, die blühenden Täler. Die Schafe. Die steinernen Mauern, die die Wiesen durchziehen. Die schmalen Straßen, an deren Rändern wilde Blumen wuchern. Die Dörfer aus grauem Stein. Trotz allem, was war, kann ich hier einen fast vollkommenen inneren Frieden finden.

Sie spürte etwas wie Neid, als sie an Ricarda dachte, die von nun an hier leben würde. Die mit dieser Natur verwachsen, ein Teil von ihr werden würde. Die sich durch die langen, kalten und oft schneereichen Winter kämpfen und den Frühling mit tiefer Sehnsucht begrüßen würde, die an Sommertagen wie diesem barfuß durch das leuchtend grüne Gras der Täler laufen und im Herbst den ersten rauhen Winden begegnen würde, die über die Hochebenen jagten. Wie unbeirrt sie ihren Weg gewählt hatte, mit welch instinktiver Sicherheit sie gewußt hatte, was sie brauchte und wo sie ihre Heimat finden würde.

Ich wünschte, dachte Jessica, mein eigener Weg würde so klar vor mir liegen.

Sie sah auf die Uhr. Es war fast elf, ganz allmählich mußte sie aufbrechen. Plötzlich war eine eigenartige Unruhe in ihr, und als sie sie zu ergründen suchte, begriff sie, daß es der Gedanke, Stanbury House nicht noch einmal zu sehen, war, der sie quälte. Und daß sie hierher, an diese Stelle, gekommen war, weil sie eigentlich zu dem alten Haus gewollt, es sich aber nicht zugetraut hatte. Es wäre unmöglich für sie gewesen, direkt zum Dorf zu gehen.

Noch einmal schaute sie auf die Uhr, als ob sich innerhalb einer Minute etwas Entscheidendes an der Zeit geändert hätte. Sie mußte sich nicht lange aufhalten, und bis ein Uhr konnte sie trotzdem wieder im *The Fox and The Lamb* sein.

Und was sollte schon passieren? Wenn sie der Anblick des Hauses nervlich überforderte, konnte sie sofort umdrehen und weglaufen.

Sie straffte die Schultern und schlug die vertraute Richtung ein.

Etwa eine halbe Stunde später erreichte sie den Park von Stanbury House. Sie näherte sich dem Anwesen von der rückwärtigen Seite, durchquerte das kleine Wäldchen, das hier das Grundstück begrenzte, und sah sich dann, als die Bäume sich teilten, unvermittelt dem Haus gegenüber, das, in strahlendes Sonnenlicht getaucht, wie ein idyllisches Postkartenbild aus einer vergangenen Epoche wirkte. Die Terrasse, die morgens immer im Schatten lag, war bereits überflutet von Sonne. Es war ein Tag, an dem man sich einen Sonnenschirm und einen Liegestuhl aufgestellt und viele Stunden mit einem Buch verbracht hätte. Eine fast mediterrane Szenerie, wie sie sehr selten in Nordengland anzutreffen war, aber dann war sie von einem ganz besonderen Reiz.

Zögernd trat Jessica auf die Lichtung hinaus. Das Gras stand hoch, reichte ihr bis fast an die Knie. Jetzt, da sie genauer hinsah, erkannte sie, daß die vermeintliche Idylle bereits von den Anzeichen allerersten Verfalls getrübt wurde. Oder vielleicht eher von den Anzeichen erster Verwilderung. Aber zum Verfall wäre es dann nicht mehr weit. Sie hoffte, daß Leon rasch eine Entscheidung treffen würde, was Stanbury House betraf. Es durfte nicht einfach langsam zugrunde gehen, von Wildnis überwuchert und von den Naturgewalten Stück um Stück zerstört werden. Zerbrochene Fensterscheiben, bröckelnde Mauern, Gestrüpp, das in zerborstene Türen hineinwucherte. Sie konnte es fast vor sich sehen, und es stimmte sie unerwartet traurig.

Langsam durchquerte sie den Garten, näherte sich der Terrasse. Entlang der Balustrade standen die großen Terrakottatöpfe, die Patricia noch am letzten Tag ihres Lebens mit Fuchsien, Geranien und Margeriten bepflanzt hatte. Alle Blumen ließen traurig Köpfe und Blätter hängen, die Erde, in der sie wuchsen, sah staubtrocken aus. Es hatte wohl schon lange nicht mehr geregnet, und niemand kümmerte sich um sie. Einer plötzlichen Eingebung folgend, drehte sich Jessica um und ging in Richtung des kleinen Geräteschuppens, der sich auf der Westseite des Hauses befand. Dort gab es eine große Gießkanne, und sie wußte, daß sich am Kellereingang des Hauses ein Wasserhahn befand. Sicher hatte niemand das Wasser abgestellt. Sie würde die armen Blumen ausgiebig gießen, und vielleicht würde es dann im Sommer wieder öfter regnen, und sie konnten bis zum Herbst überleben. Aus irgendeinem Grund war ihr dies auf einmal äußerst wichtig.

Als sie um die Ecke des Hauses bog, sah sie unweit des Geräteschuppens eine Gestalt im Gras sitzen, in der sie, nach der ersten Sekunde des Erschreckens und des Impulses, weglaufen zu wollen, Evelin erkannte. Sie runzelte die Stirn. Hatte Evelin, genau wie sie, das Bedürfnis gehabt, Stanbury House noch einmal zu sehen?

»Evelin?« rief sie halblaut.

Evelin wandte den Kopf. Sie schien nicht erschrocken, nicht einmal besonders überrascht.

»Ach, Jessica. Du mußtest wohl auch noch einmal Abschied nehmen?«

Jessica trat neben sie. Es sah idyllisch aus, wie Evelin dort inmitten der blühenden Gräser saß, beschattet von den Zweigen einiger alter Apfelbäume. Sie hielt einen Stapel Papiere in einer grünen Klarsichtfolie auf dem Schoß. Irgendeine vage Erinnerung löste der Anblick dieser Blätter in Jessicas Gehirn aus, aber sie kam nicht sofort darauf, worum es dabei ging.

»Bist du auch zu Fuß hier?« fragte sie.

Evelin schüttelte den Kopf. »Ich habe dein Leihauto genommen. Ist das schlimm? Der Schlüssel lag in deinem Zimmer auf dem Tisch. Eigentlich bin ich hineingegangen, um nach dir zu sehen, aber da du noch nicht zurück warst ...«

»Das ist doch kein Problem. Natürlich konntest du das Auto nehmen. Ich bin sogar froh, denn jetzt kann ich mit dir ins Dorf zurückfahren.« Jessica setzte sich ebenfalls ins Gras, streckte seufzend die Beine von sich. »Gott, ist das warm heute! Ich bin total kaputt. Ich habe wieder einmal eine endlose Wanderung unternommen und meine Kondition ziemlich überschätzt.«

»Hast du Ricarda getroffen?«

»Die Mutter ihres Freundes war heute morgen bei mir und hat zugegeben, daß Ricarda seit gestern auf der Farm ist. Diesmal konnte sie sich vor mir nicht verstecken. Wir haben geredet, das heißt, in der Hauptsache habe ich geredet. Ihre eisige Distanz mir gegenüber will sie einfach nicht aufgeben. Aber ich bin jetzt viel ruhiger. Es geht ihr gut dort, wo sie ist. Sie hat einen Weg gefunden, auf dem sie die Schrecken vielleicht verarbeiten kann. Man sollte sie diesen Weg gehen lassen.«

»Ich freue mich für sie«, sagte Evelin. »Ich habe sie immer sehr gern gemocht.«

»Sie hat einen sehr sympathischen Mann gefunden. Das ist eine gute Voraussetzung für ein zufriedenes Leben.«

Evelin lächelte. »O ja. Das sollte man nicht unterschätzen.«

Jessica blickte hinauf in den Himmel. Er war von einem überirdischen Blau, und davor leuchteten in einem sehr hellen Grün die Blätter des Apfelbaums. Noch vor einem Monat war er voll schaumiger weißer Blüten gewesen.

Wie schön es ist, dachte Jessica, wie schön es ist, trotz allem, zu leben. Wie schön, daß wir am Leben geblieben sind.

»Wir werden es alle schaffen«, sagte sie, »du und ich, Ricarda und Leon ... Wir vier Überlebenden, wir werden es schaffen. Wir werden nicht daran zerbrechen.«

»Glaubst du, es gibt für jeden von uns noch eine Chance?« fragte Evelin.

»Ich bin davon überzeugt. Es gibt immer noch eine Chance, wenn man nur bereit ist, sich nach ihr umzusehen. Wenn man einfach nicht klein beigibt.« Sie sah Evelin an. »Weißt du, was du als nächstes tun willst?«

Evelin blickte ein wenig zaghaft drein. »Ich weiß nicht, ob es richtig ist Tim gegenüber, aber ich würde gern das Haus in München verkaufen. Ich habe mich darin nie wohl gefühlt. Ich möchte ein altes Haus, verwinkelt und unpraktisch, mit einem verwunschenen Garten. Und dann möchte ich wieder einen Hund, oder auch zwei Hunde.«

»Das finde ich eine wunderbare Idee«, sagte Jessica voller Wärme, »ein Hund ist jetzt genau das Richtige. Ich weiß, wovon ich spreche.«

Evelin schien erleichtert, daß ihr Plan, das Haus zu verkaufen, von Jessica offenbar nicht als Verrat empfunden wurde. »Ja«, sagte sie, »ich hätte mir damals nach dem Tod meines Hundes gleich wieder ... aber Tim war dagegen, und ... na ja«, sie zuckte mit den Schultern, »dann erfülle ich mir diesen Wunsch eben jetzt. Und weißt du, was? In dem Garten des Hauses, das ich kaufen werde, müssen unbedingt ein paar Apfelbäume stehen. So wie hier.«

»Ich werde dich ganz oft besuchen. Wenn ich darf.«

»Natürlich. Ich möchte nicht, daß unsere Freundschaft einfach zu Ende geht, Jessica. Es wäre schön, wenn wir uns weiterhin sehen könnten.«

»Ich möchte das auch, Evelin. Wir werden einander bestimmt nicht aus den Augen verlieren.«

Sie schwiegen beide eine Weile, gaben sich mit geschlossenen Augen der Wärme der Sonne und den Blütendüften des Gartens hin.

Jessica öffnete die Augen erst wieder, als eine dicke Biene um ihr Gesicht herumbrummte. Sie verjagte das Insekt und setzte sich aufrechter hin.

»Schreibst du einen Brief?« fragte sie mit einem Blick auf die Papiere, die in Evelins Schoß lagen.

Auch Evelin schlug die Augen auf. »Nein. Ich habe etwas gelesen.«

»Dann laß dich nicht stören. Ich ...«

Aber Evelin schüttelte den Kopf. »Du störst mich kein bißchen. Ich wollte ohnehin mit dir über diese Aufzeichnungen sprechen.«

»Aufzeichnungen von dir?«

»Von Tim. Die Aufzeichnungen, die er am Morgen des ... Tages damals gesucht hat.«

Sie erinnerte sich sofort und wußte nun, weshalb etwas in ihrem Gehirn auf den Anblick des Papierstapels in der hellgrünen Klarsichtfolie reagiert hatte. Sie hatte Tims aufgebrachte Stimme im Ohr: »Ein Stapel Computerausdrucke! Ich suche schon den ganzen Morgen danach!«

»Woher hast du sie? Tim hat sie wie verrückt gesucht an jenem Tag!«

»Ich hatte sie weggenommen und versteckt.« Evelins Stimme klang gleichmütig. »Und jetzt habe ich sie mir wiedergeholt.«

11

»IN DER SICKERGRUBE? Wie, um Himmels willen, bist du denn *darauf* gekommen?«

»Es fiel mir plötzlich ein in der Eile. Ich dachte, da schaut bestimmt niemand nach.«

»Nein, wirklich nicht. Da bestimmt nicht. Lieber Gott, Evelin, wie hast du denn die Steinplatte bewegen können?«

»Die war wahnsinnig schwer. Im Schuppen habe ich eine Eisenstange gefunden, damit konnte ich sie schließlich anheben und herumwuchten. Ich habe die Folie an der Innenseite der Platte mit Dutzenden von Klebestreifen festgemacht. Erstaunlicherweise haben sie gehalten. Aber ich wollte das alles nicht hier lassen, und deshalb bin ich heute noch einmal gekommen.«

»Und hast auf die gleiche Weise ...«

»Zuerst habe ich es mit bloßen Händen versucht, aber die Platte war nicht zu bewegen. Dann fiel mir die Stange wieder ein. Und damit ging es.«

»Aber ich verstehe nicht ...«

»Am Abend vor dem Unglück hatte ich diese Papiere gefunden. Ich wußte, daß Tim an seiner Promotion arbeitete und damit sehr beschäftigt war. An jenem Abend hat er in unserem Zimmer gesessen und einige Seiten ausgedruckt, aber plötzlich klopfte Leon an und wollte mit ihm sprechen. Vermutlich ging es um dieses Darlehen, das Tim ihm gewährt hatte. Tim war unheimlich scharf darauf, das Geld zurückzubekommen, und deshalb sprang er sofort auf und ging mit Leon in dessen Zimmer hinüber – ohne seine Unterlagen wegzuräumen. Ich hatte auf dem Bett gesessen und gelesen, und als die Sachen so herumlagen ...« Evelin zuckte bedauernd die Schultern. »Ich hätte das natürlich nicht tun dürfen, aber auf einmal packte mich die Neugier, ich stand auf, ging zum Schreibtisch und fing an zu lesen ...«

»Und?«

»Es handelte sich um diese Charakterstudien, von denen er am ersten Abend der Ferien hier gesprochen hatte. Erinnerst du dich? Es waren sehr spezielle Studien. Sie hatten euch alle zum Inhalt.«

»Uns? Ich verstehe nicht ...«

»Tim hatte immer eine sadistische Art, in der er über andere Menschen sprach, genauer: über sie herzog, das weißt du. Oft genug hat er uns alle ja damit unterhalten. Aber besonders seine Busenfreunde Alexander und Leon haben sicher immer gedacht, daß er sich nie im Leben auf diese Weise über *sie* oder über ihre Frauen auslassen würde. Daß er diese fragwürdige Leidenschaft an Fremden austobte, aber natürlich nicht an den Menschen, die ihm am nächsten standen.«

»Und doch hat er es getan?«

»Mit Inbrunst. Er ist erbarmungslos über euch alle hergezogen. Es muß ihm einen Heidenspaß bereitet haben. Im Grunde wart ihr prädestiniert als Opfer, denn er kannte all eure kleinen Schwächen und Fehler und Schwierigkeiten ... und er hat darin gebadet. Ausgiebig.«

Jessica schluckte trocken. Es war nicht so, daß es sie wirklich überrascht hätte zu hören, daß Tim ein Lump war, denn etwas anderes hatte sie sowieso nie von ihm gedacht. Aber noch im nachhinein tat es ihr weh zu erfahren, daß Alexander von seinem Freund betrogen worden war, daß er eigentlich diesen Freund nie gehabt hatte.

Ein Lügengebilde, dachte sie, wieder und wieder entlarvt sich das alles als Lügengebilde.

Sie deutete auf die weißen Bögen. »Und du hast alles gelesen?«

»Nein. Bei weitem nicht alles. Es dauerte an jenem Abend nicht lange, bis Tim zurückkam, und ich konnte mich gerade noch rechtzeitig auf mein Bett zurückziehen und meine Neugier vertuschen. Tim war schlechter Laune, schimpfte auf Leon. Der hatte ihm offenbar eine Ratenzahlung angeboten, bei der es Jahre dauern würde, bis Tim sein Geld zurückhätte. Tim fluchte herum, nannte sich einen Trottel, daß er je so idiotisch gewesen war, einem Versager wie Leon soviel Geld zu geben. Er stopfte seine Papiere in die Schreibtischschublade, knallte sie zu.

An diesem Abend konnte ich nichts mehr machen. Aber am nächsten Morgen, als Tim bereits nach unten gegangen war, nahm ich den ganzen Stapel wieder an mich. Ich wollte mich eigentlich irgendwohin zurückziehen und alles in Ruhe lesen, aber unglücklicherweise hatte Tim sich gerade vorgenommen, an seinen vernichtenden Psychogrammen weiterzuarbeiten. Du erinnerst dich, er zog wutschnaubend im Haus herum und suchte nach seinen Unterlagen. Ich konnte es nicht riskieren, von ihm entdeckt zu werden, und mußte rasch ein gutes Versteck für das ganze Zeug finden. Und da ... na ja ...«

»Da fiel dir die Sickergrube ein. Guter Gott, was für ein scheußliches Versteck!«

»Aber ein sicheres. Nicht einmal die Polizei hat die Papiere gefunden, und die haben ja hier überall das Unterste zuoberst gekehrt.«

»Warum«, fragte Jessica, »hast du Tims Aufzeichnungen nicht einfach in die Schublade zurückgelegt? Oder sonst irgendwohin in euer Zimmer? Ich meine, im wesentlichen wußtest du ja nun, worum es bei seinem Geschreibsel ging. Hat es dich so brennend interessiert, auch noch die letzten Details zu erfahren?«

»Nein. *Mich* hat es nicht weiter interessiert.«

»Aber ...«

»Ich wollte es euch geben. Vor allem Leon und Alexander. Sie sollten es lesen.«

»Was hättest du davon gehabt?«

Evelin sah sie an. In ihre weichen Gesichtszüge, die bislang immer nur Schmerz, nie aber Wut verraten hatten, waren erste Linien der Verbitterung und Unversöhnlichkeit gegraben.

»Gerechtigkeit«, sagte sie, »die habe ich mir erhofft. Ihr hättet nicht länger ignorieren können, was für ein Mensch Tim ist. Und dann hättet ihr mich anschauen müssen. Und vielleicht hätte mir endlich einer von euch geholfen.«

12

Evelin, Dokument VI von Timotheus Burkhard

ICH LERNTE EVELIN im Frühjahr 1991 kennen. An einem sehr kalten Märztag, an dem es plötzlich noch einmal zu schneien begann, nachdem man schon geglaubt hatte, der Winter sei endgültig überstanden. Ich hielt eines meiner ersten Seminare: Methoden, das Selbstbewußtsein zu trainieren, anderen Menschen und den Anforderungen des Alltags positiv zu begegnen. Wie ich mir schon gedacht hatte, strömten mir die Teilnehmer nur so zu. Es ist erstaunlich zu sehen, wie viele Menschen ein Defizit im Bereich der Selbstbehauptung mit sich herumschleppen. Und wie unverdrossen sie bereit sind, viel Geld dafür auszugeben, um sich von diesem Problem zu befreien.

Evelin saß in der letzten Reihe und fiel mir dadurch auf, daß sie noch schüchterner, zurückhaltender und ängstlicher war als der Rest der Gruppe – und es war auch so schon, weiß Gott, eine Ansammlung übelster Graumäusigkeit. Ich bemerkte übrigens zu dieser Zeit, daß die Arbeit mit Versagern – und mit denen hat man es als Therapeut ja ständig zu tun – ungeheure Aggressionen in mir freisetzte. Ein einziges Mal habe ich mir deshalb überlegt, ob ich für mich den richtigen Beruf gewählt habe. Aber mir ist schnell klargeworden, daß ich mich nie davon würde losreißen können. Es gibt mir auch etwas, ihre hoffnungsvollen, verschreckten Gesichter zu sehen. Sie erwarten so viel von mir! Manche sind bereit, sich erstaunlich tief zu demütigen, damit ich ihnen helfe. Und sie öffnen sich ungeheuer weit, geben allerlei Details aus den intimsten Bereichen ihres Lebens von sich. Ich höre mir das an, und manchmal winde ich mich innerlich vor Ekel und Verachtung und – ja, Haß, und gleichzeitig weiß ich, daß es ein Lebenselixier ist, auf das ich nicht verzichten kann.

Ich sah Evelin sofort an, daß es ihr vor nichts so graute wie davor, aus der Menge heraustreten zu müssen, und deshalb rief ich sie sogleich für das erste Rollenspiel auf, das ich vorbereitet hatte. Sie wurde abwechselnd rot und blaß und bekam flackernde Augen. Sie sah mich flehend an, wie ein Tier in einer todbringenden Falle, und ich weiß noch, daß ich hoffte, niemand würde meine Erektion bemerken, die mich jäh befiel und sich natürlich – wie das eben so ist – völlig meiner Kontrolle entzog.

Als Evelin begriff, daß es keinen Ausweg gab, kam sie schließlich nach vorn, auf zitternden Beinen, wie man sehen konnte. Ich griff mir einen zweiten Teilnehmer, einen jungen Mann, der überdimensionale Henkelohren hatte, die der Grund für seine Kontaktschwäche sein mochten. Er wand sich ebenfalls vor Entsetzen, schien aber nicht so verzweifelt zu sein wie Evelin. Die beiden quälten sich durch die Aufgabe, die ich ihnen stellte, und ich beobachtete sie – das heißt, offen gestanden beobachtete ich eigentlich nur Evelin. Sie faszinierte mich ungemein.

Sie war damals, vor zwölf Jahren, eine recht attraktive Person. Zwanzig Jahre alt, blond, sehr schlank. Sie hatte hübsche Beine und hätte etwas aus sich machen können, wenn sie nicht immer mit diesem Bitte-friß-mich-nicht-Gesichtsausdruck herumgeschlichen wäre. Andererseits hätte sie mich dann zweifellos nicht so erregt. Auch nicht so wütend gemacht. Sie wäre mir wahrscheinlich überhaupt nicht aufgefallen. Selbstsichere Frauen haben mich nie interessiert, da ist eine im Grunde so langweilig wie die andere.

Evelin schwitzte ganz furchtbar während des Rollenspiels. Unter ihren Armen breiteten sich immer größere nasse Flecken auf dem Stoff ihres grauen Pullovers aus. Ihr Gesicht war puterrot und glänzte. Sie war den Tränen nahe.

Ich bekam plötzlich Angst, ich könnte zu weit gegangen sein. Wenn sie nach dieser Erfahrung nun nie wieder in mein Seminar kam? Deshalb rief ich sie am Ende der zwei Stunden noch einmal zu mir. Während die anderen schon zur Tür hinausströmten, trat ich ganz dicht an Evelin heran und nahm ihre rechte Hand in meine beiden Hände. Sie schwitzte immer noch stark.

»Evelin, ich weiß, das war heute sehr schwierig für Sie«, sagte ich sanft und sah sie eindringlich an. »Aber Sie sind eindeutig die Teilnehmerin mit den größten Problemen, das habe ich sofort bemerkt. Deshalb kümmere ich mich verstärkt um Sie. Verstehen Sie das?«

Sie nickte und kämpfte mit den Tränen.

Ich bemühte mich, von dem Widerwillen gegen die glitschige, schlaffe Hand, die wie ein halbtoter Fisch zwischen meinen Fingern zuckte, nicht überwältigt zu werden.

»Sie sollten keinesfalls aufgeben. Ich denke, Sie befinden sich in einer sehr schwierigen Lebenssituation, und es ist sehr entscheidend für Sie, gerade jetzt die richtigen Weichen zu stellen.«

Sie konnte mir kaum in die Augen sehen. Natürlich hatte sie bereits beschlossen, nie wieder dieses schreckliche Seminar zu besuchen.

»Was hat Sie veranlaßt, hierherzukommen?« fragte ich sachlich.

»Mein ... mein Therapeut«, antwortete sie mit Piepsstimme. »Er meinte, ich solle versuchen, mich mehr unter Menschen zu begeben. Ich habe ihm gesagt, daß das schwierig ist, weil mir andere Menschen angst machen. Sie sind so selbstsicher und stark ... und, na ja, wir haben dann gemeinsam überlegt, daß es vielleicht ein guter Anfang wäre, mich Menschen anzuschließen, die ähnliche Probleme haben wie ich. Dann fiel mir ein Prospekt über dieses Seminar in die Hände, und ...«

»... und da beschlossen Sie, den Stier bei den Hörnern zu packen. Ein großer, ein mutiger Schritt. Wäre es nicht zu schade, wenn wir jetzt gleich wieder schwach würden?« Ich drückte ihre Hand ein wenig. Ich lächelte sie an. Sie sehnte sich nach Wärme und Zuwendung, ja sie verzehrte sich geradezu danach. Ich hatte gewonnen, wenn sie zu der Überzeugung gelangte, von beidem etwas bei mir finden zu können.

Tatsächlich kam sie wieder. Ich ließ sie ein paar Stunden lang völlig in Ruhe, obwohl es mir ungeheuer schwerfiel, aber sie sollte sich sicher fühlen. Als ich deutlich merkte, daß sie sich entspannte, setzte ich sie, für sie völlig unerwartet, in einer sehr schwierigen Übung ein. Sie kam überhaupt nicht zurecht und empfand den Vorgang als wahnsinnig blamabel, wie sie mir später unter Tränen erzählte. Ich aber lobte sie, sagte ihr, daß ich sehr zufrieden mit ihr sei, und lächelte ihr gelegentlich während der Seminarstunden zu. Sie fing an, mein Lächeln zaghaft zu erwidern. Es war passiert, was ich beabsichtigt hatte: Sie brauchte mich, sie machte mich zum emotionalen Mittelpunkt ihres Lebens.

Wir heirateten im Juli 1992, also fast eineinhalb Jahre nach unserer ersten Begegnung. Leon und Alexander fungierten auf meine Bitte hin als Trauzeugen.

Sonst war niemand anwesend. Evelin hatte keine Freunde, und sie hatte auch keine Familie mehr. Ihr Vater sei vor Jahren an einem Infarkt gestorben, hatte sie mir erzählt, und ihre Mutter habe mit diesem Schicksalsschlag nicht fertigwerden können und sei wegen ihrer schweren Depressionen in einer geschlossenen psychiatrischen Klinik.

»Laß sie uns doch besuchen«, hatte ich kurz vor der Hochzeit vorgeschlagen, »und ihr von uns erzählen!«

Aber das wollte Evelin nicht, auf keinen Fall. Sie begann – natürlich – zu heulen, als ich drängte, und so ließ ich vorläufig von diesem Ansinnen ab.

Nach der Hochzeit begann ich mich immer öfter zu fragen, weshalb ich geglaubt hatte, Evelin unbedingt heiraten zu müssen. Sie sah ganz niedlich aus, aber es gibt Frauen, die sind weit attraktiver als sie. Ihr Äußeres war nicht der Grund, ganz sicher nicht. Ich glaube, es war der Umstand, daß sie von mir abhängig war, der mich so reizte, ja der mich fast süchtig danach machte, meine Macht über sie immer wieder neu auszuprobieren. Sie war mir ausgeliefert, die Frage, ob ein Tag gut oder schlecht für sie verlief, wurde einzig von mir entschieden. Ich konnte ihr schon beim Frühstück mit Kälte und Schweigen begegnen, und schon verwandelte sie sich in einen winselnden Hund, der verzweifelt um ein wenig Zuwendung bettelt. Sie kroch geradezu auf dem Bauch hinter mir her, bemüht, alles richtig zu machen, ein Lächeln in meine Züge zu zaubern, ein gutes Wort von mir zu hören. Wenn es mir gefiel, gab ich ihr plötzlich und unerwartet, was sie wollte – und erlebte eine Frau, die vor Dankbarkeit und Erleichterung bereit gewesen wäre, meine Fußsohlen zu lecken, hätte ich es gefordert. Manchmal allerdings bereitete es mir auch einen besonderen Spaß, sie ein paar Tage schmoren zu lassen und zu beobachten, was diese Behandlung aus ihr machte. Sie wurde zum Wrack, innerhalb von vierundzwanzig Stunden, man konnte zuschauen, wie es mit jeder Minute schlimmer wurde. Von irgendeinem Zeitpunkt an konnte sie kein Salzfaß mehr in der Hand halten, weil sie so zitterte. Sie konnte nicht mehr ans Telefon gehen, weil ihre Stimme brach, wenn sie nur ihren Namen sagte. Schließlich schloß sie sich im Bad ein und kotzte sich fast die Seele aus dem Leib.

Und ich?

Ich wußte, daß es mich nicht mehr Aufwand als das Umlegen eines Lichtschalters kosten würde, ihre Qual zu beenden, und daß ich den Zeitpunkt allein bestimmen konnte. Das machte mich … wie soll ich es nennen? Ich war süchtig danach. Es war ein Spiel, ein Kick, es war absolut das Größte. Ich mußte es immer wieder haben.

Und deshalb, denke ich, habe ich diese Frau geheiratet. Sie gehört zu den Menschen, die schon als Opfer auf die Welt kommen. Und es dann auch lebenslang bleiben. In gewisser Weise, und das erschreckt mich manchmal, bin ich von ihr so abhängig wie sie von mir. Ich könnte es nicht ertragen, sie zu verlieren.

Was mich vom ersten Tag unserer Ehe an nervte und bis heute nervt, ist ihre Anhänglichkeit an Dr. Wilbert. Ihr Therapeut. Nach der Hochzeit sagte ich ihr, sie solle doch bei Wilbert aufhören, schließlich sei sie ja nun mit einem Psychologen verheiratet. Ich schenkte ihr einen Hund, einen bildschönen Schäferhund, damit sie jemanden hatte, für den sie sorgen, mit dem sie sich beschäftigen konnte, und ich hoffte, dies würde ihr die Abnabelung von Wilbert erleichtern. Sie schaffte es nicht. Es gab in den letzten Jahren immer wieder diesbezüglich Versuche von ihr, auf meinen massiven Druck hin, aber sie wurde stets rückfällig. Zeitweise suchte sie ihn, glaube ich, sogar heimlich auf. Ich konnte es nicht riskieren, ihr zu sagen, sie solle sich doch bei mir in Behandlung begeben, denn das wäre, nach allen therapeutischen Regeln, völlig abwegig gewesen. Sie hätte es Wilbert garantiert erzählt, und ich konnte es mir nicht leisten, innerhalb meiner Berufskollegen zum Außenseiter zu werden. Die meisten können mich ohnehin nicht leiden. Klar, ich habe unheimlich viel Erfolg. Ich verdiene klotzig. Meine Patientinnen hängen wie die Kletten an mir. So etwas gebiert Neid.

Es gab ein Problem, das unseren Alltag zunehmend belastete, und das war jener der Verachtung entspringende Haß, den ich auf schwache Menschen habe und mit dem ich auch meinen Patienten gegenüber ständig kämpfen muß. Sosehr diese Menschen jenen Kitzel in mir auslösen, der mein Leben lebenswert macht, so unvermeidlich lösen sie auch Wut und Abneigung, ja ich möchte fast sagen: Ekel, tiefsten Ekel, in mir aus. Es ist immer wieder das gleiche Phänomen, und es macht diesen Beruf, den ich so liebe, oft recht schwierig für mich. Manchmal kann ich es fast nicht aushalten, mit einer dieser Jammergestalten in einem Raum zu verharren, so heftig ist die fast physisch spürbare Abscheu. In der Regel werde ich aber die Person nach fünfzig Minuten los, und auch ein Seminar dauert nie länger als zwei Stunden. Zeit und Gelegenheit, mich zu regenerieren.

Aber Evelin, die jämmerlichste aller Jammergestalten, hatte ich nun immer um mich. Morgens und abends und an den Wochenenden, in den Nächten, in den Ferien. Sie war meine Frau! Sie ist meine Frau. Ich kann sie nicht nach fünfzig Minuten aus dem Raum schicken, die Fenster weit aufreißen, tief durchatmen und den Ekel und den Haß langsam in mir abklingen lassen.

Ekel und Haß. Ja. Das war es, was ich immer stärker für Evelin empfand in den ersten Jahren unserer Ehe. Es ist das, was ich heute für sie empfinde. Manchmal sind Ekel und Haß stärker als das Wohlgefühl, das mir ihre Abhängigkeit verschafft. In solchen Momenten quält mich das Gefühl, mit dieser Heirat ein schlechtes Geschäft gemacht zu haben. Wobei ich mir dann immer wieder sage, daß ich vielleicht eine anders strukturierte Person gar nicht hätte heiraten können. Ich brauche mir nichts vorzumachen: Letztlich ist es ein sexueller Reiz, den mir diese psychisch schwerstlabilen Frauen vermitteln. Und ganz sicher wäre ich nicht mit einer Frau zum Standesamt gegangen, die diesen Reiz nicht auf mich ausübt. Wenn also nicht Evelin, so wäre ich doch immer an einer Frau ihres Schlages hängengeblieben. Und hätte mich immer mit dem gleichen Dilemma konfrontiert gesehen.

Vielleicht bin ich das Problem. Nicht Evelin.

Obwohl sie schon ein spezieller Fall ist. Ein ganz spezieller. Wenn auch Dr. Wilbert ihr großer Vertrauter war und ist, so konnte es nicht ausbleiben, daß auch wir Gespräche miteinander führten, und als Psychologe bin ich versiert genug, die Dinge von den Menschen zu erfahren, die ich erfahren will. Evelin ist mir intellektuell im allgemeinen und rhetorisch im speziellen überhaupt nicht gewachsen. Letztlich kam sie nicht umhin, mir meine Fragen zu beantworten.

Teil II

Evelins Vater war Schriftsteller. Einer, den niemand kennt, der aber entweder so von sich überzeugt war oder so von Leidenschaft erfüllt, daß er trotz des ausbleibenden Erfolgs nicht aufhören konnte, in seiner brotlosen Kunst zu verharren. Er hatte aus dem Familienbesitz ein Haus geerbt und eine nicht unbeträchtliche Summe Geld, so daß es ihm gelang, Frau und Tochter auch ohne eigenes Einkommen leidlich über Wasser zu halten. Das Haus war eine uralte, völlig verwohnte Villa mit knarrenden Fußböden, Fenstern, die nicht mehr richtig schlossen, defekten Wasserleitungen und einem Garten drumherum, der die Bezeichnung Urwald verdient hätte. Aus unerfindlichen Gründen hing Evelin mit Leib und Seele an dieser Bruchbude und trauerte ihr auch später noch nach: Sie wollte immer, daß wir ein Haus in dieser Art kaufen, ein Ansinnen, gegen das ich mich natürlich vehement und erfolgreich zur Wehr setzte.

Das Schlimme an Evelins Vater war nicht so sehr sein berufliches Scheitern an sich, sondern das, was die ununterbrochene Frustration aus ihm machte. Er begann zu trinken, und er wurde zunehmend gewalttätig. Nicht gegen Evelin, aber gegen seine Frau. Ich habe meine Schwiegermutter nie kennengelernt, aber nach allem, was ich von ihr gehört habe, muß sie ein unterwürfiges Mäuschen gewesen sein. Attraktiv, wenig selbstbewußt, ihrem unfähigen Mann zutiefst ergeben. Eine jener

Frauen, die meinen, ihr Leben lang dankbar sein zu müssen, daß sie überhaupt einen Mann gefunden haben, selbst wenn sie von ihm schikaniert werden. Ganz sicher hat sie Evelins Frauenbild geprägt, und ihr Verständnis von einer Beziehung sowieso.

Evelins Vater muß Tobsuchtsanfälle von wirklich beängstigendem Ausmaß gehabt haben. Er warf mit allen Gegenständen um sich, die ihm in die Hände fielen, selbst Stühle und sogar Tische waren nicht vor ihm sicher. Er riß Vorhänge zu Boden, zertrümmerte die Glastüren von Schränken, riß Stromkabel samt Steckdosen aus den Wänden. Zeitweise muß es in der Villa ausgesehen haben, als hätte eine Bombe eingeschlagen. Er war sturzbetrunken, klagte Gott und die Welt an, weil wieder irgendein Verleger eines seiner genialen Werke abgelehnt hatte. Seine maßlose Wut verlangte nach immer neuen Ventilen. Und da bot sich natürlich seine Ehefrau an.

Irgendwie kann ich ihn verstehen. Die Welt der deutschen Verlage hatte sich gegen ihn verschworen, und da stand sie, naiv und dümmlich, und verstand nichts von seiner Tragik. Gebärdete sich unterwürfig und reizte ihn damit nur noch mehr. Lächelte ihn zaghaft an, im völlig falschen Moment, sagte mit Zitterstimme irgendwelche Dinge, die total daneben waren ... Kein Wunder, daß er ihr irgendwann eine reinhaute. Und damit war der Damm gebrochen. Vermutlich gab es irgendwann auch kaum noch etwas im Haus, das er kaputtmachen konnte. Nur noch seine Frau.

Evelins Mutter.

Die Frau muß heute ein Meisterstück chirurgischer Kunstfertigkeit sein, denn es gibt wohl so gut wie nichts in ihrem und an ihrem Körper, was ihr Mann nicht zerschlagen hätte und was nicht von den Ärzten wieder zusammengeflickt worden wäre. Das Nasenbein zertrümmert, sämtliche Rippen, Finger, Handgelenke, Schlüsselbein gebrochen, die Zähne ausgeschlagen; sie war wegen eines Milzrisses im Krankenhaus, wegen mehrerer Gehirnerschütterungen, wegen eines geplatzten Trommelfells, und schließlich wäre sie noch fast verblutet, nachdem er ihr ein Messer in den Oberschenkel gerammt hatte. Ich vermute, daß sie von den Ärzten heftig gedrängt wurde, ihren Mann anzuzeigen, aber da er nie zur Rechenschaft gezogen wurde, deckte sie ihn wohl beharrlich. So sind diese Art Frauen. Ich habe genügend davon unter meinen Patientinnen. Die würden noch mit einem Bauchschuß auf allen vieren ins Krankenhaus robben und erklären, den hätten sie sich beim Reinigen einer Waffe versehentlich selbst zugefügt.

Es ist keineswegs so, daß mir Evelin dies alles einfach erzählte. Sie schwärmte nur von dem verwinkelten, romantischen Haus und dem herrlichen Garten und hielt an der Überzeugung fest, ihr Vater sei ein genialer, aber verkannter Schriftsteller gewesen.

»Er hatte nie Geld«, sagte sie einmal, »und ich glaube, darüber ist Mama depressiv geworden.«

Daß ich nicht lache! Die Alte ist keineswegs depressiv, wie ich heute weiß. Schließlich bin ich in der Branche nicht ohne Verbindungen, und ich habe Erkundigungen eingezogen. Meine Schwiegermutter sitzt im Irrenhaus, das ist die Wahrheit. Mein Schwiegervater hat ihr das Spatzenhirn aus dem Kopf geprügelt, und man mußte sie einsperren, weil sie sonst zu einer Gefahr für die Allgemeinheit geworden wäre. Sie weiß nicht mehr, wer sie ist, brabbelt konfuses Zeug vor sich hin, und sowie sie die Gelegenheit hätte, würde sie alles anzünden, was ihr in den Weg kommt: Häuser, Autos, Bäume, Tiere. Sie faselt etwas von der reinigenden Kraft des Feuers. Zum Glück wird kein Arzt der Welt sie dort, wo sie jetzt ist, wieder rauslassen.

Vor ein paar Jahren – es muß gewesen sein, kurz bevor Evelin damals schwanger wurde – hatte der gute Dr. Wilbert seinen entscheidenden Durchbruch in Evelins Therapie. Evelin erinnerte sich plötzlich der Hölle, in der sie groß geworden war, beziehungsweise sie hörte auf, die Erinnerung zu verdrängen. Es war wohl so, daß sie immer wieder davon gesprochen hatte, ihre Kindheit im wesentlichen in der Küche ihres Elternhauses verbracht zu haben, und im wesentlichen hieß in diesem Fall: außerhalb der Schulzeit praktisch jede Minute. Heute ist sie ein Fettkloß, und eine solche Aussage entbehrt nicht einer gewissen Komik, aber wie ich sagte, ich lernte sie als ein ziemlich dünnes Ding kennen, und auf den paar Fotos, die es aus ihren Kinderjahren gibt, sieht sie fast unterernährt aus. Sie kann sich kaum mit Fressalien vollgestopft haben, es sei denn, sie wäre an Bulimie erkrankt gewesen, was ich zeitweise vermutet hatte und womit ich – offen gestanden – falsch lag.

Jedenfalls stellte sich nun also heraus, daß die Tatsache, daß man in jenem Haus durch die Küche in den Garten hatte gelangen können – früher wurden Häuser häufig so gebaut –, von entscheidender Bedeutung war. Irgendwie hatte Evelin wohl in ihren Therapiestunden immer wieder einen Zusammenhang hergestellt zwischen ihren Aufenthalten in der Küche und der romantischen, steinernen Treppe, die von dort in den Garten führte. Aber es brauchte Jahre, bis sie sich der Tatsache stellte, daß sie in der Treppe ihren einzigen Fluchtweg gesehen hatte, wenn ihr Vater die Kontrolle über sich verlor und ihre Mutter binnen weniger Minuten in ein zerschlagenes, wimmerndes, um Erbarmen flehendes Bündel Elend verwandelte. Evelin saß zitternd in der Küche, sprungbereit, die Tür im Auge.

So war es gewesen. Und nun wußte sie es. Und mußte sehen, wie sie damit fertig wurde.

Sie ging in dieser Zeit noch öfter zu Wilbert, so oft, daß ich ernsthaft überlegte, ihr diesen Umgang zu verbieten. Ich hätte sie dazu bringen können, mit Liebesentzug brachte man sie zu allem, aber es ging ihr beschissen, nachdem ihr Verdrängungsmechanismus nicht mehr funktionierte, und ich dachte, Wilbert soll ausbaden, was er angerichtet hat, warum soll ich mich mit einer ewig heulenden, durchgeknallten Depressiven herumschlagen? Geschehnisse aus ihrer Kindheit und Jugend brachen nun wie Sturzbäche aus ihr hervor, und manchmal wurde selbst mir ganz schwindlig dabei. Ich meine, ich hatte gewußt, daß da vieles früher passiert sein mußte bei ihr, umsonst ist eine junge Frau nicht derart schüchtern und verklemmt und bereit, eine ewige Opferrolle zu spielen; aber nun begann ich ein wenig Angst zu bekommen. Hoffentlich kriegte Wilbert, der alte Scharlatan, dieses kaputte Geschöpf halbwegs in den Griff. Ich hatte, weiß Gott, keine Lust, plötzlich eine Kopie ihrer Mutter an der Hacke zu haben!

Obwohl es ihr nicht gutging, durchlebte sie zweifellos im Aufarbeiten ihrer Kindheit eine gewisse Selbstbefreiung, und das mochte manche Verkrampfung in ihr lösen, jedenfalls wurde sie plötzlich schwanger, nachdem sie zuvor jahrelang vergeblich darauf gehofft hatte. Sie flippte schier aus vor Glück, und auch ich freute mich zunächst, als ich davon hörte. Ich hatte Kinder nicht direkt in mein Leben eingeplant, aber ich hatte auch nichts dagegen. Doch dann nahm Evelin eine Entwicklung, die mir zunehmend mißfiel: Mit jedem Monat, den das Baby in ihrem Bauch wuchs, entfernte sie sich von mir. Es war, als nehme das ungeborene Wesen immer mehr meinen Platz ein, den Platz der Bezugsperson, es wurde zu ihrem Mittelpunkt, zum Wärmespender, zum Objekt ihrer Zuneigung und Liebe und Hingabe. Sie sang dem kleinen Geschöpf Lieder vor und redete mit ihm und benahm sich überhaupt absolut schwachsinnig, aber was mich am meisten ärgerte, war die Tatsache, daß sie sich, was mich betraf, um überhaupt nichts mehr scherte. Sie war immer wie ein scheues, kleines Hündchen um mich herumgeschlichen und hatte versucht, meine Stimmung, meine Laune auszuloten und sich entsprechend zu verhalten, um keinen Unwillen zu erregen; ein sehr typisches Verhalten für Frauen, die in einem gewaltgeprägten Umfeld groß geworden sind. Nun auf einmal war ihr meine Befindlichkeit gar nicht mehr so wichtig, sie achtete kaum noch auf mich. Sie wachte mit dem Gedanken an das Baby auf und schlief damit ein. Ich erreichte sie nicht mehr. Sie hatte sich mir entzogen.

Ich kam damit ausgesprochen schlecht zurecht, war frustriert und auf gewisse Weise auch verunsichert und hatte den Eindruck, daß unsere Beziehung eine sehr negative Entwicklung nahm. Wer weiß, wie es zwischen uns ausgegangen wäre. Aber dann entschied das Schicksal. Im sechsten Monat ihrer Schwangerschaft verlor Evelin das Kind.

Ich hatte sie wieder.

Allerdings wurde Evelin mit dem Verlust natürlich nicht fertig. Am Anfang hielt ich das für normal, aber nach einem Jahr war sie noch genauso verzweifelt wie in den ersten Tagen nach der Notoperation, bei der man ihr Leben gerettet hatte und das des Kindes hatte aufgeben müssen. Das Leben mit ihr wurde zunehmend schwieriger und unerfreulicher. Sie heulte noch mehr als früher, versenkte ihren Kummer in Freß- und Einkaufsorgien. Das heißt, sie hockte entweder vor dem Kühlschrank (die Küche hatte sie eingeholt, war wieder ihr bevorzugter Aufenthaltsort geworden) und schaufelte alles in sich hinein, was sie finden konnte, oder sie trieb sich in den besten Boutiquen der Stadt herum und kaufte sich mehr Klamotten, als ein Mensch jemals tragen konnte. Kurz gesagt: Sie wurde fett und teuer. Letzteres störte mich nicht so sehr, ich verdiene sehr viel Geld, und ich empfinde es als durchaus schmeichelhaft, wenn meine Frau Kleider trägt, denen man ansieht, daß sie ein Vermögen gekostet haben. Was mich sehr viel mehr ärgerte und bis heute ärgert, ist der Verlust von ihrem letzten bißchen Attraktivität. Sie ist vollkommen aus dem Leim gegangen. Ganz gleich, welchen Fummel sie an sich hängt, er macht sie nicht schöner. Sie ist unterwürfig und ergeben und somit nach wie vor ein spannendes Objekt, aber ich bin eben auch ein Mann. Ich würde meine Frau gelegentlich auch einmal gern *ansehen.*

Teil III

Ich fange an, mir Sorgen zu machen.

Wie ich bereits schrieb, begann sich Evelin mit dem Verlust des Babys zu verändern, was zunächst vor allem in Äußerlichkeiten sichtbar wurde: das wilde Einkaufen, das hemmungslose Fressen. Natürlich verstärkten sich auch ihre Depressionen, aber das ist nicht weiter verwunderlich. Aber seit gut einem halben Jahr ist da etwas anderes, etwas, das selbst ich, der ich tief vertraut bin mit jedem nur denkbaren Aspekt der menschlichen Psyche, kaum auszuloten vermag.

Ich würde es vielleicht so beschreiben: Etwas arbeitet in Evelin. Etwas in ihr ist angestoßen worden, ein Gedanke, eine Idee, eine Vorstellung, ein Bild. Dieses Etwas hat sich in Bewegung gesetzt und geht seinen Weg. Möglicherweise kann Evelin es nicht mehr steuern, zumindest kann sie es vermutlich nicht mehr anhalten.

Es ist spürbar. Ich sehe die Veränderung in ihren Augen. Ich höre sie in ihrer Stimme. Ja, fast kann ich sie riechen. Evelin riecht anders. Sie hat immer nach Angst gerochen, was mich ungemein stimuliert hat, aber nun mischt sich etwas Neues in ihren Geruch. Möglicherweise sind es erste Ansätze von Rebellion.

Rebellion und Evelin sind zwei Begriffe, die einander ausschließen, und da beginne ich vielleicht, mich so unwohl zu fühlen. Es gibt Tiere, die, wenn sie anhaltend gequält, ihrer natürlichen Lebensform entrissen und in depressives Erdulden gezwungen werden, ihren Selbstmord planen. Sie beschließen zu sterben, und sie setzen diesen Entschluß mit erstaunlicher Konsequenz um. Sie hören auf zu essen und zu trinken, legen sich in eine Ecke und warten auf den Tod. In all ihrer Unfreiheit, ihrer Entrechtung, ihrer Unterdrückung erobern sie sich damit ihr Recht auf Selbstbestimmung, ja ihre Würde zurück. Instinktiv begreifen sie, daß ihnen in all ihrer scheinbaren Auswegslosigkeit dieser eine Weg bleibt. Sie triumphieren über ihre Peiniger. Sie berauben sie jeglicher Macht über sie.

Ich glaube, etwas Ähnliches an Evelin zu sehen. Zweifellos verspricht sie sich vom Leben keine Verbesserung mehr, und es mag sein, daß ihre Gedanken eine Richtung einschlagen, die ihr Erlösung und mir eine besondere Qual bringen soll. Mit einem Suizid, so mag sie sich vorstellen, würde sie ihr größtes Problem – das Leben – lösen, und zugleich – und einen derart perfiden Gedanken traue ich ihr bei all ihrer Naivität durchaus zu – würde sie mir einen Schlag versetzen, von dem mich zu erholen ich viele Jahre brauchen würde: Sie entzöge mir die Kontrolle über sich. Sie wäre unerreichbar für mich. Ich müßte in dem Gefühl leben, ein Verlierer zu sein, keine Chance zu haben, die Situation wieder zu meinen Gunsten umkehren zu können. Am Ende hätte sie gewonnen.

Ich beobachte sie sehr genau. Ständig und in höchster innerer Alarmbereitschaft. Selbstverständlich höre ich nicht auf, ihr zu sagen oder zu bedeuten, *wer* sie ist und *was* sie ist. Ich glaube, in hundert Jahren könnte ich damit nicht aufhören. Vielleicht kitzelt mich im Moment auch das Gefühl, eine Situation bis zum Äußersten auszureizen. Ich gehe an die Grenze. Wann treibe ich es zu weit? Wann tut sie den Schritt, den ich fürchte und den herbeizuführen ich doch mithelfe?

Könnte es mir eine Befriedigung geben, derjenige zu sein, der den Auslöser betätigt? Wäre ein Selbstmord Evelins dann noch ein Selbstmord? Wäre er nicht in Wahrheit *von mir* gesteuert?

Ich kann Dinge sagen, die sie in den Wahnsinn treiben. Tue ich es, kann ich dann glauben, ich habe sie bis zuletzt gelenkt?

Wie schwer ist es, dies vorauszusehen. Wie unsagbar schwer.

13

Sie hatte in die Gedankenwelt eines Geisteskranken geblickt, und ihr war schwindlig geworden angesichts des Abgrunds, der sich vor ihr auftat.

Sie saß unter den Apfelbäumen im Gras, an diesem überirdisch schönen englischen Frühsommertag, ein paar Bienen brummten um sie herum, Schmetterlinge und gepunktete Junikäfer schaukelten durch die Luft, und die Idylle war von einer beinahe unwirklichen Vollkommenheit.

Sie aber hatte dem Grauen selbst in seine angsterregende Fratze geschaut.

Was Alexander und Leon, seine Freunde, anging, so hatte Tim Gift und Galle gespuckt, er hatte die Menschen, die er seit frühester Jugend kannte, lächerlich gemacht, erniedrigt, hatte in ihren Wunden gebohrt, hatte ihre Schwachstellen voller Genuß analysiert, war abwechselnd zynisch, roh, brutal oder auch nur einfach gemein gewesen. Von einer Warte abscheulicher Überheblichkeit aus hatte er mit einem häßlichen Grinsen, das zwischen allen Zeilen erkennbar durchblickte, das Material seziert, das er vor sich ausgebreitet hatte, und wenn ein einziges Gefühl für seine Freunde bei all dem übrigblieb, so war es Verachtung. Tiefste, in ihrer Kälte schockierende, grausame Verachtung.

»Ich weiß nicht, ob ich das lesen möchte«, hatte sie abgewehrt, als Evelin ihr die Papiere auf den Schoß schob und aufstand, aber Evelin hatte in einer für sie ungewöhnlichen Festigkeit, die keinen Widerspruch zu erlauben schien, darauf beharrt.

»Lies es. Lies wenigstens du es. Damit einer weiß, mit wem ihr es zu tun hattet.«

»Hast du es denn schon zu Ende gelesen?«

»Nein. Aber ich weiß genug. Wer die ersten Seiten kennt, kennt auch den Rest.«

»Wohin gehst du?«

»Ich will ein paar von meinen persönlichen Sachen im Haus zusammenpacken. Heute oder morgen werden wir dann nach Deutschland zurückfliegen, und ich komme sicher nie wieder hierher.«

»Du hast deinen Schlüssel noch? Die Polizei hat das Haus aber noch nicht freigegeben!«

Zu Jessicas Überraschung hatte die für gewöhnlich äußerst obrigkeitshörige Evelin nur mit den Schultern gezuckt. »Na und? Ich möchte die Dinge haben, die mir gehören. Die Polizei hat ohnehin einiges an mir gutzumachen.«

Sie war in Richtung des Hauses davongegangen, aufrechter als sonst, und Jessica hatte gedacht: Ihren Mann zu enttarnen gibt ihr Kraft. Die Gerechtigkeit, die sie zu finden hofft, macht sie stärker.

Tim war ein Psychopath gewesen, das war Jessica nun klargeworden. Das Unbehagen, das sie ihm gegenüber stets verspürt hatte, hatte sie nicht getäuscht. Er war krank gewesen, wirklich krank. In absurde Ideen und Vorstellungen verstrickt, von dem Wahn besessen, andere Menschen manipulieren und bestimmen zu müssen. Er hielt sich für einen begnadeten Psychologen – und war in Wahrheit ganz und gar beherrscht gewesen von seinen eigenen Neurosen, Begierden und Ängsten. Er hatte weder Freunde noch eine Lebenspartnerin gebraucht, sondern lediglich Opfer gesucht. Er hatte diese Opfer eng um sich scharen, sich ihrer ständig vergewissern müssen. Im nachhinein war Jessica fast überzeugt, daß die zwanghafte Nähe unter den Freunden in Wahrheit von Tim gesteuert worden war, wenn auch zu subtil, als daß es spürbar gewesen wäre. Leon und Alexander waren einfach ideal gewesen für ihn, ideales Futter für seine Bedürfnisse: Leon, der von seiner Frau untergebuttert wurde und es nicht schaffte, beruflich etwas auf die Beine zu stellen; und Alexander, der noch als Vierzigjähriger vor seinem Vater zitterte und dem die Frauen wegliefen.

Opferlämmer, genau wie Evelin. Menschen, die es nicht schafften, ihr Leben selbst in die Hand zu nehmen. Tim hatte sich geweidet an ihnen, war ihnen mit väterlichen Ratschlägen beigesprungen oder auch einmal mit einer echten Hilfeleistung, wie im Falle Leons, dem er ein ansehnliches Darlehen gewährt hatte, um ihn später genau damit immer wieder zu demütigen. Sie erinnerte sich, wie sie die beiden am ersten Abend der Osterferien durch den Park hatte kommen sehen. Leon, der heftig – wie sie heute wußte: verzweifelt – auf Tim einredete. Und Tim, der mit finsterer Miene lauschte, schweigend, dem anderen in seiner Not mit keinem versöhnlichen Wort, mit keiner Geste entgegenkommend. Welch eine tiefe Labsal mußte es für ihn gewesen sein. Dafür hatte er vermutlich sogar einen möglichen Verlust seines Geldes gern hingenommen.

Aber sich wirklich ausgelebt, das perfide Spiel auf die Spitze getrieben, hatte er bei Evelin. Eine junge Frau, gerade dem Martyrium einer von schrecklicher Gewalt beherrschten Jugend entflohen, begab sich in seine Hände, um nach allem, was ihr widerfahren war, ein neues Leben zu finden, geheilt zu werden von ihren Ängsten und Heimsuchungen, während er in ihr nur das perfekte Opfer sah, das Wesen, auf das er gewartet hatte, um seine eigenen Krankheiten ausleben, seine perversen Neigungen befriedigen zu können.

Es erschien ihr unfaßbar, wie ein Mann, der in seiner Frau – oder in irgendeinem anderen Menschen – Anzeichen einer ernsten Suizidgefahr zu erkennen glaubte, dies in allererster Linie als eine Gefahr für sich selbst werten konnte: als Gefahr, sein Opfer zu verlieren, das es möglicherweise wagen würde, sich seiner Tyrannei durch diesen letzten, verzweifelten Schritt zu entziehen. Tim hatte offenbar vor allem die Frage beschäftigt, ob es ihm gelingen könnte, diesen Schritt zu steuern. In seinem Wahn hätte ihm dies ein Triumphgefühl geben, eine Bestätigung, daß Evelin *sein* Geschöpf war und sich ihm bis zum Ende nicht hatte entziehen können.

Sie schauderte vor Ekel, schob die Papiere in die Hülle zurück. Den Teil, der mit *Jessica, Dokument V* überschrieben war, hatte sie nicht gelesen. Sie wollte nicht wissen, was Tim über sie gedacht hatte. Sie wollte sich nicht übergeben müssen.

Sie erhob sich. Sie hatte so lange völlig verkrampft im Gras gesessen, daß ihr die Knochen weh taten, und mit einem leisen Seufzen reckte und streckte sie sich.

Wieviel Zeit mochte vergangen sein? Sie sah auf die Uhr. Es war zehn vor eins, fast eine Stunde lang hatte sie gelesen. Von Evelin hatte sie nichts mehr gesehen oder gehört.

Das Haus, an dessen Westseite sie sich befand, erschien ihr plötzlich bedrohlich in seiner völligen Stille. Dunkel und düster erhob es sich vor dem blauen Himmel. Hinter den Fenstern war nichts zu erkennen, kein Schatten regte sich, kein Vorhang bauschte sich. Alles wirkte leer und verlassen. Als sei kein Mensch mehr in der Nähe.

Sie fragte sich, ob Evelin so lange packen konnte. *Ein paar von meinen persönlichen Sachen,* hatte sie gesagt. Warum war sie nicht längst wieder erschienen? Oder saß sie da drinnen irgendwo, starrte die Wände an, erinnerte sich der Dinge, die in diesem Haus geschehen waren, der Stimmen, die sie gehört, der Bilder, die sie gesehen hatte? Bewegte sie sich durch die Räume wie schlafwandelnd, benommen von all dem, was sich hier abgespielt hatte?

Auf einmal bekam sie Angst. Was, wenn Tim recht hatte? Wenn Evelin tatsächlich selbstmordgefährdet war? Wenn sie den Gedanken an ein Ende vielleicht schon lange mit sich herumtrug und nur wartete … ja, worauf?

Jessica starrte auf die Papiere, die sie noch in der Hand hielt, und plötzlich dachte sie, ob es das war. Ob Evelin nur darauf gewartet hatte. Auf eine Gelegenheit, an die versteckten Aufzeichnungen heranzukommen und sie weiterzugeben. Vielleicht hatte sie nicht gehen wollen, ohne die Wahrheit über ihren Peiniger ans Tageslicht zu bringen. Die dicke, durchgeknallte Evelin, die am Schluß hinging und sich aufhängte – wenigstens hatte sie vorher noch dafür gesorgt, daß der Mann entlarvt wurde, der sie dahin getrieben hatte.

Sie wollte um das Haus herumlaufen, wollte die Tür aufreißen, wollte die

Treppe hinaufrennen, so schnell sie konnte, aber ihre Füße bewegten sich nicht vom Fleck. Sie stand wie angewurzelt, stand im Gras unter den Apfelbäumen, starrte die Hauswand an, gepeinigt von einem Bild, das sie vor sich sah: Evelin dort drinnen, Evelin, die nie vorgehabt hatte, ihre Sachen zu packen, die so aufrecht und entschlossen wie noch nie davongegangen war, die eine feste Stimme und einen klaren Blick gehabt hatte, die völlig verändert gewesen war.

O Gott, ich kann da nicht reingehen, dachte sie entsetzt, *ich kann nicht schon wieder in dieses Haus gehen und jemanden finden, der tot ist, ich ertrage es nicht noch einmal, ich kann nicht den nächsten Alptraum erleben, ohne den letzten verkraftet zu haben ...*

Sie atmete tief durch, bemühte sich, ruhiger zu werden und Ordnung in ihre Gedanken zu bringen. Sie war dabei, die Nerven zu verlieren, und das war das Dümmste, was ihr im Moment geschehen konnte.

Ich weiß ja nicht, ob sie sich etwas angetan hat. Ich vermute es nur. Ich habe keine Ahnung.

Natürlich spielte ihre Phantasie ihr einen Streich. Was gab sie eigentlich auf das wirre Geschreibsel eines toten Psychopathen?

Aber sie ist depressiv. Das wußte ich von Anfang an. Ich habe mir immer Sorgen um sie gemacht. Ich habe nie verstanden, warum die anderen es nicht bemerkten.

Sie hob die Stimme und rief ein paarmal Evelins Namen. Nichts rührte sich, niemand antwortete. Leise raschelte der Wind in den Zweigen der Bäume.

Es war wie verhext, es gelang ihr einfach nicht, in das Haus zu gehen. Der Schweiß brach ihr aus, und ihre Knie schienen plötzlich aus Pudding. Sie kam nicht von der Stelle.

Wenn nur jemand da wäre. Irgend jemand, Leon vielleicht, oder sogar Ricarda. Jemand, der ihr Mut zusprechen und die scheußlichen Gedanken vertreiben würde.

Komm, mach dich nicht verrückt. Evelin steht da oben in ihrem Zimmer, sucht ihre Sachen zusammen, trödelt, blättert in Büchern, schaut alte Fotos an, vergißt die Zeit. Geh jetzt einfach rein und sag ihr, daß du zurück ins Dorf möchtest.

Aber es war niemand da. Niemand redete ihr gut zu. Sie war allein, genau wie an jenem Tag. *Sie war schon wieder ganz allein.*

Sie fuhr sich mit dem Handrücken über die kalte, feuchte Stirn. Sie konnte hier stehenbleiben und warten, daß Evelin irgendwann herauskam, aber wenn die Freundin dabei war, sich im Haus etwas anzutun, würde sie für immer mit dem Wissen leben müssen, nichts zu ihrer Rettung getan zu haben. Konnte man damit leben?

Plötzlich fiel ihr etwas ein, und für Sekunden hielt sie den Atem an. Wie hatte sie bloß Dr. Wilbert vergessen können?

Der Morgen in seiner Praxis stand ihr mit einem Mal ganz deutlich vor Augen. Seine Besorgnis um Evelin. Er hatte gebeten, es sofort zu erfahren, wenn sie aus der Haft entlassen würde.

»Ich möchte bereitstehen«, hatte er gesagt. *Hatte auch er die Möglichkeit eines Suizidversuchs gesehen und gefürchtet?*

Sie hätte sich ohrfeigen können, daß sie vergessen hatte, ihn zu informieren. Wochenende hin oder her, sie hätte ihn anrufen müssen. Vielleicht hätte er sie sogar nach Stanbury begleitet. Und sie müsste nun hier nicht mutterseelenallein stehen und voller Grauen darüber nachdenken, welch schreckliche Szenerie sie drinnen im Haus möglicherweise erwartete.

Sie wühlte in ihrer Handtasche, zog das Handy heraus, suchte weiter. Wenn sie Pech hatte, lag die Karte zu Hause auf ihrem Schreibtisch. Wenn sie Glück hatte, befand sie sich irgendwo in der Tasche.

Sie fand sie in einem Seitenfach, ziemlich zerknickt und zerdrückt, zog sie heraus. *Dr. Edmund Wilbert* – der Mann, der Evelin wahrscheinlich besser kannte als ihr Ehemann. Vielleicht konnte er ihr wenigstens aus der Ferne sagen, was nun am besten zu tun war.

Zwei Minuten vor ein Uhr. Sie konnte ihn gerade noch erwischen, ehe er vermutlich in die Mittagspause ging.

Die Vorwahl von Deutschland. Die Vorwahl von München. Dann seine Telefonnummer. Das Klingelzeichen ertönte. Sie atmete tief. Er war nicht besetzt. Sie betete, er möge da sein.

»Wilbert«, sagte seine Stimme. Vor Erleichterung hätte sie fast geschluchzt. Sie gab einen Seufzer von sich, und ungeduldig wiederholte er: »Wilbert. Wer ist denn da?«

»Dr. Wilbert, hier ist Jessica Wahlberg. Ich weiß nicht, ob Sie sich noch an mich erinnern, ich ...«

»Ja, selbstverständlich erinnere ich mich. Sie sind Evelins Freundin. Was ist geschehen?« Er klang plötzlich angespannt. Vermutlich konnte er an ihrer Stimme hören, daß sie tief beunruhigt war.

»Ich weiß gar nicht, ob etwas geschehen ist, vielleicht bilde ich mir alles nur ein ...« Jessica kam sich plötzlich albern vor. »Ich bin in England«, fuhr sie fort, »ich bin hierher geflogen, um Evelin abzuholen.«

»Sie ist aus der Haft entlassen?«

»Ja, sie haben jetzt den richtigen Täter. Das heißt, sie fahnden noch nach ihm, aber es steht fest, daß er es war. Evelin wartet nur noch auf ihren Paß ...«

»Frau Wahlberg ...«

Sie meinte, erneut einen Anflug von Ungeduld zu vernehmen, und sagte hastig: »Ich weiß, wir hatten vereinbart, daß ich Ihnen Bescheid geben würde, wenn Evelin entlassen würde. Es ging nur alles so schnell und kam so unerwartet … ich habe einfach vergessen, Sie anzurufen. Aber nun brauche ich dringend Ihre Hilfe. Es ist … es gibt Aufzeichnungen von Tim, von Evelins verstorbenem Mann, und danach schätzt er sie als hochgradig selbstmordgefährdet ein. Offenbar hat er selbst gerade in der letzten Zeit vor seinem Tod mit gezielten Schikanen dies vorangetrieben. Er war ein ziemlich gestörter Typ, Dr. Wilbert, aber am Ende hat er recht mit seiner Einschätzung, zumal es ja eine Einschätzung ist, die Sie ebenfalls teilen, und …« sie holte tief Luft, »und ich stehe jetzt hier, und Evelin ist seit fast einer Stunde im Haus verschwunden, ich kann nichts von ihr hören oder sehen, und ich habe nicht die Kraft, jetzt ins Haus hineinzugehen und sie womöglich zu finden, ich weiß, ich sollte es einfach tun, aber …« Sie ließ den Satz unbeendet, holte erneut tief Luft, weil sie schon wieder das Atmen vergessen hatte beim Reden. Sie war sicher, daß er nun zurückfragen würde: »Ja, und was soll ich jetzt für Sie tun? Von München aus?«

Statt dessen fragte er: »Wo genau sind Sie im Moment?«

»Stanbury House. Ich mußte einfach noch einmal hierher, und dann habe ich überraschend Evelin getroffen. Sie hatte diese Aufzeichnungen ihres Mannes hier versteckt und holte sie sich wieder. Sie hat sie mir ausgehändigt, damit ich sie lese, und ist dann ins Haus gegangen, um ein paar Sachen zu packen. Aber das ist eine halbe Ewigkeit her, und … Dr. Wilbert, sie hat ein Martyrium hinter sich. Er, ich meine Tim, er hat sie jahrelang systematisch gequält und gepeinigt, und es würde mich überhaupt nicht wundern, wenn sie jetzt …«

Er unterbrach sie. Er klang jetzt noch angespannter als zu Beginn ihres Gesprächs. »Sie sind ganz allein dort mit ihr? Auf diesem einsamen Anwesen?«

»Ja. Und deshalb fühle ich mich auch so überfordert, weil …«

»Jessica, hören Sie, ich möchte, daß Sie jetzt, ohne lange zu fragen, tun, was ich Ihnen sage: Verschwinden Sie. Sehen Sie zu, daß Sie wegkommen, so schnell und so unauffällig Sie können. Beeilen Sie sich. Bitte.«

Sie schluckte trocken. In ihren Ohren begann es zu rauschen.

»Dr. Wilbert, Sie meinen doch nicht …«

»Sie ist gefährlich, Jessica, und hätte ich gewußt, daß man sie entlassen hat … verdammt, ich hätte Sie nie dorthin fliegen lassen. Sie müssen sich jetzt in Sicherheit bringen, verstehen Sie mich?«

»Ja«, flüsterte sie. Ihre Stimme hatte auf einmal keine Kraft mehr. »Dr. Wilbert …«

»Ich vermute, daß sie es getan hat. Ich weiß nicht, weshalb man sie hat gehen lassen, aber ich bin fast sicher, daß sie für die Verbrechen verantwortlich ist. Ich kenne sie seit fünfzehn Jahren. Ich habe völlig versagt, indem ich sie nicht rechtzeitig aus dem Verkehr habe ziehen lassen – und indem ich *Sie* nicht eindringlich gewarnt habe. Aber noch ist es nicht zu spät. Ich bitte Sie«, er schien nun fast verzweifelt, »retten Sie sich! Versuchen Sie alles, um von dort wegzukommen. Seien Sie vorsichtig, und beeilen Sie sich. Bitte!«

14

IRGENDWO IM HAUS SCHLUG EINE UHR EINMAL, und sie erschrak. Ein Uhr bereits, und sie stand immer noch herum, hatte nicht einen einzigen Handgriff getan. Wie schnell die Zeit doch manchmal verging. Es hätten Minuten sein können, seitdem sie das Haus betreten hatte. Statt dessen trödelte sie seit über einer Stunde.

Sicher machte sich Jessica langsam Gedanken.

Sie strich sich mit der Hand über das Gesicht, bemüht, die zermürbenden Grübeleien zu verjagen, die sie ständig quälten, und das besonders, seit sie an diesen Ort zurückgekehrt war. Vielleicht hätte sie nicht herkommen sollen, aber es war ihr wichtig gewesen, Tims Aufzeichnungen an sich zu bringen, und schließlich machte es dann auch Sinn, daß sie ein paar von ihren persönlichen Dingen gleich mitnahm. Sie hatte keine Lust, Stanbury je wiederzusehen. Es war ein wesentlicher Teil jenes alten Lebens, das sie nun endgültig hinter sich lassen wollte.

Sie stand in ihrem und Tims Schlafzimmer, inmitten der vertrauten Einrichtung: das große Himmelbett, die vielen Kerzen auf dem alten Waschtisch, die Brokatvorhänge am Fenster, die den Raum immer etwas düster erscheinen ließen. Eigentlich hatte sie die Vorhänge nie gemocht. Weshalb hatte sie sie eigentlich gekauft?

Es war natürlich Tim gewesen, der sie hatte haben wollen. Er hatte den Stoff in einem exklusiven Geschäft in Leeds entdeckt und dann sie, Evelin, mit einem Zettel, auf dem die entsprechenden Maße notiert standen, dorthin geschickt, damit sie sie anfertigen ließ. Er mußte ein Vermögen bezahlen, aber das war ihm der Umstand wert, vor den Freunden protzen zu können und einmal mehr zu zeigen, daß er von ihnen allen das meiste Geld verdiente. Evelin hatte die luftigen, zartgelben Vorhänge, die Patricia für ihr Schlafzimmer ausgesucht hatte, viel schöner gefunden, aber sie hatte nichts gesagt. Zu diesem Zeitpunkt hatte sie längst akzeptiert, daß in ihrer Ehe nur das passierte, was Tim wollte. Und ihr einziges Sinnen und Trachten hatte darin bestanden, sich Tims Zuneigung zu bewahren – oder zumindest sein Wohl wollen.

Die Kerzen, die in kleinen silbernen Haltern auf dem Waschtisch standen, hatten schon lange nicht mehr gebrannt, seit vielen Jahren nicht mehr. Sie hatte sie nie ausgetauscht, es waren immer noch die ersten, die sie dort plaziert hatte. Im ersten Sommer nach ihrer Heirat, ihrem ersten Aufenthalt in Stanbury House. Sie hatte versucht, Romantik in ihre Ehe zu zaubern, aber sie hatte rasch erkannt, daß sie damit nur eine neue Gefahrenquelle eröffnete. Wenn Tim irgendeine Laus über die Leber gelaufen war, konnten ihn brennende Kerzen in einen Wutanfall treiben. Möglicherweise demonstrierte sie in seinen Augen damit schon wieder zuviel Eigenständigkeit. Sie durfte nichts tun, was von der absolut gängigen Alltagsroutine auch nur im mindesten abwich. Was ihn betraf, so kam dies einer Rebellion gleich.

Sie durfte sich nicht schon wieder in Gedanken verlieren. Jessica wartete. Sie würden zusammen im Dorf zu mittag essen, dann würde sie mit ihrem Anwalt telefonieren. Vielleicht hatte sich etwas in der Angelegenheit mit ihrem Paß getan. Wie schön wäre es, endlich den Rückflug buchen zu können.

Sie öffnete entschlossen den Kleiderschrank, ignorierte geflissentlich Tims Sachen, die darin hingen oder in den Schubfächern ordentlich gestapelt lagen. Die gingen sie nichts mehr an, sie würde sich keineswegs mit ihrem Rücktransport belasten. Was immer Leon mit dem Haus vorhatte, er konnte sie dann beim allgemeinen Entrümpeln gleich ebenfalls entsorgen.

Unten im Schrank lag ihr Koffer, sie zog ihn hervor, legte ihn aufgeklappt auf das Bett. Sie kümmerte sich nicht darum, Ordnung zu halten, warf einfach alles hinein, Wäsche, Strümpfe, Pullover, ein paar Nachthemden. Auch ihre sackartigen Hausgewänder, mit denen sie immer gehofft hatte, ihre Pfunde kaschieren zu können und in denen sie in Wahrheit nur noch plumper und unförmiger ausgesehen hatte, als sie es ohnehin tat.

»Du siehst aus wie ein fetter Trampel«, hatte Tim gesagt, »und in den Dingern siehst du aus wie ein fetter Trampel, der sich eine alte Gardine umgehängt hat.«

Vielleicht gar kein schlechter Vergleich. Tim mochte brutal gewesen sein, aber womöglich hatte er häufig einfach recht gehabt mit dem, was er sagte.

Schon wieder Tim. Sie hielt in ihren Bewegungen inne, preßte leise stöhnend beide Hände gegen die Stirn. Sie hatte nicht mehr über ihn nachdenken wollen, aber unversehens schlich er sich immer wieder heran. Zwölf gemeinsame Jahre ließen sich offenbar nicht so leicht verdrängen. Unendlich viele Stunden, Minuten, Sekunden. Unendlich viele Szenen, Situationen, die sich tief in die Erinnerung eingegraben hatten. Fraglich war, ob man sie je loswurde.

Tim, wie er die Stirn runzelte. Tim, wie er grinste. Tim, wie er lachte. Tim, wie er über die Wiese ging. Tim, wie er eine Kaffeetasse zum Mund führte. Tim, wie er schmale Augen bekam, wenn er sich ein Opfer auserkor. Tim, wie er sie ansah, wenn er mit ihr schlafen wollte. Tim, wie er sich im Bett über sie neigte. Tim, der ihre Hand hielt, als sie über die Flure des Krankenhauses geschoben wurde, und …

Sie stieß einen erstickten Schrei aus. Genau davor hatte sie Angst gehabt. Davor, daß die Bilder jener Nacht sie wieder einholen würden. Vielleicht hätte sie andernfalls sogar über Tim nachdenken, ihrer beider Beziehung aufarbeiten, bewältigen und akzeptieren können, aber immer lag das Entsetzen auf der Lauer, mit dem sie auf jede Konfrontation mit jener Nacht reagierte. Die Ströme von Blut, die ihr die Beine hinabliefen. Die Panik, mit der sie erkannte, daß dies etwas Schreckliches bedeuten mußte. Die Fahrt zum Krankenhaus, sie leise stöhnend, Tim über jede rote Ampel fluchend. Die Notaufnahme, man ließ sie ein Formular ausfüllen, und während sie dort am Tresen stand und ihr der Name ihrer Krankenversicherung nicht mehr einfiel, bildete sich eine Pfütze von Blut zwischen ihren Füßen. Tim suchte noch nach einem Parkplatz für das Auto, und sie fühlte sich hilflos und allein und hatte den sicheren Eindruck, jede andere Frau würde genau wissen, wie man sich nachts in der Notaufnahme eines Krankenhauses verhielt, wenn man gerade sein Baby verlor, aber sie machte irgendwie wieder alles falsch, verschmutzte den Fußboden und konnte niemandem klarmachen, wie dramatisch ihr Zustand war und daß sie dringend Hilfe brauchte. Tim kam angejapst und war völlig perplex, sie am Tresen stehen zu sehen, und sie brach in Tränen aus und sagte: »Ich weiß nicht, wo ich versichert bin.« Die Krankenschwester auf der anderen Seite tippte ungerührt irgendwelche Zahlen in ihren Computer.

Tim hatte all den Phlegmatikern natürlich Dampf gemacht, jede Menge Wirbel veranstaltet, der Schwester befohlen, so schnell sie konnte einen Arzt zu holen und ein Bett frei zu machen, so daß sich Evelin endlich hinlegen konnte. Dann hatte es plötzlich gewimmelt von Schwestern, und es waren sogar mehrere Ärzte dagewesen und der Anästhesist, der wissen wollte, wann sie zuletzt etwas gegessen hatte, woran sie sich aber auch wieder nicht erinnern konnte.

»Ich muß Sie operieren«, sagte ein Arzt, der ein blasses, sympathisches Gesicht hatte und recht müde aussah, und sie hatte leise gefragt: »Was ist mit meinem Baby?«

Er hatte nicht darauf geantwortet, aber sie konnte in seinen Augen lesen, daß es nicht die mindeste Hoffnung für ihr Kind gab.

Sie vernahm ein leises Wimmern und brauchte ein paar Sekunden, um zu begreifen, daß es von ihr selbst stammte. So viele Jahre waren vergangen seither, und der Schmerz hatte sich um nichts, um gar nichts gemildert. Sie erinnerte sich, daß Tim dagewesen war, als sie aus der Narkose aufwachte.

»Ich muß auf die Toilette«, waren ihre ersten Worte gewesen, und Tim hatte gesagt: »Nein, Schatz, das bildest du dir ein. Sie haben dir einen Blasenkatheter gelegt. Der drückt wahrscheinlich.«

Sie hatte fast geweint, weil er ihr nicht glauben wollte. »Bitte. Ich muß so dringend. Bitte, bitte tu etwas.«

Er hatte eine Schwester geholt, und Evelin hatte sie angefleht, den Katheter zu entfernen, doch sie hatte sich zuerst geweigert, dann aber nachgegeben, als sie begriff, daß Evelin dicht davor stand, hysterisch zu werden. Es war absurd, sie hatte ihr Baby verloren, ihr Leben lag in Trümmern, die Zukunft war nur mehr ein schwarzes Loch ohne Hoffnung, und sie drehte durch wegen eines Blasenkatheters und brachte die halbe Wachstation durcheinander. Als nächstes bestand sie darauf, zur Toilette zu gehen, ein Vorhaben, dem die Schwester nach einiger Diskussion entnervt und zermürbt zustimmte.

»Aber Sie schließen keinesfalls hinter sich ab«, hatte sie verlangt. »Am besten, Ihr Mann geht mit hinein.«

Also war sie mit ihrem Bauchschnitt durch das Zimmer gehumpelt, vorbei an den Betten anderer frisch operierter Frauen, die alle taten, was man von ihnen erwartete und friedlich schliefen, den fahrbaren Ständer mit dem Tropf daran hinter sich herziehend, Tim an ihrer Seite, der sie fürsorglich stützte. Sie hätte nie gedacht, daß sie es ertragen könnte, ihn neben sich zu haben, während sie zu pinkeln versuchte, aber plötzlich machte es ihr gar nichts aus, im Gegenteil, er war besorgt, bemüht, fast zärtlich, und später dachte sie manchmal, daß diese Momente auf der Wachstation letztlich zu den besten ihrer Ehe gezählt hatten.

Natürlich war ihre Blase leer gewesen, sie hatte gar nicht pinkeln können, und darüber hatte sie erneut zu weinen begonnen, während Tim sie ohne Vorwürfe zum Bett zurückgeleitete und ihr vorsichtig half, sich wieder hinzulegen.

»Was ist mit dem Baby?« fragte sie.

Er hatte ihr die wirren Haare aus der Stirn gestrichen. »Sie konnten es nicht retten. Es lebt leider nicht mehr.«

Nachdem er gegangen war, hatte sie keine Sekunde Schlaf mehr gefunden. Sie lag wach und starrte in die von einem Notlicht schwach erhellte Dunkelheit, lauschte den gleichmäßigen Atemzügen der anderen. Regelmäßig erschien die Schwester, um den Blutdruck zu messen, tief erstaunt, Evelin jedesmal hellwach vorzufinden.

»Sie müßten eigentlich von der Narkose noch ziemlich schläfrig sein. Versuchen Sie doch, sich ein bißchen zu entspannen.«

Was ihr natürlich nicht gelang. Wie sollte sie das machen – schlafen, wenn sie nicht wußte, wie das Leben weitergehen sollte?

Das Ende war so jäh und grausam gekommen, daß sie eine Weile gebraucht hatte, den Verlust zu begreifen. Sie entsann sich, daß der Schmerz schlimmer geworden war, je mehr Zeit verging, weit schlimmer, als er in jener Nacht gewesen war. Er hatte sich immer neu entzündet an dem quälend gleichförmigen Alltag, an den endlosen Stunden, die ein Tag brauchte, um zum Abend zu werden, an den unwichtigen, nutzlosen Tätigkeiten, in die sie flüchtete, um zu vergessen, und die doch keine Sekunde des Vergessens brachten. Er entzündete sich an jedem Kinderwagen, den sie in den Straßen sah – und aufgrund irgendeiner bösartigen Fügung schien es plötzlich von Kinderwagen geradezu zu wimmeln –, und an jeder Frau, die mit dickem Babybauch an ihr vorbeiwatschelte. An jedem Gespräch, das Menschen in ihrer Umgebung über ihre Kinder führten, und an jeder Einladung zu einer Taufe, die ins Haus flatterte.

Und natürlich hatte Tims Fürsorge kaum zwei Tage angehalten, und ihrer beider Beziehung war unmittelbar nach der Tragödie wieder in das Fahrwasser von Quälerei und Verzweiflung geraten.

Nicht nachdenken! Hör jetzt damit auf!

Sie schloß energisch die Schranktür, obwohl noch eine ganze Reihe ihrer Schlabberkleider nicht eingepackt waren. Vielleicht sollte sie sich endgültig von ihnen verabschieden, schließlich hatte sie beschlossen, nun endlich zu der schlanken, attraktiven Mittdreißigerin zu werden, die von den Frauenzeitschriften immer als Ideal propagiert wurde. Allerdings gründete sich deren faszinierende Ausstrahlung nicht allein auf ihr gutes Aussehen, sondern natürlich auch auf die Tatsache, daß sie entweder mit Schwung und Kraft eine Familie versorgte oder Karriere in irgendeinem tollen Beruf machte, oder beides gleichzeitig tat. Bei ihr, Evelin, hingegen haperte es auf der ganzen Linie: Sie hatte weder eine Familie noch einen richtigen Beruf. Sie hatte nicht einmal mehr eine Beziehung.

Wenigstens hatte sie Geld. In den Kreisen mancher Frauen zählte es durchaus auch als Karriere, reich geschieden oder zur reichen Witwe zu werden. So gesehen war ihr Leben bislang nicht völlig erfolglos verlaufen.

Sie blickte aus dem Fenster und sah Jessica, die die Auffahrt hinunterging.

Das war vollkommen gegen die Absprache, und es erstaunte sie. Sie hatten zusammen mit dem Auto zurückfahren wollen. Und selbst wenn Jessica trotz ihrer Leidenschaft, Wege möglichst zu Fuß zurückzulegen, plötzlich umdisponiert hatte, paßte es nicht zu ihr, sich ohne ein Wort einfach auf und davon zu machen.

Evelin drehte sich um und rannte aus ihrem Zimmer. Sie hatte wirklich ganz schön abgenommen in der Zeit, die sie im Gefängnis gesessen hatte. Sie merkte es daran, wie behende und schnell sie die Treppe hinuntergelangte. Durch die Halle hindurch, hinaus ins Freie. Hitze und Blütenduft und Helligkeit empfingen sie. Eine dicke, pelzige Hummel brummte dicht an ihrem Kopf vorüber.

Sie würde Jessica einholen.

Vom Fenster aus hatte sie gesehen, daß sich die Freundin bei weitem nicht so leichtfüßig bewegte wie sonst. Irgendwie schwerfällig, müde, angestrengt.

Eine Erinnerung keimte in ihr. Der Abend vor der Tragödie. Die Sitzecke vor dem Kamin im Wohnzimmer. Alexander. Er hatte davon gesprochen, daß ...

Wie hatte sie das nur verdrängen können?

Sie jammerte leise, weil der Schmerz kaum erträglich war.

Jessica hatte die leise Hoffnung gehegt, Evelin könne den Schlüssel im Auto stecken gelassen haben. Sie war um das Haus herumgegangen und hatte ihr kleines englisches Leihauto vor dem Eingangsportal stehen sehen. Ein kurzer Blick die Hauswand hinauf, aber auch hier vorn schien sich nichts zu regen hinter den Fenstern.

Das Auto war nicht abgeschlossen, wie sie gleich darauf feststellte. Aber leider fehlte der Schlüssel. Evelin hatte ihn abgezogen.

In Windeseile – dazwischen immer wieder scharf zur Haustür blickend – durchstöberte sie Handschuhfach, Seitenfächer und die Ablage zwischen den Vordersitzen. Nichts, natürlich. Es bestand die Möglichkeit, daß Evelin den Schlüssel in der Halle auf einem der kleinen Tischchen abgelegt oder sogar ordentlich an das Schlüsselbrett in der Küche gehängt hatte und dann nach oben gegangen war. Kurz erwog Jessica, hineinzuhuschen und nachzusehen. Verwarf diesen Gedanken dann jedoch als äußerst riskant und allzu vage im Ausgang: Evelin hatte nach ihrer Ankunft in Stanbury House ja zunächst Tims Unterlagen aus der Sickergrube geholt. Und dazu den Schlüssel vermutlich in ihre Hosentasche geschoben, wo er mit fast hundertprozentiger Wahrscheinlichkeit noch immer steckte.

Tims Unterlagen.

Sie hielt die grüne Folie noch immer in der Hand und entschied, daß sie die Scheußlichkeiten, die Tim mit solcher Wonne ausgebreitet hatte, nicht mehr brauchte und daß sie sich mit nichts auf dem Fußmarsch zum Dorf belasten sollte. Sie legte die Mappe einfach auf den Beifahrersitz und schloß die Autotür. Jetzt erst wurde ihr bewußt, daß sie sich seit dem Gespräch mit Dr. Wilbert wie in einer Art Trance bewegte, daß aber ihr Herz schneller schlug und ihre Handflächen naß von Schweiß waren. Sie hatte Todesangst, aber es gelang ihr, jeden Anflug von Hysterie im Keim zu ersticken und ihren Verstand eingeschaltet zu lassen. Sie durfte jetzt nichts Unüberlegtes tun.

Natürlich wäre sie am liebsten losgerannt, aber sie wußte aus Erfahrung, daß allzu hastige Bewegungen manchmal eine Aufmerksamkeit auf sich zogen, die andernfalls nicht geweckt worden wäre. Zudem spürte sie an diesem Tag ihre Schwangerschaft so drückend wie nie zuvor. Es mochte an der Hitze liegen oder an der Aufregung oder an beidem. Der Weg ins Dorf war weit. Sie mußte ihre Kräfte einteilen.

Mit gelassenen Schritten überquerte sie den gepflasterten Hof vor dem Haus und schlug den Weg ein, der zum Parktor führte. Wenn sie erst außer Sichtweite des Hauses wäre, könnte sie etwas schneller laufen. Wenn nur ihre Beine nicht so geschwollen wären, wenn nicht jede Bewegung begänne, sie in Atemlosigkeit zu stürzen. Wenn es nicht so heiß wäre! Wenn, wenn, wenn … Sie blieb kurz stehen, strich sich die feuchten Haare aus der Stirn. Wenn sie nur einfach nicht in diesen Alptraum geraten wäre.

Sie ging weiter, doch als sie hinter sich Schritte hörte, die rasch näher kamen, wußte sie, daß sie verloren hatte.

15

»Aber du hättest doch etwas sagen können«, meinte Evelin. »Wir wollten doch zusammen ins Dorf fahren. Warum läufst du einfach weg?«

»Ach, du weißt doch, wie ich bin«, erwiderte Jessica leichthin. »Mich hat mal wieder die Lust zu laufen gepackt. Und ich dachte, wenn ich dir etwas sage, fühlst du dich gedrängelt. Also bin ich losgezogen.«

Sie gingen langsam zum Haus zurück. Die Sonne wurde nun am Mittag noch heißer. Jessica strich sich erneut über die Stirn. Sie war naß am ganzen Körper.

Evelin betrachtete sie von der Seite. »Du siehst gar nicht gut aus«, stellte sie fest, »fühlst du dich nicht wohl?«

»Es ist sehr warm, findest du nicht? Fast wie im Juli oder August.«

»Mir macht das nicht soviel aus«, sagte Evelin.

»Ich bin heute schon soviel gelaufen«, sagte Jessica, »wahrscheinlich liegt es daran.«

»Ein Grund mehr, daß du unbedingt mit mir ins Dorf fahren solltest!« Evelin klang aufrichtig besorgt. Jessica fragte sich, ob sie tatsächlich neben einer gefährlichen Geisteskranken herlief. Natürlich konnte Wilbert sich irren. Beweise für seine Theorie hatte er mit Sicherheit nicht. »Paß auf, du wartest hier. Ich gehe nur rasch hoch und hole meine Tasche, ja?«

»Alles klar«, antwortete Jessica. Sie war neben dem Trog stehengeblieben, vor dem damals Patricia gekniet hatte und … Ihr wurde übel, rasch verdrängte sie die Erinnerung.

Evelin wollte zum Haus, hielt aber noch einmal inne.

»Die Aufzeichnungen«, sagte sie zögernd, »hast du sie gelesen?«

Jessica nickte. »Ja. Und ich muß sagen, daß Tim uns alle mit dem Gerede von seiner großartigen Promotion gewaltig an der Nase herumgeführt hat. Das sind einfach nur ein paar Charakterstudien, die ein völlig verrückter Narziß über andere Menschen anstellt, um sich vor allen Dingen selbst dabei zu bespiegeln. Ich würde das alles als eine Art Selbstbefriedigung bezeichnen, nichts weiter.«

Evelin wartete, aber da Jessica nichts mehr hinzufügte, nickte sie ebenfalls, sehr langsam und nachdenklich, und ging dann davon. Sie ließ die Tür offenstehen, als sie in der Dunkelheit der Halle verschwand.

Jessica preßte ihre feuchten Handflächen aneinander. Einen zweiten Versuch, sich wegzustehlen, wollte sie nicht wagen. Evelin konnte in einer Minute wieder unten sein. Sie hatte harmlos gewirkt, freundschaftlich. Vielleicht war alles in Ordnung. Sie würden in das Auto steigen, und knapp zehn Minuten später wären sie im Dorf.

Der Alptraum hätte ein Ende.

Sie ging ein paar Schritte auf und ab, ignorierte nach wie vor beharrlich den Holztrog, versuchte, sich zu beruhigen, sich einzureden, daß es keinerlei Gefahr gab. Aber alle Härchen an ihren Armen hatten sich aufgestellt, und sie fror plötzlich im Nacken, trotz der Sonne. Sie hatte Dr. Wilberts beschwörende Stimme im Ohr.

Verschwinden Sie, so schnell Sie können!

Erschöpft sank sie auf die Bank, die an der Grenze zwischen dem gepflasterten Hof und dem Garten stand und von der man einen schönen Blick zum Wald und zu den sich dahinter erhebenden Hügeln hatte. Sie legte eine Hand auf ihren Bauch. Wenn es erst strampelte da drin! Wie großartig mußte es sein, die erste Bewegung zu fühlen.

Sie beugte sich hinunter, massierte ihre geschwollenen Fußknöchel. Ihr Blick fiel auf das Gras zu ihren Füßen. Sie stutzte, kniff die Augen zusammen.

Eine Kette lag dort. Eine Graskette. Aus frischen Grashalmen, vor nicht allzu langer Zeit aus der Erde gerissen. Keinesfalls vier Wochen zuvor.

Sie kannte nur einen, der geradezu stereotyp diese Ketten flocht. Wo er saß und stand – und wo Gras wuchs.

Sie fuhr hoch, blickte sich hastig um. Nichts regte oder bewegte sich.

Er war hier gewesen. Vor ein paar Stunden, höchstens.

Vielleicht war er immer noch hier.

Vielleicht war er der Feind. Vielleicht konnte sie dies zumindest Evelin einreden. Wenn Evelin sich sicher fühlte, war sie weniger gefährlich.

Vielleicht.

Mit kurzen Unterbrechungen kauerte er jetzt seit zwei Stunden in diesem düsteren Loch von Kellereingang, und allmählich verfluchte er sich, daß er so dumm gewesen war, sich nicht gleich offen zu zeigen. Wenn er jetzt plötzlich hervortrat, mußte es den Eindruck vermitteln, er sei eine Art Sittenstrolch, der sich plötzlich aus den Büschen schlug – was seine Lage nur verschlimmern konnte. Hatte er jedenfalls die ganze Zeit gedacht. Man erwischte ihn schon wieder dabei, wie er um Stanbury House herumlungerte. Andererseits konnte sich seine Lage womöglich gar nicht verschlimmern. Sie war ohnehin ziemlich aussichtslos.

Er hatte auf der Veranda gestanden und über den Park geblickt, als er das Auto hatte kommen hören. Die Zeit schien ihm zu knapp, über die offene Fläche des Rasens zu laufen und sich im gegenüberliegenden Wald zu verstecken, und so hatte er einen Satz über die Balustrade gemacht und war die Kellertreppe hinuntergelaufen, an deren Ende eine – natürlich verschlossene – Stahltür ins Haus führte. Es war feucht und kühl hier unten, Moos wuchs in den Mauerritzen, und es herrschte ein modriger Geruch. Mit angehaltenem Atem hatte er eine Weile gewartet, dann war er ein paar Stufen hinaufgestiegen und hatte vorsichtig in den Park gespäht. Er hatte Evelin gesehen, die hinüber in Richtung des Geräteschuppens ging und zwischen Apfelbäumen und Brombeerhecken verschwand. Es wäre für ihn der Moment gewesen, abzuhauen, aber die Neugier hatte ihn getrieben, herauszufinden, was sie dort tat, und so war er ihr gefolgt und hatte sie ächzend und stöhnend mit der Abdeckung der Sickergrube kämpfen sehen. Mit der Faszination, mit der man sich über die Aktivitäten eines seltenen Tiers klarzuwerden versucht, hatte er ihre Bemühungen beobachtet und sich nicht im mindesten vorstellen können, was sie ausgerechnet an diesem Ort suchte. Daß sie die Sickergrube als Versteck benutzt hatte, wurde ihm jedoch schlagartig klar, als er sah, wie sie die grüne Folie voller Papiere von der Innenseite der Platte löste, wo sie offenbar festgeklebt gewesen war.

Was, in Teufels Namen, dachte er, sind das für ... Dokumente?

Sie setzte sich ins Gras, las und blätterte, und er schaute auf ihren breiten Rücken, der so wirkte, als sei er zarter angelegt gewesen und nur wegen der Fettrollen unter den Armen und um die Mitte jetzt so stämmig. Irgendwann hatte er sich von ihrem Anblick und all den Gedanken, die ihm durch den Kopf gingen, förmlich losgerissen, hatte lautlos den Rückzug angetreten, in der Absicht, um das Haus herumzulaufen und den Weg zum Dorf einzuschlagen, und hatte plötzlich bemerkt, daß sich jemand durch den Wald der Rückseite des Hauses näherte. Rasch war er wieder in sein Kellerversteck verschwunden, hatte jedoch hervorgespäht und Jessica erkannt, die über den Rasen herankam. Es hatte ihn tief erstaunt, sie hier zu sehen, und es hatte ihn erschreckt, sie so bleich und abgekämpft zu erleben.

Als er das nächste Mal nachsah, hatte *sie* unter den Apfelbäumen gesessen und völlig vertieft in den ominösen Papieren gelesen, und Evelin war verschwunden gewesen. Er hatte jedoch nicht gehört, daß der Motor des Autos angelassen worden wäre, und so vermutete er, daß sich Evelin noch irgendwo in der Nähe aufhielt. Ins Haus würde sie kaum gehen – es war noch polizeilich versiegelt, und Evelin war nicht der Typ, der ein vor die Tür gespanntes Markierungsband der Polizei einfach durchbrach –, und es schien ihm recht wahrscheinlich, daß sie vor dem Haus saß und auf Jessica wartete. Was bedeutete, daß er schlechte Karten hatte. Die große freie Wiesenfläche hinüber zum Wald konnte er nur überqueren in der Hoffnung, daß Jessica sich nicht plötzlich umdrehte oder Evelin um das Haus herumkam.

Wovor habe ich Angst? fragte er sich. Ich gehe ja doch zu den Bullen. Es kommt für mich nicht mehr darauf an, ob ich entdeckt werde oder nicht.

Aber er begriff, daß es darum auch gar nicht ging. Nicht darum, noch länger der Fahndung entkommen zu wollen. Es ging ihm darum, von selbst, allein, aus freien Stücken zur Polizei zu gehen. Nicht deshalb, weil Evelin oder Jessica völlig aufgelöst den ermittelnden Beamten anriefen. Denn was hätte er tun sollen? Mit den beiden hier warten, bis der Streifenwagen eintraf? Um dann doch gewissermaßen gestellt worden zu sein, selbst wenn er sich dem nicht zu entziehen versucht hätte? Oder weglaufen? Dann ginge das Drama von neuem los.

Scheiße! Er fluchte lautlos in sich hinein. Warum hatten die beiden Weiber gerade jetzt hier aufkreuzen müssen? Und was, verdammt noch mal, lasen sie da beide, was fesselte sie derart, daß sie die Zeit vergaßen?

Er hatte kurz überlegt, Jessica anzusprechen. Sie neigte nicht zur Hysterie.

Vielleicht würde er mit ihr reden können. Aber irgend etwas hielt ihn zurück, eine eigentümliche Scheu vielleicht, die er gerade ihr gegenüber empfand. Jessica war eine Frau, die ihn beeindruckt hatte, die ihm imponierte. Ihre sachliche Art, ihre Klarheit, ihr wacher Verstand. Ihre Fähigkeit, hinter den schönen Schein zu blicken, sich Tatsachen zu stellen. Während der wenigen Treffen mit ihr – die ihm jedoch äußerst intensiv erschienen waren – hatte er begriffen, daß sie nicht glücklich war, daß sie sich eine andere Art von Leben mit ihrem Mann vorgestellt hatte, daß sie jedoch nicht bereit war, ihre Lebensumstände vor sich selbst zu beschönigen. Selbst dann nicht, wenn am Ende die Erkenntnis stehen würde, daß ihre Ehe gescheitert war.

Er mochte sie. Er hatte manchmal überlegt, daß es schön gewesen wäre, sie anders kennenzulernen. Nicht so, als Frau eines anderen, im Haus seines Vaters lebend, in dem Haus, das er hatte haben, um das er hatte kämpfen wollen. Die Situation hatte kaum das Entstehen einer persönlichen Beziehung zwischen ihnen beiden zugelassen. Er stellte sich einen Frühlingsabend in London vor, einen jener Abende, in denen Blütenduft und der Geruch nach feuchter Erde selbst in einer Großstadt die Vorherrschaft übernehmen: Sie beide in einer Kneipe, draußen ein lichtblauer Abendhimmel, drinnen eine sehnsüchtige Musik und ein gelangweilter Barkeeper, und jeder Mensch, der durch die Tür kam, brachte einen Hauch dieses einzigartigen Geruchs von draußen mit. Sie tranken Weißwein und spürten, daß etwas begann, das, wie es auch ausgehen mochte, für immer eine wesentliche Erinnerung in ihrem Leben sein würde.

Aber so hatte es nicht sein sollen, und sosehr es ihn drängte, ihr seine Gedanken mitzuteilen, rief er sich doch zur Ordnung und sagte sich, daß dies nur alles komplizieren würde. Die Londoner Kneipe an einem blütenschweren Frühlingsabend gab es nicht. Sie waren in Yorkshire. Auf die eine oder andere Art war jeder von ihnen Teil eines furchtbaren Verbrechens, Teil einer Tragödie, die nur Mißtrauen und Angst hervorgebracht hatte. Es würde kein unbefangenes Zusammen-Weitergehen geben. Keine Kneipe, keinen Weißwein, kein Versinken in den Augen des anderen, kein Versprechen von Zukunft. Die Wirklichkeit sah alles andere als romantisch aus: Er wurde im ganzen Land polizeilich gesucht und versteckte sich in einem feuchten, dunklen Kellereingang, und sie kauerte im Gras und las irgend etwas, das in einem Zusammenhang mit ihrem toten Mann stehen mochte und das sie – soviel hatte er jedenfalls ihrer Körpersprache zu entnehmen gemeint – sehr in seinen Bann zog und zugleich beunruhigte. Und irgendwo mußte auch noch Evelin sein, diese dicke, traurige Frau, die unter Garantie hysterisch würde, wenn sie ihn erblickte.

Er hatte irgendwann bemerkt, daß Jessica ihren Platz verlassen hatte und verschwunden war, aber er war sicher, daß er noch immer nicht den Motor des Autos gehört hatte. Er fluchte erneut.

Was taten die beiden hier so lange?

Vorsichtig stieg er die Treppe hinauf und spähte in den Garten. Still und leer lag er unter der heißen Sonne. Wenn es ihm gelänge, ungesehen den Wald zu erreichen, konnte er einen Bogen um das Haus herum schlagen und ...

Seine Gedanken endeten jäh.

Er sah Jessica.

Sie saß in der Sonne, auf der etwas baufälligen, hölzernen Bank, auf der er selbst etwa zwei Stunden vorher noch gesessen und gegrübelt hatte, und ... ja, sie starrte angestrengt und völlig fasziniert auf den Boden zu ihren Füßen. Und was immer sie dort sehen mochte, es lenkte sie für den Augenblick völlig von allem ab, was um sie herum geschah. Aber die Frage war, ob dies ausreichen würde, um ihn bis über die Wiese kommen zu lassen, und gerade, als er sich dies fragte, schaute sie auf.

Er wich blitzschnell zurück. Er war fast sicher, daß sie ihn nicht bemerkt hatte.

16

ALS JESSICA DIE SCHRITTE HINTER SICH HÖRTE, sagte sie, ohne sich umzudrehen: »Evelin, wir sollten sehen, daß wir von hier wegkommen. Ich glaube«, sie senkte ihre Stimme, »daß sich Phillip Bowen in der Nähe aufhält.«

»Phillip Bowen?« fragte Evelin zurück. Ihre Worte kamen ein wenig schleppend.

Jessica beugte sich nach vorn, nahm eine der Grasketten in ihre Hände. Sie stand auf, wandte sich zu Evelin um.

Der warme Wind fächelte um ihr Gesicht, wirbelte sanft in ihren Haaren. Er drückte ihr weites, weißes T-Shirt gegen ihren Bauch.

Jessica sah, wohin Evelins Blick fiel. Für einen Moment zeichnete sich der ganz leicht gewölbte Leib deutlich ab. Evelin blickte wieder auf. Und in diesem Moment erkannte Jessica den Wahnsinn in ihren Augen, und sie wußte, daß Dr. Wilbert recht gehabt hatte und daß Evelin die Person war, die das Schweigen von Stanbury auf so grausige Art beendet hatte.

Im Bruchteil einer Sekunde traf sie die Entscheidung, den Versuch fortzuführen, in der Gestalt Phillip Bowens einen gemeinsamen Gegner herzustellen, denn dies würde sie und Evelin zu Verbündeten machen und vielleicht ihre einzige Chance sein.

»Diese Grasketten«, sagte sie, »die fabriziert er, wo er geht und steht. Er muß hier gewesen sein.«

Evelin sah mit glasigem Blick auf die Gräser in Jessicas Hand. »Er war immerzu hier.«

»Ja, aber das ist Wochen her. Das Gras müßte welk und tot sein. Diese Ketten sind frisch. Wenige Stunden alt.« Sie warf die Kette auf die Erde.

»Komm«, sagte sie beschwörend, »wir müssen sehen, daß wir wegkommen. Phillip ist gefährlich. Hast du alles gepackt? Hast du den Autoschlüssel? Soll ich fahren?«

Evelin rührte sich nicht von der Stelle.

»Evelin«, drängte Jessica, »bitte, wir sollten wirklich …«

»Kannst du das Baby schon fühlen?« fragte Evelin. Ihre Stimme klang vollkommen emotionslos. »Bewegt es sich schon?«

»Darüber sprechen wir, wenn wir im Dorf sind«, antwortete Jessica so leichthin wie möglich, »aber jetzt müssen wir weg, ehe Phillip Bowen plötzlich aufkreuzt. Bitte, Evelin, er kann wirklich noch ganz in der Nähe sein, und er ist zu allem fähig!«

»Ich habe mein Baby gespürt«, sagte Evelin. »Es hat gestrampelt. Es war lebendig.«

Jessica merkte, daß sie sie nicht mehr erreichte. Evelin war in einen Zustand abgeglitten, in dem es ihr völlig gleichgültig war, ob Jessica sie als Täterin entlarvte oder nicht. Alles war ihr gleichgültig.

Nur nicht die Erinnerung an ihr Baby.

»Vielleicht lag es ja an Tim, daß du später kein Baby mehr bekommen hast«, sagte Jessica, »aber es wird einen anderen Mann in deinem Leben geben, und mit ihm wirst du Kinder haben, und …«

»Ich werde keine Kinder mehr haben«, sagte Evelin. Niemand hätte in ihrem Gesicht, in ihren Augen irgendeine Regung entdecken können. »Damals ist etwas kaputtgegangen. Für immer.«

»Was soll denn kaputtgegangen sein? Du hattest eine Fehlgeburt. Das ist schrecklich, aber viele Frauen erleben so etwas, und später werden sie trotzdem glückliche Mütter!«

In Evelins Blick trat eine Veränderung. Jessica hätte nicht sagen können, worin sie bestand. Vielleicht eine Spur von Leben. Eine Spur von Zorn.

»Viele Frauen erleben das?« Sie trat einen Schritt näher an Jessica heran. Sie roch scharf nach Schweiß. »Viele Frauen erleben das? Bist du sicher? Bist du sicher, daß es viele Frauen erleben, *daß ihnen ihre Männer im sechsten Monat so heftig in den Bauch schlagen, daß sie fast verbluten und ihr Kind verlieren?*«

Sie war sehr laut geworden, und fast unheimlich wirkte danach die Stille, die von keinem anderen Geräusch unterbrochen wurde als dem Atmen der beiden Frauen.

»Es gab keinen Grund«, sagte Evelin. Sie sprach ganz monoton. Man hätte meinen können, nichts von dem, was sie sagte, berührte sie. Sie stand unbeweglich an derselben Stelle. »Es war nichts vorgefallen. Er kam nach Hause, es war ein früher Freitagabend, er war den ganzen Tag bei einem Seminar gewesen. Ich hatte ihn gar nicht gehört. Ich war im Kinderzimmer, sortierte Strampelanzüge in den Schrank. Es ging mir gut. Meine Schwangerschaft verlief problemlos, und ich freute mich unendlich auf mein Baby. Tim und ich und das Kleine würden eine richtige Familie sein. Und das Baby würde ganz zu mir gehören. Zum erstenmal in meinem Leben würde es einen Menschen geben, den ich als einen Teil von mir würde empfinden können.«

»Ich kann das gut verstehen«, sagte Jessica behutsam. Sie fragte sich, wie gefährlich ihr Evelin werden konnte. Ihre anderen Opfer hatte sie von hinten angegriffen, hatte sie überrascht und daher ohne Probleme ausschalten können. Ein rascher Schnitt durch die Kehle …

Wie hatte Evelin das tun können?

Es war unfaßbar. Und doch, da sie nun in ihr Gesicht sah und in ihre Augen, hatte Jessica keinen Zweifel mehr an ihrer Schuld. Evelin war geisteskrank, auch wenn das über lange Strecken niemandem auffallen mochte, weil sich ihr Zustand zumeist als schwere Depression tarnte. Vielleicht war sie normal gewesen bis zu dem Tag, an dem sie ihr Baby verloren hatte, aber Jessica bezweifelte es. Nach allem, was sie über ihre Kindheit wußte, vermutete sie, daß in Evelin bereits zu einem viel früheren Zeitpunkt etwas zerbrochen war.

Evelins Arme hingen schlaff rechts und links vom Körper herunter, ihre Hände verschwanden in den Falten des riesigen, viel zu weiten schwarzen Jeanshemds, das sie trug. Jessica vermochte nicht zu erkennen, ob sie ein Messer bei sich hatte. Wenn ja, dann war sie ihr unterlegen. Dann hatte sie kaum eine Chance.

»Er kam die Treppe herauf und stand plötzlich in der Tür«, fuhr Evelin fort, »und ich blickte zu ihm hin und sagte irgend etwas. ›Hallo‹ oder ›guten Abend‹, und er antwortete, das sei ja ein sehr idyllisches Bild, die werdende Mama in ihrem verkitschten Kinderzimmer. Als er *verkitscht* sagte, war mir klar, daß er mich nun wieder erniedrigen würde. Er würde kein gutes Haar mehr an mir lassen, er würde nicht ruhen, bis ich weinte oder mich übergab. Für gewöhnlich ließ ich es über mich ergehen, weil ich wußte, daß er es brauchte und daß ich ihm ohnehin nicht entkommen konnte. Seine Attacken waren längst Teil meines Lebens geworden. Es war wie bei meinem Vater. Man konnte nur warten, bis es vorüber war, und dann die Knochen oder die seelischen Trümmer wieder zusammensetzen.

Aber an jenem Abend ... da war etwas anders. Seitdem ich das Baby erwartete, ging eine Veränderung in mir vor. Ich kann nicht genau sagen, woran es lag. Vielleicht an dem Bewußtsein, daß da Leben in mir wuchs, daß ein unglaubliches Wunder geschah, daß ich es war, die dieses Wunder Wirklichkeit werden ließ. Ich fühlte mich stark. Und mit jedem Tag, der verging, schwand meine Bereitschaft, mich wieder und wieder von ihm demütigen zu lassen.

Ich sagte, ich würde mich um das Abendessen kümmern, und wollte an ihm vorbei zum Zimmer hinaus, aber er verstellte mir den Weg.

›Ich rede mit dir‹, sagte er, und ich erwiderte: ›Du hast nur eine Feststellung getroffen. Ich habe das nicht als Gespräch empfunden.‹

Ich wollte mich an ihm vorbeischieben, da packte er mich plötzlich an den Haaren und riß meinen Kopf nach hinten, daß ich dachte, er bricht mir das Genick. Ich schrie auf, weil er mir so weh tat. Er war außer sich vor Wut. ›So redest du nicht mit mir!‹ schrie er. ›So wirst du nie wieder mit mir reden!‹

Und dann schlug er mir die Faust in den Unterleib. Zweimal, dreimal. Ich fiel zu Boden, krümmte mich zusammen, versuchte, das Baby zu schützen. Er stand über mir und trat mich jetzt mit seinen Schuhen, wieder und wieder. Ich brüllte vor Schmerzen und vor Angst, und er schrie: ›Dir und deinem Balg werd ich's zeigen! Ihr habt mich nicht umsonst beleidigt!‹

Als er endlich von mir abließ, war ich fast bewußtlos vor Schmerzen, aber ich schleppte mich auf allen vieren ins Bad. Dort stellte ich fest, daß ich zu bluten begonnen hatte, und mit jeder Minute wurde es heftiger. Als ich langsam auf die Füße kam, lief mir das Blut die Beine hinunter und tropfte auf den Fußboden. Tim tauchte in der Badezimmertür auf. Er war jetzt sehr ruhig. ›Wir müssen ins Krankenhaus‹, sagte er, ›ich glaube, daß du gerade eine Fehlgeburt hast.‹

Ich ließ mich von ihm zum Auto führen, er stützte mich, war fürsorglich und besorgt.

›Es hätte mich auch gewundert‹, sagte er, ›wenn ausgerechnet du eine Schwangerschaft bis zum Ende durchhalten könntest!‹

Im Krankenhaus sagte er, ich sei die Treppe hinuntergestürzt und mit dem Bauch auf einen Pfeiler aufgeschlagen. Sie operierten, kratzten heraus, was von dem Baby übrig war. Zwei Tage nach der Operation kam ein Arzt zu mir und wollte wissen, ob die Geschichte mit dem Treppensturz stimme. Ich hatte riesige Hämatome am Bauch, und er meinte, ihm sehe das nicht nach einem Sturz aus. Aber ich sagte, das sei schon richtig, es sei so gewesen, wie mein Mann es geschildert habe. Er hakte noch eine Weile nach, aber ich blieb bei dieser Version. Warum?« Evelin zuckte die Schultern. »Es machte anders keinen Sinn mehr. Alles war tot in mir. Was mir blieb, war Tim. Ohne ihn würde ich nicht leben können.«

»O Gott, Evelin«, sagte Jessica leise. »Evelin, es tut mir entsetzlich leid. Du hast so Schreckliches durchgemacht. Tim hat diesen Sachverhalt mit keinem Wort in seinem Dokument erwähnt.«

»Er wurde auch zwischen uns nie zur Sprache gebracht. Ich war die Treppe hinuntergefallen, ungeschickt und trampelig, wie ich nun einmal bin.«

»Aber wieso hast du dich niemandem anvertraut? Ich meine, vielleicht war es ein Problem, mit diesem dir fremden Arzt darüber zu sprechen. Aber deine Freunde! Patricia, Leon, Alexander. Damals gehörte auch Elena noch dazu! Warum hast du mit *keinem* von ihnen gesprochen?«

Evelins leerer Blick füllte sich mit einer Art Staunen.

»Aber sie wußten es doch«, sagte sie.

Jessica vergaß für einen Moment ihre Angst, so perplex und fassungslos war sie. »Du hast es ihnen gesagt? Und sie haben nichts unternommen?«

»Ich mußte es ihnen nicht sagen. In den Tagen nach der Operation besuchten sie mich der Reihe nach im Krankenhaus, und bei jedem einzelnen von ihnen konnte ich sehen und fühlen, daß er Bescheid wußte. Sie faselten von einem tragischen Unglück und konnten mir dabei nicht in die Augen schauen. Sie waren so verlegen ... mein Gott, nie habe ich eine Ansammlung derartig verlegener und schuldbewußter Menschen erlebt! Alexander wand sich wie ein Wurm, zerrissen zwischen seinem Gefühl für Moral und seiner Feigheit, und wie üblich siegte die Feigheit. Patricia redete ohne Unterbrechung, sie schnatterte das Problem einfach weg, und sie redete wahrhaftig nichts als *Scheiße*! Leon brachte mir den größten Blumenstrauß, den ich je gesehen hatte, und sagte, ich würde aber wirklich schon wieder gut aussehen, dabei hatte er mich kaum eines Blickes gewürdigt. Dann begann er mit der Krankenschwester zu flirten, als sie hereinkam, und meinte anschließend augenzwinkernd, er werde besser nicht mehr kommen, das sei ja gefährlich hier mit so vielen hübschen Mädchen. Elena erschien überhaupt nicht. Ihre Ehe mit Alexander steckte bereits in der Krise, und wahrscheinlich wollte sie nicht alles schlimmer machen, indem sie sich in mein Unglück einmischte. Und Patricias Kinder malten mir, auf Anweisung ihrer Mutter vermutlich, Bilder mit

Buntstiften. Blumen und Vögel und blauer Himmel, und darunter stand irgendein Zeug wie: *Werde bald wieder gesund, liebe Tante Evelin!* Ich hätte kotzen mögen. Es war wie immer, und wie immer hieß es: Es war nichts passiert. Evelin hatte einfach wieder einmal Pech gehabt. Ich stolperte ja ohnehin ständig und fiel über meine eigenen Füße. Diesmal hatte meine Ungeschicklichkeit eben eine dramatische Dimension angenommen. Man verdrängte es und ging zur Tagesordnung über.«

»Evelin, mir tut das alles sehr leid«, sagte Jessica, »und ich schwöre dir, daß ich nichts davon gewußt habe. Ich wußte nichts von deinem Martyrium.«

Evelin sah sie höhnisch an. »Und wie hast du dir das dann erklärt? Meine ständigen Verletzungen? Erinnerst du dich an die letzten Tage hier? Wie ich herumgehumpelt bin und vor Schmerzen im Fuß fast nicht auftreten konnte? Was dachtest du da?«

Jessica hob hilflos die Schultern. »Ich dachte, es stimmt, was du gesagt hattest. Eine Überanstrengung beim Joggen.«

»Ja, weil die fette Evelin eben untauglich ist für jede Art von Sport, nicht wahr? Du dachtest, was muß dieses Nilpferd denn auch unbedingt joggen! Stimmt's? Hast du das gedacht?«

»Nein. Ich habe nie abfällig von dir gedacht. Ich habe gemerkt, daß du depressiv bist, und vielleicht hätte ich viel mehr insistieren müssen, dich drängen, dich zwingen, daß du dich mir anvertraust. Ich weiß nicht, warum ich es nicht getan habe. Ich begann ja erst langsam zu merken, daß in dieser Clique etwas nicht stimmte, und das schuf Probleme zwischen mir und Alexander, und wahrscheinlich war ich mit diesen Problemen einfach zu sehr beschäftigt. Aber«, sie sah Evelin an, schüttelte, noch immer voller Verwunderung, langsam den Kopf, »du kannst dich nicht von aller Mitschuld freisprechen, Evelin. Du hast auch nichts gesagt. Du warst wie sie. Du hast genauso geschwiegen.«

Evelins Blick glitt wieder ins Leere, wich Jessicas Vorwurf aus.

Nicht, dachte Jessica entsetzt, tauch nicht wieder weg!

Ein Instinkt sagte ihr, daß Evelin zu lenken war, wenn sie in der Realität weilte, wenn sie ihr Gegenüber bewußt wahrnahm. Und daß sie gefährlich wurde, wenn sich diese völlige Leere über ihren Zügen ausbreitete.

»Du hast alles getan, Tim zu schützen«, sagte sie hastig und eindringlich, »und auch wenn die anderen alle Bescheid wußten, so war ihnen vielleicht nicht klar, daß du Hilfe haben wolltest! Du hast jede Lüge mitgetragen. Unfall beim Joggen, Mißgeschick beim Tennis, gegen einen Schrank gerannt, Treppe hinuntergestürzt. Du hast dich an heißen Tagen in dicke Rollkragenpullover gesteckt, weil vermutlich blaue Flecken an deinem Hals waren, die keiner sehen sollte. Du hast doch mitgespielt, Evelin! Tim konnte das alles nur tun, weil er in dir seine beste Verbündete hatte. Du hast es ihm so leichtgemacht. Und seinen Freunden so schwer. Du hast nicht geschrien. Du hast dich nicht gewehrt!«

Evelins Blick blieb ohne Ausdruck, ihre Stimme hatte die alte Monotonie wieder angenommen.

»Doch«, sagte sie, »ich habe mich gewehrt. Gegen euch alle. Am Ende habe ich mich gewehrt.«

Sie hob langsam die rechte Hand. Zu ihrem Entsetzen erkannte Jessica eines der Anglermesser, die in der Küche über dem Spültisch hingen. Schmal, gebogen, scharf wie eine Rasierklinge. Der Zwilling jenes Messers, mit dem fünf Wochen zuvor sämtliche Hausbewohner abgeschlachtet worden waren. Von einer Frau, die durch jahrelange Demütigungen den Verstand verloren hatte – und die Kontrolle über sich selbst. Von einer Frau, in deren Zügen Jessica nichts mehr von der Evelin wiederfand, die sie gekannt hatte.

Halte sie am Reden, sagte ihr eine innere Stimme, hole sie aus der Leere zurück. Das ist deine einzige Chance.

»Was war passiert, Evelin?« fragte sie. »An jenem Tag, was war da passiert?«

Evelin lachte. Es klang hohl und unecht. »Was war denn am Vorabend passiert?« fragte sie zurück. »Das solltest du besser fragen. Hast du da nicht freudestrahlend und triumphierend verkündet, daß du ein Baby erwartest?«

»Nein«, korrigierte Jessica, »ich habe gar nichts verkündet. Das war Alexander. Und er war weder freudestrahlend noch triumphierend. Es war eine peinliche und furchtbare Situation, nachdem Patricia ihren unsäglichen Auftritt mit Ricardas Tagebuch gehabt hatte, und Alexander versuchte etwas zu retten, indem er mit der Nachricht von dem Baby herausplatzte.«

Evelin schien ihr nicht zugehört zu haben.

»Ich ging ins Bett, verzweifelt, in Tränen aufgelöst. In meiner nächsten Nähe eine Frau, die ein Baby erwartete. Ich würde mich nicht entziehen können, ich würde ihre Schwangerschaft miterleben und ihr tiefes Glück, wenn das Baby erst da wäre. Ich, die ich seit Jahren die Straßenseite wechsle, wenn mir eine Frau mit Kinderwagen entgegenkommt. Die ich in Hauseingänge flüchte, wenn ich eine Schwangere sehe, weil ich meinen Schmerz nicht ertragen kann. Weißt du, wie es sich anfühlt, ein Baby zu verlieren? Es ist, als ob ein Teil deines Herzens abgeschnitten wird, und wenn du kein anderes Kind bekommst, erhältst du diesen Teil deines Herzens nie zurück. Es bleibt eine große, blutende Wunde. Es bleibt eine andauernde furchtbare Traurigkeit, von der du genau spürst, daß sie dich nie verlassen wird, auch nach Jahrzehnten nicht. Und du siehst sie plötzlich überall, diese fetten, stolzgeschwellten Weiber, die ihre schwangeren Bäuche durch die Straßen schieben, die dich verhöhnen mit ihrer ganzen demonstrativen Gebärfähigkeit. Weil sie das erfüllen, wozu sie als Frauen auf der Welt sind. Sie gebären. Sie werden ihrer Aufgabe gerecht. Die Erhaltung der Art. Ihr Job. Ihr blöder, beschissener Job. Aber wenigstens erledigen sie ihn zur Zufriedenheit.«

»Evelin«, sagte Jessica beschwörend, »das ist doch nicht das einzige, wozu du als Frau auf der Welt bist! Um Gottes willen, reduziere doch dich und andere Frauen nicht *darauf*. In welche dunkle Zeit tauchst du da zurück? In eine Zeit, in der Mütter ihren Töchtern beibrachten, ihr einziger Lebenssinn sei es, ihren künftigen Gatten sexuell zufriedenzustellen und ihm einen Erben zu gebären? Du wirfst ja alles weg, was Frauen seither für sich völlig zu recht erkämpft haben!«

Wieder kehrte für einen Moment das Leben in Evelins Augen zurück.

»Wozu ist eine wie ich denn gut?« fragte sie heftig und voller Verbitterung. »Wozu denn?«

Es erschien Jessica schwierig, einer Massenmörderin darauf Antwort zu geben, und doch war sie überzeugt, daß es richtig war, was sie sagte.

»Du bist Evelin. Und zunächst einfach wertvoll, weil du du bist. Und darüber hinaus stecken tausend Möglichkeiten in dir, mit denen du dein Leben für dich und andere zutiefst sinnvoll gestalten kannst. Nur daß du seit sechs Jahren diese Möglichkeiten überhaupt nicht mehr sehen kannst, weil du nur um den Gedanken an ein Baby kreist. Zu dir kann ja sonst nichts durchdringen. Aber das heißt nicht, daß es nicht da ist.«

Evelin verzog das Gesicht. »Dummes Gerede«, sagte sie, »die gleiche Leier, die ich von meinem Therapeuten kenne. Glücklicher Vater übrigens von drei Kindern. So wie du demnächst eine glückliche Mutter sein wirst. Wie leicht ist es für euch, den armen Schweinen in eurer Mitte zu erklären, daß sie ihr Schicksal positiv annehmen müssen. Wieso seid ihr so sicher, daß ihr es umgekehrt so einfach könntet?«

»Wir sind ja gar nicht sicher«, sagte Jessica, und dann sah sie, wie sich wieder die Schleier über Evelins Augen senkten und wie die einstige Freundin ihr erneut entglitt.

Verdammt, dachte sie.

»Schließlich kam Tim in unser Zimmer«, fuhr Evelin in ihrer Schilderung jener Stunden im April fort. »Ich war wach, versuchte ein Buch zu lesen, um mich ein wenig abzulenken. Tim setzte sich an den Schreibtisch, arbeitete an *seiner Promotion,* wie er es ja immer nannte. Dann kam Leon, Tim verschwand, ich las in den Papieren. Ich habe es dir ja erzählt. Dann erschien Tim wieder, er hatte einen Ausdruck im Gesicht, den ich nur zu gut kannte. Er war wieder einmal in einer sadistischen Stimmung. Er würde nicht eher ruhen, bis er mich fertiggemacht hatte, das wußte ich. Er ging auf und ab, zog sich aus, schleuderte die Sachen in die Ecken, ging ins Bad, putzte sich die Zähne, spritzte mit Wasser herum, knallte den Zahnputzbecher auf die Ablage. Er benahm sich aggressiv und unbeherrscht, und ich wußte, daß mich Schlimmes erwartete. Schließlich kam er wieder ins Schlafzimmer zurück, warf sich in einen Sessel, sah mich kalt an und meinte: ›Alexander hat es gut. Er wird wieder Vater. Irgendwie hat er einen guten Griff bei seinen Frauen. Soll ich dir etwas sagen? Es ist eine zunehmend unerträglichere Vorstellung für mich, daß ich nie Kinder haben werde, nur weil du nicht in der Lage bist, sie zur Welt zu bringen.‹

Ich war völlig entsetzt, denn so weit war er noch nie gegangen. Er hatte mir immer wieder gesagt, wie unzulänglich ich bin, wie wertlos, wieviel häßlicher und unweiblicher als andere Frauen, aber das Thema *Baby* war ein Tabu gewesen, es kam zwischen uns nie zur Sprache, und er hatte es auch noch nie gegen mich verwendet.

Ich dachte, ich könnte nicht mehr atmen, mir war die Luft wie abgeschnürt, ich konnte nichts sagen, nichts erwidern, es war, als müßte ich auf der Stelle sterben. Tim schleuderte seine Sandalen von den Füßen und sagte, ohne mich anzusehen: ›Vielleicht nehme ich mir dafür eine andere. Irgendeine Frau, die es schafft, mir ein Kind zu schenken. Gibt ja genug, die damit klarkommen. Es könnte bei uns aufwachsen.‹ Er sagte das in dem gleichen Ton, in dem ein anderer Mensch ankündigen würde, er gehe jetzt etwas einkaufen oder werde den Garten gießen. Ganz normal, ganz gleichmütig. Als sei ihm nicht klar, was seine Worte in mir auslösen mußten.«

»Aber natürlich war ihm das klar«, warf Jessica ein, »denn das war ja der einzige Zweck der Übung. Dich fertigzumachen. Ihm ging es doch nicht um ein Kind, und ich bezweifle stark, daß ein solcher Narziß wie er, eine solch kranke Persönlichkeit jemals ein Kind ertragen hätte. Evelin, das konntest du doch nicht ernst nehmen. Wäre es nicht ein Baby gewesen, hätte er etwas anderes ausgesucht. Ihm wäre immer etwas eingefallen. Er schreibt es ja in seinen unsäglichen Aufzeichnungen. Nur um dich zu quälen, hat er dich schließlich geheiratet.«

»Ich schlief die ganze Nacht nicht«, fuhr Evelin fort, »ich hatte Herzrasen, und einmal mußte ich ins Bad und mich übergeben. Tim lag neben mir und schnarchte friedlich. Am nächsten Morgen war ich wie … wie im Fieber, fröstelnd vor Kälte und dabei innerlich glühend. Und entschlossen, diese Aufzeichnungen an mich zu bringen, die euch die Augen öffnen würden. Ich versteckte sie in der Sickergrube und hoffte, daß Tim nicht ausrasten würde. Aber natürlich wurde er mit jeder Minute des Vormittags wütender, und bald war mir klar, daß ich bitter bezahlen würde, selbst wenn er wohl in seinen finstersten Träumen nicht vermutet hätte, daß *ich* die Papiere an mich gebracht hatte. Ich zog mich ein Stück weit in das Wäldchen zurück. Ich hatte das Haus im Auge, so daß ich sehen konnte, wenn er sich mir näherte, aber er konnte mich nicht sehen, und das würde mir die Möglichkeit geben, wegzulaufen.«

Jessica schwieg. Sie beobachtete Evelin genau, bereit, sofort einzuhaken, wenn sich die geringste Regung auf ihrem Gesicht zeigen würde.

»Und dann kam Phillip Bowen«, sagte Evelin. Ihr Mund verzog sich zu einem Lächeln, aber es war ein irres, grausiges Lächeln. »Und er hat mir den Weg gewiesen.«

»Er hat dir den Weg gewiesen?« fragte Jessica, während sie verzweifelt überlegte, was sie tun konnte, um sich in Sicherheit zu bringen. Evelin war dabei, völlig durchzudrehen, das konnte sie sehen, und vermutlich würde sie sie nicht mehr erreichen. Von welchem Punkt an würde Evelin auch in Jessica eine Feindin sehen, die sich von Anfang an mit den anderen Feinden gegen sie verbündet hatte?

Sie standen knapp zwei Meter voneinander entfernt, zwischen sich die Bank, die Jessica natürlich keinen Schutz bieten würde. Weglaufen konnte Jessica nur in Richtung Wald, also dorthin, wo sich auf unendlich viele Meilen hin kein Haus, kein Dorf, kein Gehöft mehr befand. Aber selbst wenn es ihr gelingen würde, an Evelin vorbeizukommen und in Richtung Stanbury zu laufen, blieb die Frage, wie lange sie durchhalten konnte. Und ob sie wirklich schneller wäre als Evelin. Sie war schwanger und erschöpft. Evelin war nicht schwanger und ausgeruht. Dafür noch immer recht füllig. Unsportlich. Untrainiert. Aber von einem Wahnsinn getrieben, der ihr ungeahnte Kräfte verleihen mochte. Das galt auch für einen möglichen Zweikampf, zu dem es kommen konnte. Und sie hatte ein Messer.

Lieber Gott, dachte sie, während ihr vor Angst die Tränen in die Augen schossen, die sie kaum zurückzuhalten vermochte, lieber Gott, hilf mir doch! Hilf mir und meinem Baby. Laß sie mich doch irgendwie erreichen! Wenn sie klar wird, kann ich mit ihr reden! Aber was soll ich sagen? Was soll ich sagen, um sie wachzurütteln?

Sie wich kaum merklich ein wenig zurück. Evelin blieb, wo sie war. Das kranke Lächeln war auf ihrem Gesicht wie festgefroren. Sie war jetzt wie in Trance.

»Tim war auf der Suche nach seinen Aufzeichnungen«, sagte sie, »und er war außer sich vor Wut. Er kam über die Wiese und rief nach mir. Ich weiß noch, daß ich Angst bekam, fürchterliche Angst. Der Schweiß brach mir aus, und ich fing an zu zittern. Ich glaube, daß Phillip das merkte. Er legte plötzlich die Hand auf meinen Arm, sah mich an, auf eine ganz merkwürdige Weise, es hatte etwas mit Mitgefühl zu tun und mit Verstehen, jedenfalls war es mehr, als mir irgendeiner von euch in all den vielen Jahren entgegengebracht hat. Und dann sagte er: ›Sie müssen sich diesen Ton nicht gefallen lassen. Niemand sollte so mit Ihnen reden dürfen, auch nicht und erst recht nicht Ihr Mann.‹ Es waren ganz schlichte Worte, viel einfacher und klarer als alles, was Dr. Wilbert je zu mir gesagt hat, aber es war, als knipse jemand einen Schalter an, und es wurde hell, und ich erkannte, was zu tun war. Ich würde es mir nicht länger gefallen lassen. Tim würde nie wieder auf diese Art mit mir reden. Nie wieder.«

»Du hast ihn getötet«, sagte Jessica und wich erneut um einen Zentimeter zurück.

Evelin nickte. In ihr Lächeln mischten sich Stolz und ein Anflug von Selbstgefälligkeit. »Ich ging zu ihm hin und fragte, was los sei, und er sagte, ich solle ihm jetzt gefälligst helfen, seine Unterlagen zu suchen, und nicht fett und faul in der Sonne sitzen. Ich folgte ihm ins Haus. In der Halle blieb er stehen und überlegte, und dann meinte er, er habe noch nicht in der Küche gesucht. Ich sagte: ›Wieso solltest du denn deine Unterlagen in der Küche verstaut haben?‹ Er schnauzte mich an: ›Und wenn wir die ganze Küche auseinandernehmen, wenn wir das ganze verdammte Haus auseinandernehmen, wir suchen jetzt, bis wir die Sachen gefunden haben.‹

Wir gingen in die Küche, und er riß alle Schubladen und Schränke auf und stöberte darin herum, und ich suchte mit, obwohl ich ja wußte, daß die Papiere dort nicht sein konnten. Und dann fiel mein Blick auf die Anglermesser über der Spüle, und fast gleichzeitig sah ich, daß Tim auf den Knien lag und in einem der Unterschränke wühlte. Ich nahm das Messer vom Haken, trat dicht an ihn heran und beugte mich über ihn. Ohne hochzuschauen, sagte er: ›Verdammt, geh mir aus dem Licht!‹ Aber anstatt ihm aus dem Licht zu gehen, beugte ich mich noch tiefer und schnitt ihm die Kehle durch. Er gab keinen Laut von sich, plumpste auf den Bauch und blieb liegen.«

»Und dann bist du weitergegangen und hast jeden getötet, der deinen Weg kreuzte«, sagte Jessica.

Evelin sah plötzlich angestrengt aus. »Ich erinnere mich so schlecht. Es liegt ein Schleier über allem, was war. Ja, ich sehe Patricia. Sie kniet an dem Blumentrog im Hof, nicht wahr? Ich töte sie und laufe weiter. In den Park. Ich sehe jemanden auf einer Bank sitzen. Einen Mann. Ich sehe ihn nur von hinten. Er hört mich nicht kommen. Er ist versunken in seine Gedanken. Ich glaube, ich könnte schreien, aber er würde mich nicht hören.«

»Alexander«, flüsterte Jessica. Ihre Ohren begannen zu rauschen, ihr Mund fühlte sich strohtrocken an. »Bitte, nicht weiter …«

Es war fraglich, ob Evelin sie überhaupt gehört hatte.

»Ich töte ihn. Es geht so einfach. Sie sind alle so leicht zu töten. Es kostet mich nichts, keinerlei Anstrengung. Sie wehren sich nicht. Sie sterben einfach. Und ich begreife nicht, weshalb ich so lange damit gewartet habe. So viele Jahre. So viele Jahre leiden unter ihnen. Dabei ist es so einfach, sie zu töten.« Sie schüttelte den Kopf, tief verwundert. »So einfach«, wiederholte sie.

»Warum Diane?« fragte Jessica tonlos. »Warum Sophie? Warum zwei kleine Kinder?«

Evelin bekam wieder den angestrengten Gesichtsausdruck. »Sie haben über mich gelacht. Immer wieder. Sie haben geflüstert, wenn ich in ihre Nähe kam. Ich habe gesehen, wie sie mich verachteten. Ich war der letzte Dreck in ihren Augen. Es ist in Ordnung, daß sie bezahlt haben. Daß sie tot sind.«

Sie starrte Jessica an.

Gleich, dachte Jessica, fällt ihr auf, daß ich auch zu ihnen gehört habe.

»Evelin, hör zu«, sagte sie, »dir muß doch klar sein, daß du Phillip völlig falsch verstanden hast an jenem Tag. Er hat nie im Leben gemeint, du sollst hingehen und deinen Mann und seine Freunde töten. Er hat gemeint, geh hin zu Tim, schrei ihn an, verbitte dir diesen Ton, nimm dir einen Anwalt, reiche die Scheidung ein, zeige ihn an wegen Körperverletzung, fordere Schmerzensgeld und Unterhalt in astronomischen Höhen. Geh hin zu deinen und seinen Freunden, die du nicht mehr *Freunde* nennen mußt, wenn du nicht willst, und klage sie an, erzähle ihnen, was passiert ist, und mache ihnen klar, wie jämmerlich sie versagt haben. Aber verbaue dir doch nicht dein eigenes Leben, indem du wehrlose Menschen abschlachtest, die sich dir gegenüber falsch verhalten haben, die du aber auch nie konfrontiert hast mit der Hölle, in der du gelebt hast. Sie sind gestorben, ohne daß sie sich verantworten mußten für ihre Feigheit, ihr Wegschauen, ihr Schweigen. Gibt dir das wirklich ein gutes Gefühl?«

»Die haben sich verantwortet«, entgegnete Evelin mit Schärfe in der Stimme, »die haben für mein verpfuschtes Leben mit ihrem Leben bezahlt. Das ist Gerechtigkeit.«

»Dein Leben ist doch nicht verpfuscht. Du bist jung. Es gibt tausend Männer auf der Welt, die dich glücklich machen können. Warum hast du nicht Tim einfach einen Fußtritt gegeben und bist gegangen?«

»Es hätte nicht ausgereicht«, sagte Evelin, und nach einer Sekunde des Schweigens setzte sie aggressiv hinzu: »Und hör auf, mir zu sagen, was ich hätte tun sollen! Du bist kein bißchen besser als sie. Du hast mich verhöhnt und verspottet. Du hast dich geweigert, mir zu helfen. Du hast mich genauso im Stich gelassen wie all die anderen. Du spielst dich auf als Freundin und Beraterin, aber in Wahrheit war ich dir immer scheißegal.«

»Ich bin sofort hierhergekommen, als du mich angerufen hast. Ich stehe jetzt hier mit dir und lasse mich anklagen, während zu Hause möglicherweise Patienten vor meiner Praxis, deren Wiedereröffnung ich überall angekündigt habe, stehen und wahrscheinlich so wütend sind, daß ich sie nie wiedersehe. Würde ich das tun für eine Frau, die mir scheißegal ist?«

Aber Evelin ging auf diese Erklärung mit keinem Wort ein, und Jessica begriff, daß es kaum einen Sinn machte, mit ihr zu reden.

»Du denkst doch nur an dein Baby, an dein dreckiges Baby«, sagte Evelin voller Haß. »Und du denkst, du bist der bessere Mensch, nur weil in deinem Bauch irgendein blöder Balg wächst, während mein Bauch tot ist für immer!«

»Das ist Unsinn«, erwiderte Jessica, und in diesem Moment trat wieder der Ausdruck tiefsten Wahnsinns in Evelins Augen, und sie machte zwei schnelle Schritte auf Jessica zu, das Messer fest in der Hand.

»Du bist die nächste«, stieß sie leise hervor, »du und dein verdammter Balg, ihr seid die nächsten!«

Geistesgegenwärtig machte Jessica einen Sprung zur Seite und ließ Evelin ins Leere laufen. Sie stand jetzt neben der Bank und hatte die Wahl, in welche Richtung sie laufen wollte. Im Bruchteil einer Sekunde entschied sie, weder in Richtung Dorf zu fliehen noch in den Wald; gegenüber der vor Haß wahnsinnigen Evelin hätte sie in beiden Fällen keine Chance gehabt. Statt dessen rannte sie zum Haus hinüber, dessen Tür noch offenstand. Sie stürzte in die Halle, schlug die schwere Holztür hinter sich zu. Es steckte kein Schlüssel, und es blieb keine Zeit, nach ihm zu suchen. Jeden Moment würde Evelin hereingestürmt kommen. Jessica drehte sich um, jagte durch die Halle und, immer zwei Stufen auf einmal nehmend, die Treppe hinauf.

17

Sie überlegte, wo sich ihre Handtasche befand, und ihr fiel ein, daß sie sie auf der Bank abgestellt hatte. Ihr Handy befand sich darin, so daß sie keine Möglichkeit hatte, Hilfe herbeizutelefonieren. Zwar befand sie sich zunächst in Sicherheit: Sie hatte sich in das Schlafzimmer geflüchtet, das sie mit Alexander geteilt hatte, hatte die Tür zugeknallt und den Schlüssel umgedreht. Sie war auf das Bett gesunken und hatte erstaunt auf ihre Hände geblickt, die unkontrolliert zitterten. Es dauerte zehn Minuten, bis sich ihre Atmung beruhigt hatte und ihr Herz einigermaßen normal schlug.

Sie schaute sich in dem Zimmer um.

Bis auf den modrigen Geruch, der bewies, daß lange kein Fenster mehr geöffnet worden war, und die Staubschicht, die über allen Gegenständen lag, vermittelte der Raum den Eindruck, als seien seine Bewohner nie abgereist – oder, wie Jessica im stillen hinzufügte, ermordet worden. Das Bett war ordentlich gemacht, aber auf Alexanders Seite schaute ein Stück seines blauen Schlafanzugs heraus. Ein Pullover von ihm lag über der Sessellehne, eine Krawatte hing über der Ecke des Spiegels. Jessica hatte damals, ehe sie ins *The Fox and The Lamb* übersiedelte, ein paar Dinge mitgenommen, aber sie hatte es später entgegen ihrer ursprünglichen Absicht nicht fertiggebracht, hierherzukommen und den Rest einzupacken, ehe sie nach Deutschland zurückflog. Sie entdeckte ein Paar Ohrringe von sich auf der Kommode und ihr Duschhandtuch, das sie über einen Stuhl gehängt hatte. Am Fenster standen, völlig vertrocknet und braun geworden, die Narzissen, die sie gepflückt hatte. Das Wasser war längst in der Vase verdunstet.

Sie stand auf, ging ins Bad, in dem noch Alexanders Zahnbürste und sein Rasierzeug lagen, drehte das Wasser auf und spritzte sich einige Tropfen ins Gesicht. Im Spiegel sah sie, daß sie grau war bis in die Lippen und daß sich Schweißflecken unter ihren Armen abzeichneten.

Ich sehe vollkommen fertig aus, dachte sie.

Sie verließ das Bad wieder, trat ans Fenster, blickte hinaus. Nichts war zu sehen, still und einsam lag der Hof in der Sonne, schlängelte sich der Weg zwischen den hohen Wiesen in Richtung Stanbury.

Wenn doch jemand käme, flehte sie inbrünstig, wenn doch irgend jemand käme!

Aber welchen Grund sollte es geben, daß jemand hier herauskam? Vielleicht einmal der eine oder andere Tourist, der das *Haus des Grauens*, wie manche englische Zeitung Stanbury House genannt hatte, ansehen wollte, aber die Wahrscheinlichkeit, daß dies innerhalb der nächsten vierundzwanzig Stunden passieren würde, war mehr als gering. Tatsache war, sie saß hier fest, und zwar auf unabsehbare Zeit. Unten in der Halle stand das Telefon. Wen könnte sie anrufen? Wie lautete noch die Nummer der englischen Polizei? An jenem schrecklichen

24. April hatte sie sie sofort parat gehabt, aber in diesem Moment wollte sie ihr nicht einfallen.

Die einzige Nummer aus der Gegend, die sie im Kopf hatte, war die der Putzfrau, Mrs. Collins. Sie könnte sie anrufen und sie bitten, die Polizei nach Stanbury House zu schicken.

Aber welches Risiko ging sie ein, wenn sie jetzt nach unten lief?

Sie trat an die Tür, lauschte hinaus. Alles war totenstill. Das Haus war alt, überall gab es knarrende Fußbodendielen. Evelin konnte sich nicht lautlos in den Räumen bewegen, wahrscheinlich konnte sie nicht einmal die Treppe heraufschleichen, ohne eine Menge Geräusche zu machen.

Aber vorhin, als ich auf dem Bett saß und zitterte, dachte Jessica, da habe ich auf gar nichts geachtet. Da hätten Elefanten durchs Haus gehen können, und ich hätte es wahrscheinlich nicht gemerkt. Sie kann heraufgekommen sein und jetzt neben meiner Tür stehen und auf mich warten.

Der Gedanke jagte ihr Schauer über den Körper, unwillkürlich trat sie von der Tür zurück. Sie sagte sich, daß sie jetzt auf keinen Fall die Nerven verlieren durfte und daß es zwei Hoffnungsschimmer gab: Der eine bestand darin, daß Evelins Irrsinn so schnell zusammenbrechen würde, wie er aufgeflammt war, denn auch damals hatte sie sich nach ihrer Tat in ein hilfloses Bündel Elend verwandelt, das keiner Fliege mehr hätte etwas zuleide tun können. Zwar hatte sie diesmal ihr Vorhaben nicht verwirklichen können, aber es mochte trotzdem geschehen, daß sie zur Besinnung kam, das Messer fallen ließ und überhaupt keine Erinnerung mehr daran hatte, was geschehen war.

Ihr zweiter Hoffnungsschimmer hieß Phillip Bowen. Er war vor nicht allzu langer Zeit hier gewesen, und es bestand eine vage Chance, daß er sich noch immer in der Gegend aufhielt. Vielleicht sah er das Auto vor dem Haus, vielleicht die Handtasche auf der Bank. Er würde erkennen, daß Menschen hier waren. Die Frage war, ob er versuchen würde, mit diesen Menschen Kontakt aufzunehmen. Er wurde landesweit gesucht und hatte keine Ahnung, daß sich der wahre Täter gegenüber Jessica enttarnt hatte. Er mochte Angst haben, in Erscheinung zu treten.

Sie hatte seit dem Frühstück nichts mehr gegessen, war aber eine weite Strecke gelaufen und hatte sich zudem nervlich völlig verausgabt. Jetzt merkte sie, daß sie ganz schwach war vor Hunger. Zum Glück hatte sie genug zum Trinken. Sie ging ins Bad, füllte den Zahnputzbecher zweimal hintereinander mit Wasser, trank in großen, gierigen Zügen. Der Hunger jedoch und das damit verbundene Schwächegefühle quälten sie unvermindert.

Ich habe jetzt wirklich größere Sorgen als die, etwas zu essen zu bekommen, sagte sie streng zu sich selbst, aber trotzdem meinte sie, in Tränen ausbrechen zu müssen, weil sie so wacklig auf den Beinen war. Und natürlich auch, weil sie in der Falle saß und keine Ahnung hatte, was sie tun könnte. Sie zog Alexanders Schlafanzug unter der Bettdecke hervor und preßte ihn an ihr Gesicht. Er roch schwach nach ihrem toten Mann, und nun fing sie tatsächlich an zu weinen, erst ganz schwach nur, dann immer stärker, sie schluchzte, daß es sie am ganzen Körper schüttelte. Sie lag auf dem Bett und weinte um Alexander, um ihre Liebe, um ihre Enttäuschungen, um die Unmöglichkeit, noch einmal miteinander zu sprechen, Fragen zu stellen, Antworten zu erhalten. Sie weinte und weinte, und erst nachdem eine Stunde vergangen war, verebbten die Tränen. Sie richtete sich langsam auf und dachte, daß dies endlich das Weinen gewesen war, auf das sie nach Alexanders Tod so lange vergeblich gewartet hatte.

Es war Viertel nach drei. Seit sie mit Dr. Wilbert telefoniert hatte, waren mehr als zwei Stunden vergangen. Wahrscheinlich wartete der Arzt voller Nervosität auf ihren Anruf, vielleicht versuchte er sogar selbst, sie zu erreichen. Ihre Handynummer hatte sie ihm damals gegeben. Ob *er* die englische Polizei informieren würde, wenn sich Jessica auf die Dauer nicht meldete?

Sie ging erneut ins Bad, wusch ihr verweintes Gesicht, näherte sich dann wieder ihrer Zimmertür und lauschte ins Treppenhaus. Es herrschte immer noch vollkommene Stille. Wenn Evelin in den gleichen Zustand verfallen war wie damals nach den Morden, dann würde sie sich vermutlich ohne fremde Hilfe überhaupt nicht mehr bewegen können. Und wenn Wilbert *nicht* auf die Idee kam, die Polizei anzurufen, konnte die Situation sich ewig hinziehen.

Das Weinen hatte Jessica erleichtert, sie fühlte sich ein wenig gestärkt und zuversichtlicher. So langsam und leise sie nur konnte, drehte sie den Schlüssel um, öffnete millimeterweise die Tür, spähte hinaus in das dämmrige Treppenhaus. Es war still und leer, und auch hier herrschte der dumpfe, leblose Geruch, den Räume annehmen, in denen sich lange Zeit kein Mensch aufgehalten hat.

Jessica sah sich sorgfältig nach allen Seiten um und huschte dann die Treppe hinunter. Natürlich knarrten immer wieder Stufen, dann verharrte sie jedesmal, hielt den Atem an und schaute sich erneut um, aber um sie herum blieb es ruhig. Sie sah das Telefon auf dem kleinen Tischchen neben der Küchentür. Kurz überlegte sie, was gefährlicher war: Wenn sie vom Haus aus telefonierte und eine möglicherweise irgendwo in den Zimmern versteckte Person mit ihrer Stimme auf sich aufmerksam machte, oder wenn sie hinauslief und versuchte, an ihre Handtasche und das Handy zu kommen. Dabei konnte man sie leichter beobachten. Sie beschloß, den Apparat in der Halle zu benutzen.

Auch auf dem Telefon lag eine Staubschicht, aber zum Glück war es nicht abgemeldet worden; als sie den Hörer aufnahm, erklang das Freizeichen. Aus dem Gedächtnis tippte sie Mrs. Collins' Nummer ein.

Bitte sei da, betete sie stumm, bitte sei zu Hause!

Wenigstens war Mrs. Collins' Leitung nicht besetzt. Jessica hielt den Telefonhörer so fest umklammert, daß ihre Hände zu schmerzen begannen.

Warum geht sie nicht hin? Vielleicht liegt sie im Garten und braucht länger. Verdammt, geh doch hin!

»Leg den Hörer auf«, sagte Evelin. Sie stand wie aus dem Boden gewachsen in der Küchentür, das Messer noch immer in der Hand. Um den Mund herum war sie mit irgendeinem undefinierbaren Zeug verschmiert, das säuerlich roch. Offenbar hatte sie ihrer Lieblingsbeschäftigung gefrönt und sich wahllos mit Lebensmitteln aus dem Kühlschrank vollgestopft. Ungeachtet der Tatsache, daß die Sachen dort seit Wochen standen, weit über das Verfallsdatum hinaus und völlig vergammelt. Jessica mußte einen jähen Anflug von Brechreiz unterdrücken.

»Evelin«, sagte sie mühsam, »ich denke, jemand sollte kommen und uns abholen.«

»Leg sofort den Hörer auf«, wiederholte Evelin scharf. Jessica kam ihrer Aufforderung nach. Es läutete noch immer bei Mrs. Collins. Sie war wohl nicht daheim.

»Jetzt knie nieder«, befahl Evelin. Sie sah grotesk aus mit ihrem verschmierten Gesicht, dem Jeanshemd, über dessen Brust Milch gekleckert war, und dem Anglermesser in der Hand. Wie die Hauptdarstellerin eines Horrorfilms in einer irren Szene.

Jessica wollte zur Tür, aber Evelin sprang ihr mit einer erstaunlich behenden Bewegung in den Weg.

»Diesmal bezahlst du«, sagte sie.

Jessica kehrte um und rannte in den hinteren Teil der Halle, stieß die Kellertür auf. Sie wollte jetzt um jeden Preis aus dem Haus, und sie wußte, daß es im Keller einen Ausgang gab. Zu spät fiel ihr ein, daß sie es auch über die Terrasse hätte versuchen können. Sie zog die Tür hinter sich zu, tastete nach dem Lichtschalter. Die nackte Glühbirne an der weiß gekalkten Decke flammte auf. Jessica hörte, daß hinter ihr die Tür verriegelt wurde. Evelin schien nicht vorzuhaben, ihr zu folgen.

Sie will mich entweder hier unten aushungern, dachte Jessica, oder am Ausgang warten. Wenn ihr im Moment überhaupt klar ist, daß es einen Ausgang gibt.

Sie blieb stehen und überlegte. Ihre Lage hatte sich deutlich verschlechtert. Sie saß abermals fest, aber diesmal konnte ihre Gegnerin jederzeit zu ihr gelangen. Sie konnte hier unten nicht lange aushalten, weil sie um keinen Preis einschlafen durfte, und wie sollte sie das über Tage hinweg schaffen? Ihr blieb nur noch, alles auf eine Karte zu setzen und zu versuchen, in den Garten zu gelangen. Vielleicht ging Evelin davon aus, daß sie festsaß. Vielleicht war sie in die Küche zurückgekehrt und fuhr fort, alles aufzuessen, was sie dort fand.

Jessica lief die steinerne Treppe hinunter. Wenigstens konnte sie sich frei bewegen, Evelin vermochte von draußen ganz sicher keinen ihrer Schritte zu hören. Sie schob sich zwischen dem jahrzehntealten Gerümpel hindurch, das sich in dem völlig chaotischen Keller angesammelt hatte. Sie fand einen alten Hockeyschläger und nahm ihn an sich, vielleicht konnte er ihr als Waffe dienen. Spinnweben streiften ihr Gesicht, sie mußte husten, weil sie soviel Staub aufwirbelte. Einmal stolperte sie über eine leere Weinkiste, hielt sich an einem ausgedienten Kleiderständer fest und riß ihn dabei zu Boden. Es krachte laut.

»Scheiße«, fluchte sie. Wenn Evelin mitbekam, daß sie sich in dem Keller bewegte, fiel ihr am Ende die Tür nach draußen ein.

Sie wartete eine ganze Weile, um kein weiteres verdächtiges Geräusch zu verursachen, dann erst schob sie sich wieder langsam vorwärts. Der Keller war groß und verwinkelt. Jessica war selten hier unten gewesen. Das einzige, was die Freunde regelmäßig von hier unten geholt hatten, war der Wein gewesen, und meist hatte den einer der Männer ausgesucht und hochgebracht. So kannte sie sich kaum aus und verlor Zeit damit, in jeden Raum und Gang spähen zu müssen, um die ersehnte Tür zu finden.

Sie entdeckte sie in einem Raum, der wohl als Waschküche gedient hatte, ehe Waschmaschine und Trockner in der Küche etabliert worden waren. Fußboden und Wände waren gefliest, es gab einen Wasseranschluß, und von der einen Wand zur anderen spannte sich eine Wäscheleine, an der eine einsame, vergessene Wäscheklammer schaukelte.

Vor allem aber war da die Stahltür, und jetzt zögerte Jessica nicht mehr. Jede Sekunde des Zauderns gebar neue Angst in ihr. Sie packte den Hockeyschläger fester, ging zur Tür, kämpfte ein paar Momente mit dem ziemlich verrosteten Riegel, konnte ihn aber schließlich zur Seite schieben. Sie stieß die Tür auf, fand sich im moosgrünen Dämmerlicht des Treppenaufgangs wieder und stieg entschlossen die glitschigen Stufen hinauf. Sie hob das Gesicht und gewahrte eine große Gestalt, die am Ende der Treppe auftauchte, und sie fing an zu schreien.

»Nein! Nein! Nein!« Sie hob den Hockeyschläger, bereit, ihrer Feindin die Schulter, den Arm oder das Bein mit der gewaltigen Wucht eines in Todesangst geführten Schlags zu brechen, aber ihr Gegenüber griff blitzschnell nach der Waffe, hielt sie in eisernem Griff fest.

»Jessica, nicht! Ich bin es, Phillip.«

Sie blinzelte. Ihr war schwindlig geworden, und vor ihren Augen verschwammen alle Konturen.

»Phillip!« Sie konnte ihre eigene Stimme wie aus weiter Ferne hören, so als spreche jemand ganz anderer, der sich hinter ihr oder über ihr befand. »Phillip, o Gott, passen Sie auf, sie ist hier irgendwo. Evelin ist hier irgendwo.«

Sie nahm die letzten zwei Stufen, ließ sich in Phillips Arme ziehen, aber ehe sie der Versuchung nachgeben konnte, ihren Kopf an seine Schulter zu legen und endlich die entsetzliche Anspannung der letzten Stunden von sich abgleiten zu lassen, richtete sie sich wieder auf und entzog sich seiner tröstenden Geste.

»Phillip, sie hat es getan«, sagte sie hastig. »Evelin hat es getan! Sie ist vollkommen durchgedreht. Sie hat ein Messer und wollte auch mich töten. Sie muß hier irgendwo sein, und ...«

»Psst«, machte Phillip, »alles in Ordnung. Ganz ruhig. Evelin sitzt neben der Veranda im Gras. Das Messer habe ich.« Er öffnete seine rechte Hand. Jessica erkannte das Anglermesser.

»Aber ...?« fragte sie verwirrt.

»Ich sah sie zum Kellereingang schleichen«, sagte Phillip, »mit diesem scheußlichen Messer in der Hand, und da ich wußte, daß Sie auch hier irgendwo sein mußten, hatte ich das Gefühl, Sie könnten in ziemlicher Bedrängnis stecken.«

Sie sah an ihm vorbei in den Garten. Evelin saß im Schneidersitz mitten im Gras, wie eine dicke, schwarze Raupe. Ihr Gesicht war noch immer verschmiert wie bei einem Kleinkind. Sie starrte vor sich hin, wiegte sich ein wenig, achtete nicht auf die beiden Menschen, die in ihrer Nähe standen. Sie befand sich in einem völlig entrückten Zustand, genau wie damals, als das Verbrechen geschehen war.

Jessica ging auf sie zu, kniete vor ihr nieder. Die dicke Frau hatte Alexander und die meisten seiner Freunde getötet, und sie hatte ihr Stunden der Todesangst bereitet. Und doch konnte sie in diesem Moment nichts anderes für sie empfinden als überwältigendes Mitleid. Sie nahm ihre Hand, die schlaff und feucht in ihrem Schoß lag.

»Evelin«, sagte sie leise.

Evelin rührte sich nicht, hob auch nicht den Blick. Ausdruckslos starrte sie weiter auf das Gras, ohne wahrscheinlich irgend etwas wahrzunehmen. Ein Spuckefaden lief von ihrem rechten Mundwinkel über ihr Kinn. Sie stank entsetzlich nach einer Mischung aus Schweiß und widerlichen Essensresten.

Jessica zog ein Papiertaschentuch aus ihrer Hosentasche und wischte Evelin vorsichtig das Gesicht ab. Sie hielt dabei immer noch ihre Hand, erfüllt von dem Wunsch, dieser gequälten, geschundenen Frau ein wenig Wärme und Mitgefühl zu vermitteln – und dabei wußte sie doch, daß sie sie nicht erreichte.

Phillip trat zu den beiden Frauen.

»Ich kam von hinten«, sagte er, »und es war nicht schwer, sie zu überwältigen und ihr das Messer abzunehmen. Innerhalb von Sekunden fiel sie völlig in sich zusammen. Sie setzte sich in die Wiese und war nicht mehr ansprechbar.«

»Waren Sie die ganze Zeit hier?« fragte Jessica.

Er schüttelte den Kopf. »Ich kam hierher, um Abschied zu nehmen. Von Stanbury House und von meinem Vater. Dann wollte ich mich der Polizei stellen. Ich wußte ja, daß ich unschuldig war, und ich wollte nicht länger weglaufen. Aber da tauchten zuerst Evelin auf und dann Sie auf, und ich hatte keine Gelegenheit, ungesehen davonzukommen. Es lag mir daran, von allein zur Polizei zu gehen, nicht von Ihnen beiden entdeckt und festgesetzt zu werden. Ich versteckte mich in dem Kellereingang da unten. Später sah ich Sie dann auf der Bank sitzen.«

»Ich hatte Ihre Grasketten entdeckt. Ich wußte, daß Sie dagewesen sein mußten.«

»Grasketten!« Er grinste. »Glauben Sie mir, ich merke es gar nicht mehr, wenn ich die Dinger fabriziere. Welch eindeutige Spur!«

»Wenn man Sie kennt«, sagte Jessica.

»Ich war dicht davor, Sie anzusprechen. Aber da erschien plötzlich Evelin. Ich zog mich wieder in den Keller zurück. Als ich später erneut vorsichtig nach oben spähte, waren Sie beide verschwunden. Nur noch Ihre Tasche stand dort, außerdem war das Auto nicht gestartet worden. Ich wußte also, daß Sie noch irgendwo sein mußten. Ich beschloß, daß es mir nun egal wäre, wenn Sie mich entdeckten, durchquerte den Garten, schlug mich durch den Wald seitlich am Haus vorbei und machte mich auf den Weg nach Stanbury. Von dort wollte ich mich mit der Polizei in Verbindung setzen. Aber kurz bevor ich das Dorf erreichte …«, er zuckte mit den Schultern, »kurz bevor ich das Dorf erreichte, kehrte ich um. Weshalb? Ich hatte die ganze Zeit ein dummes Gefühl. Ich kann es nicht erklären. Eine Intuition vielleicht, eine Ahnung … Ich hatte Evelin an jenem Tag, bevor das Verbrechen geschah, ja noch im Park gesprochen, ich hatte das ganze Ausmaß ihrer Verzweiflung begriffen und … ja, ich hatte da noch etwas gespürt, was ich zunächst nicht benennen konnte, aber was mir plötzlich ganz klarwurde: Ich hatte gespürt, daß Evelin krank ist und daß diese Krankheit über eine bloße Depression hinausgeht. Jetzt würde ich sagen: Ich habe ihren Wahnsinn gespürt.

Auf einmal war mir zutiefst unwohl bei dem Gedanken, Sie hier allein mit ihr in diesem einsamen Haus zu wissen. Ich lief den ganzen Weg zurück, und ich glaube, ich kam keine Minute zu früh. Ich sah Evelin mit dem Messer in der Hand zum Kellereingang schleichen. Sie wollte Sie dort wohl abpassen.«

Jessica merkte, wie eine Woge kleiner Kälteschauer über sie hinwegflutete. Wäre Phillip nicht gewesen, hätte Evelin direkt hinter der Tür auf sie gewartet. Gestört, wie sie war, hatte sie doch die Schritte ihrer vermeintlichen Freundin vorhersehen können.

»Ich wäre jetzt vielleicht schon tot«, murmelte sie.

Evelin gab leise, unverständliche Laute von sich. Es hörte sich an wie ein Singsang. Vielleicht ein Kinderlied, dachte Jessica. Vielleicht singt sie ihrem Baby, das auf so brutale Art sterben mußte, ein Lied vor.

Sie ließ Evelins Hand los, die sofort kraftlos in ihren Schoß zurückfiel. Sie stand auf.

»Können Sie bei ihr bleiben?« fragte sie. »Ich muß telefonieren. Ich werde Norman anrufen, und dann muß ich auch bei Evelins Psychotherapeuten Entwarnung geben.«

»Gehen Sie nur«, sagte Phillip. »Ich bleibe bei ihr.«

Mit langsamen Schritten ging sie zum Haus zurück. Ihr Hunger war verflogen, aber sie sehnte sich nach einer Dusche. Sehnte sich nach ihrem Zuhause, nach Barney, nach ihrer Praxis. Nach der Normalität. Die Frage war, ob sie sie jemals wiederfinden konnte.

Sie nahm ihre Handtasche mit. Kramte ihr Handy hervor. Es zeigte eine ganze Reihe eingegangener Anrufe an. Wahrscheinlich Dr. Wilbert. Sie lächelte ein wenig bitter. Wilbert fühlte sich bestimmt nicht wohl in seiner Haut, aber sie beschloß, ihn erst nach ihrem Gespräch mit Superintendent Norman von seiner Besorgnis zu erlösen. Wilbert hatte es mit seiner Schweigepflicht ihrer Ansicht nach eindeutig übertrieben. Vermutlich hatte er ein Verbrechen dieses Ausmaßes nicht vorhersehen können, aber offenbar hatte er es aufgrund der Einblicke in die Psyche seiner Patientin später durchaus für möglich gehalten, daß sie als Täterin in Frage kam. Spätestens zu diesem Zeitpunkt hätte er sich offenbaren müssen. Die Tatsache, daß er Evelin in Untersuchungshaft wußte, konnte ihn nicht freisprechen: Die Gefahr, daß man sie aus Mangel an Beweisen freilassen würde, war von Anfang an gegeben gewesen, und ein Mann wie Wilbert hätte dies einkalkulieren müssen.

Sie fand die Karte mit Normans Nummer und trat in die dämmrige Eingangshalle, die sehr kühl wirkte nach der Hitze draußen. Als sie an der Küche vorbeikam, blieb sie stehen und blickte hinein.

Der Kühlschrank stand weit offen, aber auch geschlossen hatte er seit Wochen seine Funktion nicht mehr erfüllt: Jemand hatte ihn abgeschaltet, vielleicht Leon, ehe sie ins Hotel gingen, oder einer von Normans Beamten. Auf der Ablage darüber, wie auch auf dem Tisch, standen wild durcheinander die Lebensmittel, die nach dem abrupten Ende der Osterferien übriggeblieben, aber längst nicht mehr genießbar waren: geöffnete Milchtüten, Joghurtgläser, Gewürzgurken, eine Schüssel mit gekochten Nudeln, die vom bläulichen Flaum des Schimmels überzogen waren; dennoch steckte ein Löffel darin, und Evelin war offenbar dabei gewesen, sie zu verspeisen. Das gleiche mit einem Rest Schokoladenpudding, der zu krabbeln schien, er bestand fast nur noch aus Maden, die sich in ihm und auf ihm gebildet hatten. Evelin hatte auch davon gegessen. Aus der Trinkschokolade, nach der Diane und Sophie verrückt gewesen waren, wuchsen Pilze, ebenso aus den verschiedenen Marmeladengläsern. Daneben ein schimmliger, knochenharter Brotkanten, den Evelin in die saure, klumpige Milch getaucht hatte, um ihn aufzulösen. Jessica betrachtete das grausige Stilleben mit Ekel, aber auch mit einem Gefühl tiefster Traurigkeit: Das ganze Elend, die Leere, die Trostlosigkeit Evelins wurde in dem Bild dieser Küche noch einmal deutlich. Sie konnte sie vor sich sehen, wie sie hier saß und in sich hineinschaufelte, was sie greifen konnte, ohne zu merken, daß sie Schimmel und Maden und Pilze verschluckte, getrieben von nichts anderem als dem Bedürfnis, das Vakuum in sich zu füllen, um zu ertragen, was ihr geschehen war. Und neben der Traurigkeit war da auch noch einmal das Erkennen der Schuld. Einer Schuld, die sie alle traf, die sie hier so viele Wochen, über so viele Jahre verteilt, mit Evelin gelebt hatten. Ohne hinzusehen, ohne irgendeine Initiative zu ergreifen.

Auch ich, dachte Jessica, auch ich habe versagt. Ich habe mir vielleicht mehr Gedanken um sie gemacht als die anderen, aber davon hatte sie nichts. Ich bin nicht aktiv geworden. Dabei stand die Wahrheit so deutlich vor mir, wäre ich nur mutig genug gewesen, ihr ins Gesicht zu sehen.

Sie trat ans Telefon und zögerte einen Moment: Verriet sie Evelin ein zweites Mal, wenn sie nun Superintendent Norman anrief? Aber letztlich blieb ihr nichts anderes übrig, Phillip mußte von jeglichem Verdacht befreit werden, und Evelin brauchte Hilfe, die sie nur in einer geschlossenen Klinik finden konnte. Man würde sie kaum ins Gefängnis schicken. Wie ihre Mutter würde sie in der Psychiatrie landen, ein Opfer von Gewalt und Gleichgültigkeit.

Sie nahm den Hörer ab und wählte die Nummer von Superintendent Norman.

18

DAS TELEFON KLINGELTE, als Leon gerade die Tür zu seiner Wohnung aufschloß. Es war früh am Morgen, und er fragte sich, wer wohl um diese Zeit bei ihm anrief. Er hatte, um sich fit zu halten, nicht den Aufzug benutzt, sondern war die Treppen hinaufgelaufen, in zügigem Tempo, und so war er völlig außer Atem, als er sich meldete.

»Ja, Roth hier.«

Gleich darauf zeigte sich Überraschung auf seinem Gesicht. »Jessica! Wie schön, daß du mich anrufst! Was? Die letzten Tage? Ich war nicht zu Hause, bin eben erst wiedergekommen.«

Er lauschte, und sein freudiges Staunen wandelte sich in immer größere Ungläubigkeit. »Was? Evelin? Das kann doch nicht wahr sein?! Ist das denn sicher? Ich meine, dieser Bowen …«

Er angelte sich einen Stuhl und setzte sich, weil ihn die Nachricht fast von den Füßen riß. »Ja, ja, dann muß es wohl so sein. Aber wer hätte das gedacht? Unsere gutmütige, nette Evelin mit den traurigen Augen … Wie? Also bitte, Jessica, nun versuche hier nicht Schuld umzuverteilen! Ich meine, was hätten wir denn tun sollen? Sind wir verantwortlich für das Leben anderer?«

Er ereiferte sich langsam, es war unglaublich, daß er sich nun auch noch Vorwürfe machen lassen sollte. Seine Frau war ermordet worden, und seine beiden Töchter. Er war *Opfer,* nicht *Täter.*

»Hör mal, Jessica, das war verdammt noch mal die Sache von Tim und Evelin. Dann hätte sie eben zur Polizei gehen müssen. Was sollen wir denn tun, wenn sie ständig mit Ausreden kommt, was ihre Verletzungen betrifft … Ja, natürlich haben wir es gewußt, aber sie wollte doch keine Hilfe haben! Wie soll man jemandem helfen, der Hilfe ablehnt? Also, Jessica, wirklich, du bist noch nicht so lange bei uns gewesen, du hast manches nicht mitbekommen. Sie hat eisern zu Tim gestanden … Krank? Also, daß sie krank war, habe ich nicht gewußt. Ich habe auch, ehrlich gesagt, nicht von morgens bis abends über Evelin nachgedacht. Wenn sie Hilfe gewollt hätte, hätte sie kommen können und mit uns reden. Hat sie aber nicht. So. Mehr kann ich dazu nicht sagen.«

Er lauschte wieder eine Weile, dann meinte er beschwichtigend: »Wir sollten einander jetzt nicht die Augen auskratzen, Jessica. Ich bin erleichtert, daß der

Täter gefaßt ist. Wie lange bleibst du in England? … Ach so. Morgen schon. Dann melde dich doch mal, okay? Bis dann!«

Er legte den Hörer auf, erhob sich und ging ein paarmal im Raum auf und ab. Also wirklich, Jessica mußte ein bißchen vorsichtiger sein mit ihren Anschuldigungen. Was hätte er tun sollen für Evelin? Hatte er nicht genug eigene Probleme gehabt? Mit seinen Schulden, seinen Herzbeklemmungen, seiner Farce von einer Ehe! Wer hatte sich überhaupt darum je gekümmert? Letztlich hatte auch er sehen müssen, wie er mit den Dingen allein fertig wurde. So, wie das jeder tun mußte im Leben.

Er trat hinter seine Küchentheke, füllte Wasser in die Kaffeemaschine, nahm die Kaffeedose aus dem Schrank. Er hatte bei Nadja gefrühstückt, aber nun hatte er das Gefühl, noch etwas zu sich nehmen zu müssen, das seine Lebensgeister weckte. Jessicas Anruf hatte ihm völlig die Laune verdorben. Es war schön gewesen mit Nadja, das ganze Wochenende und den Montag hatte er mit ihr verbracht. Als er sie angerufen hatte, hatte sie entsetzt abgewehrt: »Nein, Leon, versuch es gar nicht erst! Ich arbeite nicht mehr in deiner Kanzlei! Ich muß endlich sehen, daß ich zu Geld komme!«

Aber er hatte gesagt: »Die Kanzlei gibt es nicht mehr. Ab dem Sommer hab ich einen neuen Job. Nein, ich will dich einfach nur so sehen!«

Da hatte sie eingewilligt, daß er zu ihr kam, und einen ganzen Abend lang hatte er ihr viel über sich erzählt. Sie hatte in der Zeitung von dem Verbrechen gelesen, aber da keine Namen genannt worden waren, hatte sie es nicht mit Leon in Zusammenhang gebracht. Nun war es ihr natürlich wie Schuppen von den Augen gefallen.

»Stanbury! Eine Gruppe von Deutschen! Gott, das hätte mir wirklich dämmern müssen!«

Sie war verständnisvoll und interessiert und mitfühlend gewesen, und später waren sie zusammen ins Bett gegangen, und es war so schön und beglückend gewesen wie damals, als sie ihre Affäre gehabt hatten. Er konnte sich mit Nadja etwas für die Zukunft vorstellen, und er hatte den Eindruck gewonnen, daß sie das umgekehrt auch konnte. Das Leben gewann eine neue Perspektive. Eine neue Wohnung, eine neue Arbeit, eine Frau, die ihn wirklich zu mögen schien. Das alles versprach eine lebenswerte Zukunft. Und da kam Jessica, attackierte ihn, weil er angeblich Evelin im Stich gelassen hatte, und verdarb ihm um ein Haar den sonnigen Morgen.

Er löffelte das Kaffeepulver in den Filter. Nur weil er überlebt hatte, sollte er sich in Selbstvorwürfen zerfleischen! Die anderen hatten sich schließlich auch vor unangenehmen Wahrheiten gedrückt, nur daß die niemand mehr zur Rechenschaft ziehen konnte.

Aber daß Evelin hergehen und fünf Menschen ins Jenseits befördern konnte ... Das wollte immer noch nicht in seinen Kopf. Guter Gott, da hatten sie ja alle direkt neben einer wandelnden Zeitbombe gelebt. Depressiv, ja. Aber krank im Kopf, komplett wahnsinnig? Wer hätte das gedacht?

Auf einmal war ihm klar, daß ihm der Kaffee nicht reichen würde. Auf diesen Schreck hin mußte es schon ein Schnaps sein.

Er schenkte sich ein Glas ein, aber ehe er es an die Lippen setzen konnte, wurde er plötzlich von einem Gefühl solch hilfloser Wut gepackt, daß er nicht anders konnte: Er hob den Arm und schmetterte das Glas quer durch das Zimmer an die gegenüberliegende Wand, an der es zerschellte. Er sah zu, wie der Schnaps an der Tapete herunterlief. Ein schöner Mist! Einen richtigen Floh hatte ihm Jessica da ins Ohr gesetzt. Schuld! Er würde keinerlei Schuld anerkennen, niemals! Schuldgefühle machten krank, und sie brachten niemandem etwas. Über zwanzig Jahre lang hatte er es geschafft, seine Schuld an Marcs Tod nicht Gewalt über sich gewinnen lassen. Und er würde den Teufel tun, sich jetzt irgend etwas wegen Evelin einreden zu lassen. Eher würde er sich gar nicht mehr mit Jessica treffen! Idiot, der er war, forderte sie noch auf, sich nach ihrer Rückkehr aus England bei ihm zu melden! War doch klar, daß sie sich jetzt in das Thema *Wie-haben-wir-doch-alle-bei-Evelin-versagt* verbeißen würde. Aber nicht mit ihm! Da mußte sie sich einen anderen suchen. Wenn sie damit kam, würde er ihr sofort erklären, daß er darüber kein Gespräch wünschte. Und wenn sie dies nicht respektierte, konnte sie ihm für die Zukunft gestohlen bleiben.

Mehr war dazu nicht zu sagen. Weiter mußte er darüber nicht nachdenken.

Er schenkte sich einen zweiten Schnaps ein und kippte ihn in einem Zug. Und noch einen. Und einen vierten.

Unter dem Alkohol verlor das Leben seine Schärfe, und alles, was geschehen war, erhielt verschwommene Konturen.

Er freute sich auf die Zukunft. Er war frei. Er war jung.

Und alles war gut.

»Also, wenn ich auf eines gewettet hätte, dann darauf, daß Bowen diese armen Urlauber massakriert hat«, sagte Lucy mißvergnügt.

Sie saß in Geraldines Wohnzimmer auf dem Sofa, den *Daily Mirror* vor sich, und hatte gerade zum wiederholten Male den Bericht über die *Yorkshire-Morde* studiert, in dem der Fall für abgeschlossen erklärt und der tagelang landesweit gesuchte Phillip Bowen rehabilitiert wurde.

»Es scheint ja tatsächlich eine von denen gewesen zu sein. Hätte ich nie gedacht.«

»Ich habe nie geglaubt, daß Phillip etwas so Schreckliches tun könnte«, behauptete Geraldine, obwohl sie von genügend Zweifeln gequält worden war. »Er war vielleicht nicht immer besonders nett zu mir, aber er ist kein Killer. So sehr konnte ich mich in ihm nicht täuschen.« Sie hockte im Schneidersitz auf dem Boden. Mit ihrer an diesem Morgen noch ziemlich verstrubbelten Kurzhaarfrisur sah sie aus wie ein junges Mädchen.

Wenn sie nur endlich wieder arbeiten würde, dachte Lucy, sie wäre ganz schön gefragt.

»Wenn ich dir eines raten darf, Geraldine«, sagte sie, »dann versuche jetzt nicht, wieder etwas mit Bowen anzufangen. Die Sache ist gelaufen. Ihr paßt nicht zusammen. Bitte kümmere dich wieder um deine Arbeit und verplempere nicht deine Zeit damit, hinter einem Mann herzulaufen, der dich nicht will.«

»Nein, nein«, sagte Geraldine, aber das klang für Lucys Ohren ein wenig zu hastig. Sie seufzte. Jede Wette, daß Geraldine insgeheim schon wieder über eine Möglichkeit nachsann, Bowen zu treffen und sich mit ihm auszusprechen.

»Ich hätte nächste Woche einen Job für dich in Mailand«, sagte sie.

Geraldine blickte gelangweilt zum Fenster hinaus. »Wenigstens muß ich jetzt nicht mehr alle Türen verschlossen halten. Ich kann mich wieder frei bewegen. Ich muß keine Angst mehr haben.«

»Da wäre ich nicht so sicher. Gut, er hat niemanden ermordet, aber einen Schatten hat er, da kannst du sagen, was du willst. Und er wird dir garantiert nie verzeihen, daß du die Materialsammlung über seinen angeblichen Vater verfeuert hast. Wer weiß, wozu er noch fähig ist.«

»Ach, Lucy! Du hast noch nie ein gutes Haar an ihm gelassen.«

»Glaub doch nicht, daß dein Leben mit ihm plötzlich besser wird. Er bleibt der Mann, der er ist. Er wird hinter diesem Stanbury her sein und seine Zeit bei Anwälten und Gerichten verbringen. Er wird dabei völlig pleite gehen und dich nur brauchen, um dich hin und wieder anzupumpen. Geraldine, es wird alles beim alten bleiben.«

Aber Geraldine schien bereits wieder in eigene Gedanken versunken, und Lucy spürte, daß sie sie schon nicht mehr erreichte.

Sie seufzte. Es blieb tatsächlich alles beim alten.

Als Jessica aus dem *The Fox and The Lamb* hinaus auf die Straße trat, stand plötzlich Ricarda vor ihr, so unvermittelt, daß Jessica zusammenzuckte. Der Morgen war so herrlich wie am Tag zuvor, voller Sonne und Wärme und schmeichelndem Wind. Auf dem Pflaster vor dem Hotel wälzte sich behaglich eine Katze, streckte alle vier Pfoten in die Luft und ließ sich die Sonnenstrahlen auf den weißen Bauch scheinen.

»Ricarda!« rief Jessica überrascht.

Ricarda wirkte ein wenig unbehaglich und verlegen. »Ich wollte gerade zu dir«, sagte sie.

»Hast du Lust, ein bißchen mit mir zu laufen?« fragte Jessica. »Da drin ist es ziemlich düster und stickig.«

Ricarda nickte, und sie gingen nebeneinander die Dorfstraße entlang, schweigend zunächst, weil die Fremdheit noch immer zwischen ihnen stand.

So sind wir noch nie nebeneinanderher gelaufen, dachte Jessica, zeitweise schien es ausgeschlossen, daß wir je so weit kommen könnten.

»Ich hab's schon gehört«, unterbrach Ricarda schließlich das Schweigen.

Sie kamen gerade an dem Gemischtwarenladen von Mrs. Collins' Schwester vorbei, und Jessica konnte sehen, daß der kleine Raum voller Menschen war. Sicher wurde die neueste Entwicklung im Fall der Morde von Stanbury House diskutiert, und niemand wollte sich auch nur den kleinsten Informationsfetzen entgehen lassen.

»In der ganzen Gegend wird wohl über nichts anderes gesprochen«, meinte Jessica.

Ricarda nickte. »Schon gestern abend kamen Farmer aus der ganzen Gegend – oder besser: ihre Frauen – zu uns, weil sich offenbar schnell verbreitet hat, daß ich jetzt bei Keith wohne. Jede meinte, von mir noch etwas erfahren zu können. Dabei weiß ich ja auch nicht viel.«

»Du kennst Evelin seit vielen Jahren. Und das macht dich zu einer unschätzbaren Informationsquelle.«

»Sie haben mich angewidert«, sagte Ricarda. »Sie waren so … lüstern. So ganz ohne Sinn für das Schicksal, das hinter all dem steht. Sie wollten einfach nur irgend etwas erfahren, das sie dann ausschmücken und ihrerseits weitererzählen können.«

»Solche Menschen findest du überall. Eine solche Tragödie wie die von Evelin ist für sie nur ein willkommenes Ereignis, das die Langeweile und Gleichförmigkeit ihres Alltags unterbricht. Und du wirst hier sicher noch für einige Zeit im Mittelpunkt des Interesses stehen. Du kannst nur versuchen, das alles an dir abperlen zu lassen.«

Ricarda nickte. Wieder sagte sie eine Weile nichts, dann fragte sie leise: »Hättest du geglaubt, daß es Evelin war?«

Jessica schüttelte den Kopf. »Nein. Nie im Leben. Obwohl im nachhinein alles zusammenpaßt und eine eigene Logik hat. Hättest du es gedacht?«

Ricarda überlegte kurz, so als wisse sie nicht recht, wie sie formulieren sollte, was ihr durch den Kopf ging. Schließlich sagte sie: »Als ich es erfuhr, wunderte ich mich, warum es mich nicht wirklich überraschte. Verstehst du, was ich meine? Ich war nicht richtig erstaunt, und das machte mich ganz unsicher. Aber dann begriff ich, daß ich die ganze Zeit … irgendwo tief in mir … ahnte, daß sie es war. Daß ich nur nicht daran rühren wollte, weil ich glaubte, ich darf das nicht denken. Ich darf so nicht *über Evelin* denken. Ich habe sie immer gemocht. Sie war … menschlicher und aufrichtiger als die anderen. Ich wünschte, nicht sie hätte es getan.«

»Dir wäre es wahrscheinlich am liebsten, wenn ich es gewesen wäre«, sagte Jessica, und gleich darauf hätte sie diese Bemerkung am liebsten zurückgenommen, weil Ricarda sie als Provokation empfinden konnte.

Aber Ricarda sah sie nur erstaunt von der Seite an. »Nein. Ich habe gewußt, daß du es nicht gewesen sein konntest.«

»Ja? Warum?«

»Also, du warst ja wirklich die Normalste von allen. Du bist durch und durch gesund.«

»Wahrscheinlich haben wir uns alle ein Stück weit an Phillip Bowen festgeklammert«, sagte Jessica. »Er kam von draußen. Wenn er es gewesen wäre, hätte uns das am wenigsten erschüttert.«

Da machst du dir jetzt aber etwas vor, sagte eine innere Stimme, und Jessica war froh, daß Ricarda geradeaus blickte und ihr nicht in die Augen sah.

»Ich wußte, daß es Phillip nicht war«, sagte Ricarda, »und frag mich nicht, warum. Wahrscheinlich, weil ich spürte, daß es Evelin war. Deshalb habe ich dem Polizisten auch nicht erzählt, daß ich ihn in der Nacht vor der Tat am Tor zu Stanbury House getroffen hatte. Das hätte ihn noch verdächtiger gemacht, oder?«

»Du sagtest doch, du hättest vergessen, die Geschichte bei der Polizei zu erwähnen.«

»Das habe ich gesagt. Aber es stimmte nicht. Ich dachte die ganze Zeit daran. Aber … irgend etwas riet mir, diese Angelegenheit für mich zu behalten. Sie hätte Phillip in Schwierigkeiten gebracht, aber sie war unerheblich. Deshalb … ach, ich mochte ihn auch irgendwie ganz gern. Vielleicht einfach nur, weil Patricia ihn haßte.«

Jessica blieb stehen und sah Ricarda an.

»Du wußtest ziemlich viel, nicht? Über Evelin und alles, was zwischen ihr und ihrem Mann und zwischen ihr und den anderen so ablief?«

Auch Ricarda blieb stehen. »Ja. Ich bekam ziemlich viel mit, und ich konnte nicht begreifen, weshalb man sie so im Stich ließ. Und auch jetzt ist es so …«, sie strich sich mit einer hilflosen Bewegung über die Haare, »… ich meine, es ist so furchtbar, sie hat meinen Vater getötet, und ich habe meinen Vater so sehr geliebt, aber … ich kann sie irgendwie verstehen. Ist das nicht entsetzlich? Nach allem, was war, kann ich … nicht gutheißen, aber *nachvollziehen*, weshalb sie das getan hat. Und ich kann sie nicht hassen. Wenn ich an sie denke, empfinde ich keine Wut. Ich empfinde … Traurigkeit. Und ganz viel Leere.«

»Das ist das gleiche, was auch ich empfinde«, sagte Jessica, und vorsichtig fügte sie hinzu: »Und auch ich habe Alexander sehr geliebt.«

Es schien für Ricarda problematisch, auf diese Aussage einzugehen, denn sie schaute zur Seite, unruhig, berührt, unfähig, etwas dazu zu sagen.

Nach einer Weile meinte sie: »Also, weshalb ich eigentlich gekommen bin … Vielleicht könntest du meiner Mutter sagen, sie soll sich keine Sorgen um mich machen. Keith und ich werden zusammenbleiben. Und ich … ich hab mir überlegt, ich will dann sehen, daß ich in Bradford zur Schule gehen kann. Ich möchte einen Abschluß machen. Keith findet auch, daß das richtig ist. Später will ich dann heiraten und Kinder bekommen. Das beruhigt meine Mutter sicher.«

Jessica lächelte. »Bestimmt. Und mich auch. Du bist sehr, sehr reif für dein Alter, Ricarda. Alexander wäre stolz auf dich.«

Ricarda mußte schlucken und brauchte eine ganze Weile, bis sie sich so weit wieder gefangen hatte, daß sie sprechen konnte.

»Wenn … also, wenn du mal wieder in der Gegend bist, irgendwann, ich meine … du kannst mich dann schon besuchen, wenn du willst.«

»Das würde ich furchtbar gern tun. Ganz sicher. Und rufst du mich mal zwischendurch an? Einfach so, damit ich weiß, wie es dir geht?«

»Okay, das ist kein Problem«, sagte Ricarda, und als habe sie Angst, eine allzu sentimentale Stimmung könne aufkommen, fragte sie schnell: »Was wird jetzt eigentlich mit Evelin?«

»Ich muß mit Leon sprechen. Er ist Anwalt, er kann mir vielleicht helfen, sie nach Deutschland überstellen zu lassen. Dort kommt sie sicher in eine geschlossene psychiatrische Klinik. Aber vielleicht kann man sie da besuchen. Ich bin fest entschlossen, sie nicht aus den Augen zu verlieren.«

»Alles klar, das ist gut«, sagte Ricarda. Sie waren ganz am Ende der Dorfstraße angelangt. »Ich muß jetzt nach Hause. Mach's gut, Jessica. Grüß meine Mutter, ja?«

Sie wartete keine Antwort ab, sondern drehte sich um und ging in die andere Richtung davon, sehr aufrecht, ein bißchen steif, ein junges Mädchen mit einer klaren Vorstellung von seiner Zukunft.

»Mach's gut, Ricarda«, sagte Jessica leise.

Sie war zwei Stunden gelaufen, aber diesmal hatte sie völlig andere Wege gewählt als die, die ihr aus den Ferien in Stanbury House bislang vertraut gewesen waren. Sie hatte nicht das geringste Bedürfnis mehr verspürt, noch einmal in die Nähe des Hauses zu geraten, auch nicht an irgendeinen der anderen ihr bekannten Orte. Sie bezweifelte, daß sie überhaupt jemals wieder dorthin würde gehen wollen.

Als sie ein wenig müde, aber von Luft und Sonne durchdrungen, ins Dorf zurückkehrte, ging es auf Mittag zu. Ihren Rückflug nach Deutschland hatte sie für den Abend gebucht, sie hatte also noch etwas Zeit. Sie würde etwas essen und danach Superintendent Norman anrufen. Evelin war am Vortag in Haft genommen worden. Sie wollte ihn fragen, wie es ihr ging, und vielleicht konnte sie mit ihm auch schon ein paar Dinge wegen Evelins Überführung an die deutsche Justiz besprechen.

Der Gemischtwarenladen von Mrs. Collins' Schwester war immer noch voller Menschen, die wahrscheinlich nur ein einziges Thema kannten. Vielleicht hatten sich auch Journalisten inzwischen dazu gesellt. Schon am gestrigen Abend waren sie wie die Heuschrecken in Stanbury eingefallen, aber die Polizei hatte Jessica und Phillip vollkommen abgeschirmt. Heute morgen war niemand dagewesen, aber jetzt sah Jessica schon von weitem, daß zwei unbekannte Fahrzeuge gegenüber dem *The Fox and The Lamb* parkten und zwei Männer und eine Frau vor dem Hotel herumlungerten. Ihr Instinkt sagte ihr sofort, daß es sich um Journalisten handeln mußte, und sie verlangsamte ihren Schritt. Sie wollte nicht mit Fremden über Evelin sprechen. Sie wollte nichts zu dem komplizierten Thema ihrer Freundschaft sagen, was sie dann am nächsten Tag verkürzt und reißerisch aufbereitet als Schlagzeile in einer Zeitung wiederfinden würde. Verflixt, heute war keine Polizei da, um sie zu schützen. Sie überlegte, ob es ihr gelingen konnte, ungesehen ihren Leihwagen zu erreichen. Den Schlüssel hatte sie in ihrer Hosentasche. Das Auto selbst parkte gleich neben dem Hotel, jedoch nicht auf der Hauptstraße, sondern um die Ecke in einer kleinen Gasse. Ein Beamter hatte es am Vorabend noch von Stanbury House geholt und ihr gebracht. Sie war sehr dankbar gewesen, man hatte ihr damit erspart, doch noch einmal den Ort des Schreckens aufsuchen zu müssen.

»Ich habe mich zum Hintereingang hinausgeschlichen«, sagte eine Stimme neben ihr, »und ich vermute, Sie haben auch keine besondere Lust, mit denen da zu reden.«

Sie zuckte zusammen. Phillip Bowen stand so unvermittelt vor ihr wie am frühen Morgen Ricarda.

»Entschuldigung«, sagte er, »ich wollte Sie nicht erschrecken. Ich kam hier gerade zwischen den Häusern hindurch, nachdem ich das *The Fox and The Lamb* weiträumig umrundet hatte, um von niemandem gefragt zu werden, wie ich mich als ehemaliger Hauptverdächtiger nun im Stadium der Rehabilitation fühle. Und da sah ich plötzlich Sie stehen.«

Sie lächelte. »Heute stehe ich dauernd plötzlich vor Menschen, die ich zuvor nicht bemerke. Wahrscheinlich laufe ich ganz schön in Gedanken versunken durch die Gegend.«

»Wen würde das wundern? Sie müssen eine ganze Menge verarbeiten.«

»Die Zeit wird es bringen«, sagte Jessica, hoffend, er werde jetzt nicht wie Leon vom Einbruch des Bösen in ihr Leben und vom ewigen Gezeichnetsein sprechen. Sie brauchte Zuspruch. Sie brauchte Menschen, die ihr sagten, daß sie nach vorn sehen und nicht zurückblicken sollte.

Phillip begriff wohl, daß sie wenigstens für den Moment das Thema nicht vertiefen wollte, und sagte: »Ich hatte gehofft, mit Ihnen frühstücken zu können. Aber da waren Sie wohl schon weg.«

»Ich bin ein gnadenloser Frühaufsteher. Ich werde in der allerersten Dämmerung wach, und dann laufe ich durch die Gegend. Und wenn ich nicht gerade arbeite, laufe ich eigentlich den ganzen Tag. Ganz schön verrückt, oder? Seitdem ich, von den Ereignissen in meinem Leben veranlaßt, verstärkt über verschiedene Formen des Wahnsinns nachdenke, frage ich mich, ob ein Mensch, der so zwanghaft läuft wie ich, auch irgendwie krank ist.«

Er zuckte mit den Schultern. »Was heißt schon krank? Es ist Ihre Art, mit dem Leben klarzukommen. Wir haben jeder unseren Mechanismus. Aber mit Ihrem tun Sie wenigstens niemandem weh.«

Sie nickte. »So gesehen haben Sie recht.« Sie wollte ihm etwas sagen, aber sie wußte nicht recht, wie sie es formulieren sollte, und so schwieg sie einen Moment lang unschlüssig. Auch Phillip sprach nicht, er stand einfach vor ihr, schob beide Hände in die Taschen seiner Jeans. Er hatte ein weißes, völlig zerknittertes T-Shirt an. Sie rief sich ins Gedächtnis, daß er noch immer nur die

Kleidungsstücke bei sich hatte, die er seit seiner Flucht in einer Tasche mit sich herumschleppte.

»Phillip, ich glaube, ich habe Ihnen noch gar nicht gedankt«, sagte sie schließlich. »Sie haben mir das Leben gerettet gestern. Wären Sie nicht erschienen, hätte mich Evelin in ihrem Wahn getötet. Ich würde jetzt nicht hier auf dieser Dorfstraße mitten in der Sonne stehen. Und darüber hinaus«, sie strich sich mit einer verlegenen Geste über den Bauch, »haben Sie auch mein Kind gerettet. Zwei Menschenleben an einem einzigen Tag.«

»Oh, ich weiß nicht«, erwiderte er betont lässig, »so, wie Sie den Hockeyschläger schwangen, bin ich keineswegs sicher, ob Sie meine Hilfe überhaupt gebraucht haben. Sie kamen ganz schön kampfbereit die Kellertreppe herauf. Sie hätten Evelin mit aller Kraft dieses Ding auf den Kopf gehauen, daher ist vermutlich *sie* es, die mir ihr Leben verdankt!«

Sie ging nicht auf seinen Ton ein. »Ich danke Ihnen, Phillip«, sagte sie leise, »ich werde Ihnen das nie vergessen.« Nach kurzem Zögern fügte sie hinzu: »Ich werde *Sie* nie vergessen.«

Sie sahen einander an, und ohne daß sie sich darüber hätten austauschen müssen, wußten sie beide voneinander, daß sie fühlten und sahen, was zwischen ihnen hätte sein können, was seit ihrer ersten Begegnung an einem warmen Apriltag am Ufer eines kleinen Flusses zwischen ihnen gewesen war. Eine Palette unendlicher Möglichkeiten, Gedanken, Gefühle, Träume. Unter anderen Umständen … Aber wie die Dinge lagen, waren ihrer beider Leben zu verschieden, liefen in allzu weit voneinander entfernt liegende Richtungen. Der Schnittpunkt, an dem sich ihrer beider Schicksalslinien gekreuzt hatten, war zu klein, die Ereignisse rundherum hatten ihn nicht größer werden lassen. Was ihnen bleiben würde, war die Erinnerung aneinander und vielleicht der eine oder andere Gedanke an Verheißungen, die sie gestreift, aber sich nicht hatten greifen lassen.

Jessica riß sich als erste aus ihren Empfindungen. Wie üblich ging sie weiter, verhinderte, daß etwas Gewalt über sie bekam, was am Ende doch zu nichts führen konnte.

»Sie sagten gestern, Sie waren bei Stanbury House, um Abschied zu nehmen«, sagte sie dann, »von dem Haus und von Ihrem Vater. Heißt das, Sie werden nicht länger versuchen, Ihren Anspruch auf die Hälfte des Anwesens geltend zu machen?«

»Es heißt, daß ich die ganze Geschichte hinter mir lasse«, sagte Phillip. »Es heißt, daß ich mich damit abfinde, nicht zu wissen, wer mein Vater war. Ich habe einundvierzig Jahre ohne Vater gelebt. Ich werde es auch weitere einundvierzig Jahre aushalten.«

Sie sah ihn an, fast ein wenig beunruhigt. »Weshalb so plötzlich? Sie waren so ... so ...«

»... so besessen«, vollendete Phillip ihren Satz. »Sagen Sie es ruhig. Besessen. Fanatisch. Vollkommen in diese Sache verbohrt. Aber dann habe ich nachgedacht, vielleicht zum erstenmal, seitdem ich hinter Stanbury House herjagte. Damit meine ich, zum erstenmal habe ich den Gedanken zugelassen, daß Kevin McGowan vielleicht *nicht mein Vater ist*. Vielleicht ist er ein Fernsehschwarm meiner Mutter, den sie später in ihren Morphiumphantasien zu ihrem Liebhaber erkoren hat. Vielleicht ist er aber auch tatsächlich mein Erzeuger, vielleicht hat es die Affäre wirklich gegeben. Aber Erzeuger ist nicht gleich Vater. Ein Vater übernimmt Verantwortung, er macht sich nicht aus dem Staub mit dem Gedanken: zum Teufel, was aus dieser Verschmelzung von Eizelle und Samenzelle wird, die da auf den Weg gebracht wurde. In diesem Sinn wäre er also so oder so nicht mein *Vater* gewesen. Verstehen Sie?«

»Ja. Ja, natürlich.«

»Und«, fuhr Phillip fort, »als ich so nachdachte, begriff ich, daß er auch nicht dadurch zu meinem Vater würde, daß ich in seinem Haus sitze, die Wände anstarre und imaginäre Gespräche mit einem Toten führe, der mir auf nicht eine einzige meiner Fragen eine Antwort geben kann. Ich würde wieder nur ins Leere laufen. Er hat sich mir immer entzogen, zum Schluß absolut und endgültig durch sein Sterben. So ist es. Und das muß ich akzeptieren. Damit muß ich leben.«

»Können Sie damit leben?«

»Damit, keinen Vater zu haben?« Er wartete nicht auf eine Antwort, sondern fuhr sogleich fort: »Als ich gestern früh durch das Wäldchen hinter Stanbury House schlich, fragte ich mich etwas anderes. Ich fragte mich: Kann ich damit leben, *diesen* Vater zu haben? Wohin hatte mich die Offenbarung meiner Mutter gebracht? Ich war auf der Flucht. Ich wurde im ganzen Land als Hauptverdächtiger in einem besonders scheußlichen Mordfall gesucht. Ich hatte Hunger und Durst und Angst. Ich hatte Geraldine, meiner Freundin, Gewalt angetan, was mir unendlich leid tut. Und ich hatte endlose Stunden damit zugebracht, Zeitungsartikel über einen toten Fernsehjournalisten zu sammeln und in idiotischen Aktenordnern abzuheften. Ich meine, ich habe das nicht hin und wieder nebenher getan. Es war mein Leben. Ich habe kaum noch gearbeitet. Ich habe überhaupt kein Geld mehr verdient. Ich habe mich von der armen Geraldine aushalten lassen und habe wie ein Maulwurf in dunklen Archiven gesessen, von morgens bis abends, und habe diesen ganzen verdammten Käse über Kevin McGowan zusammengeklaubt und fotokopiert und nach Hause geschleppt und in diese Ordner gesteckt. Verdammt, und draußen lief das Leben vorbei! Und als Geraldine diese Ordner verbrannte, bin ich völlig ausgeflippt. Ich hätte sie am liebsten getötet.«

Er war laut geworden, und die Journalisten vor dem *The Fox and The Lamb* schauten zu ihnen her. Leise sagte er: »Vielleicht habe ich da bereits begonnen, zu begreifen, daß ich umkehren muß. Daß mich dieser Weg ins Verderben führt, und sonst nirgendwohin.«

Jessica schwieg. Er hatte mit jedem Wort recht, das er sagte, aber noch vor kurzem wäre er auf jeden Menschen mit den Fäusten losgegangen, der ihm das gleiche gesagt hätte. An den Punkt, an dem er jetzt war, hatte er nur von ganz allein gelangen können.

»Vielleicht«, sagte Phillip, »war es auch einfach nur zu schön, ein Stück der Verantwortung für mein Leben an Kevin McGowan abzugeben. Aber das funktioniert nicht. Wenn wir versuchen, Verantwortung loszuwerden, machen wir uns letztlich immer nur etwas vor. Irgendwann stehen wir dann da und kapieren, daß sie uns nie verlassen hat. Sie klebt an uns. Es gibt vielleicht nichts, was so verdammt hartnäckig klebt.«

»Was werden Sie jetzt tun?« fragte Jessica.

»Ich kehre nach London zurück. Jede Wette, daß mich Geraldine in meiner Wohnung erwartet und über unsere Zukunft sprechen will. Ich habe ein schlechtes Gewissen ihr gegenüber, und das wird uns beide noch für eine Weile zusammenhalten. Im übrigen werde ich versuchen zu arbeiten. Ich weiß noch nicht, als was. Vielleicht bin ich für einen richtigen Beruf nicht geschaffen. Vielleicht bleibt's für immer bei Gelegenheitsjobs. Man wird sehen.« Er streckte den Arm aus, berührte in einer flüchtigen, zärtlichen Geste Jessicas Wange. »Und Sie? Was tun Sie?«

»Ich kehre nach Deutschland zurück. Ich suche für mich und Barney ein neues Zuhause. Ich arbeite in meiner Praxis. Ich versuche, Evelin nach Deutschland überstellen zu lassen. Im Oktober bekomme ich mein Baby.« Sie zuckte mit den Schultern. »Ja. Das sind so die nächsten Dinge.«

Phillip lächelte. »Wir sollten vielleicht an die *aller* nächsten Dinge denken. Ich habe ziemlichen Hunger, Sie auch? Ich habe gesehen, Ihr Wagen steht in der Seitenstraße neben dem Hotel. Was meinen Sie, schaffen wir es, trotz unseres Prominentenstatus an diesen Paparazzi vorbei dorthin zu gelangen?«

»Klar«, sagte Jessica.

»Ich könnte Ihnen ein hübsches Pub zeigen. In einem Dorf, das ich entdeckt habe. Wir könnten zusammen essen. Und ein bißchen reden. Einfach nur so. Völlig unverbindlich.«

Jessica erwiderte sein Lächeln. Der Schrecken und die Traurigkeit über das Geschehene waren noch lebendig, aber in einem hatte Phillip recht: Es war immer wichtig, an die allernächsten Dinge zu denken.

»Essen und reden«, sagte sie, »das wäre jetzt genau das Richtige.«

Ohne zu zögern, nahm er ihre Hand, und sie machten sich auf den Weg.